i

为了人与书的相遇

チンギス・ハーンの一族

成吉思汗·一族

世界征服者史

下

［日］陈舜臣——著

易爱华——译

北京日报出版社

目录

卷 三

沧海之路

一　西行之人

皇帝蒙哥命令忽必烈：征讨云南。

犳牙西行。

壬子（1252）七月丙午，祭祀完军神后的忽必烈开始率领大军向西行进。

《新元史》记述忽必烈在一个名叫金莲川的地方开设了幕府。金莲川不是河流的名字，而是山谷下豁然开阔的平原。它位于现在北京以北大约三百公里的地方，以现在的地名来讲，在河北和内蒙古交界处，大致相当于沽源县北部。金世宗曾将此地作为避暑地，它是游牧区，离农民的居住地也很近。

这一带是国王木华黎的领地。木华黎是成吉思汗西征，无暇顾及东方时，很好地为他控制住了东方的人。木华黎去世后，木华黎家族接连出现继任者英年早逝的不幸，因此有两代是兄终弟及，至第三代才父死子继，由儿子忽林池继承。实际上先王还有一个弟弟名叫霸都鲁，论辈分属木华黎的孙子，是一个非常优秀的人，而忽林池则很无能。

霸都鲁做了忽必烈的副将。藩国的国王即使无能也没关系，相反无能也许更好。最好是藩国中有才能的人，就像霸都鲁那样，直接隶属于蒙古帝国。

忽必烈的正妻察必出身于弘吉剌氏，这个家族是以成吉思汗正后孛儿帖的弟弟按陈那颜为始祖的。察必的姐姐帖木伦是霸都鲁的妻子。对于忽必烈来讲，副将霸都鲁还相当于他的连襟。忽必烈在浓厚的亲缘关系包围中踏上了征途。

一路上忽必烈的军队不断地增加兵力，所以行军速度非常慢。军队的副司令是兀良合台，他是速不台的儿子。想当年速不台曾横跨欧亚，在拔都的欧洲远征军中实质上的总指挥也是他。对于兀良合台来讲，跟随忽必烈远征云南要比父亲进攻欧洲艰难得多。

皇帝蒙哥也尽可能地为弟弟忽必烈的出征做了必要准备。盐是中国经济的命脉，中国最好的内陆盐产地是山西省解池。这里还因是三国时代大英雄关羽的出生地而闻名。蒙哥将"解盐"的收入全部用于忽必烈远征的军费。并且从癸丑年（1253）起，他还将以京兆[1]为首的陕西八州十二县，作为领地分封给了忽必烈。做了这么多的准备工作，忽必烈的远征也就不容失败了。

"不能冒进，请您一定记住这点。这世上如果有魔鬼的话，它肯定会在您耳边不停怂恿，皇帝为您做了这么多准备工作，您一定要迅速获胜，不能磨蹭。"金莲川的僧人海云劝诫忽必烈道。

"即使不是魔鬼，普通人恐怕也会这么说吧。"忽必烈说。

现在能够命令他的，只有皇帝，也就是他的兄长蒙哥，然而，蒙哥并没有催促他。

1　今中国的西安。

"漠南汉地，全权交付给你，按你想的去做吧。"

蒙哥只是这么讲。然而从现实情况来看，不由得忽必烈不加快行动，八州十二县作为私人领地分封给了他，解盐的收入可以自由地作为军费使用，但蒙哥并没有因此而催促他尽快采取军事行动，这反而使忽必烈更加焦急。

"申年之事不容忘记。"海云反复叮嘱道。

海云是僧侣中地位最高的人，皇帝蒙哥即位后，漠南汉地的佛教事务由他总揽。

申年之事指的是 1236 年的对宋战争，那场战争蒙古不仅没能取胜，而且被视为窝阔台家希望之星的皇子阔出还阵亡了。而同一时间，拔都和速不台进攻欧洲势如破竹，连战连捷，更反衬出这场中原之战的失败。海云叮嘱忽必烈不要忘记的就是这件事情。

"那个时候准备不够充分，我知道了，在没有获胜的希望时，我不会贸然进兵的。"忽必烈道。

忽必烈决定大军没有聚齐之前，不离开六盘山，这个方案也得到了姚枢等随军汉人参谋的赞同。

从云南再往前走就是少数民族的地区，但那一带居住的汉族人也很多。蒙古的汉人军队同样不少，河北的汉人世侯诸如真定的史天泽、顺天的张柔等人，对沿途的汉人势力予以笼络，把他们组织起来建立军事据点，这很明显是长期作战的设想。

皇帝蒙哥虽然很大度地说"漠南汉地全权交给忽必烈"，但毕竟还是有限度的。蒙哥与忽必烈的性格不一样，蒙哥是蒙古武将的统领，而忽必烈则梦想着成为包括汉人在内的世界性国家的领袖。

"汉人迷。"

蒙哥曾经这样评价忽必烈，当然不是在忽必烈的面前说，但不久还是传到他耳朵里了。

忽必烈想："兄长不喜欢我。"

蒙哥和忽必烈年龄相差七岁，他们童年时很少有机会在一起。忽必烈与年龄相差不大的弟弟旭烈兀经常相伴，当年祖父成吉思汗西征凯旋时，十一岁的忽必烈和八岁的旭烈兀就一起到很远的地方去迎接。那时候蒙哥已经上战场了。

忽必烈很在意旭烈兀。与外表的柔顺不同，旭烈兀其实性情很刚强。兄长蒙哥在做皇帝前就理所当然地以拖雷家的首领自居。

"是谁选蒙哥做拖雷家代表的？"

旭烈兀曾经脱口这样说道，当然蒙哥不在场。蒙哥岂止是拖雷家的代表，还以蒙古皇帝为目标，并最终获得了这个地位。在拖雷家没有人对此质疑"为什么"。

因此，听到旭烈兀这样说时，忽必烈感到很意外，但仔细一想，又觉得确实有道理。蒙古没有长子继承的习俗，反而有幼子继承的遗风。

阿里不哥曾经说："成吉思汗家的继承法是不是搞错了？按照蒙古的习惯，其实应该由父亲继承大汗位。"

这件事在拖雷家经常被说起，然而出自阿里不哥之口，就带有了别样的意味。

成吉思汗的正统传人应该是幼子拖雷。在大汗位回到拖雷家的现在，正统的继承人难道不该是拖雷的幼子阿里不哥吗？

如果顺着拖雷是正统的说法追寻下去，最终会得出阿里不哥是正统的结论来。

在蒙哥坐上皇位的现在，至少拖雷家没有人再来纠缠这个问题，或者说没有人公然纠缠更恰当。

忽必烈遵照蒙哥的命令出征前，特意去向旭烈兀告别。

"旭烈兀，什么时候才能再见到你？你什么时候出发去波斯？"忽必烈问。

旭烈兀笑了笑，答道："皇帝可能也想让我早点去吧，如果没有宴只吉歹的问题，其实我应该比你出发得更早，皇帝可能早想把碍眼的我打发到远方去。"

旭烈兀好像喝了不少酒。

忽必烈自认为比其他人更了解旭烈兀，可以说旭烈兀对忽必烈也是如此，两人都认为是对方的知己。

波斯远征已经定下来了，但旭烈兀的出发最终比忽必烈晚了一年多。因为虽然蒙古的西方总司令宴只吉歹及其两个儿子被处决了，但他们的影响还残留着。蒙哥打算从西方将宴只吉歹色彩，也就是窝阔台色彩彻底清除干净后，再建立以旭烈兀为首的新的西方帝国，为此需要时间。

"将来我可能要经常回哈剌和林来汇报，你应该也会这样，咱们尽可能调整时间，在这里见面吧。"忽必烈说。

旭烈兀撇了撇嘴说："你想得太美了。"

"是吗？"忽必烈嘴上虽然这么说，但心里也明白他的想法可能有点太天真了。他预感到今日与旭烈兀一别后，可能很长时间难得再见到他了。

"波斯很远……"旭烈兀说。

"是很远……"忽必烈道。

"我的任务不光是接任宴只吉歹，如果只是当呼罗珊总督的话，也没有什么大不了的。我还要负责攻下阿塞拜疆和阿富汗。"旭烈兀说。

"除了漠南汉地的事情外，兄长什么也不对我说，所以其他的事情我一概不知道。"忽必烈摇着头说道。

"那是当然，只要大汗一个人知道所有的事情就行了。我对漠南汉地的事情也一点都不知道，就连向你打听都要回避。"旭烈兀说。

只有他们兄弟两人时，或者有不需设防的人时，他们才会很随便。同样是兄弟，他们在蒙哥面前就很拘谨，总是恭敬地称之为兄长，最近则称大汗或陛下。

"是啊，咱们俩关系太好，也得注意哪。"忽必烈说着叹了口气。

"所以说还是打消调整时间见面这个念头吧，反而是调整时间不见面为好。"旭烈兀握着忽必烈的手说道。

"想想真让人悲哀啊，至少经常通通信吧。"忽必烈说。

"一般性的通信还好，但如果过度了的话，可能还是有问题吧。西方的事情我经常会问玛丽亚，和她打交道不会被怀疑。我的事情你就问她吧，大致的事情我都会告诉她。"旭烈兀说。

"玛丽亚，我们还是小孩子的时候就和她很亲近。最近她也上了年纪，听说有个叫莎拉的年轻的基督教女人在她那里管事。"忽必烈说。

"哈哈，咱们在说什么呢？怎么像在谈论谋反的事情呢。"旭烈兀说着，无力地笑了几下。忽必烈也笑了，但笑声中也有悲凉。

就这样，忽必烈和最亲密的弟弟分别了。两人这一别之后，就再也没有见过面。

波斯和漠南汉地离得太遥远了。

忽必烈将大本营设在了六盘山，他十分热心地向汉人学者姚枢、海云原来的弟子刘秉忠等人学习统治中原的诀窍。

六盘山是对西夏作战时成吉思汗去世的地方，所以对蒙古人来讲是一个很特别的地方。它是从今甘肃省东部到宁夏回族自治区最南端的山脉的名字，离得最近的城市是固原和隆德两县，这里是作为私人领地分封给忽必烈的。

刘秉忠原本是僧人，但在忽必烈的特别要求下还了俗。他的师父海云又称印简，很年轻时就拜谒过成吉思汗，被称为小长老。忽必烈还是皇孙的时候，海云就为他讲解佛法，他试图将孔孟之道和佛法融合在一起。刘秉忠的父亲曾经效力于国王木华黎，刘秉忠在武安山的天宁寺出家，法名子聪，成了海云的弟子。

在忽必烈的皇弟时代，刘秉忠还没有正式还俗。不过在还俗前，他就被任命为令史。

"和尚书记"，无论是出家时代还是还俗之后，这都是刘秉忠的昵称。

"旭烈兀殿下也在研究西方的事情吧？"忽必烈回到六盘山后，和尚书记问他道。

"也在研究吧。研究之中，慢慢地就会喜欢起来，我对汉地的事情就是这样，而且还有了像和尚书记这样优秀的引路人。旭烈兀当然也有向导，其中有一个名叫玛丽亚的女人就很优秀。"忽必烈答道。

"那就好了。我这么说可能有点不妥，不过我觉得旭烈兀殿下的任务可能更艰巨一些，真是难为他了。"和尚书记说着行了一礼。

"旭烈兀也很头疼，好像四面八方都是敌人，不知道把目标对准哪里更好，现在还很困惑。"忽必烈说。

"西方交给了旭烈兀殿下，东方就全靠您了。"

"这个我知道。"忽必烈说。

"这边的大敌可以说只有一个，但与它相比，水土可能是更大的敌人。"刘秉忠说。听着他的话，忽必烈点了点头。

在汉人参谋中，姚枢做的事情很容易明白。与之相比，和尚书记刘秉忠到底做了什么就不是能够一目了然的了。

"生而风骨秀异，志气英爽不羁。"

《元史》这样评价他。他是一个"于书无所不读"的博学者，易学、天文、地理、律历等无不精通。

"论天下事如指诸掌。"

这也是《元史》的评价。

尽管如此，他到底做了些什么却没有具体的事例。

一般认为，国号定为"大元"是他的功劳，制定从 1260 年开始的"中统"的年号，命名大都、上都等的也都是他。

将国号定为大元，表明蒙古成为中国历代王朝中的一个，也就是说这个国家发生了巨大的、历史性的转型。对于这个国家来讲，没有比这更大的变化了。

引领这种转化的人，绝不会拘泥于细枝末节。

同样是汉人参谋，姚枢是台前的人物，刘秉忠则是幕后英雄。

对于忽必烈来讲，有这么一个和尚书记在身边，经常提些建议，很值得庆幸。

"水土啊，是啊，需要准备药哪，还要配备医生，还要考虑运输的方法。"忽必烈马上就调集药品之事向相关各方做了指示。

东方最大的敌人是南宋。云南的大理、后理国事实上虽然都独立于宋，但从规模上来讲不算大。

之所以要先攻下云南，是因为这里出产矿物，特别是盛产银。虽然金和银相比，中国自古以来就重视金。然而粟特族后裔的西域商人，是以银作为交易上的结算手段。

把世界经济大局纳入胸中的人，当然会看重银，而在中国，最盛产银的地方是云南。

旭烈兀的西征，敌人不确定，因为不止一个。

最主要的敌人到底是巴格达的教主政权，还是以阿剌模式为据点的什叶派亦思马因派即所谓的暗杀教团，旭烈兀也不是很清楚。

"波斯交给你了。"

虽然蒙哥这样说，但他大概也不清楚具体的敌人是谁。而且关于敌人，两人不明白的地方都很多。

玛丽亚被请来了。

唆鲁禾帖尼的儿子们全都十分喜欢玛丽亚。旭烈兀虽然对母亲信奉的聂斯脱利派基督教不是很关心，不过他见到玛丽亚还是感到很高兴。

忽必烈出征后的第二年（1253）旭烈兀才出征波斯。在这段时间，玛丽亚经常在莎拉的陪护下到旭烈兀的帐篷去，当然是受到了旭烈兀邀请。

"我想了解一下亦思马因派的情况，我感到很迷茫。"旭烈兀说。

在旭烈兀身边聚集了很多伊斯兰教徒，特别是定下由他统率波斯远征军后，皇帝蒙哥更是把大批的伊斯兰教徒派到了他手下。

另外还有一些伊斯兰教徒不是皇帝命令，而是自愿加入旭烈兀阵营中的。旭烈兀想向他们了解亦思马因派的情况，但他们的解说有些地方好像很混乱，让人摸不清头绪。

伊斯兰教徒分成了很多小集团，它们和亦思马因派的关系也错综复杂。因此从可以信赖的非伊斯兰教徒的第三方那里打听情况更容易让人明白。

"还是得请玛丽亚来。"旭烈兀想。

玛丽亚不是伊斯兰教徒，但她曾经在君士坦丁堡生活过一段时间，对亦思马因派的情况应该知道得很清楚。她虽然是一位虔诚的宗教人士，但并没有偏见。

"如果是我知道的，我很高兴告诉你。"玛丽亚说。

据记载，旭烈兀经常满怀深情地回想起身为基督教徒的母亲来。然而他没有成为基督教徒，反而对佛教很感兴趣，后来他的宫廷中有很多佛教僧侣，在伊利汗国的霍伊还修建了佛教寺院。不过，对于基督教，由于母亲的关系，他一向都抱有好感。

"母亲的朋友。"

因此玛丽亚对旭烈兀来讲，是一个值得信赖的人。

"我想了解一下开创亦思马因派的人、现在主宰它的人以及其他重要人物的情况。"旭烈兀说。

"它并非由谁开创。伊斯兰教初期就分成了逊尼派和什叶派，伊斯兰由被称为伊玛目的宗教领袖统治，谁是真正的伊玛目成了双方争执的焦点。逊尼派以先知穆罕默德的女婿阿里为第四代伊玛目，而什叶派则以他为第一代。逊尼派认为时间虽然很短，但第一代到第三代伊玛目分别是阿布伯克尔、欧麦尔、奥斯曼。而什叶派将阿里之前的三人视为僭位者。"玛丽亚缓缓地说道。

旭烈兀也曾经听说过这些，不过，名字他马上就忘掉了。

"我觉得这是哪个地方都有的继承人纷争，其他还有什么含义吗？"旭烈兀微笑着说。继承人纷争旭烈兀也经历过，如果有人问他这有什么含义的话，他该怎么回答才好呢？旭烈兀想到这里，笑容好像突然被冻住了似的。

"对于当事人来讲是一个重大的问题吧，特别是伊斯兰教，宗教和现实是混为一谈的。"玛丽亚一边摇着头一边说道，从她的这个举动可以看出，她似乎不赞成将宗教和现世混淆在一起。

"从成吉思汗开始，我们将宗教问题放置在了现世之外。所以在我的军队中，基督教徒、佛教徒，还有伊斯兰教徒，以及拜长生天的蒙古人能够并肩作战。"旭烈兀说，他仰着头几乎像是对苍天喃喃自语似的。

"这是一个很明智的做法，伊斯兰教徒中也有这么做的人，认为宗教和现世不同。"停了一下，玛丽亚轻轻说道。

旭烈兀注视着玛丽亚的脸，追问道："有这样的人啊？"

"是的，有。是和成吉思汗同时代的人，不过他在大汗很年轻的时候就去世了，他就是库尔德族的萨拉丁。我还是小孩子的时候曾经见过他。我听说大汗曾经还做过有关他的梦，梦见和他亲切握手呢。"玛丽亚说着，眼睛似乎在凝视着远方。旭烈兀追随着她的视线看去，什么也没有看到。

"如果我在这次远征时，遇到这样的人该怎么做才好呢？听说大约一百五十年前，阿剌模忒出现了一个杰出的人，就是建造阿剌模忒要塞的那个人。"旭烈兀说。

"啊，你说的可能是哈散萨巴（？—1124）吧。因为建造阿剌模忒的就是他。不过他和萨拉丁没有可比性，因为萨拉丁是舞枪弄剑的军人，而哈散萨巴是一位宗教家。不过据说他也像伊斯兰教徒一样，和敌人作战过。他在阿剌模忒潜心于著述，那时候暗杀事件很多，哈散的敌人四处散布说那些暗杀都是他指使的。不过据我在君士坦丁堡时很熟悉的伊斯兰学者说，他不认为哈散与那些暗杀事件有关。但是哈散的敌人一个接一个地被暗杀了也实有其事。"玛丽亚凝望着天空说道。

11 世纪末期，暗杀事件接连不断地发生，被暗杀的人以塞尔柱王朝宰相尼札姆穆尔克为首，还有十字军的将领等，全是哈散的敌人，这是一个不争的事实。

由于尼札姆穆尔克等人是在整备好军队，准备去镇压阿剌模忒前夕突然死去的，所以暗杀说非常盛行。

　　塞尔柱王朝在其著名宰相被暗杀后，国势一蹶不振。与西辽
作战失去了河中，又因乌古思反乱，国君成了俘虏，他虽然一度
逃脱，但不久国家就灭亡了。苏丹桑札尔成为俘虏正好是旭烈兀
波斯远征前一百年。

　　蒙古对亦思马因派的政策是彻底镇压。

　　有传闻说在遥远西方的阿剌模忒的亦思马因派暗杀集团，把
刺客派到了哈剌和林，为此哈剌和林的西域人被严厉地防备起来。
以往阿剌模忒暗杀集团的目标是塞尔柱王朝的宰相尼札姆穆尔克、
十字军的的黎波里伯爵康拉德或者安脩克公爵雷蒙德等，全是大
型组织的要人。

　　蒙古也是一个超大型的组织，它的要人如果也身陷险境的话，
那就应该彻底摧毁敌人。

　　以往蒙古西征过很多次，然而当时它的对手，比如说花剌子模，
也和亦思马因派作战过。那时候阿剌模忒和蒙古拥有共同的敌人，
所以两者没有交战。然而，现在不一样了，蒙古已经将巴格达之
外的敌人几乎全都消灭殆尽了。

　　"一百年前的阿剌模忒和现在的阿剌模忒应该有很大的不同
吧。"旭烈兀说。

　　"现在的阿剌模忒变得很怪异，没有了哈散萨巴时代那样的危
机感，从阿剌模忒听到的全是令人厌恶的消息。现任城主穆罕默
德三世似乎不是一个正常的人。把他当作病人可能更恰当。"玛丽
亚闭着眼睛，缓缓地摇了摇头。

　　阿剌模忒的穆罕默德三世患了精神病的传闻整个波斯的人全
都知道，而且传统上，阿剌模忒的疯狂信徒众多。由精神病人统

领的狂信者集团，让人想起来就觉得毛骨悚然。关于哈散萨巴负面的传闻，很多似乎都是穆罕默德三世时代制造的。

"必须要让他们解散。"旭烈兀说。

然而亦思马因派开展的抵抗运动已经持续了两百年以上，据守在阿剌模忒山也超过一百六十年了，不是简单的"让他们解散"一句话就能解决的。

旭烈兀说解散他们，不用说当然是依靠武力。

"自哈散萨巴之后，阿剌模忒的城主都是父子相传的，肯定有腐败的地方，但也有传统的强势。我们现在不知道他们有多强多弱，所以应该认真听听来自西方之人的意见。"玛丽亚只说自己知道的事情，这有多大的意义，就看旭烈兀的判断了。

父子相传时，如果首领只是象征性的话，只要辅佐的人精明强干就可以了。然而，阿剌模忒的主人是绝对的独裁者，第四代首领哈散二世宣称自己是伊玛目。

伊玛目在什叶派中是最高领袖，拥有教义决定权和立法权。伊玛目本来的意思只不过是"优秀的学者"而已，但在什叶派被用作代指一贯正确的最高领袖，以往的用法被认为是大不敬。

这样的伊玛目如果本身是个不正常的人，就会出现大问题，现在的伊玛目即第七代城主穆罕默德三世，就是这样一个让人困惑不已的人。

"即使放置不理，他也会自取灭亡。"

这是玛丽亚的意见，但她不能将之强加给旭烈兀。而且，自取灭亡也不过是被人篡夺了权力而已，新掌权的人不见得一定会比以往阿剌模忒的伊玛目品质优良。

穆罕默德三世有一个名为忽儿沙的儿子，但并不喜爱他。他还有一个名叫哈桑的宠臣，如果不通过他的话，哪个大臣都不能接近穆罕默德三世。这个哈桑和穆罕默德三世是同性恋关系。

"以非正常的爱联系在一起的关系。"

玛丽亚在说明同性恋的时候，使用了这样的表达方式。

皇帝蒙哥也从派往西方的诸位官员那里得到了许多关于阿剌模忒的消息，被处死的宴只吉歹生前就曾经详细传递过阿剌模忒的情报。

蒙哥心想："如果是我的话，在进攻巴格达之前，首先要将阿剌模忒化为灰烬。"

不过具体怎么作战他打算全权交给当地负责。

从距离上来讲，因行军路线不同虽然有一些差别，但阿剌模忒和巴格达大致相当。蒙哥认为揭幕战应该选择强劲的对手。

玛丽亚每次去旭烈兀的营帐后，必定会到他的正妃脱古思那里去看看。脱古思名义上是克烈王汗弟弟札合敢不的女儿，实际上是王汗的孙女。

旭烈兀的母亲唆鲁禾帖尼也是札合敢不的女儿，所以旭烈兀的母亲和妻子名义上是姐妹，两人都是虔诚的聂斯脱利派基督教徒。对于脱古思来讲，玛丽亚是婆婆的朋友，她们共同的话题很多。特别是现在，脱古思要跟随丈夫旭烈兀去遥远的西域，她想照顾好年纪比自己小的丈夫，必须要从对西方很熟悉的玛丽亚那里请教很多事情。

旭烈兀虽然受命西征，但还没有出发。不过前锋部队已经离开哈剌和林了，前锋部队队长名叫怯的不花，是玛丽亚的亲戚。

"不知怯的不花走到哪里了，年轻人速度很快的。"脱古思说。

"年轻人有朝气有闯劲，很好，不过这也让人担心。他出征前来看了我，我们一起祈祷了。"玛丽亚说。怯的不花与玛丽亚是同族人，当然也是基督徒。

不知怯的不花是否肩负特殊使命，他出发比旭烈兀要早得多。《元史》关于他出发的记载，紧挨在皇太后唆鲁禾帖尼驾崩之前，皇太后驾崩是壬子年（1252）二月，那一年旭烈兀还没有任何行动。

《新元史》明确记载了怯的不花的使命：命皇弟旭烈兀讨木刺夷，以乃蛮人怯的不花为前锋。

怯的不花的使命是讨伐木刺夷，木刺夷正确的读法应该是木刺希达，在阿拉伯语中，意为无神论者、异端者等。在当时那个时代，指的就是阿刺模忒的亦思马因派。

蒙哥命令怯的不花作为旭烈兀的前锋讨伐阿刺模忒。

旭烈兀的大部队根据情况既可以进攻巴格达，也可以进攻阿刺模忒，然而前锋怯的不花的部队是专门进攻阿刺模忒的。由此可见，与巴格达相比，蒙古更重视阿刺模忒。怯的不花的前锋部队约有两万士兵。

"是啊，敌人是木刺夷，说不清为什么，但让人觉得很恐怖。"脱古思说。

之所以说木刺夷可怕，是因为他们不仅在战场上作战，还可能利用暗杀手段杀害敌人。很多十字军的将军们就在意想不到的地方被木刺夷的人杀害了。

"不是说那些暗杀者也潜入了哈刺和林吗？都是些不怕死的人，很难对付，真是让人头疼。"说是让人头疼，但玛丽亚的表情并没有显得特别为难。

"对了，那个关于哈希什的传说是真的吗？"脱古思很担心地问。

传说暗杀者使用一种名为哈希什的麻药。哈希什采自大麻的野生花、叶，服用它后，会出现脉搏加快、注意力低下等症状，同时还伴有一种幸福感，但它是否有害还不能遽下定论。

哈希什并不是直接被用于暗杀中，而是刺客进行暗杀活动前，就像饮酒一样服用哈希什。一个人一旦品尝过它的滋味后就会终生难忘，为了寻求它而到山寨长老哈散萨巴那里去的刺客就再也无法离开他。不过，哈希什似乎没有如此强的药性，所以这种用哈希什束缚住刺客的说法有点让人难以信服。

自从英国诗人费兹杰罗（1809—1883）翻译波斯人莪默·伽亚谟（1048—1131）的《鲁拜集》（四行诗集）时，在序文中以小说的形式描写了山寨长老的故事以来，哈希什是"暗杀者（Assassin）"一词的词源的说法就被人广泛接受了。

哈散萨巴和莪默·伽亚谟大致是同时代的人，哈希什在这个时期几乎没有被使用的迹象。据说最先使用的是 13 世纪的埃及，在酒从戒律上被禁止了的伊斯兰世界中，哈希什逐渐扩展开去。

如果是这样的话，那么旭烈兀西征时，哈希什才刚开始使用，脱古思之所以很担心，是因为不了解它的真实情况。

哈希什与暗杀者这种听上去就很恐怖的事物联系到一起，而且，被强调的是与带有密教倾向的亦思马因派，特别是和阿刺模式关系很深的尼札里派的关系。亦思马因派在 11 世纪末，当尼札尔和穆斯塔里兄弟围绕法蒂玛王朝第九代王位争夺时，支持了落败的哥哥而被称为尼札里派。

"我觉得没必要太担心，无论在哪个地方，都有那种狂妄地创构狭隘理论的人，认为只有遵守它的才是自己人，并且横眉立目地指责其余的人都是异端，我们聂斯脱利派基督教徒中也有这样的人。"玛丽亚说道，开始她的表情很严肃，但说着说着就变得很平和了，还渐渐地露出了微笑。

"是啊，原理主义者很可怕啊。"脱古思说。

阿拉伯语称原理主义者为阿萨辛[1]，在蒙古语中没有这样的词汇，所以就使用了阿拉伯语。

---

1 音译，吸食哈希什者，叙利亚的亦思马因派亦名阿萨辛派。

二　离去的心

　　直到忽必烈踏上征途为止，可以说蒙古对中国南部、南宋一直都是置之不理的。

　　忽必烈奉命讨伐云南大理，并非以南宋为对手。云南这个地方小政权林立，而且还有很多既无主人也无人民的土地。

　　"大汗虽然说全权交付给您了，但还是请殿下仔细地观察观察，判断一下。"顾问姚枢对忽必烈说道。他这是委婉地质疑皇帝蒙哥到底是不是真的把一切都委托给了忽必烈。

　　汉地安抚第一。

　　这是姚枢的主张，他认为安定民心比什么都重要。这虽然是理所当然的事情，但在当时的蒙古并不这样认为。

　　当时蒙古对汉人的普遍看法是：汉人是从事土地耕种这种下等劳动的人，因为他们的存在，上等的牧地都被破坏了，所以非常可恶。

　　处分汉人（杀死或者驱逐），把他们的土地变成牧地，这种残暴的论调在蒙古建国初期经常出现，蒙古人认为汉人没有任何用处。耶律楚材生前就以坚决反驳这种残暴论调而闻名。

"仔细观察的话需要时间，兄长能耐心等待吗？我必须要考虑兄长能够等待的时间。"忽必烈说。

忽必烈经常要计算兄长忍耐的限度，每到这种时候，他就痛感到他和兄长在思维方式上存在的巨大差异。

对姚枢他能随心所欲地说话，但对兀良合台说话就要格外小心谨慎，因为速不台的这个儿子没准就是蒙哥安置的间谍。

"由于也古的缘故出发推迟了，可这能持续多久呢，马上就该到时候了吧。"姚枢说。

也古作为征东将军奉命去讨伐高丽，这是为了牵制南宋的作战。但没想到也古与将军塔察儿关系一向不好，偏巧这次他们两军的宿营地很近，于是也古目无法纪地调动军队袭击了塔察儿。在蒙古很多地方还遗留着这种粗野的做法。

蒙哥将也古召回罢免了他，把征东将军换作了札剌儿带。这个决定之所以迟迟没有下来，是因为蒙哥狩猎时从马上摔了下来，大约有一百天没有处理政务。

现在蒙哥身体已经康复了，积压的政务应该很快就能解决，接着可能很快就会催促忽必烈出征讨伐大理。

"在哈剌和林的催促到来之前，咱们应该抢先一步发出出征的讯息。"姚枢说。

忽必烈那年夏天在六盘山度过，其间，不断地聚集军队。到了秋天，军队终于出发了，但速度不是很快。

在临洮府蒙古军采用了传统的三军建制，不用说忽必烈率领的是中军。

"你虽然是东方大总督，但在军事上还是要听兀良合台的，就像当年的拔都一样。"

皇帝蒙哥虽然说把东方事务全权交给忽必烈了，但口头上还是做出了这样的指示，要他仿效窝阔台时代被称为长子军的西征军，当时长子军的总帅是拔都，但实际负责指挥的是速不台。那时候蒙哥也参加了长子军，所以他深知贵由和拔都争斗的原委，还肩负起了押送贵由回国受审的任务。

这其实是一个典型的所谓双头制的失败案例，尽管如此，蒙哥依然没有更改这种制度，只不过这次实际的总帅换成了速不台的儿子兀良合台。

"没办法，因为兀良合台相当于兄长的师傅。"忽必烈说。

在成吉思汗时代，成吉思汗为孙子蒙哥配备了兀良合台，安排由他照顾蒙哥的生活起居，他们经常生活在一起。

"他以后可能会很用心地监视殿下您的行动，您一定多加注意。关于军事方面的事情，在人前一定要经常说兀良合台也是同样的意见。"姚枢说。

"知道，兄长的性格我最了解了。"忽必烈说。

打懂事时起，忽必烈就一直在琢磨怎么应对拖雷家的长子、自己的哥哥蒙哥了。不仅是蒙哥，他对猜测任何人的心理都很有自信，要想猜出别人的心理，首先就要知道自己和他人有什么不同。

猜测蒙哥的心理几乎成了忽必烈的一种习惯：在牧场见到一匹好马时，忽必烈首先想的就是蒙哥会不会也喜欢这匹马；在吃东西的时候，他也会想蒙哥是不是会觉得这道菜太咸了。与自己的喜恶相比，他总是优先考虑蒙哥的喜恶。不过，仔细想想的话，这其实是了解蒙哥和自己不同之处的最好的方法。

"我作战的方法和蒙哥的真是大相径庭啊。"这点忽必烈知道得很清楚。

没有胜算的仗坚决不打——在成吉思汗的作战方法中，忽必烈对这点最有感触。

如果有人问他最想怎样作战的话，那么他会回答说最想像宋太祖的武将曹彬那样作战，这是他最近刚从姚枢那里听来的。

曹彬字国华，原本效力于后周，后周世宗柴荣的皇后张氏是他母亲的堂姐妹。他出身名门，但持身严谨。世宗三十九岁去世，嗣子当时才七岁。在契丹频繁入侵的那个时代，军人们拥立了柴氏的司令官赵匡胤为皇帝，就是宋太祖，中国历史上再没有像这次这样在和平中禅让皇位的例子了。柴荣的子孙在宋朝作为王族，一直延续到了南宋灭亡。而后周的武将曹彬也就直接变成了宋朝的武将，而且还晋升到了军人的最高等级——枢密使。

曹彬的作战方法是尽可能地不杀人。在以多杀人为荣的蒙古人之间，忽必烈以曹彬为榜样的理想，反而被视作很怪异，因为害怕杀人甚至有可能被人认为是卑怯。

关于曹彬的事情，当然是姚枢教给忽必烈的。

"我们采用这样的作战方式可能很困难。"姚枢在讲到曹彬时，还特意这样补充道。

由于当时《宋史》还没有编成 [1]，姚枢讲的曹彬的故事，主要依据的应该是《东都事略》等。

"虽然很难，但也要很好地传达下去。不过宋朝还有曹彬的子孙吗？"忽必烈一边叹着气一边说。他对文明很向往，但他必须要隐瞒这点。

"可能还有吧。后周柴氏家族在临安香火不断确是事实。"姚枢回答道，他的脸上变得没有表情。

忽必烈知道为什么，姚枢在小心控制自己的表情，不让脸上

1　元朝脱脱总编的《宋史》于 1354 年完成。

显露出得意的神情来。

身为柴氏外戚的曹彬，作为宋朝重臣正好死于相当于 1000 年的宋真宗咸平三年，那是距现在二百五十三年前的事情。赵氏受禅让而建立起来的宋王朝依然还延续着，但马上蒙古就要去消灭这个宋王朝了。

二百年前的蒙古是什么样呢？在姚枢没有表情的脸下面，没准隐藏着这样轻蔑的念头。

蒙古相当长的时期内没有文字，没有准确的记录，可以说从俺巴孩汗被塔塔尔俘虏献给金朝的时候起，才好不容易摆脱了传说时代。

据说俺巴孩汗被献给了金朝的阿勒坛汗，如果阿勒坛汗指的是金朝海陵王的话，那么他应该死于 1161 年，至今最多不过一百年而已。

两百年前的事情只能牵强附会地猜测了，忽必烈虽然也听说过祖先孛端察尔抢婚的故事，但具体年代就一无所知了。

祖父成吉思汗也曾经作为部族小首领被金朝的"以夷制夷"政策愚弄，直到讨伐塔塔尔，他似乎才从大局上明白了自己是为什么而战的。

祖父生前肯定想消灭金朝，雪洗"以夷制夷"之怨，不过他一直策马进攻到了遥远的西域，也能够瞑目了吧。

姚枢说："唐朝以前也是鲜卑族。"

被誉为构筑了宏大文化气象的唐朝，似乎也是由居住在北方的鲜卑族人建立起来的。

姚枢好像认为文化从哪里都可以产生，相互交融之后才逐步得以壮大。如果这样的话，那么蒙古也可以成为文化交汇融合的中心。

"就像曹彬那样打仗看看吧。"忽必烈说，他从姚枢那里听了三天有关曹彬的故事后说道。

"啊，这真是圣人之心，是生民之幸，国家之福啊。"姚枢拱手说道。

"这个必须要让更多的人知道，怎么做才好呢？"忽必烈问。

"在醒目的地方张贴不得杀人的布告，纸很容易被撕坏，而且风吹雨淋也会破损，就用布帛写吧，而且要尽可能多地在街头巷尾张贴。咱们现在已经离大理越来越近了，要赶紧着手做这件事情，当然布告上还要盖上公章。"姚枢说。

与预想的一样，在云南的战争是与气候、水土的战争。20世纪时曾让中国红军长征时大感头痛的汇入岷江的大渡河，这时候也让蒙古军很是苦恼。虽然叫蒙古军，不过大部分是汉人部队，人数约有十万。

远征军一边前进一边对抗着南方湿热的气候与恶疾，乘着皮囊、筏子等强行渡过了金沙江，他们的目的地是南诏国首都大理。

南诏建国于唐代，从东方受到中国、从西方受到印度文化的影响，拥有相当高的文化水平。它的国君之位从蒙氏到郑氏、赵氏、杨氏，最后传到了段氏，但当时实权掌握在高氏手中。

云南有几个很大的湖，其中滇池和洱海最大。半月形的滇池面积约三百四十平方公里，大约是琵琶湖的一半，昆明在其沿岸，也是它附近部族的名称。当时南诏的中心，反而是在洱海沿岸的大理，那里出产的石头，被称为大理石，非常有名。忽必烈率领的蒙古军的目的地就是大理。

在战争打响前，蒙古很多兵将就因为疾病倒下了。而且不仅是人，就连马也接连不断地倒下。由于云南没有很多马匹供应，蒙古军的马匹主要是从河北调集来的。

在靠近大理城时，蒙古军派了三名使者，但他们一去就再没有回来，因为大理掌实权的高氏兄弟即高祥和高和命人杀掉了这几名使者。

这时候，写在布帛上的"不杀令"已经由认识汉字的人传播开来了，很多人对此都是半信半疑。对于蒙古军非常正规的装备，城中的百姓、军队都很恐惧，厌战气氛弥漫。

而蒙古军一路上纪律严明，对沿途百姓秋毫无犯的作风使得很多人渐渐地觉得：不杀令也许可以相信。

大理城的城门打开了，蒙古军遵守了不杀令。不过，这并不适用于下令杀害蒙古使者的人——高祥和高和。

"咱们返回吧。"姚枢对忽必烈说。

"那南方怎么办呢？"忽必烈问。

"我想交给兀良合台就行了。"姚枢说。

为恶疾困扰的忽必烈军队暂时返回了六盘山的基地，而兀良合台则率领一部分军队继续南进，在平定云南后又指向了安南。

姚枢为了尽可能地不使忽必烈被皇帝兄长蒙哥猜疑而费尽了心思，把平定大理后的事情交付给兀良合台，就是为了避免抢占战功。

蒙哥也为了使弟弟忽必烈的威望不过度增长，将指挥系统制定成了双头制，主将到底是忽必烈还是兀良合台，他似乎故意没有明确。

拉施特用波斯语写就的《史集》中明确地写着蒙哥命令忽必烈听从兀良合台的命令。

忽必烈的返回，如果得到了兀良合台的赞成，就算不上是放弃任务。忽必烈负有讨伐南宋这个巨大的任务。

忽必烈返回的消息先由兀良合台汇报了上去，忽必烈自己的汇报在他之后。

这样做都是根据姚枢所献的计策，因为他如果太炫耀胜利的话，恐怕就会有人私下里议论：让忽必烈当皇帝是不是更好？

这对忽必烈来讲，很可能是致命的危险。

大军返回六盘山后，忽必烈马上起程去哈剌和林拜见兄长。

"我们随军带去了很多药，可即使这样还是不够用，有的医师说在当地调集的药疗效更好。"忽必烈汇报道。

不知为什么，兄长蒙哥总让人觉得有些陌生。

"滇国[1]、四川、吐蕃自古以来就以盛产药材而闻名，你有姚枢跟随，怎么连这点事情都不明白？"蒙哥说。他这话不仅是对忽必烈，连姚枢也一同斥责了。

沉默寡言的蒙哥原本就不太爱说话，最近更是金口难开，让人觉得他总是不高兴。对于药材这件事情，他虽然是斥责，但总算开了口，反倒让人觉得安心。

姚枢陪同忽必烈一起去了哈剌和林。忽必烈搞不明白的事情，有时会借助姚枢的观察。

"陛下的心情好像有点不太好。"忽必烈说。

"岂止是不好，可能有人对陛下打了些您的小报告。"姚枢皱着眉头说。

"都报告了些什么呢，真想知道啊，还有是谁打的小报告。"忽必烈抱着胳膊说道。

"现在就是知道了这些也无可奈何，我正在调查哈剌和林的情

1　今云南。

况，我们同行有一千两百名骑兵，陛下对此并没有什么反应。目前看来可能只是中伤而已，大汗好像也没有当真，我想他最多只是有些不快。"姚枢低头说。

"要是这样的话，和阿里不哥见面是不是也免了？"忽必烈说。

"如果他来见您的话，见见也好。如果不是这样的话，您就不要主动去见他了。"姚枢直了直腰说。

"那个侍奉阿里不哥的阿蓝答儿的眼神让人看着不舒服。"忽必烈摇着头说。

"您知道就好，他是陛下的忠臣。"姚枢露出了复杂的表情。

"阿蓝答儿？"忽必烈显得有点惊讶。

阿蓝答儿是哈剌和林长官的助理，深得皇帝蒙哥的信任，拥有很大权限。蒙哥外出征战时，由他辅佐负责留守的阿里不哥，是留守的最高长官，堪称是皇帝的宠臣。

"忠臣的任务之一就是尽可能地防范与皇帝亲近的人，也就是离皇位很近的人。"姚枢说。

"那就是皇帝的兄弟了，不是吗？是我还是阿里不哥？旭烈兀可能正在去往波斯的途中。"忽必烈仰望着天空说道。由于是在帐篷外面谈话，他们知道周围没人。不过尽管如此，忽必烈的声音还是自然而然地变小了。

旭烈兀已经向西出征了，这时候正在穿越察合台领地。察合台家的也速蒙哥、不里等反蒙哥派的人物被肃清了。已故的哈剌旭烈兀的正妻兀鲁忽乃现在是察合台汗国的主人，旭烈兀在亦列河谷的阿力麻里受到察合台家人的热烈欢迎。

再往西行，旭烈兀在撒马尔罕滞留了四十天左右，这期间如果有什么事情的话，他能够马上返回东方。

"旭烈兀殿下到达了监视人的眼睛监视不到的地方，可能正意气风发呢。"姚枢说。

"不过在撒马尔罕还不能粗心大意，那里有麻速忽，他应该比阿蓝答儿好些吧。"忽必烈说。

撒马尔罕的长官是牙老瓦赤的儿子麻速忽，蒙古的高官们可以说全是皇帝的忠臣，全是皇帝的眼线。

"回金莲川吧。"姚枢眼望着草原的远方说道。

自哈剌和林建成以来，此处就成为一个令人熟悉的地方，但最近却变得让人厌烦起来。对于离皇位很近的人来讲，皇帝居住的地方越来越让人觉得不舒服了。相比起来，金莲川反而让人很眷恋，那里没有皇帝的忠臣，忽必烈的家人们生活时不用提防谁。

"是啊，开始建造城市吧，我已经让子聪给我画了设计图，马上就开始建吧。金莲川有很多有意思的事情，我不想再来哈剌和林了。"忽必烈深深地吸了口气说道。

有很多有意思的事情的金莲川在更东边。当初作为私人领地分封给忽必烈的八州十二县，则在京兆的西边，说是私人领土，其实里面也有相当多的人直属于蒙哥，所以真正能够放心的地方反而是金莲川这边。

忽必烈的愿望是在这里兴建以亲王府为中心的新的城市，它的名字也已经定下来了：开平府。

绘制这个城市蓝图的人是海云和尚的弟子子聪，即后来还俗的刘秉忠。

"不过，建造这个城市很难哪，处处都要格外注意，虽然我想子聪不会疏忽大意的。"姚枢说。

都想修建宏伟壮观的城市，但如果太过宏伟壮观了的话，蒙哥还有他的忠臣们会怎么想呢？从这个意义上来讲很难。而且蒙古虽然拥有首府哈剌和林，但游牧的人们对定居城市怀有偏见，这点也必须要考虑进去。

"看来不能修比哈剌和林更大的城市啊。"忽必烈叹着气说道。

"汉土皇弟的境遇更悲惨呢，曹操儿子们的故事您知道吗？"姚枢问。

忽必烈答道："曹操的儿子们我知道，继承了魏王朝的是曹丕，对吧，应该是叫文帝。"

凡是王朝开创者的故事蒙古人都比较感兴趣，很喜欢听汉人学者讲。当时虽然《三国演义》还没有著成，但它的主体框架已经通过说书、戏剧的形式相当普及了，据说还出现了被称为"说三分"的专门讲解天下三分之计的职业。

"文帝有一个弟弟名叫曹植，他是皇弟，同时也是一位杰出的诗人。"姚枢说。

"那个我就不知道了。"忽必烈说。

"最开始他是食邑（统治的领地）五千户的诸侯，慢慢地他就被换到了土地贫瘠地方，只剩下老兵一百人，防辅监国（监视的人）的官吏也变得越来越严厉。"姚枢说。

"就是像阿蓝答儿那样的家伙。"忽必烈说。

"皇室成员相互间的交往也被禁止了，到都城拜谒皇帝后，返回各自封地去的时候，即使方向相同，他们也必须分开行走。"姚枢说。

"一样的，皇帝陛下也不喜欢我和旭烈兀太亲近，这次到哈剌和林也没有见到阿里不哥。看来虽然时代和地点不同，但人们想的事情、担心的事情完全相同啊。"忽必烈感叹道。他站在草原上眺望着东方的天空。

皇帝蒙哥和弟弟忽必烈之间出现不和被认为是忽必烈远征云南大理结束，去哈剌和林汇报事情之后。

不过，蒙古的史书没有明确地记录此事，恐怕是要为尊者讳吧，因为皇族之间的斗争不便公之于众。

关于蒙古的历史，既有汉文文献，即《元史》等；也有波斯语文献，拉施特的《史集》、志费尼的《世界征服者史》等，这些被称为基本文献。

不过，无论哪种文献好像对此事都讳莫如深，将兄弟不和这部分模糊化了。考虑到汉文文献编撰于忽必烈及其继任者的时代；波斯语文献则是承认忽必烈一系为宗主的旭烈兀及其子孙编集或者制作成的，因此两者被隐瞒的部分应该是一样的。由于基本文献的缺失，所以即便是历史学家，在写到这段时期的事情时，也不得不采取小说式的笔法。

虽然同样身处战争年代，但蒙哥和忽必烈对战争的根本理念不同：蒙哥认为只要获胜就行，而忽必烈的理想则是通过战争拯救人民，这恐怕是他们两人产生不和的根源所在吧。

忽必烈望着天空，不久就躺倒在草原上了。

"这样很舒服，能和大地对话。"忽必烈对姚枢说。

"是吗？那我也试试。"姚枢学着忽必烈的样子，在草原上躺出了一个大字形。

"我一时半会儿离不开金莲川，京兆该怎么办呢？"忽必烈闭着眼睛喃喃自语道。

"从宜府啊。"姚枢随声附和了一下。

忽必烈在京兆设立了从宜府这么一个办公机构，在那里面配置了财政、军政人员。相当于建立了一个微型的政府，随时都能够扩大。在忽必烈心中，他想无论何时国政交给他，他都能立即应对。

而国政交给他的时候，就是皇帝蒙哥出了什么事的时候，所以这个想法是不能说出来的，只能在单独一个人时梦想。

对于忽必烈的梦想，姚枢有一些觉察，但他不去捅破，就让它是一个不能表露出来的梦吧。

与此同时，蒙哥正在反思忽必烈的报告，他漫无边际地想着："这样很好，但要真是这样的话，也有问题啊。不对，忽必烈好像是真心这样做的。"

在裂帛上写上不杀令，不失一兵一卒就把一个城池收入囊中，作为战术来讲这种方法很不错，但是这样一来不就没有达到讨伐的目的吗？

"再慢慢想一想吧。"蒙哥靠在床几上，一个人自言自语道。

三 闲置

在金莲川，小心翼翼的城市建设开始了。

各种各样的情报从蒙古各地纷至沓来，但对于忽必烈来讲，好消息很少。在京兆，他的领地正遭受着一场前所未有的审计风暴。虽然说是私人领地，但在蒙古的任何地方，皇帝都可以随意派遣部下去调查。而诸如会计、财务之类的事情无论哪个地方多少都会有些秘密。然而无论多么小的误差，阿蓝答儿都不会放过。

"那个畜生阿蓝答儿，不是故意鸡蛋里挑骨头吗？"忽必烈骂道。

"中国有句话叫吹毛求疵，做这种事情的人绝不会有好下场。"姚枢说。

这句话出自《韩非子》，绝不是褒义。

"你是说阿蓝答儿会遭到报应？"忽必烈问。

姚枢点了点头。

"我知道他迟早会遭到报应，不过如果他的报应不早点来的话，我的人都要被关进皇帝的钩考局了。"忽必烈在姚枢面前毫不掩饰地流露出了在其他人面前几乎从没有露出过的焦虑。

钩考局是为了整顿纲纪而设置的机构。意为用钩子钩出问题来，说白了就是彻底调查罪行的机构。

今天谁被钩住了，昨天是谁，明天又会是谁，在京兆的忽必烈系的人每天都如履薄冰，战战兢兢。

"这是不是太过分了，这不是和虐待我一样吗？"仰望着天空，忽必烈一边叹着气一边说道。

"忍耐最重要。"姚枢说。

"忍耐我知道，但要忍耐到什么时候？要忍耐一辈子吗？我必须要忍耐到那时候吗……"忽必烈不由自主地停下了话头。如果问他要忍耐到什么时候的话，只要兄长还活着，他就要一直忍耐下去。

虽然每次被抓到钩考局的人只有几个，但这种状况已经持续了好多天。而且一旦进了那里的人，就再没有下文了。

"钩考局有问题。"

"说是调查，但调查的内容却一点都不知道，本来应该透露一些的，可现在却声息全无。"

"没有人从那里回来，就连打听情况都打听不了。"

忽必烈的骨干们悄悄地议论着。

"什么都不知道。"

大家都不住地摇着头。

"其实怎么样了很明白，根源在我们的殿下那里，明白吗？"姚枢说。

在场的有五个忽必烈的骨干。当姚枢问他们"明白了吗"的时候，大家全都隐隐约约地明白了，问题就是阿蓝答儿会进行到哪一步。

"现在大家都在这里，趁这个机会我把每个人都必须要知道的事情告诉你们。"姚枢说着停了下来，环顾了一下众人，在座的人全都屏住了呼吸，一半以上的人闭上了眼睛。

姚枢好像派了能干的密探潜入哈剌和林，对此忽必烈的亲信们大都知道。但因为事关重大，密探得到的消息，除了告诉自己的以外，他们都尽量不去打听。

"我想你们知道我派人去哈剌和林搜集各种情报的事情。不过，那算不上最高级的情报源，所以和你们一样，有很多重要的情报都刺探不出来。然而形势变得非常严峻是事实，按以往的惯例，如果谁被盯上了的话，那他身边的人就会首先被瓦解。现在，在京兆忽必烈殿下的人就有被拘捕的，我这么说可能不中听，但接下来可能就该轮到在金莲川的诸位了。"

姚枢预想在金莲川的忽必烈的亲信迟早也会被拘捕，可能"对方"想抓住忽必烈企图谋反的证据，现在对方也知道忽必烈并没有这种图谋，所以想通过拷问的方法逼出来。

"很艰难哪，但咱们得坚持，只能祈祷京兆的同伴坚强了。"

姚枢也只能反复这么说，别无良策。

"与其坐以待毙，还不如主动出击。"

有人这样提议道。

"那正中对方下怀。"姚枢慌忙说。他不断地说"对方"，这与"敌人"是同义词，但谁也不愿说出具体的人名。在座的人都知道是蒙哥或者以蒙哥为中心的人们。

从京兆快马加鞭传来了一个震撼性的消息：京兆终于出现了牺牲者。

看来认为只是拘捕的想法有点太天真了。

"处决啊……"

大家相互打量着，有人脸色变得煞白，京兆同伴们的命运，有可能在不久的将来就是金莲川的忽必烈党人的命运。

"接管京兆的准备工作好像正在稳步进行着。"

这个消息和第一个人被处决的消息同时传来。

最初来的只是阿蓝答儿的亲兵，但随后又增加了很多来路不明的士兵。凡是从哈剌和林来的人，都可以看作是蒙哥党的人。

蒙哥党也好，忽必烈党也好，在拖雷家人当权之前，没有这样的称呼。除了一部分人之外，其他的人就算有属于拖雷家的意识，也没有进一步细化。像姚枢、子聪这样在金莲川或是在京兆的忽必烈的亲信大多都是从拖雷家分来的。

忽必烈为了不使蒙哥猜疑，尽量让与自己关系不是很紧密的人留在京兆的幕府——从宜府中。然而，即使这样他们还是陆陆续续地被拘捕，以至于最终有人被处死了。

"张久思这个人我虽然知道他长得什么样，但没怎么和他说过话，真不知他为什么被拘捕。"忽必烈说，他从刚才就一直在思考这个问题，想来想去，只能认为是蒙哥对他的恐吓。

"你如果不老实的话，会倒大霉的，明白吗？"

他仿佛还能听见蒙哥的声音。

最先被处死的张久思，在汉人幕僚中也不是十分重要的人物。他的下巴很长，见一面很难让人忘记，只此而已。他长得像一个上面小下面大的葫芦似的，所以被起了个外号叫葫芦。

接下来的一天，一个牧人打扮的蒙古将士从京兆来到了金莲川，对忽必烈说："我秘密地保护了张久思的家人，请殿下您一定要嘉奖那个'葫芦'。因为无论怎样拷打他，他都没有开口承认与殿下有关系。"

"等等——"忽必烈不假思索地大声问道，"没有开口承认，到底没有承认什么呢？与我有关系，到底指的是什么？"

"对不起……"这个从京兆来的汉子当场跪倒在地上。

现实情况好像已经不仅仅是蒙哥的政治恐吓了，忽必烈也不由得对事情的真相大吃一惊。

以京兆忽必烈的幕府从宜府为中心，确确实实地在进行着真正的谋反计划。"忽必烈党"的人们愤慨于皇帝蒙哥的种种做法，认为与其坐以待毙，不如奋起抗争，推出忽必烈，寻找出路。然而，这件事情他们没有与忽必烈以及金莲川的干部们商量，因为他们知道他们的计划无论如何都会被阻止的。

他们的计划是如何泄露的不得而知，结果以张久思为首的人们被逮捕了。这不是冤枉之罪，而是有确凿的罪状，不知道的只有金莲川。

金莲川忽必烈的干部们被召集来了，他们每天都在收集情报，并以此为基础讨论对策。

从哈剌和林的皇帝那里什么消息也没有传来，被处决者的名字也只是例行公事式地被公布了一下而已，而且还是以阿蓝答儿的名义公布的，皇帝只是令人窒息般地沉默着。

在金莲川的干部会议上，彻底抗争派占了大多数，因为无论是奋起反抗还是坐以待毙，结果都一样，都会受到镇压。

"为什么皇帝保持沉默呢？我渐渐想明白了，我们的生机全在这里了。虽然生病很不幸，但这次为了众生，我还是要去请求他，这么说我想你们应该明白了吧。"姚枢说到这里，停了下来，看着大家。他们虽然提出了各种各样的意见和对策，但他相信没有比他自己的这个更好的办法了。姚枢终于又开口了："我想去请求海云禅师，如果他无法出面的话，至少请他写点什么。"

大家开始小声议论起来，议论声中好像有一种找到了出路的安心感。

忽必烈党人大量被逮捕和处刑绝不是冤假错案，是明显的谋反，只是被抬出来的忽必烈不知道罢了。发生在京兆的这场血雨腥风，实际上并没有波及京兆的所有地方。

在京兆的史天泽和刘黑马二人虽然也被问讯了，但没有被拘捕，他们从很早起就投靠了蒙古，在汉人地区很有影响力，他们从一开始就拥有自卫性质的武装组织。从成吉思汗时代起，他们就被称为汉人世侯。

史天泽的根据地在真定，不过最近作为蒙古军的一部分出没在各地，特别是在对南宋战打响以后，蒙古军中的汉人部队备受瞩目。

以往中原作战的主要敌人是金朝。金朝是女真族建立的国家，对于汉族人来讲，蒙古也好，金朝也好，在非汉族政权这点上是一样的。

然而，这次作战的对手是宋朝，它很明显是汉族政权的国家。被金朝驱赶到南方的宋，后人称之为南宋，但在当时，实际上只称为宋。

对于蒙古军中的汉族部队来讲，这是个很难作战的对手。

"汉人不和汉人打仗。"

这种呼声很高，并不纯粹是宋朝方面的谋略。

对于蒙古首脑来讲，汉族部队就像一块烫手的山芋。可是尽管如此，现在汉人在蒙古军队中的势力也不可等闲视之，比如说对宋作战能够动员的兵力大部分都是汉族兵将。

皇帝直属的"特务机关"很关注汉人军团的动向，但他们又被指示道："事情微妙，必须要小心谨慎。"

　　与汉族部队的动向同样重要的是离皇位很近的皇族的动向，好像为了印证这点似的，与皇弟忽必烈关系密切的京兆集团阴谋被发觉了。

　　皇帝蒙哥喃喃自语道："畜生，忽必烈那家伙应该不会做这么愚蠢的事儿啊。"

　　蒙哥即位时，企图谋反的窝阔台党、察合台党的家伙们都一口咬定："这件事情是我们谋划的，与殿下没有丝毫的关系。"

　　就像当年那些家伙们包庇忽察和脑忽一样，京兆忽必烈党策划谋反的人也把所有的罪行都揽到了自己身上，一口咬定与忽必烈没有任何关系。蒙哥不相信窝阔台党人说的话，但认为忽必烈还没有那么愚蠢，所以他可能真的不知道。可就算是这样，作为皇帝，他也必须要对这件事情做个了断，这让他感到很头疼。

　　姚枢正确地读出了皇帝蒙哥的烦恼，即汉族部队和忽必烈的问题。

　　本来这两个问题是没有什么关联的，但姚枢想要把这两个问题搅和到一起，制造出更加深刻的问题来。

　　汉人世侯的强项在于他们能够召集巨大的兵员数量，他们虽然总是表示蒙古方面要求的兵力无法征集出来，但到了万不得已的时候，真不知道他们能够召集多少出来，只这一点就很可怕。

　　忽必烈如果和这个势力结合到一起的话，那么无论是谁也不敢对他轻举妄动。而能够将两者结合到一起的方法，姚枢绞尽脑汁想出了一个：只有海云禅师能够救助忽必烈。然而他现在重病在床。

　　蒙哥即位时，为了安抚旧金领土的民心，把总揽佛教信徒的职务交给了海云。道教方面则任命了长春真人的弟子，曾经为了谒见成吉思汗，千里迢迢前往西域的李志常担任这个职务。

所以说海云不是在野人士，他是一个拥有很大权威的人。忽必烈和海云已经有了联系，海云的弟子子聪就在忽必烈身边。

由于佛教信徒全部由海云总揽，所以主要的汉人世侯全都与海云有联系。特别是真定，佛教徒很多，史天泽为了能更好地控制部下，也很重视与海云的联合。

最初通过海云，忽必烈和史天泽成了有缘之人，今后更要进一步强化这种关联。姚枢还没有开口，海云就察觉到了他的来意。由于他身患重病，医生不让他过多地说话。但姚枢和弟子子聪只需通过他表情和眼神的变化，就能明白他的心意。

"忽必烈殿下现在身陷困境，请您一定要救助他。"姚枢说。

好像为了敦促师傅下决心，子聪插嘴道："现在救助忽必烈殿下，是为了普天下的黎民百姓。"

皇帝兄弟不和的原因，虽然是他们身边的人围绕皇位产生的矛盾。但就两人本身来讲，还有对战争观念的不同：对于蒙哥来讲，战争只是输赢的问题而已。然而，忽必烈则认为战后的"民生"很重要，如果考虑战后的事情的话，那么打仗时的方法也不得不斟酌。

"汉人迷。"

就像蒙哥评论的一样，忽必烈怀有政治理想。虽然由于他的立场，他尽量不表露出来，但逐渐地人们还是都知道了。

"为了能实现以德治国，现在不得不进行战争，"姚枢、子聪都这样教导忽必烈，"虽然实现它很难，但军人的职责就是要尽可能地接近它。"他们反复这样讲。

海云沉默了一会儿。他在病床上肯定也在想着现世的事情，以及他自己还能够做些什么。他半抬起身来说道："举办一个法会吧，这恐怕是我最后的法会了。我率领诸寺院做主办人，把忽必烈殿下和史天泽阁下的名字列在上面吧。"

把有实力的人的名字罗列在法会发起人名录上，等于是作为供养人即后援者来号召大众。海云禅师答应亲自主讲，病中的他能否真的主讲法会很令人怀疑，但只要打出他的名字，应该就会聚集来大批的善男信女。

把忽必烈和史天泽的名字并列在一起，暗示两者之间产生了同盟的关系，还意味着有数不清的民众的支持汇集在了两者身上。

"谢谢。"姚枢和子聪几乎同时说道，并几乎同时低下了头。

在海云的病榻前，一股不能忽视的强大势力诞生了，它不是新的势力，而是将以前就有的两股势力联合到了一起，但这种联合产生出了数倍于以往的力量，想要摧毁它的话，会遭到令人恐惧的强烈反击。在它的顶点是皇弟忽必烈，被兄长蒙哥唾弃为汉人迷的他，在海云禅师的协助下，获得了数量庞大的汉人的支持。

"要广撒法会的传单，一定要多准备一些，这个很重要，子聪不可掉以轻心。"海云说着，半起的身子又躺倒在床上了。在他面前，两个男人长久地跪拜着。

海云大法会的事情一经传开，在哈剌和林立刻引起了巨大的震动。

蒙哥阵营中的强硬派十分焦虑，主张马上对忽必烈采取一些措施。然而，无论再怎么灵活解释成吉思汗的遗训，从拖雷家出来的皇帝也不可能杀掉拖雷家的皇族。

蒙哥的亲信中也有人考虑悄悄地派刺客去，但由于海云禅师的牵制，这个也不可能实行，因为如果强行的话，蒙古会陷入大混乱之中。

"把忽必烈晾到一边去。"

除此之外没有别的办法。

蒙哥虽然和忽必烈的性情、思想都不合拍，但到目前为止还没有考虑过要杀害亲弟弟。

不过真到万不得已的时候，蒙哥有可能什么事情都做得出来，他的底限在哪里谁也不清楚。依靠海云的帮助，忽必烈躲过了当下的危机，对于他来讲，人事已经做尽了，剩下的只能听天命了。

蒙哥原本想一点一点慢慢地削弱忽必烈的力量，他先收拾了忽必烈在京兆的亲信，接着正准备把手伸向金莲川时，没想到海云突然举行了大法会，忽必烈周围一下子变得异常稳固起来。

对于皇帝蒙哥来讲，祖父成吉思汗是绝对的存在，即使现在，通过萨满请示成吉思汗的灵魂也是最重要的。萨满总是在一种陶醉的状态下向他传达所谓的成吉思汗的话，他对此深信不疑。

蒙哥信奉萨满很有名。忽必烈也会举行一些萨满教的仪式，但与兄长蒙哥相比，要冷静得多。

忽必烈攻陷大理后，将兀良合台留在战线上，自己到蒙哥的朝廷汇报去了。恰好就在那个时候，方济修道会的鲁布鲁克访问了蒙古（1253—1254）。鲁布鲁克编写的《旅行记》在西方非常有名，它很好地描绘出了蒙古宫廷中的宗教气氛。

皇帝蒙哥既参加基督教的活动，也参加伊斯兰教的活动，还出席佛教的活动，因为他忠实地遵守了成吉思汗的教导，对所有的宗教都一视同仁，平等对待。

他之所以热心地参加多种宗教，是觉得一个神或许有疏忽大意的时候，但向多个神祈祷的话，就万无一失了。

据鲁布鲁克记述，聂斯脱利派基督教的教士将香递给蒙哥，蒙哥祷拜过后将香插在香炉中，接着教士们也学着蒙哥的样子烧香，之后大家就饮酒，这是蒙古独特的做法。

由于按顺序基督最先，所以基督教徒觉得自己最受重视；而《世界征服者史》的作者志费尼则记录大汗最重视伊斯兰教；而佛教徒，则因为其领袖被尊为"国师"，也确信佛教最受尊崇。

像这样，哪种宗教信奉者都认为自己最受重视，这绝不是什么谋略，而是蒙哥真正公平地对待了每种宗教。

由于大法会的举办，忽必烈躲过了一劫，却被搁置在一旁了。

对宋战争的准备工作稳步进行着，原本受命率领左翼军南下的应该是忽必烈。然而，左翼军主帅却改命出身于斡惕赤斤家的年轻少主塔察儿。忽必烈虽然没有被诛杀，却被晾在了一边。

"不需要你了。"

这次对宋战争的人事安排，向忽必烈党宣告了这个讯息。

"是塔察儿啊，他是拖雷家的恩人哪。"忽必烈喃喃自语道。

塔察儿是拖雷家的恩人，但在此之前，塔察儿先从拖雷家，特别是从忽必烈那里感受到了恩谊。

塔察儿是成吉思汗幼弟帖木格·斡惕赤斤的孙子，成吉思汗很喜欢这个幼弟，特别赐予他"国王"的称号。帖木格也没有沉迷在成吉思汗的喜爱之中，在讨伐乃蛮时，他建立了大功。另外，在与想篡权的萨满党斗争时，抓住并杀死阔阔出也被看作是他的功劳。

按照蒙古的古老习俗，家业应该由幼子继承，即使在成吉思汗时代，斡惕赤斤也被看作是"副王"。成吉思汗去世后汗位的继承，由于幼子拖雷的牺牲精神，窝阔台才顺利地当上了第二代皇帝。

然而，在第三代皇帝贵由当选之前，帖木格却妄想成为帝国的主人，谋划发动政变。但没想到本来应该在遥远欧洲战线上的贵由，因为与拔都发生矛盾，为了接受审查意外地早早就回来了，所以帖木格只得放弃发动政变的图谋，辩解说是来吊唁的。

然而，前来吊唁却率大军而来总是有些说不过去，所以帝国就命令拖雷家的蒙哥和拔都的长兄斡儿答调查此事。到了这时候，帖木格家人再去做负责调查的这两人的"工作"就显得不妥，所以委托忽必烈想办法妥善地处理此事。站在帝国角度看，也想尽量隐瞒成吉思汗幼弟谋反的事情，所以最后只诛杀了几名将士，此事就不了了之了。

帖木格去世的时候，他的嫡孙塔察儿只有十五岁，有人觉得他太年轻了，不足以继承家业。在亲族会议上，忽必烈却力挺塔察儿，说："十五岁已经是一个响当当的男子汉了，如果有可靠的辅佐人的话，应该没有问题。"在忽必烈的鼎力相助下，塔察儿继承了家业。

后来，蒙哥在做忽里台大会的多数派工作的时候，最先从东方率领大军赶来参加大会，一举决定了大势的就是塔察儿，拖雷家因此得到了他的莫大帮助。两家都是幼子的家世背景，可以说在这个层面上彼此怀有亲近感吧。

"塔察儿殿下经过咱们这里的时候，您不能主动去见他，有可能会招惹上不必要的嫌疑。"姚枢说。

"闲置哪……"忽必烈苦笑道。

塔察儿的祖父帖木格在成吉思汗时代被称为"左手皇子"，负责镇守辽东之地。塔察儿要去往原本应由忽必烈去的鄂州[1]战线的

---

1 今武昌。

话，必定要通过附近。

塔察儿没有到正在修建中的忽必烈的幕府开平府，但在附近时派使者捎来了口信：期待你在不久的将来就能重返战场，为了报答你的大恩，我会竭尽全力。

"哈哈，塔察儿说要尽力帮我重回战场，可是他能做什么呢？是想立大功后向大汗请求吗？那除非他立了惊天的大功，哈哈。"忽必烈一笑了之。

"不过也没有那么难，只要塔察儿殿下真有这心的话，马上就能办到。"姚枢说完，深深地吸了一口气。

"哦？有那么简单？对手是大汗啊，你不要想得太天真了。"忽必烈伸手拿起了酒杯。

就在这时候，从西方来了使者，是帝国正式的使者，每当这种使者来的时候，大家全都提心吊胆，生怕使者会说出"赐死"的话来。

使者是有可能带来这种最坏的消息的，特别是这次来的使者，他的表情显得很沉痛。不过使者张口说话后，大家悬着的心终于放下来了。使者带来的绝不是好消息，但也不是"赐死"，而是"拔都殿下去世了"。

1255 年，欧洲远征军总司令拔都在伏尔加河畔走完了他的一生，享年四十九岁。

得到这样悲伤的消息时，却不小心流露出了安心的气息，忽必烈幕府的空气又变得很沉闷。虽然说成吉思汗家族的人不能杀，但谁又知道蒙哥信赖的巫术师会传达什么样的神谕呢？

犒劳了使者，把他送到别的帐篷后，忽必烈的部下好不容易解开了愁眉，所有人心中想的都一样：这种情况到底要持续到什么时候呢？

"您带着家人到哈剌和林去住一段时间吧。"姚枢突然这样提议道。

"去哈剌和林？带着家人？"忽必烈说完后，似乎思考起理由来，从他的表情看来，他好像慢慢地也觉得这个建议不错。

与其天各一方这样提心吊胆地生活，还不如到哈剌和林去等待命运的判决，舍去性命寻找一条活路。

"好吧，就去哈剌和林。"忽必烈的表情变得很明朗，说着，他把两手举向了上空。

"在太阳落山前，咱们赛一圈马吧。"姚枢说。由他主动邀请人赛马的情况很少见，要知道，他邀请的人可是超一流的骑马能手。

"好吧，让我来看看你的骑术有没有进步，和尚书记骑马可是很不错的噢。是啊，最近可真是有好长一段时间没有好好骑过马了。"忽必烈说道。

和尚书记即子聪，忽必烈品评着姚枢和子聪的马术。子聪虽然马骑得很好，但总是默默地骑，一言不发，与他同行很无趣，他好像喜欢在马上思考问题。而姚枢虽然马骑得不怎么样，但一旦找准了节奏后，总能想出些有趣的事情来，而且好像还能一边说话一边思考。

"塔察儿多大年纪了？"在马上，忽必烈回过头来问姚枢道。

"他祖父帖木格·斡惕赤斤正好是九年前去世的。"姚枢回答道。

"从那以后已经过了九年了？对了，确实是，那是马（午）年，这个我忘不了，正好脱列哥那也是那年死的。那样的话，塔察儿今年应该二十四岁了。"忽必烈的眼睛转向了遥远的前方。

"已经成了一个很可靠的青年将军了，也就是说他去参加忽里台大会的时候还不到二十岁，真是个了不起的男子汉哪。"姚枢感叹道。

"那时候的忽里台大会距离他继承家业还不到四年嘛,正是因为他赶到了阿剌豁马黑山,事情好像才踏上了正轨。"忽必烈似乎想起了在阿剌豁马黑山举行的忽里台大会的情景。

当时的忽里台大会说是拖雷家和拔都家自吹自擂的忽里台大会一点也不为过。不要说窝阔台家,就连察合台家也反对拥立蒙哥为大汗,成吉思汗嫡系的四家分成了完全对立的两方。

这时候,被称为天下副王的斡惕赤斤家明确表示了支持蒙哥,而且不仅仅是在帝国的东端声援,斡惕赤斤家年轻的当家人还亲自千里迢迢地率兵赶来参加大会。他到来的时候,拖雷家人不由自主地发出了欢呼声,这欢呼声里面,还包含着忽必烈、旭烈兀以及幼子阿里不哥的声音。

"虽然从一开始就知道能够获胜,但因为塔察儿殿下的加入最终决定了。"姚枢说。

"当时是这样,"忽必烈话锋一转,说道,"刚才使者来了,咱们聊的话题被打断了,你说塔察儿只要真有此心就能让我重回战场?"

"是的,因此殿下您应该去哈剌和林,必须要在哈剌和林等待。"姚枢说。

"等待什么?"忽必烈问。

"等待让您出征的命令,军队可以以后再去追您,嗯,也许反而这样更好。"姚枢说。

"让我重回战场的命令,那和塔察儿有什么关系?"忽必烈问。

"我从塔察儿殿下派来的使者的话中想到的,他希望您重返战场,他能做到这个。"姚枢说。

"哦?他是想通过立大功的方法吗……"忽必烈问。

"不能立功，本来率领这支东路军不是殿下您的任务吗？"姚枢说。

"现在再说这些有什么用，我被晾到一边了。"忽必烈说。

"塔察儿殿下想把这个任务返还给您，不是很简单吗？他只要打个拙劣的仗就行了。就算不输，只要没赢就行。听说这次塔察儿殿下的军队在东平地区偷盗百姓家的羊呀猪呀什么的，胡作非为，从一开始就欠缺紧张感。可是塔察儿的军队本来是以军纪严明著称的啊，这是为什么呢？"姚枢露出了微笑。

忽必烈陷入了沉思。

"不会吧？"忽必烈说，"大汗委以大军的司令官，不会这样吧……"

"塔察儿殿下很年轻，应该只有二十四岁吧。"笑容从姚枢的脸上消失了。

也就是说年轻的塔察儿出于侠义心肠，可能想牺牲自己的功绩，为忽必烈创造重返战场的机会。这让忽必烈难以置信。

"咱们慢慢看塔察儿怎么打仗吧。"说着，忽必烈用鞭子使劲抽了一下马，跑向了草原深处，好像头脑中根本没有意识到姚枢也一起来了。

可能忽必烈想一人在草原上驰骋，重新反思一下刚才姚枢说的话，虽然没有得出结论来，但在驰骋的过程中，带着家人去哈剌和林之事明确地决定了下来。

四　暗杀教团

　　就在忽必烈被闲置在一旁的时候，弟弟旭烈兀率军悠然地向西进发了。

　　军队穿过了与拖雷家有着各种纠葛的察合台家的领地，在撒马尔罕休息了四十天，又继续向西行进了。

　　1256 年 1 月，旭烈兀到达阿富汗，由于天气恶劣，滞留了一段时间。到了春天，总督阿儿浑来问候他，留下了自己的儿子克烈灭里之后就回去了。其他人还有志费尼，就是那个写《世界征服者史》的文人。这部书是用波斯语写就的蒙古历史。

　　在旭烈兀的军营中也有会汉文的人。他是后来由蒙哥派遣来的名叫常德的人，他写了一部名为《西使记》的著作，用汉文记录下了蒙古攻掠阿剌模忒的情形，非常珍贵。不过实际上，常德和马可·波罗一样，都采用口述方式，执笔者是一个名叫刘郁的人。

　　据说阿剌模忒也向哈剌和林派去了刺客。对于蒙古来讲，这是一个不可饶恕的敌人，与巴格达的哈里发（教主）相比，阿剌模忒更可恶，要先把兵力指向它，把它化为灰烬。

旭烈兀一路上打着旗号："我们是来讨伐木剌夷（邪教徒）的。"木剌夷即亦思马因派，是一个暗杀教团。在这个旗号之下，蒙古军即使到了很远的异域也被当作救世者而受到了欢迎。

就在东方战线上的东路军司令塔察儿正挥指向武汉时，旭烈兀攻陷阿剌模式。

阿剌模式在初期是一个宗教氛围浓厚的，带有修道圣地感的要塞，然而随着将近一百七十年岁月的流逝，到现在可以说宗教的热气几乎已经消散殆尽了。岂止如此，处处还弥漫着世俗的腐臭之气。

阿剌模式的主人刚刚更换，但还是欠缺朝气。

"太臭了这里，有一股兽类的恶臭气，简直不是人生活的地方。"旭烈兀仰望着阿剌模式山城说道。这里是暗杀集团的根据地。

蒙古战士注重以堂堂正正的作战方式决定胜负，虽然不完全排除暗杀，但也只是在极其特殊的情况下才使用。然而，在阿剌模式，暗杀可以说是一种非常普遍的作战方式。不仅是蒙古，哪个集团都非常憎恶阿剌模式的狂信者们，因为他们好像认为杀死异教徒、没有信仰心的人是慈悲。

在亦思马因派中，尤其过激的集团是尼札里派，所以阿剌模式集团也被称为尼札里教团。

"尼札里的人一个不剩地全部杀掉，即使是婴幼儿也不能饶恕。"

在临出发的时候，皇帝蒙哥这样命令旭烈兀道。

劝降书被送向了阿剌模式各处，但旭烈兀并没有宽恕对手的意思，先遣部队的怯的不花也一样。他们之所以表现出愿意接受投降的姿态来，只是为了减少己方的损失，蒙古军的干部们其实早就心领神会，这场战争很明确就是一场歼灭战，做出的各种姿态只是为了使作战更容易。

蒙古军刚到阿剌模忒时，敌方的总帅是穆罕默德三世，但现在他已经被杀了，由他的儿子忽儿沙继位。穆罕默德三世是一个狂乱的伊玛目，在他统治下的阿剌模忒，成了一个被恐怖笼罩的地方。

穆罕默德三世的儿子忽儿沙也带有像父亲一样的狂气。父亲生前，他被命令在父亲的卧室旁边与妻子一起生活起居。父亲的一个爱好是放牧山羊，只有父亲出去干这个的时候，他才能享受短暂的自由。他享受自由的方式就是饮酒。有心的人都预感到阿剌模忒的末日快要到来了。

不仅是儿子忽儿沙，大臣们也感受到了自身的危险，于是开始偷偷地考虑能不能让老伊玛目退位，由忽儿沙即位，以便向蒙古投降。然而，忽儿沙却突然生起病来，这个计划不得不中止了。

数日后，穆罕默德三世像平时一样出去放牧。在放牧地的小屋里，穆罕默德三世和宠爱的印度人、突厥人睡在了一起。这天深夜，他离奇地死在了那里，是被斧头一击致命的，同室的人也受了重伤，倒在地上呻吟。而忽儿沙则从傍晚就开始喝酒，一直喝到烂醉如泥昏昏沉沉地睡去。

这就是穆罕默德三世的死，由于伊玛目必须要立即有人继承，于是忽儿沙成了新的伊玛目。

这个事件是在蒙古军包围山城的时候发生的。事件发生后，蒙古军立即就知道了。因为通信既可以用箭射出来，也可以通过地下排水口流出来。

在山城内，穆罕默德三世的宠臣哈散被杀了，是被利斧砍下了头。

伊玛目是楷模或指导者的意思，在逊尼派中与哈里发是同义词，而在什叶派中则指最高领导人，而且，伊玛目被认为是具有无谬性的。

所以，阿剌模忒的伊玛目穆罕默德三世无论做什么事情都不会受到责难，除了杀死他之外，没有其他改变他的办法。

"真是一场闹剧。"听了阿剌模忒城内对事件的处理经过后，旭烈兀不由得干笑了起来。

所有的罪责都强加到了哈散这个人身上，而对于无谬的伊玛目怎么会宠爱这样的男人，谁都没有提出质疑。

"至少杀死穆罕默德三世的真凶不是哈散吧，从这么着急将他处死来看，愈发让人觉得可疑。"怯的不花说。

"真凶是谁很清楚，就是儿子忽儿沙，他杀死了既是父亲又是主人的人。"旭烈兀说道。

"我也进行了很多调查，我觉得忽儿沙好像不是有这种气魄的人。"怯的不花说。

"当然有人为他出谋划策，原本在发生这么大事情的时候，他突然生病了就很可疑。"旭烈兀摇了摇头，仿佛想说这些事情还是不要深入去想为好。

皇帝蒙哥的态度很明确，就是无论如何也要把阿剌模忒的人全部杀死。

从欧洲来的天主教徒们说，阿剌模忒向哈剌和林派遣了四百名暗杀者，他们希望蒙古惩治这些穷凶极恶的迷狂者，所以有意把刺客夸大为四百人。

"即使只派了一人，也绝不能饶恕。"

旭烈兀这样想，不用说，蒙哥也是这么想。

阿剌模忒的敌人不仅仅是异教基督徒，伊斯兰教中的逊尼派也被他们视作异端，怀有强烈的敌意，就连什叶派中除了亦思马因派之外的派别，有时候也被看成是异端。

巴格达的哈里发被阿剌模忒暗杀的就有两人，逊尼派建立的塞尔柱帝国宰相尼札姆穆尔克被暗杀，之后不久，已经去世的国王篾力沙也被怀疑是毒杀的。十字军的将军们成为牺牲品的也不少。

阿剌模忒所到之处就会散布恐怖，而且他们还故意采用十分引人注目的杀人方法。当然刺客被抓捕的情况也很多，但他们好像对此很是大义凛然。

"我听说抓到了一个会讲蒙古话的菲达伊，把他带来。"旭烈兀想到了此事，命令道。

"菲达伊"指执行暗杀的人，阿拉伯语意为牺牲一己之身而作战的人。蒙古军抓到了几个以蒙古将军为目标的暗杀者，其中一个人会说蒙古话，旭烈兀想和那个人聊聊。

那个菲达伊是个安静的中年男人，他丝毫没有狂热信徒身上常见的狂躁感觉，他身体很消瘦，有点无精打采，可能正是因为这样，他才被认为有可能接近旭烈兀吧，他的目标是旭烈兀。

他被同伴告密出卖了，这也算是阿剌模忒堕落的一个例证吧。菲达伊被同伴出卖，在以往的历史中是不曾有过的。

蒙古方面使尽了各种严酷刑法，他只说自己的目标是蒙古亲王旭烈兀，其他一概不言。

"如果旭烈兀亲自来审问我的话，我可以回答，其他的人可不行。"

当他说出自己的目标是旭烈兀时，还加上了这么一句，然后就闭紧了嘴巴。旭烈兀想起了此事，命令手下把那个人带来。

由于遭受残酷拷问的缘故，他几乎站不住，但头脑好像还很清醒。

"给他个椅子。"旭烈兀命令道。

之前这人一直由两个狱卒很粗暴地扶着站立着，即使给了他椅子，如果没有左右的狱卒的话，他也可能会倒下去。

"说说你的名字，你同伴知道的名字恐怕是个假名吧。"

旭烈兀从上往下看着他说道，声音意外地很柔和。

"人们很长时间都叫我哈基姆。"他的回答也不可思议地没有什么敌意，只是淡淡地说道。因为被拷打的缘故，声音很微弱，有气无力的样子。

哈基姆，波斯语意为哲学者。

"阿刺模式的伊玛目给我的脑袋标了多少价？先付给你多少钱？取了我的头，你如果被杀了的话，家人能从伊玛目那里得到多少报酬？用什么方式给他们？"旭烈兀用鞭子抬起哈基姆的下巴问道。

"我不是为世俗的报酬干的。"哈基姆说道。

哈基姆摇了摇下巴，想甩掉鞭子，他的声音虽然微弱，但有一种决绝的气魄。旭烈儿把鞭子从哈基姆的下巴拿开了。

拿开鞭子，哈基姆的头也没有垂下来，他使出浑身的力气，用力地抬着头。

"那么你是为什么想要我的头呢？如果不是为了报酬的话。"旭烈兀看着哈基姆的脸这样问道。

失去了鞭子支撑的哈基姆的头，好像要垂下来了，但他拼命地想要抬起来。旭烈兀又用鞭子抵住了哈基姆的下巴。

"你认为我死了战争就结束了？"旭烈兀问。

"是的，正是这样。"哈基姆说。

"好吧，把这个人带到我的卧室去，我没叫的话，谁也不准进

来。"旭烈兀让狱卒把哈基姆带到自己的卧室后，就把所有的人都
赶了出去。

旭烈兀的帐篷中铺满了厚厚的地毯，哈基姆躺倒在地毯上，
旭烈兀靠在毛皮摞在一起的坐垫上，向下看着他。

"这样说话容易了吧。"旭烈兀说。

"是的，很舒服，我从来没有这么舒服过。"哈基姆说。那里
铺的地毯是最高级的，感觉舒服是理所当然的。

"我来听听你的说辞吧。"旭烈兀拉过毛皮盖上说道。

"我的愿望就是这个，结束战争，除此之外没有其他的。蒙古
的主帅死了，士兵们就会撤退。皇帝死了的话，所有的人都会撤退。
之前蒙古都打到匈牙利了，但还是全部撤退了。"哈基姆说。他说
的是过去窝阔台死的时候，蒙古全军撤退的事情。

"然后呢？"旭烈兀想让哈基姆畅所欲言。

在旭烈兀的催促下，哈基姆接着说了起来，他的声音还是很
微弱，没有力气，好像只是凭着气息在说似的。他躺在地上说话，
帐篷里除了旭烈兀之外没有其他人，这让他精神上很放松。

"我们阿刺模式一直用暗杀这种方法战斗，你一定认为人们都
害怕我们，憎恶我们吧。"哈基姆说。

"难道不是吗？"旭烈兀问。

"害怕我们、憎恶我们的只是极少数的一部分人。阿刺模式的
菲达伊的目标只是将军、宰相等大权在握的人，普通士兵我们一
个也不会杀，老百姓也是如此，他们都很放心。"哈基姆说。他的
声音无力得好像随时都会中断，但虽然很无力，却很清晰。即使
在好像要中断的地方，也不可思议地很有力量。

旭烈兀想要说些什么，但似乎被哈基姆的气势压制住了，一
时说不出话来。过了一段时间，旭烈兀张口说道："还有这种思考

方式哪。"

哈基姆不容他多说，插嘴道："这是正确的思考方式。"

他中间喘息了两次，大概因为躺着的缘故吧，声音似乎有点底气了。

"正确的？是吗？"旭烈兀和哈基姆的目光对到了一起，两人都不愿意先将目光移开。

"在这一百年间，我们至少避免了十次大的战争，因此数十万的生命得救了。而为此失去的生命，加上菲达伊在内，大概也不满百人。"哈基姆说。

"你相信通过暗杀避免的战争都是不义的战争？"旭烈兀问。

对于这个问题，哈基姆连想都没想马上就回答道："那还用说。"

"要是那样的话，我问你，你认为现在阿剌模式的伊玛目是真正的伊玛目吗？我们听到的话好像不是这样。臣下杀害君主、儿子杀害父亲之类的事情都能从阿剌模式听到。我们也像你们一样，在敌人中安插了密探，那是我们的菲达伊。这些事情我听说都是真实的，对这些你觉得怎么样？"旭烈兀说。

这次旭烈兀采取了主动进攻。非达伊哈基姆显得很痛苦，他闭了一会儿眼睛，瘫在地上的身体稍微抬起了一些，说："我离开阿剌模式已经二十年了，不知道现在的情况。"

"你说不知道，但你不是二十年前从那里出来的吗？不可能完全不知道现在的阿剌模式。"旭烈兀说。

对于旭烈兀的话，哈基姆沉默了，他眉宇间流露出的神情绝不是狂热信徒的神情，而是夹杂着追寻真理的求法者的苦恼神情。

"如果你不知道现在阿剌模式的情况的话，我告诉你吧，这都是很准确的消息，我们的菲达伊不会说不负责任的话。"旭烈兀说。

"我不想听，我不想听。"哈基姆发出了对他来讲很大的声音，但声音虽然大，却显得很没底气。

"如果不想听的话，就不听吧。阿剌模忒的事情天下人全都知道了，现在再来回顾也确实败坏心情，我也不愿意讲。"旭烈兀好像很可怜他似的说道。然后他摇了摇铃，卫兵马上进来了。

"把这个家伙送到医生那里去，要严密地监视他。"旭烈兀命令道。他又转过头来对哈基姆说："哈基姆，回头再见，你先到医生那里去静养一段时间，等到攻陷阿剌模忒后，咱们再见。"

不久，进来了十个左右的士兵，把哈基姆架出去了，这期间哈基姆的眼睛一直闭着。在他看来，阿剌模忒的现状，无论是从谁的口中说出的，都是自己的耻辱。

阿剌模忒第一代伊玛目（当时还没有自称为伊玛目）哈散萨巴是一个很严厉的人。他的一个儿子因为不法行为被他判处了死刑，另一个儿子也因为放荡同样被判处了死刑，所以他没有后嗣。第二代伊玛目由他的朋友布祖尔格乌迷德担任，通过暗杀方式与敌人作战，被认为是从这个第二代开始的。

阿剌模忒被称为"暗杀教团"，用他们的话来说，暗杀与战争相比，牺牲的人命要远远少得多。虽然有些强词夺理，但他们深信通过暗杀将要发起战争的集团中的核心领导人，可以拯救敌我双方大量的人命，这是一种"很人道"的方法。

他们暗杀的目标不仅对外，还对准了自己集团的最高领导人——穆罕默德三世。

"杀死穆罕默德三世的是他的儿子忽儿沙。"

蒙古阵营早就如此分析。

因为只有更换成新的领导人忽儿沙，阿剌模忒才能够说出投降的话来。而蒙古方面也希望通过招降的方式减少牺牲者的数量。

但是皇帝的命令是：一个人也不留，全部杀死，包括婴幼儿。这点蒙古军中的要人全都知道。

旭烈兀为了尽量减少蒙古军的损伤做了各种努力，因此可以说忽儿沙出现得适逢其时。

阿剌模忒的四十多个山城因忽儿沙的投降而落入了蒙古军手中。不过，如果事情进展得太过顺利，没流一点血就成功占领了的话，对蒙古军来讲也不太妥当。最好是有几个山城拒绝忽儿沙的投降劝告，进行了一些抵抗，因为蒙古军受命要屠杀阿剌模忒所有的人，如果没有借口的话也让人为难。

所以当兰麻撒耳城拒绝投降的消息传来后，旭烈兀情不自禁地笑了起来。在阿剌模忒主城也有一部分抵抗派，没有全部按照伊玛目忽儿沙的话办。这时候，就连旭烈兀自己也不免流露出了复杂的心情。

从阿剌模忒山麓向上看山城，旭烈兀不禁叹息起来，如此坚固的山城，在中原、在西域都没有见过。流经山麓的巴合儿河注满了山城的巨大沟壕，想用水攻是不可能的。

开凿岩石制造而成的水槽，里面储藏的不光是水，还有葡萄酒、蜂蜜、醋等，其中有的已经储藏了上百年之久。阿剌模忒最终打开城门时，视察城内的蒙古将士们个个惊奇得目瞪口呆。

"不管储藏了一百年还是两百年，总之，蒙古军要把阿剌模忒化为灰烬，最后只剩下一片废墟。"旭烈兀说。

对他们向哈剌和林派遣刺客的惩罚要昭示天下，无论男女老幼，一概诛杀。

虽然蒙古军向忽儿沙承诺过不杀人，但那只不过是为了全盘打尽而已，从一开始就没有想着要遵守这个承诺。

旭烈兀心想：这帮家伙，难道连这个都没有意识到吗？

忽儿沙四处奔走，劝说伊玛目的威力所能覆盖到的山城主人投降。

"不会杀人的，我拿着旭烈兀殿下亲笔写的文书呢，不会有错。"

他这样说着，辗转于厄尔布尔士山脉中各个菲达伊隐身的山城，除了阿剌模忒的官员外，还有蒙古将士随行，他们是想先来实地调查万一有人漏网的话会逃到哪里去。

皇帝蒙哥的"一个人也不留"的命令，被严格地按照字面的意思理解了。旭烈兀在等待连蚂蚁都不放过一只的"那天"到来。

"哈基姆不见了，好像逃跑了。"脸色苍白的侍卫官慌忙跑来报告道。

"什么？哈基姆逃跑了？"坐在椅子上的旭烈兀腾地一下站了起来。

"属下知罪。"侍卫官跪倒在地上。

皇帝的命令要彻底执行，虽说是皇帝的弟弟，但不论是忽必烈还是旭烈兀，皇帝都是绝对的。在皇帝面前，兄弟也是臣下，反而正因为是兄弟，需要特别意识到自己是"臣下"。

脸色苍白的侍卫官和皇弟旭烈兀，原则上来讲同样都是臣下，都有着同样的恐惧。反而由于旭烈兀与皇帝骨肉相连，这种感觉更强烈。

"这个东西夹在了帐篷壁上。"侍卫官手里拿着一个十五厘米长的纸卷。

"那是什么？"旭烈兀问道。他很不高兴，一再叮嘱要看牢，结果还是让哈基姆逃跑了，不过他应该还没有跑多远。旭烈兀之所以让哈基姆继续活着，是想在攻陷阿剌模忒时，逼他说出自己错了。哈基姆好像知道旭烈兀的这个意图似的逃跑了，他大概不想说自己错了。

侍卫官将卷着的纸卷展开了。纸卷的左边是竖着写的畏兀儿文字的蒙古语，右边是横着写的波斯文字。蒙古语和汉语不同，即使竖着写时也是从左往右，所以最右边是结尾。

"你读读看。"旭烈兀命令有些犹豫的侍卫官道。

"是！"侍卫官咽了一口吐沫，用干涩的声音念了起来，"我被授予了英知和力量，即使哈基姆的肉体灭亡了，那里散发的荣光也不会消亡，只是你们看不见而已。我要慢慢地走向光荣大道，你们无论怎么睁大眼睛都看不见我，我在哈散萨巴的怀抱中。因毁灭阿剌模忒而沾沾自喜的愚蠢家伙们，向你们告别一下，我走了。再见。"

读完后，侍卫官干咳了几下。

"后面不是还有吗？那是阿拉伯语吧？"旭烈兀说。由于从很早起就定下由他掌管波斯，所以就像忽必烈学习汉文一样，他也在学习波斯语。阿拉伯语有棱角，与波斯语的不同一眼就能看出来。尽管如此，旭烈兀却故意问纸卷上写的是不是阿拉伯语。

征服者去学习被征服者的语言，他们很不情愿承认这个。所以在正式的场合，旭烈兀一直都在隐瞒自己懂波斯语之事。同样的预定为汉土总督的忽必烈也装作不懂汉语的样子。这样有时候也很方便。

"不是，这是波斯语。我问过波斯的博士了。"侍卫官说。

"写的什么？"旭烈兀问道。他离侍卫官很近，所以纸卷上写得很大的波斯字他能看到，但他始终装作不认识。

"是，"侍卫官从怀中掏出一张纸，一边看着一边念道，"我请教了波斯博士，他说写的是……以为无而一切皆有，以为有而一切皆无。"

"简直是些啰里啰唆莫名其妙的话。"旭烈兀跺着脚说道。

"我也这么觉得，听说是哈散萨巴时代的一个名叫莪默·伽亚谟的天文学家的诗中的一句话。"侍卫官附和道。

"这些先不管它，赶紧把哈基姆找回来。就凭他那身子，应该逃不了多远，把他捆来见我。"旭烈兀命令道。

"是，明白了。"侍卫官一边用袖子擦着汗一边退了出去。

"把志费尼叫来。"旭烈兀命令侍卫道。

志费尼出身于呼罗珊的名门志费因。从塞尔柱王朝时代起，他们一族人作为财政官员就很活跃。志费尼是旭烈兀的亲信，也去过哈剌和林。就像忽必烈身边的姚枢一样，他是旭烈兀的智囊。

"哈基姆逃跑了，把他抓回来后，你要当着我的面把他驳倒，那样的话，阿剌模忒的图书馆可以先给你使用。"旭烈兀这样说完后，志费尼脸上露出了喜色。

"遵命。"他低下了头。

阿剌模忒的主城中有非常完备的大型图书馆，由于里面收藏的大多是邪教的书，已经决定要毁坏它。

说是邪教，从伊斯兰本流（逊尼派）来看，是指什叶派的亦思马因派，特别是尼札里派。仅阿剌模忒的开山始祖哈散萨巴的著作就数量庞大。志费尼虽然赞成焚毁邪教的书，但阿剌模忒图书馆中也不乏很多有价值的东西，所以他请求在焚毁前先调查一下。

为了驳倒哈基姆，旭烈兀让志费尼可以先使用图书馆，正是考虑到了他的请求。此外，天文学者们还请求将阿剌模忒中最精巧的机械、器具之类的东西转移到其他的地方，也获得了批准。

"你把必要的东西抄写完后，一定要在众人面前烧毁。"旭烈兀命令道。

　　他也知道记录的重要性。攻陷汴京时，汉人世侯张柔最先就冲到了史馆，从战火中保住了数量庞大的史料，直到现在，这件事情还作为一个美谈为人津津乐道。

　　波斯历史要由志费尼这批人来编写，所以必须要尽可能地为他们提供方便。

　　"你写的历史书打算起个什么名字？"旭烈兀在漫长的西征途中曾经这样询问过志费尼。

　　"名字已经确定下来了，就叫《世界征服者史》。"志费尼马上回答道。

　　"世界征服者指的是成吉思汗吗？"旭烈兀问。

　　"世界很广阔，《世界征服者史》是成吉思汗和他的子孙们的历史。事实上，直到现在征服不是仍然在继续吗？"志费尼说。

　　旭烈兀想起了他和志费尼的这段对话。他感觉这个男人正在一旁静静地观察着作为世界征服者之一的自己的每一举动。

　　这或许是世界征服者的宿命吧，成吉思汗没有意识到被记载的事，他的孙子旭烈兀在经过满目疮痍的旧花剌子模的废墟时，曾经命令志费尼复兴它。

　　使土地荒芜的是成吉思汗，使它复兴的是他的孙子旭烈兀。遍布各处的水渠没有人管理的话，水不会流。从修复水渠开始，还要建设集市。这个时候，旭烈兀很明显地意识到了志费尼的注视。

　　"图书馆的事情全部交给你，邪教的书不要看走了眼放过去啊。"旭烈儿说道。原来预定图书馆里的书籍全部焚烧，现在旭烈兀改口为"邪教的书"了，要是这样的话，不是邪教的书籍就可以保留了。

　　不过，志费尼没有追问。他有些事情必须要转达给旭烈兀，因为按规定战败的阿剌模忒方面想说的事情，全部由他来转达。

"忽儿沙说想到哈剌和林去直接向大汗呈献投降的致辞，您觉得怎么样？"志费尼问道。

阿剌模忒的人无论男女老幼全部都要杀死，关于这点蒙古军方的要人全知道，志费尼当然也知道，他们打算进行屠杀时使用的借口是："说是全员投降，但有的不是没有投降吗？还有未降的山城呢。"

忽儿沙也必须要杀死，不过，现在在这里杀他不太合适。因为虽然和亦思马因派的战争基本上结束了，但和巴格达哈里发的战争才刚要开始。

如果可能的话，在哈剌和林附近收拾忽儿沙最妥当了，蒙古方面正想诱使忽儿沙去哈剌和林呢，没想到他却自己提出来了。

"好吧，就让人护送他去，我正好要去哈马丹，就让他和军队一起吧。兰麻撒耳城虽然还有抵抗，不过这个只用很少的人应该就能解决了。"旭烈兀说。

志费尼低下了头，旭烈兀又再次补充道："兰麻撒耳城再有十天应该就能攻陷，你可以忘了它。"

说是可以忘记，但真要忘记了可不行。忽儿沙在哈剌和林的某处被砍头时，要让人回想起是因阿剌模忒没有完全如约投降所致。

"要是成吉思汗的话，可能不会如此费事吧。不，我想就连蒙哥大概也不会做多余的事。"旭烈兀想。他觉得兄长蒙哥受到的教育和自己的不一样，而另外一个兄长忽必烈，好像是和自己在同样的环境中长大的。

从东方传来的消息说蒙哥和忽必烈的关系变得很危险，好像忽必烈在京兆的部下有很多被逮捕、处刑了。负责这件事的人是对他们没有什么好感的阿蓝答儿，这让人觉得不祥。

五　和解

"宗王塔察儿率诸军南征,围樊城,霖雨连月,乃班师。"《元史》这样记载塔察儿的撤退。波斯语史料《史集》也明确地说是撤退,其实近似于放弃战线。

《史集》写塔察儿包围樊城仅一周,"未能攻克,退屯原地"。

虽然不知当时的雨到底有多大,但仅仅包围一星期就匆匆撤退,只能说不可理喻。对此总帅蒙哥大发雷霆也是理所当然。

"待汝还,朕将予以适当之惩罚。"《史集》中描写蒙哥令人这样传话。

在暴怒的同时,蒙哥肯定会想:"为什么?"塔察儿虽然年轻,却是一个有胆识的人。在推戴蒙哥的忽里台大会上,他从帝国的东端率领大军穿过窝阔台派、察合台派聚集的地方,赶到千里之外的阿剌豁马黑山去,当时他还不到二十岁。

我是不是对忽必烈太冷淡了?蒙哥不经意间想到这个。如果真是这样的话,那么塔察儿真可以算得上是一个侠义心肠的汉子了,因为塔察儿现在的职务本来应该是忽必烈的。如果塔察儿是想通过这种方式来表示这本应该是忽必烈的事情的话，那他真是一个顶天立地的人。

蒙古不光是在中原作战，波斯亦思马因派的阿剌模忒诸城虽然投降了，接下来还要进攻巴格达的哈里发，所以蒙哥原本不想离开哈剌和林。

但由于塔察儿放弃战线，蒙哥坐不住了。

"准备出征。"他向全军下令道。

忽必烈多次派来了使者，对于把他排除在作战要员之外，他没有抱怨，但内心肯定是愤愤不平的。每次使者来的时候，蒙哥都让手下人说：现在军务繁忙，不能见。

不过，在现在这种情况下，看来不得不借助忽必烈的力量了，塔察儿的军队虽然四散了，但在他的命令下，随时都可以被新的主人收拢起来。

"我打算带家人一起到哈剌和林去。"

忽必烈又派人来这样说道，而且还把随行人的名单，护卫的两百名士兵等详细罗列了出来。

"我要出征，就在行军途中见见忽必烈吧，嗯，就在玉龙栈吧。"蒙哥叫来书记官说道。

玉龙栈在哈剌和林和北京的中途。以现在的地名来讲，它在内蒙古的最北端，现名二连浩特，铁路从这里经过，它自古以来就是一个交通要冲。

由于塔察儿怪异的撤退，伐宋之战不得不重新调整战略部署，按照惯例幼子阿里不哥为留守军总司令。在玉龙栈召开的大会，阿里不哥当然也要参加，所以蒙哥选择了离哈剌和林比较近的地方。

就像蒙古所有的会议一样，这次伐宋之战的作战会议也是从宴会开始的。与会诸将的目光全都聚集到了从金莲川赶来的忽必烈身上。

这三年间，忽必烈的很多部下被处死了，他所有的职务也都被剥夺了。虽然由于他是成吉思汗的子孙，才勉强保住了性命，但实质上处于一种失势的状态。

忽必烈仅次于蒙哥的第二号首领的身份可能是他失势的最大原因。与蒙哥本人相比，蒙哥身边的臣子更热衷于折磨忽必烈，其代表人物就是处死京兆的忽必烈家臣的阿蓝答儿。当然，这个阿蓝答儿也出席了关于这场伐宋之战的会议。

所有的蒙古要人全都屏住呼吸关注着忽必烈的一举一动。

阿蓝答儿甚至反对把忽必烈叫到玉龙栈，他对蒙哥说："伐宋军如果出现不和谐因素，可能会招致战争的失败。所以我觉得即使收编忽必烈殿下的军队，他本人也不宜从军。"

在去往玉龙栈的途中，阿蓝答儿还在反对重新恢复忽必烈的职务。

"那个军队如果没有忽必烈的话，就不能随心所欲地调动指挥。现在的情况是，我们需要的不仅是精兵，好的司令官也很重要。"蒙哥说。

忽必烈给蒙哥写了很多封从军请愿书，其中一封写道："我愿意把手中的蒙古人军队全部上缴给陛下，我只用新募集的汉人军队，我一边训练他们，一边作战。"

另一封信中还写道："我想让所有的家人都去哈剌和林，现在已经让他们做好出发的准备。"

这明确表明他知道自己被兄长怀疑的这个事实，为了打消兄长的这种疑虑，不惜做任何事情。

这样你还怀疑吗？忽必烈的书信字里行间洋溢着坦诚，果然就连蒙哥读了他的信，心情也很难平静。

在会议召开前有谒见仪式，担负留守大任的阿里不哥满心以为最先会叫他，然而并非如此。

"皇弟忽必烈上前来。"一个清晰的声音响起来。

确定司礼诸官是忽必烈坐上皇位后的事情，蒙哥那个年代，只是在需要的时候临时挑选声音洪亮、穿透力强的人来做此事。

小小的嘈杂声响了起来，忽必烈昂首走向前去，声音马上又安静下来。

蒙哥站了起来。

以往在这种时候，皇帝从来没有站起来过，大家都感觉到有些异样。好像想抑制住什么似的，忽必烈缓缓地向前走去。

无法抑制住的情感终于爆发出来了，忽必烈两眼流出了泪水。一贯冷静的蒙哥也陷入了激情之中，他强忍了一会儿，但不久就当着群臣的面泪如雨下，他用袖子擦干眼泪，大大地张开了双臂。

忽必烈扑向了蒙哥的怀中。

"两人在泪水中紧紧拥抱。"历史学家如此记载道，两人谁都没有说话。

接下来是皇族和群臣的谒见，蒙哥一直坐在宝座上。很明显，皇帝蒙哥和忽必烈和解了。

几乎所有的人都为兄弟和解而感动。不过，阿蓝答儿的亲信们却对这个和解表现出复杂的感情来，他们担心忽必烈会不会为被处死的部下报仇。

谒见之后，在宴会开始前，阿蓝答儿的亲信们显得很慌张，他们窃窃私语着。一人说："要是不采取点措施的话，阿蓝答儿可能很危险，是不是该做点什么？"另一人说："不用，皇帝的想法也不是一成不变，在对汉人的政策上，他们两人肯定会产生矛盾，咱们应该等待，不能着急。"其中有人甚至提出暗杀危险的忽必烈。

不过，现在忽必烈方面负责警卫的人虽然少，但每个人都是千挑万选出来的精兵。

"对咱们而言，现在使用刺客，搞不好会是个自杀式的行为。"这种慎重论最终占了上风。

"到目前为止，所有的事情都是按照陛下的意思办的，没有必要担心。"阿蓝答儿这样说，想打消部下们的担忧。

处死忽必烈的部下也是遵照蒙哥的命令的，所以阿蓝答儿没有必要对此事负责。

"宴会开始前，你先到我那里去一下，我有话要说。"蒙哥对忽必烈说。

蒙哥身边的阿里不哥显得有点不服气，他肩负留守大任，所以必须要待在哈剌和林。皇帝蒙哥名义上虽然也该在哈剌和林坐镇，但游牧民族的皇帝，实际上很少待在哈剌和林的万安宫里。

阿里不哥很希望蒙哥能单独叫他去，向他一一交代留守事项，然而却没有。他忍不住了，主动去问蒙哥遇到某种情况时该怎么做。蒙哥却对他说："那些我已经对阿蓝答儿说了，你问他就行。"

在皇帝亲征前，被单独叫去的不是自己，而是二哥忽必烈，身为斡惕赤斤的他，本来地位是很特殊的，但蒙哥的这种态度，让他觉得自己被忽视了。

宴会开始前，阿里不哥面无表情地、冷冷地看着忽必烈走向皇帝蒙哥的大帐。忽必烈敏锐地感觉到了阿里不哥的这种眼神。

忽必烈一走进大帐，蒙哥就对他说："昨天晚上我梦见母亲了，母亲什么也没有说，只是静静地看着我。"

忽必烈不由得大吃一惊，实际上昨天晚上他也梦见了母亲唆鲁禾帖尼。不过这件事情不能说。因为蒙哥非常迷信，忽必烈担心蒙哥要是知道兄弟俩在同一天做了同样的梦，都梦见了母亲，会叫来他最讨厌的巫术师举行萨满仪式。

"啊，是这样啊。"忽必烈嘴上只是这么说道。不过他内心中也对与兄长在同一时间梦见母亲之事感到很不可思议。他梦中的母亲是笑眯眯的，身边好像还有乃蛮的玛丽亚。

"我这次出发前见了很多亲戚，不知道什么时候才能再见到他们，其中年龄最大的是汉公主，我们一直对她很好，所以金朝的亡魂应该不会对我们作祟吧。我们的族灵嘱咐我要好好地保护族人。"蒙哥说。

忽必烈终于明白蒙哥宽恕自己的原因了，好像是祖先的在天之灵通过萨满转达了旨意，要他对忽必烈好一些。另外塔察儿也是族人，应该也不会受到"赐死"的处分。忽必烈放心了。

"说说这次作战吧，从金莲川南下就是鄂州吧。"蒙哥说。

忽必烈在金莲川附近开设了幕府，起名"开平府"，蒙哥不可能不知道。

开平府位于滦河上游，故也称滦京。后来，北京被称为"大都"后，这个开平府则被称为"上都"。不过对于蒙哥来讲，它只不过是金莲川而已。

鄂州是春秋时代楚鄂王的旧都，在今天湖北省武昌，这里被称为中国的脐部，想要征服整个中原的人，是一定要收取这里的，辛亥革命也是从武昌起义开始的。

攻下鄂州后，就有可能钳制下游的临安了。临安正是南宋的首都，因此可以说鄂州的攻坚战是对宋之战的关键。蒙哥这句话

的意思是进攻鄂州之事就由你来做。从地图上来看，鄂州几乎在
开平府的正南方。

"好啊，把洗脚水送给临安吧，这是蒙古军人的奖赏。"忽必
烈到底有些兴奋。

"我从西边绕行，从合州[1]攻取重庆作为据点。"蒙哥说着闭上
了眼睛。

"兀良合台的军队呢？"忽必烈问。

忽必烈从大理返回后，兀良合台的军队继续远攻安南。忽必
烈认为收容兀良合台的军队他责无旁贷。

"在鄂州把他的军队合在一起吧。"蒙哥无所谓地说道。

就这样，进军路线很简单地就确定了下来，两人没有再多说
关于作战的事情。

蒙哥摇了摇铃，命令拿酒来。

"请您务必要保重身体，您去的地方是瘴疠之地。"忽必烈说。

"鄂州的酷热也非同小可，你也要注意身体。"蒙哥说。听蒙
哥这样说，忽必烈的眼眶又有些湿润了。不过，他想起了兄长的
一贯主张"战争不能用情"，他强忍住了眼泪，如果眼泪流出来的
话，没准会被瞧不起。

忽必烈拿起酒瓶，往哥哥的杯子里满满地倒入了酒。

"旭烈兀消灭了木剌夷，不过还有不少其他的敌人，真不知什
么时候咱们兄弟几个才能聚到一起痛痛快快地饮酒。"说着蒙哥喝
干了杯中的酒。

"希望越早越好啊。"忽必烈说。

"昨天做的关于母亲的梦就是这个，四兄弟必须要聚到一起，

1　今重庆合川。

可是总也聚不齐，不知谁就来不了，梦中也不是很清楚。"蒙哥说着把空了的酒杯递了过来。

忽必烈又往兄长的杯中倒满了酒，蒙哥没有喝，放下了。

以前也是这样啊，忽必烈回想起来。

蒙哥放下酒杯，很长时间一言不发，只是静静地坐着。他本来就是个比较寡言的人，而现在，沉默的时间长得让人觉得有点异常。在这么长时间的沉默之后，说出来的话一定非常重要。所以在他沉默的时候，忽必烈也很紧张。

"你什么时候从金莲川出发？"蒙哥好不容易开了口。出发也就是说辎重、粮草全都准备好了，马上就能投入战斗了。

这些忽必烈没有做准备。虽然为战争做准备是蒙古王族的义务，但要是搞不好的话，会被人说："你是准备谋反吧。"由于害怕招惹上这种嫌疑，姚枢对此很谨慎。

"殿下现在能做的就是修建开平府，子聪已经把基础打好了。这里只是住的地方，不是军事基地。皇帝虽然在哈剌和林。但对燕京的事情了如指掌，一定会知道这些的。"姚枢这样说。

蒙哥恐怕向自己这里派有密探，不能马上出征之事他应该知道得很清楚。

"我想明年年末应该能从金莲川出发。"忽必烈想了一会儿后回答道。

蒙哥抬头看着帐篷顶，闭了一会儿眼睛，大概在脑海中勾画来年末从金莲川出发的忽必烈的行军路线吧。

"那么从六盘山到合州，差不多要到后年的夏秋之间了，大概要在船上赏月了。"蒙哥说。

他在膝盖上用手指画着什么，有线条、圆，还有角，是蒙哥喜欢的欧几里得几何学。

"很有乐趣吗？"看了一会儿，忽必烈张口问道。

"你不是也很喜欢吗？"蒙哥轻轻地撇了撇嘴说道。

忽必烈没有把自己学习几何学的事情公之于众，但不知从什么时候起，人们还是渐渐知道了此事，不过他这是第一次知道蒙哥也知道此事。

做个良臣。

为了接近这个目标，凡是主人喜欢的东西，做臣子的都要去尝试，这是忽必烈学习几何学的初衷，对他来讲，这和狩猎几乎没有什么不同。

在蒙古史中，蒙哥与忽必烈的不和以及塔察儿放弃战线等事情最终成了悬案，扑朔迷离。恐怕因为是皇族内部的事情，记录时有很多忌讳吧。

蒙哥与忽必烈不和的原因可能有很多，对于二号人物的警戒，对汉地经营理念的不同等，在周围人的掺杂下被无限放大了。和解是蒙哥自己决定的，对此他什么也没有说。

相拥流泪。

只是这样而已，两人都什么也没有说。得知被叫到玉龙栈时，忽必烈就知道自己被蒙哥宽恕了。

从阿蓝答儿的态度来看，忽必烈的复职，蒙哥似乎没有与幕僚们商量，是他一个人决定的。

由于塔察儿放弃战线，蒙哥好像真的很为难。这种时候，他必须要独自找到打开局面的对策。有两天皇帝没有告诉任何人他的行踪，就突然不见了。忽必烈从哈剌和林的相关人员那里听到此事时，立即想到："啊，一定是干那个去了。"

蒙哥出去让巫术师召唤祖先的在天之灵了。特别是召唤成吉思汗的灵魂时，巫术师也总是累得筋疲力尽，不得不静养五天左右才能恢复元气。

成吉思汗可能谕示蒙哥起用忽必烈了。据说，谕示的原因如果对别人说了的话，谕示立即就会失去效力。所以蒙哥对于此事只下达了决定，但没有说明原因。

忽必烈回到自己的帐篷后就叫来姚枢商讨今后的事情。

姚枢说："要好好地与左翼诸王协商，到时候，一定表现出十分的敬意来，这点千万不可忘记。"

左翼军是指由塔察儿领导的以东方为根据地的军队，是一个凝聚力很强的集团。之所以凝聚力强，是因为塔察儿虽然年轻，却具有卓越的领导能力。但这并不仅仅是因为塔察儿本人的人格魅力。

在东方诸军团中，塔察儿的实力异乎寻常的强大。

在成吉思汗分封时，以他的儿子们为核心的诸子军每人分到了四个千人队。而成吉思汗的诸弟军构成就很复杂了。首先，成吉思汗的幼弟帖木格分到了五千户，另外他作为斡惕赤斤（幼儿），还继承了成吉思汗母亲额诃仑的三千户，加起来共八千户。

东方三王族指的是以成吉思汗的三个兄弟，即合撒儿、合赤温以及塔察儿的祖父帖木格为始祖的王族。

成吉思汗下面的二弟合撒儿由于被大萨满阔阔出兄弟密告有叛乱的意图，被从四千户削减为一千户。阔阔出被诛杀后，按理讲合撒儿的嫌疑应该消散了，但被没收的部分最终也没有还给他。

一种说法是阔阔出的密告实际上并不是空穴来风，还有一种说法是成吉思汗对与自己年龄差不多的合撒儿很警惕，另外还有人说对阔阔出事件的调查还没有结束。

合撒儿下面的三弟哈赤温在分封的时候已经去世了，分与了他的嗣子宴只吉歹三千户。成吉思汗弟弟们的领地被称为诸弟领地，幼弟帖木格的领地格外大。所以东方三王族从一开始就打消了相互竞争的念头，很注重以帖木格为中心的团结。到了帖木格的孙子塔察儿这代，三王族在大汗更替期间采取了统一的行动。

把闲杂人员都打发出去后，姚枢贴在忽必烈耳边小声地说："我感觉东方三王族把赌注押到了殿下您身上，塔察儿的行动只能这样解释。我之所以劝您要对他们表示十分的敬意，就是因为这个。不能蔑视他们脱离战线，更不能斥责他们。"他的声音虽然小，但充满了热情。

皇帝蒙哥因为从马上摔下受了伤，有一个多月没有处理政务。人们都悄悄传说他不是受伤，而是生病了。为了消除人们的这种猜测，蒙哥不时地在众人面前露一下面。

"见面时我就觉得皇帝陛下的精神不太好，我还以为是因为塔察儿的事情烦恼呢。"忽必烈说。

"不是，塔察儿殿下也在哈剌和林安插了很多密探。"主仆两人说到这里都叹息了一下。

"陛下要是有个万一的话就麻烦了，"忽必烈说，"如果由阿里不哥当政的话，蒙古帝国很快就会土崩瓦解，无论如何都得避免这种情况发生。"

"只能祈祷了。"姚枢闭上了眼睛。

身为斡惕赤斤的阿里不哥大多数时候都担任留守的任务，所以他不像其他兄弟那样见识过广阔的世界，他的蒙古至上主义情结甚至比大哥蒙哥还严重。按照蒙古的习俗，现在这个阿里不哥是副王，可以说他离下任大汗的位置最近。

在玉龙栈会合后，诸军返回了各自的根据地。忽必烈去往了金莲川，现在那里应该叫开平府了。

在告别宴上，有数不清的亲朋故旧来告别，其中有很多人根本就不认识，忽必烈不得不问："他和我家是什么样的关系？"

忽必烈和幼弟阿里不哥由于是亲王家的首席，所以都是别人来问候他们，他们不用主动去问候别人。

"木哥殿下来了。"

在将要离开玉龙栈的前一天，好不容易弟弟木哥来拜访忽必烈了。

这是忽必烈期盼已久的来访，以往在忽里台大会上他见过木哥很多次。

木哥不是正妻唆鲁禾帖尼生的孩子，所以也就不是嫡子，对于忽必烈来讲，他是异母弟弟，然而他几乎受到了和嫡子同样的待遇。

在阿剌豁马黑山推戴蒙哥的忽里台大会上，形式上人们先推举最德高望重的拔都做大汗，拔都拒绝了，才推出了蒙哥的名字。蒙哥形式上也要推辞，这时候，担任坚决推举蒙哥角色的就是木哥。

因为由同母兄弟推举的话，从情面上有点说不过去，所以就轮到异母弟弟木哥出场了。

当时木哥大声地威胁说："现在拔都婉拒就任大汗，推举了蒙哥。之前我们都约定好了要听从长老拔都的意见，如果蒙哥因为自己的原因不遵守约定的话，恐怕其他人会以此为先例效仿，那么，帝国不就维持不下去了吗？"

这样做虽然是从一开始就定好的步骤，但在帝国的文书中却明记了此事，推戴皇帝蒙哥的功臣中就有木哥的名字。

从阿剌豁马黑山大会前的数年起，忽必烈就没有和木哥在一起亲密地交谈过，对方好像有意回避他似的。后来忽必烈知道原因了，从现实角度来讲，木哥是蒙哥党的重要人物。

这让忽必烈觉得很难过，他和木哥是从小一起长大的，可以说比同母弟弟旭烈兀、阿里不哥还要亲密。

木哥的母亲也是忽必烈的乳母，忽必烈和木哥是吃同一个人的奶长大的兄弟。从婴儿时起，他们就一同吃奶，比同母兄弟的关系还要亲密。

木哥有时被当作嫡子对待，在推戴蒙哥时能扮演重要角色，都是出于这些原因。

忽必烈热切地期待着木哥的来访。忽必烈也知道他不能随意地访问自己，但他相信从婴儿时期起建立起来的情谊并不会随着立场的不同而消失。他一直望眼欲穿地等啊盼啊，也是想确认这点。

"你来得太好了，真的，我一直等着你来呢，明天我就要出发去开平府了。"忽必烈迎着木哥说道。

"我也总想来看你，但总有这种那种的事情，没能来成。"木哥低着头说道。

"这种那种的事情我很理解，这次你来得真好。"忽必烈说。

忽必烈盘腿坐在了宽敞的地毯上，木哥也在忽必烈面前坐了下来。

"其实是陛下让我来看看你的。"木哥说。

"有什么事吗？"忽必烈问。

"什么事都没有，只是说作为同乳兄弟很久没聊过了吧，一起去说说话吧。"木哥说。

"什么呀，你原来是得到陛下的允许才来看我的啊，哈哈。"忽必烈说。

"陛下也没有要求我说什么，不过我也想和你聊聊。"木哥说。

虽然事先已经把下人们打发出去了，但木哥还是向四周看了看。

"哈哈，如果你像在阿剌豁马黑山那样大声地说话外面或许能听见，不过像平时那么说话的话，没关系，外面听不见的，外面没有人。"忽必烈说。

绒毯的主色调是青色，上面有唐草样的花纹，坐在上面的两个人，看上去简直就像坐在水波上似的。

"很简单的话，但说出来好像就没什么了。"木哥说。

"你这话可挺弯弯绕的，是不适合说出来吗？哈哈。"

"不是，不过是太简单了，也许会失望。在哈剌和林有些人在偷偷地说：'如果忽必烈做皇帝的话，这世道可能会变得更好。'我也赞成这个。"木哥说。

木哥说完后，伸出右手摆了摆，好像要阻止忽必烈说话似的，他似乎想说："不需要回答，不，不能回答。"

"下次再见面时，不直截了当地说这个了。为了天下万民，我希望这样，"木哥补充道，然后大声地喊道，"酒。"

"马上让人拿酒来。"忽必烈说着，拿起了叫人的铃铛。

考虑到明天忽必烈就要动身去开平府了，可能有很多事情要处理，木哥抬起身来想走，却被忽必烈按了下去，一直留他到很晚。

"塔察儿到底年轻，比我有血性，他真干得出来，被皇帝斥责也毫不在乎。"木哥说。

忽必烈从木哥的话中感到为了使忽必烈能够复职而故意撤退的塔察儿，可能已经在考虑将来的事情了。

不久的将来，塔察儿大概就会抓住忽必烈，怂恿他起事吧。

"你应该当皇帝。"塔察儿可能会这样怂恿他。东方三王族团结得很紧密，而西方察合台系、窝阔台系想恢复失地的势力可能也会向蒙哥发难。

"如果太过兴风作浪的话,后果不可收拾。"忽必烈皱着眉头说。

"你不是向往中国政治吗,他们应该教给你了吧,子聪也讲过,姚枢也应该讲过。"木哥说。同年的乳兄弟,受到了同样的教育,教他们学问的老师也一样。

"就像有两个忽必烈似的。"蒙哥曾经这样取笑过他们。忽必烈和木哥两人的不同之处,只是其中一人是嫡子,对蒙哥来讲有可能成为竞争对手。在这点上,蒙哥可能会觉得木哥是安全的。

然而木哥可以煽动,或许反而更危险。

"我有向往的东西,但需要时间,如果过于急躁的话,后果不堪设想。"忽必烈说着拿起了酒杯。

"那个我明白,不过,也许不用那么费时间。"木哥说着轻轻地笑了起来。

不时有人进来端酒送菜。

两人都很小心地说着类似暗语的话。说不用那么费时间,大概指的是蒙哥的健康状态,经常在他身边的人,自然知道这个。

不久,木哥的手下来了,催促他回去。

"咱们在汉土的战场上再见吧。"忽必烈摆了摆手,他喝了不少酒,好像醉了,但其实是非常清醒的。

"是啊,在长江的哪个地方再见吧。长江的下游是临安……"木哥也没有醉,临安正是南宋的首都杭州。

六　海市

　　忽必烈听从姚枢的意见，让妻子去往哈剌和林。她名叫察必，是一位非常贤明的妻子，她深知自己的任务是什么。

　　察必作为自发的人质，带着五十名左右的随从去往哈剌和林，此外还有数百名士兵护卫着她。不过他们不是隶属于忽必烈的士兵，而是她娘家的军队，正好奉命要去哈剌和林驻扎。

　　忽必烈的妻子察必出身于名门弘吉剌氏。弘吉剌氏是成吉思汗正后孛儿帖的娘家，以孛儿帖的弟弟按陈为始祖。

　　在中国，皇后的娘家被称为外戚，天子的女婿必定会被任命为"驸马都尉"。这样的人家总会让人联想到生出美女的公卿之家，不过弘吉剌氏的始祖按陈参加了所有成吉思汗亲征的战争，特别是在对撒马尔罕的战役中还立下了大功。所以说他们岂止是公卿之家，作为能征善战的武将也是声名远播。

　　因为忽必烈受到猜疑的缘故，察必的护卫队使用了娘家的士兵，可以说这是一个很高明的举措。

　　就在同一天，忽必烈夫妇分别去往了金莲川和哈剌和林。察必有很多亲朋好友在哈剌和林，婆母唆鲁禾帖尼虽然去世了，但她的朋友玛丽亚等人，也是察必非常喜欢的人。

察必已经很久没到哈剌和林了。

原来在哈剌和林时正在修建的佛教寺院已经完工了。这个时期，哈剌和林仅佛教寺院至少就兴建了十二座。鲁布鲁克的《旅行记》中记载，哈剌和林有偶像寺院十二座、伊斯兰教堂两座，还有基督教会堂一座。特别注明十二座偶像寺院属于不同的民族，恐怕其中也有吐蕃喇嘛教的吧。

"真大啊，好像有点太大了。"抬头仰望着新落成的佛寺，察必说道。

大阁寺（后改名为兴元寺）中修建了一座巨塔，周围楼阁环绕，高度有九十米。

"还有人说游牧民修这么大的塔干什么呢？"察必的姐姐帖木伦说。由于很久没有见到妹妹了，她特意到离哈剌和林两日行程外的地方去迎接她。

"是啊，不造这么大的塔好像也行啊。"察必在感叹中还夹杂着批评。

"你不懂，如果不造个大的东西出来，世人老是觉得蒙古人只会打仗。"帖木伦说。

"也是，男人们全都忙于战争的事情呢，忽必烈现在正在招募士兵呢，霸都鲁在干什么？"察必问道。

帖木伦的丈夫霸都鲁是成吉思汗四骏马之首的札剌亦儿部木华黎的孙子。木华黎被授予国王的称号，镇守帝国的东方。成吉思汗西征时，木华黎为他解除了后顾之忧。

国王的称号代代世袭，到了孙子这一代，数霸都鲁最优秀，皇帝蒙哥就将霸都鲁从札剌亦儿王族要去做了自己直属的臣子。

　　皇帝亲征定下来后，皇帝直属的霸都鲁的准备工作当然忙得不可开交。

　　"一场打完了，马上就是下一场战争，什么时候才能到头啊。"帖木伦耸着肩膀说道。

　　"偶尔也想好好放松一下，我头一次见这个塔，得下车好好看看去。"察必说。

　　她让马车停了下来，下车看塔去了。而住在哈剌和林，随时都能看见这座塔的帖木伦对此没有什么兴趣，连车都懒得下来。

　　"我们蒙古人也能修高塔了，以后想修多少座都行。"帖木伦说。

　　"想修多少座都行？不要那么多，这一座就够了。"察必系了系围巾说道。

　　丁巳年（1257）快要过去了，大风吹得察必有点站不稳。

　　"赶紧进来吧，不然要被风吹走了。"帖木伦从马车中催促道。察必笑了起来，又故意多看了会儿塔，才慢慢地上了马车。

　　后来立的碑文上这样写道：

　　　　阁五级，高三百尺。其下四面为屋各七间，环列诸佛具，如经旨……

　　　　　　　　　　　　　　　　　　——敕赐兴元阁碑文

　　"反正是汉人工匠修的吧，不知是从哪个地方强行抓来的。"察必说着坐进了马车。

　　哈剌和林分为汉人街、回回街和宅邸区三个街区，回回街是商业区，汉人街有很多工匠。

　　马车进入了宅邸区，不知什么时候，马车改由骑兵护卫了。霸都鲁的宅邸很大。

"喜欢帐篷的男人们不爱回家呢。"帖木伦笑着说道。

霸都鲁家中没有霸都鲁，他很少回家，倒也不仅是喜欢帐篷的缘故。整个蒙古的男人们都很忙。

蒙古军已经开始作战动员了。这之前的战争，汉人世侯军队的成绩比蒙古军的更好，蒙古兵适应不了汉地的气候、水土等。不过在汉地待的时间较长的蒙古人，表现得就比较好。

出现了这个问题后，男人们开始非常热心地探讨该如何适应汉地的风土了。

女人们在别的房间谈论着别的话题，她们都围着玛丽亚。察必要来，她们之前就知道了。

"玛丽亚，你多大岁数了？"察必问。

玛丽亚笑着说："八十了，上了年纪。"

"对了，三年前我去金莲川的时候，你就说你终于到八十岁了。"察必说。

"哈哈，我到八十岁后就不再长了。"玛丽亚爽朗地说道。

她喜欢听人们聊天，然后把人们聊的和自己的"故事"结合在一起。

当年她为什么怀念乃蛮呢？不对，用"乃蛮"这个地名不好，还是用"草原"这个词来代替更恰当吧。

她受草原的感召，回到了这里。其后也经历了各种各样的事情，其中最主要的就是战争。作为对悲惨战争的一种补偿，人们不是变得更平等吗？想到这个，很多事情都能释然了。

她觉得自己好像就是为了见证这个才回来的。

让草原的游牧民建造固定的房屋是不可能的，就像这个大阁寺，交给汉人工匠做就行了。在草原放牧牛马，才是蒙古人的工作。

不是说哪种更好，就像寺庙中的僧侣们说的哪个都是平等的。玛丽亚深知平等是很难实现的，但她认为努力去接近它是宗教人的事业。因为她相信能够这样，所以她总是面带笑容。

"也速不花殿下来了。"侍女通报道。

忽必烈的姐姐也速不花嫁给了弘吉剌驸马家的第二代主人斡陈，斡陈去年刚刚去世，他是帖木伦和察必的哥哥。

拖雷家和弘吉剌驸马家有着双重的亲缘关系。

长兄蒙哥从年轻的时候起就经常外出。远征欧洲时，他站在剑拔弩张的贵由和拔都之间调停，又跟随要接受审查的贵由一起回到哈剌和林，再加上蒙哥的年龄跟下面的弟妹相差较大，所以跟他们在一起的时候很少。

同样是兄妹，与蒙哥相比，也速不花就与忽必烈的关系更亲密。蒙哥也知道这个，在他镇压京兆忽必烈的手下时，也速不花就曾经来对蒙哥说："你不会把忽必烈怎么样吧？"

"这件事情全部交给了大断事官。"蒙哥答道。但他心里却在想："怎么哪里都有帮忽必烈说话的人呢？可不要生出大麻烦。"

更麻烦的是汉人世侯，考虑到接下来的对宋战争，就要牢牢地掌握住汉人集团。

史家一族统治的真定靠近拖雷领地，忽必烈和史家的关系从一开始就很好，特别是与史家的统帅史天泽的关系非常亲密。

"忽必烈很好地保护了自己，让帝国无从下手，但愿他只是为了保护自己。"蒙哥心想。

蒙哥对忽必烈人脉的广深感到有点眩晕，他在密切地关注着，如果忽必烈只是为了防守还好说，但万一转为进攻了呢？有多大的势力会跟随忽必烈呢？蒙哥在计算着。

看来在今后的对宋战争中，必须要培育出堪与汉人四大世侯匹敌的集团来，蒙哥考虑到。

还是只能怀柔，蒙哥只想出了这个主意。

而忽必烈想的不是怀柔，也不是要把戏。他想靠心灵和心灵的碰撞生成一些什么，并好好地善待它。

"兄长如果做不到的话，只能我帮他做了。"平时忽必烈总是这么想。妻子察必、姐姐也速不花似乎都明白这个，为什么蒙哥不明白呢？

"虽然很无奈，但你还是去吧。"

忽必烈在玉龙栈和察必分别时这样说道。察必非常理解丈夫的心情，她明白自己除了是人质之外，还要负责监视有没有针对丈夫的阴谋。

哈剌和林附近几乎没有可用于生产的土地，生活必需品都要依赖其他地方的供给。这段时期，每天都有五百辆车满载着各种物资从南方而来。

"在这种地方兴建都城真是劳民伤财。"

在都城兴建之初忽必烈就这样讲。当时人们普遍的想法是既然"国家"建立了，接着就应该兴建"都城"。

"自古以来游牧民都没有修建过都城，这是第一次。"

窝阔台曾经因此而骄傲。

城墙是防御敌人入侵的。哈剌和林这个地方是鄂尔浑河、色愣格河、土拉河河水滋养的地方，自古以来，匈奴、突厥都曾经以这里为根据地，但是哪个势力都没有在这里修建城墙。

如果敌人来袭的话，随意逃到熟悉的草原深处去更安全，不仅是男人，就连女人们都这么想。

蒙古女人们的话题也很广阔，在农耕民族女人中很少提到的波斯话题也经常出现。

"听说木剌夷的伊玛目来了，但皇帝陛下没有召见。"

"听说陛下说这是旭烈兀的事情，我们没有接受投降的意思，只不过让他到这边来比较平和。"

皇帝命令要一个不剩地杀死阿剌模忒的所有人，无论谁来，这个命令都不会更改。

"咱们聊些更有意思的话题吧。"

女人们对杀伐之类的话题很厌烦，不过快乐的话题也不是很多。

"脱古思每天光听这些事情了吧，每天每天。"脱古思是旭烈兀年长的妻子。

"凡事都要和脱古思商量。"

旭烈兀出征的时候，蒙哥这样对他说道。对旭烈兀来讲，这样做也比较省心。

"兀良合台去了安南国，每个人都去得那么远，真是辛苦，父亲当年也是这样，军队早点会合就好了。"帖木伦说。

她丈夫霸都鲁公认是木华黎后代中最优秀的人，这样的人才只留在藩王家很可惜，所以帝国就把他要来了。

兀良合台是速不台的儿子，速不台曾经辅佐过欧洲远征军总帅拔都，是实际上的总帅。现在名义上是由兀良合台辅佐忽必烈，其实真正的总帅正是他。

"军队早点会合就好了。"

帖木伦之所以这么说，是因为兀良合台率军进入安南的目的是恐吓安南，以使他们不向宋朝派出援军。之后他马上就会率军北上与蒙古大军会合，最初的计划就是这样。

安南曾经和宋朝的南征军作战过，从情理上来讲也没有必要为宋朝派出援军。所以蒙古只需要向他们示威一下就行了。

"早点结束战争就好了。"

帖木伦实际上想这么说，相信察必、也速不花应该都是这么想的。

"察必殿下会在这里住上一段时间，以后随时都能见到你。我今天和汉公主约好了去她那里，就先告辞了。"玛丽亚说。

汉公主，一个似乎是被世界遗忘了的老女人。她是金朝废帝卫绍王的女儿，她父亲被赶下皇位后就被宦官杀死了。在她父亲死后的第二年（1214），金朝与蒙古签订了和议，作为和议的条件之一，她嫁给了成吉思汗，成了一个妃子。从那以后已经过去四十三年了。

金朝是由女真族建立的国家，对于蒙古人来讲，女真人、汉人都一样，蒙古人称呼她为汉公主。金朝封她为岐国公主，所以有时人们也称她为岐国公主。

普天之下所有的财物都是皇帝的，所以皇帝是当之无愧的首富。但除了皇帝之外，蒙古最富有的人就是她了。她嫁到蒙古时陪嫁的金银布帛等全是她的私人财产，而生活费、住所则全由蒙古提供。

她的住所在大阁寺附近，是一座中国式的宅院。从圆形的窗户向庭院中望去，可以看到清幽的泉水，这是一个人工水池。整个宅院都是汉人工匠修建的，只有这个人工水池是法国人威廉布谢花费了两年的时间精心修成的。

泉水旁边的凉亭上摆放着两张椅子，两个老女人面对面地坐着。

"那个法国人伤心得都要哭出来了，不停地耸着肩。他不断地说这个池子中有很多巧夺天工的机关，我却说不想看。"岐国公主说。

"他修得很卖力，可能以为你不喜欢吧。"玛丽亚耸耸肩说。

"喜欢。不过我就想这么放着。那泓泉水我自己起了个名字。"岐国公主说。

"叫什么名字？"

"你看这泓泉水像不像磨好的青铜镜？"说着，公主像少女一样调皮地笑了起来。她从她随身携带的革袋中取出了一张纸，上面写着"磨青铜泉"四个字。

玛丽亚与耶律楚材交往的时候曾经学过一些汉字，是向汉族的聂斯脱利派基督教徒学的。她最先学到的汉字是"景"字，因为汉人称聂斯脱利派为景教。

"太好了，这几个字我好像都认识，不过'磨'这个字虽然认识，却不会写。"玛丽亚笑着说。

"耶律楚材的夫人，是苏东坡这个文人政治家的四世孙。"岐国公主突然改变了话题。

"我听说过，据说耶律夫人的祖先是一个非常有名的诗人。"玛丽亚不知岐国公主为何突然改变话题，表情有些疑惑。

"我自己随兴给这泓泉水取的名字，实际上出自苏东坡的诗。"岐国公主说。

"啊，是这样啊？"玛丽亚终于明白了岐国公主突然提到诗人名字的缘故。苏东坡好像是一个非常有名的人，只不过玛丽亚对汉土文学很陌生。

"是描写沙拉布的诗。"岐国公主说。

最近这段时期，流行用波斯语表述看似新鲜的事物，沙拉布就是出于波斯语，指的是海市蜃楼，它既包括海上的也包括陆地上的。也不是什么新鲜景象，只不过以前蒙古的诗歌中没有吟咏过它而已。沙拉布的发音和外来美酒"夏拉布"的发音很相似，让人感觉很时尚。

"噢，沙拉布啊。"玛丽亚虽然上了年纪，但好奇心很旺盛，她的眼里闪烁着光芒。岐国公主又取出了另外一张纸，上面好像写着苏东坡的诗，但玛丽亚连一半也看不懂。

"这个你认识吧，这首诗的题目。对了，海市，就是海上的海市蜃楼，这是汉人对沙拉布的称呼。"岐国公主说。

海市和蜃楼是不同的。

玛丽亚不知道这些，她虽然认识一些汉字，但很多不能正确地理解意思。

岐国公主嫁到蒙古来后没有什么事情可做，因为她如果做的话，就抢了随从们的事情。从金朝陪嫁来的童男童女五百人，从年龄上来讲，早已不是"童"男女了，而且人员也有更换。良马三千匹也是嫁妆的一部分，当然相应地更换过。四十多年来，这些物品的数量一直保持不变。

岐国公主能做的只有读书，然后练习作诗，教她诗书的老师即使上了年纪她也没有更换。

> 斜阳万里孤鸟没，
> 但见碧海磨青铜。

岐国公主为玛丽亚讲解了一遍这句诗的意思。对于终老异国的岐国公主来讲，这是她最大的乐趣所在。

斜阳万里这种表达方式不仅适用于大海，同样也适用于辽阔的草原，一只孤独的鸟消失在一望无际的大草原的另一边，那只孤鸟或许就是岐国公主。

即使鸟儿消失了，大海或者草原依然如故，什么变化也没有，就像磨好的青铜镜那样，从始至终都很平静，无论有没有自己，它都静悄悄地沐浴在斜阳的光辉中，清一色的世界。

"你明白了吗，那个世界？"岐国公主看着玛丽亚的眼睛问道。讲解汉诗时的她，还是称之为汉公主更恰当。

"是的，我明白了，这首诗由公主来讲解是最合适的了。"玛丽亚说。

就在这个时候，教诗的老先生在侍女的陪伴下进来了。

"杜诗的讲解今天休息一天吗？"老先生问。

"不用，再过二刻就开始吧，在书房，一会儿我就过去。"岐国公主说。

教诗先生转身往外走，但刚走了三步，又回过头来说："听说木剌夷的王没能谒见大汗，尽管因为他的投降，敌我双方数万条性命得救了。"说完，他低头走出去了。

岐国公主和玛丽亚互相看了看。

旭烈兀消灭了阿剌模忒的木剌夷，如果用武力降服的话，敌我双方就会产生数万名牺牲者，而且大概至少还需要三五年的时间。于是旭烈兀诱惑他们投降，承诺说：如果全部投降的话，就会饶恕他们的性命。

所以阿剌模忒的总帅忽儿沙理所当然地以为会被饶恕性命。他万万想不到蒙古方面打算以有少数抵抗者没投降为借口，准备把所有的人都杀死。

在凉亭的拐角处，教诗先生又回过头说道："大汗说为木剌夷们提供马匹是浪费驿马，听说木剌夷带了九名随从。"说完，他就快步离开了。

七　征途

把处死忽儿沙的事情交给护卫兵后，蒙哥就开始了出征的准备。

是像成吉思汗那样亲自上战场去指挥，还是像窝阔台那样只是派遣将军，蒙哥有些拿不定主意。

他原本想在哈剌和林坐镇，从那里发号施令，然而以他的性格却无法做到这点。因为如果委任谁代理的话，只能是忽必烈，可是那个汉人迷很不对他的脾气。

站在阵头，这样反而更轻松，在拔都为总帅的欧洲远征中，他已经积累了足够多的作战经验。

留守司令当然是幼弟阿里不哥，而实际的司令则是副官阿蓝答儿。

"后方的事情您不用担心，只管尽力征讨敌人就行。"蒙哥出征的时候，阿里不哥这样说道。

而站在阿里不哥身边的阿蓝答儿却心事重重地说："如果有能替换的人，还是希望您能尽快召我去，无论什么事情我都愿意赴汤蹈火。"

阿蓝答儿处死了很多忽必烈的手下。这次战争，忽必烈又重新返回了战线。阿蓝答儿对此很不满，曾经对蒙哥提出过反对意见。

蒙哥对他说："史天泽也好，塔察儿也好，都动不了，左翼诸王也一样，能让他们行动的只有忽必烈。"

阿蓝答儿摇着头说："要是那样的话，忽必烈殿下不是控制住陛下您的死穴了吗？"

蒙哥说："调动那些家伙们做完事后，这边有很多办法收拾他们。而且察必也到了哈剌和林。"他好像也在考虑用完忽必烈后的事情。

新年伊始，蒙哥在行军途中接受了群臣的朝贺。在接着去往六盘山的途中，又得到了兀良合台攻陷安南大罗城[1]的消息。

由于蒙古派遣的使者被安南方面扣留，导致其中一人死亡，为了报复，兀良合台允许士兵们对大罗城进行掠夺。

此外还有一个小插曲：安南王乘小船逃到了大海上，追踪他的蒙古士兵在途中做了违反军纪的事，兀良合台于是严厉地斥责了追踪队长，没想到这个队长羞愧难当，竟喝毒药自杀了。

正当蒙哥的军队踏着冰雪前进的时候，在安南，为了躲避酷暑，兀良合台率领着军队向北方转移了。

就在察必北上哈剌和林的当天，丈夫忽必烈从玉龙栈南下了。

诸将也陆陆续续地离开了玉龙栈，由于人数相当多，不能一起离开，因为要考虑粮草以及其他物资的供给问题。

忽必烈与返回领地真定征兵的史天泽同行了一段路。忽必烈早就想找机会好好地向他道声谢。

1　今越南河内。

阿蓝答儿借着会计审查的名义，在忽必烈的领地逮捕了大量家臣，拘留并处死了其中主要的人。阿蓝答儿打击的目标当然是忽必烈，但名义上是钩较（审查）诸路财赋。由于伐宋战争是蒙古既定的大方针，所以有密令，对汉人世侯要采取怀柔政策，有什么问题不要深入追究。这个时候史天泽站出来说道："我是经略使，不来追究我，而去追究别人，这让我过意不去，能不能宽大处理呢？"

因此很多人被释放了，不用说其中最多的就是忽必烈的家臣。

"京兆受你的恩惠最大，如果让阿蓝答儿为所欲为的话，京兆不知会成什么样，我得好好地谢谢你。"忽必烈说着低下了头，史天泽慌忙退下一步，说道："哪里的事，殿下，全是殿下的厚德。"

"这次战争我必须要把塔察儿的士兵都聚集起来，我想他们应该不是很糟糕的士兵。"忽必烈说着抚摸了几下拴着的马的鬃毛。

"我想这次的战争，无论是士兵、马匹，还是粮草、辎重，很多都要依靠河南。所以在出征之前，如果可能的话，我希望殿下能够视察一下河南。"史天泽说。

"没必要视察河南，只要看到好汉史天泽，就和看到河南一样。河南的经略使是谁啊？哈哈。"忽必烈靠着马大声地笑起来。

"不敢当。"史天泽低下了头。

汉地被公认是一个很难治理的地方，尤其是河南。推举史天泽为河南经略使的人正是忽必烈，那时忽必烈和皇帝蒙哥的关系还比较融洽，史天泽始终没有忘记这个。

经略使是始于唐代的官职名称。唐初将经略使设置在边境，后来进入节度使的时代，往往由节度使兼任经略使。

蒙古的经略使是以宋朝为样本的，不过宋朝的经略使不是常设的官职，只是在发生兵乱的地方临时设置。除了有关国家的重大事务外，经略使拥有对所有事务的判决权。

史天泽出任河南经略使后，逮捕了郡内最臭名昭著的两人并将其诛杀，从那以后，这个地方的治安大为好转。

可以说这是他的一个典型的兴利除害的政治手段。

"我还没有看过开平府，在去宝昌之前，我先去看看开平府怎么样？"史天泽问。

"呵呵，本来我想再过五年，等那里初具规模后再让你看。不过，也行，你现在去看看，等五年后，再去看看。"忽必烈笑着答应道。

由于要绕道去开平府，所以他们必须要抓紧时间。

"按玉龙栈作战会议的决定，我属于中军，要跟随大汗作战。真想什么时候和您并肩作战啊，殿下和张柔一起作战。"史天泽说。

第二天，两人带着少量的士兵向开平府去了。

后来，忽必烈做了皇帝，把燕京定为首都，称之为"大都"后，这个开平府被称为"上都"，是夏季的首都。而建设大都的总负责人是将军张柔。

在现在这个时候，忽必烈没有想过做皇帝，充其量只是悄悄地设想如果自己是皇帝的话，该怎么做。不过他也隐隐地觉察到兄长的健康有些问题。

"在去开平府之前，有个地方我想顺路去看看。"在中途下马休息的时候，史天泽说道。

"是金莲川附近吗？"忽必烈问。

"是的，不过，那个地方现在好像什么也没有。"史天泽说。

"你想去什么也没有的地方？"忽必烈问。

"听传说，李陵曾经在那里待过，好像当地的人称之为李陵台。"史天泽说。

"李陵台……我好像听说过，不过没有去过。李陵这个人我从姚枢和子聪那里都听说过。他也真够可怜的，那个皇帝不该受到尊敬。不过，去看看吧，那个李陵台。"忽必烈说。

玉龙栈的南边是辽阔的沙漠，说是沙漠，地势也是千变万化，当地的人称作"黄土山"。

这里有成吉思汗喜爱的湖沼，伐金战争初期，成吉思汗对燕京等地没有什么兴趣，主要在这里的湖畔休整马匹。

沙漠的尽头，看到隐隐约约的绿色时，已经靠近开平府了。

沿着鞍子山和滦河走去，终于找到了立着"李陵台"木牌的地方。

"只写汉字可不行，这是匈奴的遗迹，应该写上我们的文字。"忽必烈抚摸着那块木牌说道。

"我们的文字"指的是畏兀儿文字，由于是音标文字，所以可以用它来标记蒙古语。

"李陵就在这里生活，最终也没有回到故乡，只有区区五千士兵，又能怎么样呢？汉武帝诛杀了他的全部族人，这是一个错误。"史天泽面对立在地上的木牌，喃喃自语道。

"这个木牌不像很老的，可能已经更换过很多次了吧，朽了又换成新的。李陵投降匈奴是多少年前的事情？"忽必烈问道。

这个问题，史天泽不需要特别计算，张口就答道："应该是一千三百六十年前的事情吧。"

对于史天泽来讲，李陵是一个特殊的人物——投降匈奴的汉人，从这点上来讲，和他自己非常接近。一千三百六十年后的汉人，投降的不是匈奴而是蒙古。而且，李陵是与匈奴作战，精疲力竭后才投降的，而现在的史家人没有与蒙古作战过。

在蒙古之前，汉人就向女真族的金朝屈服了，而在更早的时候，则甘于契丹族的辽朝的统治。

说是汉人，什么样的人算是汉人呢，史天泽自己也不是很清楚。在蒙古人看来，女真族的岐国公主是"汉公主"，契丹族的耶律楚材也自称为汉人。而且耶律楚材学习契丹文字，也是成为蒙古的臣下去西域后的事情。

史天泽最后的结论是：懂汉语，能读写汉字的人，就是汉人。

"这次的战争结束后，为李陵修建一块石碑吧。在哈剌和林附近就有一块突厥的石碑，上面刻有很多文字。李陵的碑上，蒙古语和汉语的文章都要刻上。等战争后，不，等等……"忽必烈把手放在头后思考起来。

史天泽正在思考另外的事情。他在想自己的年龄，再过不久，他就六十岁了。他很晚才开始学习，之前虽然有普通人的学问，但真正开始学习是从四十岁之后，四十岁后才开始研读《资治通鉴》，可能也是从那时候起他才拥有作为政治家的自觉性。

李陵对他来讲是一个思考题，为此他专门来到了李陵台。他想在这里挣脱"汉人"这个枷锁。

"我是一个人。"

这样不是很好吗？超越种族的生活。一千三百六十年前的李陵，一定也是不得已而这样生活的。

史天泽从纪念李陵的简陋的木牌中好像领悟到了什么似的，感到浑身轻松。他就是为了寻找这种感觉才到这里来的。

"对了，抓紧时间修建，争取在去打仗前就修好。再过不久，开平府就会聚集相当多的汉人部队。"忽必烈说。

史天泽感觉眼前一亮，他看了看周围，虽然简陋，但有人到这里来为李陵立纪念的木牌，或许也是像他一样到这里来寻找破解这个思考题的人吧。

还是忽必烈殿下能理解我们的心情，修建石碑一定也是为了照顾汉人的心情。与他相比，六盘山的那位……史天泽想。

"六盘山的那位"指的是皇帝蒙哥，史天泽在不知不觉中对自己的主人进行了一番比较。

不仅是史天泽，汉人对忽必烈都怀有好感，他们认为他是能够理解他们的人。而对于这点，忽必烈的兄长皇帝好像很不满意。

阿蓝答儿在肃清京兆忽必烈的家臣时，对当地的汉人世侯丝毫没有触犯。在对宋战争之前，有必要怀柔汉人，但或许还有一个目的就是想破坏忽必烈和汉人的关系。

"好了，我陪您一起到开平府吧，那里什么样我很想见见。"史天泽说。

开平府说到底不过是皇弟忽必烈兴建的城市，蒙古帝国有首都哈剌和林，不能修建得比它更宏大。

而且这个城市在建造过程中，忽必烈还受到了皇帝的猜疑，所以不得不更加克制。

"到底是在战争期间，这个城修得很拘谨啊。"史天泽说。

忽必烈苦笑起来，修得拘谨并不是因为战争的缘故，还有更大的原因，史天泽应该也知道。

"唉，以我的身份，这就是最大限度了。"忽必烈说。在说到"身份"这个词时，他加重了语气。

"等平静下来后，再好好地修建城市吧。听说哈剌和林在外国人中成了一个笑话，据说欧洲传教士中有人说它还不如一个小村寨。"史天泽说。

"那些家伙不知好歹，"忽必烈笑着说，"蒙古人登上过好多个欧洲国家的都城，不要自以为是了，不能让敌人登上去的城才值得骄傲。"

"希望将来您修一座不仅敌人登不上去，就连靠也不能靠近的都城，我们都翘首期盼着呢。"史天泽说。

虽没有严格区分各个语词的用法，但如果非要区分出都城与城市不可，那么都城指的就是国家的首都。

"建造国家的首都吧。"

这个汉人世侯对忽必烈如此暗示。

"你说不能轻易靠近的城市，那么城里的人岂不是也不能轻易出战了？这次打仗的时候，好好看看哪种城更好吧。"忽必烈拍着膝盖说道。

"好的，我这边也有要准备的事情，这就告辞了。"

在开平府参观了几天后，史天泽向忽必烈告别了。

史天泽属于中军，在皇帝蒙哥的直接指挥下。忽必烈统率的东路军，是原来由塔察儿统率的。由于塔察儿放弃进攻襄阳，致使最初的作战计划不得不进行修整。

忽必烈东山再起，做了东路军总帅，重整军威。所以与史天泽是分别作战。

虽然说从襄阳撤退了，但塔察儿的军队并没有溃败。他列举的撤退理由是因为大雨的缘故没有开战，但无论怎么看都是有意放弃战线，总而言之，就是他不想打仗。

"那家伙有什么不满意的地方？"

蒙哥暴怒了。

他意识到如果与忽必烈的不和继续下去的话，就有可能动摇帝国的根基。不管怎么说，只能先与忽必烈和解，而对塔察儿的处罚也只能放到以后再说。

"会不会是因为那个缘故？"蒙哥这样想过很多次。

那个缘故即忽必烈和塔察儿勾结到一起的可能性，为了给忽必烈创造复职的机会，塔察儿上演了在襄阳的荒唐之举，有这种可能性吗？

或许这件事可以作为一个荒唐的友情故事一笑了之，但塔察儿的举动，也许是为拥立忽必烈为皇帝的准备工作中的一环也未可知。

是血液中那种想掌握至高无上权力的冲动促使的吗？让他祖父热血沸腾的那种冲动，他是否想通过让忽必烈做上皇帝而得以释放呢？

蒙哥不擅长思考错综复杂的问题，而且他也不喜欢把问题交给身边的人。

他想："等四川战役告一段落后，把忽必烈和塔察儿叫来，问问他们想干什么。我直接问也行，交给阿蓝答儿也行。"

"我已经说了绘制一个详细的地图，难道还没有做好吗？"蒙哥突然大声叫道，当他想把复杂的问题搁置一旁时总会这样，这是他的习惯。他可能想通过大喊把之前百思不得其解的问题抛开吧。

开平府的情况，除了使者的报告之外，从密探那里来也源源不断地传来了各种情报。

至于忽必烈推迟出发一事好像没有什么可疑的地方。密探早就进入开平府进行各种各样的调查了。忽必烈好像拼命在躲避嫌疑，因此一直没有召集军队，所以就连征兵工作也必须要从头开始。只有马匹似乎从一开始就准备好了，在军队集结之前，马匹就先到位了。

中途的邢州原是忽必烈的"投下"。投下是半独立于帝国的地方，可以说是私人领地，它是分封给皇族、功臣的土地，投下的主人可以自由地任命当地的长官。

分封给忽必烈的投下是隶属真定路的邢州一万户。邢州大致在开平府和襄阳的中间，自然而然就成了忽必烈的伐宋军的后勤基地。

塔察儿的父亲只不干很早就去世了，所以塔察儿继承了祖父的家业。他继承家业时才刚刚十五岁，所以他的年龄在亲族会议上成了一个大问题，不过由于忽必烈的极力赞成顺利通过了。这个塔察儿身居蒙古东路军总帅这么一个重要职位，却因为区区十天大雨，就轻易放弃了襄阳战线，确实很荒唐。

对塔察儿的处罚问题放到以后，蒙古军首先要确保长江沿岸的军事重地鄂州，然后才能伺机进攻南宋首都临安。

闪电战。这是蒙古的基本作战态势。

虽然不知这三年间远离中央的忽必烈的作战性格，不过以蒙哥的性格来看，应该算是典型的一击主义。

蒙古在西域的战争大多都是速战速决型的，蒙哥想把这种作战的势头也带入到对宋战争中。

忽必烈对兄长的作战方针感到有些担忧。他自己从投下邢州南下，到达濮州，渡过黄河进入了柘城。

在那里，他意外地遇到了颇有争议的人物——塔察儿。塔察儿是特意在那里等待忽必烈的，为了不引人注意，塔察儿只带了很少量的士兵。

他们同是皇族成员，忽必烈是成吉思汗的孙子，塔察儿是成吉思汗的弟弟的孙子，他们以往也见过很多次面。出现在阿剌豁马黑山忽里台大会上的塔察儿，对于拖雷家人来讲是难以忘怀的。

"这样一来，此次忽里台大会必然成功无疑。"

拖雷家能够确信这点就是从塔察儿现身的那一刻开始的，因为塔察儿的参会，意味着拖雷家得到了东方三王族，即成吉思汗三个弟弟家族的支持。

"阿剌豁马黑山真让人难以忘怀啊。"忽必烈说道，语气中包含着深深的谢意。

"唉，那时候我太年轻了，我其实不该去阿剌豁马黑山。我即使不去，那个忽里台大会，蒙哥陛下也不会失败。"塔察儿说。

"话虽这么说，但那时候见到你真的就像见到了上百万的援军一样。"忽必烈说。

忽必烈往两个酒杯中倒满了酒。虽然来到了濮州，但忽必烈还是搭帐篷住的，他很小心，尽量不让蒙哥说他是汉人迷。帐篷中只有忽必烈和塔察儿两人，因为也许会说到军事机密，他们打发走了下人。

"现在想来，那时候我错了，对于蒙古来讲，选举最高领导人应该是忽里台大会的事务。"塔察儿说道，没有伸手拿酒杯，而是审视着眼前的酒杯。

"当然是这样，选举什么样的人做最高领导人是个大问题哪，仅仅善于打仗是否就能胜任也是一个问题。"忽必烈说。

"不过，很多人都是这么想的。结果认为作战比什么都重要的人被选为大汗。为了在忽里台大会上选举这样的蒙哥做大汗，我千里迢迢地从东方赶到阿剌豁马黑山去，真是件令人惭愧的事情。"塔察儿这到这里后，才拿起了酒杯，不过没有痛饮，只是润了润嘴唇。

"对我说这些话合适吗？"忽必烈微笑着说。

塔察儿苦笑了一下，看了看周围，说："我就是为了说这些话来的，专程而来。我听说你受到大汗冷遇的时候，觉得他也真做得出来。"

"然后呢？"忽必烈问。

"当我取代遭受贬斥的你成为东路军司令时就在想，我辞去这个职务怎么样，如果我不能胜任的话会怎么样。"塔察儿说。

"所以你就丢下襄阳退兵了？你的演技可不怎么样，对此很多人都在皱眉头呢。"忽必烈说。

"不过幸运的是那时候连日下雨，蒙古人最不擅长雨天作战了。"塔察儿说。

"你觉得这样就能解释得过去吗？"忽必烈问。

"那可不是一般的雨，而且我也想好了对策。陛下御用巫术师最得意的弟子住在桐柏山，我怂恿他说这场雨不吉利，先暂时退兵为好。"塔察儿说。

"你连巫术师都用上了啊。"忽必烈说。

"没有其他更好的方法，不管怎么说要让皇帝生气，好罢免我的东路军司令之职。这样就能巧妙地让你重返舞台了。"塔察儿说。他两只手紧紧握着酒杯，仿佛要给杯中的酒加热似的，最后一口气喝了下去。

"你确实很巧妙地让我重新起用了，不过，我会按照我的方式作战。皇帝可能不喜欢，但我认为这是为蒙古好。"忽必烈说。

塔察儿干咳了几下，咽了几下吐沫说道："难啊，只以东路军司令这种身份，恐怕不能像在大理城那样作战吧。"

进攻云南大理的时候，忽必烈在裂帛上写下了"不杀令"，没流一滴血就占领了该城。忽必烈自认为这道"不杀令"是以少胜多、不战而胜的关键，这场战役是一场模范的战役。

攻陷大理时，皇帝蒙哥也向他传达了慰劳的话。然而，远在

哈剌和林的皇帝不知为什么让人感到很陌生。由阿蓝答儿施行的
"刁难忽必烈党"就是随后开始的。

"虽然没有流血就获取了大理，但这样却没有达到预想的对南
诏国的示威。"

据说皇帝蒙哥曾经这样说过。虽然这个说法没有得到确认，
但蒙哥对忽必烈的作战方法不满意却是毋庸置疑的。

事隔三年，兄弟俩泪流满面地拥抱在一起是事实。但是这能
算得上是和解吗？对于让蒙哥非常反感的忽必烈的作战方法，两
人根本没有探讨过。而忽必烈也不想改变他以往的作战方法，他
公开宣称那样做是为蒙古好。这能算是"和解"吗？

尽管如此，塔察儿的话还是让人觉得话里有话。"只是东路军
司令这个身份"很难，到底是什么意思呢？

忽必烈没有马上答话，因为他知道塔察儿言外之意，无法接腔。

"你是想让我改变身份吗？"过了很久，忽必烈终于开了口。

"是的，只是做皇帝的弟弟是不行的，想要施行你认为对蒙古
好的理念时，这个身份也是不行的。"说着塔察儿闭上了眼睛。

塔察儿出现在阿剌豁马黑山会场，是他继承家业几年后，
十七八岁时的事情，自那以后又过了八年。

"我一直还觉得你是个孩子，没想到你已经成了胆量过人的大
人了。"忽必烈说。

说做皇帝的弟弟不行，意思就是做皇帝，这很明显是谋反。

塔察儿知道忽必烈明白了自己话中的含意，似乎放心了。他
微闭着的眼睛张开了一道细缝，轻轻地笑了起来，不知是放心的笑，
还是害羞的笑，似乎两者都是。

"一起干吧。"塔察儿说。

"如果知道是为蒙古好的事情，迟早会干的。"这次忽必烈闭上了眼睛。

"到临安为止要拼命地作战，同时还要考虑将来的事情。"塔察儿为了说破埋在心底的这件事，之前可能一直很紧张。忽必烈的悟性很高，让他大大地松了一口气。

"不过，有像我和你这样的不安定分子，蒙哥也够劳心的，他一定不会对咱们放松警惕的。"忽必烈睁开眼睛，看着自己的手掌说道。

"是啊，虽然看上去谁也不会到这里来，但咱们俩见面的事情他马上就会知道。所以说，咱们俩在这里都说了些什么，我觉得有必要统一口径。"塔察儿说。

忽必烈摆了摆手说："还没必要小心到那种程度。咱们都说过什么话，只要告诉他咱们从现在开始说的话就行。是啊，咱们说什么呢？对了，就说你叔父们的事情吧。一说上这个话题，很难有个尽头啊。哈哈。"忽必烈说到这里拍了拍膝盖。

塔察儿的祖父帖木格·斡惕赤斤的孩子多得令人咋舌，据说有八十多个孩子，具体数字连他自己也搞不清楚。嫡出的长子是塔察儿的父亲只不干，他比自己的父亲死得早。塔察儿十五岁成为斡惕赤斤家的掌门人，实际上是战胜了数目众多的竞争对手才当选的。他的聪明才智是一个原因，而忽必烈作为亲族代表重视嫡出直系也是一个重要原因。

"我也不能记全叔父们的名字，其实祖父也是稀里糊涂的，给三组人起了同样的名字。"塔察儿伸开两手笑道。

"是啊，一说起这个就没头了，能说个没完没了。对了，塔察儿，你把你叔父的名字，拣主要的告诉我十个吧。"忽必烈说。

"十个就行了吗？"塔察儿开始掰着手指头说起来。

　　斡惕赤斤家由于第二代中公认的继承人只不干早逝，由第三代塔察儿继承了。当初在斡惕赤斤家出现继承人问题的时候，忽必烈被从本家派去协助解决。虽然年轻但可靠的塔察儿最终胜出了，但当时，第二代中也推出了几个有实力的人做候选人，所以说要忽必烈举出十人的名字不是什么难事。不过还是听塔察儿说说为好。

　　塔察儿说出十个叔父的名字后，又像忽然想起什么似的说道："在说叔父的话题前，我一定要先说一下为什么那时候我那么年轻，却带着大军去了阿剌豁马黑山。"

　　"我大致知道原因。"忽必烈感觉这件事情对塔察儿来讲，说出来是很痛苦的，不过不说出来的话，什么时候都如鲠在喉。

　　窝阔台之死，对帖木格·斡惕赤斤家造成的震动相当大。斡惕赤斤指幼子，相当于现在的蒙古王家的阿里不哥。伐宋战争阿里不哥也没有被允许参加，负责留守是斡惕赤斤的宿命。不过，如果大汗有个万一，就由阿里不哥接替他的职务。

　　成吉思汗生前指名由窝阔台继承汗位，但按照蒙古习俗，决定继任人是忽里台大会的专管事项。召集忽里台大会的是当时的斡惕赤斤拖雷。

　　汉文文献中称这个时期的拖雷为"监国"，也就是临时的代理皇帝，他直接一跃成为皇帝也不是不可能的，不过由于拖雷的自我牺牲，窝阔台顺利当上了大汗也就是皇帝。

　　作为补偿，彼此默认下任的大汗要从拖雷家选出。不过，由于这是忽里台大会的专管事项，所以也没有明文规定。

　　不久拖雷就死了，窝阔台的态度有了些微妙的变化，开始改口说下任大汗应该由忽里台大会决定，不过作为候选人，他提出了拖雷家的蒙哥和窝阔台家的阔出两人。阔出深孚众望，所以说即使有约在前，他也非常有可能击败蒙哥当上大汗。然而没想到阔出却在中国战线上阵亡了。那以后的一段时间，从窝阔台的口中没有再说出继任人的名字来。后来，阔出儿子失烈门的名字浮现了出来，不久，脱列哥那的儿子贵由的名字也出现了。

"我祖父很讨厌脱列哥那，说这个蔑儿乞女人可能会使蒙古灭亡，如果要是那样的话，他就得拿起弓箭去保卫蒙古，当年他带大军去哈剌和林就是这个原因。后来在审问时，蒙哥陛下，斡儿答全都理解了这个，只是表面上还得给个处分，以便有个交代。不过与那时候相比，贵由死的时候对我来讲形势更严峻。"塔察儿说。

"那倒也是，帖木格去世后，这些问题的责任一下子全都压到你身上了。"忽必烈说着点了点头。

"所以我率领大军去了阿剌豁马黑山，也是想打开一条出路。现在想来当时只带一半的人，不，只带三分之一的人去就行了。那时候我还年轻，年轻得让人不好意思。"塔察儿撇着嘴说道。

"不，那是你第一次出征，带的兵越多越好。"忽必烈点着头说道。

"这次可不是第一次出征了，自阿剌豁马黑山又过了八年了，我也不总是孩子了，你觉得怎么样？我的退兵方法？"塔察儿问。

"只能说非常棒。"忽必烈说。

"唉，怀疑的人也很多，首先蒙哥陛下可能就在怀疑：他这样做是不是为了使忽必烈复职而在演戏？"塔察儿说。

"哈哈哈，谁都会想到这个。"忽必烈说。

"其实不是这样，"塔察儿说到这里，大大地吸了一口气，接着说道，"我塔察儿是想把爷爷想做而没有做成的事情做成。"

"那是什么？"忽必烈问道。

"谋反，不说也知道。"塔察儿淡淡地说。他的表情看上去很平淡，但为了说出这句话，不知道他曾经经过多么激烈的思想斗争，曾经多么烦恼、苦闷。

"谋反吗？"忽必烈问。

"是的。"塔察儿说。

这一问答后，两人都沉默了一段时间，在这段时间里两人都在考虑着各种各样的事情。打破沉默的是忽必烈，他喝干酒杯中的酒后问道："你从什么时候开始想这件事情的？"

"我很早之前就在思考这样下去行吗？而让我最终下定决心的是听说失烈门在六盘山被杀的消息后。到底是谁说的蒙古人不杀蒙古人？"塔察儿说，他的声音有点干涩。

"失烈门啊……"

对于失烈门的死，忽必烈也有责任。蒙哥本来把失烈门放到忽必烈那里了，但忽必烈自己也惹上了嫌疑，就把他送回了哈剌和林。

"当时我带他去金莲川就好了。"忽必烈叹息道。

"那个你做得到吗？你还是多担心担心察必吧。"塔察儿渐渐地有些激动起来。如果真要谋反的话，那么身在哈剌和林的忽必烈的妻子察必就很危险。

"我没有说要参加你的谋反。"忽必烈往杯中倒上酒后说道。

"蒙哥杀了太多的人，下令把斡兀立·海迷失扔到河里去的也是他。如果唆鲁禾帖尼殿下还活着的话，斡兀立·海迷失可能就不会被杀了。"塔察儿说。

贵由的妻子斡兀立·海迷失被处死是唆鲁禾帖尼去世半年后的事情。

"蒙哥也听母亲的话，母亲一定会反对杀害斡兀立·海迷失的。"忽必烈仿佛在悼念去世的母亲，声音有点低沉。

据说斡兀立·海迷失也和丈夫的母亲脱列哥那一样，是蔑儿乞的人。蔑儿乞曾经与蒙古有血海深仇，因此斡兀立·海迷失对外宣称自己是斡亦刺人。脱列哥那自称为乃蛮人，但由于她前夫是蔑儿乞人，所以像帖木格·斡惕赤斤那样称她为"那个蔑儿乞女人"的人很多。

中国文献记载脱列哥那为"六皇后"，由此可见，在皇后的序列中，她只不过排在第六位。因为在她之前上位的皇后相继去世或者失势了，她才得以晋升。《元史》记载她为乃马真氏，出身于乃蛮。

"察合台的儿子也速蒙哥也被杀了，奉命杀他的人是他的侄子哈剌旭烈兀，只不过当时哈剌旭烈兀先死了，结果由他的妻子兀鲁忽乃杀了也速蒙哥。她虽然是个女流，倒还真有胆识。"塔察儿说。

"也不是什么有胆识，兀鲁忽乃如果不按命令把丈夫的叔父杀死的话，她自己就会被杀死，这不是很残忍的事情吗？"忽必烈说着又把手伸向了酒杯，酒流过他喉咙的声音很清晰地传了出来。

好像受到诱惑似的，塔察儿也用酒湿了湿嘴唇，说："蒙哥喜欢做残忍的事情，杀死畏兀儿国王萨仑的斤的也是他，可他让谁砍的萨仑的斤的头呢？"

他让萨仑的斤的亲弟弟玉古伦赤砍的头。

这场行刑专门挑选了伊斯兰教的礼拜日星期五执行。由于畏兀儿大部分民众是伊斯兰教徒，而萨仑的斤国王是佛教徒，所以蒙哥新政权得到了大众的热烈拥护。

八 鄂州

有这么一句话"蜀犬吠日",是说蜀(四川)地的狗在天气好的日子里,向着太阳狂吠。因为四川这个地方经常不是阴天就是下雨,天晴的日子很少,以至于太阳出来时,狗都觉得很奇怪,对着它不停地狂吠。

四川被称为"天府之国",是一个土地肥沃、物产丰富的地方。它虽然离大海很遥远,但是井盐却非常多。此外被称为"蜀锦"的四川丝织品也以品质优良闻名遐迩,四川的简称"蜀"字,就是茧中有虫,即"蚕"的意思。

这片富饶的土地,四周却被天险环绕着,是一个易守难攻的地方。

蒙古军正准备向这个地方进攻。

为了应对蒙古军的入侵,南宋撤离了黄河和长江上游的居民,制造出一片广阔的无人地带。为此入侵这个地方时军队必须要自己运输数量庞大的粮草。蒙古在进攻四川前,先入侵云南,就是为了确保军粮的供应。

　　1259 年正月，蒙古军在重贵山北举行新年宴会的同时召开了作战会议。

　　"在这座山这条河的对面就是宋朝（中国的南部、南宋），我们到这里来受了不少苦。从这里往前去，还有更多的艰难等着我们。今年的天气好像也不是很好，你们觉得怎么样？"蒙哥指着前方的高山和河流说道。

　　"南方的气候确实不太好，陛下先回哈剌和林休息一段时间怎么样？"有人这样提议道。

　　不是整个军队撤退，而是劝大汗去休养。不过，蒙哥如果要返回哈剌和林的话，要有相当多的军队护卫他。

　　"那样不太好，还是请大汗您留在战线上吧，这对鼓舞全军的士气很有用。"也有人这样反对道。

　　蒙哥垂问的时候，总是像这样会出来正反两种截然不同的意见，不过正反双方都没有势在必得的气势。

　　"大汗已经年过五十了，希望您能多保重身体，因为气候反差实在太大了。"说话的人低下了头，从他的言语和举动中感觉不到太大的热情。

　　因为臣下们都知道大汗已经自己有结论了。在会议开始前，他把占卜师叫来了，现在占卜师已经退出去了，留给臣下们的任务只是提出正反两种意见而已。

　　"要继续作战，这是我的决定。按照计划向合州进军。"蒙哥说。

　　合州属于重庆府，在涪江和嘉陵江的交汇处。另外一条从东边流过来的渠江也在这附近与嘉陵江汇合。从四川这个地名就可知，这个地方的河流非常多。

　　蒙哥内心深处对这么多的大小河流感到十分厌烦。不仅是蒙哥，生长在草原的蒙古人都不擅长错综复杂的水路。

　　真想早点到草原去狩猎啊，蒙哥心想。但虽然这么想，作为成吉思汗的孙子，必须继续他征服世界的事业。

　　"祖父心目中的世界是不是太小了？"蒙哥有时不禁这样埋怨。不过他只是在心中这样想想而已，他心中的不平、不满很少表露出来。最近这些时候，他总是觉得头痛，眩晕也很频繁，有时骑在马上突然就被一阵眩晕袭击，以至于摔下马去。

　　"不视朝百余日。"

　　在文献上可以见到这样的记载，而没有记载的就更多了。

　　都是因为塔察儿的缘故，蒙哥心想。这绝不是发牢骚，如果塔察儿不脱离战线的话，蒙哥也不会御驾亲征了，忽必烈可能也不会复职了。

　　留在哈剌和林的阿蓝答儿，在蒙哥出征时曾对他说："请您千万不能对忽必烈殿下掉以轻心。"这话仿佛犹在耳边。

　　唉，没办法命令大雨、雷电哪，蒙哥心想，他闭着眼睛静静地忍耐着猛烈敲打窗户的大雨和追随着闪电的巨大轰雷声。

　　平时就有的头痛，最近间隔的时间变得越来越短。

　　蒙古士兵的宿舍静悄悄的，兵将们就像死了似的，咬牙耐心等待着雷雨过去。

　　"怎么了？大家怎么都像死了似的？"蒙哥以斥责的口吻对前来报告的异母弟弟木哥说道。

　　"只是蒙古士兵那儿安静，汉人部队的宿舍特别热闹，史天泽、刘黑马部队的士兵们，热闹得都想训斥他们一顿。"木哥说道。

　　四川依山而建的小城很多，到合州一路上的诸个小城大都没有作战就投降了。对于抵抗的宋军，蒙古方面采取了决然的态度。

　　在小剑山的要塞，一个名为赵仲的人为蒙古军做内应，蒙哥下令对他的家人进行严密的保护，而对于那些投降后又背叛的人则处以极刑。

在长宁山也毫不留情地对抵抗的人进行了残酷的惩罚，五个小城见到此情景后投降了。也有像青居山那样，城内士兵把抵抗派的主将杀死而投降的。

这样一来，使得蒙古军中投降的宋朝兵将越来越多。他们大多是当地人，很习惯这里的风土气候。在宿舍里生龙活虎般地嬉戏打闹的大多就是他们。

"到这种地方来后，蒙古士兵无精打采。都是大雨的缘故，还有雷。"木哥说。

木哥虽然从兄长的屋里退了出来，但不得不暂时在房檐下避雨。

蒙哥送出木哥后，开始回味起木哥看自己的眼神来。蒙哥心里琢磨着："那家伙是怎么回事？怎么好像对雷鸣感到很高兴似的？"

转而他又对自己连这种事情都要去想感到很悲哀。

"是大雨的缘故吗？为什么我要在意木哥的眼神呢？"就在这样想的时候，蒙哥的眼前又一阵阵眩晕起来，周围的柱子好像都变得歪歪扭扭的了，以前好像也有过这种情况，就像喝多了酒的时候一样，腿也不听使唤。

蒙哥当场瘫软在了地上。他自从远征四川以来，这是第三次发作。残留的一点意识想让他像王者一样静静地倒下去，但还是发出了很大的声响。侍卫马上就跑过来了，一直在待命的医生也跑过来了，给他喝了顺气的药。

不停地按摩心脏后，蒙哥好不容易恢复了意识。

"他还在屋子外面，只是说先去看看雨下得怎么样了。"侍卫长的声音进入了蒙哥的耳朵。

这好像是对他的呓语的回应。

"对了，我好像说胡话叫木哥来似的。"蒙哥想起来了。

医生们按下了想坐起上身来的蒙哥，让他躺倒在床上。他们好像在煎那种特别令人厌恶的汤药，药的味道笼罩了他。

"陛下是心肝的疲劳。"医生说。

这是一个十分笼统的诊断，只能做出这种诊断的医生，严格地讲是不合格的。可是蒙哥身边只有这种水平的医生。

他身边曾经有很多非常优秀的中医大夫、伊斯兰医生，然而他们却被萨满系的医生排挤走了。因为凡是提出与萨满的话相抵触的意见，都被当作是妖术。

有人提出请大汗返回哈剌和林，萨满们都表示反对。对于气候不好，萨满的头领信心十足地说长生天已经昭示他天气马上就会转好。而且预言蒙哥的身体不久也会恢复，不用担心，心肝的疲劳在十天之内就能消失。

确实如他所言，天气好转了，蒙哥的身体也恢复了。那个祷告时把头发摇晃得凌乱不堪的萨满得意洋洋地宣告了胜利。然而，蒙哥虽然看上去恢复了，但没过十天又昏倒了。

"这里有妨害我们祷告的邪恶的家伙，我们要用更强的力量把他们驱赶走。"

巫术师咬牙看着祭坛说道。

虽然蒙哥病重，但合州的攻防战仍在继续。

蒙古军用云梯成功地登上了外城的一角，这支蒙古军是由三十六岁的汪德臣率领的。汪德臣虽然汉化了，却是出生在鄂尔多斯地区的汪古人。

有人说汪古属于突厥系，有人说属于蒙古系，也有人说属于吐蕃系，族人代代都效力于辽、金，负责边防。就像汪德臣这样，他们使用汉字的名字，受到了儒家文化的影响，却是聂斯脱利派的基督教徒。到了忽必烈时代，有很多人改信了天主教。

汪德臣占领了外城的一角，他在偶然间看到了宋朝的将军王坚。攻防战时间拉长之后，敌我双方都很熟悉对方主将了。

汪德臣大声叫喊道："王坚，人命关天，你们如果不抵抗的话，不要说一般的市民，就是兵将的性命也都能保住。我们汪家就是一个很好的例子，原本效力于金朝的我家，全都保住了性命，安稳地侍奉蒙古了。你们也早点放下武器投降吧。"

他的话还没有说完，就听见一声"发射"的命令，紧接着石弹从弩炮发射了出来，蒙古军架起的梯子一个接一个地被击断了。

从弩炮射来的石弹，不仅给结实的云梯造成很大破坏，还重伤了爬上云梯要攻入外城的兵将，攻城队长汪德臣也受了重伤。

汪德臣被抬回蒙古军营时已经是濒死状态了，皇帝蒙哥在病床上得知这个消息后，命令丞相给他送去了汤药，不过汪德臣最终没能再醒过来。

而命令送汤药的蒙哥的病情也非常严重，皇子阿速带寸步不离病床。

蒙古军中暴发了痢疾，继续作战变得很困难。

皇帝蒙哥的病已回天乏术，1259 年阴历七月癸亥，他在合州附近的钓鱼山去世了。据波斯史学家拉施特的记载，他的死因是军中流行的疾病和过度饮酒。

也有说他是因作战中所受刀伤发作而死的，但这不值得相信；也有说他是因箭伤而死的，同样不值得相信。可能是觉得像蒙哥这样的大人物，只是因病去世太过普通，显不出他的伟大，所以才这么说。同时也说明，皇室的很多信息都没有公开，所以招来了各种各样的臆测。

皇帝驾崩，一时间通信、交通都被切断了。比传达这个消息的特使更快速的使者被秘密地派遣了出去。是皇弟木哥派遣的，当皇帝还在病中时，他就派使者去往了哈剌和林。

使者到哈剌和林后，找到察必对她说："请您紧急返回开平府。"使者没有说明原因，但察必已经猜到大致的原委了。

使者还特别补充道："在返回开平府时，一定要带上您姐姐帖木伦。"

帖木伦的丈夫霸都鲁是成吉思汗西征时，肩负镇守东方大任的国王木华黎的孙子，他的家族被称为札剌亦儿王族，是蒙古第一流的名门。

姐妹俩马上意识到在远征的地方发生了重大事件，秘密地让人质马上离开哈剌和林，说明一定是皇帝出了什么问题。

由于讣报尚未传来，所以哈剌和林还没有被戒严。

"我陪你们一起去吧，这样不容易让人怀疑。"玛丽亚说。

"那太好了，如果您愿意的话，就跟我们一起到开平府去吧。"察必说。

"是啊，我也想看看这座新修的城，忽必烈殿下的理念一定融入他修的城里了。"玛丽亚微笑着说。

察必和姐姐帖木伦很机敏，好像从很早起就预想到了这天会来临似的。再加上玛丽亚这个老太太和她们同行，看上去更像是游山玩水似的。

护卫她们的士兵是札剌亦儿家的人，只有三十名左右。

蒙哥虽然已经去世了，但没有发布讣报。由于正在交战中，丧事必须要对敌人严格保密。而想要对敌人保密的话，就要先对自己人保密。

　　蒙哥的灵车由两匹马拉着，虽然走的不是蜀地的栈道，但路上的道路也很狭窄。护卫的士兵在行进的时候为了尽可能地不让消息扩散，把途中遇到的所有人都杀了。据马可·波罗的记载，被杀的人数达到了两万，这显然有点太夸张了。成吉思汗去世的时候暂且不论，蒙哥死的时候，应该无此可能。蒙古军在四川作战时，士兵们即便只破坏了老百姓的田地，也会受到重罚，军纪非常严明。而且马可·波罗到达这个地方是十年后的事情了。

　　与蒙哥遗体一起北归的只有他的儿子阿速带和他的部下，剩下军队的大部分转由木哥指挥。

　　"怎么做好呢？先帝的干将大部分都在哈剌和林，以那个阿蓝答儿为代表。"相当于参谋总长的霸都鲁说道。

　　就在这时候，送信的人把一封书信交到了霸都鲁手里，霸都鲁展开看后，不禁喜形于色。

　　"是帖木伦来的信，她已经和察必一起离开哈剌和林了，我们没有什么可以担心的了，据说玛丽亚也和她们一起走的。"霸都鲁说着，把那封信递给了忽必烈。

　　"木哥真是帮了大忙啊。"忽必烈接过信说道。

　　"在这种关键的时候，却没有一点兀良合台的消息，按理说，现在斥候们应该有所接触才对啊。"霸都鲁说着轻轻地拍了拍膝盖。

　　兀良合台率军一直征讨到了遥远的安南，按计划他在解除蒙古的后顾之忧后，与忽必烈的军队会合，他的军队应该出现在湖南潭州一带。

　　"咱们必须要等着兀良合台的军队，他们应该非常疲劳困顿了。"忽必烈说着也试着拍起膝盖来。

　　"可是对方已经在有条不紊地做准备了。"霸都鲁有点焦急地说道。

"话是这么说，"忽必烈打了一个响指，"可是我们的战友还没有到达约定的地方，他们远道而来是来投靠我们的。"

对方在有条不紊地做准备——对方指的是身在哈剌和林的弟弟阿里不哥，做准备当然就是做皇帝的准备。围绕皇位的竞争已经开始了，现在只有嫡出的弟弟们有资格，所以就是忽必烈、旭烈兀和阿里不哥三人。

旭烈兀去了波斯，他本来是个很强硬的人，不会轻易地退让，然而他离得有点太远了。

在游牧民族中，关于继承的问题，幼子被视为最有利的。这次也是如此，兄弟分别出征，皇帝把留守的大任交给了幼弟阿里不哥，还为他配备了最优秀的部下——阿蓝答儿。

不过幼子只是有利，但继承人并不一定非他莫属。继承这个问题是由忽里台大会决定的事项。

"这是阿里不哥和忽必烈的竞争，现在看来，阿里不哥好像快了半步。"

与此事无关的看客一边"观战"一边这样评论着。

不过当事人却是非常认真的。

难道参加蒙哥的葬礼，就能成为继任人的一个资本吗？

"不能让阿里不哥当大汗。他不明白上天赋予蒙古的使命。不过蒙哥也是这样。"忽必烈说。

姚枢教给了忽必烈"王者的使命"，忽必烈之所以和蒙哥没能搞好关系，也是因为他太过拘泥于这个使命了。

"我也不懂那些，我就是想让您当大汗。"霸都鲁说。

"无论如何，在与兀良合台的军队会合前，我们必须要坚持在这里作战。"忽必烈说，他认为用"侠义"的精神来解释，蒙古人更容易理解。

一起进攻大理的战友，不能在这里丢下他，这是王者的做法。

"我能做的事情我会尽力去做。"霸都鲁站起来等待命令。

"我们继续南下渡过长江，全军越过大胜关！"忽必烈也站了起来，用马鞭抽打了一下柱子。

"要和塔察儿联络吗？"霸都鲁问。

"不用联络，他应该知道。还有把阿术叫到我身边来。"忽必烈说。

忽必烈一个接一个地下令道，阿术是兀良合台的儿子。

忽必烈的军队从汝南南下，越过大胜关，渡过了长江。到了这个时候，敌人也知悉了皇帝蒙哥的死讯。

"这是为什么？"

宋军感到很吃惊，他们把蒙古称为"北虏"，他们知道蒙古皇帝死后要召开忽里台大会。来自北方的北虏皇帝死了，军队理所当然要返回北方。然而，汝南的蒙古军不仅没有北归，而且还继续南进了。

"不是一般人啊，不能掉以轻心。这种时候，我还是先看看字画，静静心吧。"南宋的两淮制置大使贾似道说道。

在得到关于忽必烈军队动向的报告后，他从书柜中取出了一卷用油纸包着的画轴。包裹着卷轴的是可以防水、防潮的褐色油脂纸。

来向他报告的录事是一个新上任的年轻人。录事是地方官府从事文书工作的人，负责制置大使（相当于总督）的杂务。由于他是新上任，对工作还不是很熟悉，他看到贾似道取出一卷用褐色油纸包裹的东西，以为是军用地图。他想起前任大使看地图的时候要用眼镜，就问："需要准备瑷叇吗？"瑷叇就是眼镜。

"哈哈，不用那种东西，我看的是大字。"贾似道说。

他打开油纸，一个卷轴露出来了，它的表面写着："东坡真笔李白将进酒。"

"失礼了。"录事的脸红了起来。

"我不是说了吗，忽必烈要来了，我先看看字画，静静心。"贾似道笑着说完后，录事低着头从屋里出去了。

贾似道不惜重金收集了许多古今有名的字画，朝臣中请求他鉴定字画的人也不少。他不仅是一位大收藏家，作为鉴定家也是一流的。在宋代，如果没有科举及第的话，就掌握不了话语权。功臣子弟虽然享有一种被称为"拔贡"的免除科考的特典，但很多人却不用它。同样科举及第的进士，辞退特典的人，会被看作是有实力的进士而受到人们的尊敬。

贾似道的姐姐入宫成了贵妃，他是利用特典成为的进士。正因为这个原因，他更想表现得像一个文人。

作为收藏家他很快就出名了，他有用不完的银子，经常说："东坡的字画我全买了。"

靖康年间（1126—1127），女真族的金军攻陷开封，宋钦宗、徽宗成了俘虏，被强行送往北地。这个时候金军中有很多汉人，他们在蹂躏宋都开封的时候，争相抢夺藏在宋朝宗室、富豪家中的书画古董，其中最受欢迎的是苏东坡的字画。

东坡之死离靖康之乱只不过二十六年。在新党势力很强的时期，即使拥有他这个旧党的诗集都得小心翼翼，因此他的真迹没有怎么散佚。而且当时的皇帝徽宗也是一位著名的收藏家，所以东坡的字画被很好地保存了起来。然而到了靖康之乱时，东坡遗留下来的断简零墨还是四分五散了。

"燕京的汉族富豪人家应该收集了很多东坡字画。"

领会到贾似道意图的南宋商人和敌地燕京附近的商人联络起来,如果感觉有可能得手的话,临安(杭州)的商人也会亲自过去看。

虽然有国境,但东边的国境,只要越过淮水向北行,就是汉人世侯严氏的领地。这里虽然说是蒙古的势力圈,但严氏素来以独立志向强烈而闻名。所以说越过淮水的南北往来不是很困难的事情。贾似道通过这个渠道收集到了相当多的东坡真迹。

贾似道展开卷轴,上面写着:

　　君不见,黄河之水天上来,
　　奔流到海不复回。

从天上奔流而下的是蒙古军队,皇帝蒙哥死了,本来以为他们要北归,没想到忽必烈的大军却像奔腾的河水一样继续南下了。

渡过长江的忽必烈军用汉人部队进攻鄂州城,他们的攻城主将是身经百战的张柔。

贾似道在鄂州城内的一间屋中,静静地欣赏着东坡的书法,同时低声念着那首诗。

　　将进酒,杯莫停。
　　与君歌一曲,
　　请君为我倾耳听。

就在这时候,军中送信的人进来报告道:"敌人有一支军队正向上游移动,而汉军依然还在进攻我们鄂州,现在还不知那支军队的主将是谁。攻城战忽必烈好像留下来了,霸都鲁军的动作很大,那支军队的主将或许是他，一说赵良弼也在行动。"

这是一个重要的情报。

贾似道不仅是书画古董收藏家，还是一个著名的花花公子。他是皇贵妃的弟弟，在他周围聚集了许多纨绔子弟。他们泛舟西湖，日夜寻欢作乐。

不过贾似道不是普通的花花公子，他做起事来，绝不比进士出身的官员差。他决断的速度、准确性以及对情报的收集能力等等都是出类拔萃的。对于对阵的蒙古军的虚实，他也意外地非常精通。

"我这里有情报说忽必烈募集了许多女真兵，这样的话，赵良弼虽然在战场上是新人，但那支军队很可能是由他指挥的。如果人数多的话，他上面可能还有霸都鲁坐镇。"贾似道这样分析道。

蒙古军在进攻鄂州时，为了不让宋军有更多的援军来，先要把周边清理干净。而宋军上游的军事基地首推岳州。

在江左向西南方行进的蒙古军中有很多女真兵，除总指挥霸都鲁之外，赵良弼团结着女真兵团。

后来赵良弼两度作为国信使出使日本。从名字上来看，他似乎是汉人，但其实是女真族人。他原姓"术要甲"，由于发音与汉语中"赵"相似，就取了赵姓，字"辅之"，是一位汉化的女真人。他是忽必烈领地邢州安抚司的幕长，很有政绩。

在阿蓝答儿迫害忽必烈党人，处了二十余名官吏时，由于赵良弼的巧妙庇护，在他的管辖范围内没有出现一个牺牲者。

鄂州之战开始后，赵良弼做了参议元帅，兼任江淮安抚使。

赵良弼是个政治家，并不适合做野战司令官，不过没有人比他更能得到女真人的拥护了。

忽必烈也没有期待他立战功，进攻岳州是霸都鲁的事情，赵良弼的任务就是严肃军纪，将士兵们带到尽可能远的地方去。

霸都鲁和赵良弼的分工不同，两军一直共同行动到岳州。不过进攻岳州的只有霸都鲁的军队，直到这时候才好不容易弄清楚原来他们是两个军团。

赵良弼的军队没有多看岳州一眼，就急驰而过了。

兀良合台军到底在哪里呢？这才是赵良弼军出兵的目的。

皇位继承的争夺战已经开始了，不用说，肩负留守大任的阿里不哥是最有利的。

旭烈兀在遥远的波斯，而忽必烈就在不久之前，还因为冒犯皇帝被闲置起来，直到伐宋战争前夕刚刚被宽恕。不过没有一个人听到皇帝说宽恕他的话，在众人面前，皇帝和忽必烈只是相拥流泪而已。

之后，虽然蒙哥叫忽必烈去单独谈话，但谈话的内容两人都没有对其他人讲。因为两人不和化解的原委，是巫术师召唤的成吉思汗在天之灵的谕旨，这是绝对不能对外人言的。蒙哥死后的现在，忽必烈虽然可以想怎么说就怎么说，但无论说什么都没有证据。

在哈剌和林人们议论的事情，很快就传到了鄂州战线上的忽必烈耳中。

"忽必烈殿下还没有得到先帝的宽恕，那时候先帝只不过对他说：'你的罪很重，今后如果你在战场上立下功劳的话，可以考虑宽恕你。'所以说只要忽必烈殿下没有被宽恕，那他能不能参加忽里台大会也得慎重考虑一下。"

像这样的话，肯定是阿里不哥身边的人传出来的。

"所以你看皇帝陛下去世了，忽必烈殿下也不急着赶回来，还在继续作战，不正是想立战功的表现吗？"

其中也有这种不能置若罔闻的议论。

"忽必烈殿下大概是想和宋朝搞好关系，以便借用宋朝的兵力窥伺大汗之位，为此他好像和贾似道已经私下协商过好多次。"

还有人这样悄悄议论。

忽必烈军确实多次就和约的事情与贾似道方面接触过，不过借兵之事完全是凭空捏造。

忽必烈之所以没有立即返回哈剌和林参加忽里台大会，而是相反地渡江包围了鄂州，是为了等待从安南撤军回来的兀良合台军队。

这次忽里台大会将要决定下任大汗，非常重要，为了参加它而让兀良合台军陷入孤立无援的境地也是没有办法的事情，蒙古的做法就是这样的。

不过忽必烈不愿意这样做，姚枢、子聪教给他的"大义"不允许这样做。

赵良弼没有遇到兀良合台的军队，但得到了它的消息，他们已经来到附近了。

"做回去的准备吧。"得到这个情报后，忽必烈喃喃自语道。

《元史》记载亲王木哥于九月一日把蒙哥的讣报传达给了忽必烈，这可能是正式的通知吧，皇帝的死应当保密了一段时间。

"请北归以系天下之望。"

这是木哥的希望。异母弟弟，同时也是乳兄弟的木哥是真心为忽必烈着想的。

不过忽必烈为了大义留了下来，直到得到兀良合台军的消息后，他才决定率领一支军队北归。

　　鄂州还没有攻陷，这对于蒙古军来说并不重要，只要能够找
到救出兀良合台军的办法就行了。十一月忽必烈离开牛头山基地，
去往风云告急的中原。这年的十一月是闰月，他离开长江是闰
十一月的初一到初二。由于北归的消息如果传出去的话，这支军
队有可能会受到宋军的袭击，所以他们对外大肆宣扬着："要进攻
宋都。""目标临安！"

　　他们的身影消失了。

　　十月就从岳州撤退了的霸都鲁依然在江上监督着蒙古军，忽
必烈只带走了少数精锐部队，大部分军队都留在了这个地方，大
军在这里过了年。

　　兀良合台军从潭州取道防卫薄弱的江西方面。这时候，兀良
合台当然也大致知道了蒙哥驾崩和其后的形势，所以尽量地避免
战争。

　　这个时期的战争，蒙哥、忽必烈军的军纪都极其严明，与蒙
古军相比，反而是宋军对普通百姓的侵扰更大。

　　在鄂州段的长江上架起了"浮梁"（浮桥），双方可以不时地
进行和平交涉。

　　蒙古军总帅忽必烈已经带领少数精锐部队撤退，剩下的军队
只是在等待兀良合台军的到来，只要收容下远征安南的兀良合台
军，蒙古军目前的作战任务就结束了，这点宋军方面也知道。

　　贾似道打算等蒙古军撤退的时候，在江上袭击他们。然而，
就在他这一计划即将付诸实施的前夕,他接到了"移司(官府)黄州"
的命令。

　　"这是谁干的好事，我好不容易都布置好了。"贾似道把命令
揉做一团，咬着牙说道。

黄州是江北的要地。

然而，贾似道设想的袭击撤退的蒙古军的计划在黄州无法实行。

贾似道心想这可能是哪个与自己有仇的人干的。他心中的目标太多了，以至于无法得知具体是谁。

"嗯，不想了，很快就会弄清楚是谁干的了，到时候等着瞧吧。"他把揉皱了的命令又展开了。

他心目中的仇人大多数是因为女人而结仇的。他有一个不太好的嗜好就是横刀夺爱，对于别人宠爱的女人，他总想抢过来。

"把我调到黄州去，是不是因为我对苏东坡太着迷的缘故。"他自言自语地说着苦笑了起来。

黄州和苏东坡很有缘，苏轼字子瞻，左迁到黄州之后才号东坡居士的。说是左迁实际上是流放，他在黄州的东冈耕种生活，所以号称东坡。

贾似道移司黄州正赶上蒙古军撤退的时候，他计划好的对蒙古军的袭击，也就成了下任的事情，相应地功劳也被下任抢走了。

兀良合台军取道宋军防卫薄弱的江西路，在鄂州以东的兴国、寿昌附近渡过了长江。在此之前他们曾经经过庐山左侧靠东的道路，一时间使临安陷入了恐慌状态。因为他们如果北上长江还好，万一从那里南下的话，由南昌东转马上就可以进入富春江系的水路，富春江下流是钱塘江，宋朝首都临安就挨着它。

蒙古军展现出包围鄂州的态势时，南宋出现了迁都论。

"不要惊慌失措！"左丞相吴潜厉声一喝，粉碎了迁都论。然而待到兀良合台的军队出现在江西的时候，最惊慌失措的不是别人正是吴潜。

"卿想做什么？"南宋皇帝理宗问。

"臣想死守这个地方。"吴潜回答道。

理宗皇帝听了怒不可遏，高声尖叫道："你就那么想当张邦昌吗？"

张邦昌是北宋钦宗朝太宰（宰相），作为人质去了燕京，金朝将他立为傀儡皇帝，以他为皇帝的"楚国"只存在了三十二天。后来他向逃到南方的宋高宗谢罪，被赐死了。

理宗歇斯底里地质问奉劝自己迁都，而要留下死守的吴潜是不是想像一百五十年前的张邦昌一样，当蒙古的傀儡皇帝。

理宗已经失去了对政务的热情，他对身边的大臣极为不满。贵妃的弟弟贾似道虽然是个花天酒地的大玩家，但还挺有才能，他正在考虑将他召回临安来。

没有通报，一个男人径直进入了贾似道的房间，像这样的人有那么几个，他们是一些做秘密工作的人，相当于特务之类。其中有的人甚至还有钥匙，可以随时自由地出入他的房间。

"噢，原来是三经啊，有段时间没见到你了，你还在忙着赚钱吧？坐吧。"贾似道说。

最近没有见到这个王三经也是理所当然的，他不是军事方面的专家。他看到贾似道手中握着的皱皱巴巴的纸，咧开口笑了，低头说："你好像不太高兴啊。"

"是吗？我正在想是谁干的呢，原来你也有一份啊，你为什么要把我到手的功劳弄给别人？"贾似道狠狠地盯着他问道。不过他对王三经带来的是哪个渠道的事情，大致猜得出来。

"功劳什么的，那种无聊的事你别提了。杀个几百、几千人有什么值得高兴的。你也想想那些人的家人的痛苦吧。"王三经说。

"你把我弄到黄州去，就是不让我杀生吗？"贾似道眯着眼睛说道。

"到风平浪静的黄州去有好处,你难道不想去都城临安吗?"王三经说。

"哼,不光是这个吧?鄂州也有相当有意思的事情。"贾似道说。

"金朝的仓库中有不少好东西,忽必烈手下的汉人,有的眼光还是很犀利的。而且岐国公主也说想整理一下身边的财物。"王三经说,他端详着贾似道的脸,点了很多次头。

"你弄到手了什么好东西,拿出来看看吧。岐国公主这个渠道很稀罕哪。"贾似道说。

蒙古军从宋朝领土上撤退,必须要做好大量牺牲的思想准备。因为皇帝蒙哥一死,主要的将领都北归了。只有忽必烈的军队继续南进,那是为了收容兀良合台的军队。忽必烈非常想不做出大的牺牲就平安撤退。

贾似道在《宋史》中被归入了"奸臣传"这个臭名昭著的类目。

有人说忽必烈和贾似道之间,以宋朝向蒙古称"臣"、"割地"、进贡"岁币"等为条件签订了和约,这是不可能的事情。蒙哥刚死不久,处于不利立场的实际上是蒙古方面。

为了使兀良合台的军队能够平安通过,蒙古必须要收买南宋的要人。

在敌人眼皮子底下大撤退是一件非常困难的事情,而且这个时候江北的重要据点襄阳仍然在宋军手中。蒙古很巧妙地收买了宋朝要人,使用的不是金钱,而是以王三经为中间人,用的是书画古董之类。由于对方是热心收藏的贾似道,所以事情进行得很顺利。

"这幅《女史箴图卷》落入我手中的事情先不要传出去,不然可能会有人以此来攻击我。其实让最懂它的人收藏它是最好的。"

在王三经带来的十八件名宝中，贾似道只把《女史箴图卷》单独挑选出来慎重地包裹起来。在包裹之前，他仔细地端详了很长时间。

女史是在后宫掌管记录的女官，"箴"是教训的话。"女史箴"是女史写的警戒的话，实际上是西晋张华写的文章，据说它暗中谴责了当时惠帝皇后贾氏生活放荡。它的插图有八幅，末尾有东晋著名画家顾恺之的题名，是一本绢本设色的精美作品。

"喜欢的人会真的善待它啊。传唤包捆的工匠来吗？"王三经问。

"是啊，叫来吧。之前再让我好好看看吧。这幅画挽救了很多人的性命呢。"贾似道再次好像要趴到画上似的仔细审视着，不停地叹息。

从安南来的兀良合台军包括蛮兵在内有一万三千人。与之相对，宋军有六万士兵防守。南下收容兀良合台军的忽必烈军的具体人数不详，在得到兀良合台军的消息后，忽必烈轻骑北上了。

在宋军的地盘上，在宋军的眼皮子底下渡江的蒙古军人数虽然不详，但宋军水师夏贵得到的首级只有一百七十个，数量好像还是有点太少了。

把船或者筏子并到一起，上面铺上木板就建成了浮桥，蒙古军修建的浮桥与六百年后清末太平天国军修建的浮桥几乎在相同的地方。

现在大英博物馆收藏的《女史箴图卷》上面，南宋高宗、金朝章宗以及贾似道的印章亲亲密密地挨在一起。由此可见，这幅作品没有在靖康之乱中被金军抢去，而是后来由南宋进献给金朝的，金朝灭亡后落入了蒙古手中，后来的主人又成了贾似道。

九　聚集开平府

　　在己未年（1259）即蒙古人的"羊儿年"年末，忽必烈率领少数精锐部队北上了。他们虽然攻入了鄂州城一角，但没有攻陷整座城。宋朝任命贾似道为鄂州防御总负责人，驻扎黄州。

　　现在的北京在金朝时被称为燕京，不过一般都称之为"中都"。蒙哥任命心腹脱里赤为这个地方的长官，当然是为了牵制开平府的忽必烈。忽必烈在紧挨着燕京的地方设立了野营地，可算是深入了敌人的地盘。

　　汉人幕僚郝经热切地劝说忽必烈即使带少量的军队也好，要赶紧从鄂州撤退。他说："哈剌和林的阿蓝答儿和燕京的脱里赤，正在帝国的两个最重要的城市为阿里不哥殿下登上皇位谋划着。我们必须要尽快制定出能与之抗衡的对策来。现在除了您外，没有人能使这个国家和人民幸福的了。如果阿里不哥当了皇帝的话，这个国家就没有前途了。这点您应该知道得很清楚，我们要尽早地做准备，请您多加考虑，一定要尽早返回蒙古。"

　　其实无须郝经说，忽必烈也知道必须阻止阿里不哥坐上大汗之位。

忽必烈和兄长蒙哥不和的原因之一是两人对汉地政策的意见不同。他打算耐心地说服兄长，第一步虽然和解了，但是他没有信心能把蒙哥说服。

"如果照这样下去的话，可能只有发动叛乱了。"

忽必烈经常为自己的这种想法感到自责。他把这种想法深藏心中，没有打算付诸实施，反而总是在想如何才能避免它。

可是尽管如此，塔察儿却毫不客气地捅破了这层窗纸，忽必烈慌张地想隐瞒它，但塔察儿好像看出了他的心思。

"不管是去燕京还是去哈剌和林，由于我们人数少，必须要格外小心谨慎。诸将正把殿下和阿里不哥放在天平上衡量呢。去的话，塔察儿拥有大军，我认为需要对他做一些工作。"郝经说。

"工作嘛……"忽必烈笑着说，"我已经被他做工作了。"

郝经是泽州[1]人，家里从事儒业，可能是开了一个私塾。金朝灭亡后，他到了顺天，成了该地守帅张柔和贾辅的食客。金朝都城陷落的时候，张柔第一件事就是冲到史馆保护书籍资料，此事闻名遐迩。张柔家有万卷藏书，食客郝经将这些书全都读过了。

蒙哥二年（1252），忽必烈在金莲川开设幕府时，郝经被召去讲解"经国安民之道"，遂留在了忽必烈的王府，身份从食客变成了幕僚。

他思路严谨、条理清晰，在忽必烈的幕僚中是首屈一指的。不过忽必烈之所以对郝经另眼相待，是因为郝经能够把自己靠本能选择的道路，用理论武装起来。

1　今山西晋城。

"请您和旭烈兀殿下加强联系。"郝经向忽必烈进言道。

皇帝蒙哥的同母弟弟，除忽必烈外，还有在波斯的旭烈兀和在哈剌和林的阿里不哥。虽然草原上的观念是凡兄弟皆为敌人，但由于旭烈兀离得太远了，从一开始就被排除在帝位争夺战之外了，不过旭烈兀站在哪一边，却是一个举足轻重的大问题。

"哈剌和林肯定也向旭烈兀送去了橄榄枝。从亲密的程度来讲，旭烈兀可能是中立的。不过，由于阿里不哥是幼子，平时可能有一些妄自尊大的地方，这大概会让旭烈兀内心觉得不舒服。"忽必烈说着抱起了胳膊。

"我们的位置太靠东了，所以无论如何也要取得西方的支持。"郝经说。

从整个蒙古来看，开平府可以说是在东边的尽头，忽必烈的支持者、公开表明是忽必烈党的塔察儿，他所代表的"东方三王族"也是在东方的势力。

汉人世侯的支持也可期待，但这些从整个蒙古来看，也不得不说是东方的势力。

如果反对忽必烈的人与西方的势力纠结在一起向东方发难的话，身处帝国最西方的旭烈兀若是支持忽必烈，那忽必烈几乎等同于有了百万的援军，因为这样一来，扑向东方的阿里不哥有可能背后会受到旭烈兀的攻击。

"我们这边也有很多乃蛮的旧臣，虽然怯的不花被旭烈兀带走了，但应该还有很多人留了下来。对了，就从玛丽亚的熟人中派出使者吧。"忽必烈说着，已经站了起来。

忽必烈开始派遣乃蛮旧臣去西方做旭烈兀的工作，以获得他的支持。他不需要旭烈兀出兵，只要他表明支持忽必烈就行了。

说到帝国的最西端，由术赤建立的钦察汗国也在帝国的最西端，那里的第二代掌门人拔都在 1255 年派自己的儿子撒里答参加蒙哥召集的忽里台大会后不久就离开了人世，接着撒里答也在返回的途中死去了。于是皇帝蒙哥就让撒里答的儿子兀剌黑赤继承了钦察汗国汗位，然而几个月后，尚是幼儿的兀剌黑赤也死了，最终拔都的弟弟别儿哥登上了钦察汗国汗位。

由于这些缘故，术赤家几乎无心于忽必烈与阿里不哥的争斗，忽必烈拼命做工作请求他们支持，由于撒里答是基督徒，忽必烈从这方面也做了不少的工作。

而阿里不哥因为自己是斡惕赤斤（幼子），认为自己当皇帝是理所应当的，所以没有像忽必烈那样做一些很细致的斡旋工作。

隔着燕京城墙，忽必烈以书信的形式询问脱里赤道："你好像在不停地召集人马，这是为什么呢？"

脱里赤也以书信的形式回答道："阿里不哥殿下从哈剌和林传来了命令，最近要在去世的蒙哥汗的大斡儿朵召开忽里台大会，这是为此做的准备。"

忽必烈又问："那么蒙古将士能利用这里聚集的马吗？"

脱里赤答："这要征得阿里不哥殿下的同意。"

不久，在开平府的妻子察必来信了，信中写道："脱里赤在金莲川一带也在召集人马。由于殿下不在，家中上下都惊慌失措，不知该怎么办才好。由于强壮的人大部分都跟在殿下身边了，剩下的老幼还有女人们都很惶惶不安，请殿下紧急返回这里。"

"这个脱里赤，连金莲川一带也骚扰了，这绝不能饶恕。"忽必烈看着燕京城墙说道。

现在的北京城位于金朝燕京城的东北部，是忽必烈重新修建的城市。当时的燕京城在 1215 年被蒙古攻陷，遭到了巨大的破坏，已经连影子都没有了。

"好吧，什么时候我就在这个地方修建起统治整个中原的都城吧。"

不知从何时起忽必烈开始这样想。无论是辽朝还是金朝，势力范围都没有覆盖到南方。所以他们的都城都算不上是整个中原的政治中心。

忽必烈的大脑飞速地转了一圈："燕京即金朝的中都，它不仅小，还处处残留着战火的印迹，满目疮痍。不过，这个地方的地理位置还是很不错的。"

清澈的桑干河流淌而过，只是这条河一旦暴戾起来，后果也是灾难性的，所以又被称为"浑河"。金朝明昌年间（1190—1195）整修了河道，并在它上面架起了壮观的石桥，即卢沟桥。在水路没有安定的年代，这条河也被称为无定河，所以水路整修后，它被称为"永定河"

这条河的名字可真多啊，忽必烈心想。

忽必烈回过神来说："我听说有人和这座桥是同年。"

"是的，是张柔，还有，我想已经去世的耶律楚材也应该和它是同年。"郝经答道。

"张柔还在鄂州吗？"忽必烈问。

"人们都劝他北归，但他根本不听，他儿子也在鄂州。"郝经答道。张柔的儿子张仲范也在鄂州。郝经在张家做食客的时候，和张仲范的关系很好。

"张柔已经七十岁了吗？与这个卢沟桥同年嘛，应该这么大年纪了。不该让他再打仗了。"忽必烈说。

"是啊，家人也都这么劝他，可是他自己想去，谁都说服不了他。"郝经说。

"战争不只是在战场上。如果这次张柔也在的话，咱们的日子就好过多了。"忽必烈说。实际上，即使张柔不在，阿里不哥也丝毫没有染指他的根据地。

到这个地方后，忽必烈并不只是仰望城墙。蒙哥去世后，形成了阿里不哥与忽必烈争夺汗位的局面，每天都有把宝押在忽必烈身上的人来拜访他。

"碧云庵主人来了，让他到这里来吗？"侍卫通报道。

"啊，他终于来了，还是在营舍见他吧，我马上就过去。"忽必烈说着已经迈开了脚步。

碧云庵主人是耶律楚材的儿子耶律铸，字成仲。

他是忽必烈期盼已久的人，这次出征，他直属皇帝蒙哥。所以他先回了一趟哈剌和林，然后才南下到了忽必烈的居所。

"我一直在等着你呢。"在营舍中，忽必烈对刚进门的耶律铸说道。

耶律铸背负着父亲耶律楚材的盛名，实际上他本人也非常有才能，只不过由于父亲的光环太过耀眼了，相形之下他的光芒难免显得有点黯淡。

"不能马上来拜见您，真是抱歉。"耶律铸说着低下了头。他父亲当年煞费苦心地制定了细致入微的君臣之礼，只不过到这时候已经有些紊乱了。但耶律铸还是按照礼法跪拜之后才坐下。

"你从哈剌和林来，感觉怎么样，那边。昨天，脱里赤来对我说要为先帝蒙哥举行葬礼，让我赶紧回哈剌和林去。哈剌和林真是那么平静吗？可我来这里的途中，在开封附近，看到阿蓝答儿的手下在征集人马。"忽必烈说道。

"在这边征集的人马可能打算在这边使用吧。如果可能的话，他们想尽量征集优秀的汉人将军跟汉人部队逃离，不过这恐怕很难做到。那样的话，只能像我一样逃离哈剌和林了。"耶律铸答道。

"不是件容易的事情哪。"忽必烈说。

他并不认为这只是单纯的力量的角逐，而看作是理念的较量。塔察儿来劝说他反叛的时候，他想再观察观察蒙哥的态度。

忽必烈与蒙哥两人相拥流泪的时候，蒙哥也许想说：你的想法我理解。

虽然沉默寡言的蒙哥的心非常难以读懂，但忽必烈还是有这种感觉。

"我认为应该慎重而果敢地行动。"耶律铸说。

"阿里不哥的内心一眼就能看出来，虽然他不是个坏人。"忽必烈耸着肩说道。

一般认为蒙哥和塔察儿的不和是蒙哥对塔察儿的军队采用了严厉的军纪。

"诸王塔察儿、驸马帖里垓军过东平诸处，掠民羊豕。帝闻，遣使问罪。由是诸军无犯者。"《元史》中可见这样的记载。

然而蒙哥不是只对塔察儿严厉，他对自己的儿子阿速带也非常严厉。阿速带在狩猎的时候骑着一匹马闯进农田毁坏了庄稼，为此蒙哥鞭打了他的数名近侍。

"皇子阿速带因猎骑伤民稼，帝见让之，遂挞近侍数人"。不仅如此，"士卒有拔民葱者，即斩以徇……"所谓徇，意思是向全军告示。即使是拔根葱也会处以死刑，"由是秋毫莫敢犯"。

由此看来，蒙哥的作战方法似乎与以往蒙古的做法不同。如果这样，忽必烈觉得大概也能跟随他。问题是蒙哥这样做出自他的真心呢，还是巫术师托谕的结果？忽必烈打算观察一段时间，直到弄清这点为止。

"好了，离开中都去冬营地吧，志同道合的人不久就会聚集来的。"忽必烈说。

"我觉得这样很好。"耶律铸也赞成道。

忽必烈之所以暂时停留在燕京城下，是为了等待在鄂州的军队。

忽必烈是在汝南方面得知蒙哥死讯的。派遣急使通知他四川军情况的是和他关系很好的异母弟弟木哥。木哥军也在陆陆续续地撤退，他除了通知察必紧急返回开平府外，还不断地向忽必烈通报蒙哥麾下诸军的情况。

忽必烈故意没有与淮水方面的塔察儿联系，因为两人曾经偷偷地谈论过谋反的事情，忽必烈从心底里信任他。

"您不与塔察儿殿下联系行吗？"郝经等人对此很在意。忽必烈笑着说："如果连塔察儿也背叛我的话，这个世界算是完了。那种事情我根本不去想。"

由于有塔察儿和木哥这两个能够绝对信赖的人，这时候的忽必烈很是怡然自得。

三月三日，兀良合台军也全部渡过了长江，霸都鲁担任殿军。得到这个消息后，忽必烈军离开了中都，去往亲人们翘首期盼的开平府。

军队的行进速度很缓慢。

以塔察儿为首的东方三王族的军队开始聚集到金莲川幕营地。他们是以成吉思汗的弟弟们为始祖的，所以被称为诸弟军。与此相对，术赤、察合台、窝阔台、拖雷的军队被称为诸子军。虽然理论上诸子都有可能当皇帝，但在诸弟之中，幼弟斡惕赤斤却总是领袖，因为在几位弟弟中，继承了成吉思汗母亲遗产的斡惕赤斤拥有格外强大的实力。而现任的斡惕赤斤家首领不是别人，正是塔察儿。

有实力的皇族成员纷纷聚集到开平府，在这里举行了忽里台大会。

在这个忽里台大会上，忽必烈被推选为大汗，会议由二十多岁的塔察儿和七十多岁的移相哥主持。移相哥是成吉思汗弟弟拙赤合撒儿的儿子，成吉思汗去世的时候，他也侍奉在床边。

参加这个忽里台大会的除主持人塔察儿、移相哥外，还有左翼诸王家，即在东方拥有领地的人。此外主要的人物还有忽必烈的异母弟弟木哥、以成吉思汗正后孛儿帖的弟弟为始祖的弘吉剌氏家，即忽必烈的妻子察必的兄弟们，还有札剌亦儿家——以国王木华黎的孙子霸都鲁为代表。

而来自右翼诸王家的参会者则非常少，而且说是诸王家，大多也是庶流，包括察合台家的阿必失合、阿只吉兄弟，窝阔台的庶子合丹等人。

"分成左右两派了，像这样左右泾渭分明不太好啊。"忽必烈说。

左右这种表述方式，是假想大军从蒙古高原南下时的情景而言的，这时候左边是东，右边是西。推举忽必烈为大汗的是左翼即东方的势力。

忽必烈之所以说这样不太好，是因为如果这种情况持续下去的话，帝国就会分裂。

蒙哥的那种"毫不留情地镇压汉人"的作战方式和忽必烈的"与汉人合作，创建新秩序"这种政治理念，是导致他们兄弟不和的根本原因。与中原文化接触多的人和接触少的人在观念上的差距，搞不好会导致国家分裂。

任何时候的忽里台大会，会后都是宴会。忽必烈有时候会在宴会上展现出平时难得一见的另一面来，他暗中大概也在希望有人能见到他的另一面。

忽必烈不像蒙哥那样对宴会深恶痛绝，他在宴会中总是笑容不断。

嗓门嘹亮的侍从高声唱起了谒见者的名字。有资格谒见的人一般早就定好了，不过，有时候也会有意想不到的人来请求谒见大汗。

"什么？乃蛮的玛丽亚来了？玛丽亚之前应该在哈剌和林吧？当然要见她，我很高兴见她。马上带她来。"忽必烈端正了一下坐姿。

玛丽亚没要任何人帮助，靠自己的力量就稳步地走到了忽必烈跟前。那里不知何时已经摆好了一把椅子，是忽必烈让人准备的。

"玛丽亚，你看上去气色很好嘛，看来不用担心了，真了不起。我听说问你年纪，你只说八十岁。"忽必烈说，看上去心情很好。

"我是特地来向你祝贺的。"玛丽亚低下了头，一直站着。

"那把椅子是为你准备的，你不要客气，坐下来吧。让我好好看看你那张亲切的脸吧。"忽必烈温和地说道。

"谢谢，"玛丽亚抬起头微笑起来，说，"这就是八十年来一直侍奉上帝的女人的脸。"

"你有什么愿望吗？"忽必烈问。

"我的愿望全都实现了，"玛丽亚回答道，"我最大的愿望是让像忽必烈殿下这样的人成为大汗，这个愿望实现了，这以上的事情，我就不能再贪心了。"

忽必烈注视着玛丽亚的脸，轻轻地点了点头，玛丽亚也点头回应他，两人的神情很恬静。

过了一会儿，忽必烈开口说道："战争还会持续一段时间，不过，我会尽量下功夫少死人，因为我们这边的人本来就少。"

"谢谢你，我迟早会去见上帝的，我会向他这么汇报。另外上帝忠实的仆人尼古拉在潭州去世了，他本人相信这是为了和平。"玛丽亚说。

与玛丽亚很亲密的尼古拉随兀良合台军出征，在潭州战死了。玛丽亚说着很恭敬地画了一个十字。忽必烈想起了母亲唆鲁禾帖尼经常画十字的情景来。

"你们将来也许会成为大汗。你们要切记在士兵中，既有基督教徒、佛教徒还有伊斯兰教徒，大汗不能只局限于一种教导。"亡母生前曾经反复这样说。

"你见到木哥了吗？"忽必烈问。

"没有，我打算回头就去看他，这里有很多人让我很怀念。"玛丽亚回答道。

既是异母弟又是乳兄弟的木哥总是一心为忽必烈着想。他虽然是皇帝的弟弟，但不是嫡出，所以几乎没有坐上皇位的可能性。不过，他虽然不是唆鲁禾帖尼的孩子，但因为和忽必烈是乳兄弟，所以和唆鲁禾帖尼接触的机会很多。唆鲁禾帖尼不让自己的儿子成为基督教徒，但觉得如果是庶子木哥的话没关系，曾对他进行了一定程度的宗教教育。因此木哥成了虔诚的基督教徒，玛丽亚谒见过忽必烈后，去看木哥是理所当然的。

开平府这座新修建的城市分为内城和外城，内城是由炼瓦砌成的东西五百五十七米长、南北六百四十一米长的城墙环绕的宫殿部分。外城的一边约长一千三百九十米，是夯土砌上石墙修建而成的。它的周围是外苑，忽里台大会就是在其西北部举行的。

名义上由谁来召集忽里台大会呢？

成吉思汗死时是幼子拖雷，选举出来的是三子窝阔台。窝阔台死时，召集人是皇后脱列哥那，她的儿子贵由被选举出来。贵由死后，拔都主持了忽里台大会。

召集人必须要是皇族中有实力的人，但具体是谁没有一定的规则。

必须要由最优秀的人来做召集人，忽必烈这样理解道，他心想："看来今后必须要制定出相应的规则来，游牧时代的习俗必须要改用文书明确下来。"他已经在考虑将来的事情了。

庆祝登基的宴会持续了一周左右的时间。以察必为首，有实力的人分别在各自的宅邸或帐篷中招待宾客。

木哥在这个地方还没有宅邸，他不在外苑，而是在外城内搭起了帐篷。

"你也早点在这里修建宅邸吧。"玛丽亚说。木哥在哈剌和林拥有宅邸，但是他的家人很少住在那里。

"我家人去燕京了，燕京似乎更适合居住。"木哥说。

木哥的家人为了修建基督教会，一年左右前就去了燕京。

"是吗？我也想在燕京打发余生。"玛丽亚说。

"打发余生吗？"木哥耸了耸肩，说，"玛丽亚，你这种说法我可不太喜欢。"

年过八十的玛丽亚说打发余生非常自然的，而拘泥于此的木哥反而显得有点小题大做。

"我死之前想看看大海，这是我的一个小小的愿望，但不知道能不能实现。"玛丽亚说。

自从离开君士坦丁堡后，玛丽亚就再也没有见到真正的大海。

"到了燕京的话，离大海就不是很远了，到时候我让人带你去。"木哥说。

说让人带玛丽亚去看大海，展现出木哥坦诚的一面，因为蒙古人对大海很陌生。

一提到大海，木哥也感到有些畏缩，他在心里思索着有谁熟悉大海，他一个人一个人地品评，终于想到了一人。

"有一个叫赵良弼的人好像对大海很熟悉。这段时间，他忙于战事，到时候就让他给你当向导吧。去燕京这件事我想应该不是很难。"木哥说。

赵良弼曾经在赵州做过教授，以熟知舆志（地理书）而闻名。忽必烈为了治理私领邢州，提拔他为幕长。

"也不需要对大海很有研究的人，我只是想去泛泛地看看大海，没想着听学者的讲解，而且也不用着急。"玛丽亚说。

赵良弼字辅之，看名字很像是汉人，实际上他是女真人。在忽必烈幕下，像这样的人有很多。比如说青年才俊廉希宪，只听名字也像是汉人，实际上是畏兀儿人。由于他平时很爱读《孟子》，忽必烈开玩笑地称他为"廉孟子"。

赵良弼的父亲是金朝的节度使，与畏兀儿人廉希宪嗜读《孟子》不同，女真人的他经常把地理书揣在怀中。

忽必烈麾下不是汉人的人也起汉人名字这事，也是阿里不哥党中众多蒙古国粹派责难他的一个靶子。

"去徒思的时候，再多走一点就能看到里海了，真可惜。没想到我到了这把年纪会这么想念大海。如果我的命够长的话，想去看看东边的大海。"玛丽亚用一种非常向往的目光看着远方。

十 骨肉相争

蒙古帝国因皇帝蒙哥之死分裂成了两部分。

蒙哥经常让幼弟阿里不哥担任留守的角色，表明如果自己有什么意外的话，让他代行自己的职务。

意外包括重伤、重病以及死亡等情况。蒙哥的这种做法只是单纯地遵照蒙古习惯而已，这是游牧时代的小集团的继承法。兄长们一个个长大自立门户，最后只剩下幼子与父母共同生活。

蒙古帝国开国者成吉思汗是长兄，这个另当别论。但第二代四个嫡子中，由三子窝阔台继承了汗位，成吉思汗的幼弟帖木格（塔察儿的祖父）也没有份。

第三代大汗贵由也不是幼子，接下来的蒙哥则是幼子家的"长子"，所以说幼子继承制只不过是游牧时代的一个遗风而已。

蒙哥这个年长很多的大哥把皇位从窝阔台家夺回到拖雷家，然而，接下来的继承又成了问题。

忽必烈对自己的定位是兄长的助手。他在观察兄长，兄长喜欢欧几里得几何学，他也学习了，但兄长痴迷的巫术他没有介入。

不知从何时起，他成了一个带有批判性的观察者，和兄长之间发生矛盾也是因为这个原因。

"应该让阿里不哥到外面去看看，让他也见识见识，知道世界很广阔。"有一次忽必烈这样说道。

"干什么要做这样的事情啊。"一向温和的木哥听后声音很罕见地变得非常粗暴，好像要吃了他似的。

让阿里不哥见识广阔的世界，是想让他学习怎样做帝王吗？要是那样的话，难道不是应该由你来学习怎样做帝王吗？木哥感到忽必烈好像没有明白他们的苦心似的，十分愤慨。

"不是，我是想说，像阿里不哥那个样子，就是让他治理一个小地方都治理不好。"忽必烈解释道。

在汝南得知兄长蒙哥去世的消息时，忽必烈首先想到的就是不能让弟弟阿里不哥做皇帝。

接下来，按照自己的理念"改造蒙古"的决心在他胸中油然升起。

以往的蒙古领导人倾尽全力只是为了把皇位弄到手，然而新的蒙古领导人比什么都要紧的是必须重视"大义"。

正因为重视大义，所以忽必烈才不能抛弃从安南远道返回、在疲劳困顿中行军、等待友军援助的兀良合台军。忽必烈的军队像怒涛一样冲向长江，包围鄂州，并不是想占领那里，而是为了牵制宋军，让他们疲于防卫，无暇顾及北归的兀良合台军。

一旦与兀良合台军取得联系，忽必烈就立即轻骑北上了，他接下来要做的就是阻止阿里不哥做皇帝，那就要尽早召开忽里台大会，亲自登上皇位。

待到1260年3月做完这件事后，他通知了各地，反响和预料中的一样。

"在蒙古故地之外的地方举行的忽里台大会无效。"

这样的声音传了回来。

而且拥立阿里不哥为皇帝的忽里台大会也召开了，召集者是蒙哥的儿子阿速带，而在里面最卖力活动的是让忽必烈党人吃了不少苦头的阿蓝答儿。

在忽必烈即位的第二个月，阿里不哥在哈刺和林西郊按坦河河畔举行了盛大的即位仪式。

就这样，蒙古帝国出现了两个皇帝，当然哪个皇帝都宣称自己是正统的。

"开平府不是蒙古，在那里召开的忽里台大会无效"不过是阿里不哥派单方面的说法。"如果说在远离首都哈刺和林的地方举行忽里台大会有问题的话，那么拥立蒙哥的阿刺豁马黑山忽里台大会不也是如此吗？"忽必烈派反驳道。

双方都向对方派出了使者，忽必烈向哈刺和林派去了上百人的使节团。

这年秋天，终于到了用武力一决雌雄的时候。忽必烈一侧，由塔察儿率领的左翼军穿过戈壁北上出击。与之相对，阿里不哥一侧，由他的儿子药木忽儿和术赤的孙子哈刺察儿率领右翼军负责防御，这是成吉思汗的曾孙一代了。

"说是敌人，其实也都是亲戚，不要做太过分的事情。"忽必烈说。但这在阿里不哥那边根本行不通，因为总帅阿里不哥没有这样的感觉。

有人向阿里不哥建言："就说成吉思汗出现在梦中，托梦说阿里不哥会使蒙古光大。"

听到这话，阿里不哥非常恼怒，他说："我当大汗不是因为这样那样的说法，我当大汗是命中注定的，我不需要靠托梦来当大汗。"

不过，哈剌和林军队的士气不是很高昂。

成吉思汗家族到这时候已经变得十分复杂了，以往长子术赤家和四子拖雷家是同盟，皇帝蒙哥就是在这样的背景下诞生的。与之相对，次子察合台家和三子窝阔台家结合在了一起。

忽必烈的出现使以往这种构图极大地崩溃了。

虽然表面上没有显露出来，但无论谁都能看出忽必烈是在向着亲汉的方向前进。以东方为据点的三王族原则上也赞成这个。

与此相对，沿着堪称蒙古国粹派路线前进的是亲弟弟阿里不哥，支持他的是对汉文化不太熟悉的，以西方游牧地为领地，居住、生活在那里的人们。

从蒙哥后期起，这两种倾向就出现了。

蒙哥本人可以说是朴素的国粹派。有一段时期，由于复杂的继承问题的关系，他做了窝阔台的养子。所以，在几个兄弟中，他受母亲唆鲁禾帖尼的影响最小。

如果蒙哥时代再长一些的话，来自"亲汉派"的反抗肯定会表现出来。塔察儿放弃襄阳之战就是其序幕。

"问题真是越积越多啊，虽然不想发动战争，但还是尽早解决为好。"忽必烈在向哈剌和林进军的途中这样想道,他决心豁出去了。

而在哈剌和林，阿里不哥正在高声叫嚣："背叛祖法的家伙，一个也不能饶恕。"

忽必烈军的前锋由成吉思汗紧下面的弟弟拙赤合撒儿的儿子移相哥指挥。阿里不哥一侧的人满心以为忽必烈的手下不过是在襄阳战场上临阵脱逃的一群草包而已，可是万万没有想到，那些痴迷汉文化的东方王族的"草包"士兵们，远远比成天狩猎的蒙古骑兵强健。

两军刚一交锋，阿里不哥的军队就溃不成军了。

"不应该是这样啊。"

败下阵来的士兵们很惊讶，打仗前他们被告知对方一交战马上就会逃跑，可没想到对手如此强劲。

更为吃惊的是阿里不哥。

阿蓝答儿带着大量的财物劝诱北方诸部族加入阿里不哥的阵营，但那也是打赢之后的事情。

无论如何，阿里不哥得先离开哈剌和林。

"在走之前有些事情必须要做。"阿里不哥说。

忽必烈在开平府附近召开的忽里台大会上当选为大汗后，为了通告此事，他向哈剌和林派遣了一个由一百人组成的大使节团。

"什么忽里台大会，只有我们召开的才是真正的忽里台大会。把那些来通报假冒忽里台大会的家伙们全部给我投入大狱去。"

阿里不哥这样说着将那一百人投入了监狱。

忽必烈听到这个消息后摇头说道："唉，怎么能做出这种事情来，简直像是野蛮人。"

阿里不哥被忽必烈击败，从哈剌和林撤退的时候，下令道："把那一百人全部处死，一个也不留。"

"阿必失合怎么办？"阿速带问道。

阿速带是皇帝蒙哥的长子，换个角度考虑的话，他其实比阿里不哥离皇位还要近。但是由于阿里不哥被皇帝任命为留守司令，所以所有人都认为他是下任皇帝。

阿必失合是察合台家（成吉思汗的次子）的第四代人，被忽必烈任命为察合台领地主人，他在上任途中被阿里不哥手下抓住送到了哈剌和林。

"我要让所有人都知道，跟随忽必烈的人会自取灭亡。"阿里不哥说。

"您的意思是说……"阿速带对叔父阿里不哥的话，一时难以置信。

"当然就是杀了他，皇帝不认可的人只能是这个下场。"阿里不哥有点兴奋似的说道。阿速带不敢违抗他的命令。

"我明白了，那我这就去行刑了。"阿速带嘴上虽然这样说，但还是在皇帝身边站了一会儿。他希望阿里不哥能说："不，等等。"然而阿里不哥最终也没有说中止或者延期对阿必失合处刑的话。

阿必失合的祖父木秃坚在初期的西征中中流箭去世了。成吉思汗盛怒之下把巴米扬那个地方有生命的东西全部杀死了，就连一草一木也没有放过。

木秃坚的儿子不里在欧洲远征时，与总司令拔都发生了矛盾辱骂了他，在后来的政治斗争中，察合台家败北，不里被交给拔都遭到杀害。

不里的儿子阿必失合又像这样卷入了同族的纷争中，葬送了性命，他们家接连三代都死于非命。

在处死百人的使节团和忽必烈任命的领主阿必失合后，阿里不哥到了岐国公主那里。

阿里不哥对岐国公主说："现在是非常时期，把你养的三千匹良马都借给我吧。"

"你也会缺少马匹？可真让我感到意外，平时不是连普通士兵都有一两匹换乘的马吗？"岐国公主很困惑地说道。

"我是不想让马留在这里，要不然都让忽必烈用了。"阿里不哥苦笑着摇着头说道。

"别的东西你不要吗？丝绸呀，金银什么的……"岐国公主问道。

"现在不要，反正我迟早还会回来，只是小心别让忽必烈抢去了。"阿里不哥说完掉转马头走了。

阿里不哥确实打算很快回来。他对由阿蓝答儿率领的精锐部队寄予了厚望，而且他以为蒙哥带到四川去的部队不久就会回来。

另外，据可靠消息说他的姻亲斡亦刺部现在正在召集大军，而且蒙古的常识是留守司令就是临时皇帝，这点就连皇子阿速带也承认。

"尽量将哈刺和林无损伤地交给忽必烈军，这样可以麻痹他们。"

先前刚一交锋就败下阵来这种方式反而很好，阿里不哥派的人甚至这样想。

然而，阿里不哥寄予厚望的阿蓝答儿并没有想象得那么强劲，与他相比，忽必烈手下的廉希宪反而意外地能征善战，原来他并不是一个只知道读《孟子》的迂腐书生。

忽必烈的领地京兆很快就被夺回来了，接着，廉希宪又打败了在六盘山保管蒙哥军辎重的浑都海，迫使他仓皇逃走了。

这个时候，阿里不哥投入了王牌阿蓝答儿。

然而，没想到投入了阿蓝答儿反而使忽必烈军士气高涨。因为阿蓝答儿曾经将忽必烈手下二十多名骨干处死了。只要一听到阿蓝答儿的名字，忽必烈党人眼中就燃起怒火。

　　阿蓝答儿在长城之北调集军队，以凉州[1]为据点。从六盘山逃跑的浑都海把守甘州，甘州在现在的张掖附近，两地都是曾经的河西四郡之一，是连接中原和西域的交通枢纽。这种布阵方式是为了阻碍忽必烈和西方势力结盟。这附近的地方是窝阔台之子阔端的领地，阿蓝答儿向阔端王族请求援助。

　　阔端王家是一个旁流末枝的小势力，由于天下大势还没有明朗，阔端王家打算先观察一段时间再做决定。阔端王家的暧昧态度激怒了狂妄的阿蓝答儿。他可是曾经让忽必烈都陷入困境的天下无敌的阿蓝答儿，像阔端王族这种一阵风就能吹走的小王家，一定要让他们尝尝厉害。

　　于是阿蓝答儿攻击了阔端王族的只必帖木儿。

　　在当前这种需要尽可能多地争取支持者的时候，阿蓝答儿的做法可以说是相当不明智。这或许是因为他在权力中浸淫过久变得狂妄自大、目空一切的缘故吧。在阿蓝答儿看来，不听他发号施令的人简直不可想象。

　　受到攻击的阔端王族的只必帖木儿理所当然地投奔了西进的忽必烈军，对阿蓝答儿进行反击。忽必烈军是廉希宪等人指挥的精锐军队。

　　阿里不哥军溃败了，阿蓝答儿和浑都海成了俘虏。

　　阿蓝答儿被关入牢笼，所有的衣服都被剥了下来。人们还没有忘记阿蓝答儿在京兆审问忽必烈党人时，剥光了他们衣服的事情。

　　在牢笼外观看的人纷纷高声议论道："真恨不得把他的皮也剥下来。"

　　阿蓝答儿和浑都海被处斩首。

1　今甘肃省武威。

这是 1260 年 9 月的事情。

这个时候，没有旗帜鲜明地表明立场的军队有很多。阔端王族的只必帖木儿等人原本也想再观察一段时间，但因为被阿蓝答儿攻击，不得不投靠了忽必烈。而其他的被动员参加对宋战争的军队大多数还很困惑。

因为大家都想投靠获胜的一方，所以无论是忽必烈方还是阿里不哥方都必须要尽可能快地多打胜仗。阿蓝答儿也是由于太过焦急，所以才袭击尚在犹豫之中的阔端王族的军队。

在四川，忽必烈的人把阿里不哥一方有实力的明里火者和乞台不花杀了，这是汉人世侯刘黑马的果断行动，这样四川一带就统归忽必烈了。

明里火者是成都的长官，乞台不花则是青居地方的部队长官，刘黑马杀了阿里不哥的这两员干将。刘黑马的父亲刘伯林曾经是威宁[1]的金军司令，归顺了成吉思汗，被封为汉人世侯。

刘黑马原名"嶷"，但因为刘家的白马生下了黑马，所以人们都不称呼他本名，而是叫他刘黑马了。

由于他家是最早归顺蒙古的，所以到窝阔台时期正式分封汉人世侯的时候，刘黑马排在第一。这个刘黑马在拥立忽必烈中立了大功。

阿里不哥满心以为蒙哥带走的军队全部都归自己继承，可是没想到其中的一大半却被木哥带到忽必烈一方去了。

阿里不哥想收回在四川的军队，连阿蓝答儿都动用上了，却在凉州落败了，而且在四川的干将也被刘黑马肃清了。

1　今内蒙古兴和。

这样一来，马上收复失去的阵地是不可能了。阿里不哥决定逃入母亲唆鲁禾帖尼的乞儿吉斯牧地。阿里不哥认为忽必烈不会追到那里，他深知忽必烈的性情。

不过，有一个令他不太放心的地方就是他杀了属于忽必烈派的察合台家的阿必失合。

那件事情办得不太高明，不过直接下令杀他的是阿速带，阿里不哥在乞儿吉斯草原上思考着这个。

寄予厚望的阿蓝答儿败战而亡，去往四川、云南的军队也无法召回，剩下的只能寄希望于斡亦剌部召集的军队。

远在波斯的旭烈兀的军队很难期待，他不可能为阿里不哥派出援军，反而有可能帮助忽必烈。更自然的是他自己加入争夺皇帝的竞争中来。

这个时期的旭烈兀把后方的事情交给怯的不花，辗转进入了阿塞拜疆，他的意图不是很清楚。在那附近他得知了忽必烈即位的消息，此时再加入皇位争夺战中已经太晚了。

旭烈兀这时候首次决定返回波斯地的据点，在那里建立政权。

成吉思汗长子术赤的领地在帝国的最西端，从一开始就被看作是半独立的国家。那里被称为术赤领地，取用俄罗斯南部的地名，被称为钦察汗国。

除此之外，蒙哥不允许他的国家中有这种半独立的国家存在，旭烈兀只不过是他的一员大将而已。

蒙哥死后，旭烈兀自由了，于是伊利汗国诞生了，"伊利汗"意为"国家的王"。

旭烈兀放弃东归是因为他得知了忽必烈即位消息，以及趁他东归，埃及的马穆鲁克王朝进攻叙利亚的缘故。

对争夺大汗位还有些不甘心的旭烈兀，他的正妃脱古思劝说道："你就放弃入主哈剌和林的打算吧。反正当大汗的不是你哥哥，就是你弟弟，无论哪个都和你血肉相连。你在遥远的地方观望最好。"

脱古思是旭烈兀母亲唆鲁禾帖尼名义上的妹妹，年龄比唆鲁禾帖尼小很多，但还是比旭烈兀年长不少。忽必烈的妻子察必曾经半开玩笑地说旭烈兀"就像带着妈妈远征去了"。

巴格达陷落时，因脱古思恳求，大量的基督教徒保住了性命。

1258 年 2 月 10 日，蒙古军虐杀了大约八万名百姓，还将阿拔斯朝的教主（哈里发）木思塔辛捉进袋子纵马踏死了。

巴格达和北美索不达米亚众多的基督教徒大概会对此欢呼雀跃，然而占居民大多数的伊斯兰教徒却因此非常痛恨蒙古军。旭烈兀的军队不得不在民众的痛恨中继续作战，已经无力向任何地方派出援军了。

阿里不哥接着又从乞儿吉斯逃走了，并声明降服忽必烈。忽必烈派移相哥驻守哈剌和林，自己返回了开平府。哈剌和林这个地方，以粮食为首，所有的日用品全都要依赖外部的供给，大军无法长时间驻留。

阿里不哥的降服是伪装的。在他的要求下，斡亦剌部援军陆续补充到位。等到做好打仗的准备后，阿里不哥出其不意地突袭了哈剌和林，赶走了移相哥。接着他乘胜穿过戈壁进攻开平府。

忽必烈在开平府北边的昔木土湖埋下了伏兵，大败阿里不哥军。

"那个家伙应该会反省了吧，给他一些时间。"忽必烈这样自言自语道，制止了部下的追击，他也很爱这个愚昧的幼弟。

然而阿里不哥见忽必烈没有追击，以为准备不足，没了后劲，又再次进军袭击忽必烈。

此时，以返回兴安岭的塔察儿为首，左翼诸王军全都上了战线。

想着速战速决的阿里不哥军没有足够的军粮，不得不再次穿过戈壁返回了哈剌和林。于是又形成了开平府和哈剌和林兄弟对峙的局面。

早在窝阔台修建哈剌和林的时候，忽必烈就曾经皱着眉说："在这种地方修建都城到底想干什么呢？这是一片什么也不生产的土地，在这里修建城墙到底要保护什么呢？不能自给自足的地方，用城墙围起来有什么意义呢？"

事实的确如此，打算长期据守哈剌和林的阿里不哥不得不为物资供给绞尽脑汁。不管是开平府还是其他什么定居城市，他必须和一些城市搞好关系，以便获得必要的物资。如果被封锁了的话，一国首都哈剌和林立即就会陷入困顿之中。

这时候传来了一个令人震撼的消息，阿里不哥的退路也被堵上了。

在察合台家，不里的弟弟哈剌旭烈兀遗孀兀鲁忽乃是名义上的当家人。忽必烈立不里的儿子阿必失合为察合台家主人，但他在赴任途中被阿里不哥抓住杀了。

阿里不哥与阿鲁忽（察合台的孙子，父亲是拜答儿）约定，让他提供粮食、辎重，作为交换条件，他让阿鲁忽做察合台家的主人。

这就是阿里不哥心目中的退路，这样一来，哈剌和林就可以期待来自西方的物资了。

然而，阿鲁忽把蒙哥的傀儡兀鲁忽乃妃放逐之后，却表现出与忽必烈合作的态势来。

察合台家对蒙哥怀有很深的怨恨，所以阿鲁忽放逐兀鲁忽乃妃受到了一致欢迎。阿里不哥是蒙哥的继任者，与他相比，察合台家人自然而然地倾向于支持忽必烈。

阿鲁忽一开始确实打算向阿里不哥提供物资，但真到要给的时候却又舍不得了。而且不仅不给，还把阿里不哥派来接收物资的人杀掉了。

在阿里不哥看来，这是阿鲁忽的背信弃义。然而在阿鲁忽看来，这只是遵守了察合台家的方针。

阿里不哥丢下没有物资来源的哈剌和林，去西方与背信弃义的阿鲁忽对决。

成吉思汗的孙子阿里不哥和曾孙阿鲁忽的对决在伊犁河谷展开，这虽然是亲人间的战争，但双方都燃烧着仇恨的怒火。

阿速带率领的军队渡过伊犁河占领了阿鲁忽的私人领地，这一回合阿里不哥一方取得了胜利。

"要彻底镇压背信弃义的人！"阿里不哥叫嚣道。

说到做到，阿里不哥将降服的察合台家的士兵全部杀死了。察合台家的士兵都是蒙古族人，阿里不哥一定是在盛怒之下做出这么不理智的事情的。

阿鲁忽不怎么样，阿里不哥也不怎么样。

确实是阿鲁忽先杀前来接收物资的使者的，但因此阿里不哥就将抓获的阿鲁忽的士兵全都杀害也是太过分了。阿里不哥可能一时陷入了精神错乱的状态吧。

阿鲁忽收拾起残兵逃到了撒马尔罕，因为都是些残兵败将，简直令人惨不忍睹。

不过获胜的阿里不哥的境遇也好不到哪里，那完全是他咎由自取，因为他把投降的士兵全都杀死，导致手下人对他很失望。

阿里不哥手下的将士成群结队地投奔了忽必烈。雪上加霜的是阿里不哥的占领地中发生了严重的饥荒，阿里不哥根本无法阻止兵将们的逃亡。而且他还必须要时刻提防阿鲁忽的袭击，他只得考虑与阿鲁忽和解。凑巧的是察合台家的前任女主人兀鲁忽乃在他的占领地中，阿里不哥想让她做中间人。

"阿鲁忽会听我的话吗？现在我只想照顾好儿子。"兀鲁忽乃说。

过去她之所以能成为察合台家的女主人，形式上就是为年幼的儿子木八剌沙执政。

"他一定会听的，不会错。"阿里不哥说，他对族人的绯闻很灵通。兀鲁忽乃在成为哈剌旭烈兀的妻子之前，阿鲁忽曾经大张旗鼓地追求过她，这件事情很多人都知道。

"是吗？可是阿鲁忽很固执的。"兀鲁忽乃不是很有信心。

"你难道不想为可爱的木八剌沙做点什么吗？"阿里不哥鼓动她道。

然而阿里不哥把事情想得太简单了，绯闻听听很有意思，但如果仅仅按照对自己有利的方式去解读就大错特错了。

阿鲁忽确实对兀鲁忽乃很有好感，但因此就觉得他能听她的话，未免想得有点太美了。兀鲁忽乃与阿鲁忽商谈的不是与阿里不哥的和解，而是怎样才能对木八剌沙最有利。

"那还用说，当然就是和我结婚了，这样我就能顺理成章地照顾木八剌沙了。另外，阿里不哥让你办的事情，你不用多管，那种家伙你不要理他。把投降的人都杀了，这不是蒙古的做法。"阿鲁忽说。至于杀死使者是不是蒙古的做法他只字不提。

堂兄弟的妻子成了寡妇时，娶她是蒙古很平常的做法。兀鲁忽乃听说是为自己的儿子，几乎没怎么犹豫就接受了的阿鲁忽的建议，很简单地就和他再婚了。至于阿里不哥请求她办的事情早就忘到九霄云外去了。

"这样下去不行的，你杀人太多了。"自打阿里不哥一出生就服侍他的老仆悲哀地摇着头说道。

"只有你一直没有离开我的身边啊。"阿里不哥伤感地说道，显得很憔悴。

"说实话，是因为谁也不要我。我年纪大了，没用了。如果有人要我的话，我马上就走。"老仆说。他身体有病，连走路都很困难。

"你就不能说得好听点吗？从我还是小孩子的时候起就在我身边，你看看你刚才说的那叫什么话？"阿里不哥面露愠色。

"是吗？原来你还有生气的力气啊，那么你一定也有拿刀的力气了。"老仆好像在激他。

"啊，是吗？你想找死啊。"阿里不哥说到这里，用两手掩住了自己的脸，从他的手指间流出了泪水。老仆的身体几乎已经不能动了，他想激怒主人杀了自己。

"我不会这么做的，"阿里不哥站起来说道，"我这就去向忽必烈投降，把这个老头放到马上，去通知阿速带。"

开平府的建筑物逐渐多起来。皇族中的人很多也从哈剌和林搬迁到开平府了，特别是那些被看作是忽必烈派的人尤其如此，忽必烈的妻子察必十分忙碌地照顾新搬迁过来的亲朋好友。

阿里不哥还在抵抗忽必烈，但他转告各派的领导者，如果他为了迎战阿鲁忽离开哈剌和林时，忽必烈进攻来的话，他们可以投降。

哈剌和林的居民按照宗教信仰不同组建了不同的组织，巴古西（僧侣）、伊玛目（伊斯兰教的指导者）、基督教祭司分别统率着各自的信徒。

阿里不哥离开后，忽必烈进入了哈剌和林。忽必烈重新确认了对各宗教团体免除租税的特典，不久他又离开哈剌和林返回了开平府。互不相让的两兄弟各自都十分繁忙。

忽必烈没有打算把哈剌和林当作蒙古的首都。趁这个机会，他把哈剌和林中的蒙古的象征物全都搬到开平府去了。比如说成吉思汗的铠、兜，各种各样的胜利纪念品等，全都小心翼翼地搬运走了。从金朝国库中得到的"镇国之宝"，也让学者进行了鉴定，把其中有价值的东西捆包好，还插上了小旗子。

"要不要给我也插上小旗子？"岐国公主来到忽必烈面前问道。

确实，她毫无疑问也是战利品。

"公主你也想搬到开平府去吗？我马上吩咐人为你建宅邸，建好之前，你先做一段时间察必的客人吧。"忽必烈说。

"我的身份必须要待在蒙古的首都，现在有两个皇帝，首都也有两个，该去哪个首都呢，我正在犹豫。"岐国公主淡淡地笑道，仿佛从高处俯视男人们无谓的争执一样。

"这个你自己决定。"忽必烈说。

"哈剌和林如果不从外面运输物资进来的话，寸步难行。经过这次风波，我算是深刻体会到了。我的朋友大部分也去了开平府。不过，我是拥立阿里不哥的忽里台大会的发起人之一，你会处罚我吗？"岐国公主侧着头问道。

"身在哈剌和林，可能不得不这么做吧，我不会处罚你的。"忽必烈答道。

十一　东边的大海

山东半岛的根角部，自古以来就被称为青州，这里主要的城市，从古至今都是益都。

从开平府到益都，是早期投降蒙古的所谓汉人世侯的势力圈。

从开平府往南，相当于现在的北京的顺天府是张柔统治的地方，西南的真定府是豪族史氏，其中八万户是拖雷家所领，东平是严实，再往南是李璮的领地。

益都是李璮统治的地方，那里紧临着大海。玛丽亚说想看大海，岐国公主也提出和她一同去看。她们俩一起坐车从开平府出发了，史天泽的士兵们护卫着她们。

不过她们一行到了真定就无法再前进了，因为李璮叛变的消息传到了真定。

"请你们暂时先在这里等一阵吧，谋反马上就能平定下来。"史天泽说。

"好的，我们就等着吧。只不过我能等，但不知道我的生命能不能等。"玛丽亚笑着说。

玛丽亚和岐国公主身板硬朗得几乎所有的人都说是奇迹。不过再怎么说也远远超过八十岁了，生命之火随时都有可能熄灭。

"你还好啊，年轻的时候见过大海，我直到这个年纪还没有见到过呢。你说你只见过西方的大海，可是我西方的、东方的都没有见过。不过，真要是没见大海就死去了，也是上天的安排吧。"岐国公主说。

"你们再耐心等一等，我会陪你们去的，不会等很长时间的。"史天泽说完快步离开了房间。他被命令去讨伐李瓒。

"祝你马到成功。"玛丽亚望着史天泽的背影说道。

"打仗不总是胜利啊。"岐国公主小声叹息道。

蒙古军战无不胜的神话已经被打破了。

西方旭烈兀手下由怯的不花率领的前锋军，每天都接连不断地打仗，兵将们全都筋疲力尽了。

1260 年，在巴勒斯坦地区的阿音札鲁特平原，怯的不花的军队打了败仗。获胜的埃及军做梦也没想到他们会胜，怯的不花的一万三千军队溃灭了。

因为都是乃蛮人，所以谁也没有把怯的不花战败的消息告诉玛丽亚。

怯的不花家是乃蛮的名门大族，玛丽亚的堂姐妹就嫁入了他家。虽然是远亲，但总算有些亲缘关系，玛丽亚是从小看着怯的不花长大的。

周围人全都知道这些情况，所以谁也没有告诉她怯的不花战死的事情，然而实际上玛丽亚很早就知道了这件事。

怯的不花军一万三千名兵将深入敌中，所有的人不是战死就是成了俘虏，没有生还的人。以至于很长一段时间，人们都不知道战争的具体情况。

以开罗为据点的穆鲁克王朝的苏丹忽都思向巴勒斯坦进军，与怯的不花的蒙古军在阿音札鲁特相遇。马穆鲁克阿拉伯语意为"奴隶"，从埃及到叙利亚，突厥系的军人奴隶掌握着政权，做了苏丹，就是人们说的奴隶王朝。

"怯的不花和你是远房亲戚，可是最近你却一点也不关心他的事情，你知道他的消息吗？"没有其他人在场时，岐国公主这样问玛丽亚道。

"大家都以为我会伤心，所以对我隐瞒战争的情况，其实我遭遇过很多更悲伤的事情。大家对我的关心我很感谢，但不用为我担心。至于在阿音札鲁特发生了什么事情，我可能比谁都知道得早。"玛丽亚说。

"这么说你是知道的了？"岐国公主问。

"从阿勒颇来的商队早就很详细地告诉我了。怯的不花很可怜，他已经筋疲力尽了，所以连有伏兵之事也没有注意到。要是平时的话，他应该能够轻松地看出伏兵来的。唉，他在战场上也杀了非常多的人，让数不清的女人伤心流泪了。"玛丽亚说着，耸了耸肩膀。

"我也不知道具体的情况，有人说是在战场上死去的，有人说是被敌人抓住后痛骂敌将而死的，总之，有各种各样的说法。"岐国公主说。

"是啊，据说抓住他的两名敌军将军，一个名叫苏丹忽都思，另一个名叫拜巴尔。还说怯的不花死的时候高声大叫'蒙古一定会为我报仇的'。不过我觉得这些可能是编造出来的，但我相信怯的不花死的时候一定像一个基督教徒。"玛丽亚将两手交叉在胸前，做出了祈祷的样子。坐在她对面的岐国公主也不由自主地做出了同样的动作，低下了头。

"有太多的女人哭泣啊。"岐国公主说。她就是哭泣的女人中的一人。

"大家都痛哭过啊，现在我都不愿意回想。不过在哭泣的自己的身边，好像有另一个自己在笑。"玛丽亚说。

"我早年的时候也哭得太多了，嫁到这里后，倒不怎么哭了，真的没有什么。"岐国公主说着直了直身子。

她嫁到蒙古的时候，金朝皇室的女性们觉得："嫁到漠北去的人不是我，真幸运。"

然而，金朝灭亡后，金朝皇室中的男人们全部被杀死了，女人们也都作为俘虏被强行送到了那个地方。

岐国公主是被欢欢喜喜地迎娶来的，不是俘虏。由于落差太大，她没有去见过同族的女人们。她们好像被送到了离哈剌和林不远的地方，但岐国公主从来没有打听过她们到底在哪里。

"也许将来，蒙古的女人也会遭遇到同样的命运，我祈祷不会这样吧。"玛丽亚说。

"盐铁大王那里没关系吧，听说他搜罗了很多女人，被他搜罗去的女人们没有罪啊。"岐国公主叹着气说道。

她们两人之所以不能去看大海，是因为这个地方的汉人世侯李璮发动了叛乱。

早年李璮的父亲李全背叛宋朝归顺了蒙古，后来进攻宋朝的扬州时失败了。李璮继承了父亲的军队，在益都扩展了势力。他们一家说是归顺了蒙古，但从一开始就有独自称王的野心。

李璮统治的地区盛产盐和铁，由此他获得了巨大的利益，人们都称他为"盐铁大王。"

蒙古征兵他也以种种借口推托，不予配合，从一开始就被认为有问题。

　　蒙哥时代也动员李璮参战，但他却推托说："益都是宋朝的航海要地，所以不能把军队调到其他的地方去。"结果他也没有从征。蒙哥也觉得他的话有理，就命令他攻取沿海诸州，这个他做到了。不过拥有盐铁之利的李璮想自立为王的愿望更加强烈了，最终他与宋朝勾结，发动了叛乱。

　　在汉人世侯中，李璮的身世最可疑。

　　无论是张柔还是史天泽，都是当地的名门望族，刘黑马家早年也是效力于金朝的高级军官——威宁防城千户，这几家都是深孚众望，渐渐壮大势力的。

　　然而李璮的父亲李全是从强盗中脱颖而出的乱世弄潮儿。李璮不是李全的亲生儿子，他本姓徐，曾经是李全遗孀杨妙真的手下，她死后就掌握了李全的军队。

　　从很早起就有李璮和宋朝私通的传言，由于他和宋朝秘密地进行着贸易，谁都觉得很有这种可能。

　　趁忽必烈和阿里不哥对峙的时候，这下不仅仅是传言了，他真的和宋朝勾结了起来，这是宋朝贾似道诱惑的。

　　鄂州之战结束后，贾似道返回朝廷时受到了凯旋将军般的待遇，再怎么说，蒙古军也是全体撤退了，他简直成了一个拯救国家的大英雄，回到国都临安后他就被任命为左丞相。

　　从那时候起，贾似道开始做李璮的工作，他并没有指望李璮获胜。贾似道其实也很讨厌这个强盗出身、反复无常的家伙，所以对他的援助不是十分认真，最后就是听之任之。

　　叛乱只持续了半年左右，最后李璮虽然躲进了济南，但还是受到了史天泽的侄子史枢的猛烈攻击。

　　"请你们这就开始做准备吧，去往大海的道路不久就会畅通的。"王三经说。

王三经也经常出入宋朝的军营，特别是与贾似道关系很密切。由于他对去往大海的道路很熟悉，史天泽请他做向导。

"我们没有什么特别需要准备的，去哪里都是这一身。"岐国公主说。

"咱们要尽量注意不给人添麻烦啊，说是这一身，但搞不好也会成为大家的累赘。"就在玛丽亚这样说的时候，一个王三经的手下进来了，他好像是来报信的，他把手里拿的一张纸呈给了主人。

王三经接过读了起来，这种时候，无论悲喜他都不会表露出来。他不属于任何一方，他虽然出入宋朝大臣处，贾似道甚至连钥匙都交给他了，但他绝不认为自己是贾的随从，他认为自己是贾的客人。

"李璮死了，他战败了。"王三经说。

"是战死的吗？这不像他啊。"岐国公主说。她觉得战死不适合于强盗的养子。

"是投水。"王三经说。

"噢，投水，是想逃跑吗？"这次玛丽亚问道。

"具体情况没有告诉我，不过，在此之前他先亲手杀死了自己的爱妾，然后坐船进入了大明湖。大概还是想死吧，可是水太浅了他没有死成，被官军捉住了。信上是这么写的。"王三经又一次展开了那张纸，把相关的地方读了一遍。

"看来李璮最后的结局还是像他，尽管还有很多死法。"岐国公主双手合十，闭上了眼睛。人们知道她很早皈依了佛门，但是在人前做双手合十这样的动作还是最近的事情。

济南是一个水都，有很多的泉水、湖泊，人称济南七十二泉，但据说实际上比这个数目还要多，其中最大的湖是大明湖。它汇集了芙蓉泉、珍珠泉的水，湖中有岛屿，其中一个名叫历下亭的亭子上写着杜甫的对联："海右此亭古，济南名士多。"

李璮想在这个风景如画的湖中投湖自尽，但由于水太浅了，他没有死成，成了俘虏。

"我早就知道这次的战争很快就会结束，如果真想叛乱成功的话，至少应该有牺牲自己儿子的气魄，连这个都做不到，人心早就离他而去了。"王三经说。

李璮的儿子李彦简作为人质住在开平府，叛乱前他先悄悄地逃走了，由此忽必烈得知了李璮图谋叛乱，早早地就采取了措施。

"怯的不花去到了西边的大海。我年轻的时候，不知道为什么去住西边大海的那条路让我心情激动。现在我要去往东边的大海，和七十年前一样，心情依然很激动，这到底是为什么呢？为什么会有这种心情？"玛丽亚说。

王三经皱了皱眉头，这是他回答不了的问题。

"我也不知道，总之还是先去看东边的大海吧。西边的大海对面有国家，东边的大海对面也有国家，一定是这个让你心情激动吧。"王三经说。

"千年待河清。"无论怎样期盼，愿望都不能实现，传说黄河是千年一清，一千年只有一次是清澈的，这个时候就是圣人诞生的时候。

黄河曾经多次改变河道，这个时期流经济南段的部分被称为"大清河"，不过无论怎样改名字，浑浊的河水都是一样的。

真定路的东南是高唐州，从那里往东去就是济南，这是七十二泉水之都，大清河的水滔滔不绝地流淌着。

前不久，李璮刚刚在这里发动叛乱。

　　岐国公主和玛丽亚一行在济南滞留了十五天，虽然不久前这里还是战场，但并没有遭到大的破坏，呈现在她们眼前的依然是风光明媚的济南。

　　泛舟大明湖的时候，玛丽亚感觉有点困倦，在半梦半醒之间，她眼前依稀浮现出七十年前在的黎波里港时的情景来，她感觉乌思塔尼仿佛就在自己的身边。

　　"那是一艘更大的船。"玛丽亚喃喃自语道。当时的那条船虽然也是像现在这条船这样摇晃，但是一条更大的船，名叫福尔卡姆·沙拉姆，令人怀念的乌思塔尼也在身边，是谁来送她的呢？

　　那位佩着宝剑、身材伟岸挺拔的将军真令人怀念啊。

　　"萨拉丁！"

　　玛丽亚几乎叫出声来，不，她也许真的叫出声来了。她睁开眼睛看了看周围，那里有岐国公主，她正半闭着眼睛。看来，玛丽亚还是没有叫出声音来。岐国公主的表情和刚才完全一样。

　　"我们到海上坐的船会是什么样的呢？要比这种在湖上坐的船大吧，希望不要太摇晃。"岐国公主说。

　　"不会摇晃的。"玛丽亚握住岐国公主的手说道。

　　"但大海和湖不一样，我听说就算船再大，也有可能剧烈摇晃的，真是可怕。"岐国公主嘴上虽然这么说，但并没有露出恐惧的神情来。她可能正从济南的大明湖想象她从来没有见过的大海吧。

　　一说到大海，玛丽亚想到的就是的黎波里。福尔卡姆·沙拉姆号只剧烈摇晃了一天，这个她永远也忘不了。

　　"大海有狂暴的时候，不过马上就会平静的，然后就会到达你向往的港口。"玛丽亚说道，她想起了那时候船上的人高喊："君士坦丁堡！"

玛丽亚她们沿着大清河旅行。

河的旁边是利津县，那里已经是大海了。现在的大海比利津往北七十多公里。因为黄河带来的泥沙堆积，这一带变得很肥沃。现在名叫垦利的城市，当时还在大海之中。

这一带盐田很多，盐的利润过去全由李璮独占了，现在好不容易成了国家的收入，忽必烈正在思考该如何经营从李璮手中缴来的盐。

王三经从一旁边冷冷地观望着，揣摩着忽必烈和贾似道的每一步棋。

我是不是去往大海那边更好？他想。

在大陆上，蒙古和贾似道争斗的时候，王三经在研究自己有没有出海的可能性。

他现年三十五岁，虽然凭借经营书画古董获得了巨额利润，但是却危险得如同走钢丝。现在他是该继续往前行呢，还是该见好就收手呢？再有自己的年龄也是一个需要考虑的因素，王三经打算在这次旅行时好好地思考一下这个问题。

在敌对的两个阵营之间脚踏两只船是非常危险的。将自己同时属于双方之事尽可能地公之于众是一个办法，另一种办法是公开地断绝与其中一方的联系。

王三经受史天泽之托为岐国公主她们当导游，对任何事情他都尽量地不表露出自己的主张来。最初他们一行打算去往大清河的南边，到益都方面去乘船。然而，前不久刚与李璮作过战的史枢说：那边可能会有宋朝的战船出没，如果想乘船游玩的话，还是去更北边的地方为好。

王三经听后，二话不说就更改了计划，让侍卫们护送岐国公主她们的马车北上了。

"我去哪里的大海都无所谓，只不过是去黄泉路之前想看看它而已。"岐国公主说。

"我听岐国公主的，我已经看过西边的大海了，东边的大海哪里都可以。如果还能活着回开平府的话，我已经跟大汗约定好了要给他讲讲东海的见闻。"玛丽亚说。

离开开平府的时候，忽必烈曾经打趣地对玛丽亚说："我可是期待着你给我讲东海的见闻呢。不知道和阿里不哥投降的话相比，哪个能更先听到。"

忽必烈说过的事情他一定会记得，既然他说了期待着听东海的见闻，那就一定会创造机会实现这个约定。

在今天天津市附近，当时星罗棋布着数个小村寨子。其中被称为直沽的小村寨，别名"海津镇"，是后来天津市的基础。

在那里，岐国公主和玛丽亚坐上了大船。

"这是在泉州制造的船，称作蒲寿庚船，原本是要通往南蛮的，所以不光是大，还很坚固。"王三经解说道。

"有一句话叫南船北马，船好像还是南方的比较好啊。"玛丽亚说。

虽然是汉土，但出生在北方金朝的岐国公主对这种说法有点不服气，说："北方也有很好的船，我虽然只在汴河看见过，但也很不错哟。"

"赵良弼先生还没有来啊。"玛丽亚问王三经道。

皇弟木哥说让闻名遐迩的舆地学者（地理学者）女真人赵良弼来为她们做导游，一边坐船游玩一边讲解更有意思。赵良弼身居"参议陕西省事"这么一个重要职位，应该非常繁忙，陪她们旅游可能有些困难。玛丽亚想拒绝，但木哥却说已经约定好了，一定会想办法的。并对她们说："不管怎么说你们先走，回头让他去追你们。与阿里不哥的战事，应该没有他什么事。我让他忙完手头上的事后就赶紧去追你们。"

木哥说得十分有把握。忽必烈这次顺利即位，弟弟木哥出了很大的力气，所以他借用一位重臣应该不是很困难。

"木哥殿下说得简单，可是赵先生也有很多事情，能不能赶来还不一定呢。幸好天气不错，咱们还是先乘船出游吧。"王三经说。

"是啊，听说他还没有离开开平府，咱们就不等他了吧，先谢谢木哥殿下的好意吧。"玛丽亚说。

实际上王三经心里知道无论再怎么等下去，赵良弼也不会来，因为在开平府发生了一些事情。

"好了，趁着大海平静的时候，咱们扬帆出航吧。"王三经说。

在开平府，朝臣之间正在展开激烈的唇枪舌剑，事实上只要稍加追究很多人都有问题。

擅杀。

为了获得民心以便统治整个汉土，过去蒙古作战时被赞许的这种方法，一下子变成了违法行为，当然有程度的问题，但其中又夹杂上个人的私怨，使很多事情变得说不清道不明。

一个名叫费寅的四川人，以"擅杀"的罪名告发畏兀尔人廉希宪、商挺等重臣，赵良弼要为他们辩护。

而在李璮之乱中，与李璮关系密切的王文统被处死了。王文统是一位才子，据说元朝的法度大部分是他起草的。

王文统出身益都，是李璮的儿子李彦简的老师，他自己的女儿又嫁给了李璮，他与李璮的关系太过密切了，对他处刑是顺理成章的。

然而王文统活跃的舞台并不局限于李璮统治的地方，还远到开平府、哈剌和林。处死后，从他家中搜出了很多与中央政府的高官、诸将来往的信件，其中数量最多的是赵良弼的信。

赵良弼之所以受皇弟木哥的委托，还不能去陪伴岐国公主她们，就是因为他必须要证明自身的清白。费寅这个告发者意外地言辞犀利、能言善辩，赵良弼也不时被他逼入窘境，以至于他说出"愿剖臣心以明之"这样的话来。然而消解忽必烈的猜疑还需要时间。

两个老女人不知道这些事情，不过她们觉得让赵良弼这样的大人物来陪伴她们游玩，就算他对大海再熟悉，还是让人觉得有点担待不起。虽然不知道发生了什么事情，但听说他不能来之后，两个人都松了一口气。

船扬帆起航了，南方的气息仿佛从船帆中飘散了出来。

"啊，真爽快，云淡风轻，大海又很平静，赵良弼先生来了也会很高兴的。有很多人我都想让他们看看这大海哪。"岐国公主说。不过，她想让看海的人大部分已经不在这个世上了。

船在能够看得见陆地的地方非常小心谨慎地行驶着。

"这里是渤海。"王三经讲解道。

"那边就是燕国吧，什么时候能看不见燕国呢？"玛丽亚问。

"如果看不见陆地的话，会很可怕的。"王三经笑着说道。

"这是我平生第一次看到大海，这辈子我满足了，不能再奢望什么了，过去的岁月好像都被海风吹散到大海中去了。"岐国公主说。

这位现如今唯一活在世上的成吉思汗的王妃，眼睛眺望着辽阔海域的另一方，眺望了很久之后，她闭上了眼睛。

"公主真是寡欲的人啊，要是我的话，好不容易到了这里，总想再往南边去看看。不过，不再要求更多了。"玛丽亚笑着说道，她的笑容仿佛要融入大海似的。

"是啊，你还和大汗约好回去要跟他讲到东边大海的见闻呢，如果只是说看见大海了的话，大汗也不会满足吧。"王三经说。

"大汗以往都听说过哪个地方的大海的事呢？"玛丽亚问。

"先帝陛下去世的那年，高丽太子来了，太子到了六盘山，现在的陛下在那里会见了他，那时候他们可能说到大海的话题了吧。"王三经说。

高丽很长时间一直抵抗着蒙古的入侵，首都也迁移到了江华岛。那里虽然是蒙古骑兵很难入侵的地方，但最终高丽还是不得不向蒙古俯首称臣，并将太子王倎送来作为人质。

然而不久高丽王就死了，他死后不到一个月，蒙古皇帝蒙哥也去世了。

随后忽必烈与阿里不哥对峙，正是需要支持者越多越好的时候，高丽太子服从自己，令他喜出望外。

忽必烈与王倎同行到了开平府，一路上，他们一定说了很多高丽的事情。

后来王倎被允许归国了，而且做了高丽国王，他就是高丽的元宗，他的名字也由王倎改为了王禃。由于他背后有蒙古撑腰，所以非常有权威。

"我想与东边的大海相比，大汗可能对南边的大海更感兴趣。比如说制造这艘船的那个名叫蒲寿庚的福建人，好像就是大汗喜欢的类型，而且，我听说他是色目人。"玛丽亚说。

一般认为福建泉州的蒲姓是阿拉伯语"阿布"的音译，阿布意为父亲，色目人大多聚集在港口城市。

"喜欢的类型……是啊，可能的确是这样吧。"王三经好像自言自语似的说道。

十二 新时代

岐国公主和玛丽亚的东海之旅没想到用了那么长的时间。中途因李璮叛乱而驻足停留了很长一段时间，直到叛乱平定后，她们才慢悠悠地乘船出了渤海，航海时速度也非常缓慢。反正没有什么要紧的事情，两个老女人都在细细地回味着各自漫长的人生。

她们两人一直都兴致勃勃，只是选出来负责护卫她们的五十名士兵大概会感到无聊厌倦吧，他们是史天泽手下的人。

她们乘坐的船尽量不远行，只在渤海内能够看见陆地的海域中往返，幸运的是海上也没有兴起什么大风浪，大汗的这两位贵宾始终兴致盎然地享受着海上之旅。

她们俩出发之前就听说除了开平府外，大汗要把主要的居所定在燕京。所以下船后，一行人就径直去了燕京。由于燕京在战乱中遭到了巨大的破坏，所以忽必烈决定在金朝中都的东北方重新修建一座新的都城，并且称为之"大都"，而把开平府作为夏季的都城，称为"上都"。

阿里不哥与忽必烈的斗争持续了四年之久，最后以忽必烈的胜利告终。通过这次斗争，忽必烈确信自己的理念是正确的。

一般人都认为蒙哥的继任者是阿里不哥，就连蒙哥的嗣子阿速带也这么认为，蒙古人对继任者的观念依然停留在游牧时代的尊重幼子的风俗上。

忽必烈获胜的一个重要原因是蒙哥死的时候，皇弟（异母弟）木哥正好在蒙哥身边，他把本来应该由阿里不哥继承的军队带到了忽必烈一方。他之所以能够这么做，是因为军队中没有积极的反对势力，也就是说忽必烈还是深孚众望的。

此外，即使争战也尽量少杀人这种做法也可以算是一个胜因。而阿里不哥与阿鲁忽作战，获胜后抓获了大量的俘虏，他由于气愤阿鲁忽的背信弃义，把投降的士兵全部杀死了。这种做法使他手下的将士很寒心，许多人纷纷逃亡了。

"阿里不哥没有见识过外面的世界，他以为除了蒙古的战法外，没有其他的战法。就连蒙哥也是旧式的蒙古武将，但他还是比阿里不哥见识广一些。"在正在修建的大都中，玛丽亚听说阿里不哥降服的消息后，这样评论道。

蒙哥生前最后的出征——进攻合州时，他下令严禁滥杀、扰民。不用说，忽必烈对这个命令大加赞成。为此他身边许多亲信、重臣等，被费寅以"擅杀"的罪名弹劾，连性命都岌岌可危。赵良弼之所以没能陪伴岐国公主一行，就是因为要对此事进行辩解。

调查的结果，弹劾者费寅有严重的诬陷行为，被诛杀了。这场风波可以说弹劾者和被弹劾者都赌上了性命。这件事情结束后，只要不是太过分，再没有人拿这项罪名大做文章了。

有人提出废除"擅杀"这项罪名，他们说："只要有这项罪名存在，蒙古军就不能像过去那么强劲了。"

然而史天泽反驳道："有比战场上的强弱更重要的，那就是胜利。无论采用什么形式，只要胜利就好，不放一箭，不损伤一兵一卒就能获胜对国家更好。"

很多蒙古武将对此表示怀疑，他们说："真是这样吗？"

史天泽说："虽然获胜了，但由于擅杀而导致惨败的例子，前不久不是刚发生过一次吗？就是阿里不哥。"

史天泽举出了具体的事例，由于这个事例离得太近了，谁也无法反驳。

玛丽亚从大海归来的时候，这场"擅杀"风波已经平息了，不过擅杀依然是一项会被严厉惩罚的罪行。

"就应该这样，还是大汗贤明。"玛丽亚对大都的教友们说道，不过，在场的人只是微笑，没有什么积极的反应。玛丽亚表情有点严肃地说："诸位教友，我刚和皈依佛祖的岐国公主进行了一次愉快的旅行，这个你们也能做到。敞开心胸吧，我请求大家不要把这个世界弄得很狭小。"

在座的人都鸦雀无声。

一个年轻人走上前来，深深地低下了头。他眼睛细长，看上去很聪明，不过年纪可能还不到二十岁。

"我从刚才起就一直在这里认真地听大家讲话，对很多事情我都有自己的看法，不过由于我是晚辈，所以一直没有插嘴。但我听了你刚才的讲话，觉得我和你想的完全一样，我还想再多听你讲讲。"年轻人对玛丽亚说。

"你想多听听我的话，其实我说的都是大家知道的事情，不过我愿意提供机会和大家一起探讨。"玛丽亚说。

蒙古对于宗教采取了不干涉的态度，这是自成吉思汗以来的传统。说是不干涉，其实更确切地来讲是对宗教冷漠。

　　然而到了最近，情况好像发生了一些变化，致使聂斯脱利派的基督教徒对政府的宗教政策变得有些神经质。

　　皇帝忽必烈接见了一位名叫八思巴的吐蕃人。据说他拥有超能力，忽必烈好像被他深深地感动了。不管皇帝信仰什么，蒙古的对宗教一视同仁的大原则似乎出现了一些倾斜。

　　据说忽必烈什么事情都和八思巴商量，八思巴说吐蕃的事情他知道一些，但其他的事情就几乎全然不知了，他这种谦虚谨慎的态度反而使忽必烈对他更加器重了。

　　忽必烈的大臣中，佛教信徒突然大量增加，而且信奉的不是中原的天台宗、禅宗等教派，几乎全是吐蕃系的喇嘛教。

　　据说谁皈依了喇嘛教，忽必烈会明显地表现得很高兴。

　　在玛丽亚到达教堂之前，聂斯脱利派的信徒们正在愤愤不平地谈论这件事情。玛丽亚知道情况后开始劝慰这些愤慨的教友，结果得到了一个年轻人的共鸣。

　　"你是乃蛮的玛丽亚吧。"年轻人问。他们虽然是第一次见面，但他从年纪举止上猜出了玛丽亚的身份。

　　"是的，我就是年龄差不多是你四倍的玛丽亚，你是谁呢？"玛丽亚问。她也从对方的年纪以及聪明清秀的脸庞上猜出眼前的这个年轻人可能是汪古部的年轻修道士列班骚马。在对方回答之前，她就微笑了起来。

　　"我是列班骚马。"年轻人回答道。

　　列班骚马意为"斋戒之子"。

　　汪古人很早就归顺了成吉思汗，举国上下全是基督教徒。它离西夏、离汉地都很近，王城在净州，位于今天的内蒙古。

　　出生于净州殷实之家的列班骚马从十四岁起就潜心研读宗教

教义方面的书籍，在附近的教徒中很有名。

"你果然是列班骚马啊，在我被上天召唤去之前能见到你，真幸运。"玛丽亚说。

"我也一直想见到您。"列班骚马很高兴地说道。

"年轻的时候我因为一些原因离开乃蛮去了君士坦丁堡，还去过耶路撒冷。我想再去西边一次，但年纪已经超过八十岁了，看来是做不到了，所以我去了一趟东边的大海。这辈子我放弃了去西边朝圣的念头，但我一直在寻找能够帮我实现这个志愿的年轻人。听说你潜心研读了许多宗教教义的书籍，我想你一定能胜任这个任务。"玛丽亚和蔼地注视着列班骚马年轻的脸庞。

列班骚马也被美丽的老妇人玛丽亚感动，默默地站着，许久没能回答。

"你不用马上回答我。"玛丽亚说。

"我一定会去的，不用你说，我本来就打算去巴格达、耶路撒冷、君士坦丁堡还有罗马朝圣。"列班骚马的脸上洋溢着一种掩饰不住的光芒。

聂斯脱利派的总主教在巴格达，而巴格达在旭烈兀的统治之下，去那里旅行应该很容易。

"要是那样的话我很高兴，能够找到帮我完成愿望的人，没有比这更令人高兴的事情了。"玛丽亚说着，就像想睡觉似的轻轻地闭上了眼睛。

就在这时候，一个教友兼医生的人很疲倦地走了进来。

"这几年阿里不哥殿下真是心力交瘁啊，今天我也去为他看病了，但没有一点好转的迹象。"他摇着头说道。

与兄长忽必烈争夺皇位的阿里不哥，在察合台家的阿鲁忽背叛后，万般无奈之下不得不向忽必烈表示降服。

忽必烈说："降服的人必须要在我面前爬行。"

这不仅是蒙古的做法，在草原生活的每个部族对投降者都采用了这种仪式。

阿里不哥在表示降服时苦苦哀求道："那个能不能免了啊？"

忽必烈说："不行，这种做法历史悠久，不能免除。"他十分冷酷地拒绝了阿里不哥的请求。

许多忽必烈的手下阿里不哥都很熟悉，那些过去曾经跪倒在他脚下的人都要看到他爬行的屈辱形象了，这对于高傲的阿里不哥来讲，让他难以忍受。

进入忽必烈的斡儿朵后，阿里不哥不得不开始爬行。在他将身体趴到地上，摆出屈辱姿势的那一瞬间，忽必烈命令道："给他盖上篷子。"

篷子是为了遮挡，避免人们从外面看见里面的情形，好像从一开始就预备好了，马上篷子就盖到了阿里不哥身上。从斡儿朵的入口处到忽必烈跟前有相当长的距离，但阿里不哥爬行的样子被遮挡了起来。

爬行到谒见者的席位前，篷子被收了起来，阿里不哥垂头丧气地站了起来，他流下了眼泪，忽必烈静静地注视着他，不久也流下了眼泪。忽必烈叹息着说道："阿里不哥，在这次争斗中，你明白咱们两人谁正确了吗？"

阿里不哥说："过去我认为我正确，现在正如你所见到的。"

对于阿里不哥的这个回答，忽必烈会做出什么反应来，大家都紧张得屏住呼吸等待着。尽管到了这种时候，阿里不哥似乎还想说自己正确。但现实中他失败了，所以才在忽必烈脚下爬行。

然而忽必烈只是听弟弟说，对此没有做任何表态。

　　蒙哥死的时候，忽必烈也在为帝国争战，收容兀良合台军可以说是为了蒙古的大义。

　　忽必烈没有参加蒙哥的葬礼，他优先考虑了大义。

　　阿里不哥和蒙哥的嗣子阿速带站到了忽必烈面前，察合台家的阿只吉指着阿速带说："杀害我哥哥阿必失合的是谁，是你吧？"

　　忽必烈任命了属于他这一派的阿必失合为察合台家的首领，然而阿必失合在上任途中被阿速带抓住杀死了。阿必失合的弟弟阿只吉始终对此事耿耿于怀。

　　如上文所述，他的祖父木秃坚在初期的西征战中中流箭战死在巴米扬。愤怒的成吉思汗为了报复，连巴米扬的一草一木都毁灭殆尽。木秃坚的儿子不里在接下来的西征战中，向总帅拔都口吐狂言，因此被杀，再加上不里的儿子阿必失合，接连三代都死于非命。

　　阿只吉的愤怒中包含了三代人的怨恨。

　　"确实是我杀了阿必失合，因为我不想让哈剌抽杀皇族成员，那时候我奉了主人阿里不哥的命令。现在我的主人是忽必烈陛下，如果陛下发令的话，就是你，我也会在这里杀死的。"阿速带回答道。

　　哈剌抽指的是平民，更正确的说是没有成吉思汗血脉的人。

　　"什么！"阿只吉恼怒得几乎要跳起来。

　　"等等，现在没有讨论这个问题，对吧？"忽必烈说着把视线转向了塔察儿。当天的受降仪式全部是由塔察儿主持的。

　　"今天只准备了宴会，不过，请问陛下，阿里不哥和阿速带坐在哪里好呢？"塔察儿问道。

　　"真金旁边不是空着的吗？"忽必烈毫不做作地说道。真金是忽必烈的儿子中最优秀的一个。坐在他的旁边，对于现在的阿里不哥来讲，可以说是一个破格的待遇。

那天只举行了宴会。不过从次日起军事法庭开庭了，判决的结果是不伤害成吉思汗的孙子阿里不哥和曾孙阿速带的性命，但他们手下的十名主要人员被判处了死刑。

对于法庭的这个判决，忽必烈以征得成吉思汗一族人的共同同意为条件，认可了。成吉思汗一族指的是忽必烈的弟弟旭烈兀、成吉思汗长子术赤的儿子别儿哥，还有察合台家的阿鲁忽。阿鲁忽由于自己还没有正式被认定为察合台家的代表，谦虚地表示自己只发表意见，他派人来通报说对判决不反对，而旭烈兀和别儿哥的回答则是很积极地表示赞同。

阿里不哥由于这些年来的劳心和作为囚徒从哈剌和林一路颠簸而来，身体受到了严重的损害。屈辱的宴会和接下来的审判以及亲信被处死，更让他的健康状况雪上加霜。

能算得上医生的人都被叫去为阿里不哥诊治了，聂斯脱利派的医生自然也被叫了去。

能用的办法不用尽的话，忽必烈不会甘心，站在他的立场，即使什么都没有做，一涉及阿里不哥的健康问题，他都会被人怀疑。

就连聂斯脱利派的医生也明白这点，他说道："大汗对人们怀疑他下毒之类的事情非常在意，凡是能证明他没有下毒的医生，无论是汉土医生、伊斯兰医生、吐蕃医生还是我们聂斯脱利的医生，所有的医生都被叫去了。"

"还是一样啊，大汗的心和成吉思汗的时候没有什么变化，不用担心。"玛丽亚说。

无论是生病还是葬礼，以及重要的祈祷、典礼等都要尽可能地照顾不同的宗教。

虽说免除了死刑，但阿里不哥仍然是重要的政治犯，不过忽必烈非但不阻拦人们去看望他，甚至还鼓励大家去。忽必烈希望有尽可能多的人看到阿里不哥，了解他的健康状况。忽必烈深知如果阿里不哥有什么不测，人们会怀疑是他害死的，所以他要做预防工作。

玛丽亚说"不用担心"，是指聂斯脱利派的人不用担心忽必烈太过迷恋佛教，聂斯脱利派会受到不利的影响。

忽必烈的言行让几乎所有民族的人都是一喜一忧，能够安心度日的大概只有深受忽必烈宠信的八思巴的吐蕃族了。

蒙古族人对忽必烈激进的汉化政策感到很担忧，在朝廷中最有影响力的大臣不是蒙古族人，而是姚枢、许衡、刘秉忠、耶律铸等人。

耶律铸准确来讲应该是契丹族，但按照蒙古的分类法则属于"汉人"。他们的分类法非常简单，只要常用语言是汉语的，就被看作是汉人。耶律铸的父亲耶律楚材，是成人之后才学习的契丹语，从分类上来讲当然是汉族了，他的儿子不用说就更是汉族了。

四川、江南有大量的人成了俘虏，他们缴纳赎金就能获得自由，这种做法在对金战争时就有先例。在被占领地负责办理户籍、纳税等事务的就是获得自由的奴隶。当时耶律楚材献策举行戊戌（1238）选试。

通过这次考试，大量识字的俘虏被任用。当时为了防止奴隶主不让奴隶参加考试，还制定了一条严厉的规定：凡是隐藏识字的俘虏，不让他们参加考试的人会被处以死罪。而考试合格的人从此就摆脱了奴隶的身份。

忽必烈的时代，还没有正式进行科举考试，但数千名识字的人由奴隶转变成了自由人。

他们虽然距离特权阶级很遥远，但凭借着庞大的数量，也让蒙古人感到了不安。

　　聂斯脱利派的人这时候还不是很担心，无论如何忽必烈也不会忘记自己的母亲唆鲁禾帖尼吧。他只要不是在八思巴的影响下变成狂热的信徒，聂斯脱利派教徒就是安全的。

　　"你们只要做自己该做的事情，什么也不用担心。"玛丽亚说。

　　这时候已经确定燕京将取代哈剌和林成为全蒙古的首都。

　　聂斯脱利派也需要将中心教堂从哈剌和林搬迁到燕京，信徒们就是为了商讨这件事情才聚集到一起的，他们商讨的主要内容是钱的问题，还决定将燕京原来的聂斯脱利派教堂进行扩充。

　　与钱的话题相比，年轻的列班骚马对修道更感兴趣，他非常热心地探讨如何聚集志同道合的人。

　　他用与年龄极不相称的沉稳口气说："建筑物以后再修都行，我希望先定好修道的场所，这是新教会的基础。"

　　玛丽亚眯起眼睛静静地听着他讲话，与其说是听入迷了不如说是看入迷了。

　　忽必烈修建太庙一事也成了列班骚马的一个话题，从来没有定居过的蒙古族没有修建祖先神庙的风俗。

　　列班骚马说："契丹族定居后就开始修建祖庙了，而半定居时期漫长的女真族就更不用说了。蒙古人修建太庙，与定居一样，可以说是一种进步。不过我觉得好像有点太过汉化了，但这也是没有办法的事情。总之这是宗室的事情，与我们的信仰生活没有关系。"

　　列班骚马虽然年轻，但讲起话来条理清晰，逻辑严谨，具有很强的说服力。而且人们在被他说服的同时，还会产生一种不可思议的神魂颠倒的感觉。听讲的人年纪越大，这种感觉越强烈。

用现在的话来讲，列班骚马是一位超级"师奶、师爷杀手"。

历代王朝都修建了太庙，东汉以前由于佛教还没有传入中原，所以太庙的祭祀活动中没有佛教色彩，而是儒教色彩浓厚，还夹杂着道教元素。

蒙古的太庙是至元三年（1266）建成的，但在还没有完工的时候，忽必烈就造访了这里，那是阿里不哥投降的前一年（1263），忽必烈参拜了正在修建中的太庙。

那次参拜仪式由于佛教色彩太过浓厚，让人们大为震惊。

"汉化得有点太过头了。"列班骚马这么说。可是就连汉人们也对它太过吐蕃化感到震惊。

不过，与宫廷相关的人由于知道忽必烈深深地皈依了吐蕃僧八思巴，倒也没有感到特别意外。

太庙的建筑样式是纯粹汉式的，每个帝王都有一室，在墙壁上悬挂有他们的牌位，上写着名字和谥号。

成吉思汗名铁木真，谥号圣武皇帝，庙号太祖，正后的名字只写上了孛儿帖。牌位是用竖排的畏兀儿文字即所谓的"蒙文"，和汉字并排写的。忽必烈命令八思巴研制的不是借用文字的"国字"，是数年之后才完成的。

成吉思汗的父亲也速该追谥为神元皇帝，庙号烈祖。

窝阔台是太宗，谥号英文皇帝，正后是六皇后乃马真氏。

贵由是定宗，谥号简平皇帝，正后海迷失。

蒙哥是宪宗，谥号桓肃皇帝。

从蒙哥起，皇统由窝阔台家转到了拖雷家。拖雷虽然没有当上皇帝，但因为自己的儿子当了皇帝，所以被追谥为睿宗，他的正妃唆鲁禾帖尼受到了皇后的待遇，谥号庄圣皇后。

这种装潢门面的形式主义是太庙建成之后进行的。

"在汉式的形式主义基础上，又加入了吐蕃式的神秘主义，可是蒙古式到哪里去了呢？"

蒙古的老将们对此感到很不满。

忽必烈虽然做了吐蕃式的礼拜，但他没有强制臣下们也这样做。

玛丽亚只是看了看施工中的太庙，没有靠近它。她在燕京分到了宅邸，她邀请列班骚马与她一起坐车到她的宅邸去。

但列班骚马恭敬地行了一礼后说："我很高兴听你讲述西方的事情。不过我给自己定了个规矩，如果没有急事的话，在燕京城一般都是徒步去往各处。我知道您的宅邸在哪里，过一会儿我去拜访您吧。"

就在这时候，汪古人的报信人进入了教会中，说："宋朝皇帝（理宗）去世了，不知道这对我们意味着什么。但好像世道要发生大的变化了，蒙古的军人全都开始准备弓箭和马匹了。"

关于政事、军事、外交等的信息传到聂斯脱利派教会总是最晚的。

宋朝皇帝享年六十二岁，与蒙古之间留下重要问题没有解决就去世了。

重要问题就是宋朝扣留了蒙古使节郝经。郝经于 1260 年入宋，即忽必烈在开平府登基的那一年。他负责向宋朝传达这个消息，然而他一到宋朝就被扣留了，再也没有回来。

忽必烈对宋朝扣留使节感到很气愤，次年向军中做出了征讨宋朝的宣言。然而，由于紧接着他就开始与阿里不哥争战，因此没能真正地派出伐宋军。此外又有讨伐李璮一事的羁绊，如果再起兵讨伐宋军的话，就成三面作战了。

"卿等当整肃士卒，砺尔戈矛，矫尔弓矢，约会诸将，秋高马肥，水陆分道而进，以为问罪之举……"

忽必烈虽然发布了这个宣言，却搁置了很长时间。

郝经被拘留的主要原因似乎是贾似道没有如实地向朝廷汇报蒙古军撤退的真正原因。

贾似道汇报说是自己击退了蒙古军，凯旋的他受到了宋朝举国上下的热烈欢迎。然而，实际情况是蒙古军是自主撤退的，这个事情如果被朝廷知道了的话，贾似道就会颜面尽失。

郝经是一位闻名遐迩的辩论高手，他一定会列举出充分证据，慷慨激昂地辩解蒙古军并不是被贾似道击退的。

然而贾似道也不能杀害郝经，过去花剌子模杀害成吉思汗的无名使节团后遭到了什么样的报应，谁都无法忘却。而这次的使节郝经绝不是个无名之辈，他做张柔食客的时候还不出名，但后来凭借条理清晰地讲解"经国安民之道"，受到了忽必烈的赏识，被收为幕僚后，就走上了阳关大道，成了一个天下闻名的人物。

"先不杀他，耐心地观察对方的态度。"

贾似道摆出了悠然自得的架势。

"我们的对手是不是忽必烈还不一定呢，等明确以后再说吧。"

宋朝方面这样解释扣留使节的原因，不过这只是对内部的解释，对忽必烈什么也没有说。

"忽必烈配和宋朝正式对谈吗？"

这是宋朝的托词。

在蒙古有两个人自称皇帝，所以不能轻易地与其中一方来往，要等到形势明朗后再说，宋朝的托词在那个时候也是有一定道理的。

而现在阿里不哥降服了，蒙古的皇帝只剩下一人了。李璮之乱的平定和阿里不哥的失势标志着蒙古进入了一个崭新的时代。

十三　北人的哀愁

1264 年，宋朝皇帝理宗（赵昀）去世，同年阿里不哥向忽必烈投降。

忽必烈无视"汉化"的指责，强行制定了年号，他即位那年是中统元年，相当于 1260 年。

中统五年七月，阿里不哥投降，同年十一月，宋朝理宗去世。不过这年八月，蒙古改元了，所以理宗的死相当于至元元年。

改元的原因是阿里不哥之乱结束了，善后事宜也处理妥当，需要一个崭新的开始。

"可大赦天下，改中统五年为至元元年。"

蒙古进入了新时代，尽管健康受损的阿里不哥是在两年之后（1266）去世的。而宋朝也在新皇帝的领导下迈进了新时代。由于去世的理宗没有儿子，由弟弟嗣荣王的儿子赵禥即位，他就是度宗。

在日本，皇帝去世后，几乎同时就改元了。而在中国，由于认为当年不改父之道为"孝"，所以宋朝的改元为次年，不过头一年就颁布明年年号改为"咸淳"。

不管怎么说，无论宋朝还是蒙古，都同时迈进了一个新时代。

"这几年间是蒙古内部的，而且是成吉思汗子孙间的斗争，今后可能要把矛头指向宋朝了，只是希望战争不要太残酷。"玛丽亚说。

玛丽亚身边的列班骚马问道："你们乃蛮人败了成吉思汗，在五十多年后乃蛮将军怯的不花却为蒙古而战，最终壮烈战死，他到底算哪里的英雄呢？"

"当然是蒙古的英雄了。"玛丽亚不假思索地回答道。

"是啊，不过那时候，甚至就连成吉思汗也没有说自己是蒙古领袖，充其量不过是孛儿只斤氏的头领而已。"列班骚马笑着说道。

"所以说现在叫蒙古嘛。"玛丽亚也笑了起来。

"蒙古"一词从广义上、从狭义上都可以使用，现在凡是臣服于成吉思汗一族的人，全可以称作是蒙古的臣民。将军怯的不花虽然出身于乃蛮，但仍然可以称作蒙古的英雄。

"现在宋朝的百姓，将来或许也可以称作蒙古臣民。"列班骚马说道。

"真要到了那个时候，可能就需要创造出更新的名称来了，这个新的名称必须要是所有人都可以使用的名称。"玛丽亚说着闭上了眼睛。

忽必烈曾经询问玛丽亚："表示万物之始的'元'这个词汇，在母亲的朋友那里也是一个很好的词吗？"母亲的友人是指唆鲁禾帖尼的教友，即基督徒们。

玛丽亚回答道："从事物的起源上看，我想应该是很好的词。"

"元"这个词拥有包容万物的可能性，从缘起来讲没有比它更好的了。

忽必烈好像在寻找可以替代"蒙古"的更好的词汇。玛丽亚思考起词语的意义时，很多时候也会变得很茫然。

蒙古这个词的原意，据畏兀儿的老人们讲，大概是"朴素而且脆弱"的意思。据说他们在讲解这个词的意思的时候，因为担心有的蒙古人会对"弱"这个词感到气愤，所以换成了"老实"一词。

用汉人学者的话来讲，与女真的"金"相对，蒙古意为"银"。

忽必烈最近经常叫来学者询问他们各种各样的问题，他好像在寻找可以替代蒙古的国号。

虽然正式将国号定为"元"是六七年后的 1271 年，但从这时候起已经开始讨论了。

燕京改称"大都"，正式成为首都也是国号确定的那一年，不过在很早之前人们就知道这里将成为新的首都。首都的建设有条不紊地进行着，从在这里修建太庙的时候起，就已经设想这里是皇帝常住的地方了。

"皇帝陛下可能会从汉字中选择国号，这是理所当然的事情，与蒙古人相比，这里的汉人要多得多。"列班骚马说。

"你最近开始学习汉语，也是因为人数多的缘故吗？"玛丽亚问道。

"也有这个原因，不过实际上我很喜欢学习汉语，学习不同民族的语言很重要。像赵璧我就觉得他很了不起。"列班骚马说。

赵璧字宝臣，不过忽必烈从来没有叫过他的名字，总是称呼他"秀才"，这个秀才把《大学衍义》翻译成了蒙古语。

秀才不愧是秀才，赵璧非常喜欢钻研学问，很快就学会蒙古语了。

《大学衍义》是真德秀（1178—1235）编著的，可以说是当时朱子学的最新书籍。将哲学论述很多的这本书翻译成蒙古语是非常了不起的。

忽必烈似乎格外欣赏赵璧的才能，曾让皇后亲自做好衣服赐给他，另外还挑选了十名蒙古年轻人跟随赵璧学习儒学。

汉人学者总是瞧不起蒙古人，常在背地里说："他们只会照料马，书和饲料桶可不一样。"不过赵璧在学问上对汉人和蒙古人是一视同仁的，他相信这样才是真正的儒者。

赵璧的官职从燕京宣慰使，到中书省成立后被授予平章政事，这是内阁级官员，他并不只是单纯的学者。

蒙哥当皇帝的时候曾经问他："我该如何治理天下？"

赵璧回答道："请陛下诛杀亲信中最恶劣的人。"

蒙哥当时就板起了脸，显得很不高兴，差点脱口说出："把这家伙投入大牢去！"这家伙居然敢让自己诛杀亲信。

向皇帝蒙哥推荐赵璧的是皇弟忽必烈，赵璧那时候还没有正式的官职。

事后忽必烈皱着眉头对赵璧说："秀才，你可真是浑身是胆哪，由于你的缘故，我两手都捏出了一把汗。"

在蒙古阵营中，这是一件很有名的逸事，所有人都知道。

"我很想见见秀才阁下，听他聊聊，虽然我们正好处在相反的位置上。"列班骚马说。

一个学习汉语，一个学习蒙古语，确实他们正好处于相反的位置，但想要沟通交流的这种愿望是一样的。蒙古帝国的一大烦恼是沟通交流不顺畅，这是多民族国家当然要面对的问题。那个时候，人们普遍认为，让非蒙古语为母语的人拼命学习蒙古语是最好的办法。

在蒙古与宋朝先后改元的时期，双方间的战事一直保持着不温不火的状态。忽必烈与阿里不哥的争斗已经分出胜负，李璮的叛乱也已平息，可以说忽必烈统一蒙古的大业基本完成了。

忽必烈与阿里不哥的争斗表面看是兄弟俩争夺主导权，但实质则是世界帝国派和蒙古国粹派的斗争。

成吉思汗长子术赤的子孙住在帝国的最西端，他们带去的蒙古兵不到一万人，从一开始就是一个多民族的集团。由于他们离蒙古本土很远，所以除了不允许侮辱他们始祖的察合台系的人做大汗外，其他谁做大汗都无所谓，只要做大汗的人能够理直气壮地说"我是成吉思汗的子孙"就行。一开始他们看好阿里不哥，在货币上铸了阿里不哥的像，但忽必烈胜出后，又很快改成了忽必烈像。

虽然有小股的势力不服从，但阿里不哥落败后，西方几乎没有什么大问题，忽必烈把主要精力都放到处理东方问题上了。在倾尽全力出击之前，他还需要做很多的准备。

狩猎时，猎人会彻底地搜集有关猎物的信息。与宋朝开战前，忽必烈也要收集有关宋朝的所有情报，并对它们进行分析研究。

忽必烈得到了一个堪称对宋战争的关键性人物，通过他可以深入了解宋朝。

这个人曾经在宋朝担任四川某州知州，名叫刘整。他得知上司四川制置使吕文德向贾似道进了自己的谗言后，就抛弃宋朝投降了忽必烈。

通过他，忽必烈了解到宋朝的高官、将军们一旦被贾似道厌恶，很可能会有性命之忧。宋朝的高官们，如果深入追究，很多人都有问题，通过挑拨人际关系，宋朝就可能会风雨飘摇。忽必烈从刘整那里得到了宋朝复杂人际关系的情报。不过，当事人的情报多半都很片面，为了得到更全面的情报，忽必烈还会听取从过去就一直使用的王三经这条渠道反馈来的各种情报，以便做出准确的判断。

"我曾经是宋朝的臣子，很长时间我都自认为没有比我更忠心的臣子了。而现在，我却认为宋朝如果不尽早灭亡的话，那才是亿万人民的不幸。"刘整说。

"这种话我听过很多遍了。"忽必烈想这么说，但没有说出来。虽然他也知道降臣的话不一定有假，但是作为君主阶层的一员，听降臣说过去主人的坏话，也不是什么有意思的事情。虽说是敌人，但同为君主，忽必烈还是很同情南宋皇帝的境遇的。

"这个就不说了。我更想知道的是我们进攻南方时，应该把重点放在哪个地方，是上游的成都、合州，中游的襄阳，还是靠近中原的淮河地区，这些地方宋朝都部署有大军。"忽必烈问道。

"从宋朝的角度来讲，大概希望蒙古进攻淮河地区吧，那里离首都临安很近，很容易调遣军队，哪支军队都可以迎战蒙古军。而且那里是以骑兵为主的蒙古军很难作战的一个地方，因为除了水路还是水路，还有延绵不绝的湖沼。蒙古军在这里作过几次战，应该很了解这种情况。"刘整答道。

"塔察儿作战时就曾早早退兵，那一年，一直下大雨。"忽必烈凝视着眼前的某处说道。塔察儿退兵并不是大雨的缘故，他曾经偷偷地拜访忽必烈，商量造皇帝蒙哥的反。后来因为蒙哥病死，此事也就不了了之了。

"塔察儿殿下的退兵表明蒙古兵很怕下雨，不过尽管如此，由于退兵太仓促了，还是引起了很多猜测。"刘整垂着眼睛说道。

"很多猜测，都是些什么猜测呢？"忽必烈问道，没有移动视线。

"这个……"刘整好像很难说出口，最后终于下了决心似的说道，"对宋朝来讲，蒙古内部出现分裂对自己很有利，所以他们期望塔察儿殿下退兵是想去谋反。"

"哼，"忽必烈冷笑着说，"宋朝的想象力也真够丰富的，了不起啊，连这个都想到了。"

忽必烈召刘整询问过很多次话，感觉他还是很有见地的。

也许谋反那件事情他已经知道了？忽必烈有了这种感觉，他收回视线，注视着刘整的脸说道："哈哈哈，猜对了，那个猜测。谋反的不只是塔察儿，还有我一份，只是到了现在才能说这话。"

刘整好像对自己该做出什么样的表情来有点困惑，过了一会儿他露出了很释然的表情。

像这种问答，忽必烈一般都通过畏兀儿人翻译，不过，即使不用翻译他实际上也能听懂汉语。只不过表面上装作不懂汉语更方便，在翻译的时候他可以斟酌双方的话。

"还有，我在鄂州作战的时候感觉有几个人很强劲，我还暗中期待着和他们在战场上再次相遇呢。可是这次宋朝的布阵好像有了很大的变化，那几人去哪里了呢？"忽必烈问。

刘整原来在四川，没有参加过鄂州的战争，不过他对军队上的人事变动应该知道得很清楚。而忽必烈作为蒙古的领袖，必须要全面掌握宋军的情况，所以他不能放过每一个信息。

"守鄂州城的曹世雄已经获罪死了。"刘整答道。

"那时候我们这边攻城的主将是阿术，因为那次作战是为了收容他父亲的军队，所以他打起仗来异常勇猛。而宋军方面的曹世雄、高达也是很不错的武将。"忽必烈说。

阿术是兀良合台的儿子，进攻鄂州的目的主要是为了收容从安南返回的兀良合台军，阿术异常亢奋地上阵也是理所当然的。

"高达也获了罪，被免了职，由于他和后宫有些关系，勉强保住了性命。不过军中的士气一落千丈。这些人都是在鄂州城下慷慨激昂高呼'我们为今天而活，我们为国家而死'的人。然而他们遭到贾似道的嫉恨，想高喊爱国都不行了。"刘整说着低下了头。

"与兀良合台军作战的向士璧呢？就是因为他，我军名将尼古拉在潭州壮烈牺牲了。"忽必烈问。

"在战场上壮烈牺牲可能是向士璧的最大愿望了，可是他却因为莫须有的罪名被逮捕，他没有死在战场上，而是被处刑死了。"刘整说。

"合州的王坚呢？"忽必烈问。

"被流放了，就这样贾似道还不满足，据说又派去了刺客。"刘整答道。

"向士璧、曹世雄这些让敌人头痛的将军们，却被己方的宰相杀害，高达和王坚也被免职。本来有这四个人在，可以帮助宋朝抵挡一阵子的。"忽必烈说着闭上了眼睛。

关于宋朝的情报多得有点过头，忽必烈从刘整那里听来的消息，蒙古方面从其他途径也得知了。不过，细节部分有很多不同的版本，现在正处于整理它们的阶段。

"这样的话，需要重新考虑考虑了。"忽必烈开始这样想。

以往蒙古的想法是逼迫宋朝，以尽可能有利的条件划分国境线，作为常识，一般认为淮河一线是两国的分界线，问题是蒙古能越过淮河南下到什么程度。

听了刘整的话后，忽必烈对宋朝堕落的严重程度感到很震惊，同时开始觉得果真如此，蒙古就有可能消灭宋朝。

蒙古与宋朝对峙了很长时间，蒙古内部一直有"消灭宋朝"的声音，以往这只不过一种"声音"而已，谁也没有想过真的能够实现。然而，从鄂州之战起，蒙古开始觉得"没准还真有可能"。

　　李璮事件已经表明他的背后明显有宋朝的支持，不消灭宋朝的话，今后可能还会发生类似的事情。

　　一定要断绝祸根，忽必烈想。

　　为此他决心着手做两件事情：一件是废除汉人世侯，因为宋朝很容易成为他们的后盾。以往的汉人世侯让他们直接成为蒙古贵族，不过不能拥有可支配的土地。

　　另一件是彻底地攻击宋朝，直至使它灭亡，只要宋朝还存在，蒙古的祸根就不会断绝。

　　虽然大厦有些倾斜，但大宋帝国仍然是个大国，要想消灭它不是一件容易的事情，可能要用十年、二十年的时间。然而，如果允许它继续存在的话，蒙古什么时候都不会有真正的安宁。

　　"对了，我听说在宋朝北人会遭到南人的歧视，是真的吗？地域歧视真的那么明显吗？"忽必烈突然转变了话题。

　　"是的，臣原本出生于京兆，后来去了邓州，现在算是邓州人。宋朝的军官几乎全是江南出身的人，他们对北人很嫌忌，大概由于南北长时间分成了两个国家，很隔阂的缘故吧。"刘整还有更多想说的话，但到这里就打住了。

　　虽然被称为北人，但他们也不是自己愿意成为北人的。宋朝北部领土之所以被女真族的金朝抢去，是因为宋朝国力弱，不能保卫它。

　　逃到南方后的宋朝被称为"南宋"，但正式的叫法仍然是宋朝。

　　南宋和金朝的国境线时有变化，但大致是淮河一线。居住在淮河以北的人，虽然同样是汉族人，但按国籍来划分的话，则是金人，通称为北人。

　　同样都是汉族人，却要分成南人和北人，想想真让人寒心。北人只因为他们居住在那里，就成了金朝人，怎么能因此责难他们呢？

实际上"北人"这个词本身就包含着轻蔑的意思，这让北人难以接受。

刘整想说，不正是因为宋朝无能，不能保护国民，才使我们沦落成"北人"的吗？但这话对宋朝人能讲，对蒙古人就没法说了。

忽必烈似乎觉察到了刘整的心理，说："你想说的话我明白。在国境附近作战的宋军兵将中以北人居多，都很英勇顽强。我们一度占领的襄阳又被宋军夺回去了，这里有北人很大的功劳。"

正如忽必烈所言，己亥年（1239）宋朝名将孟珙率领的部队从蒙古军手中抢回了襄阳和樊城，孟珙的军队被称为忠顺军，兵将的大部分是唐州、邓州、蔡州等国境线附近地区的北人壮士。

"的确如此。"刘整很自豪地回答道。

"你原来在孟珙的麾下吧？"忽必烈问。

"是的，是这样。"刘整答道。

"抬起头来。"忽必烈说。

刘整不知何时低下了头，说到跟随孟珙打败蒙古军时，他不想让忽必烈看到哪怕一丝得意的表情。忽必烈知道他的这种心理。

刘整抬起头来，忽必烈注视了他一会儿，忽然很高兴地问道："你想和俞兴作战吗？"

俞兴是宋朝的四川制置使，是刘整原来的上司，有一天刘整突然接到命令要他到俞兴那里去，正好那时候宋军中被上司召去的向士璧和曹世雄被诛杀了。

有危险，刘整觉察到了这个，于是投降了蒙古。

南人将领对有功劳的北人怀有强烈的忌恨之心是非常明显的。

忽必烈对刘整投降的来龙去脉知道得很清楚。

"俞兴的话，我很高兴和他作战。"刘整不假思索地回答道。

"哈哈，早晚会有这种机会。"忽必烈也显得兴高采烈。

刘整不是单枪匹马投降的，他是带着泸州十五郡三十万户归顺蒙古的，他手下的士兵人数也相当多。在他投降之后，他解散的部下们也相继追随而来。而且不仅是他的部下，他们还把其他部队的人也带来了，可见刘整还是很有声望的。

北人中，和刘整一样受到难以言说的恶劣待遇的人很多，只要有一个人离去，其他人也会陆陆续续地离开。

对于忽必烈来讲，刘整的归顺是一个巨大的收获。而对于南宋来讲，因南人北人这种无聊的争执，遭到了巨大的损失。

"拿着酒杯。"忽必烈把放在自己跟前的酒杯递到了刘整面前，刘整恭敬地接过了它。

这是一个玻璃酒杯，手捧玻璃酒瓶的斟酒少年立即出现了，往杯中倒满了酒。在蒙古宫廷有一种名叫阿剌吉的烈性酒曾经深受喜爱，但自从忽必烈以来，饮用的差不多全是色彩鲜艳的红葡萄酒了。因为人们都说以往就是因为烈酒的缘故，成吉思汗的子孙们才短命的。

这种有被称作"酌童"的少年服侍的宴席是招待重要宾客的，谒见者因此就能明白自己受到的待遇。

这是第一等的待遇啊，刘整拿着酒杯的手有些轻微的抖动。

实际上，宋朝也意识到了刘整出走带来的重大损失，慌忙开始了劝他回归的工作。忽必烈通过间谍的汇报知晓了此事，不过刘整还不知道。

贾似道在刘整投降蒙古后，不停地派出使者，用优厚的条件诱惑他回归。

"没有考虑的余地，以后不要再来诱惑我了。今后要是再有劝说我的使者来，我就把他交给蒙古。"

刘整斩钉截铁地拒绝了。

但是贾似道没有放弃，他又派来了使者，而且这次带来了实物——任命刘整为参知政事的任命书。

参知政事在宋朝也是内阁级别的官员，不过对于前线的司令官来讲，有时只是个空头衔而已，不是多么值得庆幸的职位。刘整仔细地注视着给他的任命书，恨恨地说："那个无所事事的畜生，没事可做来耍我，太小瞧我了。"

在劝他回归的信中有这样的话："和你交涉了多次，参知政事是最高的官职了，这次请你务必接受。"

如果不仔细品味的话看不出来，这句话的意思是宋朝方面已经和刘整就官职问题交涉了很多次，而"这次"一定请他接受。

其实到目前为止，对于这个问题双方一次也没有认真地商谈过。这封信真正的目的好像是想让第三者看的。

这到底是谁谋划的呢？

南人吕文德好像是最憎恶刘整的人，但用官职来诱惑，更像贾似道干的事。

贾似道字师宪，由于喜好书画古董，自己起了个"半闲老人"的雅号。

"把送这个任命书的家伙带来。"刘整命令道。

一个看上去很适合做特务工作的中年男人进来了。

"您考虑好了吗？这里是蒙古阵营，因此如刚才向您禀报的，我随后会把那封信处理掉，请您把回信交给我吧。"中年男人说道。

"混蛋！"刘整大声怒斥道，"你从这里出去后要干什么，你以为我不知道吗？你处心积虑是想让那封信落入蒙古皇帝的手中吧。"

那人脸色变得煞白，想要逃走，但被刘整的手下抓住了。

"你想做的事情我替你做吧，我会准确无误地把这封信交到大汗陛下的手中，你就不用费心了。"刘整说。

被抓住的男子好像对这种情况已经做好了心理准备，只是静静地站着，脸上甚至有一抹淡淡的微笑。

"怎么处置你就看蒙古的军纪了，如果你能侥幸捡到一条命回去的话，你就对左丞相这样讲，刘整对他小瞧自己很气愤，官职如果不是郡王那一等级，都太轻了。还有，以后让他派个更聪明点的人当使者。哈哈哈。"刘整说完笑着离开了。

郡王这个职务会被授予金印，拥有牙符，很多还兼任都元帅、节度使，按惯例一般都由皇室成员担任。

十四　留在东方

　　就在皇弟旭烈兀为了进攻埃及的马穆鲁克王朝，进入叙利亚北部阿勒颇城的时候，来自东方的急使传达了大汗的讣报。皇帝蒙哥的死对于身在东方的族人来讲都是一件突然的事情，对于转战西亚的蒙古军来讲，简直犹如晴天霹雳。

　　"必须返回哈剌和林。"旭烈兀说。

　　旭烈兀离开哈剌和林已经六七年了，虽然不断有书信来往，但对于哈剌和林的真实情况却并不清楚。自从出征以来，他一次也没有返回过故国。

　　"离大汗宝座最近的恐怕是阿里不哥吧。"按照常识，旭烈兀这样想到，但他自己也并不是没有机会。

　　阿里不哥没有什么人缘，不是很受人爱戴，他简直就像一个很少离开哈剌和林的乡巴佬，出现反对者是必然的。

　　而且阿里不哥的亲信都让人感觉心理阴暗，阿蓝答儿等尤其如此，听说忽必烈就吃了他不少苦头。

　　"反对阿里不哥的声音可能会从忽必烈周围响起吧。"旭烈兀这样预测道。

"四个兄弟中有一人去世了，剩下的三人中，有两人的关系不太好，这两人争斗得筋疲力尽、两败俱伤的可能性很高。要是那样的话，幸运女神就会惠顾剩下的一人了。"

随同旭烈兀出征的大亚美尼亚国王海屯的参谋，因为有事来到旭烈兀的营舍，他这样小声地对旭烈兀说道。

这就是人们说的魔鬼的呢喃吧……旭烈兀心里这样想着说道："蒙古的王族必须要参加忽里台大会。"

"这次的忽里台大会可能不会像前几次那样要花费好几年时间，哪边都是心急火燎的。搞不好忽必台大会已经结束了也未可知。不过，问题可能还没有解决。还有很多机会，不用着急。"这个参谋说道，他也没等旭烈兀回答，一溜烟似的出了营舍。

赶紧吗？剩下的交给现在巴勒斯坦的怯的不花就行了。旭烈兀倏地一下站了起来，他下达了紧急命令：全军返回帖必力思！

伊朗西北部塔尔黑河畔的帖必力思是这个地区的蒙古政治中心，从叙利亚撤出的蒙古军陆陆续续地聚集到这里。只有由基督教徒将军怯的不花率领的一万三千人的别动队没有返回，仍在继续作战。就在蒙古军撤到帖必力思附近的时候，从东方传来的消息比预想的还要令人震惊。

旭烈兀当上蒙古帝国大汗的唯一希望是，在东方的汗位争夺战陷入混沌状态。

然而，根据从最可靠途径得到的情报分析，胜负已经定了，几乎毫无悬念，阿里不哥没有获胜的希望。

"返回东方也无能为力啊。"旭烈兀摆出了几乎从来没有让他人看见过的姿势，他蹲伏在地毯上，两手抱着头，形象很不雅观，就像走上绝路的败兵似的。如果有人来的话，他一定会摆正姿势，挺起胸膛吧。

"往东方去，哪里都是有主的土地，还是留在波斯这边吧。而且我也称汗，对了，就叫伊利汗！"他絮絮叨叨地自问自答道，不过，在说到"伊利汗"这个称呼时，他的口齿异常清晰，而且还重复道："伊利汗！""伊利汗"是（伊利）国王的意思。

蒙哥在世的时候，他自己是蒙古大汗，其他家族是藩属首领，可以称汗，然而他不允许直系的弟弟们称汗。

比如说，成吉思汗的长子术赤，相当于蒙哥的伯父，他的后人，蒙哥允许他们称汗，就是世人称呼的钦察汗国，承认它是半独立的。

然而蒙哥对于同胞弟弟旭烈兀却不是这样，虽然旭烈兀掌管着波斯，但他归根结底不过是蒙哥的一员大将而已，只要蒙哥改变主意了，随时可以替换掉他，所以旭烈兀不是汗。现在蒙哥死了，旭烈兀想独立了，这样他就能昂首挺胸地称汗了。

旭烈兀为了确认此事，无数遍地称呼自己为大汗，他过去也梦想过做大汗，但那不过是梦而已。

忽里台大会已经结束了，无须赶去参加了。如果想争夺大汗位必须要不惜血本拼死争战，旭烈兀觉得现在独立，只当一个普通的汗是最好的出路了。

而且即使率领大军回到东方，既没有领土，也没有可以依赖的势力。如果那边混战状态持续的话，还可以有很多种方法撤回去。但是，大势好像已经定了，率领军队回去只能引起别人的戒备。

恰好在这个时候，怯的不花在阿音札鲁特战败的消息传来了。一直被认为不会打败仗的蒙古军，到底也都是父母生的凡人，还是有失败这种事情的。

旭烈兀没有将整个军队带往东方，但把军队的主力部分带走了，所以埃及军队没有了恐惧心，攻向了剩下的蒙古军。就这样，蒙古用了八年时间在西亚构建起的桥头堡，眼睁睁地凄惨地覆没了。

幸好没有东归。

"现在决定了，我们就留在波斯这个地方，今后我的尸骨就埋葬在这里。"旭烈兀召集来军队，在将士们面前这样宣告。这同时也是伊利汗国的建国宣言。

然而，这个宣言传到钦察汗国后，引来了强烈的抗议。钦察汗国也叫术赤兀鲁思，意为成吉思汗长子术赤的领地。

术赤的继承人是曾任欧洲远征联合军总帅的拔都。拔都于1255年去世，他的儿子撒里答继了位，然而在同一年撒里答也死了，又由孙子兀剌黑赤继位，可是这个年幼的孩子也在年内死了。于是拔都的弟弟别儿哥就成了术赤领地的首领，因为别儿哥没有儿子，所以由他继位包含着他死后将这个位子还给拔都后人的意思。

向旭烈兀送来抗议信的正是别儿哥，从亲缘关系上来讲，他是旭烈兀的堂兄。

"我们一直承认蒙古的宗主权，旭烈兀西征的时候，应已故大汗（蒙哥）的要求，我们提供了不少人马。这些能算是旭烈兀个人的吗？我们的士兵人数不多，你们应该知道得很清楚，希望你们能妥善处理此事……"

读完抗议信后，旭烈兀抱起胳膊思考了一会儿，他想起了祖父成吉思汗的话："你的士兵人数虽然少，但土地很广阔。如果不够的话，想要多少就可以获取多少。"

说是士兵人数少，其实除了幼子拖雷特别多外，剩下的全都是公平分配。

"现在我正遵照大汗的命令，处在战争中，这种事情等战争结束后再说吧。"旭烈兀说着，命令传负责文书的人进来。

过去术赤家和拖雷家关系一直很好，成吉思汗的长子家和幼子家经常是同盟，与之相对次子家和三子家经常联合在一起。

拖雷家的蒙哥能够当上大汗就是得到了术赤家的大力帮助。拖雷家的旭烈兀出征波斯的时候，由于术赤家的领地也在西方，借给了他相当多的兵力。

旭烈兀建立"伊利汗国"，从帖必力思北上，开始窥视阿塞拜疆到亚美尼亚、谷儿只后，两大势力的关系立刻变得紧张起来，以往友好的关系顷刻间变成了对峙的局面。

术赤家的钦察汗在伏尔加河口建设了一个名叫撒莱的城市作为首府。到了别儿哥时代，又在伏尔加河的更上游开始建设新撒莱。

位于大高加索山脉南麓的谷儿只的中心城市第比利距离伊利汗国的帖必力思只有五百公里，距离钦察汗国的撒莱也差不多远近。

沿途中的各个国家全都归顺了蒙古，蒙古出征，诸如亚美尼亚王海屯就用从军来表示忠诚。

向旭烈兀念叨应该东归的是海屯的参谋，他们可能觉得让蒙古一直高踞这里不走很麻烦吧。

旭烈兀年长的妻子脱古思和姐姐唆鲁禾帖尼一样是基督教徒，旭烈兀本人虽然没有入基督教，但对基督教徒怀有深深的好感。

与他不同的是，别儿哥成了伊斯兰教徒，所以这个地方的基督教徒两相比较的话，可能会对伊利汗国更倾心。不露声色地劝说旭烈兀东归的海屯王的参谋，被国人斥责为"多管闲事"。

伊利汗由于来西边的日子较短，和本国的联系还很紧密。与别儿哥的争斗，旭烈兀也想尽可能地得到本国的援助，所以无论什么事情他都会和忽必烈联络，使者的往来很频繁。

"对了，这次的使节团不要忘记加上晓古台的儿子，他平时学习汉语，在这个时候该派上用场了。"旭烈兀说。晓古台的儿子是被誉为神童的伯颜。

旭烈兀抬起身子，看了看家臣们，谁都看得出他是在寻找伯颜。

"真是很不巧……"上前跪下的不是伯颜，而是他的父亲晓古台。他们家族在蒙古是屈指可数的名门，晓古台的父亲曾经做过断事官，这个职务是世袭的。

"什么事？我在找伯颜呢。"旭烈兀说。晓古台是重臣，就在旭烈兀身边，而年轻的伯颜应该还在末席。

"伯颜去了泄剌失，大概要十天左右才能回来。"晓古台说。

"十天的话来得及，使节团的出发可能也要等到那时候。而且就算他晚了，也可以让他去追使节团。出使开平府可能要用一年左右的时间，伯颜已经二十岁了，是一个顶天立地的大人了，做父母的不用担心。哈哈哈。"旭烈兀笑道。

"我担心的是伯颜去了东方后就回不来了。"晓古台说。

"什么？回不来了？"旭烈兀说。

"有可能回不来，因为有可能被大汗留下。"晓古台说。

"哈哈，我不会让这种事情发生的。小时候木哥很会玩，但他总是在兄长身边，有一次兄长要我的名马，我就缠着他让木哥也跟我玩，可是他却斥责我说木哥又不是马，人能借给你吗？现在如果他想要伯颜的话，我就用同样的话回敬他，就说伯颜又不是马。哈哈。"旭烈兀笑着拍着膝盖说道。

晓古台不再说什么了，但还是忧心忡忡的样子。

木哥是忽必烈的异母弟弟，非常活跃，很会玩，小时候孩子们都争着和他玩耍。这次忽必烈与阿里不哥争夺大汗位置的时候，木哥把四川的蒙古军全部带到了忽必烈一方，立下了大功。从小时候起，木哥的聪明伶俐就是人们喜欢谈论的一个话题。

"今天正好有送信的人去泄剌失，我通知伯颜赶紧回来吧。"波斯语文书长志费尼说道。

"请让送信人也带上我的信吧。"晓古台说。

"哈哈哈，让他一定要赶紧回来，你要反复叮嘱啊。"旭烈兀半开玩笑地说。

伯颜是旭烈兀非常引以为荣的家臣。首先，他容貌出众，他的脸部轮廓清晰，鼻直口方，身材修长，四肢匀称，在众多身材短粗、脸型扁平的蒙古族人中，显得一枝独秀。

据说很多女性见到伯颜时，都被他迷惑得神魂颠倒。

"哈哈，如果让兄长抢走伯颜的话，女人们该吵吵闹闹地不答应了。"旭烈兀说。

"不仅是女人们，我们也有很多事情要请教他，如果他不在了的话，我志费尼是最为难的。"志费尼既是文书长，也是重建巴格达的最高负责人。

"我可不希望伯颜变成书呆子，这次让他出使东方也是想让他远离阿剌模忒的书籍一段时间。如果他变成哈散萨巴那样的话，那才真是蒙古的悲剧呢。"旭烈兀的表情变得严肃起来。

阿剌模忒是被称为"暗杀教团"的木剌夷，也就是亦思马因派的据点，它的创始人哈散萨巴虽然只是一百五十年前的人，但已经成为人们津津乐道的一个神奇传说了。

旭烈兀攻陷阿剌模忒，把那里收藏的宗教书籍全部当作邪教的东西处理了，其余的书籍则按照志费尼的建议搬运到了巴格达，据说数量非常庞大。

虽然哈散萨巴被当作了恶魔，但实际上他是一位大学者，这点就连蒙古人也知道。蒙古人很迷信，相信卓越的人的灵魂会依附到某个人身上。

　　哈散萨巴的灵魂不会依附到毫无瓜葛的人身上，但关心阿剌模忒藏书的人就很危险了。旭烈兀从志费尼那里听说伯颜在借阅阿剌模忒的藏书，因此很是担心。

　　"伯颜对哈散萨巴的理论著作不关心，他关心的好像是怎样更有女人缘之类的书。"志费尼说。

　　阿剌模忒的书籍因费志尼的请求而免遭于难，也就是说他对此负有责任，此前他就刚刚向旭烈兀解释过，那些书不会有哈散萨巴的灵魂附体。

　　"与其让伯颜读怎样讨女人喜欢的书，不如让他读怎样从女人手中逃跑的书更好。志费尼，那里有这种书吗？"旭烈兀问。

　　"我想阿剌模忒没有那样的书。伯颜不像是去看书，而像是去见写书的人了，我想他这次的泄剌失之旅就是这样的。"志费尼说。

　　"是嘛，我记得曾经听你说过泄剌失有一位上了年纪的诗人，那人叫什么名字来着？"旭烈兀问道。

　　"叫萨迪，他新出了两本诗集，我想伯颜就是为这个去泄剌失的。"志费尼说。泄剌失的萨迪的保护人不是别人，正是志费尼。

　　萨迪是一位非常长寿的诗人，他死的时候已经远远地超过百岁了。不过，他的代表作《蔷薇园》（1258）是他七十岁前半期的作品，那时候他在泄剌失受到了志费尼的照顾。旭烈兀宣布建立伊利汗国的时候，萨迪已经快八十岁了。

　　伯颜以旭烈兀宠臣的身份拜访了萨迪，听他讲述了他三十多年的流浪生活。

　　数日后，伯颜接到了紧急返回帖必力思的命令，同时还收到了父亲的信，知道了他的新任务。

　　"真遗憾啊，不过据说一年左右就能回来了，我期待着到那时再接着听您讲述。"伯颜说。

"你回来后，我如果还活着的话就接着给你讲。刚才讲到我被十字军抓去，送到的黎波里挖战壕了，我的故事就先在这里告一段落吧，我也要休息休息了。"说着萨迪端起面前的茶杯，香喷喷地喝了起来。

"不过，你能像这样在我面前喝茶，说明你巧妙地从十字军的手中逃脱了。"伯颜说。

"是这样，不过，我还经历过比被十字军抓捕更恐怖的事情，哈哈，一年后再讲吧。"萨迪说。

"你不能简单地给我讲个大概吗？过一年才能听到下文，也太吊人胃口了吧。"伯颜笑着央求道。

伯颜之所以特意来到泄剌失，是因为对这位诗人的见解很感兴趣。诗人的见识是非常宽广的，即使对于同一件事物，他也能从各种各样的角度来看待。

萨迪大概可算是那个时代罕见的旅行家，他行走范围之广无人能及，他光是徒步去麦加朝圣就有十四回之多。而且他不仅是作为信仰者去朝圣，还作为一名自然科学者观察着所有的事物。

由于萨迪非常爱讲话，他被人形容为"泄剌失的黄莺"。人们都说他的话是"尘垢之中有珍珠"，在繁多的话语中有像珍珠一样闪光的句子。

"如果大汗真是一位伟大的帝王的话，即使过了一年，他也不会让你回西方。不过由于我很喜欢你，所以我希望大汗是个愚钝的人。"萨迪说。

伯颜认为这话是对自己的溢美之词。

泄剌失是诗人萨迪的故乡，但不知为什么他很长时间都在各地放浪，直到上了年纪才返回故乡。

　　这个地方是由被称为阿塔卑王朝的小诸侯支配的土地。"阿塔卑"突厥语意为父亲、长老，最开始指有实力的家臣，后来独立了，不仅泄剌失，其他地方也有很多同名的政权。无论在什么时代，它们都依附于强权者，通过交纳税金之类的来保障自身的安全。

　　现在，它是蒙古的傀儡国，与蒙古有关系的人，在这里与在蒙古直辖的领地一样安全。

　　"旭烈兀殿下没有率领大军回东方去很贤明，从东方来的人总是觉得好事情在东方。其实哪里都会有好事情，只不过因时代不同而不同，从今往后有趣的事情在西方。君士坦丁堡的主人，最近换了。"

　　这也是萨迪的话中相当闪光的一句。

　　君士坦丁堡不是迎来了新主人，而是旧主人回来了，拉丁帝国没落，拜占庭帝国起死回生了。

　　1204 年，第四次十字军占领了君士坦丁堡，发动了大掠夺，这就是拉丁侵略。乃蛮的玛丽亚那时候就在这个城市里。

　　1261 年，就在忽必烈已经即位，但阿里不哥仍在反抗的时候，帕里奥洛加斯家的迈克尔八世夺回了君士坦丁堡。此时，玛丽亚离开那座城市已经将近六十年了。

　　伯颜告别的时候，萨迪半闭着眼说："埃及的马穆鲁克和君士坦丁堡的关系越来越好了，他们的眼睛没有看着东方，世界格局要改变了。"

　　伯颜也觉得今后西方好像会很有趣，但他的命运不是他自己能够决定的，他有旭烈兀这么一个主人。

　　在从泄剌失回帖必力思的途中，伯颜骑在马背上思考着："一年大概回不来，很可能大汗会把我留下当他的部下，这样我就必须一直留在东方了。到底在哪里更好呢？也许哪里都好吧。"

他是旭烈兀的家臣，而旭烈兀上面还有既是兄长又是主人的忽必烈存在，所以他只能想在哪里都好。

旭烈兀好像觉得兄长忽必烈不会夺取自己的家臣似的，不过在伯颜看来，这种想法太过乐观了。

忽必烈认为自己应该继承拖雷家的一切，包括人，伯颜这个年轻人不过是暂时寄存在了旭烈兀那里而已。

旭烈兀乐观地觉得兄长不会连自己的家臣都要过去吧，不过伯颜不这么想，他想："只要大汗见到我，就不会舍弃的，一定会据为己有的。"

这是伯颜的自负。同时，他还在心中品评着自己的主人们。

的确，旭烈兀对他的评价很高，每当有重要的客人来时都会叫他作陪，特别是在那些认为蒙古是野蛮未开化民族的客人面前，他的任务是，比如说聊天时谈论到某一地名时，说："啊，这就是《王书》中提到的那座山。"

《王书》是波斯的一部浩瀚宏大的叙事诗集，它的作者是菲尔多西（940—1020），这部书在波斯可以说是家喻户晓，然而，真正通读过这部有六万对句的超大型著作的人却凤毛麟角。

伯颜背诵出其中的数行诗句后，无论什么样的客人都会不由自主地对这位蒙古青年肃然起敬。旭烈兀每次看到这种情景时都会心满意足地笑起来。

"也就是说，对于旭烈兀来讲，我只是一个装饰物，他并没有让我做更有价值的事情。"伯颜心中对此有些不满。

听说皇帝忽必烈好像是一个不喜欢装饰物的人，伯颜感觉在东方见到忽必烈后，他可能会分派给自己一些实质性的工作。

不过，波斯也难以割舍啊，伯颜骑在马上眺望着波斯的原野，一阵花香飘了过来，附近好像有蔷薇花丛。

　　"这次到东方去的使者不能像以往那样只是互致问候，杀害怯的不花的埃及背后有别儿哥撑腰，我不会主动挑起堂兄弟间的战争，但这次对方龇着牙冲过来了，我也不能沉默。而且我还要讨伐怯的不花的仇人。别儿哥应该也向大汗那里派去了使者，不能疏忽大意，所以我把你也加进了使者团中。"在帖必力思，旭烈兀特地召来伯颜对他这样讲道。

　　大汗已经确定下来了，可以说东方已经没有旭烈兀什么事情了，但应该向本家说明的事情还是要说。

　　"还有什么必须要向大汗说的事情吗？"伯颜问道。他此行的任务之一是站在伊利汗国的立场上向大汗详细说明与钦察汗国的微妙关系，他询问除此之外还有什么任务。

　　"这件事我经常向大汗说，他可能都觉得太啰唆了，不过我还是要说，请他只要有机会就送些东方的女人们过来，不然的话，我们这里也慢慢地都变成钦察人那样了。"旭烈兀说。

　　成吉思汗分封四个儿子的时候，长子术赤分得了位于帝国最西边的钦察地区，他同时得到的四个千人队基本上都是蒙古人，而且大部分都是年轻士兵，从一开始男女比例就严重失调，所以士兵们大多和当地女性结婚了。他们对此没有什么抵触情绪，反而显得很乐意。

　　问题是夫妻双方生活习惯的差异过大的话，应该传承的东西不能很好地传承下去，钦察的蒙古人，在不久的将来或许就会变成钦察人。事实上成吉思汗的孙子别儿哥就像钦察人一样成了伊斯兰教徒。

　　希望蒙古兵的妻子至少有一半蒙古的血统，旭烈兀这样想。

"我一定请求大汗尽可能地多送女人过来。"伯颜说。

"光请求不行,你自己就要带几个蒙古女人回来,明白吗?不过不许和她们一起在那边生活不回来了,哈哈。"旭烈兀笑着说道。

伯颜的目的地已经不是哈剌和林,而是开平府了,他踏上行程时正好是李璮在山东举兵造反节节败退的时候。

此时阿里不哥还在抵抗,但因他杀了许多阿鲁忽的降兵,手下的人对他很失望,纷纷逃离了他,他差不多陷入了绝望状态。当伯颜到达开平府的时候,阿里不哥派来表示投降的使者也几乎同一时间到了。

在西方,旭烈兀和钦察汗别儿哥的关系几乎恶化到了不可修复的地步。

旭烈兀的波斯远征原本是蒙哥称霸世界战略中的一环,是整个蒙古帝国的事业,旭烈兀只不过是负责指挥而已。因此本来就在西方的钦察汗国的蒙古兵是波斯远征军兵力的重要组成部分,不仅是士兵,将官也有很多是钦察系的人。

钦察的术赤家有三位王爷参加了波斯远征军,他们是巴剌罕、秃塔儿和忽里三人。巴剌罕和秃塔儿是拔都的孙子和曾孙,忽里是斡儿答的孙子。拔都和斡儿答是术赤的儿子中很重要的两人。

波斯远征军中有人诅咒要杀死旭烈兀,这是一个足以判死刑的重罪,因为蒙古人对诅咒的恐惧程度几乎到了令人不可思议的地步。诅咒杀死远征军总司令旭烈兀的是秃塔儿。

有确凿的证据在,而且秃塔儿本人也承认了罪行,但由于他带有成吉思汗血脉,处理起来需要格外慎重。旭烈兀把秃塔儿送到了别儿哥那里,交由他的亲人审判,审判的结果还是犯了法。别儿哥把秃塔儿又送回了旭烈兀那里,听凭他处分,旭烈兀就把秃塔儿处死了。

这是一件很棘手的事情，旭烈兀把秃塔儿送回他本家去审判，也算是仁至义尽了。

到此时一切都无可挑剔，可是不久之后，巴剌海和忽里也相继病死了，就这样波斯远征军中的三位钦察王爷全部死了。

是不是谋杀？钦察汗别儿哥开始怀疑起来。

堂兄弟别儿哥和旭烈兀之间的关系就是从这时候开始恶化的。

来到钦察的蒙古人很少，为了适应当地的生活，他们自然而然地就与当地人同化了，别儿哥更是积极主动地做了伊斯兰教徒。旭烈兀攻陷巴格达的时候杀死了哈里发，对此别儿哥产生不快是理所当然的。

虽说没有了昔日的权威，但对于伊斯兰教徒来说，哈里发依然是一个特别的存在。因此对于做了伊斯兰教徒的钦察蒙古人来讲，旭烈兀虐杀哈里发是令他们不快至极的事情。

而且旭烈兀对伊斯兰教徒的残暴，在他优待基督教徒的映衬下显得更加的刺眼。旭烈兀虽然不是基督教徒，但他的正妃脱古思是，在攻陷巴格达的时候，脱古思请求饶恕教友。旭烈兀对脱古思可以说是百依百顺，他对这位年长妻子的什么要求都不会拒绝。

"你是基督教徒还是伊斯兰教徒？"

在战后的清点阶段，蒙古士兵在基督徒的见证下这样审问抓来的俘虏，基督徒保住了性命，而伊斯兰教徒就被杀害了。

对此感到不快的不仅是来自钦察汗国的军队，察合台汗国派遣来的部队中也有很多伊斯兰教徒，他们接连不断地脱离了战线。在钦察汗国的三王死后，这些军队都从波斯撤退了。来自察合台汗国的部队在将军捏古迭儿的率领下，去了与印度交界的方向。他们拒绝与旭烈兀并肩作战。

伯颜出发去往开平府后，旭烈兀出发去阿剌塔黑和那海作战，那海是那位因诅咒而被处死刑的秃塔儿的堂兄弟。也就是说旭烈兀要和同样是蒙古族而且同样是成吉思汗子孙的人作战。

阿剌塔黑位于凡湖以北，因诺亚方舟而闻名的阿拉拉特山在它不远的地方。

就在阿里不哥向开平府投降，伯颜作为使节也到达开平府的时候，旭烈兀在亚美尼亚附近打了大败仗。旭烈兀一度将那海的军队打得落花流水，当他连续三天在帖雷克河畔举行酒宴的时候，败走的那海军突然反扑了回来，重创了旭烈兀的军队，当时是冬季，河水都结了冰，但由于旭烈兀的大军在同一时间逃跑，冰面不堪重负开裂了，很多士兵被河水吞噬了。

1263 年 4 月，旭烈兀仓皇逃回了帖必力思。

帖必力思城中有很多属于别儿哥的商人，气急败坏的旭烈兀把他们全杀了。别儿哥得知这一消息后，把在自己领土内的旭烈兀的臣下兼商人也杀了，没收了他们的财产。紧接着旭烈兀把在不花剌的别儿哥系居民五千人流放并杀害了，俘虏了妇女儿童。

就这样在远离蒙古的土地上，蒙古人和蒙古人在争战。

旭烈兀的波斯远征军最开始是整个蒙古帝国的军队，至少在怯的不花败死前是这样。

1260 年 9 月，蒙古军在阿音札鲁特败北。此前一年的阴历七月，皇帝蒙哥去世，从那时候起，大蒙古帝国实质上就开始分裂了。

波斯远征军从那时起也变得支离破碎，一部分察合台军单独行动了，别儿哥军和远征军主力军对立，蒙古分成了两部分，相互争斗起来。

旭烈兀不再是蒙古波斯远征军的总帅，摇身一变成了新建立的伊利汗国的第一代大汗，以往并肩作战的别儿哥成了他的敌人。

　　与远征军作战的埃及马穆鲁克王朝，在阿音札鲁特大捷后不久就更换了主人，苏丹忽都思被将军拜巴尔等人杀死了。

　　马穆鲁克王朝被称为奴隶王朝，新苏丹拜巴尔也是突厥族奴隶，他曾在大马士革市场被买卖，据说因其眼睛上有白斑被解除了合约。后来他被一位官吏买去了，这名官吏不久失势，财产被没收，奴隶们也换了新的主人。

　　马穆鲁克王朝和成吉思汗长子家的钦察汗别儿哥结成了同盟关系，由于苏丹拜巴尔出生于钦察，这个同盟并不唐突。另外，虽然过去拉丁势力一度掌控了君士坦丁堡，但拜占庭势力东山再起，曾经后退到尼西亚的拜占庭，对于埃及来讲，也是相知甚深的伙伴。

　　旭烈兀为了与他们抗衡，打算通过谷儿只和亚美尼亚这两个基督教国家与欧洲诸国结成同盟。

　　"伯颜，西方到底是什么状况，你能不能简明地给我讲解一下？西方混乱的根源到底在哪里？我想知道这个。与你一起来的家伙们众说纷纭，根本不得要领。别儿哥多次派来特使，他们也都讲得头头是道。不过秃塔儿诅咒之类的话我不想听。是什么让成吉思汗子孙们的心如此四分五裂，伯颜，你知道吗？"忽必烈询问从西方来的伯颜道。

　　"可能是因为长时间的分离，不知不觉中心意就无法相通了吧。"伯颜回答道。

　　"很多人都这么说，有人提议让藩国首领三年来拜见一次大汗，把这作为他们的义务。但我不是很赞成，藩国还是自立的为好，你不这么认为吗？"忽必烈说话时总是半闭着眼睛，他偶尔睁开时，总是把眼睛睁得很大。他的眼角有些下垂，但当眼睛大睁时，就不是很明显了。

"哪个王侯大概都想按照自己的心愿治理领地，不过我觉得都没有大汗这样胸怀博大。"伯颜说话时都是扬着脸的，但每次说完后都会恭敬地行一个礼。

"晓古台身体还好吧？"忽必烈一度大睁的眼睛又半闭上了。伯颜知道他这样做的时候是在观察自己。

"托您的福，父亲身体一直很健康。"伯颜回答道。

"有的人适合在不太引人注目的地方默默地工作，晓古台就是这样的人。不过，儿子并不一定就像父母。伯颜，你做藩王的家臣太可惜了，在我的麾下大显身手吧。使节团回去的时候，你就不要和他们同行了。"忽必烈说。

事态好像向着预想的方向发展了，但伯颜却不能像旭烈兀说的那样推辞，因为旭烈兀觉得兄长忽必烈即使想留下伯颜，愿望也不会很强烈。

三天后，伯颜又被皇帝忽必烈召去了，他凭直觉感到一定有很重要的事情。

那天，不仅皇帝忽必烈在，皇后察必也在，而且察必的姐姐帖木伦也在场。

她们姐妹俩出身于以成吉思汗正后孛儿帖的弟弟按陈为始祖的弘吉剌驸马家。皇后察必的姐姐帖木伦是霸都鲁的妻子，他是建国元勋木华黎的孙子。木华黎一族被称为札剌亦儿家，与成吉思汗一家代代都有姻缘。

忽必烈没有让霸都鲁继承札剌亦儿家，而是做了直属自己的臣下，也就是说忽必烈把自己的连襟，既有决断能力又有执行能力的优秀的霸都鲁从札剌亦儿家要走了。

"今天跟你说点喜庆的事情，你觉得怎么样？"忽必烈眼角向下地说道。伯颜伏在他的面前。

是提亲吧，伯颜从现场的气氛察觉到了这点。而且从在场人的身份来看，他意识到这是一桩不可能拒绝的亲事。

"晓古台年轻的时候就是一个美男子，没想到他的儿子更在他之上啊。你是哪年生的？"皇后察必问道。

"是申年。"伯颜回答道。

蒙古采用了十二支纪年法，这是从汉人那里学来的方法。以往蒙古人计算年龄的方式是与族中的主要人物相比，年龄相差几岁，现在计算某人年龄的基准则是十二支。伯颜是申年生人，也就是 1236 年。

"那是窝阔台八年啊。"帖木伦说。年号是忽必烈之后才有的，之前都是用这样的表述方法。

"那时候正在和宋朝作战。对了，拔都和速不台也是那年攻入匈牙利的。还有阔出在汉土去世也是同一年。"忽必烈微闭着眼睛说道。

那时候出生的孩子已经像伯颜这样，长成一个顶天立地的青年了。

"今天不是来谈这些事情的，我打算给伯颜介绍个妻子，来谈谈这个。我姐姐那里正好有个和他年龄相当的女儿。"察必说着看了看姐姐帖木伦。帖木伦从刚才起就一直在怔怔地看着伯颜，还不时地发出赞叹声。

"我听说是晓古台的儿子，从一开始就觉得很优秀，心想和我女儿很般配。"帖木伦说到这里停了下来，她下面大概想说"没想到比我想象得还要好"。可见女方对这桩婚事非常满意，不过谁也没有征求一下男方的意见，因为谁也没想过皇帝指定的姻缘会有人拒绝。

"这是件大喜事啊。"忽必烈说。

看来是回不了西方了，伯颜心想。不能再见到诗人萨迪很令人遗憾，不过除此之外，西方也没有什么特别让他留恋的地方。如果必须要侍奉谁的话，忽必烈似乎比旭烈兀要有魅力得多。

十五　泄剌失

泄剌失由十九公里长的城墙围绕着，有十二座城门。

在城里，诗人萨迪四处打听出使东方的青年伯颜的消息，效力于蒙古的钦察族书记把抄写的伯颜的信拿给了他。

钦察族人并不一定都是钦察汗的臣民，马穆鲁克王朝的苏丹拜巴尔就是钦察族人，也就是说埃及的主人出生于钦察。

北边从也儿的石河到不里阿耳，东边到巴尔喀什湖，环绕咸海，从高加索到黑海沿岸的广袤土地，都被笼统地称作钦察。

以撒莱·别儿哥（别儿哥的城市）为中心的蒙古系国家与埃及结盟可以说是顺理成章的事情。然而，与这个联盟对峙的是同为蒙古系的伊利汗国，知道数年前蒙古远征的人对这种局面可能会大跌眼镜。

就像不擅长水战一样，蒙古人对细致入微的"行政"也不擅长，因此他们在占领地也避免直接统治，大多数情况下都是把当地原有的政权当作傀儡政权来利用。

俄罗斯的诸公国也是一种傀儡，实质是在蒙古的间接统治下。

萨迪居住的泄剌失的地方首领也臣服于蒙古。

这附近一带被称为法儿思（波斯），是这个地区最富饶的地方，以至于很长时间，法儿思都是整个伊朗的代称。

就在伯颜去往东方的时候，法儿思首领家中发生了暴动，旧首领的弟弟上台成了新首领。由于新首领的母亲带有塞尔柱王朝血统，所以人们称之为塞尔柱沙。塞尔柱沙是一个荒淫残暴的人，醉酒后的性情极端恶劣。

有一次，塞尔柱沙命令出生于非洲的宦官道："把这个女人的头装在盘子里端上来，如果不听话，就把你的头也装到盘子里去。""这个女人"是刚刚与他新婚不久的秃儿罕哈敦。

由于害怕自己的头也被装到盘子里，宦官按照他的命令，把首领夫人的头砍下来装在盘子里，献上去了。

塞尔柱沙从摆在盘子里的头的两耳上取下了一对晶莹剔透的珍珠耳环，对为宴会奏乐的人说："好，这是今天奏乐的奖赏！"说着他把珍珠耳环扔了过去。

它是一个臣属蒙古的小国。在法儿思地区的蒙古官员很少，驻在泄剌失，蒙古的长官是斡兀勒贝，副官是忽都鲁必阇，也有驻扎的军队，但人数极少。

"太荒唐了，塞尔柱沙，他好像不知道自己干了什么，得给他泼点冷水让他清醒清醒了。"斡兀勒贝说。

斡兀勒贝说的话有人偷偷地告诉了塞尔柱沙。

"我自己做了什么自己知道，他才不知道自己说了什么呢。给我泼点冷水？我还要扔盘子呢。"塞尔柱沙说。他带兵闯入了泄剌失，袭击了蒙古驻地，亲手把斡兀勒贝斩杀了。

"剩下的家伙你们随便处置。"塞尔柱沙对属下说完后就进了泄剌失的酒窖。以副官忽都鲁必阇为首的蒙古士兵当场全部被虐杀了。

这是对蒙古的反抗，不能不说是一项重罪，旭烈兀马上下达了讨伐的命令。奉命讨伐的是阿勒塔出将军，他调集了附近的军队，其中包括头被装到盘子里的塞尔柱沙的妻子秃儿罕哈敦的哥哥——也思忒的阿塔别，其他还有法儿思的诸部首领，可以说这次讨伐也是对他们是否忠诚于蒙古的测试。

塞尔柱沙和他的军队退到了波斯湾岸边。阿勒塔出前往泄剌失，去追击反叛者。

对于蒙古来讲，塞尔柱沙是曾经臣服的法儿思的首领，不过现在是应该讨伐的贼军。包括泄剌失在内的法儿思地区的居民要表明自己的态度。

泄剌失大部分居民出了城，十二座城门的每一处都是人，代表蒙古的旗子、显示忠诚的《古兰经》以及表示欢迎的食品之类的物品堆积如山。

阿勒塔出将军在马上大声地喊道："我们的敌人是塞尔柱沙。泄剌失的居民是我们的好朋友，我们绝不给这个城市里的友人们添麻烦。"

副将帖木儿将军也在其他城门叫喊着同样的话。

蒙古军马上去往波斯湾沿岸，追寻塞尔柱沙军队的踪迹。

在泄剌失的西方两军相遇了。那里有圣夏依赫的墓庙，参拜者人山人海。据说很灵验，所以相信的人很多，塞尔柱沙也是其中一人。

夏依赫是阿拉伯语，意为"长老"。在当时，它有时意为"普通的老人"，有时又代指集团的首领。拥有众多弟子的宗教领导人也称为夏依赫，死后被当作圣人尊崇。

塞尔柱沙进入这样的圣庙开始祈祷。

"你们有什么为难的事情，就到我的墓地来向我报告吧，我会拯救你们的。"

传说圣夏依赫曾经这样说过。

"我的敌人是蒙古人，他们是从东方来的恶魔，请拯救与他们作战的我们吧。他们是令人憎恶的异教徒，请赐给我们力量吧。您听到我的请求了吗？"塞尔柱沙大声喊着，与其说是祈祷，不是说是狂叫。

"这个墓石太厚了，没准祈祷的声音传不过去。"有名部下这样说道。

"好吧，我这就让他听清楚，先等会儿。"说着，塞尔柱沙把军中一人作为武器携带的棍棒拿了过来，说："好吧，就这么着。"说着他用力地敲打起墓石来。塞尔柱沙素以力大而闻名，顿时碎石飞溅了出来，粉尘四处飞扬。

"嗯，和平时不一样了，这个石头变酥了，打倒异教徒的愿望阿拉会听取的，所有人都跪下。"塞尔柱沙无数遍地祈祷起来。

然而，就在他们祈祷的时候，蒙古军撞坏了圣庙的门，冲了进来。

蒙古军中的伊斯兰教徒看到被破坏的圣人墓石的残骸，叫喊道："现在塞尔柱沙就会受到惩罚，看看你们对圣夏依赫尊贵的墓石做了些什么！"

胜负顷刻间就决定了，冲进来的蒙古军袭击了塞尔柱沙，马上用铁链锁住了他。

跟随塞尔柱沙的士兵不用说，就是跟随来到这里的市民们也全都被杀了。

塞尔柱沙在对圣夏依赫的怨恨中被处死了。

　　法儿思地区实质上是蒙古统治的，但形式上它的主人是一位名叫温丝哈敦的女人，她是那个头被装在盘子里的秃儿罕哈敦的女儿，然而她完全没有实权。

　　"我到底是什么？"她问诗人萨迪道。

　　萨迪引用自己的著作《蔷薇园》中的一句话回答她："大河不会因石头污浊。"意思是在法儿思发生的什么事情，温丝哈敦都没有责任。

　　最近这里发生了一件麻烦事：法儿思地区活跃着一个叫赛义德派的组织。赛义德是自称穆罕默德的堂兄弟亦即他的女婿阿里的后裔的人们。这个赛义德派的舍剌甫丁要求法儿思的居民都要服从他，而且还宣称自己是马赫迪。

　　马赫迪是"引导者"，就像那位具有超能力，将在世界末日出现的救世主弥赛亚一样的人物。

　　"这个地方脑袋有问题的家伙怎么这么多啊？"听到汇报后，旭烈兀开始只是这么说了说而已。然而，赛义德派的活动并不仅限于宗教，还广泛涉及政治、军事领域，蒙古也就不能置之不理了。

　　虽然是小规模的，但赛义德派渐渐拥有了军队，舍剌甫丁被他的信徒们称为夏依赫。在拥有军队的同时，赛义德派还采取了宣传攻势，他们宣称："敌人只要见到夏依赫，就会全身瘫软，屁滚尿流。"

　　这个说法被百姓普遍相信了。

　　赛义德派最终迈出了武力反叛这一步，这个地区形式上的女主人温丝哈敦马上向旭烈兀汇报了此事。

　　旭烈兀听后恨恨地说："看来阿勒塔出的处置太手软了，还是应该像帖木儿说的那样，对泄剌失居民施加惩罚，让他们知道如果听信叛逆者的话，会遭到什么样的报应。好吧，先对阿勒塔出严加惩罚吧。"

阿勒塔出和帖木儿虽然是法儿思地区蒙古军的正副司令官，但他们的做事方法可以说是截然不同。阿勒塔出也像旭烈兀一样对敌人采取柔软灵活的态度，而与之相对，副将帖木儿则一贯主张采取绝不妥协的强硬态度。两位将军在情感上经常会对立。

这个时期，旭烈兀的情绪并不是很稳定。

位于帖必力思西边的乌尔米耶湖畔是旭烈兀非常喜爱的冬营地，四十八岁的旭烈兀在这里修建了豪华的营帐用来疗养休息。乌尔米耶湖中有塔剌岛，是旭烈兀年长的妻子、他母亲唆鲁禾帖尼的妹妹脱古思无比热爱的地方。

旭烈兀下令要对赛义德派的反乱进行彻底的镇压。以前在法儿思首都泄剌失发生过塞尔柱沙反叛，现在赛义德派又发动反政府叛乱，可见上次的反叛没有处理好。

上次反叛，副将帖木儿提议彻底破坏泄剌失，屠杀其居民，但由于主将阿勒塔出的反对没有施行。

"这次一定要让泄剌失下起血雨，绝不再心慈手软。"旭烈兀疯狂地喊道。

在下达讨伐赛义德派命令的同时，旭烈兀还不忘补充道："上次阿勒塔出的措施有重大失误，他虽然是主将，但不能免于处罚。"他好像有些不太正常了。

军中的将领们虽然都皱起了眉头，却不敢违背旭烈兀的命令。

伊利汗国也和蒙古一样有驿站制度，大约一百户百姓为一个驿站提供所需的马匹和物资。每个驿站有一名驿长和二十名兀剌赤（驿卒），在主要的驿站还设有一名监视官即脱脱禾孙。

"哈马丹的脱脱禾孙是我兄弟，我让他想办法拦住逮捕阿勒塔出的人。法儿思的赛义德派应该不是很强，很快就能解决，收拾完他们后，会有办法的。实在不忍心看到阿勒塔出遭受杖笞。"在将领们的营舍中，阿勒塔出的朋友们悄悄地议论道。

用棍杖责打立过功劳的将军，作为军人确实是不忍心看到的。而且，旭烈兀对高级军官几乎没有施加过杖笞。

"大汗可能生病了，让医生来看看是不是更好？"有人建议道。

军人们通过朋友关系来做工作，而高级官吏们则从旭烈兀王妃脱古思这个渠道展开了赦免阿勒塔出的活动。

最终旭烈兀重新考虑起对阿勒塔出的处罚是否过于严厉，要不要修改。

赛义德派的士兵比预想的还要软弱，他们的武器就是一些莫名其妙的法术，以为凭借这个就能使敌人不战而逃。

从泄剌失出击赛义德派的军队有两支，一支是旭烈兀从东方带来的蒙古兵军队，另一支是途中组建的伊斯兰军队。

赛义德派的法术对伊斯兰士兵们很有效果，因为他们从小就听说与救世主马赫迪作战的人会屁滚尿流这种故事了，他们对此深信不疑。为了不与马赫迪相遇，他们只顾躲避他的旗帜一味地逃跑，伊斯兰士兵们毫不怀疑马赫迪的军队是无敌的。

然而蒙古士兵连马赫迪本身是什么都不知道，也没有听说过与他作战会屁滚尿流之类的话，代表马赫迪的旗帜上面写的阿拉伯文字他们也看不懂，所以根本不会害怕。

敌人毫无惧色地冲杀过来，对马赫迪军来讲是很可怕的。由于他们深信敌人不会真的打仗，所以看到敌人真的杀来的时候，立即陷入了恐慌状态，只有一些腿脚灵敏的人丢下武器，勉强逃脱了。

总之，这些自称马赫迪军的赛义德派军队，是一帮对世事一无所知的乌合之众。

蒙古军在这个地区没有像样地打过一次仗，在泄剌失也是如此，只是利用傀儡政权进行统治而已。蒙古军的主战场是巴格达，后来的主要对手是埃及马穆鲁克王朝，所以这个地方的人根本不知道蒙古兵的厉害。

赛义德派人几乎全部被屠杀了。这场战争轻松得几乎令人难以置信，甚至就连从帖必力思来的指令还没有到达，胜负就决定了。

脱古思妃从驿传得知泄剌失没有任何可以指责的地方，明白了阿勒塔出没有在泄剌失展开屠杀行动是正确的。塞尔柱沙反乱时，泄剌失市民欢迎政府军，赛义德派叛乱时，讨伐军也是从这里出发的。

"处罚阿勒塔出的命令取消，反正已经晚了。自称马赫迪的舍剌甫丁死了，那一定是真正的马赫迪对他的惩罚。"旭烈兀说。

最近这段时间，旭烈兀的身体处在刚有两三天状况好转，接着就有五六天糟糕的状况中。

十六　西方的大汗们

旭烈兀身体不适的时候，整天什么也不做，只是静静地眺望着湖面。

自从他威风凛凛地从哈剌和林出征以来，已经过去十年了。

这期间他一次也没有回过东方，说到底他还是蒙古男儿，对故乡没有特别的眷恋之情，至少不像定居民那样爱恋故土，旭烈兀身上具有很浓厚的游牧民的气质。

但是在生病的时候，他还是会不经意地想起往昔的事情。对于旭烈兀来讲，关于祖父成吉思汗的记忆，或许就相当于定居民心目中的故乡。

八岁的时候，他与兄长忽必烈一起前去迎接西征凯旋的祖父成吉思汗。兄弟俩把这个值得纪念的日子定为"初次狩猎日"。按蒙古的风俗，在"初次狩猎日"，一族的长老要给少年的手指上涂抹油脂表示祝福。

那是1225年的事情，当时一起去的忽必烈十一岁，忽必烈给人的感觉是少年老成；与他相比，旭烈兀则是一个任性倔强的孩子，有时会格外的兴奋。

正好那个时候旭烈兀处于兴奋状态。成吉思汗亲自为他们在手指上涂抹了油脂，涂的时候忽必烈很乖巧，而旭烈兀却很紧张，紧紧地握住了祖父的手。

当旭烈兀来到成吉思汗跟前时，成吉思汗的手正好碰到了孙子的脸蛋，由于过度紧张，倔强的旭烈兀紧紧地抓住了祖父的手。

"啊啊，这个小畜生，要把我的手捏坏了。"

成吉思汗笑着揽过了旭烈兀的头说道。

这件事情后来渐渐成为一个传说，内容也演变成了旭烈兀猛扑上去，使劲咬住了祖父的手。旭烈兀没有特意去否认它。

"小时候就咬了蒙古的绝对权威者成吉思汗，真是一个大胆不羁的少年。"

这种传说并不一定对他不利。

旭烈兀现在非常怀念四十年前的那天的光景。

那时候，年长很多的蒙哥已经不是前去迎接祖父凯旋的少年，而是被迎接的一名青年军人了。而弟弟阿里不哥还没有达到初次狩猎的年龄。

冬日的风在吹，吹过乌尔米耶湖的风总给人一种凄凉的感觉。

旭烈兀身边有伊斯兰医生和汉人医生，最近又增添了基督教医生，这是王妃脱古思安排的，他是曾经在拜占庭宫廷服务的希腊医生。

三名医生经常在一起商量诊断的结果，但大多数时候不能做出一致的结论，不过病名是明确的——癫痫，对此谁也没有异议。

在病情没发作的时候，旭烈兀和正常人没有什么区别。然而，癫痫发作的间隔变得越来越短了。

　　宰相志费尼总是趁着旭烈兀病情缓和的时候适时地汇报政务。

　　旭烈兀和堂兄别儿哥的钦察汗国交战过很多次，但也出现过和睦的事情。

　　忽必烈将阿里不哥的亲信处死的时候，想要征得全蒙古的同意。对于忽必烈来讲，他想借此彰显他是全蒙古的大汗。他的使者首先到了察合台家，察合台家的阿鲁忽也想让全蒙古正式承认他是察合台家的继承人，于是提议"召开统一忽里台大会，讨论一下全蒙古的问题"。

　　使者接下来访问的是伊利汗国，旭烈兀在"如果别儿哥也参加"这个条件下，赞成召开统一忽里台大会。就在进行这种交涉的时候，旭烈兀的身体每况愈下。他本来想通过亚美尼亚寻找与西欧合作的途径，但考虑到他的健康，看来要尽可能地选择和谈的途径了。

　　大汗忽必烈的使者在钦察费了很大周折，不过别儿哥最终也同意召开统一忽里台大会。

　　"如果旭烈兀也参加的话，我正好有很多事情想和他谈。我和埃及的拜巴尔有约定，明年可能不行，统一忽里台大会就定在后年召开吧。"

　　别儿哥明确表示道。这是赛尔柱沙败死那年的事情，所以统一忽里台大会计划在 1266 年召开。

　　"在统一忽里台大会上，我必须要和别儿哥对决，这是一件很重要的事情，所以我绝对不能生病，赶紧去给我找更好的医生来。"

　　旭烈兀说着叹起气来。

　　希腊医生带着手捧汤药的侍从进来了，他名叫帕奇梅雷斯，曾在拜占庭宫廷服务，深得脱古思妃的信任。

　　"钦察给大汗回信说希望缓两年召开忽里台大会，所以说在这期间应该不会发动战争。请您安心调养身体吧。"帕奇梅雷斯说。不过他嘴上虽然这么说，心里却祈祷不要这样。

蒙古皇室如果召开统一忽里台大会的话，那么可能在很大程度上解决了内部矛盾。也就是说它意味着全蒙古能够再次团结一致对外行动了，那样的话，成吉思汗远征花剌子模的噩梦又将再现了。

如果当年窝阔台汗去世再晚几年的话，那么以拔都为总帅的远征军一定会从已经占领的匈牙利再向西前进，蹂躏法国，铁蹄一直践踏到大西洋岸边。

很明显，蒙古的团结、统一对欧洲来讲是令人恐惧的。

希望蒙古能够尽可能地分裂成一个个小集团，对于站在欧洲立场上的人来讲，这是一个真切的愿望，医生帕奇梅雷斯当然也是这样期望的。实际上他并不希望看到能让旭烈兀安心静养的全蒙古统一的时机临近。

帕奇梅雷斯为旭烈兀把着脉，表情严肃地说道："陛下比昨天好了很多，离痊愈就差一步了。请您不要动，静静地躺着，发作的次数会慢慢减少的。"由于帕奇梅雷斯既会蒙古语也会希腊语，所以他不需要翻译就能和旭烈兀说话。

"是吗？我怎么觉得比昨天难受啊？"旭烈兀连说这话都觉得用尽了全身的力气。

"不，和昨天相比，脉搏好多了，现在静养是第一位的。"帕奇梅雷斯说。

不过，他的话几乎没有进入旭烈兀的耳中，旭烈兀似乎连睁开眼睛的力气也没有了。

在旁边的房间中，宰相志费尼正在待命，然而这天他也没能汇报成功。

从旭烈兀房中退出来的帕奇梅雷斯摇了摇头，志费尼看到后对他点了点头，抱着文件跟着出去了。

旭烈兀的眼睛好不容易睁开了一道细缝，他看见了乌尔米耶湖的波光。

"塔刺岛在哪边？"他想这么问，可是谁也没有听见。

在乌尔米耶湖中的塔刺岛上，有旭烈兀修筑的要塞。

1265年2月8日，旭烈兀去世了，他的遗体被埋葬在了塔刺岛的山顶上。

在旭烈兀死后四个多月，他的正妃脱古思也去世了，她是一位虔诚的聂斯脱利派基督教徒。旭烈兀有正式的妃子五人，其中脱古思是很特别的，她比旭烈兀年长，而且还是他母亲的妹妹，所以对他有非常大的影响力。

旭烈兀和其他同母兄弟一样，在母亲的授意下没有成为基督徒，然而他从小就受到了基督教的熏陶。旭烈兀宣称自己成了佛教徒，在他的远征军中也有僧侣从军，但是他对佛教活动并不是很热心。他的兄长忽必烈虽然皈依了吐蕃僧八思巴，但还是会亲自出席基督教的一些重要活动。旭烈兀也仿效兄长的做法，而且还有脱古思的影响，所以在很多事情上，基督教的色彩很浓厚。

旭烈兀的葬礼遵照了蒙古的一贯做法，是多宗教混合型的，不过主要的脉络感觉好像是基督教的，由于主持葬礼的是脱古思，这或许是理所当然的吧。

四个月后，脱古思的葬礼沿袭了旭烈兀，而且由于她本人就是基督教徒，基督教色彩理应比旭烈兀的时候更浓厚，然而实际上却并非如此，这多少让人感觉有些凄凉。

"对了，好像很久没有见到与拜占庭相关的人了。"

"是啊，理所当然应该出席葬礼的医生帕奇梅雷斯也没有来，到底是怎么回事？"

有人悄悄议论着这件事情。

旭烈兀和脱古思的死因虽然很明白，但世间还是广泛流传着谋杀说。这种时候怀疑的目光当然就对准了为他们诊治的医生，尤其是在他们死前不久新招募来的帕奇梅雷斯经常被人提及。当然，不仅是他，伊斯兰医生、汉人医生也免不了被人议论。

由于伊斯兰居民在数量上占了压倒性的多数，他们的敌人是基督教徒，所以"旭烈兀和脱古思被基督教徒谋杀了"这样的谣言非常容易广为流传，如果再出现别有用心的人煽动的话，很可能一发不可收拾。

继承旭烈兀成为伊利汗国第二代大汗的是丝毫不逊色于父亲的阿八哈。

在举行脱古思妃葬礼的时候，阿八哈通告主要的基督教徒道："你们最好不要出席葬礼，伊斯兰有一些不稳定的动向。"

特别是旭烈兀和脱古思妃的医生帕奇梅雷斯被禁止在那天外出。

在基督教徒之间，认为旭烈兀和脱古思妃是被宰相志费尼毒杀的人很多，两人对基督教徒都很优待，特别是脱古思妃，她的娘家人全是基督教信徒，只要这两人活着，伊斯兰教徒就见不到光明，这是市井百姓一般的观点。

据拉施特《史集》记载：亚洲的基督教徒对旭烈兀和王妃之死感到非常悲哀。

与哀悼这两人的死相比，新继位的阿八哈大汗有更急迫的问题需要解决。

那个赞同召开统一忽里台大会的钦察汗国的别儿哥得知旭烈

兀去世的消息后，认为南下的机会到了。他早就通过谍报活动，
详细掌握了伊利汗国防卫薄弱的地方。

　　与和谈相比，别儿哥选择了以武力解决问题的方法，他率领
三十万大军，开始了蓄谋已久的南下。

　　当初别儿哥之所以很勉强地赞同召开统一忽里台大会，是因
为如果不这样做的话，忽必烈很有可能作为成吉思汗的宗家，发
动大军征讨他。事实上忽必烈刚刚成功地讨伐了阿里不哥。别儿
哥因为在货币上铸造了阿里不哥像，还不得不就此事向忽必烈进
行解释。

　　然而随后别儿哥判明了宗家的主要精力全部对准了南方的宋
朝。游牧民族对情报有一种本能的敏锐，辨别情报真伪、准确性
的能力也是超群的，特别是集团的领导人，往往因此而获得臣民
的信赖。

　　因此，别儿哥向各地都派去了优秀的谍报人员，在分析了大
量情报的基础上，他得出了最终的判断：

　　"忽必烈把对宋战争看得比什么都重要，因此他不会介入西方
的纷争。而旭烈兀之死，会使伊利汗国产生动摇。"

　　别儿哥虽然动员了三十万大军，但在成吉思汗分封的时候，
他们只分得了纯粹的蒙古士兵九千人，剩下的大部分都是突厥系
士兵。

　　伊利汗国本身隶属旭烈兀的军队几乎没有，都是借用的察合
台家甚至钦察家的军队。在附近借用的军队自然会四散离去，特
别是与别儿哥作战的时候，钦察兵当然会逃亡。

　　"伊利汗国这个国家，蒙古大汗没有承认，而且那里还在虐待
伊斯兰教徒，我们要拯救他们，埃及马穆鲁克的同胞们也会为拯
救伊斯兰而帮助我们的。"别儿哥演说道。

即将爆发的这场战争呈现出一种宗教战争的面貌来。伊利汗国内的宗教矛盾表面上虽然没怎么表现出来，但居民大部分是伊斯兰教徒，而大汗虽然对佛教不太热心但到底是一位佛教徒，王妃脱古思则是基督教徒。

伊利汗国的第二代君主阿八哈也是一个著名的亲基督教人物。他父亲旭烈兀虽然对年长的基督教徒王妃脱古思非常敬重，但还是觉得作为妻子来讲，她的年龄有点太大了。因此很想娶一个更年轻的基督徒妻子。于是他向拜占庭皇帝求婚，表示想娶他的女儿。迈克尔八世的一个皇女就这样决定嫁入蒙古宫廷了，可是此时旭烈兀已经患病在床，不久就离开了人世。

按照蒙古风俗，她成了旭烈兀儿子阿八哈的妻子，她的洗礼名叫梅拉娜。因此在伊斯兰人看来，伊利汗国是一个半基督教的国家。

"为了伊斯兰！"每当遇到什么事情的时候，别儿哥就会这样吼叫道。

钦察汗国从很早起就伊斯兰化了，无论与堂兄弟旭烈兀作战的时候，还是旭烈兀死后与侄子阿八哈作战的时候，别儿哥经常会吼叫"为了伊斯兰"。

两个汗国军队隔着库拉河对峙。用别儿哥的话说，阿塞拜疆原本就是钦察的领土。而用旭烈兀以及阿八哈的话说，这个地方是伊利汗国的领土。

这是一场典型的领土争夺战，同时还夹杂着宗教纠纷。别儿哥的侄子那海渡过了库拉河，但被阿八哈击退了。之后两军一直僵持。两方阵营的老将们都不由得哀叹道：唉，真可悲啊，都是成吉思汗的孙子、重孙子啊……

战争非常激烈，阿八哈渡过了库拉河，但别儿哥的大部队立即出现在了前方，他们不得不再次返回了河对岸。库拉河上的所有桥梁都被拆毁了，双方都在观望局势。他们隔着库拉河互相射箭，但两周后的某一天，阿八哈阵营中突然开始嘈杂地议论起来："哎呀，敌人撤退了。"

钦察军确实撤退了，两军虽然隔着库拉河相互射箭，但谁也没有占优势，可以说是势均力敌。

"一定发生了什么事情。"

阿八哈一方的将士们相互这样说道。

没有战败却全面撤兵这种情况以往发生过很多次。1242年初拔都率领的欧洲远征军像退潮一样撤退了，因为当时大汗窝阔台的讣报传到了匈牙利。1259年阴历七月，四川的蒙古军解除了对合州的包围，撤回了哈剌和林，因为皇帝蒙哥在前线去世了。

一定发生了什么事情，从这些先例推测，大致可以确定是钦察汗国的别儿哥汗去世了。

"那些家伙们马上就会来通报吧。"阿八哈汗说。

"那些家伙"指的是一些很奇怪的人，他们通过传达作战双方军中亲人的信息谋利。比如说很多钦察军人的妻弟在伊利汗军中，就让"那些家伙"去调查他的安危。"那些家伙"中，甚至有以能够背诵家族族谱为职业的专业人士。

不过有时候军人们不通过别人，而是自己直接去调查，赶巧的话还能和亲人见面，甚至还出现过因为见面时间过长，以至于延误战争的情况。

钦察军撤退后，那些传递情报的人出现了，告知别儿哥汗确实在战争中去世了。

钦察的骑兵神情凝重地穿过阿塞拜疆原野，向撒莱撤退了。

　　就在这个时候，另一支队伍也神情凝重地穿过安那托利亚平原向东行进着。

　　他们是因嫁作旭烈兀妃子而去往蒙古宫廷的拜占庭皇帝迈克尔八世的皇女一行。他们到达一个名为开塞利的小城时，得到了旭烈兀去世的消息。于是他们滞留在这个小城，向君士坦丁堡询问接下来该怎么做。

　　不久从君士坦丁堡传来了回信："拜占庭的意向是旭烈兀的长子阿八哈继任伊利汗国大汗应该没有问题，请公主遵照蒙古风俗嫁给新任阿八哈汗，继续前行。"

　　"听说阿八哈殿下三十一岁，是一位很优秀的人。"消息灵通的侍女马上向公主这样汇报道。

　　拜占庭公主一行在开塞利城停留了很长时间。现在这里以盛产地毯而闻名于世。一行人之所以没能立即出发，是因为蒙古方面的联络晚了。

　　在等待期间，公主得到了各种各样的蒙古伊利汗家的情报。最让她关心的是阿八哈作为伊利汗国新任大汗，他的地位是不是安稳这个问题。

　　"没关系，过去蒙古是小集团的时候，是由幼子继承家业的，但现在不是这样了。蒙哥汗是长子，他去世后，次子忽必烈当了蒙古大汗。阿八哈殿下是长子，次子已经去世，三子在某个地方当总督，不会和哥哥争夺汗位的。"那个消息灵通的侍女汇报道。

　　如果在中亚病死的旭烈兀次子术木忽儿还活着的话，很可能会成为阿八哈的竞争对手，阿八哈只比这位异母弟弟早出生一个月。

　　当初阿八哈把在中亚的术木忽儿叫回了波斯。术木忽儿管理的旭烈兀的领地由于被阿里不哥的领地包围着，因此不得不与忽必烈为敌。如果让他直接去开平府的话，很可能会受到审判，所以阿八哈把他叫回了波斯，然而他却在途中病故了。

"哪里的王族都是一样的啊，我能很好地完成任务吗？"公主有点担心地说道。

她作为阿八哈妃子中的一位，直到1282年阿八哈汗去世，十五年间一直在尽力地扮演好自己的角色。阿八哈死后，她返回君士坦丁堡，作为修女度过了余生。

现在君士坦丁堡被称为伊斯坦布尔。1453年这里成为奥斯曼土耳其领土后，一般的基督教堂都被改为了清真寺，而柯拉修道院还在一段时期内继续作为基督教堂，不过后来它还是变成了清真寺，里面壁画之类的东西也都被涂抹掉了。

到了20世纪中叶（1948），美国的"拜占庭协会"除去了涂抹上去的灰浆，使原来的壁画显露了出来。现在它成了"卡里耶博物馆"。柯拉在波斯语中意为"郊外"，卡里耶是阿拉伯语中的同义词。清真寺时代它是卡里耶清真寺。

显露出来的祈愿图中，罗列着很多人名，其中就有"蒙古贵妇人、尼僧梅拉娜"。

阿八哈死后，迈克尔八世的皇女询问娘家自己今后该怎么办，得到的答复是遵从蒙古的风俗。

蒙古的风俗是除亲生母亲外，父亲所有的妻妾都嫁给继任者。但是公主拒绝遵从这个风俗，返回君士坦丁堡做了修女。

她建了一个小小的教堂，取名为"蒙古的玛丽亚"，很有名。她把嫁与蒙古的大汗看作是自己的命运，很是达观。

幸运的是她的丈夫对基督教怀有好意，这恐怕是他祖母唆鲁禾帖尼安静的血脉传下来的吧。

伊利汗国与拜占庭的关系也很好，她嫁到这个国家的时候，钦察汗国的别儿哥汗突然去世了，国家暂时远离了危机，帖必力思宫廷迎来了一段和平的岁月。

　　统一忽里台大会的三大支柱中的旭烈兀和别儿哥几乎在同一时期去世。别儿哥原本想趁着旭烈兀之死南下，却在高加索的库拉河突然去世，钦察军队不得不撤退了。

　　最希望召开统一忽里台大会的人大概是阿鲁忽，因为无论是旭烈兀还是别儿哥，出身都很正统。而阿鲁忽在察合台家族中也属于旁支，他从第二代掌门人哈剌旭烈兀遗孀兀鲁忽乃手中夺过政权，一度投靠了阿里不哥，但不久又背叛了他，受到阿里不哥的追讨后从喀什噶尔逃到了撒马尔罕，后来又与兀鲁忽乃结婚了，经历很不光彩。所以他非常希望得到统一忽里台大会的正式确认，然而这位刚刚看到一线曙光的一世枭雄也没能战胜疾病。

　　这三位大汗都是五十岁前后年富力强的时候，在一年之中相继去世的。

　　蒙古帝国寄希望于召开统一忽里台大会，实现"重新点燃成吉思汗梦想"的愿望，最后只能以梦想告终了。最失望的应该是想名副其实成为全蒙古盟主进而统治世界的忽必烈吧。

　　玛丽亚在燕京宅中的病榻上得知了阿鲁忽去世的消息。

　　岐国公主来看望过她，但因为高龄的缘故，她也步履蹒跚。

　　"很多人都说阿鲁忽会不得好死，却意外地十分平静地去了那个世界。"岐国公主对躺在病床上的玛丽亚说道。

　　玛丽亚一直闭着眼睛，她每天都对列班骚马讲一点自己知道的西方的事情。

　　年轻的列班骚马总是认真倾听着这位老妇人微弱的话语，考

虑到她的身体状况，一到合适的地方，他就会说："今天就讲到这
里吧。"

身体比较健康的岐国公主来后，总爱漫无边际地闲聊，玛丽
亚一般都是扮演听众的角色。

"阿鲁忽的祖父察合台很怪异，那家人全都像察合台。"岐国
公主说。

玛丽亚把手放到了耳旁。

"你在听察合台的声音吗？"岐国公主问道。

"不对，这声音好像是更老的人，不是察合台的。"玛丽亚说。

岐国公主不需要问那声音是谁的，即使不问她也知道，一定
是萨拉丁。

两个老妇人的话停了下来，她们都筋疲力尽了。

"我这就告辞了，明天请你继续给我讲叙利亚的事情吧。"列
班骚马行了一个基督徒的礼，单膝弯曲，低下了头。

玛丽亚只是微笑了一下，列班骚马出去后，岐国公主轻轻地
摇头道："我们又送走了三位大汗，虽然他们三人都比我们年轻很
多，只有这个不按顺序来啊。"

"我活得时间太长了，已经没有要对列班骚马讲的了。他嘴上
虽然说想接着听有关叙利亚的事情，不过心里一定也厌倦了。唉，
拜他所赐，我又重新温习了一遍年轻时的旅行，很愉快。"玛丽亚
依然闭着眼睛。

第二天，侍女进来的时候，玛丽亚的眼睛没有再睁开，就像
静静地睡着了一样，但已经没有呼吸了。

乃蛮的玛丽亚平静地结束了自己九十年的人生旅程，奇怪的
是岐国公主也在同一天同样安静地进入了她向往的涅槃世界。

列班骚马主持了玛丽亚的葬礼。亲近的教友都来向她告别，

她享年正好九十岁，在那个年代是非常罕见的长寿，所以大家没有悲伤的神情。

"玛丽亚和她从小看着长大的三位汗同时被上天召去了，今天早晨又传来了消息，阿里不哥殿下也在长期患病之后追随玛丽亚去了……"列班骚马说着仰天长叹起来。

墓地在城外，是按宗教划分的，不用说玛丽亚的遗体安葬在了基督教徒的墓区里。

岐国公主曾经对玛丽亚说："我想和你葬在一起，但打听了一下，说是不能这样，不是说阿门的人不能葬在那里。其实我也可以说阿门，但是听说埋葬我的墓地早就定好了，看来还是不能和你在一起。"

所有一切都是新的，虽然从数年前就开始准备了，但新首都"大都"正式起用是从第二年（1267）开始。夏季的首都是开平府，被称为"上都"。

不能使用石头、砖，为了防止邪恶必须用土。

吐蕃圣僧八思巴这样说，因此绵延三十五公里的大都城墙是夯土墙。

由于刚刚建好，感觉空气中还弥漫着灰尘，但建筑物非常宏伟壮观。

在大都城内有皇城，皇城也被称为大内，里面所有的建筑物都是朝向南面的。大都的城墙虽然是夯土的，但大内则铺上了石板。皇帝处理公务在"大明殿"，私生活在"延春阁"。

列班骚马意为"斋戒之子"，由于他父亲迟迟没有子嗣，斋戒之后才生的他，所以为他起了这个名字。玛丽亚的葬礼由他主持，他虽然年轻却老成持重，让参加葬礼的人很是赞叹。

　　列班骚马虽然年轻，但有一个少年弟子。葬礼完毕后，信徒邀请他到自己家做客。他说："我打算这就带着我的弟子一起去朝圣，不去打扰你们了。"列班骚马礼貌地拒绝了对方的好意。

　　"噢，这可是件新鲜事，你打算去哪里朝圣？"邀请他的妇人问道。

　　"说是朝圣，最开始我打算先在这附近的山里修行，然后慢慢地向西方去。"列班骚马回答道。

　　在山岳中修行，列班骚马以前已经体验过很多次了，最近更多的时候是和他的少年弟子同行。他的弟子名叫马古思，是汪古人。

　　列班骚马早就想去朝圣，但为了照料玛丽亚，一直没有成行，实际上他对此已经期盼很久了。

十七　高丽之风

蒙古首次向日本派遣使者是阿里不哥病死的 1266 年，从头一年到当年，伊利汗（旭烈兀）、钦察汗（别儿哥）还有察合台汗（阿鲁忽）相继去世。

那一年战事虽然很少，但其他各种各样的杂事却很多。三位汗都同意召开"统一忽里统大会"并在会上商讨问题，却相继去世，使之前的一切努力都白费了，又重新回到了起点。

这对于想借统一忽里台大会展示自己权威的忽必烈来讲，是一个很大的挫折，他向日本派遣使者的目的之一就是为了克服这种挫折。

至元三年（1266）八月，忽必烈派遣兵部侍郎黑的[1]和礼部侍郎殷弘出使日本。

当年正月，高丽贺岁使来的时候，忽必烈问他们道："日本人是什么样的？和高丽人像吗？"

1　或译作赫德。

"完全不一样，他们性情暴虐，官吏全都佩带着尖利的武器，而且由于它没有做过中国的藩属国，所以没有学会礼法，与文治相比，它是一个尚武的国家。"使者回答道。

"哦，看来确实没有学会礼法啊。我们和它虽然是邻国，可是直到现在还没有向它派出过使者，有点说不过去啊。"此时忽必烈对日本的了解恐怕仅止于此。

在派遣使者的时候，忽必烈命人制作了国书。他采纳了姚枢的建议，将学者聚集在一起设立了"翰林院"。那里面汉文系的学者，按照中国传统被称为"翰林"。汉文国书马上就写好了。

国书写道：

"高丽，朕之东藩也。日本密迩高丽，开国以来，时通中国，至于朕躬，而无一乘之使者以通和好。"

一面说两国相邻不通使者未免说不过去，一面表明"尚恐王国知之未审，故特遣使持书布告朕心"。然后在国书结尾写道：

"且圣人以四海为家，不相通好，岂一家之理哉？以至用兵，夫孰所好？王其图之。"

八月是忽必烈出生的月份，被称为"圣诞节"，藩国都派来了贺使，高丽也派来了大将军朴琪。

高丽的使者直到十月才回去。高丽国王王禃患病，忽必烈赐了药。

与这件事相比，更让大将军朴琪头痛的是忽必烈让高丽做向导的事情。蒙古命令高丽为两名蒙古使者做向导，带他们去日本。

"带路很简单，可是以后的事情会不会很麻烦？"

"不会只是简单地带路的。我们对于蒙古那种盛气凌人的国书习惯了，可是日本还没有吧。"

"日本有京都和镰仓两个政府，单是此事就很麻烦。"

"不管怎么说，必须要先召集一些通晓日本情况的人。"

"得听听到过日本的人怎么说，恐怕首推商人了，找几个好点儿的来吧。"

高丽的人这样议论道。

高丽王王禃派枢密院[1]副使宋君斐和礼部侍郎金赞为蒙古使者黑的等做向导，带他们去日本。

结果"未至而还"，《元史》这样生硬地记述道。

实际上这背后有高丽方面拼命的斡旋。

高丽国的情况也很复杂。它一直承认与其相邻的辽朝、金朝为宗主国，建立了朝贡关系。在成吉思汗十三年（1218），也与蒙古约定每年进献贡赋，然而当蒙古派来接收方物（当地的产物）的使者返回的时候，高丽人又在鸭绿江袭击了这些使者。

当时成吉思汗正在西征，有一段时间消息不明，高丽以此为契机，与蒙古处于绝交状态。

到了窝阔台时代，蒙古开始清算高丽杀害蒙古使者的旧账，向它派军讨伐，那是1231年的事情。

守卫国境的高丽将军洪福源投降了，成了蒙古前锋。被气势如虹的蒙古骑兵打得毫无招架之力的高丽军不得不求和。这时候双方就不是藩属关系了，而是兼并下的直接统治。蒙古在高丽安置了七十二名达鲁花赤[2]，压榨非常苛酷，请愿的人都被扣留了。

高丽下了决心，把首都迁到了江华岛，自此开始了长达三十

1　相当于国防部。

2　代理官员，原意为镇守官。

年的抵抗。蒙古对它进行了更加严酷的镇压，惨状令人目不忍睹，只有在蒙古汗位纷争的时候它才能稍稍得到些喘息，然而纷争结束后，比以前更加残酷的侵略又上演了。

迁都江华岛是在高丽权臣崔瑀的主导下进行的，他是武人派的头领，高丽王也在他的掌控之下。

江华岛位于汉江河口，高丽把都城从开城迁到了这个地方，它是靠近陆地的一个岛。蒙古骑兵很不擅长水战。

蒙哥四年（1254）到五年间，高丽再次遭到蒙古大军的侵略。《新元史》记载："是年，大军所过，俘男女二十余万，死者不可胜计，郡县皆为煨烬焉。"

蒙古的要求是高丽重新进献贡赋，国王从江华岛迁到陆地上来，国王或者太子来朝。正好那时候江华岛上发生了政变，国王摆脱了权臣崔氏的控制，太子王禃（此时名倎）入朝谒见蒙古皇帝一事得以实现。

然而，蒙古皇帝蒙哥在四川驾崩，去到六盘山又返回的高丽太子在襄阳见到了忽必烈，这成了高丽与蒙古外交关系改善的契机，说是改善，也并不平等。蒙古答应撤回七十二名达鲁花赤，允许高丽人穿着本民族的衣冠了。然而，带蒙古使者去日本这个难题也随之而来。

武人派的崔瑀没落了，现在是文人派得势，文人派的领袖是李藏用。

李藏用拼命地向蒙古使者做工作，让他们相信渡过大海去日本是不可行的。

黑的等人被李藏用的热情感动，先去了巨济岛，在那里看到大洋万里，波浪滔天，就返回去了。

"唉，这只不过是把问题推后了而已，希望这期间会有大的变化。"李藏用仰天长叹道。

如果蒙古的大政方针改变了的话，或许就不会去日本了，高丽的一线希望就在这里，然而忽必烈的方针没有变化。

黑的也好，殷弘也好，如果可能的话，他们也不愿意劈波斩浪去日本。

"大海啊，我真是头一次见到那样滔天的巨浪。"黑的耸着肩，从心底感叹道。他从一开始就不想从巨济岛渡海去日本。害怕大海的蒙古人，只要有充足的借口，就不愿意乘船。

"就像树叶一样飘来飘去，在大风浪面前，人的力量太渺小了。"殷弘也咂着嘴说道。

出使高丽的黑的和殷弘没有去日本就无功而返了。但是，这只不过像之前预想的那样，把问题延后了而已。

"再去日本，这回一定要有所收获。"

第二年，忽必烈又下达了命令。

高丽方面的人员和去年一样。这是蒙古第二次对日本诏谕，这次到底渡过大海，来到了日本。蒙古使者到达了九州大宰府，带去的国书被送往了镰仓和京都，然而日本方面决定不受理它。

结果是："留六月，亦不得其要领而归。"不用说，忽必烈对此十分震怒。

"总理高丽国务的是谁，马上把他给我叫来。"他命令伯颜道。

这时候，伯颜已经是忽必烈的亲信了，官职是中书右丞。原来的五人丞相制刚刚在安童的建议下缩减为二人制。伯颜娶了安童的妹妹为妻。安童的母亲是皇后察必的姐姐，出身于以成吉思汗皇后孛儿帖的弟弟按陈为始祖的家族，可算是响当当的名门之后。

"应该是海阳公金俊和相当于宰相的李藏用两人吧。即使命令他们来，我想金俊可能也不会来，金俊正在号召国民反抗蒙古呢。"伯颜答道。

"嗯，伯颜什么都知道啊，丞相就应该这样。不来也行，总之要通知那个叫李什么的家伙来。"忽必烈探过身子说道。

"明白了，我想派礼部郎中之类的人去高丽下诏书就行了。"伯颜用非常职业的口吻回答道。

伯颜的语气太过职业化了，忽必烈想稍微刺激一下他。

"对了，旭烈兀的家人安全到达了吗？"忽必烈问道。

旭烈兀远征时，五名妃子和数名侧室之中，他只带了母亲的妹妹脱古思从军。剩下的妻妾以及没有达到从军年龄的幼童全都留在了开平府。旭烈兀是兄长忽必烈的武将，按照当时的习惯，他的家人相当于是人质。

"波斯平静了，我想把家人都接过来。"

旭烈兀生前曾经多次这样请求，但忽必烈都没有答应。旭烈兀死后，忽必烈才让人把他的家人送到阿八哈那里去。

"托您的福，听说全都平安到达了。"伯颜回答道。

"旭烈兀好像对我把你抢过来很是耿耿于怀。"忽必烈说。

"臣侍奉成吉思汗家族，臣的进退全凭大汗的旨意。"伯颜道。

"实际上阿八哈也想要你，他指名由你护送旭烈兀的家人。简直在说蠢话，你是我大蒙古帝国的宰相，让你去护送妇人儿童，谁都会笑掉大牙的。"忽必烈说。

"不敢当。"伯颜低下了头。他想到远在波斯的年迈的父母，不禁有些黯然神伤。

"大概用不了多久，阿八哈就会有事来求我，到时候我想办法把你的家人弄回来。晓古台年纪也不小了，应该休息了。"忽必烈说着拿起了放在一旁的地图，这张图包括高丽和日本，上面写的是畏兀儿文字。

忽必烈一边看着地图，一边思考第三次诏谕日本。高丽已经在他的统治之下，只要对其发号施令就行了。

"尔主当造舟一千艘，能涉大海可载四千石者。"

这是忽必烈对高丽下达的命令，此外，要求动员军队。另外，礼部郎中孟甲还作为蒙古特使去了高丽，他带去的诏书上写着："今将问罪于宋。"

正如事先预料到的，金俊没有从高丽来，来的只有李藏用。

"听说你们国中现在还有想和蒙古一决高下的人。"忽必烈询问李藏用道。

李藏用无言以对，蒙古指名要他和金俊两人作为正使来。

"嗯，好像很难回答啊。听说那个应该和你一起来的家伙病了，他不是在准备作战的时候生病的吧？哈哈，后来怎么样了，我等着消息呢。"忽必烈好像兴致很高。

从蒙古朝廷回国的李藏用在心中无数次地品味忽必烈的话。

"他是不是想让我结果了金俊？"李藏用越琢磨越觉得忽必烈的话中暗含着这个意思。

忽必烈经常叫赵良弼来讲历史，他在研究中国历代王朝和日本的关系。

倭的五王（赞、珍、济、兴、武）派遣到南朝刘宋朝廷的人，按照忽必烈的理解就是"贡使"。在接下来的隋唐年代，日本也派遣过使者，此外日本的学生、僧侣等也穿越大海来到了大陆。

"为什么他们不向蒙古朝贡呢？"

想到这个忽必烈有些愤愤不平。

另外，日本和宋朝的关系也有必要检讨一番。

　　据赵良弼讲，现在的日本似乎没有向宋朝朝贡。那是因为宋朝国力弱，不能靠实力制服日本而已。不过从另一个角度来看，不是也可以理解为日本变得强盛了吗？尽管如此，忽必烈还是真切地感到关于日本的信息太少了。

　　忽必烈忽然想起了什么，叫来了李藏用，问道："这次去日本，能不能得到日本国王的回信，恐怕你也没有把握吧？"

　　"我会尽最大努力的，再怎么说，日本这个国家好像很少和外国往来。"李藏用回答道。

　　"这个我知道，不用太担心这次能不能获得日本的回信。不过我还没有见过日本人，其他所有国家的人我大概都见过了，前不久罗马的人来，带来了更西边的人。可是尽管如此，离我们非常近的日本人我却没有见过。这次去日本的话，带两三个日本人回来。普通的人就行，最好是年轻的。"忽必烈说。

　　李藏用听后放下了悬着的心，他一直在担心忽必烈不知会提出什么无理和困难的要求。由于是特意把他叫来的，他内心已经做好了事情非同小可的心理准备。他预想的是：造船和动员军队可能会再过些时候，这次叫他来大概是对诏谕日本一事提些要求吧。

　　李藏用心想："带日本人来这件事情应该不是很困难。金俊之事我自己处理，只要向他汇报结果就行了，因为他之前只说了'后来怎么样了，我等着消息呢'。"

　　李藏用低下了头，说："我明白了，一定带日本人来。"

　　忽必烈深受汉人学者的影响，满脑子中国帝王的思想。中国人认为圣天子出现时，四夷会慕德而来。不仅是四夷，诸如麒麟、凤凰等珍禽异兽也会会聚而来。所以，搞不好忽必烈会提出："日本是东边的国家，那就把东方的圣兽青龙给我带来吧。"

　　而现在忽必烈只让把现实中的日本人带来，这个要求让李藏用大大地松了一口气。

至元五年（1268），蒙古第三次诏谕日本。这一年正是蒙古精心做好准备，将要去攻打汉水南北两岸的襄阳和樊城的时候。

已经对高丽十分熟悉的黑的和殷弘再次作为蒙古的诏谕使被派遣去日本。这年九月，他们来到日本的对马后返回了，和上次一样没有得到日本的回信，但是按忽必烈的要求带回了两个日本人。他们把抓到的两名日本人塔二郎和弥四郎一直带到了大都。

忽必烈很高兴。

正如让孟甲带去的诏书上所写的那样，蒙古向日本派遣使者的目的是想向宋朝问罪。这是对宋战争的一环，它最大的着眼点在于不让日本和宋朝结盟。

给日本的国书上没有"问罪于日本"这样的话。国书的开头也是"奉书日本国王"，没有居高临下的命令式的感觉。这个时候蒙古对日本的态度说到底还是谋求修好的。

就在蒙古第三次诏谕日本的时候，在高丽，亲蒙古的国王派和反蒙古的武臣派之间的斗争变得白热化。反蒙古派的领导者金俊虽然被点名要求去朝见蒙古皇帝，但依然没有前往。

高丽国王王禃从李藏用那里听说了蒙古要除掉金俊的意思。金俊似乎也察觉到了这点，周密地防范起来。

"从武臣派中挑选一名刺客吧，必须是金俊很放心、不提防的人。"

"林衍应该能担当此任。"

"对啊，要是林衍的话，金俊也会放松警惕的。不过，让谁去跟林衍谈这件事情呢？"

国王派非常慎重地举行了秘密会谈。让林衍去杀金俊，但林衍一旦掌握了权力的话，会比金俊还要危险，所以杀死金俊后，必须立即清除林衍。

高丽国内分成了国王派、武臣派以及王弟派等无数的派系，是一个阴谋诡计大行其道的国家。

暗杀金俊这一步国王派的计划顺利实施了。但是，杀了金俊的林衍意识到接下来自己将会被清除，于是先下手为强，废黜了国王，立王弟安庆公王淐为新国王。

被废黜的国王王禃有一个世子名叫王谌，当时正好入朝蒙古。他得知父亲被废的消息后，借助蒙古的力量成功地使父亲复位了。但王禃虽然成功复位了，高丽却陷入了大混乱之中。

就在林衍废立国王的时候，一个名叫崔旦的人攻陷高丽西北六十余城后，投降了蒙古。崔旦是打着诛杀林衍的幌子举兵的，实际上他荒废了高丽西北的国土，蒙古出兵占领了那里，设置了东宁府。在其后的二十年间，包括西京[1]在内的高丽西北部的国土都成了蒙古的占领地。

同时还发生了"三别抄"之乱，别抄指的是正规军之外的义勇军，三别抄是左、右夜别抄外加神义别抄。三别抄背后有与国王对立的武人权臣的支持，当然它是反蒙古的，它与亲蒙古的国王对立，拥立了国王的另一个弟弟承化侯王温为国王。

蒙古大军进驻高丽，反对势力的三别抄最初占据江华岛抵抗，后又全体转移到全罗道的珍岛，接着更转移到当时称为耽罗的济州岛。

"我认为我们有必要转变一下思想，以往我们都觉得是被逼无奈才顺从蒙古的。以后我们应该转变心态，为了高丽，我们应

1　今平壤。

该积极主动地与蒙古合作。你们看那些曾经抵抗过蒙古太祖的人，投降后忠诚的人都受到了优待。看看克烈，克烈本来是蒙古的仇敌，但现任大汗、前任大汗不都是克烈女人的孩子吗？乃蛮也曾经是蒙古的敌人，但现在谁都不这么认为，在波斯奋战的怯的不花，现在是蒙古的英雄，大家都知道他原本是乃蛮人。不出二十年，高丽也一个接一个地涌现出蒙古将军、丞相、总督，不是也很好吗？蒙古向日本出兵，我们一直在尽可能地避免，这难道不是一个错误吗？既然无论如何都要去，那就高高兴兴地渡过大海不好吗？"在与亲近人的聚会中，国王王禃语重心长地说道。

太子时代，王禃作为人质去了蒙古，那时候他千里迢迢穿过中原，到达蒙古的根据地六盘山，接着又去了襄阳，在襄阳他宿命般地遇到了忽必烈。王禃对要把自己的努力化为乌有的三别抄的举动有一种难以名状的愤怒。

高丽国王王禃一度被林衍废掉，后来又在世子们的努力下复位了，这件事情有必要向宗主国蒙古汇报。因此事重大，王禃希望亲自率领诸臣去蒙古朝廷谒见。

至元七年（1270）正月，高丽国王派使者向蒙古申请，他欲带领七百人入朝，汇报复位事宜。蒙古指示入朝人员四百即可，剩下的三百人留在西京。

自从崔旦打着讨伐林衍的旗号攻陷西北六十余城并将之献给蒙古以来，西京已经成为蒙古的领土，所以留在西京的人员，也相当于是进入了蒙古。

林衍本来想把王禃流放到海岛，立他的弟弟淐为新国王。忽必烈得知此事后，召唤国王兄弟们和林衍一同去蒙古，要亲自进行调查。看到形势不妙的林衍让王禃复位了，但对于朝廷的召唤没有响应。王禃也没有必要请示忽必烈的裁决了，但还是表示要向他做复位汇报，于是前往了大都。

由于林衍拒绝了忽必烈的召唤，从蒙古的角度来看，就是反逆者。

忽必烈指示在大都谒见的王禃道："林衍废立国王是不能宽恕的，不过安庆公王淐登上王位不是自己的意愿，可以对他采取宽宥措施。如果有人把林衍抓来，即使他原来是林衍党人，也可以加官晋爵。"

这次入朝，王禃是与世子王谌同行的。在高丽国内发生废立国王骚动的时候，王谌正在入朝蒙古后的归国途中，他在鸭绿江得知这个消息后，又返回大都，报告了蒙古，所以王谌在这件事情中是有功劳的。

"我想拜见一下燕王。"王禃请求道。

燕王是忽必烈的儿子，是公认的继任者，名叫真金，被正式立为皇太子是三年后至元十年（1273）的事情。

"你是一国之主，只要来谒见我就行了。以往的先例也是国主只要谒见了皇帝，入朝礼仪就算完成了。"忽必烈说。

关于礼仪，高丽比谁都知道得清楚，忽必烈说的他们早就稔熟在心了。

"那至少请您允许我的儿子去拜见燕王殿下。"王禃说。

"是嘛，那好吧。"忽必烈点了点头，心想就这种胆识啊。他的表情缓和了一些。

王禃知道自己不能去见燕王真金，然而，他想让自己的儿子与忽必烈的继任者建立起良好的关系，这样父子两代就与蒙古有了联系，也就可以期待家国的安泰了。

不过世子王谌提出的"我想暂时留在（蒙古）朝廷，请求公主下嫁"这个请求，没有被忽必烈接受。

忽必烈命令道："你与父亲一起回国去吧。"

做出这个决定后，忽必烈就离开大都，去往夏季的都城上都了，那是三月甲寅日（十五日）的事情。蒙古虽然汉化了，但还是保留着游牧时代的习俗，到了三月整个政府机关都会转移。

上都即开平府，是忽必烈皇弟时代的根据地，拥立他的忽里台大会就是在这个地方召开的。

蒙古朝廷转移到上都后不久，就从高丽传来那个废立国王的林衍病死的消息。

林衍的儿子林惟茂自作主张地世袭了父亲的爵位，被尚书宋松礼杀死了，林衍党的残余势力逃到了珍岛。

这年岁末，忽必烈决定由秘书监赵良弼担任前往日本的国信使。

"你已经快六十岁了吧，日本在海的那一边，你就休息吧，让更年轻的人去。"忽必烈说，他本来想劝阻赵良弼去日本，担心的不是赵良弼的年龄，而是他的报告会过于保守。

"我认为与年龄相比更重要的是眼光，我相信我的眼光比谁都不会差，请您务必让我去吧。"赵良弼说。因为使者去日本除了递交国书外，还担负着搜集日本情报的任务。

这个时期，很多关于日本的信息是完全相反的。后来马可·波罗来到蒙古，在《东方见闻录》中记述的日本是"黄金之国"，就连屋顶都铺着黄金。可是另外还流传有日本十分贫乏，人们连吃的东西都没有，只好剥树皮充饥这种说法。

如果黄金之国的说法是真的话，那么日本就有占领的价值；如果吃树皮的说法是真的话，那样的国家还是不去理睬为好。

据去过大宰府、对马的使者说，就国家的贫富这点来讲，日本大致和高丽相当。

所以说作为好的使者，一个重要条件就是要有精准的眼光。

蒙古的既定方针是讨灭南宋最为优先，日本的问题不过是其中一环而已，重要的是不让它和南宋结盟。

南宋正式的国名依然是宋，但在当时，一般就通称为南宋了。

就目前来讲，日本没有和南宋结盟的动向。

赵良弼希望忽必烈能够信任自己的眼光。忽必烈虽然拒绝过好几次，但最终还是被赵良弼的热情打动了，说："好吧，那你就去吧。"同意他去日本了。不过忽必烈还是打算在使节团中加入自己的亲信，因为赵良弼在看问题的时候，很有可能把重点放在"避战"上。

使节团在日本的滞留期相当长，超过了一年。他们从筑前的今津上陆，主要停留在大宰府。归国后，赵良弼向忽必烈进言道：

> 臣居日本岁余，睹其民俗，狠勇嗜杀，不知有父子之亲，上下之礼。其地多山水，无耕桑之利。得其人不可役，得其地不加富。况舟师渡海，海风无期，祸害莫测。是谓以有用之民力，填无穷之巨壑也。

他的结论是"勿击便"。

而忽必烈听从了使节团中军事专家提出的"易击"的意见。

蒙古已经在高丽屯田，做好了出兵日本的准备。只不过这个时期三别抄占据着海岛，渡海很危险，出兵被延期了。

忽必烈对占领地、附属国的情况知道得详细，他对赵良弼说："高丽虽然是小国，但工匠的技艺高超。就算下棋，都比汉人下得好。儒者也都精通经书，深得孔孟之道。反倒是汉人只会吟诗课赋，

没有一点用处。"赵良弼是女真人，所以在他面前，忽必烈能够毫
不顾忌地说汉人的坏话。

"这就看国家重视什么，国家重视什么，人们就会跟着做什
么，并不是人资质的问题。现在宋朝重视诗赋，人们就吟诗作赋了。
如果重视经学的话，人们也会遵从它的。"赵良弼说。他并不认为
因种族的不同，人的能力就有差别。

卷 四

斜阳万里

一　襄樊陷落

"大元"这个国号是至元八年（1271）十一月制定的。

在中国，有以皇帝最初被分封的地名为国名的习俗。例如，刘邦被项羽封为以汉水为中心的"汉中"之王——"汉中王"，简称汉王。因此，当刘邦政权成为全国性政权后，他的王朝也就称为"汉"王朝。

从刘氏手中夺取政权的王莽，原先被封为新都侯，所以他就把"新"作为了国号。后来的魏、晋、隋、唐一直到宋都是如此。

然而蒙古的成吉思汗不是被人封为王侯的，他是依靠自己的力量从称霸草原开始发展壮大的。

"蒙古"这个词所涵盖的地域、居民都非常模糊不清，这个词汇本身具有的"温柔"或"柔弱"之意，也与现在蒙古的实质很不相称。

"应该选择合适的汉字作为国号。"

忽必烈从数年前就开始考虑这个问题，他最终确定国号为"大元"，并在十一月乙亥的诏书中明确表示：

"盖取《易经》'乾元'之义。"

正如"大哉乾元，万物资始"所云，"元"——万物之生皆从此开始，由于它是一切事物的本源，应该没有比它更好的词语了吧。

赵良弼动身去日本是蒙古将国号正式定为大元的那一年的正月。在高丽，反对蒙古的三别抄被赶出珍岛之后去了耽罗。直到两年后，三别抄军被元朝和高丽的联合军队镇压下去，去往日本的海上交通才彻底安全。

为进攻日本，蒙古已经开始训练水军所需的人员了。

进攻日本要穿越大海，而眼下正在进行中的襄阳包围战，虽然面对的是河，但同样也是水战。在阿术和刘整的建议下，蒙古军在长江流域开始了对七万水军的训练，同时还建造了五千艘兵船。

进入长江下游就是南宋的领地，在江都[1]和江宁[2]的正中间，有一座真州城，它就是现在的仪征。

在真州有一座戒备森严的建筑，它从中统元年（1260）起就被严密戒备起来，至今已经十年了。中统是蒙古的年号，在这个地方使用的是南宋的年号"景定"，这年也是景定元年。

蒙古的翰林侍读学士郝经作为国信使来到南宋，但他被拘留在了真州，从此一直被软禁起来。

拘禁郝经的是当时南宋的左丞相贾似道。贾似道从鄂州之战凯旋后被国人视为救国英雄。

的确，蒙古军全部从南宋领土撤退了。而且由于蒙哥之死以及其后的汗位争夺，南宋一直没有感受到蒙古的威胁。贾似道被国人奉为救国将军，他的权力也一年比一年大。如今他被封为魏

1　今扬州。
2　今南京。

国公，官平章军国重事，权势无人比肩。

临安城的百姓们都知道终日泛舟西湖寻欢作乐的贾似道，他们私下里总爱议论：

"贾丞相不光会玩儿，做事的时候也很出色，真了不起。"

"我们能像现在这样安稳地生活，全是托魏国公的福。"

"不对，是因为蒙古军怕水吧，说是被大军包围，包围的人不也全是汉人吗？"

"所以蒙古军只是围而不战，根本没有真打的意思。"

"听说咱们已经和蒙古谈好了，全在魏国公掌握中，只是不能公开谈论，好像已经用钱解决了。"

"之前的鄂州之战，不也是盛传是用钱解决的吗？"

"嘘！别说这些，有人因为说这些被抓起来了，可见这是真的。说真话的人被抓，自古以来不就如此吗？"

"你的声音太大了。"

"说些别的吧。"

"是啊，不要因为一些无聊的事情被牵连进去，大人物做的事情和我们没关系。"

百姓们对在西湖上寻欢作乐的贾似道很有亲近感，然而也有不少人对他的才能持怀疑态度。

己未年（1259）末，蒙古军解除对鄂州的包围，撤回北方去了，对此民间众说纷纭。

反对贾似道的人偷偷地说：

"那时候贾似道答应向蒙古割让土地，缴纳岁贡，所以蒙古才退兵的，他是一个卖国贼。"

同样是反贾似道派的，还有持不同看法的人：

"那时候，蒙古皇帝死了，即使不理睬他们，他们也会撤回北方去，问题是我们为什么没能给撤退的蒙古军更大的打击，那么大规模的军队撤退，结果只死了一百多人，太少了，贾似道一定被收买了。"

后者的分析是正确的，但很少有人知道是用什么收买的。蒙古人用的是东晋顾恺之画的《女史箴图卷》，这个太出人意料了，谁也不会想到。

不用说这件事贾似道是严格保密的，他很想把知道此事的人都除掉，首先就是作为中间人周旋此事的王三经。然而，王三经后来不见了踪影，他知道自己做的是何等危险的事情。

而在蒙古方面，这件事情也是高度保密的，只有少数政府要人参与了此事，郝经就是其中一人，其他还有平章政事王文统。

郝经作为国信使来到了南宋，贾似道正好趁机将之拘禁，而且还在找机会除掉他。

然而就在这时候，那个神出鬼没的王三经送来了密信。他的密信是在哪里写的，又是以什么方式送来的，一概不知，在一般人无法进入的贾似道书斋中的桌子上，密信静静地放在那里。

王三经的密信上写道："万一郝经有什么意外，我会把鄂州的密约以及证物全部公开。要保证像以往一样，允许郝经每月三次在真州忠义军的庭院中散步，我将从天上确认此事。"信的结尾处堂而皇之地签上了王三经的名字，贾似道认识他的字。

"王三经这畜生，潜入临安来了，好吧，我一定要把他找出来，等着瞧。"贾似道瞟着书斋的天花板，抱着胳膊狠狠地说。

贾似道拘禁郝经的时候，正是阿里不哥在哈剌和林自称大汗，蒙古有两个皇帝的时期。他可以用不知哪个皇帝才是真的作为拘禁郝经的借口，但贾似道一直对蒙古宣称使者失踪了。

知道《女史箴图卷》秘密的另一个人王文统，已经因为与发动叛乱的李璮有关系被处死了。

贾似道心想："一定要找出王三经来，我就耐心等着他出现吧。只要郝经还活着，他就不会乱来。"

每当贾似道觉得王三经已经死在什么地方的时候，他又会露出还活着的迹象来。王三经好像在南宋的某个地方，但有时又会传来他出现在蒙古统治的济南附近的消息。

贾似道对郝经欲杀不能，在长达十多年的时间内，只好一直把他囚禁在真州。郝经最终重获自由是蒙古发动进攻后的事情，他足足被关了十六年之久。

这期间，郝经无数次想方设法让蒙古方面知道自己还活着，他想起汉代苏武在大雁的腿上系书信的故事，也加以效仿。

苏武是出使并被扣留在匈奴的汉朝使节，据《汉书·苏武传》记载，昭帝（公元前87—前74年在位）时期，有一次汉天子在上林苑射下了一只大雁，大雁的腿上系有"苏武在匈奴某泽中"的帛书。当然实际上并没有帛书之类的事情，而是汉朝得到了苏武还活着的情报，因为害怕匈奴不认账，就对匈奴单于这样说而已，单于见汉朝知道了此事，只好把苏武释放了。

郝经仿效这个故事，每年都买来大雁，在雁腿上系上帛书后放飞。他被蒙古军救出前一年放飞的大雁，在开封的金明池很偶然地被人射下来了。金明池是宋代皇宫遗址，如果在北宋，这里是普通人不能去的。射下大雁的人向上送交，由此知道帛书系郝经所写。

帛书上面用非常细小的字写着一首七言绝句和年月日，此外还有署名。

> 霜落风高恣所如，
> 归期回首是春初。
> 上林天子援弓缴，
> 穷海累臣有帛书。

"缴"是系在箭上射鸟用的生丝绳，"累臣"指被擒关押的臣子，也就是郝经自己。

日期写的是"中统十五年九月一日"。中统只有四年，后来年号改为至元了，那年应该是至元十一年（1274），但被囚禁在南宋的郝经不知道这些。

帛书结尾写："放雁，获者勿杀，国信大使郝经书于真州忠义军蒙古新馆。"

在郝经被囚禁的十六年间，虽然蒙古和南宋之间没有激烈的战争，但还是有虚虚实实的冲突。

襄阳在窝阔台时代曾经一度被蒙古占领，但后来又被南宋名将孟珙夺回去了。现在南宋负责守卫这里的是吕文德，他患病后，弟弟吕文焕接替了他。很长时期襄阳和其对岸的樊城都是南宋和蒙古之间的战场。

贾似道拼命寻找的王三经就在襄阳附近。

这里虽说是战场，但还设置有榷场。"榷"是只能一人通行的独木桥，转意指垄断性的交易市场。榷场就是作战双方在里面进行交易的场所，允许一般性的交易，但要征收专卖税，在战时则必须要保证这里的安全。

设置榷场的优点在于：南宋方面虽然被包围了，但能够从这里得到补给。而蒙古一方，即使允许对方补给，也可以以榷场为基础建立攻击的基地。

"这场战争肯定是蒙古获胜，蒙古援兵说来马上就能到，而大宋国的皇帝、宰相却都不肯派援兵来，他们还和以往一样，害怕军队强壮起来。等着吧，被敌人包围的士兵们不久就会愤怒的。"在汉水北岸悠闲散步的王三经这样预测道。

"是啊。"刘整手下的将官李有康点头称是。

李有康在刘整投降的时候，作为宋军的下级军官，对宋朝的体制感到很愤怒。司令官单独投降了，他的部下可以自由选择出路，但大部分部下不愿意再继续留在宋朝，而选择成为蒙古兵。

李有康很早就认识王三经了，因为他早年的梦想是成为一名画家，通过绘画他与王三经结了缘。这天他之所以也在汉水北岸，就是拿着画具去那里写生去了。

这附近看上去非常平静祥和，战事很少。后来，从曾经包围过襄樊的兵将中间涌现出了许多工匠、艺人、学者，可谓人才济济。由于围城的时间长达五年之久，兵将们没有什么事情可做，因此具有某方面才能的人或者喜欢某种技艺的人都在相应领域中取得了长足的进步。以至于有一段时期，音乐、戏曲以及围棋方面的名人经常会被人问道："你是在襄樊的长围中磨练出这种技艺来的吧？"

"长围"除了有长期包围，即时间上很长的意思外，还有一层含义：由于蒙古在襄阳和樊城两座城（现在这两座城合在一起被称为襄樊）周围修建了长长的土墙，包围住了它们，所以"长围"还有距离很长的意思。这个词在当时是一个流行语。

长围的兵将中有些地位相当高的军官也身怀某种才艺。

作为参知政事来到这个战线上的畏兀儿将军阿里海牙就很爱画画。

在长围末期，提议首先从樊城开始进攻的就是这位画家将军阿里海牙。

畏兀儿在蒙古麾下担任掌管记录等书记职务的人很多，不过阿里海牙是一名军官，而且地位相当高。平时他则像其他同族人一样，经常拿起画笔，可以算是一位文化将军吧，他的年龄刚刚超过四十岁。

忽必烈想让镇守襄阳和樊城的宋军全部投降，以便收入自己的阵营中。这里的宋军可以说是吕文焕的私家军队，将其收归麾下后，事情就容易进行了。

所谓的"长围"虽然是很简陋的土城墙，但也是城墙，是一座从万山到鹿门远远地包围住襄阳和樊城的小型万里长城，百丈山、楚山等都在它的包围之中，它阻断了两城与外部的联系。两城只能通过汉水与外界联络，流经襄阳和樊城之间的汉水大约宽八百米。

而在这条汉水中间，蒙古军安插了无数的木桩、竹子以及其他障碍物，花费数年完成了包围。不过两城储存的粮食大概能够支撑五年。

就在忽必烈觉得差不多应该下手的时候，他从阿里海牙那里听说西方有一种新型武器，是能够长距离投掷石弹的投石机。出身于畏兀儿的阿里海牙与其他人相比，对西方事物显得很灵通。

"我让阿八哈派人把那种武器送过来。"忽必烈说。

在伊利汗国，旭烈兀已经去世了，进入了他儿子阿八哈的时代。由于与钦察汗国的争战，伊利汗国非常需要宗家的援助，所以对宗家的要求很重视，马上派人把那种投石机和工程师送到了东方。

这种投石机在波斯语中被称为"曼甲尼克"，伊利汗国已经把它用于实战中了，它能把巨石投掷大约一公里远。古代希腊、罗马也有相同原理的东西，在西方它已经是为人熟知的一种武器。

伊利汗国从波斯把曼甲尼克送来了，同时还派来了两名工程师阿劳瓦丁和亦思玛因。

在战线上，李有康被阿里海牙叫了过去，阿里海牙对他说："我们已经定下来用回回炮进攻樊城了。只是向大汗汇报作战情况的时候，很难用文字描述清楚，我想用图画来展示是最直观的，所以作战时你一定要瞪大眼睛看清楚，然后再详细地画下来。"

受到阿里海牙的嘱托，李有康被人带到了安置曼甲尼克的地方，曼甲尼克被起了一个汉名叫"回回炮"。

虽然人们在很早之前就掌握了回回炮的原理，但是技术上取得飞跃性进展则是在十字军战争时期，它广泛吸收了中国古代的弩、欧洲中世纪的十字弓的技术，它主要是用来投掷石头的，和近代大炮不是同一概念。

从波斯来的工程师阿劳瓦丁和亦思玛因是关于曼甲尼克的最高权威，伊利汗国给了他们两人巨额的报酬。

曼甲尼克被分解成很多部分，送到需要安置的地方再组装起来。李有康被带到安置回回炮的地方画画去了，那里戒备森严，外部的人不允许进入。

回回炮这种新式武器发挥出了巨大的威力。首先它的声音巨大无比，震耳欲聋。

"声音很大啊。"虽然亦思玛因事先就通过翻译告诉了大家，但它那巨大的响声还是令所有的人都震惊。

"霹雳也不过如此吧。"阿里海牙叹息着说道。生于畏兀儿的他也只是听说过回回炮而已。

"不光是声音大，看那边。"阿里海牙接着说道，指着前面面向汉水的樊城城墙。

以往蒙古军攻击了很多次都屹立不动的城墙只过了一袋烟工夫就开始慢慢地坍塌下去了。

攻城主将刘整趁机大声喊道："从那里入城！"

即使没有蒙古军冲进城去，因城墙垮塌，樊城里面也应该呈现出大混乱的状态来。从回回炮安置的地方到樊城大约有二里远，对面的情况不太看得清楚。然而伴随着霹雳般的轰鸣声，大地仿佛从脚下沸腾了一般，声音虽然低沉，但许多人的悲鸣声汇集到一起形成了一股令人毛骨悚然的绝望的喊叫声。

李有康不时地捂起耳朵，他手中的画笔由于兴奋的缘故大幅地跳跃着。

"城墙垮塌的时候画不太好，不过回回炮我要尽量画准确。"他喃喃自语道。

阿里海牙军从垮塌的城墙处冲入了樊城。主将阿里海牙一边在城内骑马巡视着，一边大声喊道："不许杀人，投降者不杀。"。

前不久成为俘虏的唐永坚也带着蒙古皇帝的诏书劝说宋军投降。投降的人很多，但张汉英、范天顺、牛富等人为国殉职了。

樊城陷落后，可以说对岸襄阳的气数也到了尽头，因为新登场的回回炮投掷的巨石能够越过汉水。从昨天还是友军的樊城阵地上，伴随着震耳欲聋的轰鸣声，巨大的石雨飞落了过来。

尽管前线在如此苦战，而南宋的救援军却很少到来。在没完没了的坚守城池的战斗中，南宋的士兵们疲倦了。在长期对峙中，敌我双方虽然激烈交战过很多次，但大部分时候是胶着状态，类似于恶作剧的才能在这时大放异彩。

吕文焕与亡兄吕文德一起被看作是贾似道的人，然而这次他对贾似道彻底失望了。贾似道是宋都临安的独裁者，他很怕出现能与他抗衡的人。有可能成为对手的人，他都会早早地打压下去，有时候甚至会毫不留情地斩尽杀绝。

虽然是敌人，但忽必烈非常欣赏长期与他作战的敌将吕文焕兄弟，很想将其收归麾下。如果强攻的话，蒙古军很可能早就攻陷襄、樊二城了。然而忽必烈没有使用强攻的方法，而采取了"长围"这种非常花费时间的方法，就是因为这个原因。

即使到了最后要进攻的时候，忽必烈也不厌其烦叮嘱道："不能杀人，不能做杀害自己人那样的蠢事。"

对于忽必烈来讲，吕文焕军是迟早可以说服，并使之成为"蒙古军"的军队，因此可以说他们是"自己人"。

攻陷襄阳和樊城的蒙古军总帅是兀良合台的儿子阿术，而负责回回炮的阿里海牙相当于阿术的副司令。

忽必烈长期非常耐心地对吕文焕进行了游说工作。不过，在攻城的蒙古阵营中，也有希望早做了断的人，比如说以前投降的刘整。身为北人的刘整曾经受到南人的嫉恨，很有心理阴影。对刘整来讲，吕文焕兄弟就像是南人的代表，特别是他还曾经差点命丧吕文德之手，怨恨更大。

"等下去的话不知何日才是尽头，现在攻陷了樊城，应该马上对襄阳开始扫荡战，把吕文焕抓起来。"刘整主张道。

"不行，大汗的意思是无论如何也要说服他，我亲自去劝说吧。"阿里海牙受命去做劝降的使者。

忽必烈对吕氏军团的评价似乎格外高，他把撰写劝降诏书的任务托付给了老将史天泽。

吕文焕的司令部在哪里事先已经调查清楚了，此时的宋军已经无力阻止逃兵了，通过逃兵，蒙古军掌握了襄阳城内的每个角落。

阿里海牙在被回回炮打垮的城墙下大声地喊道："吕文焕，你孤军守城数年，现在已是插翅难飞。主上深感你的忠义，如果你能够降服，高官厚禄可期，性命绝无可忧，我可以发誓。"喊完，阿里海牙折断了一支箭扔给吕文焕。"折箭"是遵守誓言的象征，表示向天地神明发誓所说绝非虚假。

活生生的例子摆在眼前，四川的刘整投降蒙古后，就受到了重用，他率领的军队比在南宋的时候要多得多，在这次的襄阳战中，他作为司令官也参加了。

吕文焕投降，可以说天下大势即定，从襄阳到宋都临安之间，已经没有对蒙古军构成威胁的敌人了。

吕文焕在南宋最后的职务是京西安抚使兼襄阳府知事。

阿里海牙陪同吕文焕一起入朝了，入朝就是拜谒皇帝的意思，据记载是夏四月朔日。由于此时已经进入夏季，蒙古的政府机关整个从大都搬到上都去了。

在上都，吕文焕被授予的职务、称号是：昭勇大将军、侍卫亲军都指挥使、襄汉大都督。

吕文焕手下主要的将官也都同行了，他们都被授予了不同的官职。

同时还公布了驻守襄阳的人事安排：

　　　平章军国重事　史天泽
　　　平章政事　阿术
　　　参知政事　阿里海牙

在这三人之外，再加上襄汉大都督吕文焕，由这个阵容负责指挥从襄阳向东窥视临安的军队。

马上就要与以贾似道为代表的南宋展开正面对决了。

蒙古下了一道敕书："南儒为人掠卖者，官赎为民。"

在战俘中，能读书写字的人由政府出钱赎身，让他们担任文书之类的工作。在蒙古识字者被看作是掌握一门技艺的人。

二 大都春秋

　　阿里海牙陪同吕文焕去拜谒忽必烈是至元十年(1273)夏四月，地点当然在夏营地上都。

　　蒙古的政府机构全部搬到上都之后，在大都开始对修建中的宫殿进行最后的打磨，努力争取在这个夏季完工。

　　由于施工，大都城内尘土飞扬，来到郊外后却是另一番天地。虽然大都的西郊在烈日下酷暑难耐，但在建筑物里、大树底下却很凉爽。

　　在后来明朝修建十三陵的地方，树木非常茂盛，从那里再往前走，就能看见辽代建造的佛寺群。

　　那一带被称为"银山"，名副其实，附近绿色很少，全是岩石山。不畏艰险翻过岩石山后，一片绿意盎然的山林就会豁然映入眼帘。

　　在这片山林中，一座简陋的小屋仿佛要被淹没在绿色之中。

　　这里是聂斯脱利派基督教徒列班骚马的修行场所，他在这里和弟子马古思两人反复进行着禁欲和断食的修行。

　　附近有大都基督教徒的墓地，乃蛮的玛丽亚就安眠在那里。

列班骚马和马古思有时候会花费一天的时间，前往玛丽亚的墓地供花。

"我猜你们就在这里，很长时间没见到你们了，好像没有什么变化嘛，很好很好。"一边这样说着一边走近他们的是王三经。由于列班骚马和马古思计划去朝圣，所以他们向王三经咨询过很多事情，因为王三经对旅行很在行。

"我们还是决定走着去，因为这样能和各地的教友们探讨信仰的问题。"列班骚马一见王三经的面就这样说道。

前些时候，王三经听说了他们的计划后，极力向他们推荐："坐船去会更轻松的，我认识的人中有船主，会照顾你们的，你们在福建泉州乘船，我可以带你们去那里。"

"谢谢你费心，我要先和马古思以及其他教友们商量一下后才能给你答复。"当时列班骚马这么说道。但之后他们反复商讨的结论还是走陆路不走海路。

"遗憾啊，坐船出游的话，你们不用走动，而且现在海上也很安全。"王三经十分无奈地摇着头说道。

"走陆路的话，在途中可以见到很多能够给我们教诲、启迪的前辈和友人，而且我们也想去看看克烈、乃蛮的故地，还有畏兀儿。"列班骚马说。

更重要的是他们要去最东边的基督教国家汪古看看，马古思的父亲在汪古的聂斯脱利派教会做副僧正，在去朝圣之前，他们至少要先向他告别一下。

"离大海越远的人越对坐船有恐惧之心，其实从泉州出发的船全是大船，很安全，因为都是蒲寿庚船嘛。"王三经对他们放弃走海路似乎还有些不甘心。

"我听说从高丽进攻日本的船在归途中很为风浪所苦。"马古思说。

"他们那种船没法和蒲寿庚船比，进攻日本的船都是在很短的时间内赶造出来的，坐那种船的士兵们，只能说他太可怜了，真的。"王三经说。

蒲寿庚是居住在福建泉州的色目人巨商，大概是当时世界上最大的船王了。不能动员列班骚马他们乘坐蒲寿庚船，王三经感到无比遗憾。

"以后应该还会有机会去西方，特别是马古思还很年轻，肯定会去很多次，到时候再坐蒲寿庚船吧。那时去往福建的路也会更安全。"列班骚马很感谢王三经的热情。

"即使现在，去往福建的路也很安全，表面上看，好像蒙古方面的人通过南宋领土很危险，其实不是这样的。"王三经连连摇头说。

色目人是蒙古时代的称呼，是既不是蒙古人也不是汉人的人的总称，它主要指西域人，但也包括像马可·波罗这样的欧洲人。色目人一般都在蒙古的保护伞之下，但蒲寿庚却有些与众不同。

蒲寿庚家族在蒙古兴起以前就居住在中国，他父亲蒲开宗时从广州移居到泉州，那之前他们一族在中国居住了多长时间已经不可考。

蒲寿庚据说是阿拉伯（大食）人，"蒲"字大概是阿拉伯语中的常用音"父"或"子"的音译。

蒲寿庚不仅仅是贸易商，他还在南宋担任提举市舶司这样一个类似于海关总长的职务。现在又晋升为福建安抚沿海都制置使，而提举市舶司的职务依旧保持着。

"一起去我和马古思修行的地方吧，大概要用半天的时间。"列班骚马说着跪到了玛丽亚的坟前，马古思也学着他的样子跪了下去。王三经虽然不是信徒，但也低下了头，为她祈祷。

"我曾经很想让玛丽亚坐蒲寿庚船。"祈祷之后，王三经说道。

他似乎对南方的蒲寿庚船非常骄傲。去年蒙古军进攻日本的时候，正赶上海上狂风大作，巨浪滔天，士兵们都被折腾得筋疲力尽。用王三经的话来说，那是他们的船造得太糟糕，如果他们乘坐的是福建造的船的话，航海一定会很轻松。

"你亲眼见过进攻日本的船吗？"列班骚马问道。

"见过，也太偷工减料了，听说在海上只有一艘船发生事故，简直令人不敢相信。"王三经答道。

这就是日本所说的蒙古第一次来袭，据《元史》记载当时共有九百艘船和一万五千名士兵进攻日本。

《元史》记载："冬十月，入其国，败之。而官军不整，又矢尽，惟掳掠四境而归。"

那时虽然刮起了"神风"，但蒙古军好像并不是因为这个原因撤退的，台风袭击的似乎是返程的蒙古船队，蒙古军撤退是在十月二十日，用阳历来算的话就是 11 月 26 日，刮台风有点太晚了。

返回高丽合浦的蒙古军狼狈不堪。王三经那时候正好去了合浦，听到了很多事情。

负责进攻日本的蒙古军司令是凤州经略使忻都，高丽方面则是军民总管洪茶丘。

《元史》说"官军不整"，但蒙古内部对这次战争的看法并不十分一致。

"船是粗制滥造的，乘船的人也各有主张，这样的军队要是能取胜的话简直是笑话。蒙古的指挥官想早点回来，而高丽人则想继续攻打。"在跟随列班骚马他们去修行小屋的路上，王三经讲了很多进攻日本的事情。

"我想知道你对进攻日本这件事情是不是很感兴趣？要不你怎么还专程去了合浦？"列班骚马问。

"以往平定中原的王朝，虽然进兵到了陆地相连的高丽，但还没有渡过大海前往日本的先例，我想知道这是为什么。蒙古是自秦始皇以来首次想越过大海东去的，所以我很想知道结果。"王三经耸着肩说道。

"这次进攻日本，我感觉从一开始就没有很用力，听说过些年后还会再次出兵日本，不过恐怕是打败南宋之后的事情了，那样就能利用南宋的水军了。"列班骚马说。

王三经抬头看着天，对此他什么也没有说。

"什么时候这个世界才能没有战争啊。"马古思叹息着说，年轻的他相信没有战争的世界会到来。对于他的这个问题，谁也没有办法回答。

三个人用了半天左右的时间回到列班骚马和马古思的修行小屋时，已经接近黄昏了。两位年轻的基督教修行者听王三经讲述世事变化入了迷，一直听到了深夜。

"宋朝皇帝和高丽国王都在去年七月去世了，正值国家多事之秋，今后可能会有翻天覆地的大变化吧。"王三经说道。列班骚马和马古思两人甚至连这样的大事都不知道。

"是嘛，那真是……"他们只能这样附和。

高丽国王的世子王谌很早之前就表示想迎娶蒙古皇女，但忽必烈一直没有答应。直到去年五月王谌才好不容易实现了这个愿望，迎娶了皇女忽都鲁揭里迷失。

"这样一来，高丽王家就安泰了。"

或许是因此安心了吧，高丽国王王禃在两个月后就匆匆离开了人世。

大概由于喜庆的话题容易传播，世子的婚礼列班骚马和马古思这两位基督徒也听说了，而葬礼他们却一无所知，更不用说在宋朝也举行了皇帝的大葬，这更是头一次听到。

"你们两人在这种地方过着远离尘世的生活，真像神仙啊，就像陶渊明笔下的不知乱世的桃花源人一样。"王三经笑着说道。

"我最近刚从一位汉族老先生那里学到了陶渊明的《桃花源记》，真是一个有意思的故事。"列班骚马点着头说道。

"将来等我们从耶路撒冷回来后，这边的事情恐怕什么都不知道了，到时候还要麻烦你给我们讲解啊。"旁边的马古思说道。

"哈哈，你们现在就预定我的讲座啊？不过，有些事情你们还是应该知道。你们或许超凡脱俗，但向你们寻求救赎的都是俗世中的人啊。怎么样，明天和我一起去大都看看吧？"王三经邀请他们道。

"大都吗？"两人几乎同时说出了首都的名字，不过他们的口气有微妙的不同，列班骚马似乎很感兴趣，而马古思则显得有些冷淡。

大都虽然是蒙古的首都，但汉人的色彩、吐蕃的色彩太过浓重，这点很不合马古思的心意。大都里面也有聂斯脱利派的教堂，只不过与偶像崇拜者修建的寺院相比规模很小，年轻的马古思对此很不满。

"我们的教徒人数少，所以教堂修得小，这也没有办法。我倒是觉得虽然人数少，但教堂修得还是很壮观的。"

列班骚马曾经这样安慰马古思。

"我说的不是建筑物的大小。"

马古思提高嗓门反驳道。

"行了，去看看吧，越是异教徒多的地方，不是越有传教的意义吗？你应该这么想。"列班骚马用前辈的口气说道，在教义、信仰等方面，马古思已经超越他了。他拍着马古思的肩膀这样说，至少保存了一点作为"师"的面子。

大都是尚未完工的首都，全部完工从这之后又花费了十年以上的时间。

大都在金朝中都的东北部，在军队宿营用的空地上画上线条的主要是刘秉忠，这也是不合马古思心意的一个主要原因。

刘秉忠是佛教高僧海云的弟子，他出家时代的法名是子聪。海云是忽必烈的顾问，继承他的是子聪。海云于忽必烈在开平府设立幕府后不久就去世了，子聪在忽必烈的命令下还了俗，取名刘秉忠，是忽必烈的亲信。

有这样背景的刘秉忠主持建造的都城，不用说，当然不会合基督徒马古思的心意。

宫城当然是坐北向南的。据记载环绕大都的城墙长六十里，实地测量长二十八点六公里。

城墙的南面有三门：顺承、丽正、文明，西面有三门：肃清、和义、平则，东面也有三门：光熙、崇仁、齐化，只有北面是二门：健德、安贞。

"这是地地道道的鬼怪的偶像，真不愿意穿过这门。"马古思站在肃清门前说道。

不知从什么时候起人们就开始说，佛教中的保护神"哪吒太子"的形象在大都城中展现了出来。不过，这话并不是曾是佛门弟子的刘秉忠说的。

"噢，有人这样说啊？原来如此，确实可以这么看啊，不知是谁想出来的，不过这人还挺有学问的。"

大都的设计者刘秉忠听到人们的议论后，这样感叹道。

哪吒太子的形象是"三头六臂两足"，大都的各个城门正好暗合了他的形象：两足踏在北方，左右各有三个胳膊，三个头注视着南方。

"模拟荒诞不稽的妖怪形象，这个城市真令人感觉恶心。"列班骚马两手放在胸前，不停地摇着头。

今天的北京是以元大都为基础发展起来的，只是原本宽旷的北部在明代时被削减了一部分，相反在南部增加了面积。列班骚马他们这时行走的地方，明代以后是北京的郊外，从肃清门起就是城墙的外面了。

大都虽然还在修建之中，但南半部分已经密布着建筑物。中南海、北海，还有在它们北边宽阔的积水潭都是人工湖，这些可以说是改造了蒙古性格的大工程。

"岐国公主和玛丽亚曾经从直沽乘船，那里离大都意外地近。把都城修建在这里，可能意识到了大海吧，这在以往的蒙古是不可想象的事情。"王三经说。

"是啊，听说攻陷临安之后，还要再次出征日本。"列班骚马和马古思说着抿起了嘴。

他们三人进城后，尽量选择了向南行的道路。向热闹的地方行走或许是人的本能。

沿积水潭斜行的道路被称为斜街市，那里是个热闹非凡的集市。不仅蒙古人，游牧的人都非常喜欢集市。大都最热闹的地方可能就是斜街市的集市了。

"出征日本前，有两个日本人被带到了大都。听说他们最吃惊的就是斜街市了。日本虽然也有集市这种地方，但没有像这里这样汇集了世界各地的物品。"王三经说道。

"王先生应该也见过临安的集市吧，这里与临安相比怎么样？我听说过很多传闻。"一直在默默地行走的马古思突然张嘴问道。

马古思对蒙古人以大都为骄傲，对这里的集市感到自豪之事很不以为然。他虽然还没有去过，却坚定地认为君士坦丁堡、罗马那边的集市一定会更好。他觉得斜街市可能连临安的集市也比不上，更不用说基督教国家的了。

因为知道马古思的这种心理，王三经对怎样回答感到很困惑。

"这个，再怎么说大都也是新建成的城市，集市也是刚刚形成的。与它相比，临安成为首都已经一百五十年了，在成为首都之前，它叫杭州，已经有上千年的历史了，底蕴根本不同。"王三经特别强调两者不具可比性。

据说春秋战国时期的燕国把首都定在了这附近，但无法确认它的城址到底在哪里。其后历代王朝的国都一般都在长安、洛阳、汴京，这附近成了辽、金的首都，当时被称为"燕京"，在元大都的西南。大都的面积有燕京的两倍以上，是一个全新的城市。

大都确实没法与历史悠久的临安（杭州）相比，不过，正因为是全新的，它最吸引人的地方就是欣欣向荣。此外，与以往的国都相比，它还有一个特点就是吐蕃色彩很浓厚。出身于中国佛门的刘秉忠也要对忽必烈的宠臣八思巴表示敬意。

大都的集市位于钟楼和鼓楼这两个大型建筑之间。在清朝时代，这里有很多宦官的家，因此具有一种独特的气氛。在元朝，这里也有独特的一面，那就是吐蕃味即密教氛围浓厚。

说大都仿效哪吒太子，是因为他有三头六臂，而大都城门的数目暗合了他。不过，据说被称为大力鬼王的哪吒太子实际上有八只胳膊，他是毗沙门天王的太子，是北方守护神之子，兄弟总共五人。

在佛教之中，像这种密教色彩浓厚的东西，很让像马古思这样的一神教修行者厌恶。

"咱们去清净一点的地方吧，这里的空气太浑浊了。"马古思迈开大步想尽快走过这里，但集市上每个角落人都很多，他们不得不在熙熙攘攘的人流中艰难穿行。

集市上不光卖东西，还有高声讲述时事、故事的人。

"唉，诸位客官，你们听说过日本这么一个国家吗？一直以来它还被称为倭国。冲向那里的大元军……"这里已经在讲最近的战争了。

在元代很少举行科举考试，读书人大多处于失业状态，因此为这样的繁华场所写娱乐剧本成为他们谋生的一个手段。

唐诗、宋词、元曲。

后世的人这样评价中国各个时期的文学主流。在以往，为戏曲编写剧本都是科第屡试不中的三流文人的事情。然而在几乎没有科举考试的元代，第一流文人也只好从事这项工作，所以这个时代涌现出许多优秀的戏曲，统称为"元曲"，其中很多曲目即使到了现代都很值得一看。曾经供职于金朝，后又做到蒙古太医院尹的关汉卿被视为元曲的创始者，他的代表作《窦娥冤》等被反复地上演，好评如潮。

列班骚马他们参观大都时，正是以进攻日本之事为素材，荒诞滑稽的战争剧风行的时候。

"往哪里走都在讲攻打日本的事情，我在高丽听到的可不是这么令人欢欣鼓舞的哟。蒙古军遇到暴风雨狼狈不堪，这才是真实的情况。"王三经说。

"都是谎话连篇，想在这种地方寻求事情真相的人，只能说他们很愚蠢。不过,愚蠢的人可真多啊。寻求真实的人哪怕只有一半,不，只有十分之一就好了。咱们还是赶紧走吧。"马古思说。

他们三人好不容易走出了拥挤的人群，来到了东边的道路上，那附近有国子监和孔子庙，虽然这些依然不合马古思意，但比起刚才的拥挤嘈杂要好得多。

国子监就是国立大学，里面一定会有供奉孔子的庙。庙这种东西在马古思看来就是偶像崇拜的根据地，也是令人厌恶的地方。不过因为这里是做学问的场所，还是充盈着一种令人神清气爽的紧张感。

再往南面走，坐落着各种政府官衙。

在大都最先修建的就是供奉成吉思汗家族历代祖灵的"太庙"。它在大都的东侧，与之相对的西侧则是"社稷坛"。"社稷坛"是祭祀农业神的地方，这个设施似乎与游牧民国家很不相称。不过，由于国民中的大部分人都是务农为生，它还是很有存在的必要。可以说社稷坛并不是为成吉思汗家族修建的，而是为普通国民修建的。

忽必烈的国家汉化非常明显，马古思对那些汉化的建筑物尽量不去多看一眼。

直到看见基督教堂后，马古思才终于安下心来，露出了笑容，这是大都唯一能让他心驰神往的地方。

在这个时期（第一次远征日本后不久）的大都，右丞相安童掌握着大权，他是皇后察必的姐姐帖木伦的儿子。他父亲霸都鲁是国王木华黎的孙子，本来他应该继承王家，但忽必烈把安童要了过来，成了他的直属大臣。

安童刚刚年满三十岁，踌躇满志，很想有一番作为。他妹妹由忽必烈指婚嫁给了刚从波斯归来不久的人中英杰伯颜，可以说他的门楣之高无人能及。

这位年轻的丞相即使在都内巡察也骑着由伊利汗国赠送的阿拉伯名马，威风凛凛。

"啊，是安童丞相。"

"太威风了。"

"真是大都的骄傲啊。"

人们仰望着骑在高头大马上的安童异口同声地赞叹道，在围观的人群中也有列班骚马等人。

这天，正在举行为教坊司挑选八百名乐工的活动。

"我听说乐工中有很多我们的教友。"马古思说。

基督教徒中有很多人会演奏在汉土罕见的乐器，他们中有人在教坊司教授乐工们。

"只要能发挥出各人的才能就好，不光是演奏乐器，听说他们制作乐器也很出色。"王三经笑着说道。

"我们的教友中很少有像阿合马那样的人，我们对此反而感到很骄傲。"马古思摇着头说道。

在大都，权势能够与安童比肩的就要数中书省平章政事阿合马了。阿合马出生于锡尔河流域的费纳喀忒[1]，曾经侍奉安童的祖父按陈。

按陈的女儿察必嫁给忽必烈的时候，阿合马也跟随她进了宫。由于他善于管理财政，很快就崭露头角，忽必烈经常评价他"简直就像魔术师似的"。

1　今乌兹别克斯坦塔什干西南锡尔河右岸。

只要对他说需要多少钱，到时候他一定能足额地准备好。当然他用的方法不是借贷，而是榨取民脂民膏。所以他被百姓们深恶痛绝，他自己也深知这点，因此很少在人前露面。

忽必烈也知道人们痛恨阿合马。但是能够像变魔术一样筹集战争经费的阿合马，眼下无论如何也是不可或缺的人才。

因此忽必烈还专门为他量身定做了"制国用使司"这么一个职位。这个职位不久就升格为尚书省，阿合马被任命为长官。

阿合马不仅仅是榨取。为了便于榨取，他进行了新的户口调查，整理了户籍。

"收税的人和交税的人就像打仗一样。"这是阿合马的口头禅。

阿合马改革盐税、振兴冶铁，制定了官卖农具等细致入微的政策。蒙古人最感头痛的财政工作，由最精于此道的色目人包揽了。

安童经常弹劾曾是自家佣人的阿合马，特别是至元十一年（1274）十一月，相当严厉地追究了他的问题。

大都的百姓们对阿合马的做法很不满，知道安童弹劾他的事情后，全都拍手称快。

忽必烈虽然下令要彻底究查阿合马，但还是无法放弃擅长敛财的他。阿合马也深知这点。

"你做得太过分了，以后要多加注意。特别是你儿子忽辛名声恶劣，要慎重。"忽必烈只是斥责了他一番。

"挟宰相权威商贾，以网罗天下大利，厚毒黎民。"

传说安童是这样弹劾阿合马的。游牧人捕捉情报比农民要灵敏得多。

"的确如此，政府高官行商，不会有什么好事。"

大都的百姓得知了朝廷中的事情，也都议论纷纷。

　　列班骚马他们的朝圣计划在有条不紊地进行着，最后只剩下了要不要请求皇帝援助这个问题。

　　"最好不要抱太大的希望，现在大汗满脑子全是消灭南宋以及再次征讨日本的事情。阿合马被安童那样弹劾，最终也只是受到很轻的处分，全是因为他筹措资金的本领。钱都用到战争上了，哪还能为朝圣出资呢？我们不要对此抱希望，我们的依靠就是坚强的信仰。"列班骚马和马古思在大都正式开始了朝圣的准备。

三　湖广征讨军

　　攻陷襄樊的蒙古军沿着汉水进发到安陆府，它被称为湖广征讨军，湖广指湖北和湖南。蒙古军采取了双头制，这支征讨军的总司令是史天泽和伯颜两人。

　　史天泽是一名老将，已经年过七十了，其父归顺蒙古的时候，他还不到十二岁。他是汉地四大世侯之一，实力超群，特别是深得忽必烈的信赖。忽必烈家（拖雷家）的封邑在史家附近，从即位之前起，忽必烈就和史天泽的关系很亲密。

　　"我上年纪了，再统率军队力不从心了，我就作为副将尽量做些力所能及的事情吧。"史天泽推辞了总司令的任命。

　　他最近身体一直不好，不得不从郢州返回了襄阳，接着又在忽必烈的批准下，返回了真定的家中。

　　忽必烈从大都传话来："可且北归，善自调护。"

　　面向汉水的安陆府的攻防战是史天泽北归之后开始的。

　　安陆府前面的水中布满了铁锁、成捆的木桩，以及搭载着弓箭手的军船，航道被阻断了。

"如果强行突击的话，对我军会造成相当大的损失，可是要想过去的话，又只能依靠船。你们在这种时候都是怎么做的？"伯颜询问襄阳的降兵道。

蒙古人主要在草原上打仗，对水战很陌生，所以还是向熟悉的人询问为好。不过，征讨军中虽然有很多汉族士兵，但他们大多也是北方出生的，正如"南船北马"所讲的那样，还是更擅长骑马作战。

蒙古系的人丝毫不觉得向别人请教问题丢脸。即使对方是降兵，也有比自己强的地方，这是理所当然的。

"坐船来的，并不一定从始至终都要靠船通行啊，北方的人真是死脑筋哪。"一个名叫马福的降将笑着说道。

"不靠船通行的话，你想让全军都光着身子，一直游泳游到安陆城前吗？"伯颜问。

"就算游到那里去了，难道还要光着身子游到临安去吗？已经十一月了，水已经相当冷了，很多人入水后可能受不了吧？"马福说。

"那你说该怎么办？"伯颜问。

"下船来，从陆地上走，再好的弓箭手从安陆那边也不可能把箭射到岸这边来。"马福说道。

"下船从陆地上走，那船怎么办？"伯颜问。

"把船也拖上岸来，带着它们一起走。"马福说。

"带着船一起走？"伯颜问。

"是的，正是这样，这其实不是很困难的事情，正好这附近有很多粗壮的竹子，把竹子铺在路上，让船在上面滚着走。"马福说。

"嗯，那我们把船滚到哪里呢？"伯颜问。

"先到藤湖吧。"马福没有多想，张口答道。

藤湖是汉北诸河流交汇的地方，从一个名叫黄家湾堡的地方可以进入汉水。藤湖的下游有一个名叫沙洋的港湾，非常适合泊船。这些蒙古的侦察队事先已经调查好了。

"到藤湖之后呢？"伯颜看着马福的脸问道。

"不是已经调查好了吗？"马福咧开嘴笑了起来。

"好吧，你以后就待在我身边，要随叫随到，明白吗？"伯颜马上下达了船队上陆的命令。

历史上，蒙古的这次安陆迂回战很有名。类似的著名案例还有一百八十年后，奥斯曼土耳其帝国的穆罕默德二世进攻君士坦丁堡时，船队曾经登陆越过山峦。

征讨军总司令伯颜的副司令是阿术、阿里海牙以及襄阳的降将吕文焕，各路军加起来总兵力是二十八万人，大小船只共有数千艘。

因卧病在床而离开战线的史天泽在北归的时候，反复告诫将士们道："一定要遵守诏谕，千万不可滥杀，这是决定胜败的关键。"

诏谕指的是至元十一年（1274）忽必烈下达给蒙古、汉军高级将领的命令，西域的色目人几乎没有参加伐宋战。诏谕中讲道："今遣汝等，水陆并进，布告遐迩，使咸知之。无辜之民，初无预焉，将士毋得妄加杀掠。"

蒙古作战从来没有像这次伐宋战这样小心谨慎。

以吕文焕为首的所有的襄阳降将都得到了与在南宋时相同或者更高的官职，而且不仅仅停留在形式上，在作战会议中，他们也与蒙古原来的将领们没有任何的区别。

投降后受到优待的事例就摆在眼前，而且这样的人数很多，这令想要投降的人感到很放心。

想要投降的人一般都会有担心：他们会不会光说好听的，过后就翻脸不认账呢？但是如果人数众多的话，也就很难翻脸了。

当南宋的军人们明白了受优待是事实，没有生命危险的时候，投降的人越来越多。

临安的南宋政权不重视地方上的军人，它虽然希望军人们奋力保卫国家，但是又害怕他们功劳过大会干预政治。政府的这种心理，地方军人们也明白。

"犯不着拼着性命去保卫国家,这个政府值得我们这么做吗？"

襄阳失陷后，这种情绪在各地军人之间蔓延开来。

汉水汇入长江的要地汉阳毫不犹豫地投降了。曾经被两大阵营争夺的鄂州，其守将张晏然和程鹏飞也献出了城池。投降的宋军非但没有被解除武装，反而直接被编入了蒙古军中，只是守将换作了阿里海牙。

把鄂州交给阿里海牙后，蒙古军主力继续东进。

1127 年，金军攻入北宋都城，自皇帝以下的皇室成员全部被强行送往了北地，这就是靖康之变。当时偶然在外、逃过劫难的赵构（钦宗的弟弟）随后在临安即位，之后的宋朝被称为南宋。南宋时期，天子的权威被形式化，宰相的权力大增。

现在南宋的宰相是贾似道，他唯恐地方军人建立大功，威胁自己的地位，所以对军人很冷漠。他和军阀首领吕文德关系密切，通过他控制地方的军人。

然而，吕文德一死，他弟弟吕文焕成为军阀首领后，联系两者的纽带断裂了。

地方军人接连不断地投降了蒙古军。黄州守将陈奕献出了黄州，换来了"沿江大都督"的称号。他儿子陈岩是涟州知事，看到父亲的劝降书之后，也立即投降了。

江州（九江）的江西安抚使钱真孙、六安军曹明、南康军叶闻等都相继投降了，蒙古大军在九江摆下了阵势。

拉开这一连串投降剧序幕的是范文虎，襄阳战时他还赶去救援过，是蒙古军很熟悉的敌将。范文虎归顺元朝之后，还率领了第二次远征日本军，在日本也很有名。

范文虎投降的时候，忽必烈正在大都，他一般都是在三月末去上都。忽必烈在大都检阅了投降的人，吕文焕来拜谒他后又回到了战场。

恰巧在这时候，史天泽在自己家中与世长辞了。史天泽少年时，他父亲就归顺了蒙古，他作为蒙古臣民生活了六十余年，享年七十四岁。

史天泽临终前说："臣大限有终，死不足惜，但愿天兵渡江，慎勿杀掠。"

"像史天泽这样的人难得啊，他一死就没有人和我谈论天下英雄了。也许再过十年，伯颜会成为第二个史天泽吧。"忽必烈叹息道，他很想听听史天泽评论这次投降的范文虎。

范文虎在南宋曾经被弹劾过，因为他救援襄阳没有成功，当时军中却有美妓相伴，尽情宴饮享乐。

"不是很豪放吗？"忽必烈说，但近臣们谁也没有吱声，如果史天泽在的话，应该会说些什么吧。

在南宋，当时的另一名宰相陈宜中主张应处斩范文虎。但是他的这个主张遭到了贾似道的反对。结果范文虎的殿军指挥使这个军中的最高职务虽然被免除了，但只是被降级为安庆府知事而已。

"如果军中宴饮也要处罚的话，那么蒙古军可能一个指挥官也没有了。"忽必烈笑道。

群臣们还是没有什么积极的反应。如果史天泽在的话，大概会说："无论怎样吃喝都无所谓，只要吃喝出了精气神，即使每天如此又何妨？关键是打仗的时候要拿出精神来打胜仗。"

"这次投降的范文虎很有意思，进攻临安的时候迟早会用上他，把他带到这里来。"忽必烈命令道。

因为主帅是伯颜，像范文虎这样的人他应该也能充分发挥其才能，忽必烈对范文虎很感兴趣。

忽必烈在考虑以后的战争，那时候或许可以用上范文虎，让他统率水军。

以后的战争就是再次远征日本，在忽必烈心目中伐宋战已经差不多结束了。

沿长江而下的征讨军总帅伯颜所到之处没有抵抗的宋军，要不逃跑了，要不投降了。

南宋亮出了最后的王牌，那就是贾似道。

贾似道身居太师之位，被封为魏国公，官平章军国重事。在南宋，除了皇帝之外，没有人比他地位更高，也没有人的权势能与他比肩。他虽然没有治国的才能，但他凭借做贵妃的姐姐步入官场，屡屡升迁，长期把持朝政，不得不说他还是有某些才能的。

如果说贾似道有什么真正的才能的话，那就是对书画古董的鉴赏力，他鉴别书画古董真伪的眼力是货真价实的。不过，在鉴赏力之外，他巧妙伪装自己的才能还要更胜一筹。

己未年（1259）的鄂州战，蒙古方面只是想收容北归的兀良合台军，只要确认了兀良合台军的消息，忽必烈的本队就会撤退。蒙古军按照计划行动了，为了能使蒙古军顺利撤退，王三经向贾似道献上了《女史箴图卷》。

而贾似道将此事伪装成他打败了蒙古军，因此被国人奉为救国英雄。

一切似乎都进展得很顺利，但知道真相的王三经随后隐藏起了行踪，这让贾似道很是放心不下。王三经与蒙古方面的高官有接触是可以肯定的，其中之一的郝经作为使者来到了南宋，这对贾似道来讲是极其危险的，无论如何不能让郝经到临安来，于是他令人将郝经拘禁了起来。蒙古经常把拘禁郝经作为出兵的理由之一。

"十六年了，确实把郝经关得太久了。他倒也很聪明，如果他稍微透露出一点《女史箴图卷》的事情，我就会杀掉他。现在看来差不多了，可以放他了。"贾似道命令释放郝经。

重获自由的郝经直接去往了大都也就是燕京。由于他没有到临安来，贾似道认为他的那层救国英雄的伪装还不至于剥落。

怎么还不来啊？

贾似道把大本营设置在了芜湖，他将在这里与淮西制置使夏贵的军队会合，夏贵率领着两千五百艘军船。

但是贾似道心急如焚地等待的不是夏贵的军船。

自鄂州战以来就音信皆无的王三经，这时候大概会露出身影来，他才是贾似道翘首期盼的，有些事情只有王三经能做，他也应该知道贾似道在等待自己。

虽然王三经藏起了踪影，但他不时地通过各种方式告知贾似道自己并没有死，而是很健康地在临安观察着形势。王三经亲笔写的信经常夹杂在官府的文件中被送到贾似道的案头。

从信的内容来推测，王三经似乎就藏在不远的地方。郝经已经被释放了，王三经也不用担心贾似道派来的刺客了。

大量的物品被搬运进了芜湖的大本营，王三经来信预报说他将乔装成搬运工的样子出现。

他果然会来，南宋还有可以和蒙古叫板的筹码吗？贾似道低头沉思起来。他在拼命寻找与蒙古谈判的突破口，但好像已经没有筹码了。

因为是战争，双方都抓有俘虏，有些蒙古将士成了南宋的俘虏，其中一个名叫宋京的人地位相当高。贾似道表示想把这个宋京送还蒙古，以此来进行和谈。

"这种话应该在我们大元军渡过长江之前说，现在再说就太晚了，不得不说已经错失了时机。如果南宋真想讲和的话，不要派谈判代表，难道不该魏国公（贾似道）亲自出面吗？"

这是伯颜的回答。

现在，贾似道正在仔细琢磨伯颜的话的意思。

"现在再说就太晚了。"

这句话丝毫没有回旋的余地。

"不得不说已经错失了时机。"

这好像是在重复同一个意思，但为什么要重复说呢？后一句的"不得不说"给人感觉语气似乎稍微缓和了一些。

"你还在思考吗？"突然有人向贾似道说道。

虽然很突然，但这分明是期盼已久的声音。尽管很长时间没见面了，但贾似道始终没有忘记王三经的声音。王三经就站在贾似道居住的关帝庙的庭院中，这里有很多大树，他从大树之间现身了。

虽然这里警卫森严，但王三经还是来到了丞相贾似道的身边。面对笑嘻嘻地走近的王三经，贾似道用很严厉的表情说道："你还是像以往一样啊，居然到了这里。"

"我遇见了很多警卫，只要让他们看看这个，全都恭恭敬敬地让我通行了。"王三经看了看手里的信封，上面非常郑重地用朱笔写着"机密"二字。他熟知去见贾似道的手续，其要领与他带古董字画来时是一样的。

不过，这次他没有征得贾似道的同意，他先扮作搬运工的样子，突破警戒线后，再在林子中飞快地脱去了乔装用的衣服。

"你有什么好办法？"贾似道问。

"没有，我就是来对你说这个的。作为丞相，好办法已经没有了，但作为一个普通的人，还有很多条路。"王三经在贾似道背后仿佛自言自语似的说道。

"我还不一定会输呢。"贾似道说。

"我的话你可能不爱听，但胜负已经定了。沿途的人都在欢迎大元的军队。看到大宋的军队，老百姓都胆战心惊，一味逃跑。大宋军已经没有人听长官的命令了，抢劫、强奸，为所欲为。与之相反，大元军中虽然有很多人直到昨天为止还是大宋的，可是一旦进入伯颜的指挥下，就好像改头换面了一般，这到底是为什么呢？违反军纪的人立即就会被斩首，没有一个人盗窃百姓的财物，只凭这些就可以说胜负已经定了。如果大宋胜利的话，可能老百姓都会争先恐后地逃走。这样还能期待大宋胜利吗？这是显而易见的事情。"王三经说。

"行了，不要说了。"贾似道说道。

两军军纪的差异实在太过明显，无须现在再说。

"那么你知道今后该怎么做吗？王三经问。

"接受失败啊，"贾似道说着轻轻地笑了起来，"就是失败的方法啊。有很多种失败的方法，你是不是想教我这个？"

"是的，即使失败了，也还可以保全性命。"王三经说。

"我也在考虑各种失败的方法。"贾似道说。

面对王三经，贾似道丢掉了所有的伪装。抛掉枷锁后，有时会意想不到地想出好对策来。

"比什么都重要的就是你要放弃贾似道的身份。"王三经说。

"让我不是我……这样虽然能变得很轻松。"贾似道沉吟道。然后他毫不掩饰地拿过了王三经双手递过来的信封，接着与其说是不掩饰，不如说是粗暴地取出了装在里面的东西。

信封里面只有一张白纸。

仿佛象征他已非贾似道的白纸。

"白纸上什么都可以写，涂什么颜色都很自由。"王三经说。

"为此需要付出的代价，是放弃我现在所拥有的一切，让我再想想吧。"贾似道说。

"你可能已经没有说这种话的余地了。"王三经说。

"很难说，胜败乃兵家常事。项羽在那种时候放弃，后世很多诗人都为他感到遗憾。"贾似道说。

"江东子弟确实有很多才俊，但他们真能卷土重来吗？我认为你现在应该咽下耻辱，舍弃一切逃走。"王三经说到这里，贾似道把取出的白纸丢弃到了风中。

"好吧，等这次仗打完之后再说吧。"贾似道用眼睛看了一会儿白纸飞走的方向，挺直了身子说道。

"好吧，那就等到下次战争开始前吧。不过，下次请给我写上字的纸。"王三经说。

贾似道摇头苦笑道："明白了。"

池州在宋军大本营所在地芜湖和位于庐山山麓的江州的正中间，相当于现在安庆市稍下游的地方。贾似道在池州附近的鲁港摆开了阵势，并让部将孙虎臣占据了池州附近的长江上的小岛，再由夏贵的两千五百艘军船封锁了长江。

伯颜率领的大元军以骑兵为主力，隔着长江前进，到达了池州附近的丁家洲。贾似道的诸路军马十三万人，号称百万，与伯颜对抗。宋军以步军指挥使孙虎臣为前锋，夏贵的两千五百艘兵船罗列江面，贾似道亲自率领后军。

隔着长江，元军又亮出了以前的"回回炮"，向宋军船队发射。炮声响震百里。

与石头炮弹本身的威力相比，首先它那震耳欲聋的轰鸣声就让宋军大为惊慌，宋军的船队马上就乱了阵脚，夏贵的司令船率先逃走了。士兵们冲着后军贾似道的兵船队叫喊道："敌人太多了，根本没法打仗，没办法了。"

贾似道听到士兵们这种示弱的叫喊声，只好仓皇"鸣金收兵"了。

自古以来，就使用锣鼓做军事信号，敲鼓则向前进，鸣锣则往后退。宋军只能一味地敲打铜锣，企图召回军队。

伯颜的元军中，有很多人是直到不久前还在与元军作战的宋军兵将。

一直以来人们都认为蒙古军不擅长水战，但现在已经不是这样了，因为即使在宋军中都算得上最擅长水战的范文虎投降了元，并作为元的将军参加了对宋作战。范文虎在南宋时，因在军中与美妓宴饮而被降职为安庆府知事，但投降元朝后，他被授予了两浙大都督这么一个重要职务。而且他还任命自己的侄子范友信为自己曾被贬职的安庆府知事，他虽然是投降之人，却拥有任命权。

伯颜以实际行动显示出了对降将十分和善的态度。在攻占权州时，那里的通判赵卯发与妻子一同自杀了，伯颜对他们很同情，备好衣衾厚葬了他们。

大概是出于人格魅力吧，伯颜在汉人中非常受欢迎。伯颜会汉语，而且读写都很出色。

大元军所到之处，长江沿岸郡县的长官不是逃跑就是投降，誓与城池共存亡的只有溧阳的赵淮和饶州的唐震等人。伯颜进入建康[1]后，忽必烈决定派出和谈的使者。

这场战争虽然可以说是单边的胜利，但忽必烈还是想尽量无损伤地收服大宋国。

忽必烈派遣的国信使是畏兀儿人廉希贤，他是廉希宪的堂弟，廉希宪已经定下来将会成为新领地的统治者。廉希贤任礼部尚书，负责掌管教育、仪礼等事务，是典型的文官。廉希贤找到伯颜，请求给他增加护卫的士兵。

伯颜说："行人（外交官）的语言就是武器，还是不要带太多士兵为好。士兵过多的话，有时反倒会生出一些麻烦来。"

廉希贤说："我这次去南宋说是去和谈，其实是逼迫它降服，所以必须要壮大声势，为了达到威慑的效果，也应该多带些士兵去，请你理解这点。"

经廉希贤这么一说，伯颜不得不为他增加了护卫兵。

就在廉希贤率领的使节团离开建康，将要到达独松岭的时候，他们一行被一个武装集团包围住了，护卫队长厉声喝道："什么人，报上名来！"

对方没有回答，只是瞄准国信使，扑杀了过来，正使廉希贤和副使严忠范当即被凶刀刺倒在血泊中。独松岭在苏州郊外，前来迎接大元国信使的南宋方面的警卫队当时也在。廉希贤被抬到临安的时候还没有断气。

1　今南京。

"这样一来，大宋的气数也尽了。"伯颜得知国信使在独松岭被袭的消息后，仰天长叹道。他去南宋的江淮招讨使汪立信家中吊唁后，刚一返回来就得知了这个消息。

伯颜曾经通过很多途径劝说汪立信投降，但汪立信不愿意投降，他很想和元军决一死战，不过他明白即使这样也无法拯救国家。最后他当然可以风风光光地与元军大战一场，但是那就会把很多无辜的人也卷入战火之中。

他自己不想投降，但也不想把无辜的人卷入战火去。他在心中暗想："我要作为宋臣了此一生。"

汪立信招来族人，举行了一个家宴。席上他对族人说："我们不幸生在这样一个时代，大家都去寻找自己的道路去吧，投降也可以，我不会责怪投降的人的，不过我要走自己的路。"

家宴结束后，他就喝下了毒药。

为此元军得以不流血就占领了建康，没有无谓的流血牺牲就结束了这场战争。

就像厚葬权州的赵卯发夫妇一样，伯颜也很敬重既忠于自己的信念，又爱惜城中百姓性命的汪立信，所以他今天特意去慰问了汪家，没想到在归途中却得到了国信使廉希贤一行被宋人袭击的坏消息。

"舞刀弄枪的人固然不好，但满嘴空话的人，对国家，对人民又有什么用处呢？岂止是无用，加速国家灭亡的正是这样的人，他们只会自我陶醉，真想狠狠地教训他们一顿，让他们清醒。"伯颜说。

伯颜认为在独松岭暗杀元朝国信使的一定就是这样的人，他们最应该受到唾弃，就像南宋陈宜中那一类人。

陈宜中是太学生反政府运动的领导人。太学生们一直猛烈地抨击着政府的软弱外交、对蒙古屈辱的妥协政策。贾似道的前任宰相名叫丁大全，是个一心只想往上爬的人，他是学生运动的靶子。丁大全确实是个令人厌恶的家伙，但他在不讨好学生这点上做得很有骨气。

以陈宜中为首的六名太学生向皇帝上书抨击丁大全的奸恶，丁大全对他们采取了彻底镇压的态度，六名太学生被开除学籍，流放边荒。然而社会舆论却站在太学生们一边，他们出发时，很多人整冠束带前去送别，称誉他们为"六君子"。然而，伯颜却轻蔑地认为这样的君子不过是一群口舌之徒而已。

过了不久，丁大全落马了，他的种种恶行也随即大白于天下，他甚至还和儿媳私通，目中无人的程度也超过了极限。在丁大全之后成为宰相的是号称在鄂州战役中赶跑了蒙古军的贾似道。贾似道的品行也不是很好，但由于他的前任太过恶劣了，所以他上任的时候受到了人们的热烈欢迎。

贾似道一上任就赦免了被流放的"六君子"，而且还对他们委以要职，这又赢得了人们的拍手称赞。被重新起用的陈宜中的科举成绩是廷试第二名，这在宋代很有分量。

"陈宜中算是个有胆量的口舌之徒。"伯颜评论道。陈宜中虽然是他讨厌的满嘴大道理的人，但至少不是偷偷摸摸地说，而是挺起胸膛大声宣告，这让人很有好感。而且他不逃避，以至于被丁大全流放了。后来，这段经历成为陈宜中的宝贵财产，为他博得了"有骨气"的盛誉。

伯颜回到建康的元军司令部后，忽必烈的诏书传来了。由于已经进入了五月，政府机构全部转移到上都去了。

皇帝忽必烈这个时候很烦恼，阿里不哥的反抗虽然被镇压下去了，但他还没有达到完全掌控整个蒙古的地步。窝阔台的孙子海都起先支持阿里不哥，阿里不哥投降后，海都登上了反抗忽必烈的前台，他以自家窝阔台故地再加上察合台家领地为基础，建立了一个很大的势力圈，并且不断侵扰忽必烈势力圈的西北部。

与消灭宋朝相比，是不是应该考虑先统一全蒙古呢？这是萦绕在忽必烈心中久久难以释怀的问题。

而另一方面，他还想在自己的手中实现吞并整个中原这个以往蒙古系民族不曾实现过的伟业。

忽必烈想："不管哪条战线，都只能依靠伯颜。我就问问伯颜他想在哪条战线上做吧，让他选择好了。"

出生于波斯的伯颜，原本对西方的战事很熟悉，而现在对汉地的事务也找不出比他更精通的人了。

忽必烈想："伯颜真是老天爷赐给我的人啊。"

忽必烈的祖父成吉思汗在得到耶律楚材的时候曾说："这是上天赐予我家的人。"

这句话整个蒙古无人不晓，而且求贤若渴的忽必烈还有意识地宣传了这段逸话。

伯颜在接到忽必烈的诏书时，已经大致猜想到了自己被叫到上都去的原因。在去上都的途中，他就思考着该如何回答。

伯颜想忽必烈大概会对他说："现在我们在东方和西方都有大事要做。在西方，要镇压以窝阔台家的海都为首的蒙古内部的不安定分子。在东方，要消灭占据汉地的南宋。遗憾的是，我们现在没有余力两面作战。所以我们现在面临的问题就是到底应该主攻西方还是主攻东方，无论主攻哪边，都由你来做总帅，你自己挑选吧。"

伯颜到上都见到皇帝忽必烈后，皇帝问的问题果然与他设想的完全一样。伯颜深深地吸了口气后，做出了他经过无数次思考之后的回答："从国家整体的利益来考虑，我认为现在我们应该先把主要精力放在东方。西方的敌人和我们一样是蒙古人，现在虽然是我们的敌人，但海都曾经还协助过蒙哥皇帝。而且海都是窝阔台长子合丹的儿子，血缘关系也很亲密。与之相比，南宋是只能用武力去解决的对手。"

"是啊。只能用武力去解决的对手，但残余势力似乎也很难对付啊。"忽必烈说。

"这个我考虑过了，所以必须趁我军士气正旺的时候一举制服对方。"伯颜探过身子说道。他好像其他还有什么想说的事情，但在尽力压制着它。

"我命令你休整军队，一直观望到秋天再进攻，你好像对此很有意见啊。"忽必烈问道。

"正是这样。"伯颜坦率地回答道。

"我放弃哈剌和林，把国都定在燕京，这是我重视东方的表现。但是仔细想想的话，把国号定为大元也不过是最近的事情。我的理想是去到大海的另一边，为此需要做很多准备，不能着急。这次我把你叫来，是想在这个夏天与你聊聊大海的事，至少你知道西方的大海。"忽必烈首先露出了笑容。

"大海吗？"伯颜说着叹了口气。

"你要经常把大海放在心中。不过，这次与讨伐海都相比，先讨伐、消灭宋朝，就这样定了。"忽必烈由于把首都定在了东方，在经过深思熟虑后，他决定先讨伐南宋。

到了秋天，伯颜回到长江继续作战，他的官职晋升为中书右丞相。左丞相为兀良合台的儿子阿术。

　　至元十二年（1275）四月，伯颜接到忽必烈"俟秋再举"的命令，五月，他去了上都。忽必烈打消了把伯颜用到西部战线的想法，命令他继续负责对宋战争。八月，伯颜经山东益都，渡过淮水南下。

　　十一月，伯颜兵分三路，参政阿剌罕率领右军，出建康经四安趋往独松岭。同为参政的董文炳为左军统帅，主要率领水军。伯颜自己和右丞阿塔海率领中军，与诸军协同水陆并进，向最终目的地临安进军。

　　太湖北边自西向东依次分布着常州、无锡、苏州三个城市。常州的宋军主将王宗洙早早逃走，通判王虎臣投降了，但都统制刘师勇等人拒不投降，继续抵抗。说是投降却依然抵抗，在蒙古自古就被视为最卑劣的行径。

　　虽然忽必烈下令"不可恣意滥杀"，不过，如果敌人先采取了卑劣行径的话，是可以按照草原规矩办事的。

　　伯颜令士兵们把火炮并排摆放在一起，又拉开弓弩，昼夜进攻，而且还亲自手拿"赤旗"在军队的前头登城。

　　"丞相登城了！"元军士兵大叫道，将士们一个个奋勇争先，没用多少时间，常州城头就赤旗招展了。

　　宋军赶来援助的浙西制置使文天祥的部下尹玉、麻士龙等人全部战死了，抵抗派的姚訔、陈炤战死，王安节被元军抓住杀了。

　　《元史》记载："宋兵大溃，拔之，屠其城。"

　　屠城指把城里所有的人全部杀死，无论男女老幼斩尽杀绝。据说元军从杀死的人身上取出脂肪涂在城墙上，点火烧了城。希望敌人不战而降，但一边表示投降一边却又反悔，这是绝不能饶恕的事情。

　　从这个意义上来讲，都统制刘师勇是元军最难饶恕的人，他没有在常州战死，而是乔装后单骑逃到了平江方面。部将们请求去追赶他，但被伯颜制止了，伯颜说："不用追，看到刘师勇仓皇逃窜的狼狈相，其他的人就知道该怎么做了。"

四　流星

南宋理宗端平三年（1236）五月二日，在江西省吉州庐陵文天祥出生了。他出生时天空出现了一颗大如太白（金星）的流星，一时间成为人们热议的一个话题。

"太白主军事，不知这颗流星意味着什么。好像有不同寻常的人出现了，但那个人只在一瞬间发出耀眼的光芒。"

占卜家摇着头说着道。

那时候蒙古是窝阔台时代，南宋有名将孟珙在，形势很好。

"这是指璞玉将军吗？如果是，可就麻烦了，希望不是。"

街头巷尾都这样议论道。

璞玉是孟珙的字，百姓像大山一样依赖的将军如果只发出一瞬间的光芒，那就太令人沮丧了。孟珙将军经常打败蒙古军，两年后还夺回了被蒙古军占领的襄阳。

孟珙将军在文天祥出生十年后去世了，从那以后，南宋的形势就变得一天比一天糟糕。

南宋宝祐四年（1256），文天祥二十一岁时，以第一名的成绩通过了科举考试，科举考试的第一名被称为"状元"。宋朝是中国历代王朝中最重视科举考试的朝代，状元被视作是承载国家未来的栋梁。然而，文天祥在中状元的那一年，他父亲去世了，在当时，父母去世后，子女要"丁忧"，也就是在家服丧三年，不能出来做官。

丁忧结束后，文天祥去了临安，但一腔热血的他由于弹劾宦官，没有受到重用，最终无奈辞职。不过，后来不知为什么他受到从鄂州来的宰相贾似道的青睐，被从州知事提拔为江西提刑（江西警察总长），但是正义感很强的他不久就被贾似道厌恶了。

当元军来势汹汹地涌向长江的时候，文天祥正在故乡江西做赣州知事。

这时候，五岁的皇帝的祖母（理宗的皇后）太皇太后谢氏向各地下发了被称为"哀痛之诏"的诏书，招募勤王的义军。不用说"哀痛之诏"当然也送到了江西赣州，文天祥开始活跃起来。

当时南宋朝野上下对宰相贾似道的责难蜂拥而至，贾似道从战场上狼狈逃回后，临安已经没有他可以立足的地方了。虽然他曾经是临安的独裁者，但现在以太学生为首所有的人都在弹劾他。

贾似道翘首期盼着："唉，这种时候，那个王三经在什么地方呢？"

有像贾似道这样不能回首都临安的人，但也有像文天祥那样脚步匆忙地从江西择路赴京的人。

在临安，由于接二连三的败战报告，朝廷中处死最高主事人贾似道的呼声很高。就在一年前，贾似道还是临安的独裁者，那时这种事情根本不可想象。

直到不久之前，贾似道还被当作是在鄂州击退敌人的英雄受到国人的热捧，人们认为除了他之外，没有人能保卫国家免遭蒙古侵略。然而，现在风向一转，他又被弹劾私通敌人，向蒙古卖国。

无论什么时候，总是过激派的太学生们的声音最大，而站在最前面的不用说是太学生的前辈陈宜中。

宋朝有一种令人莫名其妙的祠官制度，就是任命官员为哪个庙、观的官，它虽然没有权力，但官阶、俸禄和普通的官员一样，而且在需要的时候，马上就可以恢复为"实官"。陈宜中就曾经做过"醴泉观使"这么一个道观的长官，但后来他摇身一变就成了右丞相，置身于政府中枢。

"应斩贾似道！"陈宜中强烈呼吁道。他虽然是贾似道提拔的人，但为了国家，也要大义灭亲。

然而，太皇太后谢氏觉得这样做太过分了。如果贾似道真的那么恶贯满盈的话，那长期和他一起工作的其他的大臣们难道就没有责任吗？

"我国有祖法，石刻遗训说不能处斩大臣。正因为破坏了祖法，所以我们现在才遭到了报应。"太皇太后说。

大约三百年前，后周幼帝把皇位禅让给了宋太祖，由此开创了宋朝时代。宋太祖临终时把他的遗训刻在石碑上，安置在了皇宫深处。以后每当新皇帝即位时，都要一个人去到石碑前，将遗训牢牢地铭记在心中。因为皇帝绝对不能将此事说出去，所以一般的人甚至都不知道石碑的存在。

1127年靖康之变，金军蹂躏宋都开封的时候，皇宫也遭到了破坏，石刻遗训才第一次为世人所知。

遗训的内容是：第一不能因言论而杀害士大夫，第二无论何时都要好好照顾让位于宋的后周柴氏一族（当时的幼帝为柴宗训）。

北宋灭亡时，石碑遗失了，所以南宋的历代皇帝没有见过它，但它的精神却传承了下来。然而，1207年，南宋却在金朝的胁迫下处死（实质上是暗杀）了当时的宰相韩侂胄。太皇太后谢氏深信就是因此国运才衰败下来的。

让太皇太后深信此事的，有王三经暗中的功劳。

王三经四处传播说："北宋末期，以宦官童贯为首，宰相级别的人被流放，在途中被杀，这是违反祖训的事情，所以北宋灭亡了。"这些话自然而然地流传到了南宋朝廷中。由于这些不是流言蜚语，而是确凿的历史，因此太皇太后也就顺理成章地极力反对处死贾似道了。

在太祖遗训起作用的年代，宋朝对犯下重罪的士大夫的最重刑罚就是流放。滞留在扬州的贾似道去了绍兴，他不仅没有躲藏起来，而且还奏请迁都，但他也明白身为败军之将，他的言论根本无人理会。

"与其操心迁都之类的事情，不如多关心关心自己的性命吧。"王三经乔装成警卫，再次出现在贾似道面前。贾似道还没有想过陈宜中等人要杀害自己，经常对自己奴颜婢膝的人，能做什么呢。但他不知道那些人仰他的鼻息的时候当然唯唯诺诺，但一旦得志时，也非常恐怖。

"三经，你曾经对我说让我不要做贾似道了，但只要还在这个国家中，我就没法不做贾似道，你难道不这么认为吗？"贾似道说。

"的确如此，所以我劝你离开这个国家。"王三经说。

"离开这个国家，去哪里？是安南还是缅国？"贾似道说。

"不一定非得去那些地方，世界比我们想象得要广阔得多。到国外去后，你的路就会豁然开朗，以你的才能，我丝毫不怀疑这点。与之相比，我想你在出国之前，应该格外地小心。"王三经说。

"我身边有暗中保护我的人，多谢你为我操心，但如果我过度警戒的话，朝廷会怎么想呢？"虽说被解除了几乎所有的职务，成了戴罪之身，但贾似道依然保持着威严。

这个人的才能或许连他自己都没有充分意识到，王三经想。那当然包括作为宰相的才能，但或许范围更广泛。

贾似道当宰相时推广施行了"公田法"，虽然因为他是宰相使得这一法令得以施行，但如果换作其他人做这个时期的宰相，恐怕不会成功吧。这项法令由政府购买民田作为公田，将其租赁给小佃农，为他们谋求生存之道，这是一项需要全方位统筹兼顾的政策。

另外他在宰相这个位子上稳稳当当地坐了十六年，也不是寻常人能做到的。

成千上万的官员都在虎视眈眈地窥伺着权力的空隙；拥有武力的军阀双眼从来没有离开过合纵连横的尺度；宦官们天生就喜欢阴谋诡计；外戚们经常一会儿向东一会儿向西，鬼鬼祟祟地探寻与哪个势力联合；商人们也为了谋求利益最大化而左右摇摆。

贾似道在这种复杂环境中使各方势力保持均衡的手腕，只能说实在是太精彩了。新皇帝即位，他也不能再仰仗姐姐贾贵妃的威光，一切靠的全是他自己的才智。

贾似道的流放地最初定为福建建宁府，不过当地强烈地表示反对，因为那里是朱熹的出生地，是圣人的故乡，不能接纳奸臣贾似道。

"随你们便，我去哪里都行。不过，奸臣这种说法不合适吧，这次流放的费用不都是我自己出的吗？"贾似道恶狠狠地骂道。

贾似道终于下定决心去国外了，他找来了王三经。

"那很好啊，不过行囊再精简些吧，因为今后可能会迅速行动。"王三经苦笑着说。

贾似道虽然是在流放途中，但仍然带着数十名侍妾。

"嗯，明白了。"贾似道很不情愿地点头说道。

"那我去泉州和蒲寿庚联系一下。泉州宗室很多，宗室横行很成问题，在这种多事之秋，还是多加注意为好。"王三经说。

蒲寿庚是海运和贸易专家，南宋授予他提举市舶司这样一个职务，相当于贸易和海关的监督者。

宗室是广义上的皇族，由于宋朝建国已经三百年了，所以宗室成员数量非常大。他们由被称为"知宗"的宗室管理者管理，知宗也是从宗室中挑选出来的。

南宋在首都临安以及福州、泉州设有监管宗室的机构，这三个地方的宗室众多，仅泉州一地就有三千三百余人。不用说所有的宗室全都姓赵，由于他们拥有特权，普通百姓、官吏非常厌恶他们。哪个地方只要有他们的身影，就会有一种不和谐的紧张感。

王三经所说的多事之秋要多加注意，是因为南宋眼看就要灭亡，宗室们都绷紧了神经。由于他们平时滥用特权，与百姓的关系不是很融洽，所以不知道他们会做出什么来。

王三经去泉州找蒲寿庚商量时，贾似道一行人从建宁去往了更西的方向。

依照朝廷的命令，获罪之人必须押送到流放地。

贾似道虽然是获罪之身，但依然带着三十名侍妾同行，这很有宋朝特色。另外，尽管实质上他被流放了，但名义上还被任命为高州团练使。

这也是宋朝优待士大夫的做法。

团练指募集乡民担任地方防卫的一种义勇兵。唐朝时期，最重要的地方安置节度使，重要度渐弱的地方，分别安置观察使、防御使、团练使，到了宋朝，这些只不过表示武人的等级而已。

高州位于面向海南岛的雷州半岛上，现在的地名依旧。从中央来看，这里真可谓是地的尽头了。北宋时期，新旧两党相争时，旧党的苏东坡就被流放到了海南岛。

"有必要把贾似道押送到高州去吗？"押送贾似道的人感到很困惑。

"高州那个地方是地的尽头，可能上面的意思是能到多远就到多远去。"

"当时几乎所有的人都想处死他，只不过太皇太后搬出了祖法，才保住他的命而已。他几乎没有真正的护卫，只有一些女人。"

"除了女人之外，还有宝玉、书画之类，太拿我们不当回事了。"

"几乎所有的朝臣都希望他死。"

"那我们就让他们高兴高兴如何？"

"但是谁负责呢？虽然做了让朝臣们高兴的事，但责任谁负呢？他要是自己痛痛快快地死掉就好了。"

押送贾似道的差役们悄悄地议论着，开始他们以为到建宁就完成任务了，可是现在又必须要到更遥远的地的尽头高州去。

"不过他可不像会痛快死掉的人，尽管他已经六十多岁了。"

差役们抱着胳膊叹息起来。

有谁偷偷地给贾似道下点毒药就好了，可是他虽然是被流放的罪人，却带了很多随从，食物之类的全是他们自己准备，没有下手的机会。

这时，从贾似道的房间里传出了缠绵的管弦曲：

　　江南瘴疠地，
　　逐客无消息。

苏东坡咏赤壁中的文章被赞为"余音袅袅，不绝如缕"，但听那哀婉缠绵的女声吟唱的，应该是杜甫《梦李白》中的一节吧。

贾似道或许觉得这个"逐客"就是他自己。

摄政的太皇太后谢氏不想再作战了，打算投降。然而，并不是南宋所有的人都这样想。到时候，贾似道相信又该轮到他出场了。有人想违抗太皇太后的旨意迁都，他打算悄悄地和那些人合作。

再怎么说他也独裁了十六年，各种各样的退路他无所不知，贾似道相信用不了多久他的路就会变得宽广起来。

唯一让贾似道担心的就是他会不会步吴潜的后尘。吴潜也做过宰相，后被流放到广东潮州做化州团练使，结果死在了当地，那是景定三年（1262）五月的事情，由于他死的时候已经七十岁了，谁也没有对他的死产生过怀疑，但实际上他是被暗杀的。

我会不会也步吴潜的后尘呢？这一抹阴云始终萦绕在贾似道的脑海中。

为了驱散心中的这抹阴云，贾似道将整个身心都投入到了酒和管弦的乐曲中，特别是在雷电交加的日子里，因为吴潜就是在这样的日子里离开人世的，这让他更加惶惶不安。

到达漳州的时候，雷电交加，大雨倾盆，贾似道小心翼翼地关紧了门窗，房间里就他一个人。

然而应该紧闭的门打开了。

这没有什么不可思议的，因为终于有人站出来说："把贾似道交给我。"

如果有人肯出来负责的话，剩下的人什么都愿意帮忙。贾似道一行马上就被包围和控制住了，他们携带的物品全部被翻检了一遍，从里面搜出了很多作为臣子来讲不该拥有的东西。

"贾团练，请到这边来。"那个人说道。

"你是什么人？"贾似道发出了近乎绝望的声音。这时候他开始后悔让王三经去蒲寿庚那里了。

"我是县丞郑虎臣,我兄长被你流放,死在了你将要去的地方,我决不会让你走得比他更远。"这个名叫郑虎臣的人发出似乎要掩盖住雷雨声的咆哮声,然而没有人进屋来。

"随你的便。"贾似道说。

"那你就像个男人样,自杀吧。"郑虎臣把剑递给他。

"不行,我不会自杀的。"贾似道说。

"要是那样的话,就只好这么办了。"郑虎臣扔下剑,卷起了袖子。

在泉州蒲寿庚的府邸中,王三经听说了贾似道在漳州被扼杀的消息。他感觉就像丢了一颗棋子一样,今后他的手中,至少再也不会出现贾似道这颗棋子了。

"宋朝没救了,蒙古已经开始和我这样的人联系了。"蒲寿庚微微抬了抬肩膀,眉毛往上一挑,眉毛下面的眼睛很大,目光很犀利。

王三经也耸了耸肩,说:"不知还能维持多久,我感觉可能很快。"

"所以要尽早做准备,我们家族有点与众不同,很显眼。昨天我还叮嘱主要的族人,让他们言行都要多加小心。这个我想不说他们也知道,但还是要反复叮嘱,毕竟是现在这种世道。"蒲寿庚眯起眼睛说道。虽说他的家族在这个地方生活了很长时间,同化的程度很深,但阿拉伯人独有的犀利目光还是流传了下来。

泉州人称呼他们为"蕃坊人"。

不仅是阿拉伯人,波斯人以及印度人,都在泉州有聚居地,人们称那种地方为"蕃坊"。

广州、泉州、扬州等外国人聚集的地方都有蕃坊,管理蕃坊的蕃长是从居住在当地的外国人中选出来的，在一定程度上相当于承认了他们的自治，蕃坊中外国人的轻微犯罪一般由蕃长来裁决。

"蕃坊人和普通百姓相处得很好，这一两年尤其如此。"王三经说着笑了起来。

老百姓遇上红白喜事时，蕃坊人都是加倍地送礼金。此外，由于蕃坊人主要信奉伊斯兰教，以往他们一直没有给寺庙捐善款，但是从两年前起，他们以给孩子们糖果钱的名义也捐款了。

"哈哈，是啊，我们知道与近邻们友好相处的重要性啊。"蒲寿庚这次大大地睁开了眼睛，张开嘴笑了起来。

"是啊，现在这种世道，不知道会发生什么，看得远的人，会考虑各种情况，有必要格外地小心啊。不过，虽然同样是与众不同的人，那一批人好像一直没有意识到这些似的。虽然这和我没有关系，不过我还是很感兴趣。"王三经说。

他说的与众不同，不是指肉体上的特征。宗室的人从外观上来看与普通百姓没有什么不同，但是，他们自认为不是普通的人。

宋王朝从开国到现在已经有三百年的历史了，宗室的人数也相当多了。宋朝对宗室采取登录制，给予宗室很多有形无形的特权，即使人数极大地增加了，这些特权也一直没有减少。宗室主要聚集在泉州和福州，泉州的宗室超过了三千人，他们的权势令地方长官都非常忌惮。

"我们是宗室"，有人因此而横行霸道，所以宗室很不受老百姓爱戴，本来百姓称他们为没有蔑视之意的"宗子"，但在后面又加上了方言中的形容"小"的"仔"字，称之为"宗子仔。"

沉溺于权势和特典中的宗室受到普通百姓的厌恶，而且他们还没有意识到这点，不得不说这是一个悲剧。

番坊人致力于慰问灾害，为儿童庆生，还在伊斯兰教允许的范围内，向寺庙捐赠。与之相反，宗室们依然狂妄自大、目中无人。

"真有个什么事情的时候，他们打算怎么办啊。"蒲寿庚摇着头说。

虽然都是与众不同的集团，但在为人处世上有着天壤之别。

二人之间的话题很少转回到贾似道，对于已经失去的棋子，恋恋不舍没有意义。

"除了贾似道之外，还有能在南海做大事的人吗？"他们好不容易又提到了已故宰相的名字。

"我想应该有很多吧，乱世出豪杰嘛。谁是被时代抛弃的人，谁将成为时代的骄子，现在这种时候正好验证人的价值，不是吗？"蒲寿庚很认真地注视着王三经说道。

两个人都感受到了时代的脉动，一个王朝马上就要倒下了，在它之前倒下的是女真族的"金"王朝，也就是岐国公主的娘家，拥有皇室"完颜"姓的男子全部被杀死了。可是尽管如此，拥有与现在的宋王朝皇室同样的"赵"姓男人们却似乎没有一点亡国之忧。

"有建立地方小政权的可能性吗？"王三经问。与其说是询问，不如说只是说说而已。对于这个问题的答案，他知道得很清楚。

"忽必烈可能不会允许吧，就算忽必烈答应，伯颜也会反对的。"蒲寿庚摇着头答道。

在南宋，贾似道罢相后，身居政权中枢的是右丞相陈宜中、左丞相留梦炎。陈宜中是六君子中的一人，科举考试第二名。留梦炎是状元，也就是说科举第一名，他后来投降了元朝。这两个丞相都是考场上的佼佼者，他们虽然长于考试技巧，却算不上是实干家。摄政太后六神无主，他们也跟着六神无主。

文天祥从江西来到了都城临安,他响应摄政太后的"哀痛之诏"募集军队,率领军队来了。

宋咸淳十年（1274）十二月二十日发布的招募"义兵"的诏书中有"下哀痛之诏"这句悲壮的词语,所以被称为"哀痛之诏。"

文天祥变卖了家产用作军费,募集了五万余名士兵,这些士兵没有受过正规训练,大多是市井的任侠之士。文天祥制定了十七条军规,严令如果违反军规会被处斩,所以说他的这支军队虽然是非正规军,但绝不是乌合之众。

然而,朝中有人却说:"文天祥召集的士兵不过是乌合之众。"

有人主张:"像那样的军队让他们留在首都很危险。"

因此,文天祥虽然好不容易率领军队来到了临安,却又被外放为苏州知事。他的士兵被投入惨烈的常州之战就是在这个时候,一个名叫张全的南宋将军分得了数千义勇兵,但南宋败战的迹象越来越明显后,张全只带领自己的部下逃走了。文天祥带来的义勇兵,统统英勇牺牲。

"这样不行啊。"文天祥扼腕叹息道。

这种情况持续下去,南宋的形势没有逆转的希望。身为文官的文天祥对战事本来很生疏,但在人前他一直努力不示弱。不过在无人之处,他还是情不自禁叹息起来。

"这不像是文状元的话啊。"原以为庭院中没有人,没想到有一个留着络腮胡子的人坐在角落处。

"啊,这是……"由于这个时期南宋的官员如走马灯似的调换、升降,文天祥一时不知该如何称呼对方,他稍微想了一下,说:"坐在那里的是张军门吗?"

军门这个称呼,只要是高级军官谁都可以使用。

文天祥虽然知道眼前的这个络腮胡子是制置副使,但不知道他被叫回临安后任什么职，不过知道他叫张世杰。

文天祥以前曾经跟张世杰说过几次话，不可思议地对他很有好感。张世杰也对文天祥怀有善意，这点从他的眼神中就能看出来。他们俩交好令所有人都觉得很不可思议。

文天祥的家族是当地的名门，他考中状元后，家族的声望更是有了一个飞跃。在江西，只要一说"状元家"，人们就知道指的是他家。

而张世杰的身世则非常荒诞不经，在南宋官员中很少见。他是北人，传说他出生于燕京附近，年轻的时候是金朝士兵，不过很少有人知道年轻时的他。他在金朝的身份很卑微，从年纪上推算，在金朝时他也就是个少年兵。

金朝灭亡后，张世杰被编入了消灭金朝的蒙古将军张柔的旗下。在随军守备杞州时，他逃到了南宋。

一种说法是他犯了罪在蒙古军内混不下去了，所以逃到了南宋。另一种说法是，在杞州时，他跟随当地的老书生学习了历史，得知天下的正统是南宋，所以逃到了一心向往的南宋。

"德刚先生（张柔的字）是个非常优秀的人，可惜他不知道正确的天命所在。"张世杰这样评价蒙古世侯张柔道。对于张世杰来讲，张柔是他的旧主人。数年前张柔离开了人世，现在已经是张柔的儿子张弘范活跃的时代了。

文天祥的身世，显赫得想隐瞒都隐瞒不了；而张世杰的身世却是谁也搞不清楚，几乎可以说没有比他更身世不明的人了。

对文天祥和张世杰交好之事，宋人们都觉得非常不可思议，对此无不耸肩摇头。

"我们还没有失败，淮东的宋军还坚守着很多城市，只不过临安对伯颜的军队太过恐惧了。我们如果在这里拼死奋战的话，淮东的友军大概会攻击敌人的后背。这样两面一夹击，我们就有可能闯出一条生路来。"文天祥说道，张世杰对此表示赞同。

他们两人之所以关系密切是因为对问题的看法一致，当然也并不是完全相同，比如说对于元军还没有染指的福建、广东的兵力能不能期待这点上，文天祥就很悲观。北人出身的张世杰仍然对南方人的反蒙古感情抱有幻想。

不过，尽管两人的看法有这样的细小差别，但他们的心意是相通的，都想竭尽所能地为国家拼搏，直到生命终结。

相同的心意超越了世俗的障碍，使得江西豪绅的状元儿子文天祥和出身于燕京附近的金朝少年兵张世杰，成为亲密的朋友，这对于他们两人来讲没有任何不可思议的地方。

两人联名给太皇太后谢氏上疏。

谢氏对朝臣的无能流下了痛心的泪水，在这种危难时刻，难道就没有忠义之士为皇家分忧吗？

在中国历代王朝中，没有哪个朝代像宋朝这样对大臣宽厚的了。通过石刻遗训保证了士大夫不会因为言论而被杀害。此外高官即使落马了，也会得到个祠官的职位，不用为生活担忧。可是尽管如此，为什么忠君爱国的人就这么少呢？

太皇太后谢氏难抑悲愤，发布了叱责朝臣的诏敕："我朝三百余年，待士大夫以礼。吾与嗣君遭家多难，尔小大臣工，未尝有出一言以救国者，吾何负于汝哉？今内而庶僚畔官离次，外而守令委印弃城，耳目之司既不能为吾纠击，二三执政又不能倡率群工，方且表里合谋，接踵宵遁，平日读圣贤书，自诩谓何？乃于此时，作此举措，或偷生田里，何面目对人言语？他日死，亦何以见先帝？

天命未改，国法尚在，可令尚书省别具在朝文武官，并与特转二资，其负国弃予者，令御史台觉察以闻。"

其实，纵观各王朝末期，与唐末、明末、清末相比，宋末有骨气的人显得特别多。虽然有人将此归结为受朱子学说的影响，但宋朝优待士大夫也是原因之一吧。

北宋仁宗去世的时候（1063），赠给大臣们的遗物异常多，而且不允许辞退。司马光代表诸大臣表示既然不能辞退遗赠物品，那么请至少允许臣子们捐钱营造陵墓，但依然没有被允许。

这虽然是发生在北宋时期的事情，但所谓"天下冗吏凡十九万五千余人"，宋朝官吏的数量比唐代多出了一倍。

尽管太皇太后谢氏慨叹临阵脱逃的不忠之臣太多，但实际上宋朝殉国而死的人数比哪个王朝都多。清代历史学家赵翼在其著作《廿二史札记》中写道："历代以来，捐躯殉国者，惟宋末独多。虽无救于败亡，要不可谓非养士之报也。"

宋末殉国者中最有名的是文天祥，他大概也知道没有办法拯救国家，但还是有一些让他欲罢不能的东西在支撑着他。

南宋朝廷中有请"三宫"御驾亲征的呼声。

三宫指皇帝、皇太后（度宗皇后全氏）、太皇太后（理宗皇后谢氏），请三宫乘船，监督文天祥、张世杰在临安城作战。

强烈反对这样做的是"六君子"之一的陈宜中。

陈宜中认为如果与元军硬拼的话，南宋就会灭亡，与之相比，不如承认元的宗主权，作为"元臣"来谋求宋的生路更好。朝廷打算与元和谈，意味着文天祥的提案被彻底击碎了。

伯颜率领的元军到达临安东北二十公里处的皋亭山时，摄政太皇太后谢氏最终决定听从陈宜中的意见投降。

　　摄政太皇太后谢氏派监察御史杨应奎作为使者向伯颜献上了象征皇权的"传国玉玺"，也就意味着献上了宋这个国家。

　　谢氏为了保住宋的皇统，让皇帝的两个兄弟逃走了，他们是皇帝的兄弟，但不是同一个母亲生的，上面的九岁，比皇帝年长，但因为是庶出，没能继承皇位。两个孩子的母亲杨淑妃当然与他们一起逃走了。

　　"献国就是投降，一国的投降，必须要丞相来说，我要和陈丞相对话。"伯颜的意向传来了。

　　然而，在这关键时刻，陈宜中却不见了踪影，这令摄政太后谢氏非常惊愕，就在两天前，左丞相留梦炎刚刚消失，现在右丞相陈宜中也不见了踪影。

　　丞相只有左右丞相两人，他们是朝廷中最高级别的官员，在国家最需要他们的时候，两人却一同消失了，不仅是两个丞相，朝廷中还有不少官员也不知所踪了。谢氏刚刚在朝廷中下达了罕见的严厉惩处逃亡者的诏敕，可左右丞相就不见了踪影，只能看作是逃避责任。

　　伯颜说要和南宋的丞相谈论投降之事，可是现在南宋没有丞相了。

　　"只能让从江西来的那个状元去了。"谢氏两手扶着头，叹着气说道。

　　伯颜说要丞相去，所以必须先要把从江西来的状元任命为丞相。于是，文天祥被任命为右丞相兼枢密使。枢密使是军队的最高负责人。

　　到了这种时候，得到这些官职虽然没有什么意义，但文天祥大概是不会逃避责任的卑怯之徒吧。

　　文天祥从老人们那里听说过自己出生的时候，天上出现了巨大的流星这件事。从记事起，他就认为自己是流星的转世，仰望星空，偶尔看到流星时，他就会幻想自己的分身是不是正活跃在某个地方。

文天祥手里紧紧地捏着一封信，这是他的好友张世杰写来的，与其说是信，不如说是一段随手写的话。

信上写道："履善兄，我打算出海，为复兴大宋的伟业献出自身。这件事本来是严加保密的，但你是我的知己，我特地通知你一声。"

履善是文天祥的字，他还有一个字"宋瑞"。虽然文天祥和张世杰年龄相差二十岁，但超越年龄、出身，文天祥认为张世杰是他的亲密战友。

"身世如此不同，两人为什么能走到一起呢？"

世人对此都感到很纳闷，文天祥也搞不清楚为什么，他自认为与张世杰是莫逆之交，但现在看来他对张了解得还不够透彻。

"我们到底还不是肝胆相照的战友啊。"文天祥感到怅然若失。

在此之前，两人联名向太皇太后谢氏上疏主张坚决抗敌，但没有被采纳。张世杰劝说同是军人的刘师勇一起走了，只留给了文天祥一封信。

南宋德祐二年（1276）一月二十日，文天祥以南宋丞相身份前往元军大本营所在地皋亭山。

元军方面已经知道南宋左右丞相在国家危难时刻相继逃亡了，还知道江西庐陵人、状元文天祥被任命为新的右丞相。

因为在这时局剧烈动荡之时，临安的不少高官为自己的将来打算，把南宋的内情详细地透露给了元军，而且人数还不少。

"说到底，文天祥不是投降派的人。在南宋朝廷，很多人都担心他最终可能会破坏和谈。不过从资历上来讲，现在只有他能做丞相。太皇太后反复向他叮嘱了投降的事宜，他大概不会违背，会暂时表示投降吧。现在，南宋有很多期待东山再起而逃亡的人，文丞相极有可能为他们拖延时间。"

　　这样的情报使元军首领们心中有数，只等文天祥的到来了。

五 朝圣

　　蒙古第二代皇帝窝阔台的长子名叫合丹，他和成吉思汗家族中的很多男子一样嗜酒如命，因此很年轻的时候就死了。合丹的儿子就是蒙古历史上的风云人物——海都。

　　在蒙古，人们不说西夏的地名河西，而是以居住在那里的民族汪古来代称，就是因为河西的发音与"合丹"相似的缘故。

　　窝阔台家连续出了窝阔台和贵由两代大汗，然而自从贵由死后，大汗位就被拖雷家的蒙哥抢走了，窝阔台家在大汗位争夺战中败下阵来。

　　蒙哥以窝阔台家多人参与了阴谋事件为借口，处死了相关参与者，削减了他们的封地。窝阔台的孙子失烈门虽然受到了与他私交很好的忽必烈的庇护，但最终还是被蒙哥杀了。

　　命运坎坷的窝阔台系人为了窝阔台家的复兴不得不雌伏起来。窝阔台系存活下来的都是顺从蒙哥的灭里、海都、脱脱等人。

　　蒙哥死后，忽必烈与阿里不哥的兄弟相争上演后，海都站在了阿里不哥一侧。海都真正的目的是复兴窝阔台家，所以即使阿里不哥落败降服后，他依然继续着军事行动。海都站在阿里不哥一侧，只不过是他举兵的一个借口而已。

忽必烈虽然降服了阿里不哥，但海都并没有收兵，他不仅想恢复旧窝阔台汗国，还向成吉思汗次子开创的察合台汗国进兵。由于当时察合台汗国主人八剌拥护忽必烈，所以说进攻八剌就相当于反叛大汗。

海都把土耳其斯坦收入到了他的势力圈中，又成功地与成吉思汗长子术赤开创的钦察汗国结成了同盟。他们在塔剌思河畔召开"忽里台大会"，海都发表了大汗宣言。在东方，正是忽必烈的军队进入江南的时候。

那段时期，忽必烈对于到底应该先进攻南宋还是先讨伐海都之事犹豫不决。

从东方的视角来看，忽必烈的"大元"是蒙古帝国的正统，但从西方的视角来看就并不一定如此了。忽必烈虽然是东方的王者，但中华大陆的南半部分还没有入手，虽然元军已经逼近了宋都临安，但福建、广东还没有染指。

从统治的领土面积来看，如果加上同盟国钦察汗国的话，反而是海都一方占优势。

以海都为首，窝阔台、察合台、钦察三者结成的联盟的反抗，通常被称为"海都之乱"。但是从蒙古整体来看，成吉思汗四个儿子中，三个儿子的后人结成同盟反对另外一个儿子家，因此他们或许还想说这是"忽必烈之乱"呢。

从蒙古大汗的权威这方面来考虑，忽必烈有时会想粉碎海都势力是不是比伐宋之战更重要，所以他曾经想过把手下最有能力的伯颜调到讨伐海都的战斗中去，为此还专门把进军宋都的伯颜召回了上都一段时间。

而伯颜表示："好不容易到了对临安最后一击的时候了，我想亲手结束这场战争。"

由于伯颜对伐宋之战很执着，忽必烈让他重返伐宋战线了。

然而，海都之"乱"是席卷蒙古整体的重大事件，有人认为因此蒙古事实上分裂了。

"忽必烈是被汉人拥立的皇帝，只是中国王朝而已。作为证据，国号'大元'就是出自中国的经典《易经》，忽必烈在诏敕中也明白地讲到了这个。"

这样的声音很强。

而忽必烈通过从中亚以及伊利汗国传来的情报判断分析，所谓的海都之乱其实并不十分严重。

这个时期，经过动乱的核心地带，既有从东方向西方旅行的人，也有从西方向东方旅行的人。

从西方向东方旅行的人中，最有名的非马可·波罗莫属，他们一行人到达上都的时间是1274年或者次年，正是攻陷临安的前夕。

跟随身为意大利威尼斯商人的父亲尼可罗·波罗和叔父坶菲奥·波罗，马可·波罗第一次进入了这个国家。

就在同一时期，从被汉人称作净州的汪古王家的科尚城（内蒙古），列班骚马和马古思这两名基督教徒正准备踏上从东方向西方的旅程。

"我国正努力地从西方招募修道士、祭司，而你们为什么偏要到西方去呢？我国基督教的圣职人员很少，这不是很可惜吗？你们不能留下吗？"汪古王家的王子君不花和爱不花对出生于该国的马古思说道。汪古王家的人全部是基督教徒。

马古思在王子们面前低下了头，说："谢谢你们盛情挽留，但这个国家真正需要的是指导教徒的人，而这一职务必须要在西方经过正式修行的人才能胜任。我们还没有去耶路撒冷朝圣过，所以没有这种资格。等我们深入钻研教义后，一定会回来，这次的旅行请你们务必要谅解，拜托了。"

站在马古思身旁的列班骚马也跟着深深地低下了头。

"如果决心这么大，我们也不强留你们，只不过听传闻，海都殿下的动向很让人担忧，你们先看看情况再上路怎么样？"君不花王子说道。

"窝阔台王家也有很多我们的教友，我想我们不至于受到迫害。岂止如此，或许还能期待海都殿下庇护我们。"马古思真诚的神情让王子们很感动。

汪古人从早期起就投靠了成吉思汗，还与成吉思汗家族的子女通婚，和蒙古的关系极好。全族人都信奉基督教，这个时期，从聂斯脱利派改宗为天主教的人很多。

两个王子君不花和爱不花都迎娶了忽必烈的女儿为妻，是"大元"的驸马，与"大元"的关系非常亲密。

君不花沉思了一会儿说："本来想为你们介绍一些沿途有势力的人，但这样一来或许会收到相反的效果。送给你们的赠品中有我们的信物，只要给对方看看，适当利用一下我们的名字就行了。"他这说话的时候，脸上有一种苦涩的表情。

海都阵营中的人当然是反对忽必烈的，所以说与忽必烈亲近的人大概不会受到欢迎。

"这也是时世弄人，只希望能明白我们的心意。"爱不花说。

"我们理解，我们衷心祝愿王室的所有亲友们能够早日化干戈为玉帛。"马古思说着低下了头，列班骚马也低下了头。

两位朝圣者在汪古王家停留的数日内，王家为他们准备了旅行用的金银、马匹、衣服等物。

"我们是出家人，没有使用金银财物的地方，而且带着它们也不方便。"列班骚马和马古思拼命推辞。

"你们的旅程很漫长，一路上无论如何都需要花费，不能什么都不带，请你们务必收下这些旅费吧。"君不花热情地劝说道。另一个王子爱不花也说："请你们一定要收下，你们也等于是代替我们这些无法去西方的人去朝圣。如果用不了的话，就请代替我们捐赠给西方的教会吧。如果能对西方的教友们有所裨益的话，我们会感到无比的荣幸。"他不停地强调"捐赠"。

"如果说是给西方教会的捐赠的话，我们就代为保管吧。"列班骚马看着马古思的脸说道。列班骚马年纪比较大，对世事懂得多，比较温和灵活。

"那我们就代为保管吧……"年轻的马古思只好点了点头。

两位朝圣者从汪古王府出发，南下踏上了旅途。

汪古王府在艾不盖河右岸，用现在的地名来说，位于中国内蒙古自治区的达尔罕贝勒旗[1]，在一个被称为百灵庙的地方的东北大约五十公里处，很长一段时期，它被埋没在了黄沙之中。中国考古学家黄文弼于 1929 年发现了蒙古帝国时期的古城址，其后，美国的亚洲研究学家欧文·拉铁摩尔也造访了那里，但最终考证出那个古城址为汪古王府遗址的是日本的江上波夫。

据考证，元朝灭亡时，汪古王族也随之消亡了，14 世纪 60 年代，追击蒙古军的明军破坏了这座净州城。在内城东区的西北角的建筑遗址中有土坛，从中发现了几个十字墓石，可能是聂斯脱利教堂遗迹，江上波夫推测它大概是马古思的父亲供职的教堂。

1　今为内蒙古自治区达尔罕茂明安联合旗。

列班骚马和马古思进入了唐古忒国，这里曾经是西夏国，聂斯脱利派的基督徒很多。当地人听说打算去耶路撒冷朝圣的两名教友将要经过他们那里，男女老幼都出门热烈欢迎。

"主选择了你们，主和你们在一起，阿门！"人们都异口同声地说道。

两人在阿门的诵读声中离开了唐古忒国。他们快速地走过了汉代设置河西四郡的地方，河西四郡指武威、张掖、酒泉、敦煌。这个地方佛教盛行，聂斯脱利派的教友很少。

然而在这一带，战争的传闻却很盛行，因酗酒而死的合丹的儿子海都高呼着复兴窝阔台家族，正在不断地调动军队。

"现任的蒙古大汗简直就像个汉人。"

"我们是草原之子，我们以此为荣，大汗却让我们进学校学习礼仪礼法，可是草原才是我们的学校。"

"从西方来的伯颜将军也是个汉人迷，之前他是波斯迷。"

"汉人、波斯人都不是草原之子。"

在路边人们就高声地这样议论着，很明显背后有人在故意这样诱导民众。

对于身着聂斯脱利派法袍的列班骚马和马古思，当地人似乎不知该怎样对待他们才好，显得困惑。两人也尽量小心谨慎地不卷入忽必烈和海都的争斗中去。

从唐古忒经过河西四郡，到达于阗用了两个月的时间，这期间最辛苦的就是找水。在两个月中，他们没有为水苦恼的日子只有八天。

在于阗的战争中，忽必烈的军队占优势。海都的残兵败将劫掠了这个地方，据说有数千无辜百姓被杀。

由于没有粮食也没有薪炭，很多人被饿死了，非常悲惨。列班骚马和马古思被迫在这里滞留了六个月之久，因为交通中断了。

好不容易安定了一些后，两人去往喀什噶尔，那里有相当多的基督教徒。然而，他们到那里才发现，百姓们为了躲避战乱，都逃往了别处，喀什噶尔成了一座空城，两人无可奈何。

"这种时候，只能依赖地方上有势力的人了，这个地方有势力的人是……"列班骚马抱着胳膊说。

"最有势力的人当然是海都了。"马古思说。

"窝阔台汗晚年，他家有众多基督教的皈依者，如果去求他们的话，应该能帮助我们。"列班骚马一边不停地抚摸着马的鼻子一边说道。

这时候，海都身在伊塞克湖畔的塔剌思。五百多年以前，唐朝和伊斯兰帝国的阿拔斯王朝曾经在这里作战，当时唐军战败了，据说那时俘虏到的唐兵把中国的造纸法传授到了西方。

海都很爽快地欢迎了两位朝圣者，并为他们颁发了通行证，列班骚马和马古思为海都献上了祈祷。

两人经由呼罗珊的徒思市前往阿塞拜疆，他们在徒思的圣马儿赛雍教会受到了教友们的祝福。

"自从离开汪古王府后，还没有像现在这样爽快过呢。"马古思深深地吸了口气后说道，这里有地道的基督教氛围。

"我从乃蛮的玛丽亚那里听说过这个教会。"列班骚马说。

"我听说玛丽亚受太后唆鲁禾帖尼之托，到过徒思。"马古思说。

"太后和我们一样是基督教徒，但她在徒思为伊斯兰教徒捐建了学校。这个徒思曾经被蒙古兵破坏过，太后那样做可能也是出于各种考虑。"列班骚马说。

"听说玛丽亚还匿名捐赠了圣马儿赛雍教会，这里面毫无疑问有太后的意思。"马古思说。

"这个徒思城死了一次，又重生了，死的时候只有一个人活下来了，但最后她还是被送到那个世界去了。很多人都说，与她相比，或许那些早先死去的人更幸运。"列班骚马说着，画了个十字。

著名的魔女法蒂玛就出生在这个城市，徒思城被蒙古兵蹂躏的时候，法蒂玛躲过了虐杀，成了俘虏，据说是因为她知道一种神秘的药的配方。

法蒂玛后来成了窝阔台皇后脱列哥那的使女，逐渐拥有了巨大的权力，然而脱列哥那一死，法蒂玛失去了靠山，她因"使用魔法"被告发，被判处了死刑。

法蒂玛脸上和身体上所有的孔穴都被缝起来后，被用羊毛毡裹着扔进了河里。由于她的这种死法极其痛苦，所以很多人说她还不如在蒙古军虐杀徒思的时候被杀死的好。

不过，列班骚马和马古思不能在这个基督教氛围浓厚的徒思长住，因为他们要尽早到巴格达去，要去那里谒见聂斯脱利派的总主教。

当时的总主教是1266年继承了前教王马基卡二世的马儿腴合。伊利汗国那个时候允许聂斯脱利派的教王住在阿塞拜疆的蔑刺哈市[1]。

正好那个时候教王马儿腴合在蔑刺哈。两位朝圣者得知此事后，激动得热泪盈眶，他们前去拜倒在了教王面前。

"我们从东方的国家，大汗的都城大都来，为了接受教王的祝

1　今伊朗的马腊格。

福，今后我们还想受到这个国家的司祭、修道士、圣人们的祝福。"
列班骚马说。

马古思接着说："如果主允许的话，我们还想去耶路撒冷。"

教王马儿腆合用温和的声音对他们说："天使会护佑你们，会
从危险和困难中拯救你们，即使道路上有艰难险阻，不要悲观绝望，
你们一定会达成目的。流泪播下的种子，能收获欢乐。你们受到
的苦难，毫无疑问在现世会得到数倍的报偿，在后世能得到无限
的幸福和永久的安乐。"

然后教王给各地的信徒写了介绍信。

两人在去巴格达之前，先去参拜了位于可库的聂斯脱利派大
教堂，那里是举行教王即位仪式的地方。

很长一段时间巴格达都是聂斯脱利派教王的驻地。在聂斯脱
利派被视为异端、饱受迫害的年代，很多信徒避难到了徒思，所
以与巴格达并列，徒思可以说也是聂斯脱利派的故地。聂斯脱利
派把教王驻地确定在巴格达的时候，它早已不被视作异端了，众
多的聂斯脱利派圣人的墓地被庄重地保存下来。两人巡游了这些
墓地，然后在塔利耶尔的马儿迈克尔教会安定了下来。

这个时期，伊利汗国把政治中心从巴格达转移到了帖必力思。

"到了帖必力思，请向阿八哈汗求助，现在想去耶路撒冷的话，
这是最好的办法。"巴格达的教友告诉他们。

伊利汗国始祖旭烈兀是大汗忽必烈的弟弟，而且两人是一母
所生，他们的母亲是唆鲁禾帖尼。"始祖"这个词在伊利汗国经常
使用，但在宗家的"大元"却很少说，甚至可以说是禁语。

1253 年，旭烈兀奉命征讨波斯，从此离开了哈剌和林，从那
以后已经过了二十多年了，但忽必烈一直认为弟弟旭烈兀不过是

他的一员部将而已。

然而,汉土和波斯距离得太远了,波斯远征军逐渐有了"独立"的苗头,而汉土的大元又不得不埋头于伐宋战,这期间海都也在中亚发起了反元运动,为此,忽必烈也不得不承认伊利汗国的独立倾向。再加上1265年旭烈兀去世,他的儿子阿八哈继了位,差了一代,彼此间的关系就又疏远了一层。

"伯颜被叔父(忽必烈)抢去了。"

直到现在阿八哈还在这样抱怨,他从幼年时代起就与伯颜很亲密。因此当两位朝圣者从汉土千里迢迢地前来谒见他的时候,阿八哈首先就向他们打听了旧友伯颜的消息。

"他现在是伐宋战的总司令,有一阵传说要把他调到对海都的战线上去,事实上大汗也把他叫回去过,但后来听说他还是回到了伐宋战线上。"

帖必力思在巴格达以北六百公里的地方,在这里可以一边关注着阿塞拜疆,一边窥伺叙利亚。伊利汗国把首都定在这里,展现了阿八哈从旭烈兀那里继承来的积极主动性。

"和伐宋相比,伯颜大概更想进攻阿勒颇吧。"阿八哈嘟囔道。

"伐宋战没准已经结束了。"马古思说。

"伯父大概不会把他还给我们了,从小时候起他就是个天才啊。"阿八哈似乎想起了少年时代,他看着天花板,用脚打着拍子。

"伯颜是个以不嗜杀而闻名的将军。"列班骚马说。

"对了,你们两人是想去耶路撒冷吧,这个没问题,我给你们写介绍信。"阿八哈说。

阿八哈的祖母唆鲁禾帖尼是基督教徒,而且他本人又娶了拜占庭皇帝迈克尔八世的皇女做妃子,所以他对和基督教国家的关系充满自信。

六　亡国谱

单骑堂堂诣虏营，
古今祸福了如陈。
北方相顾称男子，
似谓江南尚有人。

单枪匹马进入敌营，讲述古今历史的祸福，北方的将军们互相看着，称赞这人是个男子汉，好像在说江南还有能人啊。

这是文天祥的作品集《指南录》中的一首诗，讲的是他作为宋的右丞相去到敌营，高谈阔论古今的祸福。

蒙古军中，有人负责将汉语翻译成蒙古语，但总司令伯颜不用翻译也能很好地理解文天祥说的话，翻译只是为其他蒙古将军准备的。也就是说对于同一句话，伯颜汉语和蒙古语都听了一遍。

伯颜露出了淡淡的笑容，翻译一边看着他的脸色一边小心地翻译着。伯颜认真地倾听着文天祥的话，他的一只手中拿着兵书《三略》。

文天祥注意到了这本书。

《三略》是一本伪书，据说是黄石公这么一个杜撰出的人物授予汉代张良的兵书。然而，在宋元时代，已经判明了该书中的文章并非出自汉代。对于这样的伪书，素有"洁癖"的文天祥一般不去碰。

文天祥的高谈阔论告一段落后，伯颜用汉语说道："文丞相好像很关注我手中的这本书，我感觉丞相好像对伪书很厌恶。"

文天祥没有回答，但轻轻地点了下头。伯颜接着说道："造伪书的人也费了很多功夫，也很辛苦。从圣贤书中摘抄拼凑组合，并不简单，我认为这也很有价值。著书重要的是让人受启迪、让人感动，至于是谁说的并不重要，并不是孔子说的，就一定是好的。文丞相你怎么想？"

"我不想和伯颜将军讨论圣贤的话，我想和身为大元总司令的你商谈大宋的将来。"文天祥说。

"我之所以说到伪书《三略》，就是与宋的将来有关。上天已经抛弃宋了，你难道不这样认为吗？这是谁说的话并不重要，从大宋将军到市井草民不都是这样想的吗？这可不像《三略》是被强加在黄石公头上。不过，因为宋的宗室没有和大元军流血争战过，所以性命可以保全，这点应该没有问题。"

"你并没有认真考虑过和大宋的丞相谈判。"文天祥说。

"不是谈判，是我有话想说在前头。第一，由于宋没有抵抗就投降了，所以宋的皇室成员一个也不会丢掉性命，不过要让他们到大都去，我想这样做对他们来讲更安全。再怎么说，我们的使节，就连廉希贤都在你们那里被杀了。"伯颜说话时而很平和时而又很直率。

"和约还没有签订，这对宋对元来讲都一样。为了促使和约成立，元军难道不该退到苏州或者嘉兴去请示本国的指示吗？在和约没有成立时，我们有行动的自由。大宋养育了士大夫三百年，在国家将要灭亡的时候，你认为宋国全是不能战斗的懦夫吗？"文天祥毫不畏惧地说道。

"要尽可能完整地收服大宋，你时刻不要忘记还有和海都的战争。"

忽必烈的这个训令深深地印在了伯颜的脑海中。

伯颜从安插在宋军的间谍那里得到的消息是太皇太后很害怕文天祥会妨碍和约。

在宋廷谁都知道反对投降的人只有文丞相。

尽管如此，太皇太后为什么任命文天祥为右丞相，把他派遣到元营来呢？这个谜马上就解开了。除了文天祥之外，其他找不出适合做丞相的人来，这个只不过是表面上的理由。

在与文天祥就和约的问题谈判的时候，由于有非常重要的事情，伯颜被从谈判席上叫到外面去了。因为从南宋来了绝密的特使。

特使告诉伯颜说："大宋方面的人说：'文天祥是强硬论者，有他在事情很难办，请元军把他扣留住。在这期间，我们作好投降书，喊明天就能送过去。从今天的谈判我们已经知道了你们的要求，就按照你们说的写。'"

文天祥真可怜啊……看着文天祥竭尽全力地慷慨陈词的身影，伯颜难过得都想替他流泪。

文天祥不停地陈说大宋还有作战的力气，作为元来讲必须把这种论调打压下去，因为宋人如果听到这些后，搞不好真的会奋起反抗，看来拘留文天祥是最好的办法。

"无使辩士谈说敌美……这应该是《三略》中的话吧。"伯颜自言自语地回到了谈判的地方。

以文天祥为首的南宋使者全在那里。

"今天文丞相慷慨激昂地讲了很多,不过好像还没有讲完,明天再慢慢地拜听。丞相就在这里休息,其他的人请都回去吧。"伯颜说。

"好吧。"文天祥点了点头,刚才慷慨激昂的辩论似乎使他更加精神抖擞了。

不过到了明天他就会明白,他不是被敌人而是被自己人算计了。

次日,贾余庆和吴坚等人作为南宋的左右丞相,从临安带着投降文书来了。南宋皇帝赵㬎年仅六岁,因此由他的祖母太皇太后谢氏摄政。在以往的谈判中,南宋使者曾经以"因为我们的皇帝年幼……"为借口。

伯颜马上毫不客气回敬道:"后周皇帝不就是因为年幼,才被你们的宋太祖篡国的吗? 从幼帝手中得到的国家,又因幼帝失去,这也算是苍天有眼吧。"

从那以后,南宋使者再也不以"皇帝年幼"为借口了。

宋太祖赵匡胤曾经是效力于后周的军人,他父亲同样也是后周的高级军官,赵匡胤负责指挥后周的殿前军(近卫军)。后周皇帝柴荣是五代时期少见的贤明君主。当时,辽和北汉的联合军不断地侵犯后周国境。殿前军接到了动员令,由赵匡胤作为总司令官统率后周军队。

959 年六月,后周皇帝柴荣三十九岁时,在北征中患病去世。他原本有七个儿子,但年长的三个被北汉杀了,剩下的儿子中年龄最大的柴宗训只有七岁。柴宗训一度被立为了皇帝,但在那种动荡的年代,军队希望由更强有力的人来做皇帝,于是,某天趁赵匡胤喝醉的时候,军人们为他穿上了只有皇帝才能穿的龙袍,并且众人一起高呼："万岁！"

　　就这样，赵匡胤被拥立为皇帝，地点在离汴京一日行程的一个名叫陈桥的地方，这就是历史上有名的"陈桥兵变"。

　　宋太祖赵匡胤做皇帝后，就废黜了后周幼帝（后周恭帝）。不过，三百年来，宋朝通过"石刻遗训"，一直对后周恭帝的后人们给予优厚的待遇，被看作是历史上的一段佳话。

　　但是，这件事情本质上还是废黜幼帝，篡夺皇位，这点是毋庸置疑的。所以南宋的人现在没法说皇帝年少之类的话。

　　伯颜对中国历史了如指掌。如果询问他喜欢什么书，作为军人，他会列举出一些兵法书来。然而，他喜欢读的是《史记》《汉书》《三国志》等历史书。实际上，与历史书相比，他更喜欢文学，杜甫、李白以及王安石的文集他都通读过。

　　在波斯的时候，伯颜和接收了阿剌模忒所藏的庞大图书的志费尼很亲近。当时志费尼正在写《世界征服者史》，伯颜还看过他的原稿。阿剌模忒战役后，志费尼被旭烈兀任命为巴格达知事，不过，与巴格达相比，伯颜更喜欢去老诗人萨迪所在的泄剌失。

　　伯颜被人称为"大元儒将"。这个时期，蒙古人、色目人一般很少去亲近汉文书籍。不过，过了一代之后，就涌现出了萨都剌、马祖常等非汉人的文人来。马姓一般都是从穆罕默德的发音转化而来的伊斯兰教徒，但马祖常不是这样，他的马姓是从聂斯脱利派人的名字中用的"马儿"音译来的，"马儿"基本上相当于"先生"的意思。马祖常是汪古出身的基督教徒，生于1278年，马古思从汪古出发去朝圣时，他还没有出生。

　　伯颜成为大元儒将，也是历史大环境使然，倘若没有这段以蒙古为世界史主角的历史，伯颜或许不过是普通的游牧人之子，骑马在草原上度过一生罢了。

因为南宋的全面屈服，历史出现了巨大的转变。

南宋皇室全部被送到大都去了，这样做是为了防患于未然，防止过激派拥立南宋皇族，试图再战。

临安没有流血，伯颜禁止元军进入临安城。与苏州并驾齐驱，被世人誉为"上有天堂，下有苏杭"的人间乐园杭州就摆在眼前，却被明令禁止进入城中，这对于元军士兵们来讲大概非常遗憾。负责维持临安治安的吕文焕大批量地统一购买了各种土特产品，分给士兵们做礼品。

因为如果让众多士兵分别去购买的话，可能会发生很多纠纷，所以采用了统一购买的方法。

"说是有战争，一直提心吊胆的。结果什么事也没有，店也照开，这都是托谁的福啊？"

"高声叫嚷着要决一死战的人都不知道逃到什么地方去了。"

"听说他们谋划着要奋起反抗呢。"

"真要是奋起反抗的话，就麻烦了。"

在大街小巷人们都纷纷这样议论着。

元军布阵在皋亭山。

这个山上有崇善灵惠王祠，俗称半山庙，伯颜从湖州的大本营来到了这里。元军在那附近的山里也有营舍。

文天祥看着元军的布阵，嘟囔道："这样的话看不出有多少人啊，布阵的人非同寻常。蒙古军怎么好像对山岳战也很擅长呢。"

在相邻的山上也有相当多的元军部队，但那里的兵力同样也弄不清楚。而且以士兵们为对象做买卖的商人们也没有被禁止入山。最开始只有胆大的商人出入，慢慢地人们明白没有危险后，不光是杭州就连海宁附近的商人们也大量地涌来了。元军规定士兵们如果蛮横无理会受到严厉的惩罚，所以他们甚至比普通百姓还要老实规矩。

"这不是比我们大宋军队还讲礼貌吗？而且几乎见不到什么蒙古人。"

"北人很多，江南人也不少。"

"什么啊，有的士兵不久前还在长江的宋的水军中呢。"

"以前，贾似道丞相带着女人到这里来游玩的时候，我们老百姓都不能到这里来。现在却没有任何阻拦，这很发人深省啊。"

"到底是哪边的军队更为老百姓着想呢？"

为做买卖而进山的人，不用偷偷摸摸地，而是用正常的声音这样议论道。

"大元儒将还在半山庙吗？"

"他好像经常叫来文天祥丞相，劝他投降呢。"

伯颜非常喜欢人们叫他大元儒将，这个很快就传到了商人们耳中。

"文丞相好像坚决拒绝投降，就像从地里出土的西晋武帝时期的石鼓似的，无论怎么敲都不会出声。就连大元儒将好像都对该如何处置他感到头痛。"

"不怕死的人厉害啊。"

人们在内心中还是很赞叹文天祥的执着的。西晋武帝时期出土的石鼓，就是桐扣山这座山名的由来，附近人都知道这个。

西晋武帝司马炎（265—290 年在位）时期，从这个地方的吴郡出土了一个石鼓，石鼓上刻着先秦文字。据说到现在这样的石鼓已经出土十个了。不过，吴郡出土的石鼓无论怎么敲都不出声。为此人们询问了编著《博物志》的张华，他说用桐木做成鼓的形状，将它嵌入石鼓，扣之则鸣。人们按照他说的方法做果然石鼓就出声了。

从桐扣山这个山名的来历，伯颜想到该如何处置文天祥。

和文天祥接触得越多，越觉得杀了他太可惜，可是他却始终拒绝投降。他希望被元杀掉，所以不会自杀，而且他好像还期望着被元用残忍的方式杀死，越是残忍，他似乎越高兴。

文天祥曾经问过伯颜："蒙古有车裂这种刑法吗？"

伯颜反问："你为什么要问这个？"

文天祥说："我正在想你们会用哪种方式杀死我，是用大锅煮呢还是千刀万剐呢，或者是装在袋子中扔进河里呢？我希望是让人难以忘怀的方式。"

伯颜嘴上笑着说那我考虑考虑，而心里却暗暗发誓："一定要让这个人投降。"

车裂指把人的两只脚分别绑在不同的车上，让车向不同的方向奔驰，也被称为裂刑。

装入袋中扔到河里这种刑法在蒙古是杀死贵人时使用的方法，皇后斡兀立·海迷失就是被用这种方法杀死的，对使用魔法的人的处刑大致也是如此。

元军在撤离皋亭山之前，接收了南宋朝廷象征权力的主要物品。南宋已经把"传国玉玺"献了出来，临安府的府库被封，史馆、礼寺中的文书以及百官的印章也献了出来，这些东西不会被再度启用。

元军把这些东西带回大都去也没有什么用处，只不过是作为战胜的纪念品而已。接收这些东西不过是一种形式，对于一方来讲是战利品，而对另一方来讲则是屈辱的标志。

杨应奎向元军献出传国玉玺的同时，还献上了降书。降书伯颜原封不动地收下了，只是把开头处的"宋国主㬎谨百拜奉表"中的"主"字勾去，改作了"臣"字。

伯颜让人把受降的过程详细记录了下来，通过军用加急驿传汇报给了忽必烈。

因为大宋灭亡那个时刻的情形，大都里的人应该都想知道。

送三宫（幼帝、其母亲及祖母三人）去往大都之事从一开始就定下来了。而南宋主要的大臣如果继续留在临安的话，担心会出现万一，所以也让他们作为"祈请使"与三宫同行。他们是丞相贾余庆、吴坚，枢密使谢堂、参知政事家铉翁、刘岊这五人。

文天祥不是祈请使。《宋史·文天祥传》记载："（大元的）丞相（伯颜）怒拘之。"他是伯颜的俘虏，与五名祈请使一起被送往了大都。

不过，《宋史》说伯颜发怒，这个说法并不准确。伯颜在与南宋的交往中，净遇到一些懦弱的人，出现像文天祥这样铁骨铮铮的人反而让他松了一口气。他心想如果能让这样的人心悦诚服的话，该是多么令人畅快的事情啊。

南宋三宫被送往了大都，不过南宋的两个王逃脱了。

南宋皇帝赵㬎年仅六岁，他是度宗的嫡子，母亲全氏是度宗皇后，他作为三宫中的一人去往了大都。然而，度宗还有一个杨淑妃，有两个儿子，而且上面的儿子八岁，比皇帝还年长。

他就是被封为吉王的赵昰，在封王之前他被称为建国公。度宗死的时候，有大臣认为立年龄较大的皇子做皇帝比较好，于是提议立建国公为皇帝。贾似道对此表示反对，拥立了嫡出的赵㬎为皇帝。

赵昰和弟弟信王赵昺一起逃出了临安，有不少南宋遗臣对二王寄予厚望。二王首先逃到了永嘉，即温州。

"在南方好像建立了亡命政权，许多奉拥二王的人聚集到了一起。"

这样的传闻传到了文天祥的耳中。

文天祥开始寻找逃脱的机会。

不仅是文天祥，那个时候的士大夫，即使像这样在押解途中，也都随身带着照料他们的人。

文天祥带着十一个这样的人。他响应哀痛之诏，招募士兵的时候，召集了许多任侠之士。进士出身的文天祥，和正规的军人没有太大的缘分。在许多出于侠义之心而聚集到他身边的人中，有一个名叫杜浒的人在临安的侠客中很有名。

"真要到了危急关头，肯为我拼命的江湖英雄有四千人。如果能为你做点什么，我很荣幸。"杜浒在临安时曾经对文天祥这样说过。

除了杜浒，这十一人中还有从江西就一直跟随文天祥的金应，有他们在，文天祥很放心。

"离开皋亭山不久大概就会乘船了，我想设法逃到有大宋残留势力的地方去，能不能逃脱，船出江北的时候是关键。"文天祥与金应和杜浒商量逃走的事情。

离开皋亭山后，二月九日，文天祥他们坐上了船。文天祥尝试了一下逃跑，但毕竟这里离临安很近，元军的警戒很森严，没能逃脱。直到抵达润州的十天时间内，元军的兵船密密麻麻地包围着祈请使的船。

润州就是现在的镇江，相当于南京的入口，因此也被称为"京口"。在长江的对岸，就是瓜洲，那里有为伯颜军做后盾的元军司令部，司令官是阿术。

阿术是征讨云南的兀良合台的儿子，是成吉思汗"四獒"之一的速不台的孙子。

南宋的祈请使在这个时候还是大元的客人，所以阿术举行宴会招待了他们。文天祥也和祈请使一起出席了瓜洲元军的招待宴，但他一滴酒也没有沾。

"文丞相为什么不喝酒呢？"阿术问文天祥道。

"现在我不想喝酒，我想喝的时候，即使不劝我也会喝。"文天祥冷冷地说道。

"那就随你便吧。"阿术说完后，就再也没有理睬文天祥。

事实上忽必烈从大都传来了特别指示，要元军尽量以礼相待南宋状元文天祥，而三代军人的阿术对忽必烈这种重视文人的做法颇为不满。状元是科举考试的第一名，在一般人的印象中，状元应该都是文弱书生，但见面一看，文天祥身材魁梧，只不过眉清目秀、皮肤白皙。

"不是我喜欢的人，而且说话也很傲慢。"阿术心想。虽然有大汗的特别指示在，对文天祥不能蛮横无理，可是也没必要对他赔小心，所以无视他是最好的办法，回去也可以对大汗说"很客气地招待了南宋状元"。

说什么"想喝酒的时候自己会喝"，也不想想自己的身份，本身是俘虏，还这么傲慢。如果没有大汗的指示，早就想把他踹一边去了。

"这种不识抬举的家伙，干什么要把他带到大都去？他本人不是也不想去吗？如果他真有种的话，就逃走啊，那样还能让人另眼相看。"阿术心想。

阿术轻蔑地估计文天祥没有逃跑的胆量。

文天祥如果想逃跑的话，润州是最后的机会，南宋的残存势力最多也只能延伸到这附近了。

淮东的李庭芝、淮西的夏贵、真州的苗再成等人还没有投降，文天祥逃走了还有可去的地方。

元军要求祈请使转移到对岸的瓜洲去，由于这个要求提出得太过突然，祈请使请求延期一天。

"是吗，今天不能马上过去吗？那明天一定要到对岸去。"元军将官很干脆地答应了。

在润州，文天祥的随从增加了一个当地人，名叫余元庆，成了十二人，这个余元庆帮文天祥安排好了逃走用的船只。虽然长江上的船全部被元军接管了，但附近还是藏匿着一些走私盐等所用的没有登记注册的船，余元庆安排的就是一只这样的船。

他们本来想秘密行动，但还是被元军察觉到了动静。

"只有十几人逃跑，用不着动用大部队去搜索。"阿术说。

阿术从内心反对把文天祥客客气气地带到大都去，他逃走了正好少了一个包袱，因此只派了很少的人去追赶。

去追捕的元兵最终找到了文天祥乘坐的船，但元兵的船吃水深，无法靠近。文天祥一行在浅滩中强行行舟，躲过了追捕。

文天祥一行逃走的时候，在负责看守他们的元兵的酒里下了迷药，所以没有使用暴力就逃走了。

得到文天祥逃脱的报告时，阿术露出了浅浅的笑意，说："不用大惊小怪，那家伙不是正式的祈请使，只是跟着来的，现在又逃跑了。不管他再怎么逃，这附近迟早也都是大元的地盘。"

就这样，文天祥一行从润州进入了真州城。真州仍然由南宋的将领在守卫，主将是苗再成。蒙古使者郝经曾经长期被关押在这里，他买来大雁在雁腿上系上帛书放飞也在此处。

贾似道之所以选择真州关押重要囚犯，是因为这里军队很多，军事设施也很完备。由于元军进军临安的时候绕过了这里，所以这里的精锐部队还都毫发无伤。

这里的军队士气很高，守将苗再成是主战派的重要人物。由投降派把守的地方不能去，因为他们有可能会把文天祥一行抓住献给元军。

"去真州不会错，苗再成是条汉子。"对长江下游形势了然于心的杜浒十分自信地说道。

"总要怀疑人，真可悲啊。"文天祥叹息道。

不光是文天祥他们要怀疑对方，对方当然也会怀疑仿佛从天而降的"文丞相"。

不过，苗再成从一开始就没有怀疑文天祥，真可以说他是一个思想单纯的大好人。

真州与临安的联系断绝了，因此人们不知道南宋朝廷的情况，听着文天祥讲述大宋末期的情形，所有的人都流下了悲愤的泪水。

文天祥用诗文记录了他进入真州前后的情形，题为《指南录》，是南宋灭亡时的重要文献。

> 轻身漂泊入銮江，
> 太守欣然为避堂。
> 若使闭城呼不应，
> 人间生死路茫茫。

太守指真州安抚使苗再成。这首诗的大意是：幸亏苗再成欣然地向他表达了敬意，如果敲门也不搭理的话，人世的生死就难以预料了。

　　文天祥和苗再成两人满怀激情地探讨了复兴大宋的事情。

　　南宋之所以会走到现在这种地步，其中一个原因就是贾似道等文官为了确保自己的安泰，挑拨离间军人，促使彼此不和。

　　淮东制置使李庭芝和淮西制置使夏贵的关系就很不好，无法合作。制置使是很大领域的军队司令官，比不过是一城安抚使的苗再成地位要高得多。

　　"文丞相如果从中调和的话，他们两人或许会冰释前嫌。关键就是面子，不过像丞相这种身份的人，只要稍微低下头请求他们，应该能够解决吧。"苗再成说。不得不说他真是一个可爱的乐观主义者，他好像觉得如果文天祥出马，差不多的问题都能解决。

　　"虽然不一定能行，但我会尽力从中调和。再怎么说，这是关乎国家能否起死回生的重大问题。"文天祥说着紧紧地握住了苗再成的手。

　　"那我们尽快给两位制置使写信劝说他们和好吧，详细情况等丞相见到他们时再说。"天真的苗再成脸上泛起了红潮。

　　两个使者拿着苗再成的信出了真州。其中一人在出发后不久，就得到了淮西制置使夏贵投降大元的消息，只得无功而返了。

　　另一名使者在三个月后带着淮东制置使李庭芝的复信回来了。

　　苗再成看着回信，脸色变得苍白，拿信的手剧烈颤抖起来。

　　信中对他大加斥责，信里写道："我这里抓到了元的间谍，他说有一个自称丞相的人，为了蛊惑人心，进入了真州。我推测你那里所谓的文丞相就是那个形迹可疑的人，像这种假冒的人你为什么要放进城去？赶快把他抓起来处刑。"

　　上级李庭芝来的信也就是命令。

　　在没有照片可供对照的年代，像这种假冒的人屡见不鲜。即便如此，李庭芝没有经过调查，一上来就认定是假冒的，并要求处死也有点太过激了。

李庭芝非常厌恶文官，他对人们那种只要听说谁是状元，就像对神一样崇拜的风气很不以为然。因为知道李庭芝的这种性格，苗再成没有打算完全按照他信里的要求做。更何况他还和文天祥接触过，知道他的为人。

可是话虽这么说，上级的命令也不能完全不当回事。

苗再成决定不再见文天祥，他佯称患病，躲在了官邸里，让他信赖的部下带着文天祥到真州城各处游览。

到了一个城门处，奉命做导游的部下对文天祥说："咱们去这个城门外看看吧，景色很好。"文天祥跟着他出了城。出城后，导游的态度马上发生了一百八十度的大逆转，他挥着李庭芝的信，痛斥道："制置使阁下的信中说你们是假冒的，赶紧滚开！"

文天祥和十二名随从愕然地站在了那里，他看了看李庭芝的信，上面写着要处死他，但苗再成只把他赶了出来。他明白苗再成的难处，不由得流下了眼泪，心想："他相信我不是假冒的，所以只把我赶出来了，而没有杀我。"

过了一会儿，来了大约五十名士兵，对文天祥说："我们陪你们到那边去吧。"

在那种世道，一路上会有很多危险，五十名士兵一直护送文天祥到了扬州附近。

扬州有李庭芝，就是他命令杀死文天祥的，当然不能去投靠他。

看来只能去投靠南逃的二王了。二王先是逃到了永嘉，接着又逃到福州，在那里年长的赵昰即了皇位。

要去福州的话，从长江口的泰州走海路很方便。就这样，南宋的三宫北上，二王南下，文天祥去往了南方。

蒙古的哈剌和林是游牧民族第一个固定的首都，定居民的首都，诸如燕京、汴京、撒马尔罕、巴格达等，很多都被蒙古骑兵蹂躏过。但是建设首都，哈剌和林是第一次，其后是大都、上都。

自然蒙古人对首都的建设非常关心。

"大汗说我们的首都必须要和大海相连，他心中是不是想着西湖和临安这样的距离呢？要是这样的话，大都离天津卫就显得有点远了。"伯颜从皋亭山眺望着西湖说道。

历史上从来没有像这次这样和平地更换首都主人的先例，南宋的抵抗派们似乎也不愿意看到自己美丽的首都因为战火成为一片瓦砾废墟。

白乐天、苏东坡都曾经在杭州也就是南宋的临安做过地方官，南宋朝野上下的人一定都想不惜代价保护好它，这也是守护人类创造的"文明"。

在中国历代王朝中，亡国之际为国殉命的人数，宋末是最多的。由于南宋长期与蒙古或结盟或对峙，所以深知蒙古的做法。

如果不战而降的话，蒙古不会破坏城池。但是，如果抵抗的话，则会使一切彻底地化为灰烬。所以，在亡国时南宋的许多人选择了做精神上的抵抗者，一人或者全家自杀，而不将城市以及他人卷入战火中。

四十二年前（1234）蒙古消灭金朝的时候，金朝皇族中的男子全部被杀了。

而南宋灭亡的时候，皇族全部被赦免了，这是忽必烈的指示，但从中也可以看出游牧民族的性格正在渐渐地改变。但这种改变也引起了仍旧生活在草原上的同族人的抗拒。

"看来接下来我要被派往草原了，可能很长时间看不到梅花了。"伯颜骑在马上这样漫无边际地想着。

这天是元军进入临安城的日子，士兵们批量购买的大包的茶叶、药材等物资由军夫们抬着。伯颜没有要那些东西，他只把随身的物品装了一个行囊，并在上面插了一枝梅花。伯颜深得汉诗的精髓，他在马上低声地吟咏着自作的诗：

> 马首经从岭表归，
> 王师到处悉平夷。
> 担头不带江南物，
> 只插梅花一两枝。

在这里，"夷"指的不是异民族，而是向自己的君主参拜的人。

接下来的"夷"要么是窝阔台家的海都，要么是草原上的成吉思汗家族中的某个反叛者吧，他们对忽必烈的汉化政策很反感。

在江南时还是梅花盛开的季节，但当三宫到达元都的时候已经是初夏了。

说是三宫，但为首的是太皇太后谢氏，然而，谢氏此时已经快七十岁了，由于心力交瘁，她在临安时就病倒了，因此没能随皇太后全氏和幼帝同行，她到达元都比那二宫晚了大约五个月。

在临安时，三宫申请见伯颜，想请他今后多关照，然而伯颜没有见他们。

伯颜给出的理由是：不知道该用什么样的礼节对待他们。

对于伯颜拒绝会见三宫，人们有两种看法。

一种是认为伯颜很傲慢，对于战败的皇族不屑一顾。主要是汉人们私下里悄悄地这样议论。

而另一种则很赞赏：伯颜果然是大元儒将，名不虚传，是个有名有实的将军。如果他正式会见三宫的话，作为元军总司令他必然要坐在南宋废帝及其母亲、祖母的上座。他以不知该用什么礼节为由拒绝会面，避免了这种令三宫尴尬的场面，真是值得尊敬。

从临安出发的时候，只有年少的废帝和他的母亲全氏这二宫，全氏是理宗的母亲的侄孙女。谢氏因患病留在临安调养，所以先由年轻的全氏母子带着宫女们前往。

在伯颜的命令下，主要的皇族、王族、王女以及以丞相为首的诸官员都被送往了北方。伯颜虽然无意让南宋废帝经历屈辱的场面，但全氏带着儿子主动地行了"对元天子遥拜"的大礼。

"大元天子慈悲，饶恕了你的性命，快来给他行个礼。大元天子的宫殿在北方，对了，就跪在这里磕九个头。"全氏带领年幼的儿子，让他行了跪拜、叩头的大礼。大概眼泪已经流干了吧，全氏干涩的眼睛一直大睁着。

母子俩坐着肩舆出发了。此外，由于礼乐是国家的象征，因此礼器、乐器也被放在了肩舆上。

一路上虽然被元兵严密看守着，但还是举行了宴会。临安有名的琴手汪元量也在随行的队伍中，他写下了九十八首题为《湖州歌》的诗。

皇帝初开第一筵，
天颜劳问意绵绵。
大元皇后同茶饭，
宴罢归来月满天。

这首诗写的是废帝和他的母亲到达上都时，被招待参加宴席时的情景。

虽然和海都的战争还在继续，但那是同族人的战争，元人们感觉对外战争到此就结束了。南宋母子虽然也出席了宴会，但宴会的主旨是庆祝胜利，因此充满了喜气洋洋的气氛。

忽必烈心满意足地环视着四周，废帝母亲的情绪很低落，这也是理所当然的吧，这个席上的气氛对于她来讲是完全相反的。

"不过，让她出席这样的宴席也可以帮她调整心情，让她尽早面对现实，是为她好。"

忽必烈看着皇后想对她这么说，察必太感性了，只见她眉目间很是伤感。

"你丈夫获胜了，胜利的丈夫最想见到的就是妻子的笑容。看看你现在的脸，简直就像你丈夫打了败仗似的。你可以同情南宋全氏母子，但今天的样子有点过头了。"忽必烈说。

蒙古宫廷的宴会，一般是皇帝面南坐在高高的台上，他左边是皇后的席位。王侯、贵族们的席位根据位阶、身份不同依次低一级，普通的席位就是坐在地毯上。所以皇帝与皇后说话，其他的人几乎听不到。

察必低下了头，小声地说："我听说自古以来没有千岁之国，每当我一想到我们的国家会不会也……"

"你连千岁之后的事情都知道吗？我从姚枢那里听说，有个人担心天会掉下来，结果成了人们的笑料，那是哪国的事呢，嗯，对了，是杞国的，哈哈，你就该去那个国。"忽必烈笑着说。

从南宋运来的珠宝之类的东西被陈列在上都的殿前，忽必烈对察必说："喜欢的东西你尽管拿去。"

察必却摇着头说："这是宋人为子孙们留下的东西吧，子孙们不能守护它们，才像这样被陈列在这里。留的人、不能守护的人的怨恨都附着在这些东西上了，这样的东西我不想要。"说着她闭上了眼睛。

"你好像害怕中诅咒，其实没必要害怕那些。"忽必烈缓缓地摇了摇头。

七　漂泊的王朝

伯颜的伐宋战以完美的胜利结束了，有三十七个府、一百二十八个州、七百三十三个县投降。

在班师回朝时，伯颜留下了阿剌罕和董文炳镇守临安。阿剌罕在讨伐阿里不哥时曾立下大功，董文炳则有平定李璮之乱的功绩。在这次的伐宋战中，他们两人在安庆降服了宋将范文虎，后又以范文虎为左军先锋，进攻临安，做得相当漂亮。

从临安随行到大都的有南宋宫廷中的宫女百余人，其他官属数千人，此外还有三学[1]的士人数百人，他们中的大部分人都想在新政权中获得个职位。

忽必烈慰劳伯颜的时候，伯颜非常谦逊地回答道："臣没有任何功劳，全是奉陛下的成算，阿术做得非常出色。"

"这个人已经不能再派他去江南了，他在军中的评价太好了，特别是他太受汉人爱戴了。"忽必烈心想。

1　南宋用国家经费开办的外舍、内舍、上舍三学校。

伯颜提起笔来能流畅地书写汉文，这是忽必烈做不到的。不过每当有人称赞他汉文好的时候，伯颜都会说："与燕王殿下相比，我是望尘莫及啊。"

这个时候，忽必烈的第二个儿子，皇后察必生的真金已经被立为皇太子，确保了皇位继承人的地位。由于真金被封为燕王，人们都称他为燕王殿下，他最喜欢读的书是《资治通鉴》。

"伯颜或许会成为真金的竞争对手。"忽必烈曾经这样想过。

从年龄上来讲，伯颜比真金大七岁。

在得知伯颜将从临安班师回朝的那天晚上，忽必烈做了个噩梦，梦见真金和伯颜一起扑向自己。由于这个梦不祥，忽必烈对谁也没有说，但心里总是放不下。

蒙古的老臣中有不少人议论："燕王殿下太沉迷于汉人的学问了，他会不会变成汉人呢？我们对此很担心。"

这样想的人不少吧，忽必烈想。

有许多让人揪心的情景。

阿里海牙率领元军进攻湖南，守卫那里的是南宋潭州知事兼湖南安抚使李芾。当时，衡州知事尹毅恰巧带着家人一起来到潭州，他们举家自杀了，而且是惨烈的焚身自杀。城被元军包围了，南宋军已经无计可施。李芾洒酒祭拜了神灵，让部下沈忠把自己的家人全部杀死，然后他也把头伸了出来，沈忠一边流着泪一边砍下了主人的头。之后，沈忠回到家里杀了妻子，随后也自杀了。

除此之外，还有像参议杨震那样纵身投入院中水池的，而在树上缢死的人也很多，以至于很多树上都挂着死尸，像都统陈义、转运使钟蜚英等很多著名官员都死了。最终，身受重伤不能动弹的军人刘孝忠"以城降"，以这种形式结束了战争。

"这是不是该屠城？"元军中的蒙古族将军这样主张道。按照蒙古的规矩，抵抗的敌人要全部杀死，而潭州没有响应元军的投降劝告。

"最后刘孝忠不是投降了吗？"汉族军官说道。

"不能自杀的人，我们也用不着去帮助他们结束性命。"因阿里海牙这样一句话，"屠城"取消了，不过掠夺没关系。

进兵湖南的阿里海牙军，因沿途诸城的投降，几乎没有作战就进入了江西。临安已经陷落了，再加上阿里海牙的出击，此时元军几乎已经没有来自西边的威胁了。

离元军最近的南宋残存势力是扬州的淮东制置使李庭芝，他就是断定文天祥是冒牌货的人。真州的苗再成期待着文天祥能够调和淮东和淮西的关系，让他们联合，然而，文天祥被当作是冒牌货，这件事情也就无法继续了。

南宋一个致命的缺点就是文官为了确保自身的安泰，挑拨离间军人之间的关系。淮东李庭芝和淮西夏贵的关系恶劣到需要中间人从中调和的程度，这和贾似道等文官从中煽风点火有很大关系。不过，即使文天祥去调和，淮西制置使夏贵已经决心向元军投降了，这件事情也不会顺利。

南宋幼帝被送往北方的时候，李庭芝想在中途把他夺回来，但没有成功。这年六月，从临安逃走的二王中，年长的赵昰在福州即位，新皇帝八岁。在扬州得知此事的李庭芝为了从海路去福州拜见新皇帝，把扬州委托给部下朱焕，率领七千士兵去往了靠近港口的泰州。

然而，李庭芝率军刚一走出扬州城门，留守的朱焕马上就投降了元军。对于元军来讲，曾经长期是背后威胁的扬州轻而易举地就到手了。

扬州落入元军手中后，率领七千人去泰州的李庭芝陷入了前面是大海、后面是元军的困境中。他们虽然暂时躲进了泰州城，但元军的进攻丝毫没有松懈。这方面的元军总司令是阿术，他得知伯颜在上都的汇报"阿术做得很出色"，愈加奋勇地攻入了泰州城。

虽然现在泰州离大海很远，但在当时，海岸线却离得很近，以至于泰州又被称为海陵。李庭芝跳入湖中想自尽。遗憾的是，他对泰州城的情况不是很了解。他虽然跳入了湖中，但湖水太浅了，他成了元军的俘虏。

以前，李庭芝不仅烧毁过忽必烈劝他投降的诏书，还射杀了送诏书的元军使者。

"大汗说只要你投降，犯下的罪行可以全部饶恕，怎么样，再重新想想吧？"阿术问。

李庭芝只说了一句："你还想更多地羞辱我吗？事情已经结束了，我没有明天。"然后就一句话也不讲了。

搜罗人才是忽必烈的兴趣，而且让那些不肯轻易投降的刚强汉子心服口服是他最大的快乐，所以他很想使李庭芝降服。如果降服了李庭芝，就是阿术的功劳。但那对李庭芝来讲，也许很屈辱。

"对你来讲，杀了你是最好的吧，我就成全你，虽然陛下可能会很遗憾。"阿术说。

李庭芝依然紧闭着嘴，但他的脸上露出了喜色。

就像拔去插在临安咽喉处的尖刺一样，李庭芝的问题解决了，他在死前大声喊道："这下人们该明白我和淮西夏贵在人品上的不同了吧。"

其后，南宋的残余势力被各个击破了。攻陷泰州的元军，进攻到了剩余的南宋据点真州。

守卫真州的好汉苗再成死在了乱军之中。

　　临安落入元军之手后，扬州、泰州、真州等仅存的南宋据点也一个接一个地成了"大元"的囊中之物。不用说，南宋幼帝赵㬎被去掉帝号，成了废帝，大元封他为"瀛国公"，授检校大司徒。

　　大司徒是三公之首，是人臣能够到达的最高位，检校表示不是实官。大元给予赵㬎的地位虽然极高，但只是名义上的官。不过，七岁的孩子原本对这些就无所谓。

　　宋王朝消失了，但因赵㬎的异母兄弟赵昰的即位，又复活了。地点在福建，成立了所谓的亡命政权。在临安不知什么时候消失了的陈宜中、北人张世杰、与文天祥同期科举及第的陆秀夫以及仍在扬州抗战的李庭芝等人是这个亡命政权的主要成员。

　　陈宜中曾因批评政府而被削除学籍，并成为被流放的六名太学生的代表。六君子在南宋末期非常受老百姓追捧，但他们的立场却摇摆不定。陈宜中身为丞相，在将要和元军进行谈判的关键时刻，突然不见了影踪，他主张承认大元为宗主国，以保存宋，但在关键的时候却躲了起来。

　　陈宜中一直很在意自己会不会在历史上留下恶名。

　　由于陈宜中有在关键时刻消失的前科，所以他虽然在亡命政权中做了丞相，但并没有获得大家的信任。

　　这个政权的顶梁柱再怎么说都是张世杰。

　　就在这个时候，文天祥加入了他们之中。文天祥在临安曾与张世杰携手合作过，但他们对于政策、战略的看法却有很大的分歧。

　　张世杰主张建立多个军事据点，诱使元军进攻，让他们疲于奔命。但是，这种作战方法是当宋是大国、元的军力薄弱时的作战方法。而现在，元军不会疲于奔命，马上就可以轮替，援军会一支接一支地赶来。

　　文天祥认为应该更多地按照实际情况进行游击战。不过，与意见不合相比，更让文天祥感到厌倦的是这个极小的亡命政权内部的权力斗争。

"如果是这种情况的话，东山再起的大业不过是画饼充饥啊，看来我只有沿着'孤忠'这条路径直走下去了。"文天祥心想。他打算主动申请到内陆地区进行游击活动。

"文天祥是元军雇佣的间谍。"

这样的谣言传播开来后，文天祥终于决心离开，沿着"孤忠"的道路前行下去。

仔细想想的话，文天祥从一开始就被"冒牌货"的说法困扰着。他虽然考中了状元，但正赶上父亲去世，一直与中央的缘分很浅。

"你是履善（文天祥的字）先生吧？久仰大名了。"王三经这样说着走近了文天祥。

"我也久仰你的大名了，听说你是贾丞相的幕友，经常神出鬼没的。"文天祥说。

"都是人家叫我才赶去的。"王三经说。

"那这次呢？"文天祥问。

"你虽然没有叫我，但我想不久你就会叫我吧。让你去汀州的命令可能这两天就会送到你手中。"王三经说。

"朝廷已经决定了吗？"文天祥问。

"与接受命令的你相比，一介草民的我反而先知道了。"王三经说。

"汀州吗？我听说过传言。"文天祥仰头看着天。

从永嘉即温州北上，再次进攻临安是文天祥的梦想。他也知道这不过是个美丽的梦，但他想紧紧地抓住这个梦。

而汀州在相反的西南方，现在的地名是长汀。

"那里离你的老家很近。"王三经说。文天祥出生在江西省吉州庐陵。他去临安之前，做地方长官的赣州离汀州也不是很远。

"现在汀州的知事……"文天祥知道那里的知事是他最厌恶的黄去疾。

"有自己不喜欢的人在的地方没必要去。"王三经说着闭上了眼睛。

"这是王命，必须要遵守。"文天祥说。

"说是王命，但到底是谁的命令呢？"王三经笑着说。

八岁的皇帝无法下命令，摄政名义上是杨淑妃，但她只是个没有政治经验的二十六岁的女性。

"是谁呢？"文天祥侧着头问道，"是张军门，还是陈榜眼？"

张军门指张世杰，陈榜眼指陈宜中。榜眼是科举考试的第二名，因为眼睛有两个，所以"眼"成了"二"的隐语，"榜"是揭示合格者的名单，所以第二名被称为榜眼，陈宜中是科举考试的第二名。

就在文天祥把他的都督府迁移到汀州的时候，元军向着福州南下了。不用说，位于福州的小朝廷立即紧张起来。

说是元军，其实直到不久前还是由范文虎率领的南宋军队，特别是水军被认为很强劲。

"如果不及早采取行动的话，我们有可能被水陆两面夹击，福州这个地方很危险。"

"只能迁都了。"

"迁到哪里去？"

"到海上去，海上到处是路。"

在小朝廷中大家这样议论道。

漂泊在海上的王朝，小朝廷想在海上开辟出活路来，它原本就是亡命政权，现在连根据地也没有了。它虽号称拥有十八万军队，却是一支随时都有可能土崩瓦解的漂泊的武装集团。

"首先到泉州那边去。"张世杰命令道。

泉州是当时世界上最大的贸易港，提举市舶司蒲寿庚可以说是这个地方的统治者。

最近，元的密使经常来往于蒲寿庚的地盘，他现在虽然是南宋的臣子，但与他一样的阿拉伯系人作为色目人受到了元朝的重用。

皇后察必在嫁给忽必烈的时候，她父亲按陈让家臣阿合马做了她的陪嫁。阿合马出生于锡尔河河畔，对经济很精通，他随皇后陪嫁过来后，不仅是皇后家的财务管理者，就连国家的财政也逐渐由他掌管起来。由于他起用了很多与他一样的西域的色目人，使色目人的羽翼日渐丰满起来。

不用说，效力于元朝的色目人当然悄悄地与泉州的蒲寿庚联络了，此外多少也有些王三经的鼓动，致使蒲寿庚开始寻找时机倒戈投靠元朝。

正在这个时候，南宋小朝廷的船队来了。

"蒲寿庚或许有异心。"

这个事情早就路人皆知了。

蒲寿庚暂且以南宋提举市舶司的身份前来小朝廷问候了，然而，他心中根本没有为宋尽忠的打算。

长江自范文虎以下，陆陆续续地都投降了，而且在元朝都受到了重用。对于蒲寿庚来讲，重要的是贸易利益，宋和元到底哪边能让他实现利益最大化，这个问题的答案从一开始就显而易见。

在元朝有阿合马这样的懂经济的大官，办起事来方便。事实上，他们现在就在对今后的交易进行实质性的谈判。而与之相对，宋的枢密使（军的最高职位）张世杰却对前来问候的蒲寿庚趾高气扬地说："我们的船不够用，你马上去调集一千艘船来。"这些人只会提出无理的要求。

"我先去调查一下调集一千艘船需要多长时间，然后再给你答复。"蒲寿庚做出这种让对方满怀希望的回答后就返回了泉州城内，他根本没有去调查的意思。只不过他蓄谋已久的事情提前来到了。

蒲寿庚与泉州知事田真子秘密谋划，宋廷计划动兵，除了一千艘船之外，小朝廷还要求提供军粮，这些全都无视，只把城门关上不理睬它。

蒲寿庚与田真子要做的事情当然不能在宋军面前做。他们准备等小朝廷的船队因死心而去往潮州后，再一举开始反宋行动。

"我们和张世杰将军商量好了守城的办法，希望宗室诸位协助，另外，在泉州的淮兵们现在也应该一起来奋勇抗敌。"

蒲寿庚和田真子派人这样四处奔走相告道。

南宋在泉州部署的有正规军淮兵。

他们不知道蒲寿庚和张世杰到底在船上谈论了些什么，满心以为南宋船队做好了战斗的准备，要在这附近登陆，迎击南下的元军。

"仓库中有武器！"

"现在，到了我们要奋勇报国的时候了！"

"让世人看看我们赵氏一族的力量。"

在存放武器的仓库前的广场上，宗室和淮兵们陆陆续续地汇集而来。在泉州的宗室有三千三百多人，驻扎的淮兵数量更多。淮兵们平时自认为是"中央军"，非常傲慢，很瞧不起地方知事手下的军队。

泉州知事手下的军队都是全副武装。

淮兵和宗室的年轻人为了拿武器全都蜂拥到了武器库的前面。

"锁开了！"有人喊道，大家全都争先恐后地进到了里面。

"咦？没有！什么也没有！怎么回事？"近乎悲鸣般的声音响起来了。在武器库中，不要说弓箭，就连一把刀也没有。

蒲寿庚和田真子早就派人偷偷地将武器库中的武器都运走了，他们只让州兵武装了起来。武装好的州兵在确认宗室、淮兵都进入武器库后，就开始一齐放箭，并把武器库附近包围了起来。

这时候，共聚集了宗室以及淮兵万余人。据郑思肖《心史》记载："闭城三日，尽杀南外宗子。"

南外宗子指属于南外宗正司（泉州）的宗室，与属于西外宗正司（福州）的西外宗子相对而言。

宋朝在优待官员的同时，对与自己同一祖先的宗室也很优待。隶属南外宗正司、西外宗正司的宗室，再加上首都临安的大宗正司管辖的宗室，轻易就超过了一万人。

除此之外，宋朝还要遵照石刻遗训，善待后周柴氏一族。很多人认为这样沉重的负担是导致宋朝衰亡的一个原因。然而，宋朝能做到这些，足以表明它的经济实力多么雄厚。

优待宗室无可厚非，但很多宗室因此就做尽了坏事，甚至有人干起了海盗的勾当。所以肃清宗室反而使普通百姓拍手称快。即便是士兵，对当地百姓来讲，与外来的淮兵相比，还是土生土长的州兵更加亲切。

发生这个事件后，泉州每天就像过节一样喜庆。然而，一度去往潮州的宋军又再次返回了泉州，他们要找可恶的背叛者蒲寿庚报仇。张世杰的船队包围了泉州，但是由于泉州城内已经没有为他做内应的势力，长达一个月的包围并没有取得什么成果。

小朝廷仍然设在船中，漂浮在潮州一处名叫浅湾的海面上。然而，李恒率领的元军已经进入了惠州方面，形成了窥伺潮州的局面。

李恒是党项也就是西夏王的后裔，官参知政事，被授予蒙古汉军都元帅之职，是一员猛将，他的战绩十分骄人。

这样一来，张世杰就不能再无休止地包围泉州了，因为自己的老巢危险了，而且元朝的援军正在接近泉州。

张世杰的战术失败了，他想让敌人疲劳，但与敌人相比，自己先累得筋疲力尽了。

张世杰的口头禅是："蒙古离这里很远。"

确实很远，但敌人是驿传的发明者，由于是轮换而来，所以并不是很累。

张世杰解除了对泉州的包围，匆忙返回了潮州的海上宫廷。

"总是待在海上，年幼的陛下恐怕受不了。"杨淑妃说。

"我想上岸。"幼帝赵昰虽然是小孩子，但很少发脾气、哭闹、磨人。他感冒了，可能实在难受，才不停地说想上岸去。

"真是很可怜啊。"杨淑妃说着垂下了眼帘。

大海不仅少有风平浪静的日子，即使在湾内，也有风浪很强烈的时候。

"最好能把皇帝的船转移到不用担心元军攻击的地方去。"陈宜中说。

"没有那样的地方，广东这一带海域不知能安泰到什么时候。当地的那些家伙们说背叛就轻易背叛了。"张世杰说。身为北人的他不信任福建、广东等地的南人。长江沿岸的家伙们不就是一个接一个地临阵倒戈了吗？比这些南人还靠南的福建、广东的人，是不值得信任的。

"看看那个蒲寿庚，那种事情简直不是人干的。"张世杰说。

蒲寿庚杀害宗室之事已经传开了，张世杰再攻泉州就是为了复仇，然而却没能成功，他对此很遗憾。所以每次说过南人的坏话后，总要捎带着痛骂蒲寿庚一番才能解气。

"如果广东不行的话，占城怎么样？"陆秀夫说。

陆秀夫是和文天祥是同科及第的人，他对方舆学特别感兴趣。所以从他口中说出占城也就不足为奇了。占城位于越南中部，自东汉以后就独立了，也被称为占婆或占波。

"古时候占城是秦朝的一个县，到现在已经独立上千年了，过去它也被称为林邑。"陈宜中展露了他的才学。

"去那里怎么样？让船队退避到那里去，伺机出击怎么样？那个地方应该也有主人，不过如果利诱的话，或许可以借给我们一块土地。"陆秀夫探出了身子。

"必须先让谁去打探一下情况才行。"张世杰好像也很感兴趣。

"我有些门路，占城以前的王妃的外甥，曾经到临安来学习，我和他关系很好。听说他前几年回国了。"陈宜中说。

让幼帝登陆，以及为船队提供安全的母港，小朝廷的前途似乎见到了一丝曙光。

"丞相如果有门路的话，不能不利用啊。潮州也有贸易船，应该能带路。剩下的就看丞相的决心了，怎么样，你去一趟看看？"陆秀夫劝说陈宜中去占城一趟。

人们都说我在关键的时候就会消失，这次我去占城又会被世人怎么议论呢？陈宜中心里虽然在想这些，但嘴上还是答应了。

尽管陈宜中对去占城之事表现得不是很积极，但他内心其实很想早点离开这个风雨飘摇的海上朝廷。去占城之事，正好是一个绝佳的借口。

"后世的史学家会怎么评价我呢？"现在，陈宜中最关心的就是这个事情了。年轻的时候，满腔热血的他弹劾理宗的宠臣丁大全，不仅被开除了学籍，还被流放到建昌军[1]去。那是太学生时代的事情，但临安的百姓们全都对他这个壮举拍手称快。被流放的太学生有六人，人们称之为"六君子"。他们虽然是被流放的罪人，但太学的官员们都来欢送他们。建昌军的官吏们也没有把他们当罪人对待，所以根本没有受过苦。

虽然获了罪，但这却成为陈宜中经历中辉煌的一笔。

为了保全宋廷，他挥泪去往了南方，不愧是曾经被誉为六君子的人，果然有胆识。陈宜中很希望后世的史学家这样评价他，所以他的出发必须是悲壮的。他马上开始与潮州的船主联系，他最在意的是人们误以为他是逃兵。

"我是肩负王命的使者"，这点一定要让所有的人搞明白。

他在临安曾经不辞而别，但如果不那样做的话，他就必须在投降文书上签名。如果拒绝签名，大概就会被押送到元都去。文天祥代替他去和元军交涉，不就直接被扣留了吗？

那个时候逃出临安是正确的，他想。

文天祥那个时候身边有些任侠之士，因此得以逃脱。而陈宜中身边没有那样的人，有的全是些读书人。

终日在摇摇晃晃的船上，岂止是八岁的"天子"，就是大人也受不了。如果战绩好的话还可以忍受，但张世杰攻打泉州也是无功而返。

在泉州没有可以依靠的内应，相反，对于宗室们被杀，百姓们反而大叫快哉。

在这种情况下，出现逃兵也是理所当然的。

"不，我不是逃兵！"陈宜中很想这样高喊。

---

[1]　今江西南城。

　　为了不再出现逃兵，小朝廷的水军用铁链把各船连到了一起。不仅粮食，马匹也装在了船上，为号称十万人的军队补给不是一件容易的事情。

　　"前途未必光明。"看着在浅湾的大船队，陈宜中自言自语道。

八　崖门

　　文天祥率领着支撑漂泊王朝的陆上部队，他的梦想是在永嘉建立据点，图谋再度夺取临安。然而，漂泊王朝不允许他这么做，命令他把据点的都督府设置在汀州。

　　汀州是一个相当内陆的地方，小朝廷大概是想让文天祥牵制住元军使之不能靠近海岸，而在内陆击退他们吧。而且汀州离文天祥的故乡很近，这可能也是一个考虑的因素。

　　文天祥在江西和福建之间展开了游击战，他原本是文人，对于军事不是很擅长。然而，他有竭尽全力作战的满腔热情，这种热情感动了很多人，他召集了很多士兵。不过，以这种方式汇集到他身边的士兵们没有受过正规的战争训练，全是些外行的兵。

　　由于离故乡很近，朋友也很多，有不少人愿意助文天祥一臂之力。然而，在地方官中，有想伺机投降元朝的，他们很想把文天祥抓起来献给元军，因此不能疏忽大意。

　　还有想趁着这个混乱时期建立独立的地方政权，再高价卖身给收购者的人，文天祥厌恶的汀州知事黄去疾就是这样一个人。

文天祥遵照王命，好不容易在汀州建立了都督府，结果被黄去疾驱赶，不得不南走，将都督府转移到漳州龙岩县。

龙岩的西边是广东，那里的梅州居住着很多客家人。客家人原本是居住在北方的人，因为王朝灭亡或者其他政治原因迁移到了南方。曾经的亡命者一定会理解新的亡命者的心情，所以南宋的亡命政权把重要的运动据点安置在了这里，而且很多人让家人也到这个地方来避难，文天祥的母亲、弟弟、两个儿子现在就住在这里。

一天，南宋小政权的代表人物之一、与文天祥同科及第的陈龙复来到了文天祥的大营说："在梅州附近的元军军队不是很强，我们如果以同样数量的兵力去进攻的话，应该能取胜，敌人都是些没有经过训练的杂牌兵。"

文天祥说："老陈啊，在没有经过训练这方面，我们的士兵不也一样嘛。"他对练兵的事情一直很不满，南宋军大部分也是新募集的士兵。

"不对，"老陈摇着满头白发说，"士气不一样，我们是忠良的勤王之军。"

虽说是科举考试的同年，但二十岁刚出头就中状元的文天祥和寒窗苦读数十年才考中的陈龙复，年龄相差得就像父子一般。

"好吧，我们就用忠义的士兵进攻梅州吧。"文天祥拍着桌子说道。

说是进攻，但文天祥的南宋军实际上是从汀州撤退的军队，只不过他们比梅州的敌人士气要高昂一些，没费多大周折就占领了那一带。

文天祥的游击战术取得了成效，接连拔下了周围几个县城。不过，那些地方全是元军薄弱的地方，几乎没有正规军。

"一定要赶走文天祥的杂牌军。"党项名将李恒叫嚷道。元军的大部队在福州，即使在元军的精锐部队之中，党项族士兵也是格外英勇善战的。

自从1227年，成吉思汗消灭党项族的西夏王朝，到现在正好过了五十年，参加伐宋战的党项族年轻人不知道西夏王朝的事情。不过，按照元朝的政策，党项族被看作是"色目人"，这样做是为了避免党项族与汉人联合图谋复兴大汉。

"我们不是汉人。"以这种形式煽动起党项的民族自尊心。元朝有意识地在军事层面上起用党项族人，李恒是蒙古培育起来的党项军人，尽管他是西夏王族的后裔。

李恒军队的核心是党项族人，虽然同样是降兵，但与两三年前刚刚投降的旧南宋军不同。他们的着眼点与其说复兴五十年前的旧西夏国，不如说为了提高本族人的地位而为蒙古建功立业。

所以即使在元军之中，李恒军也被认为是最强的作战集团。他们取代了地方杂牌军，出现在文天祥的南宋军面前。

文天祥攻陷的江西诸县马上就被夺回去了。文天祥不得不率领着部队，后退、后退再后退，最后辗转来到了位于方石岭山麓的一个叫空坑的地方。

这是一场外行士兵与历经百战的精锐部队的战斗。在空坑，文天祥的军队在野营的时候被元军包围了，直到被完全包围，兵将们才反应过来。

鼓笛声和叫喊声突然惊天动地地响了起来，南宋军没有丝毫的招架之力。

"文丞相在哪里？"

"陛下有旨！"

"如果老老实实地出来，就饶你的性命。这里还有南宋三宫的旨意！"

李恒军中戴着银色头盔、军官模样的人一边骑马奔跑一边大声喊道。

南宋军由于害怕家属被抓去做人质，所以就连打仗的时候也都带着家属。因此当时的场面愈加地混乱不堪，其间还夹杂着孩子的哭喊声，呈现出一种异样的气氛。

李恒军的进攻采用了夜袭，而且是没有月亮的夜晚，所以南宋军的狼狈状况简直令人目不忍睹。

"只能听天由命了，各奔各的活路吧，我负责殿后，至于成为累赘的家属已经无法顾及了。从以往的做法看，元人对俘虏到的妇人儿童倒也不会做什么太过分的事情。"赵时赏对文天祥说道，他是南宋宗室中的一人，在军中任参谋。

"好吧，如果幸运的话，在循州再见吧，再会了。"文天祥已经决定不再考虑家人的事情。

在这里，文天祥的家人也被抓住了。他的长子文道生艰难地开出了一条血路，但他的妻子和多数南宋军家属一起成了李恒军的俘虏。

赵时赏故意打出了非常引人注目的旗子，坐着轿子（两人抬的肩舆）悠然地想要离开战场，立即被元军包围了。

"你是什么人？"元兵问。

"我的姓名丢了，国家都丢失了，姓名还有什么可惜的。"说完后赵时赏就闭上了嘴。元兵抓起赵时赏，审问起轿夫来。

轿夫回答道："我是这附近的老百姓，刚被大兵们抓来抬轿子，我只听其他的大兵称呼他为丞相、状元什么的。"

赵时赏故意没有用军里的轿夫，而是从当地雇人抬轿子，并教给他们如果有人问的话，就这样回答。

"噢，丞相？状元？那一定是文天祥了。"元兵们发出了欢呼声。

赵时赏被带到了元军司令部，在这期间他一直紧闭着嘴。

元军找来俘虏到的南宋士兵，问道："你知道这个人是谁吗？"

"知道，是赵参谋，宗室赵时赏。"俘虏清晰地回答道。

"哼，被骗了！"元兵愤怒地叫道。

"不用那么大声地叫，想杀就杀吧，被杀是宗室的宿命。而且我一次也没有说过我是文天祥。"赵时赏说。

元军司令部很早之前就接到了忽必烈的特别指令：要尽可能活捉文天祥，并且要礼貌地对待他。

总司令张弘范也把此事传达给了李恒，元军的主要干部都知道这道指令，因此当他们把赵时赏当文天祥抓起来后，全都兴奋得发出了欢呼声。

然而当他们得知抓的人不是文天祥后，就格外地恼羞成怒了。赵时赏也催促元军赶快杀了他。

"好吧，他如果那么想死就成全他。"

"这个人没有投降。"

"那杀他就没关系了。"

元兵们杀了赵时赏。从他被抓后的表现来看，只能认为他在故意拖延时间，好让战友脱逃，这点尤其让元军愤怒。

赵时赏是和州（今安徽和县）的宗室，当时宗室的数量是要以万为单位来统计的，其中为害一方的人不在少数，而且他们的一些轻微罪行往往都能不了了之。然而，赵时赏却与众不同，他平时的口头禅是"为国尽忠是宗室的责任"。

　　空坑之役，他帮助很多人逃脱，自己却被元兵杀死，可以说了却了他的夙愿。

　　元军方面，总司令张弘范让弟弟张弘正也带领一万士兵从军了。

　　来到江西战场的时候，张弘范手里拿着文天祥的文集读着。

　　"真想和这个人一起谈文论武啊。"张弘范合上书仰天叹道。

　　张氏兄弟出身于汉人世侯之家，他们的父亲张柔是一个有名的文雅之人，忽必烈修建大都的时候，据说他提出了很多建议。不过，最令他声名鹊起的是在元军攻陷汴京的时候，他首先从战火中把金朝的图书之类的东西抢救了出来。张柔最后的工作是讨伐阿里不哥，至今他已经去世大约十年了。现在是他儿子们活跃的时代，哪个儿子都是不亚于父亲的豪杰。

　　凡是有人对江南文物的处置不满时，忽必烈都会说："我已经派张弘范去了，如果你觉得谁比他更合适，就说出来。"

　　提意见的人就闭上嘴了。

　　派遣张弘范去攻打文天祥，是因为他在焦山打败了敌将张世杰。民间盛传张弘范和张世杰是亲戚，由于张世杰是南宋阵营中罕见的北人，所以这种传言很能迷惑人。

　　闯出一条血路的文天祥在各地不断地进行着游击战。对于元来讲，文天祥虽然不是什么令人恐怖的敌人，但也很让人心烦，担心一不留神，他就不知不觉地发展壮大起来，因此元很想尽早连根铲除这个反对势力。

　　元让俘虏来的文天祥的家人、朋友劝他投降，但文天祥根本不理睬。

　　在漂泊王朝中不断出现病人，而且就连至关重要的皇帝赵昰也病了。潮州一带的海域也变得危险起来，海上宫廷被迫转移到了广州附近的碙州。皇帝赵昰在这个地方病逝了，年仅十岁，他被尊为端宗。

在逃出临安的时候，幼帝的另一个弟弟赵昺也一同逃了出来，于是小朝廷又匆忙立了赵昺为皇帝。

端宗的死给南宋阵营造成了巨大的打击。自从泉州撤退以来，就根本没有一点令人振奋的事情。

"就到此为止吧。"在小朝廷中出现了这种希望解散的声音。

尽管严密地防范着，但还是有不少人逃走。而且与真正逃走的人相比，想要逃走的人更多。

出现这种情况可以说军队已经丧失斗志了。不过，与海上朝廷的这种惨淡经营相比，文天祥的陆上游击队尽管经历了空坑的败战，但斗志依然很高昂。一度被元军夺走的梅州、惠州、潮州等据点又夺回来了。

当地出身也是一个原因，文天祥极受百姓拥护，他的家人被元军抓走一事也受到了广泛的同情。而为了争取舆论，元军总司令张弘范也在大肆宣传元朝如何优待文天祥的家人。

世人对文天祥评价的高涨，给海上朝廷的骨干们很大的压力。因为就算是久经战场的张世杰，这个时期也没有什么显著的军功。

枢密院事（国防部长）陆秀夫对文天祥不断申请入朝一事进言道："不能让文天祥入朝，前线总指挥不能离开任职地。现在这种时候，如果每个人都随心所欲的话，国事就无法进行了。"

陆秀夫与文天祥虽然是同科进士，但在此时，他对文不要说合作了，反而怀有一种排斥的心理。

中个状元就了不起了吗？

陆秀夫潜意识中这样想。他在淮东制置使李庭芝手下从事军务的时间很长。文天祥虽然是状元，但不就在农村附近做过一些小官吗？可以说陆秀夫内心深处总是在和文天祥较劲。

　　"不过他也很努力，还是应该给他相应的报偿。"就连张世杰都这么说。

　　皇帝赵㬎死的那年（1278）四月，皇弟赵昺即了皇位，而陆秀夫成了右丞相。

　　同月，据说海里出现了黄龙。出现黄龙意味着什么不是很清楚，是祝贺新皇帝即位的吉兆呢，还是悼念先帝之死呢？大家都很茫然。五月，海上朝廷使用的"景炎"的年号被改成了"祥兴"。

　　一般情况下，在"不改父之道"的这种思维模式下，当年仍然继续使用父亲的年号，到了第二年再用新年号。不过这次因为是兄弟相继，所以不必套用父子相继时的惯例。无论如何，海上朝廷都期待着一些转机。

　　南宋的第一个年号是"建炎"，使用"炎"字，表明了强烈的重新开始的愿望，接下来的年号是"绍兴"。

　　虽然是海上朝廷，但是对于以宋为天下正统的人来讲，那里就是首都，是漂泊的首都，地点在相当于广州湾入口处的碙州水面。有人认为碙州是雷州半岛的吴川县，但因为碙州在广州附近，所以吴川县之说不是很符合，据许地山之说，碙州应在香港一带。

　　六月，小朝廷从碙州附近海面转移到了崖山一带。

　　据说那时候正好有一颗巨大的流星降落到了东南方，并且有千余颗小星星跟随它，落下的声音就像雷鸣一般。

　　崖山是珠江三角洲上长约二十公里的细长小岛，它的西边是名叫熊海的防洪闸门，那附近一带也称崖门。

　　沿着崖山有一块面向熊海的狭小陆地，小朝廷在那里修建了行宫、兵营，这些建筑虽然都是没打地基、临时搭建的小屋，但对于长时间漂泊在海上的人来讲，得到这种不摇晃的住所，简直就像获得了重生一样，尤其是宫人们。

"好长时间没有睡过不摇晃的床了。"

"是啊，哪怕一天也好啊，真想让已故的陛下在这里休息休息。"

宫女们流着眼泪说道。

地理位置好只是一个因素，海上朝廷的人之所以能在不摇晃的床上睡觉，主要是因为元军把主力对准了文天祥的军队。

"海上的人迟早会被消灭，那些人往后放放没关系。我们应该把文天祥的军队当作主要的敌人，尽快摧毁他们。"长期在南方战线上的李恒总是这样进言道。

文天祥没有被允许拜谒皇帝，只被封为了信国公。在这摇摇欲坠的小朝廷中仍然有权力之争。

"我只想入朝拜谒一下皇帝，马上就会走，可好像总有人担心我会留在朝廷里不走了。"文天祥在广东东部的战场上苦笑着说道。

在广东流行起恶性的地方病，文天祥的左眼几乎失明了。祥兴元年（1278）九月，恶疾夺去了他六十五岁的母亲的生命。十月，他的长子文道生也死了。

文天祥不允许自己在部下面前流泪，他的很多部下都死在了战场上，他觉得自己没有哭悼亲人之死的资格。

尽管由于营养失调，文天祥的外貌变得像幽灵一样，但他依然徘徊在战场上。他一边从潮阳向南岭迁移，一边还在不断地征集士兵。

文天祥面对的敌人不仅仅是元军，他还要与像猎狗一样四处乱窜的土匪作战。他们抓获宋兵献给元军，以此获利。如果宋军强大的话，他们大概也会抓获元兵献给宋军吧。

不幸的消息接连不断，文天祥的两个女儿也在潮阳之战中成了俘虏。

"元朝水军从福建去往潮州了。"这个情报传到了文天祥营中。不过即使搜集到了情报也无能为力，从很早之前文天祥就知道了元朝的水军由总司令张弘范率领。

"恐怕只能向海丰撤退了。"文天祥命令道。

文天祥的军队虽然走的是经过五坡岭的小路，但他们的动向被土匪们侦察到了，并通报给了元军。

元军总帅的弟弟张弘正率领的骑兵包围了文天祥的军队。

"要活捉文天祥。"忽必烈曾经下达过这样的命令。

文天祥见走投无路，喝下了早就预备好的一种名叫"脑子"的剧毒药，然而他没有死成，因为敬重他的部下悄悄地把药给换掉了。

"啊，原来是这样啊，这样也好，我正好还有要做的事情。"文天祥被捕的时候这样想道。他开始思考起活着应该做的事情了。

"抓住文天祥后，要对他以礼相待。"

这也是忽必烈的命令。

所以文天祥即使被带到张弘范面前时也没有被捆起来，他平视着对方的脸，没有丝毫恐惧的神色。

"天祥至潮阳见弘范，左右命之拜，不拜。弘范遂以客礼见之。"

《宋史·文天祥传》这样简洁地描述了文天祥被带到张弘范跟前的情形。

元军抓住文天祥后，就向崖山进军了，他们想让南宋的忠臣文天祥在敌人的战船上亲眼见证南宋的灭亡。

元军的船队到了正好位于现在的香港和澳门之间的"伶仃洋"，也写作"零丁洋"。"零丁"意为"零落孤独的样子"。伶仃洋是珠江的河口，可能因为经过那里时，人们会产生一种凄凉的感觉，所以得了个这样的名字。

伶仃洋的北部有一个更加狭窄的地方，那就是虎门，在清朝，那里曾经是鸦片战争的激战地，也是林则徐没收、烧毁鸦片的地方。

在江西的赣水中有一个名叫"惶恐滩"的险滩，苏东坡流放时经过那里，写下了"地名惶恐孤臣泣"的诗句。文天祥想起了这件往事，写下了《过零丁洋》一诗：

> 辛苦遭逢起一经，
> 干戈寥落四周星。
> 山河破碎风飘絮，
> 身世浮沉雨打萍。
> 惶恐滩头说惶恐，
> 零丁洋里叹零丁。
> 人生自古谁无死，
> 留取丹青照汗青。

这首诗的大意是：自从诵读经书（一经）知道什么是忠义后就饱尝艰难辛苦。在战场上奋战的四年间，故国的山河破碎得就像在风中飘荡的飞絮，我自身也像被雨无情敲打的漂泊的浮萍。苏东坡用惶恐滩这个地名比照自身，我就用零丁洋这个地名来慨叹我的落魄。人生自古没有不死的人，用一片赤诚之心去照亮汗青（历史）才是我真心的愿望。

李恒让文天祥写信劝说张世杰等人投降时，文天祥一言不发，只是默默地把这首诗递给了他。

李恒把这首《过零丁洋》诗转交给了总司令张弘范。

张弘范握着诗稿说："不用让他写那种劝降信了。"

　　给南宋最后一击的崖山海战毫无悬念，即使在不是军事专家的文天祥眼中，也清楚地看出这次对阵，宋军没有胜算。

　　皇帝乘坐的船在正中间，号称有千艘船的船队围绕在它周围，并用铁链连在了一起。

　　小朝廷好不容易在崖山山麓确保了不摇晃的住所，张世杰又让所有的人都到船上去了，而且还把陆地上匆忙修建的宫殿、营舍全部烧毁了。

　　"我们消灭元军之后，将一直在陆上进军，崖山的建筑没用了。"张世杰在烧毁崖山山麓的建筑时这样说道。

　　"这不是自己把自己的手脚捆绑起来了吗？这样的话身体就没法动了。"文天祥从敌船上看到自己一方的布阵，这样自言自语道。

　　从战争开始之前他就有不祥的预感，与其说是预感，或许不如说是确信。文天祥虽然是文官，但正如他诗里讲的"干戈寥落四周星"那样，在四年里，他不断地进行着艰苦卓绝的战争，因此可以说他已经成了军人。以实战经验丰富的军人的眼光来看宋军的布阵，他觉得实在是不堪一击。

　　宋军以皇帝的御船为中心，周围是宫女们的船、战船等，形成了一层一层的圆形布阵，自己切断了与陆地上的联系。

　　船队放下锚，最外围的船上建起了高塔，上面搭载着弓箭手。这是一座漂浮的城堡。乍一看，如同铜墙铁壁一般坚不可摧。而元军的船是原来南宋江上水军的，与之相比，宋军的船全是外洋用的大船，船型巨大且非常坚固。

　　它大概无法储备足够的物资吧，经历过实战的文天祥首先就担心这点。就算食物可以吃晒干的东西，但水该怎么办呢？水是不能晒干储运的，仅十天所需的水就要占用相当大的空间。

大概在崖山岛的北边有水质很好的水井，如果储备的水没有了，宋军可能打算去那里打水。

从宋军的布阵来看，马上就能明白水源在哪里，因为在补水通路附近，宋军的防范最严密。运送水的小舟也停泊在那附近，以便随时出动，这些明眼人一眼就能看出来。

战争开始后，元军首先就集中攻击补水通路。蒙古历来的战法就是，从当地人那里打听出水源，首先切断敌人的水脉。

崖山宋军的数量不是很清楚，号称有十八万士兵，战船二千艘。这是从泉州漂泊到潮州附近时的数字。号称的数量一般都要比实际的数量多，而且在漂泊中逃亡的人大概也不少。就在进了崖山后，张世杰的部将陈宝还投降了元军。

因此宋军的兵力恐怕不到十万，除了逃走的人外，因疲劳而死的人，感染上恶疾而倒下的人大概也不在少数。张弘范作为元军总司令，在取得崖山战役的胜利，班师回到大都后，也于当年病逝了，享年不过四十三岁。

"宋军的这个布阵你们怎么看？"张弘范想通过这场战役训练年轻的军官。

"在这里无论怎样布阵都是徒劳。"李恒答道。

李恒还很年轻。五十多年前，祖国西夏灭亡的时候，他的祖父据城而战最终壮烈战死。当时他父亲只有七岁，也哭闹着要随父亲一起去死。

"你收养下他怎么样？"成吉思汗对弟弟合撒儿说。

"那我就顺便收他做养子吧。"合撒儿答道。

合撒儿的亲生儿子就有四十人之多，所以才说"顺便"。

这名七岁的西夏王族的孩子名叫惟忠，西夏王姓李，惟忠仍然使用李这个姓，他虽然是合撒儿的养子，只不过是名义上的，姓名并没有改变。李恒就是李惟忠的儿子。

"噢，在这里布阵徒劳的话，那在哪里布阵好呢？"张弘范问。

"占城也不行，恐怕得在暹罗或者爪哇吧。"李恒说。

"在那些地方就没关系吗？"张弘范问。

"在那些地方可以拖延时间。"李恒笑着答道。

"要是我的话就在日本，那里或许还能借兵。即使我们攻到那里去，大体上也都是同胞。"张弘范这样说着大声地笑起来。

在崖门的元军船队，可以听到这样轻松的谈笑声，而在南宋的船队中则弥漫着悲壮的气氛。

"如果是成吉思汗的话，断了敌人的水路后，可能什么也不做了，因为水军还有其他用途。"张弘范抱着胳膊，仰望着天空说道。

"接下来就是征讨日本。"

这是元军的一个普遍共识，进攻日本不用说主角也是水军。如果是成吉思汗的话，在进攻日本之前他会非常爱惜水军的。

"即使我们攻到那里去，大体上也都是同胞。"

张弘范之所以这么说，是因为元军进攻日本可能要使用江南军，而南宋军中也几乎全是江南兵，所以说是同胞。

崖山之役，元军从熊海开始突击。

那天的涨潮是深夜，元军乘着涨潮进攻，夺走了大约一百艘宋军的战船，并随着退潮撤退到了外洋。宋军的大型船不仅抛下了锚，还用铁索连到了一起，无法与元军交战。

元军被李恒控制在了崖山北部的水面上，并不着急决战。宋军深受饮用水不足的困扰，渐渐地显露出了疲态。从元军的船上目睹着这一切的文天祥心如刀割。

宋军就像身体被捆绑了起来一般，什么时候作战，完全得看元军的意思。

元军可以自由地选择它喜欢的时候进攻。

毫无疑问，元军挑选了对自己最有利的日子发起进攻，二月初六，仅这一天，宋军就溃灭了。

当天的天气不是很好，黑云低垂，这对宋军很不利。那天的涨潮在正午，当然这很符合元军的心意。

宋军的兵船上建有搭载着弓箭手的高塔，但元军射出了带火的箭，用来瓦解宋军的圆阵。元军的士气非常高昂，宋军护卫着皇帝御船的圆形兵船阵渐渐地溃散开来，搭载弓箭手的高塔也被大火烧得一个接一个地折断了。

在御船中，幼小的皇帝被母亲和众多女官们围绕着，大家都心惊胆战。

最后宋军切断了连接船只的铁链，但这有些太迟了。

战争一直持续到傍晚，元军不断地更换新的部队，而宋军只能孤军奋战。

与《三国演义》里的火烧赤壁一样，元军把装满干草的船浇上油点火后，驶向宋军，放火焚烧宋军的船队，大火逐渐逼向了宋军中央的御船。

御船上，陆秀夫陪伴在八岁的皇帝赵昺身边。宋军的船一大半仍然用铁索连接着，元军的船正在向身体不能动弹的宋军船队步步紧逼，那是南宋曾经引为骄傲的水军，现在则分成了敌我双方，许多人彼此很熟悉。

"陛下的两个哥哥，一个活着在敌人那里，一个已经去世了，陛下想怎么样？"陆秀夫问。

在天色将黑的南海上，熊熊烈火毫不留情地扑向了宋军船队。

对于陆秀夫的问题，八岁的皇帝无法回答。与年龄相比，他虽然显得很刚强，但也只是一言不发地注视着被染红了大海。

"我明白了，请等一会儿，我马上就回来。"陆秀夫急急忙忙地离开了座位，他把自己的妻子扔进了海里。宫女们都在痛哭流涕，陆秀夫命令部下把少年皇帝紧紧地捆在了自己的胸前。

"陛下，海底有龙宫，我们去看看吧。"说完，陆秀夫纵身跃入了大海。船上宫女们的哭号声不绝于耳。

不久，元兵开始攀登御船了。

"不能杀，要捉活的，他肯定在这艘船上，不会错。认识皇帝的人赶快过来！"搜查队长模样的人高声喊道。

船上，女官统领平静地说："时间不多了，大家注意不要弄乱衣服。"

已经有人一边哭着一边跳入大海，还有宫女在喊："不行，不行。"

男人们都出去战斗了。

有人一边念着"南无观世音菩萨"，一边跳入海中。

"撤退！撤退！"

"我们还在作战，你们先撤吧。"

"宋军把最后的力气都使出来了，不能疏忽大意啊。"

"其他的船也找找，据说杨氏在别的船上！"

杨氏是先帝端宗赵昰的生母，现在的皇帝赵昺的生母是俞氏，但由于她身份低，所以仍尊杨氏为皇太后，不过她在别的船上，元兵正在寻找杨氏。

张世杰看到大火要烧到皇帝的御船了，急急忙忙地赶了过来，跳水悲剧已经结束了，那艘船几乎成了无人的空船。张世杰从藏在厨房中的佣人那里听说陆秀夫抱着幼帝跳入了大海后，跺着脚叹惜道："糟糕，我来晚了一步！"

不过，他马上恢复了平静，鼓励部下逃出去。

"幸好我国对宗室很爱惜。如果寻找的话，一定能找到与陛下血缘相近的赵氏族人。我们还可以奉他为皇帝，继续进行反元运动。现在先考虑从这里逃出去的办法吧。"张世杰说道。

张世杰从崖门的乱战中救出了三十艘兵船和三千名士兵。在途中他们遇到了杨太后的船，杨太后向他们询问皇帝的下落。

"被陆秀夫抱着跳海了。"说着，张世杰号哭了起来。

就在这个时候，杨太后也跳入了大海中。

她临终前说的话，据《宋史·本纪》记载为："我忍死间关至此者，正为赵氏一块肉尔，今无望矣。"

而《宋史·杨淑妃传》中则记载："我间关忍死者，正为赵氏祭祀尚有可望尔，今天命至此，夫复何言。"

继承家族的祭祀活动很重要，杨淑妃虽然不是幼帝的生母，但她是皇家正式的"妻子"。而幼帝的生母俞氏只是"修容"，不是像杨氏那样的"妃"。通过祭祀活动而传承家业是杨太后肩负的使命，她没有完成这个使命，而且就连希望都破灭了，所以她毅然跳入了海中。

这次决战也出现了很多投降者，整艘船投降的并不少见，降船就把桅杆上的旗子落下。张世杰在自己的军船上看着宋军船队桅杆上的旗子一面接一面落下，知道"大势已去"。

就连翟国秀、刘俊等宋军骨干们也"解甲投降"了。

《宋史》写张世杰在海滨安葬了杨太后后逃走了。但民间的传说则是过了七天左右，当地的渔民打捞到了杨太后的遗体，把她很郑重地安葬了。

张世杰首先向占城逃去，占城在现在的越南中部。陈宜中说去那里打探情况，结果就一去不复返了，连一点音信也没有。不过这也情有可原，因为占城已经降元了。

张世杰在途中得知了此事，想率领船队再返回崖门附近，然而在途中遇到了暴风雨，船队在暴风雨中强行航行，所有的船都翻了，张世杰也溺死了。

"我军的战船已经是天下无敌了，谁还能再说元军不擅长水战？"得到崖山的捷报后，忽必烈豪情万丈地说道，他已经开始构思再攻日本的计划了。

现在，在崖门西麓一个名叫官涌的地方，并排着三个祠庙，中间的"全节庙"是祭祀杨太后和殉难宫女们的，右边的"大忠祠"是祭祀文天祥、陆秀夫、张世杰三人的，左边的"义子祠"是祭祀殉难兵将的。当然这些都是明代修建的，元代在此立了"镇国大将军张弘范灭宋于此"的碑，到明代这十二个字被削了下去，改镌为"宋丞相陆秀夫死于此"九个字。

九　唆鲁禾帖尼的孙子们

伯颜从临安凯旋归朝后不久就被派往了西方战线。

"只有你能胜任。"忽必烈说。

伐宋之战后，伯颜就对自己深受汉人爱戴之事感到很担忧，昔里吉在蒙古故地发动了叛乱，他受命征讨，这反倒让他放下了心。因为到西方去后，如果再有人造谣说他与汉人勾结，会被汉人拥立之类的话就没有人相信了。

昔里吉是忽必烈的哥哥蒙哥的第四个儿子，也就是忽必烈的侄子。

这时，蒙古版图已经变得非常大了。过去，成吉思汗的四个嫡子互为竞争对手，起初拖雷作为斡赤斤，离大汗位置最近。然而因成吉思汗的指名，三子窝阔台继承了大汗之位。在随后的一段时期内，大汗位被窝阔台家独占了，拖雷家不得不雌伏起来。

后来，拖雷家期盼已久的愿望终于实现了，蒙哥坐上了大汗位。从那以后，大汗位的争夺成了拖雷家的内部斗争。

蒙哥很不喜欢身边尽是汉人的弟弟忽必烈，兄弟之间产生了裂痕，后因种种原因，两人的关系得到了一定程度的修复。接着蒙古就开始了伐宋之战，然而就在忽必烈进攻长江的关键时刻，蒙哥突然病死了。

在接下来的斡惕赤斤阿里不哥和忽必烈的争斗中，忽必烈获胜了。

昔里吉作为蒙哥的儿子，很想在蒙古帝国中显露头角。最初他投靠了阿里不哥，没想到却失败了，品尝了降服于人的屈辱，这令他难以忘怀。

海都发起了"叛乱"，忽必烈派军去镇压，把军队交给了两个侄子——昔里吉和脱黑帖木儿。然而，昔里吉在脱黑帖木儿的煽动下，祭起了反旗。

争战的哪一方都是成吉思汗的后人。

忽必烈把身边的人都赶了出去，摇着头对伯颜说道："我本来不想发动大规模的战争，但是，如果对他们怀柔的话，战争就会拖延很久。要速战速决，你明白吗？"

"明白，我想请您增加士兵们换乘的马。"伯颜低下头说道。

"不仅是马，这次战争，钱也不会吝惜，我让阿合马准备。"忽必烈说。

对于这场蒙古内部的争斗，忽必烈很焦虑。阿合马是从忽必烈的妻子察必家陪嫁过来的色目人，只要命令他筹备钱物，他一定能按时做好，办事出色得都让人有点恐惧。

"现在的我还是过去的忽必烈吗？"伯颜退出去后，忽必烈一个人自言自语道。

兄长蒙哥做大汗的时候，忽必烈为自己定的目标是彻底地做一个"良臣"。他之所以在身边聚集众多的汉人，是因为他觉得兄长做不到这个。而讨伐南宋，无论如何也要借用汉人的力量才能顺利进展。他对兄长蒙哥说明了这些，想取得他的谅解。

"汉地的事情，汉地的民心，都交给你了。"蒙哥说。

在兄弟间，已经取得谅解的事情应该不会成为问题，至少当时的忽必烈是这样想的。

然而，后来传入忽必烈耳中的是，兄长蒙哥说："那家伙对汉人痴迷的程度太过了。"

是对自己的不满。

另外蒙哥的亲信们也进言："忽必烈殿下离大汗位最近，今后可能会不安分，从现在起就应该削减他的力量。"

特别是对忽必烈怀有敌意的阿蓝答儿，似乎总在不停地煽风点火。

虽然后来兄弟俩和解了，共同参加了伐宋之战，但蒙哥却猝死了。在继任者的争斗中，忽必烈与弟弟阿里不哥对峙，把蒙古分成了两部分，他们的斗争不是单纯的权力之争，而是接受汉文化的势力和蒙古国粹派的争斗。

与昔里吉的争斗，也是坚持蒙古传统的保守派和堪称开明派的忽必烈的争斗。

忽必烈平时也尽量隐瞒他对汉文化的倾心。大都的建设者、同时也是大元国号的制定者刘秉忠临终前曾经进言：

"陛下对汉文化的倾心，都是因我刘秉忠的缘故。不要再深入下去了，一切都交付给时运吧，这不是人力所能及的。"

至元十一年（1274）八月，刘秉忠在上都的南屏山说完这些话后就咽气了。

"无疾端座而卒。"他五十九岁的人生落下了帷幕。

　　从此以后，忽必烈不再为文化的问题而烦恼，过去的他对这个问题太在意了。

　　忽必烈摇响了叫人的铃铛，钦察近侍飞快地进来跪下了。

　　"叫阿合马来。"忽必烈命令道。

　　阿合马立刻赶来了，他总是比任何一个臣子来得都快，忽必烈对这样的他很满意。阿合马不仅来得快，而且就连忽必烈都认为难以完成的财务要求他也能用最快的速度完成，对忽必烈来讲，阿合马是一个非常有用的人。

　　《元史·奸臣传》中评价阿合马："多智巧言，以功利成效自负，众咸称其能。"

　　"请您吩咐。"阿合马跪着说道。

　　"战场离哈剌和林很近，这次的战争无论如何也要尽快结束。"忽必烈说。

　　忽必烈说完后，阿合马立刻就点头说道："军队的装备要轻便，粮食和马匹都在那附近准备吧，驿传就是为这种时候设置的。司令官是伯颜吧。"阿合马准确地说出了尚未公布的司令官的名字。

　　忽必烈笑了起来。

　　与阿合马说话让忽必烈觉得很轻松愉快，这或许是因为他是妻子娘家陪嫁过来的，感觉很贴心的缘故吧。而且，他与蒙古内部的哪个派阀都没有关系。虽说大汗对臣下的派阀之争无须太在意，但实际上忽必烈对此一直很关注。

　　"好的，我马上去安排。"说着阿合马退了出去。忽必烈没有对阿合马做详细的指示，阿合马的好处就是无须对他说多余的话。

　　忽必烈又摇响了铃铛，那个随时待命的钦察人又出现了。

　　"贵由赤，你去让阿合马分派给你点工作吧，要快。"忽必烈说。

这个被称为贵由赤的钦察人眼前一亮，马上退出去了。贵由赤是"飞毛腿"的意思，不知道这是不是他的真名，不过从他的体形上来看，确实像跑得很快的人。

"这个人有点像阿合马，所以才让我觉得很放心吧。"忽必烈想。

飞毛腿贵由赤是皇帝蒙哥在参加以拔都为总帅的欧洲远征时，从钦察带回来的人，或者是他们的子孙。

在与蒙古的派阀没有瓜葛这点上，他也和阿合马相似，就凭这点，即能把他放在身边安心使用。

蒙古的长者曾经既像诉苦也像忠告似的对忽必烈说："您对这种来路不明的人，也真能放在身边安心使用啊。"

忽必烈心里说："来路不明？不知姓名？正因如此，才能安心使用。"

不过，他表面上还是笑着说："他们做惯了这种侍候人的事情，而且是从他们父母那代就开始的，所以用起来方便。"

比如说，做裁判官，如果由身世明白的人来做的话，他肯定有亲友故旧，对他们无论如何都会手下留情。而从遥远的钦察草原来的人，在这个地方几乎没有可以牵绊的东西。就凭这一点，做起事来都能很公正。

在宫廷中，诸如鹰匠、园艺师、清洁工等，经常在忽必烈身边侍奉的人，很多都是外来的钦察人，飞毛腿贵由赤也是如此。他负责送信等事务，根据送信的内容可以看出，有时候他其实是一个非常重要的人。

伯颜的领悟力很高，他马上就出发了，而且打算一遇到昔里吉军就开战。蒙古风俗是如果在交战数日前就知道对手是谁的话，开战前双方的士兵一般要相互"问候"。

"那个军队中有我的堂兄。"

"那个军队的副司令是我的叔父，我必须要去问候一下。"

像这样，与敌军久别重逢时，双方先要叙叙旧。作为蒙古的风俗，一般不能阻止士兵们这样做。甚至有时因为叙旧的时间过长，还要去提醒：

"哎，你们赶紧回来，马上就要开战了！"

伯颜不想经过这道程序，他打算两军一相遇就直接开战。对去往哈剌和林的路他很熟悉，而粮食、马匹阿合马都安排好了，通过驿传调集，兵将们都是轻装前进，行军速度非常快。

昔里吉说是"举兵"，但其实他的军队是忽必烈交给他去讨伐海都的，可以说是派遣军的造反。

昔里吉的皇帝父亲蒙哥去世后，好像理所当然似的，下任皇帝就被看作是蒙哥的弟弟忽必烈和阿里不哥的争斗，而对于皇子昔里吉等人就连拥护他们做继任者的呼声都没有，这让昔里吉感到很是愤愤不平，然而大势如此，他们也只能选择投靠其中一方。

忽必烈简直就像个汉人，昔里吉因此选择了阿里不哥。

昔里吉把赌注押给了阿里不哥，然而，胜利的是忽必烈。

父亲蒙哥是皇帝，而昔里吉却无缘继承皇位，他本来就对此心怀怨恨，再加上他选择的阿里不哥又从皇帝的宝座上跌落下来，这些怨恨在他的心中交织了起来。

而煽动昔里吉满腹怨恨的是脱黑帖木儿和阿里不哥的儿子药木忽儿等人，让满腹怨恨的人占据派遣军的重要职位，可以说忽必烈自信得有点过头了。

派遣军的总司令是忽必烈的儿子那木罕，那木罕的弟弟可库出也在军中，幕僚长是皇后察必的外甥安童。发动叛乱的昔里吉抓住了派遣军的这些干部，他把那木罕送给了术赤家的芒哥帖木儿，希望由他交给海都，安童则被直接送给了海都。

"之所以发生这么多叛乱，都是因为以往对叛乱的处罚太轻了。这次抓住昔里吉后一定要处死他，不然还会有叛乱发生。"有人向忽必烈这样进言。

"这样想的人大概很多吧，特别是汉人，只不过他们不敢说出来而已，让我再考虑考虑。"忽必烈说。

向忽必烈进言的是蒙古老臣。汉人们之所以不敢说出来，是因为如果严惩的话，昔里吉、药木忽儿等人会被杀，但在他们之前，皇子那木罕和可库出的性命也难保全了。

"那木罕、可库出、昔里吉、药木忽儿……各有各的命运。虽然都有同样的血脉，但各自的命运不同，如果母亲还活着的话，不知该怎样悲伤、哀叹了。"忽必烈想着想着闭上了眼睛。这几个人中，有两个是他的儿子，剩下的一个是他哥哥的儿子，另一个是弟弟的儿子，他们四人全部是唆鲁禾帖尼的孙子。

忽必烈不再自言自语，他站了起来。

在战场上，士兵们没有互致"问候"就直接开战了。与蒙古兵相比，这次参战的钦察的突厥系士兵似乎更多，如果是他们的话，也没有需要问候的人。

巡视战场的伯颜摇头叹道："真没想在哈剌和林附近能见到这么多马穆鲁克啊。"

马穆鲁克在阿拉伯语中是"奴隶"的意思，主要指突厥系的奴隶军人，他们作为苏丹的亲卫队，不久就军阀化，最后甚至可能成为独立王朝的主人。

对于生长于波斯的伯颜来讲，马穆鲁克是个很熟悉的存在。

　　忽必烈的弟弟旭烈兀从东方远征到波斯后，首先把目标对准了阿剌模式。在攻陷阿剌模式后，意想不到地在阿音札鲁特吃了败仗。在那里打败蒙古军的拜巴尔就是马穆鲁克。

　　那个时候，旭烈兀借用了术赤家的军队，主要是钦察的突厥兵。旭烈兀的敌人虽然是埃及，但作战的则是马穆鲁克，他们几乎也都是钦察出身。所以说，当年的那场战争，虽然是埃及和蒙古的战争，但出生于钦察草原的士兵们分别在为两个阵营作战。

　　伯颜知道西方战争的这个真相，也经常见到马穆鲁克。然而在哈剌和林看到满眼的马穆鲁克，他还是不禁长长地叹息起来。

　　伯颜率领的军队，不用说是皇帝忽必烈的军队。伯颜知道其中有前皇帝蒙哥欧洲远征时的战利品——钦察骑兵，然而数量如此之多还是大大超出了他的想象。

　　"这是东方的马穆鲁克啊。"刚说到这里，伯颜咽下了后面的话。

　　现在的埃及政权就是马穆鲁克的。他们作为奴隶从钦察被强行送到埃及，其中有才识的人一步步成为亲卫队长，成为军司令官，最终成为埃及的主人。

　　"这帮家伙们将来会不会篡取蒙古政权呢？这次回去后，一定要把马穆鲁克篡夺埃及政权的事情详细地讲给大汗听。"伯颜这样想着。

　　在上都一带拥有幕营地的钦察人，主要是蒙哥等人远征欧洲时，从战场上带回来的战争孤儿，他们是从做杂役开始起步的。他们中的大部分人岂止没有父母的名字，就连自己的名字是什么都不知道。他们不像蒙古士兵那样，即使在战争最激烈的时候，也要去问候敌军中的亲友。他们就算死了也没有人为之悲伤，所以打起仗来很干脆，不会拖泥带水，因而英勇善战的人很多。

"唉，那不是贵由赤吗？你在这种地方做什么呢？"伯颜招呼坐在草原上，抱着膝盖环顾周围的年轻人道。他就是大汗忽必烈一摇铃铛就会立即出现的年轻人。

贵由赤站起来笑嘻嘻地说道："大汗说让我给他画一画战场的情形。"他手里拿着一卷纸。说到战地画家，伯颜想起了曾经画回回炮的李有康。

"战场的画啊，画了不少了吧？给我看看。"伯颜说。

"能拿出手的画还没有画好，真不好意思。"贵由赤说着把叠起来的纸展开了。

那不是战争画卷。只见画纸上树木茂盛，池塘边上长着水草，远处还能隐约看见人家。这不是一幅写实的画，这附近没有人家，有的只是帐篷。

"这是你脑海中的景色吧，不是用眼睛看见的吧。"伯颜说着笑了起来。

"作战的画回去后再画，因为那样能画得更好。"贵由赤说。

"画好之后，也送我一张。"伯颜说。

"知道了。"贵由赤把展开的纸又叠了起来。

伯颜的侍从牵来了马，幕僚、警卫们在伯颜的要求下都待在了稍远的地方。

"你们宿营地的人好像来了不少啊。"伯颜一边跨上马，一边说道。他知道贵由赤是钦察出身。

"自从我到大汗身边侍奉以来，很久没有回宿营地了，所以不是很清楚。不过听说最近好像尤其多。"贵由赤也赞同地回答道。

三十五年前，蒙哥远征欧洲时带回了大批钦察孤儿，那时候刚刚几岁的少年，现在也已经四十岁了。在那之后，从西方也不断有"少年"补充进来，人数最多的时候恐怕是旭烈兀蹂躏巴格达之后吧。那个时期，贵族的孤儿很多，蒙古的上流家庭中，对孤儿的需求很大。

不用说，接收孤儿最多的就是皇帝忽必烈，为此他在上都附近设置了宿营地，由先来的孤儿们照顾新到的。

贵由赤为什么被带到东方来，或许他自己都不知道。

"大汗肯定想让你画很多东西的，你要仔细观察，画在纸上。"伯颜说完，骑马走了。

发动叛乱的昔里吉期待海都能与他联合，然而海都没有行动。要说怨恨的话，海都的怨恨恐怕最深。出身于窝阔台家的他亲眼看到了自己的族人被拖雷家肃清，堂兄失烈门虽然勉强保住了性命，但后来还是被皇帝蒙哥杀了。

"昔里吉的怨恨和我的比还差得远呢。让他更怨恨、更憎恶才好。现在我如果帮助了昔里吉，一定会被忽必烈干掉。真是奇怪，昔里吉和忽必烈是一族人，怎么还不知道忽必烈的厉害呢？"海都想。

海都采取了静观其变的态度。见识卓越，又对情报战很擅长的海都，如果看出敌人占优势的话，就会采取他十分擅长的"观望"态度。

在成吉思汗一族中，只有海都是能够和忽必烈匹敌的人物。他们两人都知道这点，所以都在避免激烈的正面冲突。

"不过，昔里吉不同，必须让他知道知道厉害。如果海都出头的话，另外再说。我想海都恐怕不会出头，他还没有那么笨。"忽必烈为讨伐昔里吉军壮行时，在宴会上对讨伐军总司令伯颜这样说道。

那个宴席，皇后察必也在座，而被壮行的一方只有伯颜。

"这件事情很艰难，你一定要尽心啊。"察必殷切地说道。皇后殷切的神情，伯颜到战场后还多次回想起来。

昔里吉发动叛乱，抓住了远征军司令那木罕、可库出，他们都是忽必烈的儿子，特别是那木罕还和皇太子真金一样，是察必的儿子。所以在为伯颜壮行的宴席上，皇后殷殷叮嘱也是在情理之中，更何况同样被昔里吉抓住的幕僚长安童还是察必的外甥。

这次战争出动的军队是忽必烈亲自挑选的，而且钦察军团特别多，伯颜深知其原因，因为这样可以不必问候就直接作战。

在蒙古没有亲友故旧的钦察军团对谁也不用客气，可以利索地击破昔里吉的叛乱军。

而不忘问候的昔里吉军，每到一处就大肆宣扬他们是如何对待蒙古同族的。因此伯颜得知了他最在意的皇子那木罕被送到了遥远的帝国最西端的术赤家，性命没有危险。

忽必烈在大都的宫殿中看了由伯颜送来的报告，西方的情报不仅通过伯颜，还会通过其他各种渠道传来，钦察人也会送来准确度相当高的情报。

那木罕被送到了术赤领地，享受到了贵宾般的待遇，这个不用通过其他途径，从那木罕亲笔写来的信中就能确认。

同时还送来了术赤家的当家人芒哥帖木儿的信，他在信中强调成吉思汗一族应该更加珍重彼此间的情谊。

术赤家的芒哥帖木儿是拔都的孙子，他父亲秃罕就是带着巴黎的金银工匠布谢和他的作品"往四个大盘中注入四种酒"一起到哈剌和林的人。

芒哥帖木儿在信中，极其动情地讲述了他小时候父亲经常对他讲到的东方之旅。

乍一看他仿佛是沉浸在对过去的回忆之中，但不用说这封信还有别的目的。

"那个时候，拖雷家之所以能坐上大汗位，与我们术赤家积极拥护、鼎力支持是分不开的，而且你们不要忘记当年只有术赤家是这样的。"

这样的信息隐藏在信的字里行间，凡是拖雷家的人，谁都明白。

经过了大约三十年，情况发生了很大的变化。

蒙哥命令旭烈兀征讨波斯，当时因为术赤家离得近，借兵很多，给旭烈兀很大的帮助。之后，两家离得近反而成了纷争的导火索，甚至还一度大动干戈。眼下，在由窝阔台家的海都领导的反抗战线中，术赤家也被划分到忽必烈派别。

"迟早会归还那木罕殿下的，我们对拖雷家的内讧不关心，现在回想起来，逝去的蒙哥大汗时代真让人怀念。"信最后这样结尾道。

"真是个会煽情的年轻人啊……"忽必烈笑着说道。

由此他确认了那木罕的人身安全。这次的昔里吉反叛，海都、芒哥帖木儿都没有行动，这就很幸运了。

芒哥帖木儿很怀念"蒙哥时代"，那个时代很适合他那样的国粹派。阿里不哥是不是更适合做蒙哥的继任者呢？

"不是，那样的话，蒙古就不会进步。到现在，谁还能说让蒙古回到没有文字的时代去更好呢？"忽必烈大声说道，作为自言自语，他的声音显得有点太大了。

昔里吉的反叛，根源是父亲蒙哥死后，皇位远离了身为皇子的他们，而被忽必烈、阿里不哥等叔父争抢，他对此心怀怨恨。

而海都反叛的根源是在更前一次的忽里台大会，拖雷家的蒙哥毫不留情地处分了窝阔台家的人。

都是因为没有明确的继任者。

这是蒙古政权最大的不安定因素，忽必烈深知这点。在没有什么有价值的东西值得继承的年代，或许在忽里台大会上商量一下继承人就行了，但现在已经不是那样的年代了。

就像建造了游牧时代没有的不能移动的首都一样，忽必烈也创造了往昔没有的"不能动摇的继任者"也就是"皇太子"制度，他把察必生的儿子真金立为了皇太子。至元十年（1273），真金被册封为皇太子，他被人们公认很贤明。

伯颜军连战连捷，昔里吉的反叛军支离破碎了。

"如何处置昔里吉殿下呢？"蒙古的老臣问道。

"杀了吗？不，还是按蒙古的惯例办吧，有的处分和杀死他也差不多。"忽必烈答道。

"可是反叛还没有平定。"老臣说。

"所以更不能杀了，要让天下人都看看蒙古的做法。"忽必烈说。

昔里吉寄希望于海都的援助，他心想："不都是对忽必烈的反叛吗？"

然而反叛的前辈海都并不为昔里吉等人而动。昔里吉把反叛时抓获的那木罕送到了术赤家，把按童送到了海都那里。然而，过了数年之后，他们都被客客气气地归还给了忽必烈。

"我这边在变，对方应该也在变。"忽必烈喃喃自语道。

忽必烈知道反对他的阵营对他的汉化不满，但同时他们也呈现出了伊斯兰化的征兆。

《元史·伯颜传》中记载昔里吉军中出现了内讧，导致他败走而死，这是错误的。

　　《新元史》记载，至元十九年（1282）昔里吉被献给朝廷，后被流放到海岛上，最后死在了那里。波斯史中也有关于昔里吉流放的记载，这个说法应该是正确的。

　　昔里吉的儿子们后来投靠了海都，其中也有归顺元朝的人。

十　海上的人

　　泉州因战争受到的损害不是很大，宗室和淮勇只是在内部被处理了，从外面看与平时没有太大的变化。

　　在这座城里最有权势的人就是提举市舶司蒲寿庚，提举市舶司这个职务负责掌管通商之事，海关、港湾、船舶等全部在其管辖之下。

　　《宋史》记述此时降元的情况为："蒲寿庚及知泉州田真子以城降。"

　　在蒲寿庚和泉州知事田真子并列的时候，蒲寿庚排在前面。

　　蒲寿庚的府邸非常壮观，他在投降元朝的三十年前就被南宋任命为提举市舶司了。三十年间一直担任同一职务的蒲寿庚，自然比经常变换的州知事的权势要大得多。

　　除了城内的府邸外，蒲寿庚还在泉州城的东北海岸边拥有一座名为海云楼的楼阁。在这个海云楼中，蒲寿庚和王三经正在聊天，从窗户可以望见船只的进出。

　　王三经面向蒲寿庚，正在劝说他上京去。

"为了表示感谢，我也应该上京一次，更何况是现在这种年头。我打算等平静下来后，带着儿子们去大都。"蒲寿庚说。

蒲寿庚说的表示感谢，指对元朝授予他的各种官职表示感谢。元朝授予他的官职为闽广大都督兵马招讨使、都提举福建广东市舶司、参知政事、中书左丞，等等。

"大汗很想见你，和你聊聊。你如果不赴京的话，他会很失望的。"王三经说。

"真的吗？像我这样的人，大汗也知道吗？"蒲寿庚摇着头说。

"是啊，大汗接下来想再次征讨日本，所以你的名字自然而然地就进入他的耳朵里了。"王三经说。

"真不能相信，我只不过是一个小小的提举市舶司而已。"蒲寿庚说。

"我想可能正是提举市舶司这个职务特别让他关注吧。"王三经这样说的时候，蒲寿庚的长子蒲师文从旁边说："还是我和父亲同行吧，咱们往返都走海路。"

蒲寿庚闭上眼睛点了点头。对于他来讲，海路比陆路要安全得多。蒲寿庚乘坐的船，一眼看去就知道他在里面，因为桅杆上悬挂的旗帜之类的标志物，在海上广为人知。

象征蒲寿庚的旗帜被称为"蒲寿庚旗"，那面旗帜已经很长时间没有出现在外洋航行的船上了。现在，它要重新出现在海上。

以往，为了示威，儿子蒲师文多次请求挂出那面旗帜，但父亲蒲寿庚一直坚持只要自己没有乘坐，就不能挂出来。

"在大海上不能说谎。"这是蒲寿庚的口头禅。

蒲寿庚旗的底色是鲜艳的藏青色，上面印着白色的半月。半月与伊斯兰有关，表示虔诚的心，因此不能随便挂出来。

"在这个海云楼二层的仓库中有一面以往没有用过的半月旗，

它比平常用的大一倍，这次航海就用它吧，在这个刺桐城还是头一遭悬挂它。"蒲寿庚说道。虽然是头一次使用那面旗帜，但他并没有表现出特别兴奋的神情。

"挂那面旗帜吗？"儿子蒲师文显得十分兴奋。他曾经听父亲说过只有在极其重要的时候，才会悬挂"大半月旗"。而过去，刺桐城被南宋水军包围的时候，不管是在城中，还是在海上的船队上都没见到它的身影。

"这不是什么大不了的事情。"由于没有见到大半月旗，守卫刺桐城的蒲家人感到很安心。

早在唐代，泉州作为贸易港就已经十分繁荣，在五代时期，继王氏之后，留氏又统治着这个地方。由于这个城的周围生长着很多刺桐树，因此泉州别名"刺桐城"。

数年后，马可·波罗从泉州乘船去往伊利汗国，他在《东方见闻录》中记述这个地方为"Zaitum"，阿拉伯旅行家伊本·巴图塔也表记为"Zaitun"，这些都是"刺桐"的音译。

"对了，就是那面旗帜。"蒲寿庚这才露出笑容来。

他们全族归顺了元朝。不过表明了服从后，还有很多种生活方式，也可以不那么积极地与当局合作。

然而，蒲寿庚决心作为元朝的臣子积极地生活下去。大元意识到了世界，蒲寿庚对大元的世界性的思维方式产生了深深的共鸣。这从王三经带来的信息和大元权贵们的言行中可以确认。

去到首都谒见大汗被称为"入朝"，这是很难得到的光荣。

"近期允许入朝的人，好像西域的色目人很多啊，大概都是受阿合马关照的人。"

在私下里，人们这样议论道，有时候还明显地皱着眉头，当然这些人都不是色目人。

蒙古把除汉人、南人（虽然同样是汉族人，但曾在金领地的称为汉人，在南宋领地的称为南人，是为了防止民族团结）之外的人都称为色目人（诸种人）。生活习惯与蒙古人没有什么区别的乃蛮人以及酷似汉人的党项人或者吐蕃人全都是色目人。

即使不加"西域的"这个修饰语，人们也都知道色目人是居住在西边的人。像马可·波罗这样的威尼斯人，在蒙古也算是色目人。

然而，蒙古征服中国之前，在中国各地就居住着像蒲寿庚这样的人。如果追根溯源的话，他们也是西域人，但在中国生活了很多代后，也就成了新种的色目人，因此"西域的色目人"这个词才出现了。

蒙古的首都，夏季在上都，其他季节在大都。按季节移动这点，还是保留了游牧时代的习俗。在上都更多的是在"格儿"[1]中生活。

自从泉州投降后，在上都、大都等地盛传："泉州的色目人最近好像要入朝。"

不久，人们就判明了那个色目人名叫蒲寿庚，曾经效力于南宋，在南方掌管船舶的交易等事务。

"蒲寿庚虽然是色目人，但好像与阿合马没有什么关系。"

"谁知道啊，也许不久就会抱成一团吧。"

"反正都是色目人，而且听说蒲寿庚这个人也很有经商的才能，虽然目前他们可能没有什么关系，但不久就会走到一起吧，所谓人以群分嘛。"

"他们互相较劲才有意思呢。"

1　帐篷。

"不过,阿合马想到要增加一个竞争对手,可能会很不舒服吧。"

听说蒲寿庚这么一个人大概要来,人们兴致勃勃地议论着。然而,这不仅仅是传言,一艘巨船和同行的五艘船真的来了。

"听说巨船上悬挂着半月旗。"很快这样的情报就传来了。

"要是那样的话,蒲寿庚肯定就坐在上面。"曾经从事过南海贸易的人说道。当时的大都,各种各样的信息从世界各地汇集而来,而且那些信息的准确度极高,因为游牧人对于散布虚假信息的人惩罚非常严厉。

"以前经常见到半月旗,最近不怎么见了。据说是因为蒲寿庚上了年纪,很少去海上的缘故。"

"我们年轻的时候,不叫半月旗,叫新月旗。"

"听说蒲寿庚之所以不怎么出海了,是因为他杀了那么多的宗室、淮勇,害怕报复。"

"蒲寿庚不是那种怕事的人,而且谁会为宗室、淮勇报仇呢,哪有那么有血气的人呢?他还是上了年纪的缘故。"

"听说他儿子蒲师文现在掌管着所有的事务。从泉州来的消息说是蒲寿庚差不多是被儿子搀着上船的。"

泉州的信息以令人惊异的速度传到了大都。而蒲寿庚的大船率领五艘船从泉州出发后,北上速度非常缓慢。

蒲寿庚一行在途中的港口停泊的时间很长,以至于有人怀疑他们是不是在进行海上示威行动。

元朝为了再征日本,命令扬州、湖南、赣州、泉州四个地方建造六百艘战船,蒲寿庚在各港口停留就是为了调查各地造船的进展情况,以便向朝廷汇报。

蒲寿庚此次入朝,还有一个目的是道谢,因为张世杰的兵乱使泉州很疲敝,朝廷决定将当年(至元十六年,1279)的租赋减半,他要为此去道谢。

在庆元港，蒲寿庚停留了很长时间，这里曾经叫明州，是日本的遣唐使一定会到的一个地方，现在它的名字是宁波。

"听说父亲年轻的时候，经常到这个港口来。"蒲师文说。

"这里是去往日本的船出发和回归的地方，我年轻的时候曾经想去日本。"蒲寿庚说。

这对蒲师文来讲还是头一次听说。由于蒙古要再征日本，使得最近人们很关注那个国家，不过蒲师文以前从来没有听父亲说过日本的事情。

"大元向日本出兵，上一次遭遇到了暴风。"蒲师文的声音稍微地压低了一点。

"我觉得与其去那个国家，还不如去其他国家，无论是西边还是南边都有更该去的地方。年轻的时候，我就是意识到了这个，才放弃了去日本的念头，就在这个庆元港。"蒲寿庚眺望着远方说道。

蒲寿庚临行前曾向朝廷上疏，他在等待回信。他上疏的内容是：日本的军队很强劲，要征服他们不容易。是否可以改为先征较弱的地方，如果顺利的话，还能征用他们的军队。而且水战的话，包括水夫以及其他杂用人员在内，需要的人比预想的要多得多。

《元史·本纪》至元十六年项中记载："蒲寿庚请下诏招海外诸藩，不允。"

蒲寿庚在庆元的时候，得到了不许可的回复。

不过，他没有失望，诸藩不仅仅在海外，他居住的泉州就有很多。"大家齐心协力做好同一件事情。"

这点很重要。

诸藩也有很多长处，比如说在驾驶船这方面，他们不就比蒙古人技艺高超吗？而西域的色目人在理财方面很有天赋，这点现在已经成了人们的共识。而在诸蕃中，不知道还埋没着什么样的才能。

应该挖掘出诸蕃的才能来。

蒲寿庚打算向皇帝忽必烈这样进言。在庆元等来的结果不是很理想，不过他没有灰心丧气，至少大汗似乎对蒲寿庚这个人很感兴趣，在回复他不许可的同时，还命他"尽快入朝"。

即使得到不许可这样的回复，有时候也有实质上"可"的情况出现。

蒲寿庚在庆元有很多朋友，由于他在泉州掌管市舶，所以和南行到潮州、广州的船，北行到福州、温州、庆元的船都有联系。他在和船主、水夫长等人重话旧交的时候，意外地得知有两艘日本的船到了庆元港。

"在大元将要攻打日本的时候，还有船从日本来呢。看来政府要做的事情，好像与市场要做的事情没有什么必然的关系。怎么样，去见见日本来的人吗？"庆元的船主问道。

"搞不好也许还是我认识的人呢，早先泉州每年都有从日本博多来航的船，只是最近这些年由于战乱不怎么来了。如果他们到这里来了，去见见吧。"蒲寿庚表现出很大的兴趣。

说是从日本来航的船，实际上是从日本南岛来的船，两艘船都是如此，其中一艘据说是去博多后回来的。南岛指的是琉球群岛。

三年前泉州也有琉球的船来，带走了五名船工，那船上的舵师原本是闽人（福建人）。去琉球的船工说："与其生活在随时可能发生战乱的地方，不如到和平的地方去生活。"

像这样，有些人为了躲避战乱而迁移到了南岛，据说他们聚居在南岛的一隅。

　　"真是动荡不安的地方啊,我早早迁移到南岛去,看来对了。这边到处都像战争开始前的样子,躁动不安。等到和平了之后,倒是可以再回来生活。"琉球船的舵师说。

　　来到庆元的琉球船的舵师是福建人。而从博多来的船的船主虽然是琉球人,但福建话也讲得很好。

　　"日本被蒙古攻打过一次,听说还有第二次进攻,那边的人都惶惶不安。"他说道。

　　"我听说有人想发战争财,正摩拳擦掌,跃跃欲试呢,那都是些什么样的家伙?"蒲寿庚注视着对方的脸问道。两艘船的琉球人、福建人都耸耸肩,摇了摇头。

　　"战争不会持续一年吧,这期间我们打算闭上眼咬牙挺过去……其他有什么赚钱的方法吗?"福建话很流利的琉球人船主问道。

　　"一年吗?一年不会结束的。"蒲寿庚嘟囔道。

　　皇帝忽必烈似乎很急切,所以不能耽误太多时间。蒲寿庚让儿子蒲师文从陆路急行,自己继续乘船北上。

　　庆元的前面有一条名叫甬江的河流过,船沿着甬江出到外洋需要半天以上的时间,而且即使出到外洋后,在一定距离内海水的颜色依然是黄浊的。船需要再行驶半天左右的时间,甬江带来的泥沙才能变得澄清。

　　蒲寿庚的船在舟山群岛中像梭子一般穿梭着向北航行。

　　"在这片海域,即使几千艘征讨日本的船停在这里也不会显眼。更何况逃亡的宋船队从一开始就没有斗志。……这次征讨日本的元军船队只能从这里出发。"蒲寿庚以往从这片海域穿行过很多次,但他预感到这次的航行大概会是他的最后一次。

　　出长江的地方在当时被称为苏州洋,再往北上的海域就是黄海。

在当时的地图上，黄海被分成了东西两部分，东边的称为青水洋，西边的称为黑水洋。绕过山东半岛后的海域，过去、现在的名字都是渤海。

要想进入大都，必须要经过现在的天津，沿海河逆流而上，那时候海河被称为界河。

像蒲寿庚乘坐的那样的大船必须在直沽这个很热闹的码头放下乘客和货物。由于和蒲寿庚同行的人很多，他们要在这里组织好一同前去大都。那附近有很多与蒲寿庚一样要去大都的人，熙熙攘攘。

像蒲寿庚这样被大汗召去的人，可以优先通行。等待士兵们来带路的时候，蒲寿庚在附近散起步来，先到大都的儿子蒲师文迎了过来。

"听说大汗非常高兴，说终于可以和真正了解大海的人聊聊大海了。"蒲师文说。

蒲师文还没有能够谒见大汗，大汗很高兴之类的话，是他收买朝廷的人，或者在附近收集到的传闻。

"不过，其他敢拍胸脯自豪地说了解大海的人好像也出现了。"蒲寿庚说。

"是谁？"蒲师文问。

"我们好像同一时间到的，和我一样，也在那边等带路士兵呢。"蒲寿庚说。

蒲寿庚的眼睛看向了一旁，蒲师文追随着父亲的视线。

蒲寿庚他们待的地方是一片空地，但并不是纯粹的广场，而是被帷幕围着，只有被允许的人才能进入，蒲寿寿一行也只有二十人被允许进入帷幕中，其他的人都在外面等待。帷幕内包括警卫的士兵在内，似乎总共不到百人。

蒲寿庚眼睛望去的地方，一个五大三粗的男人正腆着肚子伸着腿坐在椅子上，围在他身边的人，似乎都是他的部下。

"那是贺文达吧。"蒲寿庚说。由于场地很大，不需要特别压低声音，那边也应该听不见。

"嗯，贺文达？"蒲师文吃惊地抿起了嘴，"父亲应该没有见过贺文达，怎么知道是他呢？"

"哈哈，是没见过他，但看见过很多次他的画像，他的鼻头上有一颗很大的黑痣，在画像上已经很熟悉他了。"蒲寿庚说。

"啊，是这样啊。"蒲师文点了点头。

与大海相关的人没有不知道贺文达的，作为海盗头目，他的名声在这一带如雷贯耳。在近海除了他之外，还有一个名叫金通精的海盗头目。图谋再征日本的大元，对于海上的任何势力都想拉拢，因此也通过各种渠道劝说贺文达和金通精归顺。贺文达通过范文虎提出了降服申请，后来在入朝的时候，还把当海盗时积蓄的三千两银子献了出来。

而另一个海盗金通精则始终拒绝归顺。

"我从出生的时候起就是海盗，而且也上了年纪，还是想作为海盗而死。其他的我也做不了什么。"他很委婉地回绝了劝告归顺的使者。

这件事情，蒲寿庚一行从出泉州的时候就知道了。正想着贺文达什么时候大概也要入朝了，没想到却在同一时间到了界河。

蒲寿庚和贺文达几乎是同一时间进入被帷幕围着的广场。然而从那里去大都，则是蒲寿庚一行在前面。

"我们是先来的。"海盗们愤愤不平的声音传了过来，归顺者对于自己受到的待遇很敏感。

和往年一样，八月一开头，政府由上都搬到了大都。十天之后，谒见开始了。这次是贺文达在前，蒲寿庚因在其后，就坐在外面的候客室等待，儿子蒲师文也一起进谒。

而原是海盗的一伙人，只有贺文达一人被允许入朝皇帝，而且他还是被范文虎带去谒见的。谒见室中，精通各种语言的翰林承旨主持着流程。

不知道皇帝忽必烈是不太爱说话，还是他的声音太小，在候客室中几乎听不到他的声音。只有翰林承旨的声音显得格外的大，听他的话，大致就明白谒见进行到哪一步了。

作为降服的见面礼，海盗贺文达通过范文虎进献了三千两银子，然而，这三千两银子似乎被赐予了范文虎。

范文虎说了一会儿感激的话。接着，那个翰林承旨宣布贺文达以前的罪行被宽恕了，他手下的四十八人被授予了官职，不过，翰林承旨只念了其中一个人的名字，其他的就省略过去了。这个过程中，皇帝忽必烈一句话也没有讲。

接着就响起了"请中书左丞、参知政事、提举市舶蒲寿庚入朝"的声音。

听到翰林承旨的叫声，蒲氏父子站起来，走进了谒见室。

蒲氏父子低着头，由被称为侍仪奉御的人带领着，跪伏在了皇帝的面前。

"抬起头来。"说话的是翰林承旨。

蒲氏父子虽然来到了皇帝的玉座跟前，但还没有看到皇帝的脸，这下他们终于可以抬起头来了。

"蒲寿庚坐下。"很意外地，忽必烈用汉语说道。

不知何时蒲氏父子身边已经摆好了一把椅子，皇帝的命令是不能违背的，蒲寿庚坐到了椅子上，蒲师文仍然站着。

"你说与诸蕃共事，在我看来还需要再过十年。"忽必烈的话从这时起变成了蒙古语，刚才的翰林承旨负责翻译。

在翻译时，忽必烈一直闭着嘴，等译完后才又说道："新归附的江南军，我将其中的五千人迁移到了太原，五千人到大名，还有五千人我命令驻守卫州，这样总共是一万五千人，我还打算继续。"

太原是现在山西省的省会，是江南人没有去过的地方。大名、卫州都是黄河以北的城市。

让江南人习惯北方。这是忽必烈这次迁移行动的目的，一起工作之前，必须先要习惯当地的水土。

对于蒲寿庚提出的"招海外诸藩"这个提案，忽必烈之所以没有赞成，是因为他觉得为时尚早，认为大概还需要十年的时间。

可见蒲寿庚的提案被研讨过了。

"明白了。"蒲寿庚说。这种时候，通过翻译来说话让他感到很放松。

"这次的伐宋之战，你做得很不错。泉州即使被张世杰包围了，也没有丝毫动摇吧。"忽必烈在御座上盘起了腿。

"不敢当，全是仰仗大元皇帝的威光，还有民心所向。"蒲寿庚说。

"顺序是不是反了？听说民心所向的地方，鬼神都会避而远之。同样是在海上讨生活的人，有像你这样知晓天下大势的人，可也有像金通精那样的人，他是个好汉，可惜他想逆势而为。"忽必烈说。

"能被陛下称为好汉，我想他死也瞑目了。"蒲寿庚低下了头。

由于金通精没有听取大元的降服劝告，受到了元军的讨伐，壮烈战死了。在这场战斗中，金通精的侄子金温成了俘虏。按照蒙古惯例应该处死他，不过，忽必烈说："金通精死了，和金温没有任何关系。"从而赦免了他。

忽必烈已经六十五岁了，身体状况非常好，他的眼中充盈着神采和力量，面部表情也很丰富。他对金通精之死感到惋惜的心情很坦率地表露了出来。

而且，他在语言之外的感情也十分清楚地流露了出来。比如说，他对于降服的贺文达不是很赏识，虽然有语言障碍，但蒲寿庚通过翻译还是很清楚地觉察到了。

由于蒲寿庚与贺文达几乎同时进入宫廷，所以对此很清楚，贺文达谒见的时间非常短，而且忽必烈对他也显得很冷淡，几近于无视。

而在蒲寿庚面前，忽必烈却像一个和蔼的老人。

"同样是海上的人也各有千秋啊，既有像贺文达那样的——"说到这里忽必烈打住了，但蒲寿庚很清楚他想到了与之相反的金通精。

由于蒲寿庚一直比较沉默，忽必烈干脆直截了当地问："你怎么看贺文达？作为南宋的官员，你应该和他交战过吧。"

"很遗憾，没有交战过。"蒲寿庚说。

"噢，你作为提举市舶司，没有与海盗交战过不是很可笑吗？"忽必烈说。

"贺文达很知道敌人的强弱，总是想方设法避开强的地方，从不接近，所以我们没有交战过。"蒲寿庚说。

"你言外之意就是自己很强啊，哈哈。"忽必烈说。

"我想是这样吧。"蒲寿庚说。

"很诚实，你知道元比宋强，所以就投降了，是这样吧？"忽必烈问。

"正是这样，与贺文达没有什么不同，所以我很理解他。"蒲寿庚说。

"不过,他进献的三千两银子,你不觉得太少了吗?"忽必烈问。

"不，我觉得很多了，他是一个不做没有分寸事情的人，我想这次他甚至有点豁出家底了。"蒲寿庚说。

"是吗？前些日子，阿里海牙献来了五万三千两银子，另外还有三千五百两金子。"忽必烈说。

"海盗之类的身家有限，不能相提并论，张口乱吹牛的人是在给别人找麻烦。"蒲寿庚说。

"给别人找麻烦啊，哈哈，原来是这样。喝酒吗？西域的葡萄酒。"忽必烈说。

"好，我不能喝酒，让我的儿子师文代替我喝吧。"蒲寿庚说。

"好吧，换席位。"忽必烈兴致很高，他似乎格外欣赏蒲寿庚。

"谢谢您赏识大海上的人，大海和草原有很多相似的地方，今后也请您多关照。"蒲寿庚说。

十一　再征日本

　　范文虎陪同投降的海盗贺文达到大都谒见忽必烈是至元十六年（1279）八月的事情。《新元史》记载，在同年二月，"敕江淮、湖南、江西、福建造战船六百艘以征日本"。

　　再征日本的准备工作正有条不紊地进行着。

　　第二年，至元十七年七月，忽必烈下达命令：在崖山战败的张世杰的士兵，如果愿意从征日本的，元军要接纳他们。

　　差不多同一时期，奉忽必烈之命的中使 [1] 从上都南下了。他们历访江南名山，寻求高士。中使带着供品，巡游了信州龙虎山、临江阁皂山、建康茅山。

　　"情况好像很不好。"

　　"大汗最近一直在求神拜佛。"

　　熟悉宫中情况的人，特别是女人们都互相这样说道。

　　皇后察必躺倒在了病床之上，从她那憔悴的面容能看出她病

1　从宫中私下派出的使者。

得很重。

派遣到江南圣山的中使，是忽必烈瞒着察必派出的。在此之前，忽必烈询问被任命为江南释教总统的吐蕃喇嘛僧杨琏真迦道："祈祷病愈哪个地方最灵验？"

杨琏真迦居于总管江南地区佛教事务的职位，他就任这个职位时，向他进献财物最多的是龙虎山、阁皂山、茅山，所以他推荐了这三座山。

之后不久，范文虎、忻都、洪茶丘三人被任命为中书右丞，不用说，这是为远征日本所做的人事安排。范文虎是最近投降的原南宋的将军，忻都和洪茶丘则参加了第一次日本远征，当时忻都是总司令。

忽必烈对把洪茶丘加入远征日本军有些不放心，向忻都征求意见。而忻都有意偏袒第一次远征的战友洪茶丘，回答道："洪茶丘是有些问题，不过他的确很有才能，只要加强对他的管制，我想应该没有问题。"

"是吗？那样的话，这次也把洪茶丘加上吧。不过，你们一定要多加注意和高丽人的关系。前不久不是就有造船那件事吗？"忽必烈说。

洪茶丘是高丽人，他是早期投降蒙古的高丽武将洪福源的儿子。

窝阔台三年（1231），高丽的国境守备队长洪福源投降蒙古，之后他亲自率军做先锋攻打高丽，那已经是五十年前的事情了，但从此洪福源被当地人视为民族的叛徒。洪茶丘就是洪福源的儿子。

"民族的叛徒。"

虽然没有人当着洪茶丘的面这样骂他，但背后怎样议论就不得而知了。平时洪茶丘对待高丽人，比蒙古人对待高丽人还要苛酷。以至于高丽在造第二次征讨日本用的军船时，专门请求不要让洪茶丘做监督官，最终被允许了。

至元十八年（1281）正月，高丽派遣金方庆为贺岁使来到大都，他已经被高丽预定为率领高丽部队加入日本征讨军的人选。

对于蒙古第二次征讨日本，高丽国王忠烈王似乎是主战论的急先锋，由于日本经常侵犯高丽边境，他表示想借兵驱讨之。

之前征讨日本，高丽在造船、出兵等方面吃了不少苦头，原以为蒙古接受首次出征日本的教训不敢再尝试了，但征讨的准备工作有条不紊地开展起来后，忠烈王知道了战争无可避免。

既然如此，忠烈王认为与其被迫参加这次远征，不如主动参加更好。于是，他积极地配合蒙古征讨日本，穿着蒙古服装，也像蒙古人一样开剃 [1]，还娶蒙古皇女为妻，举止简直就像大元皇室一员似的。

对此，国人们又议论起来："真是个民族的叛徒。"

然而，忠烈王与洪茶丘不同，因为他认为这样做是为高丽人创造有利的局面。

忠烈王请求在名号前面加上"驸马"二字，不用说，这个请求被允许了。因此，忠烈王作为大元皇族一员，并且作为征东行省中书左丞，拥有了对军队的指挥权。

这样也限制了洪茶丘的权力。此外，忠烈王直接向忽必烈请求给予高丽军队与元军同样的待遇，也得到了允许。

这年二月乙未，皇后察必离开了人世。

忽必烈有很多后妃，但他最宠爱的就是出身于祖母娘家的察必了。察必去世虽然在远征日本前夕，但忽必烈还是特意为她举

---

[1] 把头发剃掉。

行了隆重的葬礼，她的庙号是"昭睿顺圣皇后"。

当年，临安投降，南宋的皇室三宫入朝，上都一片喜气洋洋的时候，皇后察必却没有喜色，她说："自古以来没有千岁之国，但愿我们的国家不要变成这样。"

她的这句话很有名。

在中国，表示投降的时候，降者会在脖子上挂一根带子。

据《史记》记载，秦朝末年，秦二世自杀，他的侄子子婴向诸侯军投降时，"系颈以组，白马素车，奉天子玺符，降轵道旁"。

在脖子上挂上带子，表示把自己的性命交给了对方。白马素车是没有装饰的车马，是服丧时用的。在古代，战败一方会身着丧服，献出象征天子权威的玺符（印章等）。

"让三宫脖子上挂上带子,牵着白马"，有人提出了这样的建议。不过伯颜没有让三宫那么做。

其实，是察必提出免除所有对宋来讲屈辱的仪式的，她觉得如果一个政权不能保持千年的话，那么也许用不了多久就会轮到自己了。

随同三宫一起到大都的宫女中，有数人在府邸中上吊自杀了，忽必烈对此很气愤，令人砍下她们的头示众。

察必觉得也许是因为南人不适应北方的气候风土，她再三向忽必烈请求让三宫归还江南，不过忽必烈始终没有答应。

"所以说妇人的见识短，她们曾经被人尊为一国之母，如果现在让她们回了南方，大概又会有人抬出她们来抗战，现在南宋的遗臣还有很多。还是让她们待在这边，这也是为她们好，你不时过去照顾照顾她们就行了。"

察必被忽必烈说服了，从那以后她再也没有提过让三宫南归的事。

察必是一个非常温柔贤惠的女人，和她接触过的人都对她的温柔贤惠印象深刻。

皇太子真金是察必的儿子。游牧时代的蒙古很重视忽里台大会的决定，那时候没有皇太子制度，因此继任者问题一直是蒙古的软肋。忽必烈一反蒙古传统，确立了皇太子，是想断绝因继任者问题产生的纷争。

不用说这里面也有察必的意思。可以说察必为蒙古告别游牧时代做出了贡献，她是蒙古开明期的一位有功之人。

皇后察必生了四个儿子，不过长子朵儿只和三子忙哥剌已经去世，皇太子真金和四子那木罕健在。

忽必烈有十个儿子，但除了察必所生的儿子以外，他没有考虑过让其他儿子做继任者。就像成吉思汗虽然也有很多儿子，但继任者只能是正后孛儿帖生的术赤、察合台、窝阔台和拖雷一样。

真金年少时跟姚枢学习汉文，察必也在旁边一起学习。他们最初是从《孝经》学起的，逐渐长大后开始学习《资治通鉴》，由于察必也跟着一起学了，所以忽必烈经常要从妻子那里获取有关中国历史的知识。

"再也听不到察必讲《史记》《汉书》《三国志》了。真金，今后该你给我讲了。"察必去世后，忽必烈对儿子说道。

"我会告诉您书上写的东西，之外就无能为力了。因为陛下的判断比司马光要高明。"真金回答道。

"听你讲那些还得再过些时候，现在我很忙，里外的战争我都要应付。"忽必烈说。

里外的战争都要应付，也就是说现在忽必烈政权正在双面作战。忽必烈说的里面的战争指与海都等同族人的战争，而外面的战争则是进攻日本。

掌握帝国经济实权的阿合马来了，跪在了忽必烈和真金面前。

"征讨日本用的钱谷等我已经准备好了，请放心。还有……"阿合马不像一贯的作风，说话有些吞吞吐吐。

"怎么了？阿合马，有什么其他想说的事情吗？"忽必烈问。

"皇后陛下去世了，人们对我的议论立刻变得热闹起来，希望不要对大汗造成影响，我再三恳请您……"阿合马说着趴了下去。

忽必烈先是一愣，但马上就明白阿合马指的是什么了。

"哈哈哈，无聊的事情你不用担心。把国家支用的钱谷事项办好就行了。"忽必烈说。

阿合马是皇后察必娘家陪嫁过来的人，皇后去世了，有人可能就会觉得他失去了靠山。

手握着国家财政经济大权的阿合马，羡慕和嫉妒的目光都集中到了他身上，这个忽必烈也知道。

虽然阿合马的人品不太好，但也确实找不出像他那样能干的人来。

因此，忽必烈起用阿合马，并不完全因为他是亡妻娘家陪嫁人的缘故。忽必烈对阿合马的担心付之一笑，而站在他身边的真金却皱起了眉头，不过什么也没有说。

倾心于中国儒教思想的真金，思维方式很接近农本主义。他认为蒙古告别游牧时代，接下来的方向就是农耕。而以阿合马为代表的色目人，却极力想使这个国家商业化。

真金对此很担忧，不过，现在他处于皇太子这么一个微妙的地位。虽然除了皇帝之外，他是地位最高的人，但他的身份是皇帝一句话就能罢免的。

第一次远征日本后，元朝向日本派出了通好的使节，正副使节分别是杜世忠和何文著，然而他们一去就杳无音信了。至元十六年（1279），范文虎再次派周福为使节去往日本。

周福这次去是为了向日本通告南宋已经灭亡了，同时劝说日本也归顺大元。

然而，日本的镰仓幕府在大宰府斩了来日使节。后来，元朝又弄清四年间一直杳无音信的杜世忠等人虽然到了镰仓，但在龙口被杀了。他们乘船上的高丽水手侥幸逃脱了，回国后报告了此事，不用说高丽政府将这件事情汇报给了元朝。

即使没有这些事情，元朝也已经决定再次征讨日本了。

元朝的第二次远征日本军分为从高丽出发的四万东路军和从浙江庆元出发的十万江南军两路，并定于六月十五日在壹岐会师。

东路军是由忻都和洪茶丘率领的元军和金方庆率领的高丽军的混合军团。

洪茶丘是作为元军的司令官出征的。高丽方面一直担心洪茶丘会指挥高丽军，结果没有这样，他们总算松了一口气。

高丽国王召集了高丽的日本征讨军的主要将领，对他们训示道："这次征讨日本，我费了很大力气才使元朝方面同意不让洪茶丘指挥我军官兵。洪茶丘完全是作为元将从征的，如果他要干涉高丽军的话，本王会以接到元朝皇帝的批示反驳之。洪茶丘因为他父亲的事情，对元朝的处置也有些不满，你们不妨公开去讲。"

洪茶丘的父亲洪福源投降蒙古的时候，高丽王族永宁公王綧作为人质也到了蒙古。按理说像他们这样远离祖国，漂泊在异乡的人，本来应该关系密切，互相帮助，然而这两人却反目成仇了。永宁公王綧觉得自己原本就与一介武夫的洪福源身份不同，而且自己是人质，洪福源却是降将。作为同胞，这两人非但没有亲密感，反而经常明争暗斗。

洪福源心想："高丽就是因为王族们不能守卫国家，一直无所作为，才让国民遭了殃。尤其是让我们这些军人在国防第一线上辛劳。"

而另一方面，永宁公王綧心想："肩负保卫国家重担的军人们成天忙于党派争斗，致使高丽国力衰退，以至于我不得不做人质来到蒙古受苦，这不都是因为他们的缘故吗？更何况洪福源还投降了敌人，对祖国刀枪相向，应该让他受到惩罚。"

如果进入相互诽谤的阶段，那么与蒙古上层社会关系紧密的永宁公一方有利。被谤言所累的洪福源最终被抓起来处死了。

父亲被杀，洪茶丘痛恨"高丽人"的背后有这样的缘由。对洪茶丘来讲，高丽人与其说是同胞，不如说是杀害父亲的仇人。

洪茶丘作为元朝军官，监督建造兵船的时候，对高丽人非常苛刻。因此，第二次远征日本时，高丽国王忠烈王竭尽所能地避忌洪茶丘也是顺理成章的。忠烈王多次向元朝恳求：到高丽去的元军，希望是汉族或者蒙古族的士兵。而像洪茶丘以及他部下那样的早期高丽降兵，反而对高丽人十分苛刻。

接受忠烈王的训话后，金方庆率领高丽军和由忻都和洪茶丘率领的元军会合，五月三日从合浦出发了，这是远征日本的东路军。

东路军七年前曾经与日本交过战，这次的准备很充足。

与之相比，担任西路军的"江南军"没有与日本交战的经验，准备也不很充分。

江南军的主力是新近投降元朝的旧南宋军，由范文虎率领。

然而，就在江南军马上就要出发的时候，却出现了意外，原定为江南军最高统帅的蒙古将军阿剌罕生病了，不得不紧急换成阿塔海。

东路军和江南军计划六月十五日在壹岐会师。

江南军由于更换司令官等原因，出发比预定的时间晚了。而东路军因为要在日本各地展开前哨战，因此，比在壹岐的会合日提前一个半月就从合浦出发了。

东路军在巨济岛停留了一阵后，在对马登陆了。

对马是七年前远征日本的战场。这次日本把元朝使节杀了，明白再战不可避免。当东路军的近千艘战船聚集在朝鲜半岛南端的合浦时，对马、壹岐就知道消息了。自从第一次远征（文永之役）以来，对马、壹岐几乎成了无人之地，残留下来的少数居民在得知战船集结的消息后，也早早逃亡了。因此东路军就像进入无人之地一样，一直冲到了壹岐，掌握了那附近一带的制海权。

日本方面被敌人逼迫，采取了逐步撤退的战法。

东路军的方针是尽可能地避免深入追击，等待江南大军，然而全军并没有很好地贯彻这个方针。

江南军由于更换指挥官等缘故，出发比预定时间晚了很多。

一部分东路军急于立功，比预定提早很多就进攻了。然而，东路军真正的大敌是日本五月、六月的酷热以及随之而来的恶疫的流行。

江南军的后方补给工作由泉州方面负责，负责人不用说正是蒲寿庚。

"想去日本看看吗？你可能听商人讲过日本，想不想亲眼去看看？"蒲寿庚问王三经道。

他让王三经搭乘一艘补给船，从泉州出发了。江南军本身可以说有一半都是补给部队。元军无损伤地降服南宋军后，将隶属于范文虎的战斗部队直接编入了远征日本军中。而其余部分都是与农具为伍的屯田兵之类的军队。

"那些士兵和普通人几乎没有什么不同，很难想象他们有多强的战斗力。这样也想打胜仗吗？每次看到他们我都不禁皱眉头啊。"蒲寿庚这样说着，送走了王三经。

这两年来，蒲寿庚往返于江南和大都之间，一直在留意观察远征日本军的斗志。

蒲寿庚心想："江南军好像不太靠得住，他们只能算是屯田兵，看来更多的还得依靠东路军。"

在与江南军会师之前，东路军依靠自身的力量成功地登上了日本的志贺岛、能古岛，与日本军进行了激烈的战斗。而东路军最大的敌人依然是恶疫的蔓延，由于军中爆发了流行病，只得一度撤回了壹岐。

江南军还没有到达，他们本来应该于六月十五日到达壹岐，但直到这天还没有从庆元出发。

江南军在出发前，从通航日本的商船那里得到了东路军传来的情报，说是作为会师的地点，与壹岐相比平户更好，所以改在平户。而通报这个变更消息的军船发生了一点意外，来的时候弄错了航路，到了对马。对于江南军来讲，似乎从一开始就诸事不利。

江南军于六月十八日出发，六月末到达平户。江南军新的巨船很多，旧的小舟艇也不少。它的兵员是东路军的两倍半，而船数与东路军的九百艘相比，达到大约四倍的三千五百艘。

两支军队会师后，在平户停泊了一个月，以便休整兵力、侦察地形。由于日本方面从数年前就坚壁清野了，元军希望的内应一个也没有出现。

七月二十七日，元军开始行动了，先占领了鹰岛，接着有条不紊地展开了登陆日本本土的作战部署。

让人始料不及的是，从七月三十日起，北九州一带进入了台风圈内，而且这次刮来的台风是连当地的老人都从未见过的超大型台风。接下来的闰七月初一，台风变得更加猛烈，岂止是人，就连房屋都被吹走了。

这场前所未有的大台风，在日本被称为"神风"。

根据历法，这个月是闰月，闰七月初一的台风被日本人视为神风。这是历史上著名的打败元朝海军的大飓风。

元军的两次日本远征相隔了七年，在这七年的时间内，日本方面充分做好了迎战的准备。元军之所以在平户滞留了一个月，是因为日本军比预想的还要强劲，一心想速战速决的元军很难按计划进行。

说是元军被台风击败了，其实正是因为它在平户停留一个了月还不能行动，才遭遇到了台风。从这个意义上来讲，即使没有"神风"，元军也会面临艰难的大苦战。

《元史·日本传》中写元军的生还者只有三名，这显然有些太夸张了。而《元史·世祖（忽必烈）本纪》中则为："十存一二。"

另外，《元史·阿塔海传》中为："丧师（军队）十之七八。"

这大概是比较准确的数字吧。

据《高丽史》记载，这个时候高丽军的生还者为一万九千三百九十七名。至于江南军，则没有留下准确的记录。不过由于江南军的小舟艇很多，生还者的比例肯定比东路军低。

海上的信息传播得非常快，因为即使两国在交战，依然有民间的商船往来。据那些商船透露的信息，大约有两万到三万的元兵成了俘虏。

"只有南人没有被杀,高丽人、女真人、汉人全都被砍头了。唉,这就是战争,没有办法啊。"商船的翻译皱着眉头说道。

这个时期,南人指居住在江南的汉人,汉人只指居住在旧金领土的汉人。

"真是太残忍了,什么时候的战争都是这样。可是人就是不长记性,总是重复同样的事情。"在庆元码头,一个正忙着修理破船的中年男人这样喃喃自语道。

"有力气逃回来的船,都没有受重伤。你看着吧,只要给钱,他们还会再上战场的。"

"算了吧,打死也不想去了。"

"话是这么说,过一年再征兵的话,肯定还会有数不清的人争着去打仗。"

"真的吗?"

"是啊,现在这年头,除了打仗之外,没有像样的工作了。"

"唉,哪怕自己被杀死,也要挣钱养活老婆孩子啊。"

就在人们谈论这些令人郁闷的话题时,蒲寿庚的补给船来了。现在已经没有补给的必要了,蒲寿庚也知道。

"父亲,真的,出海就到此为止吧。"蒲师文对父亲说道。

以前,每当人们劝阻蒲寿庚不要再出海时,他都会说:这是最后一次,以后我就在家里老老实实地生活。

"不过,以这个样子结束我的海上生涯我不甘心,我要重来一次。"蒲寿庚对就此为他的海上生涯打上终止符感到很不满意。

"父亲!"蒲师文加强了语气。

"可是你也要为我想想,你觉得我这一生数百次的航海就这样结束了好吗?被大风和巨浪折磨得狼狈不堪,看到这么多的伤船、船的残骸……"蒲寿庚的声音中有了哭腔。

庆元港一片狼藉，不光是港口，港口附近的甬江沿岸到处都是破损的船只，杂乱无章地停放在每个角落。

能够渡海回来已经是万幸了。

"那艘船也许还有救。"

很少有船呈水平摆放，因此给人的感觉是那些船好像是翻滚着来到这里的。蒲寿庚很在意从泉州出去的数艘补给船的命运，其中一艘王三经坐在上面。

"那艘船很结实。"

蒲寿庚知道王三经乘坐的船是在泉州新修的，所以他想应该没有问题。

到达庆元的两天后，蒲寿庚得知王三经乘坐的船搭救了很多元兵，返回了杭州。那艘船本身没有破损，但因为在海上拣拾的人太多，严重超载，差点回不来了。

在杭州靠庆元方向的地方有一座阿育王山，上面有座大寺庙，据说那里是元军的救护总部。

"不管怎么说，先去那个寺里看看，离这里不是很远。"蒲寿庚说。

他带着儿子蒲师文去往了阿育王山。

在元朝，带有公务的人出行时会得到一个被称为"牌子"的金属牌照，只要拿着它就是非常安全的，妨碍牌子持有者通行的人会被视为重大犯罪。

在阿育王山，蒲寿庚再次见到了王三经。王三经向蒲寿庚讲述了他的日本之旅。

"因为想尽量救人，所以把船上的补给物资全都扔海里去了，我这一趟简直就像是为了扔东西去日本似的，真是没办法。"王三经说。

蒲寿庚深深地点了点头，安慰道："很好，反正那些东西迟早也会被大海吞没掉。与之相比，人命更重要，三经，你干得好。"

蒲寿庚在阿育王山的时候，接到了枢密院命他上京的文书。

不管采取哪种形式，让蒲寿庚去肯定是皇帝忽必烈的意思。

"我今后该怎么做，只有去了大都后才能定下来，因为我得服从大汗的安排。"蒲寿庚回头看着儿子说道，蒲师文摇了摇头。

由于夏季结束了，上京指的是去大都。

阿育王山的广利寺是与附近的天童寺并驾齐驱的名刹。两寺都始建于晋代，与日本的渊源很深。五十年前，道元和尚曾经到两寺留学。今天阿育王山上立有日本佛教界人士捐建的道元和尚的纪念碑。在道元和尚之前来的荣西禅师与这里的缘分更深，他从日本运来巨木捐给庙里修建寺院。

这一带茶树很多，荣西和尚把茶叶带回了日本，并编著了《吃茶养生记》，被视为日本的茶祖。

"听说有一个曾经在这座庙里留学的日本和尚把茶叶传到了日本，据说即使现在这座庙里还有几个从日本来的留学僧。"走出山门时，蒲师文对父亲说道。

蒲寿庚点头说道："如果那个和尚真把茶叶传到了日本的话，比百万大军进攻日本还要了不起。这种事情我们做贸易的人从古至今都在做，真没必要……"说到这里他停了下来。

蒲寿庚本来想说："真没必要在皇帝面前低声下气的，我们做的事要比皇帝做的事情伟大。"但毕竟是在途中，他还是打住了。

枢密院指定蒲寿庚加急从陆路上京，远征日本失败，使大元官员们似乎对大海产生了恐惧心理。

蒲寿庚父子从阿育王山到临安后,决定稍微休息一下即行北上。

南宋的灭亡,在普通百姓没有察觉到的时候就完成了,首都临安如果只从外表上来看,恐怕谁也不会想到这里发生过战争。实际上,也的确没有在首都临安打过像样的仗。

"像伯颜那么了不起的将军不会再有了,就是伯颜也不会再到汉土来了,他的伐宋之战太过完美了。"目不转睛地眺望着没有丝毫战争痕迹的临安城,蒲寿庚喃喃自语道。

"咱们在西湖泛舟一游吧?"蒲师文邀请父亲道。

"船你坐得还不够吗?要游玩还是去游山吧。咱们去皋亭山怎么样?大元军包围临安的时候,曾经把大营设在了那里。"蒲寿庚从马车上探出身子说道。

"山就算了吧,今后咱们要翻的山多得会令你厌烦的。对了,去大禹庙吧。"蒲师文说完,没等父亲回答,就吆喝马走了。

"哈哈,去哪里都行,反正无论我们去哪里,都走不出大圣禹帝的足迹。"蒲寿庚说着在车中躺了下来。

十二　壬午年

需要一个不怕死的人。

王著已经决心死了，不过他不能白白地送死，他需要一个不怕死的人帮他。

他想替天行道，杀死一手掌控大元经济的阿合马。无论什么时候，皇帝想要多少钱物，阿合马都能准备好。同时，他自己想要的东西，也会毫不客气地拿去。不用说，这些钱物都是从老百姓那里搜刮来的。

忽必烈经常说阿合马"就像魔术师"。

以失败告终的远征日本，不用说消耗了大量的财物，这些财物都是阿合马筹措出来的。

"我不是魔术师，汉人大臣中有人说我搜刮得太过分，可是有一个人饿死吗？"阿合马挺着胸膛这样说道。

阿合马做了许多繁琐细致的事情：整备户籍、改革盐法、官卖农具、削减国费等等，的确如他所说，他不是变魔术。

南宋灭亡的时候，很多人都说南宋发行的会子[1]没有必要兑换，然而阿合马却力排众议，全部给兑换了。他认为不能让经济陷入混乱，要设法使其安定，这样才能够增加收入。

一笔勾销旧政府的借款，对新政府来讲确实是大赚，然而这样一来就会埋下怨恨和经济不安的隐患，税收因而也会急剧减少。兑换南宋的会子，从目前的收支来看，虽然对新政府不利，但以长远的眼光来看，还是有利的。

阿合马不是只顾眼前的"搜刮者"，他是以商人的运作模式来经营国家经济的人，可以说重商主义的国家经营是他的奋斗目标。

但是，中国的传统是重农主义，儒教的根基也在农业上，再加上风靡南宋的朱子学说的影响，尊崇理学的倾向极其强烈。

身居政权中枢的阿合马，从儒者的视角来看，只不过是一个没有理想的商人在玩弄国政。而且，阿合马为了使自己办起事来方便，不断地起用西域的色目人。

汉人对此有了危机感，不光是汉人，在蒙古人之中，对儒学倾心的人很多也对阿合马的专横感到愤怒。

应该除掉阿合马。

王著想自己做成这件事。并且，为了能万无一失地给阿合马致命一击，他还需要不怕死的同志。

希望除掉阿合马的蒙古人不少，有一个王著不能说出来的人名，那就是皇太子真金。

当然皇太子没有称呼过王著为"同志"，不过，王著心里悄悄地认为皇太子是他的"同志"。因为到目前为止，真金多次斥责阿合马，还用鞭子抽打过他，不过更出格的事情皇太子就不敢做了。

1　一种纸币。

皇帝对皇太子也是有戒心的，所以让他怀疑的事情还是要尽量地避免。再怎么说，阿合马能像变魔术似的弄出钱来，并因此成为皇帝的宠臣。

王著是益都的军官"千户"，《元史》写他"素志疾恶"，是一位正义感很强的人。他认为除掉阿合马是为国家好，于是就向着这个目标一往直前了。

过去，曾经有一个名叫秦长卿的宿卫由于上疏揭露阿合马的恶行，被投入大狱，最终死在了狱中。从那以来，再没有人针对阿合马上疏了。

秦长卿的遭遇并没有吓倒王著，因为恐惧是会招致失败的。和想要暗杀秦始皇的张良一样，王著也铸造了大铜锤。但他不像张良那样，让别人去投掷铜锤，他要亲自在近距离把阿合马击死。阿合马与秦始皇不同，如果策划好了的话，是有可能接近的人物。

被王著选作同伴的是一个被称为高和尚的僧人。史书中描述高和尚为"妖僧"。他是一名已"死"之人。

这段时期，蒙古在战争的时候，会带着做法术的人同去。而法术一旦不灵验，做法术的人就会被杀死。

高和尚就是从军的法术师，而且他做的法术没有灵验，所以他应该被杀死了，但实际上他并没有死。在这种高危行当中谋生，他早就安排好了各种退路，大概他事先收买了行刑和验尸的人吧。从这个意义上来讲，他的确是一个妖僧。

靠做这种欺骗鬼神的勾当谋生，高和尚也早就对活着感到厌倦了。"为做那事去死真的有价值吗？不是白白地送死吧？"高和尚问王著道。

"那当然，我也不想白白地送死，杀死阿合马，是为天下万民除害，这点谁都知道。"王著说。

　　强烈的正义感支配着王著，但他并不善于谋略。他是知道高和尚还活着的为数不多的人中的一个，他还知道高和尚是一个谋略的高手。再怎么说，他因为法术没有灵验，按理讲早就该死了，但还好好地活着。

　　"你有什么好办法吗？"王著与高和尚商量道。

　　"使用那个大铜锤的机会，你无论怎么望眼欲穿地等待也不会自动地到来。你必须要想办法让阿合马到你跟前来。"高和尚说着，做了一下深呼吸。

　　"这个好像很难啊。"王著说。

　　"所以要演戏，为此需要更多的人，要增加人。这个计划，你能找来多少人？"高和尚问。

　　"十个手指头数不满。"王著说。

　　"那太少了。"高和尚说。

　　"同伙太多往往会泄密，我挑选同伙是很严格的，人数少也没有办法，但选出来的全都是能一起死的人。"王著说。

　　"这个我知道，不过，咱们要演戏，只有十个人的话，这出戏是没法开幕的。登上舞台的，不是歃血为盟的同伙也行。什么也不知道的人，也可以拉来参加演出。"高和尚说。

　　"事成之后他们会被杀掉的。"王著说。

　　"那就没办法了，如果不愿意这样，你还是打消那个念头为好。我也继续活着，没准还能遇上什么好事呢。"高和尚说。

　　"这件事情不能放弃，全靠你了，把一无所知的人卷进来，我也很痛心，但没有办法。"王著拉起高和尚的手，低头沉思了一会儿，说道。

　　壬午年（1282）三月，朝廷上下一片忙碌。去年，远征日本诸军遇到大风浪，损失惨重。江南军的小型船不能返回江南，先逃到高丽休整了一段时间后，才好不容易返回了江南的母港。

忽必烈正考虑是否再次征讨日本。为了征讨缅甸，最近他刚刚向播州、恩州、叙州三州军队下达动员令。二月二十四日，忽必烈动身去了上都。

朝廷进入了移动期，要制造事端的话，现在是好时机。

"上都和大都的人员流动很大，皇太子虽然已经离开大都了。但我们可以假称他因为还剩下一些佛事没有做，又要返回大都来，并命令阿合马前去迎接。"高和尚马上勾勒出即将上演的那出戏的梗概来。

上个月皇太子真金的母亲察必的一周年忌刚刚结束。然而在蒙古，特别是自从忽必烈以后，增加了很多连蒙古长老们都不知道的新的仪式。

经常是被人一问"那个仪式做完了吗？"又匆匆忙忙地回去继续。所以人们会以为皇太子也是遗忘了佛事的什么程序，又返回来的。

"需要一个人扮演皇太子这个角色。如果离得太近的话，可能会被阿合马看出来，不过，在他看出来之前，大铜锤已经砸向他的脑袋了。铜锤不加掩饰地放在附近某个地方就行。枢密使的士兵应该在场，事后他们都会受到处罚，很可怜，可是没有办法。"高和尚轻描淡写地说道。

前来迎接的军队是枢密院留守在大都的三百名士兵，枢密院副使张易应该什么也不知道。

问题是按照惯例，阿合马会派出士兵前来迎接。

"只能把他们杀了。"高和尚冷冷地说道。

需要二十人扮作皇太子的随从，这些人用王著从益都带来的士兵就行。王著这次上京，表面上的理由是到枢密院领取军需品。由于枢密院会雇用夫役搬运，所以王著只要带少数护卫来就行了。但他带来了大约一百名益都兵，为此他不得不解释道："因为远征日本军的残兵败将有可能变成匪徒。"

王著打着这样的幌子，带来了一百名士兵。

"人数也就是刚刚够，因为对手做梦也没有想到事情会是这样，所以才勉强能决一胜负。"高和尚一边叹着气一边说道。

王著的谋杀部队，以高和尚为参谋，再加上大约十名骨干成员，就谋杀计划协商了很多次，还悄悄地进行过排练。

很快，计划实施的日子就定下来了。

如果让人识破假皇太子的话，一切努力就会付诸东流，所以他们把时间定在了傍晚时分。到了晚上，灯火通明，反而不利于行事。

到了三月十八戊寅日，计划就要付诸实施，一切都已准备就绪。

"皇太子殿下的使者来了，说太子殿下刚才已经到居庸关了，诸位，请到东宫御所前去迎接。"王著大声喊道，平时谁也不知道他的声音。

如果在平时，应该是负责留守的最高位的军官接到这样的通知。然而，由于大部分人都去了上都，王著得到皇太子的通知，谁也没有怀疑。

"前去迎接的人员由我这里派出。"阿合马说。

阿合马害怕有人趁自己不在，向皇帝、皇太子打自己的小报告，所以每次他总是争着派自己的心腹前去迎接。和平时一样，这次他也派了十多人前去。

高和尚说"只能杀了"的就是指这些人，很可怜，这十多人全都稀里糊涂地就做了王著带来的益都兵的刀下鬼。

听到有人大声宣告皇太子到来的声音时，阿合马满心以为他刚才派出的十多人会在前面开路。为了迎接皇太子他站在了东宫御所前面，三百名仪仗兵也都列队等候在那里。

马蹄声传来了，马上的人用手遮住了自己的半张脸。

"阿合马，上前来。"有人喊道。

阿合马"哎呀"一声，一时露出了疑惑的表情。到现在为止，谁也没有这样命令过他，他总是在合适的时候自己走上前去。令他疑惑的不光是这个，从左右伸过来的手，像架着他似的，不容分说就把他拽到前面去了。

"干什么，这是？"阿合马的声音在中途仿佛突然凝固住了。他满心以为是皇太子，其实并不是。

说时迟，那时快，王著一把抓起了很自然地摆放在东宫御所门前的铜锤。

只有大约十个王著的同伙知道将要发生什么，而剩下的人一无所知。

王著紧握铜锤，寒光一闪，就把阿合马的头骨砸得粉碎。直到这时，在场的人才终于明白过来。阿合马的心腹汉人郝祯的胳膊被反拧过来，腰上被狠狠地踹了一脚，他向前摔倒了，那个砸烂阿合马头的铜锤又砸向了他。

在场的有枢密院、御史台、留守司的官员，一开始只是愕然不知所措。

最先缓过劲来的是尚书张九思。

"有贼，有冒充皇太子的贼！"他这样叫喊着四处奔跑。到底谁是贼，现在还不是很清楚，他一边跑着一边寻找可靠的人。

跑着跑着，他找到了留守司长官博敦。博敦用起战斧来出神入化，没人能超过他。

"看斧！"博敦咆哮道，举起了斧子，他的目标是假冒皇太子的人。博敦一击，头戴银盔的假皇太子当场就倒在了地上，后背插着博敦的斧头。

"快逃，王著！"高和尚高声喊道，但王著没有逃跑，杀死阿合马，他满足了。不久，捕吏就出现了，王著既不逃跑，也不抵抗。

高和尚嘴上说做好了死的准备，但他还是在混乱中逃离了现场。不过，两天后，他就在一个名叫高粱河的地方被抓捕了。

忽必烈听说阿合马被谋杀，非常愤怒，《元史》描述为"震怒"。阿合马是他的宠臣，这个谁都知道，杀害阿合马，就是对他的反叛。

"背后有谁？"忽必烈怀疑王著等人的背后是不是有什么人指使。

皇太子真金讨厌阿合马是众所周知的事情，而且，这次事件中"假皇太子"还登场了，扮演了相当重要的角色。忽必烈命令对调查机密事件相当有手腕，并且深得他信赖的和礼霍孙悄悄地调查皇太子与这个事件的关系。

"调查的话，首先要从阿合马入手，我马上去准备资料，请您阅览。"和礼霍孙答道。

和礼霍孙的职位是司徒，是文教类的官员，《元史》写"佚其氏族"，也就是出身不明。大概是因为他职务的关系，这样做起事来更方便吧。

"好吧，先从死了的人调查也好。"忽必烈说。

这个事件发生于壬午年（1282）三月戊寅，四天后的壬午日，相关的人被处死了。

王著在行刑前大声喊道："王著为天下除害了，现在我死了，将来肯定会有人记住我的。"

这些话都传进了皇帝的耳中，传递这些话是和礼霍孙的职责。

次日，和礼霍孙抱着庞大的资料进宫拜见了皇帝。

阿合马是一个世上罕见的好色之徒，想隐瞒也隐瞒不了，他自己也不隐瞒，忽必烈还曾经为此嘲弄过他。但是，就和礼霍孙提供的资料来看，有些事情不是嘲弄一下就能过去的。

有些拥有漂亮女儿的人，把女儿献给阿合马，以此来换取地位、官职，这些忽必烈也有所耳闻。岂止是女儿，有人甚至还献出了自己的妻子。那些人的姓名、现在的职务，资料上全都罗列了出来。

"阿合马的妻子拥有这个世上独一无二的大宝玉。她曾经炫耀说，就算大汗也买不来。她的口气极其不逊。"和礼霍孙展开阿合马搜罗到的财宝的清单，一件一件地解说道。

"把那个大宝玉给我拿来。"忽必烈说。

游牧人非常喜爱宝玉、宝石，对于不断迁移的他们来讲，体积很小但很贵重的宝玉、宝石是至上的财宝，所以像马可·波罗那样的欧洲宝石商在蒙古很受欢迎。

第二天，忽必烈看到从阿合马家拿来的大宝玉，他激动得手指都有点颤抖，毫无疑问这就是两年前撒马尔罕宝石商带来的巨大红宝石。

当时，那个宝石商说："这是我的招牌，无论出什么样的价钱，我都不会卖。"

那是皇后察必临死前的事情。忽必烈想送给躺在病床上的察必一件价值连城的礼物。而宝石商却说，那是他的招牌，出多少钱都不会卖。没办法，忽必烈只好很不情愿地放弃了。

没想到，那块大红宝石不是招牌，它被卖到了这个国家最富有的人手里，那个人不是大汗，对忽必烈来讲，这是一个奇耻大辱。

在忽必烈面前，人们不太说阿合马的坏话，大概碍于他是皇后察必娘家的陪嫁人的缘故。尽管只有这么一点点本钱，但阿合马却最大限度地利用了它。

忽必烈为阿合马举行了盛大的葬礼。然而，在葬礼之后，阿合马的恶行一件又一件地曝光了。

"这样看来，王著杀死阿合马也是有道理的。"忽必烈说。王著在刑前叫喊的话，到实现并没有花费很长的时间。他说"将来肯定"，那个日子转眼就到了。

忽必烈是现实主义的人，但另一方面，他又有信仰心极其浓厚的一面，或者可以说是非常迷信吧。经常在草原仰望苍穹的人，心中是有很多别人无法窥探到的地方的。

一贯沉着，但有时又会像火山爆发一样狂怒不已。

阿合马被王著杀死，忽必烈虽然允许为他举行盛大的葬礼，但他生前的奸恶行径不断曝光后，就不能再容忍了。

于是，忽必烈命令掘开阿合马的坟墓，砸开棺材，拉出遗体来运到相当于大都北门的通玄门外施以刑罚，然后扔到郊外喂野狗。正因为曾经对他深信不疑，发现他的背叛后惩罚也格外地残忍。

阿合马的族人全被诛杀了，大红宝石的主人、阿合马的妻子不用说当然也被杀了。阿合马的财产全部没收，财产中包括他的四十名"妻"和四百名"妾"，这些忽必烈都作为赏赐分给了手下人。

在没收一个名叫引住的妾的财产时，士兵们在她的柜子里发现了两张人的脸皮，连两耳都很齐全，柜子的钥匙平时由贴身的仆人保管着。

"这是谁的皮？到底干什么用的？"士兵问道。

"做法术的时候，放在神座上，很灵验的。"引住由于过度恐惧，连嘴都张不开了，为她保管钥匙的仆人代她回答道。在蒙古做法术是重罪。

另外还有两幅绢画，上面画着全副武装的骑兵守卫着一个用帷幕围起来的地方。士兵们的弓上都搭上了箭，佩刀也都拔出来了，但他们全是面向里边，好像要攻击谁似的。画工据查是一个姓陈的人。

还查明一个名叫曹震生的人，用阿合马的出生年月日，为他占卜命运。

一个名叫王台判的人，因胡乱引用《未来书》，煽动谋反，也被拘捕了。

根据敕令，引住、陈姓画工、曹震生、王台判四人全被活剥了皮。

像这种带有迷信色彩的事情，在蒙古被广泛相信，连忽必烈这样的现实主义者，也相信这些。

特别是上了年纪后，忽必烈也不让可疑的人接近他了，他出生于乙亥年（1215），此时已经将近七十岁了。

忽必烈把身子靠在羊毛毡的靠背上，闭上了眼睛，他回忆起妻子察必来。

由于察必是一位虔诚的佛教信徒，忽必烈多少也受到了她的影响。不过，他之所以对佛僧很好，是因为这样做察必会很高兴，而并不是因为对教义产生了共鸣。

"江南的那个吐蕃僧来拜见您了。"近侍向忽必烈通报请求谒见的人。

"让他在帷幕外等着。"忽必烈命令道。

攻陷临安后，为了统治江南的佛教徒，元朝设立了"江南释教总统"这么一个职位。就任这个职位的是吐蕃密教僧杨琏真迦。

之前，他上京向忽必烈做就任报告时，曾进言："为了使我大元国祚安泰，一定要粉碎对我们怀有怨恨的亡灵。南宋历代皇帝的遗骨完好地保存在皇陵中很危险，应该把诸帝的遗骨从风水好的皇陵中迁到其他地方去。而且不仅如此，还必须要把诸帝的头骨从躯体上砍下来，沉到西湖中去，这样大元的皇统就能绵延不绝了。"

现在，这件事情已经做完了，杨琏真迦前来向忽必烈汇报。

"不是什么有意思的事，以后，这种事情让他用书面形式汇报就行了。"忽必烈这么说着，来到了外边。

杨琏真迦坐在地上，虽然绒毯就在他身旁，但他还是避让了。他可能想等忽必烈说"坐在绒毯上吧"，但忽必烈没有说。

"之前说的事情全都办完了？办完了就好。如果没有办完的话，就说说理由。然后你赶紧返回江南去，继续工作。"忽必烈说。

忽必烈显得很焦躁，这点从他的神情就能看出来。杨琏真迦怀抱着三卷文书，想一边看着它们一边慢慢地解说。他想向忽必烈详细地讲述这项工作多么危险，多么困难，期待忽必烈能对他说一句："辛苦了。"

杨琏真迦抬起头，说："这是一件大事情……我认为不亚于远征日本，我想请您慢慢地听我讲解。"

"远征日本有由于风浪去不了的情况，宝山陵地也有暴风吗？"忽必烈说。

"没有，仰仗陛下的威光，风雨都很柔和。"杨琏真迦跪伏在地上说道。

"我的威光照耀不到日本吗？"忽必烈有些嘲讽地说道。

"也不是没有变通的方法。"杨琏真迦口里这样回答着，头脑中迅速地盘算起方法来。

"好了，下次去日本的时候，会有人问吧。至于南宋诸帝陵墓的事情，你把文件放到中书省就行了，会有人看的，明白了吗？"
忽必烈说着已经从床几上站了起来。

　　投降后被遣送到上都的幼年皇帝是南宋的第七代皇帝，因此，
在被称为宝山的地方修建的南宋皇陵有六座。就像首都被称为临
安即临时的都城那样，这些皇陵也是临时的、形式上的，南宋想
等到收复中原后，再将诸皇陵改葬到北宋诸皇陵所在地附近。因此，
南宋皇陵的规模都比较小，而且，本来应该南向的陵门，全部朝
向北方。

　　宝山在绍兴城东南十五公里的地方，那里的群山被称为云门
山，越王勾践铸造名剑的赤堇山、因书圣王羲之的《兰亭集序》
而闻名的兰亭山，都在这里的群山中。南宋诸帝安眠的宝山也在
这个历史文化氛围浓厚的名山群中。

　　南宋诸皇陵的名字全都冠以了"永"字。分别为初代高宗的
永思陵、二代孝宗的永阜陵、三代光宗的永崇陵、四代宁宗的永
茂陵、五代理宗的永穆陵、六代度宗的永绍陵，这些陵墓的附近
以前陪葬着大约一百座侍奉南宋诸帝的重臣的坟墓。之所以说以
前，是因为杨琏真迦在开掘南宋皇陵的时候，顺便也把这些大臣
们的坟墓也给挖了。他的目标不是大臣们的尸骨，而是丰厚的陪
葬品。

　　这场大规模的墓地洗劫，使杨琏真迦从中获得了巨大的利益。
他得到金一千七百两，银六千八百两，其他玉器、珠宝等不计其数。
此外还有田地两万三千亩，没有交纳赋税的百姓二万三千户，他
们都要把赋税交纳给杨琏真迦。这些都是后来杨琏真迦因盗用官
物而失势后查明的事情。

　　后年，温州诗人林景熙与一些志同道合的人一起装扮成采集

草药的人，让渔夫到西湖水下去搜寻。他们把收集到的遗骨残片
和从水中捞得的头骨一起，悄悄地埋葬在了原来的陵墓附近。还
在上面种了冬青树作为标记，并赋诗：

冬青花，花时一日肠九折。

——林景熙《冬青花》

十三　千载之心

　　虽然色彩浓淡各不相同，但忽必烈被各种各样的"降人"包围着。

　　说是降人，初期降人的旧主人是女真族的金朝，从金朝投降蒙古，对汉人来讲没有太大的抵触，因为金朝也好，蒙古也好，都是异族，这点没有什么不同。而像耶律楚材那样出身于灭亡了的辽朝贵族的人，用成吉思汗的话来讲，蒙古替他们报了祖先的仇。

　　然而后期的降人，是效力于南宋的人，他们投降元后，转身一变开始进攻旧主人南宋，或者在南宋灭亡后，效力于灭亡了自己祖国的元朝。所以说虽然都是降人，但浓淡的差别相当大。

　　蒙古人并不认为投降可耻，不仅是蒙古人，游牧民族自古以来都是如此。

　　《史记·匈奴列传》写游牧民的战争观："利则进，不利则退，不羞遁走。"

　　如果问游牧民认为什么是可耻的，那就是明明知道打不赢还要作战，逃跑太慢等。

　　打不过就投降是理所当然的，战败了却不投降是异常的，投降的人也不会受到太多的侮辱、蔑视。现实中，有很多人获得了比投降前还要高的地位。远征日本时，江南军的实际指挥者就是刚刚投降的范文虎，他原来是南宋的殿前指挥使。征讨日本，范文虎指挥了十万大军。后来因为大风浪，远征失利，有人提出要治他的罪，但忽必烈说这不是他的责任，没有惩罚他。

　　在蒙古人中间，忽必烈被看作是汉化的人，但连他也不能理解不投降而活着的文天祥。

　　"听说在五坡岭抓住他的时候，他喝下了毒药，不知道为什么毒药没起作用，那之后，他如果想自杀的话，有的是机会，那他为什么还活着呢？"忽必烈问投降的人道。

　　文天祥被捕之后，已经过了四年了。

　　"他大概想抬高自己的身价吧。"留梦炎这样回答道。

　　当年，元军逼近临安时，南宋有很多身居要职的人逃亡了，留梦炎就是其中之一。他比文天祥早十二年考中状元，在逃亡途中投降了元朝。

　　"不是这样吧。"忽必烈说。

　　文天祥之所以喝下毒药却没有死成，是因为景仰他的人偷偷地把毒药换了。

　　当他明白此事后，就想自己是不是肩负着某种使命，为了完成它，他决定暂时活下去。

　　他问自己："身陷牢笼的我能做什么呢？"

　　他能把别人经历不了的事情传达给世人，那就是被抓捕之事，这是其他人很难经历的。被抓捕后很多人都投降了，拒绝投降的人等待的将是无比艰难的前途，他要穿越过去。

　　文天祥认为上天赋予未死的他的使命一定就是这个，如果说他有什么比别人强的地方，那就是写文章的能力，他要用笔打动世人。

在崖山消灭宋军的元军总司令是张弘范，他在广州举行了庆祝胜利的宴会。文天祥虽然是俘虏，也被迫出席了这个宴会。

张弘范的文雅不亚于其父，他说话也很温和，他对文天祥说："宋王朝已经从地上消失了，现在进入新时代了，你用崭新的心情侍奉大元怎么样？"

文天祥从一开始就知道张弘范会劝说他投降，对于这种劝说，他也从一开始就想好了该怎样回答："请赐我一死吧。"

"从这里到大都路途很遥远，路上你好好考虑考虑吧。"张弘范说，他从始至终态度都很温和。实际上，这个时候，病魔正在蚕食他的身体，北归后不久他就病逝了。

在去往大都的途中，文天祥的旧友张弘毅找到了他，主动提出要照顾他。一直到文天祥死，张弘毅都在他身边照顾。从名字上来看，张弘毅好像是张弘范的兄弟，其实他们之间没有血缘关系。

大都的忽必烈想慢慢说服文天祥，所以不管怎么说，要先把文天祥押送到北方去。已经成为中原王朝主人的忽必烈，经济官僚起用了西域的色目人，但他还是经常感到大臣中人才不足。

"看来，南宋没有人才啊。"这是忽必烈的口头禅，因此他更把希望寄托在了文天祥身上。

文天祥一行在建康滞留了两个月。由于不清楚忽必烈具体的旨意，元军对该怎样对待文天祥一直感到很困惑。文天祥在建康时还与旧友相聚，唱和诗歌。

离开广州后，过了五个多月，文天祥一行才到达大都。

"真想召见他一次。"忽必烈说，不过他还是决定先看看情况，他想等文天祥明确表示归顺后再召见他。然而，文天祥却迟迟不肯归顺。后来远征日本开始了，文天祥的事情就暂时搁置在一边了。

文天祥是作为俘虏来到大都的，但进入大都后，他的待遇立即变得好起来，因为忽必烈的旨意传来了，驿舍的人都是公差，很听上级的话，有的人像变脸似的态度骤然改变。

据闻：“馆人[1]供帐[2]甚盛。”

不过，文天祥根本不吃馆人们提供的食物。然而，他必须要活下去，为了让元朝皇帝忽必烈杀死他。

提供给文天祥的食物是丰盛的美食，但他根本不屑一顾，他只吃张弘毅准备的东西。

文天祥一到大都的宿舍，两个意想不到的人就来看他了，是他的两个女儿柳娘和环娘。自从空坑战败后，他们父女就再也没有见过面。文天祥从别人那里得知元军把俘虏到的人都带到大都去了。让他意外的是，柳娘和环娘就好像在等自己似的，这么快就来看他了。

她们是被东宫御所的人带来的，文天祥刚刚露出笑容的脸又阴沉下来了。能见到女儿令他很高兴，但是，她们不是自己来见他的。

她们是和官吏们一起来的，所以她们应该被强加上了劝说父亲的使命。

“柳娘、环娘，你们来得很好。父亲如果归顺了元朝，既能见到你们的母亲，又能和你们一起生活，一想到这些我就很高兴，然而，我却不能这么做，为什么不能呢，你们再长大些就能明白了。”

1　旅舍的人。
2　供宴饮之用的帷帐、用具、饮食等物。

在女儿们还没有开口的时候，文天祥就抢先这样说道，两个女儿哭倒在了地上。

现在，女儿们没有能力说服父亲，元朝方面也没有寄希望于她们，只是想让文天祥见到两个女儿，心里有所动摇。文天祥的心里确实产生了剧烈的动摇，但那不是因为是否应该归顺这个问题而产生的动摇。已经超越归顺这个问题了，或许说这个问题从最开始就不存在更恰当。

文天祥也是凡人之子。

这是大元皇帝忽必烈和大宋遗臣文天祥的战争。如果允许文天祥是凡人之子，那么是忽必烈的胜利，如果不允许，那么就是文天祥的胜利。

"母亲对我说，柳娘，你把父亲读过的书反复地读读，就能明白父亲的心了。"柳娘一边哭着一边说道。柳娘好歹还能说出话来，而环娘想说什么，全都被哭声淹没掉了。

"在来这里的途中，父亲为你们两人作了一首诗，我写下来留给你们做纪念，你们带回去吧。"文天祥说着提笔写了起来：

> 有女有女婉清扬，
> 大者学帖临钟王，
> 小者读字声琅琅。
> 朔风吹衣白日黄，
> 一双白璧委道傍。
> 雁儿啄啄秋无梁，
> 随母北首谁人将。
> 呜呼三歌兮歌愈伤，
> 非为儿女泪淋浪。

文天祥写完后把它交给了柳娘，柳娘读着读着又哇的一声哭了起来。

"环娘大概不能理解，柳娘，等她长大后，你要讲给她听，明白吗？"文天祥说。

"只有给我们的诗吗？有给母亲作的诗吗？"环娘擦着眼泪，抬头看着父亲问道。

"是啊，给你们的母亲也作了诗，一起带回去吧。"文天祥又拿起了笔：

> 有妻有妻出糟糠，
> 自少结发不下堂。
> 乱离中道逢虎狼，
> 凤飞翩翩失其凰。
> 将雏一二去何方，
> 岂料国破家亦亡。
> 不忍舍君罗襦裳，
> 天长地久终茫茫，
> 牛女夜夜遥相望。
> 呜呼一歌兮歌正长，
> 悲风北来起彷徨。

文天祥强忍住了眼泪。

从此以后，他是与眼泪无缘的人。他从女儿们那里得知，她们和母亲住在东宫。东宫的主人是皇太子真金。

文天祥听说他的妻子自空坑战败以来，就沉迷于道教，整日身着道服，诵读道教的经典。文天祥心想："如果这样能使她的精神安定的话，也很好。"

两个女儿在东宫官吏们的催促下，流着眼泪回去了。父亲看上去受到的待遇还不错，但能持续到什么时候就不知道了。由于他铁下心来绝不归顺，所以这种待遇迟早会改变的。

带柳娘和环娘来的东宫官吏，大概就相当于今天监视思想犯的人吧。他们一定从父亲和女儿的神情等方面判断出来这次的说服工作失败了。

继女儿们之后来拜访文天祥的是留梦炎，他们两人同样都是科举考试的状元，只不过相隔了十二年。留梦炎就是那个认为文天祥是想抬高自己的身价，所以才迟迟不肯归顺的人。

文天祥很讨厌这位逃亡状元。留梦炎刚一进来，他就破口大骂道："你曾经是在皇上的身边侍奉的丞相啊，临安被敌人包围的时候，在朝廷的哪个地方都找不到你的影子，皇上由于恐惧浑身颤抖。你舍弃的不光是皇上，江东父老们也都期望着你这个状元丞相能够做点什么。你有何脸面再去见江东父老？就是地下的项羽也会跺着脚大骂你的卑怯行径的。"文天祥很少像这样破口大骂。

文天祥有个弟弟名叫文璧，年龄差一岁，他们两人同时参加了科举考试，哥哥文天祥中了状元。弟弟文璧后来做了地方官，元军袭来的时候，他和很多人一样投降了，成了元朝官吏。

如果地方官逃跑了的话，那个地方的秩序很难恢复，百姓会不知所措，所以文天祥也并不是一概斥责投降。

但是，肩负重任的丞相，在关键时刻丢下幼小的皇帝以及黎民百姓，却不能宽恕。所以他竭尽所能地痛骂了一顿留梦炎。

留梦炎脸色变得苍白，他是来劝说文天祥归顺的，但是却一句话也没能说，就垂头丧气地回去了。

"派个没有骨气的人去做说客，文天祥即使想投降，见到那种人也会改变主意。"忽必烈对派留梦炎去说服文天祥的做法嗤之以鼻，他派去的是丞相孛罗。

"那好，我去劝说劝说他。"孛罗说完退出去了。他出去后，忽必烈说："这个没准反而效果更好。"

孛罗把文天祥叫到了枢密院。文天祥一如既往地不坐元朝提供的椅子，而是坐在地上。他在宿舍中也不睡元朝准备的床，而是睡在南方百姓常用的席子上，这些东西张弘毅都给他准备好了。

"你无论如何都不肯坐大元的椅子吗？"孛罗青筋暴露。

"我是江南生人，我要遵照我家乡的风俗。"文天祥说，他的脸上浮现出淡淡的笑容，这更让孛罗恼怒。

"文天祥虽然是囚虏，但暂时先按宾客对待。"

由于有忽必烈的这句话在，孛罗对待文天祥时也不得不礼让三分。

不用说，孛罗的劝说也失败了。

"如果不对他严厉一点，他会越来越来劲。如果停止对他的宾客待遇，用不了几天，他就会归顺。"孛罗说。

"先不用那么着急，再等等看。"忽必烈说，他手里还有几张牌，其中一张是文天祥的弟弟文璧。

然而，文璧从一开始就有点退缩，显得信心不足。

"我没准会被他说服。"文璧这么说着，去了文天祥那里。

文天祥见到文璧后，把后事都托付给了他。

文天祥本来有两个儿子文道生和文佛生，但他们都死了。这样作为长子的他就后继无人了。因此，他请求弟弟把儿子文升当作自己的嗣子。

由于不知道他会以哪种方式被处死，所以遗骨怎么处置都行。

如果没有遗骨的话，在中国有衣冠冢，即埋葬衣服和冠戴。他嘱咐弟弟，如果可能的话，最好在故乡文山之南为他修建衣冠冢。

文璧不停地忙着擦眼泪，根本没有劝说哥哥的机会。

接下来元朝方面派出的说客可以说是王牌中的王牌，他就是南宋降帝赵㬎。五岁时即位的他，投降元朝后被封为瀛国公，现在已经十岁了。

枢密院的人先教给赵㬎见到文天祥时该怎么说，让他背了下来。然而，文天祥根本不给这个年幼的旧主说话的机会。

文天祥按照宋朝的礼仪，北面拜见了幼主，说："请您回到南方去，重新兴建讨元的军队。"

在南方打过游击战的文天祥最清楚这件事情根本不可能做到。不过，他知道这个年幼的废帝一定被人教好了该怎样劝说自己归顺，他不想听那些话。那些话从其他人口中说还无所谓，但出自尽管年幼却是南宋第七代皇帝之口，他实在不想听，也不忍心听。

赵㬎哭了起来，他明白自己的立场，也知道自己背诵下来的话的意思，想到这些他变得很悲伤，泪流满面，说不出话来。

他一边哭着一边不管不顾地跑了出去。文天祥没有去追他，追他的是南宋的宫人和元朝枢密院的人们。劝说又失败了，年幼的劝说者甚至都没能进入劝说的阶段。

此时，正是第二次远征日本前夕，也是阿合马的鼎盛时期。

"那个宋廷的旧臣真的就那么顽固吗？好吧，我去见见他。"阿合马迈着大步去了。以往劝说文天祥的人，多少对他都怀有敬意，而这次的阿合马则完全是另一个世界的人。

"大汗对俘虏太好了，应该对他们更严厉点。特别是对汉人，不能给他们好脸色。"他一边说着一边出去了。

阿合马有二十五个儿子，他们一到成年，就被授予了官职，特别是上面的两个儿子，都做到了长官一级的官，他们共同的地方就是对汉人十分严厉。

阿合马叫来文天祥，问："你知道我是谁吗？面对宰相还不跪下吗？太不识抬举了。"他表现出一种居高临下的傲慢来。

"你是北朝的宰相，我是南朝的宰相，为什么南朝的宰相要给北朝的宰相下跪？"文天祥答道。

"你的命捏在我手里呢。"阿合马恶狠狠地做了一个捏东西的动作。

"我知道，所以你杀了我不就行了吗？"阿合马是来劝说文天祥的，所以现在他不能杀文天祥。

"不要不识抬举，好吧，我这就回去研究该怎么杀你。是把你碾死呢，还是用乱棒打死呢？总之，杀死你之前要让你吃尽苦头，最后的裁决由我决定，你就等着吧。"阿合马说完就走了。他直接去了丞相孛罗那里，说："优待文天祥是个错误，所以他迟迟不肯归顺，还在自鸣得意，把他转移到条件恶劣的地方，降低待遇，他想要舒服，肯定就会乖乖地听劝了。"

"你说得有道理，兵马司的地下牢房怎么样？听说只要在那里关一年，人就会得病。"孛罗说。

兵马司的地下监牢是关押重刑犯的地方，不用说环境是极其恶劣的。

"那里很好，就把他关到那里去，再戴上手枷、首枷。"阿合马说着用两手做了个勒脖子的动作。

第二天，文天祥被关进了兵马司污秽至极的地下牢房，手上和脖子上都被带上了重重的枷锁，一直照顾他的张弘毅也不能去看他。

数日后,忽必烈问孛罗道:"那个南方的宰相怎么样了?有好消息吗?"

"他迟迟不肯投降,我想可能是过去对他太过礼遇了,现在这样可能就行了。"孛罗回答道。

"嗯,让他吃点苦头也好。"忽必烈说。

"是的,把他投入了地牢,脖子上、手上都戴上了枷锁。"孛罗很得意地说。

"什么?你说戴上了枷锁?那不就是罪人吗?他只要一投降,就是大元的丞相,不能把他当罪人对待,把他囚禁在地牢中可以,但枷锁马上要取下来。还有,听说有个照顾他的人,对吧,允许那个人出入。"忽必烈说。

在忽必烈的这道命令下,文天祥的待遇马上得到了改善。

不过,说是改善,不过是遵照忽必烈的命令,去掉了枷锁,允许张弘毅出入地牢,孛罗根本没想过做忽必烈指示以外的改善。

从五坡岭被抓捕满四年,在大都兵马司的地牢中又被关了三年,这期间受到的苦难非常人可以想象,死了或许反而更轻松一些,然而文天祥没有死,因为他觉得他在这个世上还有没做完的事情。

作为文人,他要用文章表达出他的思想来,每天他都笔耕不辍。

他拒绝吃元朝方面给他的食物,幸好,从幼年起的朋友张弘毅一直在身边照顾着他。

张弘毅是个义薄云天的人。

他们从幼年起就是朋友,但文天祥高中状元后,不知为什么,却不太来往了。

做了状元的文天祥,为父亲服丧期满后,就在故乡的附近踏上了仕途，在他身边有相当于秘书团的幕僚。文天祥那时候不停地劝张弘毅加入他的幕僚中，但都被很客气地拒绝了。

"因为家庭的缘故，我不能出来，很抱歉，你另请高明吧。"张弘毅说完，他的身影几乎就从文天祥的眼中消失了。

"张弘毅现在怎么样了？"

文天祥经常会这么想，他派人去打听，得知张弘毅好像在乡村里教儿童读书。

"你为什么不出来帮我呢？你要在的话，能帮我很大的忙。"

文天祥多次给张弘毅写信，劝说他出来。

"因为家里有很多牵绊，故不能回报你的厚望。"

每次都只有这样冷冰冰的回信来。

"我大概与他没有缘分吧，年少时代我还以为我们是终生的朋友呢。"文天祥想，他感到有些凄凉。

然而，就在文天祥打游击战被元军抓捕，押送到大都去的途中，出人意料地，张弘毅出现了。

"听说你要被押送到大都去，我和你一起去吧。"张弘毅说。

"你曾经说家里有牵绊，连仕途都不愿踏入啊。"

"我已经把家处理掉了，没有什么可挂念的了。从前，和你一起作诗的时候，咱们都给自己取了各种各样的号，从现在开始，我要用一个新的号，就叫'千载心'。"

"千载心？"

文天祥静静地注视着这位旧友。

千载心张弘毅微笑了起来。

四年间，张弘毅一直照料着虏囚文天祥。他只是靠开私塾过活的人，与文家没法比，生活很贫困。

张弘毅想在大都也开个私塾，但他的江西口音太重了，没人上他的私塾。好不容易，他在江西会馆的同乡人组织中，找到了个用江西口音讲解古典的差使，勉强糊口，就这样他还要从中想办法节省出文天祥的伙食费来。

到了最后两年，情况稍微有了些好转，因为文天祥的书画得到了人们的认可，张弘毅把文天祥写的东西偷偷地拿到外面去卖，能够换到一些钱了。如果明目张胆地卖，有可能会被制止，所以他都是偷偷进行的。张弘毅这么做，是那个神出鬼没的王三经教他的，王三经曾经把书画卖给贾似道过，可以说是这行的专家。

文天祥作为书法家也是一流的，喜欢他书法的人很多。在崖山南宋灭亡后，他书法作品的署名全部为"天祥泣血"，以表达他悲痛至极的心情。看着他的那些文字，偷偷地与他一起为亡国流泪的文人不在少数。

因忽必烈的一句话，张弘毅可以进出地牢了。他把文天祥的书法带出来，只要交给王三经或者他的代理人就行了。

换来的钱不光是用作文天祥的伙食费，还要支付药费。地牢里污秽至极，如果没有张弘毅送去的医药品的话，恐怕文天祥的生命不会延续那么长时间。

虽然文天祥脑子里随时都在想着死，但他不会马上死，他要斗争到最后，直到被忽必烈处死，那就是他的胜利。在那之前，他要尽可能地把这场斗争记录下来。

文天祥在狱中的代表作是《正气歌》，其他的还有日记体的《纪年录》、从崖山到被处死为止的《指南后录》，另外还有《集杜诗》二百首，这不是他的创作，是他把杜甫的诗句重新组合成的新作品。

文天祥非常喜爱杜甫的诗，几乎所有的杜诗他都能背诵下来。遇到什么事情的时候，他总能顺口说出相应的杜甫的诗句来。

> 结发为妻子，
>
> 仓皇避乱兵。
>
> 生离和死别，
>
> 回首泪纵横。

这四句诗全是杜甫的诗句，但是四首不同的诗里的句子，所以称为"集杜诗"。

文天祥在《集杜诗》的自序中讲道，自己想说的话，已经被杜甫先说出来了。因为杜甫的诗句非常贴近自己的心意，感觉就像自己的诗一样，有时会不知不觉地忘记这是杜甫的诗。

对于文天祥来讲，用杜甫的诗句来作自己的诗大概是他在狱中的一大乐趣，而阐述自己思想的《正气歌》，他一定认为是应该完成的任务，而不是乐趣。

文天祥在《正气歌》的序文中这样描述兵马司地牢的模样：

"予囚北庭，坐一土室。室广八尺，深可四寻。单扉低小，白间短窄，污下而幽暗。"

那里充斥着各种各样的"气"，而文天祥追求的是肉眼看不见的"正气"。

他一一讲述了都有哪些"气"：由于是土牢，雨水从各处渗入，椅子也漂浮起来的时候是"水气"；水变成泥时是"土气"；酷热无风时是"日气"；做饭时是"火气"；食物腐败时是"米气"；人满为患，每个人都蓬头垢面，身上散发着腥臊恶臭的时候不用说就是"人气"；粪尿、死尸、腐鼠、恶气混杂在一起的时候是"秽气"。

文天祥在《正气歌》的序文分析道：病弱的他之所以能够身处这种地方两年（写《正气歌》的时候)，战胜了这七种"气"——水气、土气、日气、火气、米气、人气、秽气，是因为他内心修炼了孟子所说的"浩然之气"。

《正气歌》具有两层内涵：一是回顾中国历史，一是描述士大夫的理想形象。文天祥经过不断地推敲，终于写成了这首六十行的长诗。

他心想："这件事情做完后，什么时候死都无所谓了。"

张弘毅给文天祥准备的纸、墨、笔、砚全是最高级的。由于有忽必烈的关照，看守的人没有阻止给他送文具。

不过，兵马司地牢的环境一点也没有改善，元朝方面似乎是故意把文天祥关押到那种恶劣的地方的。忽必烈的目的是想促使文天祥尽快投降，他以为把文天祥住的地方弄得很恶劣，文天祥就会想出狱。

由张弘毅带到狱外的文天祥的作品，主要是《指南录》《指南后录》中自作的诗。《正气歌》正在推敲之中，文天祥大概认为还没有完成，所以开始的时候没有被带到外部去。

不过，这首诗也是想让人看才写的，所以到了壬午年（1282），虽然是少量的，但通过张弘毅和王三经，终于被外部的人得知了。《正气歌》这样结尾道：

> 悠悠我心悲，
> 苍天曷有极。
> 哲人日已远，
> 典刑在夙昔。
> 风檐展书读，
> 古道照颜色。

《正气歌》中列举了很多杰出的人物，他们都一天天离世人远去了，但是他们留下的典型（事迹）却通过书籍千载流传。在微风吹拂的屋檐下展开书诵读时，就会感觉到从远古传来的正义的气息充盈着人间大道，照耀着自己的前路，还有什么可以悲伤的呢？

文天祥认为自己的死就是正义的胜利，他甚至在翘首期盼着那天的到来。然而，有一些不理解他的归顺者们却展开了拯救他性命的活动。

这个活动的带头人是福建出身的王绩翁，他在南宋时任兵部尚书，归顺元朝后，又成了元朝的兵部尚书，也算是一个奇人。

"如果他始终不肯投降的话，那么劝他弃世做道士吧，至少争取保住性命。我们这些归顺者如果联名向朝廷恳求的话，应该有希望。"王绩翁向同伴们呼吁道。

反对这样做的是状元宰相留梦炎，他说："你们认为履善会乖乖地当道士吗？他如果聚集士兵开展反元活动的话，我们这些联名救他性命的人就会遭殃的。"

虽然同样是状元，但没有"正气"的人的思维方式就极端利己。

胸怀正气的文天祥因为长期的牢狱生活，身体十分虚弱，早点死是他真心希望的。但是，他不能自杀，那样就败给了忽必烈。就相当于在正气的光芒中涂上了一抹乌云。

文天祥不能那样做。

《宋史·文天祥》描述他："体貌丰伟，美皙如玉，秀眉而长目，顾盼烨然。"

美男子文天祥现在已经憔悴至极，然而，憔悴的只是他的肉体，浩然正气在支撑着他的精神。

至元十九年（1282）十二月八日，文天祥被召到了元廷中。

文天祥在污秽的地牢中度过了三年多，他浑身上下都是肿块，很多还化脓了。曾经神采奕奕的长目，左边已经失明了。这还是在张弘毅竭尽所能提供医药和细致入微的照顾下，才坚持到这一步。

这年文天祥四十七岁，由于运动不足，他的双脚浮肿得厉害。但与皇帝忽必烈见面，不能表现出怯懦。

"跪下！"一个尖厉的声音响起来，他知道自己被带到皇帝忽必烈面前了，不过他没有跪下。

半失明的文天祥只能模糊地看见皇帝的轮廓。

"跪下！"尖厉的声音再次响起。

文天祥依然站立着。

金属棍杖滑过空气的声音响起来，文天祥的双膝感到一阵剧痛，他踉跄了一下，但还是咬紧牙关，用力站住了。

靠在椅子上的皇帝把一只手抬到了肩膀处，好像在制止用金属棍杖敲打文天祥的人。

"你就是文天祥？有什么想说的话就说说看。"皇帝忽必烈用汉语说道。

"不是我想来说话的，是你令人把我带到这里来的。"文天祥毫不畏缩地注视着忽必烈说道。

这是他们两人头一次见面，然而彼此都很了解对方。

"你被关在地牢里三年之久，不可能没有想说的话，你说说看。"忽必烈的表情很温和，特别是他那细长的眼睛很平静。忽必烈是在祖父成吉思汗攻陷燕京那年（1215）出生的，到这时候已经六十八岁了。他一生大部分时光都是在战火硝烟中度过的，那温和的表情下面隐藏着严厉。

温和的表情有时会突然转变成严厉的面孔，臣子们对此都很惧怕。但是，文天祥没有丝毫惧怕的地方。

"我想说的是，大宋是无罪灭亡的，年幼的皇帝，年老的太皇太后，都不是无道的昏君。"文天祥说。

"那是为什么灭亡的呢？"忽必烈的表情变得有点严厉起来。

"是权臣误国。逆将倒戈进攻国都，逆臣又迎敌入国，动摇了国家的根基。"文天祥眼睛看着前方说道。

"国家还没有灭亡的时候，投降敌人或许还有问题，但是，宋已经灭亡了。宋的幼帝被封为了大元的瀛国公。现在即使你投降，谁也不会说你是逆臣。你投降了，我大元让你做中书丞相。"忽必烈缓缓地说道。

"宋即使灭亡了，我也打算作为宋臣而死。"文天祥说。

"大元的第一任中书丞相是耶律楚材，他在这个位置上拯救了很多人。不仅是他，他的儿子耶律铸现在也作为大元的重臣，为百姓尽力。如果你对中书一职不满意的话，枢密使怎么样？"忽必烈说，枢密使是军队中的最高职务。

"我想要的只是一死而已。"文天祥第一次低下了头。

他即使被带到忽必烈跟前，也一直高傲地抬着头。然而，对于忽必烈的好意，他还是坦诚地表达了感谢的心情。通过低头这一举动，文天祥显示出了辞退之意的坚决。

"再等一天看看吧。"忽必烈说。

"年末年始的各种事务繁忙，没有再等一天的余暇，应该尽早解决。"孛罗从旁边进言道。

"那就再等半天吧。"忽必烈说完站了起来。

这是文天祥与忽必烈第一次也是最后一次见面。

文天祥坐着囚车返回了兵马司的地牢，囚车的车夫、卫兵已经和张弘毅很熟了。

"快了。"张弘毅对文天祥说道。

皇帝亲自召见是一件异常的事情，长达三年的说服工作，迟早会打上终止符，这是早就预料到的。从最近这一个月的各种情形来看，张弘毅自然而然地明白了文天祥期待的那一天临近了，张弘毅也为此做好了准备。

"是啊，看来棺材还来得及。"文天祥笑着说道。

张弘毅不久前为文天祥预订了棺材，不过没有对他讲过，他一定是凭直觉觉察到的。

"只要想想如果我是千载心（张弘毅）的话，该做什么，不就马上猜出来了吗？装裹衣裳你一定也在准备。"文天祥好像很高兴，笑着说道。

当天傍晚，中书省的高官专门到兵马司地牢来确认文天祥的想法有没有改变。

"当然没有改变。"文天祥答道。

文天祥的愿望就是作为宋臣被蒙古皇帝杀死，自从被捕后，他就向着这个目标一往直前地走过来了。虽然饱受了肉体上的痛苦，但他的愿望完美地实现了，他坚持没有自杀，终于迎来了这一天。

满足感充满了文天祥的胸膛，他希望自己的死能对大元皇帝造成一些影响。忽必烈如果知道了"正气"是什么的话，士大夫们在他的统治之下，或许会生活得容易一点。那些士大夫中，当然也包括投降元朝的他的弟弟文璧。

一个看守文天祥的人来到地牢小声地对他说："你不要绝望，留梦炎正在为你活动呢。"

听到这话，文天祥感到好不容易得来的幸福感似乎有了一点破损。卑劣的留梦炎的企图很明显，他想妨碍文天祥成为殉国英雄。他一定想让文天祥在地牢中悄无声息地困乏而死。文天祥心想如果再像这样浑身污垢恶臭地生存数年的话，就不得不考虑考虑自己曾经那么排斥的自杀了。

忽必烈应该是个伟男子吧？文天祥这样想着今天见到的大元皇帝。

他希望因留梦炎而破损的满足感，能由忽必烈修补好。

至元十九年（1282）十二月九日清晨，押送文天祥的囚车从兵马司向北行去，在菜市停了下来。在中国，自古以来，处刑都是在集市进行的，以便起到杀一儆百的作用，囚车是在众目睽睽中行走的。

沿途有武装好的士兵把守各个要所。处刑是公开的，老百姓们都聚集而来，不过，像往常一样来看热闹的人很少，大都是对文天祥心怀敬意，来为他送别的人。

到场的人，与其说是来观看行刑的，不如说是为了表示哀悼的。在行刑时，有很多人闭上了眼睛。

由于有忽必烈的指示，与处刑相关的人看上去都对文天祥颇有善意。验尸官是汉人，是个长着大胡子的魁梧汉子，他声音洪亮地说道："今天不是对犯罪者的处刑。文天祥是宋的丞相，在宋灭亡了的今日，他向我大元皇帝请求赐他一死，皇帝应允了。"

菜市周围像水浇了似的，一片寂静。

千载心张弘毅站在围观人群的最前排，他闭着眼睛，似乎在一心一意地祈祷。在他身后，王三经大睁着眼睛全神贯注地看着。

过了一会儿，验尸官对文天祥说："文丞相，有什么要说的吗？"

"什么也没有，"文天祥面带微笑地说，"请告诉我哪边是南方。"

神情紧张的刑吏撇了撇嘴唇，用手指了一下那个方向。

文天祥面向南方行了礼，那是他曾经为之奉献出一切的大宋所在的方向。南宋幼帝虽然被送到了北方，但文天祥拜祭的是精神上的"宋"。

文天祥行完礼后，就坦然面对刑吏的刀刃了，他直到最后都从容不迫的态度强烈地震撼了所有人的心。

有两首辞世诗据说是文天祥在刑场上写的，但应该是事先准备好的，因为这是两首七言律诗，当场写的话需要很长时间。《出狱临刑歌》二首的最后四句如下：

> 天荒地老英雄丧，
> 国破家亡事业休。
> 唯有一腔忠烈气，
> 碧空常共暮云愁。

在文天祥的衣服中夹着三十二字的"赞"：

> 孔曰成仁，孟云取义。
> 惟其义尽，所以仁至。
> 读圣贤书，所学何事。
> 而今而后，庶几无愧。

"我这三年半中不停地哭泣，想把眼泪哭完，我担心还有眼泪，昨天晚上又尽情地大哭了一场，终于能像这样在文天祥死的时候不哭了。"张弘毅对王三经说道，但当他的话说完后，又突然倒在地上恸哭起来。

文天祥的妻子和两个女儿都在大都，不用说她们都没有到刑场来，大概没人会专程去观看自己的丈夫或者父亲被杀的吧。而且，她们被软禁在东宫御所中，如果没有许可的话，什么也做不了。

收拾、埋葬文天祥遗体的命令马上颁下来了，文天祥的遗孀欧阳静娴终于得以和死去的丈夫见面，死去的文天祥的面容就像活着的时候一样。

棺材张弘毅已经预备好了，由于归葬江西故里的许可没有马上批示下来，他们决定暂时先将文天祥遗体埋葬在大都城外。办理归葬故里的手续非常麻烦，但在张弘毅的多方奔走下，都得以实现。即使在文天祥死后，元朝方面对他的处置也十分谨慎。

不过元朝方面没有允许文天祥的妻子欧阳氏与丈夫的遗体一同南归，因为担心或许有人会抬出文天祥遗孀搞反政府运动。

"我想大概与三宫不能归还江南是同一个道理吧。总之，无论什么事情，东宫的人都说是为了诸位的人身安全。"张弘毅说。

不让遗族回归故里，也确实有相应的理由，也有为他们着想的一面。

不过，在江南，坊间开始传说蒙古皇帝忽必烈生吃了文天祥的胆，这件事被悄悄地记载了下来。

"一切都是上天注定的吧，我的眼泪已经流干了，北方的风土对于江西出身的我来说很严酷，但也没有办法。"欧阳氏心灰意冷。

张弘毅等人第二年把文天祥的棺材运回故乡江西富田安葬了。又过了十五年，文天祥的夫人欧阳氏才被允许返回故乡。文天祥生前就失去了所有的儿子，他把弟弟的儿子文升当作了嗣子。陪伴年迈的欧阳氏南归的就是文升。

文天祥的两个女儿做了元朝公主的侍女，公主出嫁后，她们也各自陪嫁到了公主的夫家。

不过，并不是所有的抵抗者都受到了文天祥那样的待遇。与文天祥同时科举及第的谢枋得，同样也是江西人，他参加了抵抗运动后，在福建做了占卜者。

　　元朝由于官吏不足,多次起用归顺者。像谢枋得这样有名的人，都近似强迫地让他们出来做官。谢枋得被强行带到了大都，不过由于他在途中就开始绝食，到达大都后不久就死了。与文天祥不同的是，谢枋得的遗体受到了严厉的处分，而且他的妻子也作为抵抗者被处死了，那是文天祥死后七年左右的事情。

十四　一代五主

忽必烈无论是在上都还是在大都，都很喜欢听人讲发生在远方的事情。

每次伊利汗国使者来的时候，忽必烈都会十分热心地询问关于两名去西方朝圣的汪古国基督教徒列班骚马和马古思的消息。这个事情在伊利汗国内很有名，以至于每次使节去元朝之前一定会先调查这两人的近况。

海都（窝阔台的孙子）在中亚打出了反抗大元的旗帜。两位朝圣者向西方去的时候，在塔剌思拜见了海都，得到了保障途中安全的特许状。然而，向东方去的时候，能不能安全通行就说不好了。

事实上，伊利汗国的使节最近走的都是海路。两位朝圣者也由于道路中断，打算先停下来看看情况。

"他们坐船回来不好吗？不用走路，比陆路要轻松。"忽必烈说。

"先不要说走海路还是陆路了，那边的信徒好像根本就不愿意让他们两人回来。"伊利汗国的使者回答道。

"为什么？"忽必烈问。

"因为伊利汗国臣服于大汗您，而他们两人是从大汗您这里去的，留在了那边。所以那边的人们认为他们传布的教海受到了大汗的庇护。在布教的时候这点很有利。"使者说。

"是这样啊，那么干脆就让从大汗的国土里去的朝圣者做基督教教王好了。"忽必烈说。

"把从别的国土里刚来的新人，一下子就奉作教王恐怕也不行，因为基督教徒中也有论资排辈这种问题。"使者说。

"那倒也是。"忽必烈耸了耸肩说道。

他在心里想："如果换作我就行，事实上，刚投降不久的新人，我就马上让他了做了头领，最近的例子就是范文虎。这次征讨日本进展得不顺利，是因为大风浪的缘故，不是我用人的失败。"

元朝的大都和伊利汗国首都帖必力思离得非常遥远。

实际上，就在忽必烈和伊利汗国的使节们谈论这个话题的时候，从东方来的朝圣者中的一人，就当上了聂斯脱利派基督教的教王。

1281 年，元朝再征日本失败的那一年，在巴格达，聂斯脱利派教王马儿脁合离开了人世，不用说从东方来的两位汪古朝圣者也参加了他的葬礼。

接下来就要推选教王的继任者，出人意料地，新来的马古思当选了。

"那不行，我不过是最近刚从东方的一个小国来的教徒而已，怎么说做教王都不太合适。"马古思坚决推辞道。

马古思被刚去世的教王授予了"亚伯拉罕"这样一个称号，叙利亚语的意思是"神赐予他"。

聂斯脱利派的教王是由修道士、司教、贵族们推选的，而马古思当选其实并不一定十分唐突。马古思即亚伯拉罕，有充分的当教王的资格。

从东方来的这两位朝圣者准备去耶路撒冷的时候，前教王马儿腆合先是鼓励了他们。但后来得知谷儿只盗贼横行，不能通行后，就劝说他们返回元朝去。因为他们能去朝圣的圣地、圣物都去朝礼过了，具有与耶路撒冷朝圣相同的价值，做完了这些，为了故国的教友们，也应该早日归国去。

在两人准备归国的时候，作为饯别礼，教王赐予了两人种种头衔，马古思是"首都大主教"，列班骚马是"巡察总监"。说是首都大主教，只不过是中国和汪古的。在巴格达的话，这只是一个没实际用途的空头衔，然而，在选举教王的时候却是有效的资格。

"因为马古思来自大汗的国度，办起事情来可能很方便，而且他的人品也很不错，应该能够胜任。"出于这样的考虑，有实力的教徒选举了马古思做新任教王。

马古思正式地被称为亚伯拉罕三世，他一直坚决推辞就任，他说："我对教义掌握得还不够透彻，而且也没有辩论的才能，最重要的是我不懂教会的神圣用语叙利亚语。"直到最后马古思都不想接受。

而列班骚马却对他说："你为难的时候，我们都会帮助你，至于语言问题，只要为你配备精通叙利亚语的人就行了。教友们都对你的当选感到很高兴，而且此事也向大汗汇报过了，现在你已经不能再推让了。"

被列班骚马这么一说，马古思也不得不下决心就任新教王。

1281年11月，在得到伊利汗国阿八哈汗的认可后，亚伯拉罕三世（马古思）正式成为聂斯脱利派基督教的新任教王。

由于海都的妨碍，陆路交通不是很通畅，而且马古思就任新教王也不是什么紧急的事情，所以消息晚了一年多才传到大都来。

直到文天祥在菜市被斩后，马古思作为亚伯拉罕三世就任新教王的消息才传到忽必烈耳中。

"之前您说让来自大汗国度的朝圣者做教王，出人意料的是，真的如您所说的那样了，大汗真是先知先觉啊，当时我们还说什么论资排辈之类的事情，真让人汗颜。"伊利汗国的使节一边摇着头一边说道。

"唉，那个也出乎我的意料。"忽必烈说着笑了起来。

然而，这个时候伊利汗国发生的异变，传到宗主国的大元又用了一段时间。

1281 年，阿八哈汗患病去世，继承伊利汗国的是阿八哈的弟弟帖古迭儿。

阿八哈娶了拜占庭皇帝迈克尔八世的女儿梅拉娜为妃。梅拉娜在丈夫去世后，询问娘家今后她该怎么办。

娘家人给了她一个模棱两可的回答："应该遵从蒙古的风俗，但也要尊重你自己的意见。"

蒙古的风俗是前任的妻妾全部归继承人所有，当然，除了自己的生母，所以说阿八哈的妃子们原则上来讲都应该进入帖古迭儿的后宫。

然而，希腊没有这样的风俗，所以说梅拉娜如果不愿意的话，也不一定非要进入丈夫弟弟的后宫。最终她按照自己的意愿，回到了娘家拜占庭，之后她做了修女，过着平静的生活。

今天，在伊斯坦布儿的柯拉修道院的墙壁上，仍然保留着很多请愿图，上面描绘了许多名人，其中就有"蒙古贵妇人、尼僧梅拉娜"。请愿图上专门标注上了"蒙古贵妇人"这样的字眼，可见她对此还是很自豪的。

继承阿八哈的帖古迭儿是一个问题制造者，有的史书上对他的称呼不是帖古迭儿，而是阿合马，从这一点也可以看出，他成了伊斯兰教徒。

成吉思汗的原则是信奉哪种宗教都可以，但不能把宗教和政治纠缠到一起。

这个经常被视为成吉思汗的遗训，但实际上是蒙古人的生活方式。如果说蒙古有什么宗教的话，那就是敬畏苍天，尊崇各种神灵的萨满教了。而且蒙古人对其他宗教很宽容。

成吉思汗千里迢迢召见长春真人邱处机，又为自己的儿子们选择了基督教的妻子，从这些举动中可以看出，他没有沉迷于一种宗教之中。

阿八哈的一个妻子是拜占庭的皇女，不用说当然是基督教徒。另一个妻子也就是阿鲁浑的生母库陶依，也是聂斯脱利派的基督教徒。

不过，阿八哈、阿鲁浑都是佛教徒。

但是，继承阿八哈成为伊利汗的帖古迭儿却是伊斯兰教徒。而且在继位的同时，他就把自己名号改成了伊斯兰式的"阿合马苏丹"。

由于伊利汗国的大部分百姓是伊斯兰教徒，国王改宗自然受到了百姓们的欢迎，然而在统治阶层却并不一定如此。另外，即使没有宗教这个原因，帖古迭儿继承汗位，从一开始起也带着纷争的隐患。

忽必烈过了很长时间之后才得知帖古迭儿继位的消息，他问道："汗位不是由阿鲁浑继承的？阿鲁浑多大岁数了？"

"大概已经三十岁了，他当呼罗珊太守干得很出色，我们也满心以为新任伊利汗是阿鲁浑殿下呢。"精通西方皇族情况的人这样答道。

"所以说继承这个问题必须事先明确地定下来，那种谁想说什么就说什么的忽里台大会是靠不住的。"忽必烈说。他已经把真金立为了皇太子，他相信自己的家中不会发生继任人争斗的问题。

阿鲁浑是前任伊利汗阿八哈的长子，起初，几乎所有的人都认为已经成年的他会接任伊利汗位。然而出人意料的是阿八哈的弟弟帖古迭儿继承了汗位。

"帖古迭儿是个什么样的人？"忽必烈问精通西方事务的那个人。如果问伊利汗国使节这个问题的话，恐怕很难得到正确的答案。

"听说是一位十分虔诚的伊斯兰教信徒。"与伊利汗国没有直接关系的那个人回答道。

"帖古迭儿殿下一坐上汗位，马上就把称号改成了伊斯兰式的苏丹了，名字也改成了阿合马。"那个精通西方事务的人说道。

"阿合马吗？据说每三个伊斯兰教徒中就有一个人名叫阿合马。"忽必烈的脸色阴沉起来，他想起了被暗杀后，恶行被一件一件曝光的阿合马。

"但愿伊利汗国乱七八糟的事情不要波及我们。"

"不过那个帖古迭儿好像不是很聪明啊。"忽必烈说着叹息起来。

在东方，如果忽必烈使用汉人式的名字和称号的话，占国民大部分的汉人或许会欢呼雀跃，然而这样一来，却可能极大地伤害作为统治阶层的蒙古人的自尊心。所以经过深思熟虑，忽必烈仍然保持了蒙古固有的称呼。

而帖古迭儿把表示首领的"汗"这个称呼也改成了伊斯兰式的"苏丹"。

"他好像不知道我们为了能称汗，费了多大的心血。"

就连到元朝来做礼节性访问的伊利汗国使者也不由得摇着头这样说道。因为一个地方的首领称汗后，就等于蒙古帝国承认了他统治的土地是半独立于蒙古大汗的。

成吉思汗的四个儿子的家族，全都是汗国：长子术赤家是钦察汗国，次子以下则用创始人的名字称呼，为察合台汗国、窝阔台汗国等。旭烈兀把自己统治的土地称为伊利汗国，但得到忽必烈的承认用了好几年的时间。旭烈兀本来是蒙哥做大汗的时候，被派遣到西方去的，他的身份是蒙哥的一员部将。在蒙哥去世后，他自然就成了蒙哥的继任者忽必烈的部将。旭烈兀虽然承认了忽必烈的宗主权，但并不甘心于只做大汗的一员部将。

忽必烈也由于和阿里不哥争斗等原因，最终做出了让步，承认了旭烈兀的伊利汗国。

费了这么大心血才得到认可的"汗"的称号，却被帖古迭儿轻易地改成了"苏丹"，肯定会伤害蒙古人的自尊心。

"帖古迭儿简直是自己给自己找麻烦，真够愚蠢的，阿鲁浑不会沉默的。"忽必烈说。

正如忽必烈所说的，阿八哈的长子阿鲁浑当然不答应叔父帖古迭儿继承汗位，只不过看到军队支持帖古迭儿，不得不暂时做出让步。

"帖古迭儿好像早就做好了准备，阿八哈直到死的时候身体都很健康，可见帖古迭儿的准备不是和平的。"一个从西方来的人对忽必烈说道。

忽必烈晚了数月才得到这些消息，伊利汗国发生的事情对大元几乎没有什么影响，这让他感到有点凄凉。

"阿八哈殿下星期日参加了基督教的复活祭仪式，星期一在波斯贵族的府邸中用膳。星期一当天晚上开始精神错乱，星期三早晨就去世了。"那个从西方来的人说。

"是有点奇怪啊，只过了一天人就死了，太短了，不过阿八哈也是饮酒过度……"忽必烈皱起了眉头。

"阿八哈殿下说空中有怪鸟在飞，命令人射下来，但据说那时候天上根本没有鸟在飞。"那个从西方来的人说。

"喝醉的人经常会这样，却被当作是精神错乱的病人，简直是，唉，听说芒哥帖木儿也在二十五天后死了，他死前好像也很健康。"忽必烈说。

芒哥帖木儿也是阿八哈的弟弟，他虽然比帖古迭儿年轻，但也是下任汗的有力候选人。

阿八哈的候选继任人主要就是帖古迭儿、芒哥帖木儿和阿鲁浑三人。

芒哥帖木儿一死，他的支持者都转向了阿鲁浑，于是形成了帖古迭儿和阿鲁浑的混战格局。大概由于帖古迭儿准备充足吧，结果他当选了。

"是全场一致通过的，不过这本来就是个形式而已。"那个从西方来的人说到这里有点含糊其辞。

"与我们好像没有什么关系啊。"忽必烈说着打了个哈欠。

忽必烈曾经揣摩蒙哥让弟弟旭烈兀做波斯远征军总帅时的心理，如果旭烈兀不能胜任，蒙哥可能很轻易地就会把他替换掉。

同时，蒙哥大概也不会像现在的忽必烈这样觉得伊利汗国的事情是外人的事情吧。而且，那里也不会出现继任者争斗这种事情，因为蒙哥不喜欢的司令官，马上就会被罢免的。

不过，忽必烈还确信，如果这样的话，蒙古一定会在蒙哥这一代就灭亡。

　　如果帖古迭儿的尝试成功，那么伊利汗国就变成由阿合马苏丹君临的伊斯兰教国家了，可以说在这个国家中，蒙古的色彩就褪去了。

　　这与在忽必烈的领导下成立中华帝国后，蒙古色彩淡化是同样的道理。直到现在，忽必烈才明白母亲唆鲁禾帖尼的伟大，她是虔诚的基督教徒，但她的儿子们却一个也没有成为基督徒。另外，她还在不花剌捐建了宏伟壮观的伊斯兰教的马德剌沙（学院）。

　　现在忽必烈醉心于吐蕃系佛教（喇嘛教），也没能效仿母亲将之置于心外。

　　伊利汗国的大势会向着伊斯兰化的方向发展，但现在还为时尚早，忽必烈在心中这样默默地说道。

　　伊利汗国其后发生叔父和侄子的骨肉相争。

　　侄子阿鲁浑是呼罗珊总督，他得到了不满帖古迭儿伊斯兰化的佛教徒、基督教徒的支持，起来造反了。

　　帖古迭儿抓捕了阿鲁浑，却被他逃脱了，最后帖古迭儿成了俘虏。

　　阿鲁浑的贵族支持者们对他说："帖古迭儿的失败就是没有杀了你。"

　　1284 年 10 月，阿鲁浑在支持者们的鼓动下，把叔父帖古迭儿杀了，是按照蒙古杀死贵人的方法，打折了他的脊骨。

　　伊利汗国的内战持续了三年。

　　忽必烈那时候已经七十岁了，他感叹道："人如果长寿，经常要遇到熟悉的人去世的事情。帖古迭儿连自己父亲的死都没能目睹，自己也去了那个世界，真是各人有各人的命运啊。命运这种东西，我还想再听八思巴师讲讲，可惜他也不是这个世上的人了。"

群臣站在忽必烈的面前，但谁也没有开口。

吐蕃圣僧八思巴为蒙古人创造了文字，却在远征日本的前一年离开了人世。忽必烈皈依了他，但当想向他询问命运的问题时，也就是妻子察必去世的时候，八思巴却在一年前往生了。

旭烈兀去西方远征的时候，他的一部分家人留在了蒙古，长子阿八哈虽然跟父亲一起去了，但弟弟帖古迭儿留在了大都。父亲死后过了十四年，帖古迭儿才去了波斯。从那以后又过了十四年，他做了汗，号称苏丹，却被侄子杀死了。

阿鲁浑当上伊利汗国大汗后，为了攻击埃及的伊斯兰势力马穆鲁克王朝，谋划着与欧洲的基督教国家结成同盟。

伊利汗国的大部分国民是伊斯兰教徒，而且，前任伊利汗帖古迭儿还像伊斯兰式地号称苏丹。所以阿鲁浑为了结盟，向欧洲派遣的使者必须精心挑选。

阿鲁浑想从基督教徒中挑选使节，他与教王亚伯拉罕三世（马古思）商量此事，马古思自然而然地向他推荐了列班骚马。

当时基督教处于东西教会"分离"的时代。东方的拜占庭，是把王女嫁给蒙古的迈克尔八世之后的继任者安德罗尼科二世时代，与他的协商进行得很顺利。而伊利汗国还希望和西方教会联手。

在帖古迭儿短暂的统治时期，聂斯脱利派受到了镇压。但进入阿鲁浑时代后，伊利汗国开始了与欧洲诸国的交流。

列班骚马从君士坦丁堡去往那波利，从那波利进入了罗马，但罗马教皇在这年四月去世了。列班骚马与枢机主教等进行了激烈的宗教论辩，教皇厅似乎对聂斯脱利派的信仰持有一些疑问。他们只对列班骚马说："在新教皇确定之前，任何事情都不能回复。"

列班骚马等人离开罗马去往热那亚，进入法国，在巴黎受到了菲利普四世的欢迎。但是，对于结成军事同盟的问题也没有给出确切的答复。

由于当时英国国王爱德华一世在法国西南部的波尔多，列班骚马从巴黎用了二十天时间到了那个地方，谒见了他。对于远道而来的客人，英国国王很热情，给了他很多礼物和旅费，但对于军事同盟同样没有给出确切的答复。

列班骚马一行返回罗马，谒见了新教皇尼古拉四世。教皇下达敕书，任命亚伯拉罕三世为东方基督教总主教，列班骚马为巡察总监。

在此后数年，阿鲁浑多次向欧洲派出使节，就连列班骚马的足迹没有到达的伦敦，伊利汗国的使节也去了。

当时使节带去的伊利汗的亲笔信之类的物品，现在被保存在了梵蒂冈文书馆、巴黎国民图书馆等地方，成了研究东西方交流史的重要文献。

伊利汗国的阿鲁浑汗于1291年3月去世。过了很长时间，忽必烈得到阿鲁浑的讣报和阿鲁浑的弟弟乞合都继承汗位的消息后，说："三十多年前，我在开平府的忽里台大会被推选为大汗，那是旭烈兀攻陷阿剌模式，在阿音札鲁特战败的时候吧。在东方我一人支撑到了今天，我这一代还没有完，可旭烈兀那里怎么样了？他死后，阿八哈继位，阿八哈死后是帖古迭儿，他即位三年后就被杀了，杀死他的阿鲁浑不都已经是旭烈兀的孙子了吗？现在，这个阿鲁浑也死了，进入了他弟弟乞合都的时代。在宗家一代还没有完，可是在那边已经换了五个主人了。"说到这里他停了下来。

忽必烈活得太长了，说是伊利汗国进入了旭烈兀的孙子阿鲁浑、乞合都的时代，其实忽必烈自己也悄悄地定下孙子做继承人了。

当年，他一反蒙古传统，将儿子真金立为皇太子。可是真金在六年前，四十三岁的时候就去世了。

忽必烈想起了真金死时群臣的反应来，尽管必须要表现出悲伤的神情，但还是有一部分人掩饰不住内心的庆幸。

那些人是可以被称为蒙古派的人，他们对"元"这个国号不满意，对于"至元"这种纪年方式也觉得太过中国化了，认为继续使用过去的鼠儿年、兔儿年不是很好吗？他们担心蒙古会逐渐汉化。忽必烈的时代还好说，但如果那个无论去哪里都会带着《资治通鉴》的真金当了大汗的话，汉化一定会更加迅速。对于怀有这种担忧的人来讲，真金的死让他们着实松了一口气。

而汉人们则对备受他们尊崇的"真金太子"的去世，感到悲痛至极。

江南行台御史曾经上奏："陛下年事已高，请让位于皇太子如何？"

忽必烈听到这个上奏大发雷霆，为此，人们传言皇帝和皇太子之间产生了深刻的裂痕。皇太子真金在这个事件之后不久就离开了人世。

然而，这起事件或许是蒙古派和阿合马的残党策划的，但谣言却煞有介事地传播开了。

十五　王族的反叛

　　无论在哪个时代，勇于吸纳新事物的"开明派"和拘泥于古老传统的"保守派"都是对立的。

　　进入中原，习惯了定居生活的蒙古族人可以说一半以上是开明派的。而同样是蒙古族，却在塞外过着以往的游牧生活的人们，则保守派居多。

　　成吉思汗的四个儿子中，封地大多在汉土的拖雷家与游牧的缘分最浅。四个儿子都在各自的领地中形成了独立的势力，除此之外，按照游牧民族的传统，成吉思汗的幼弟也形成了一个很大的势力，因此可以看作是成吉思汗的四个儿子和一个斡惕赤斤分割了他的遗产。

　　等到拖雷家的蒙哥当选大汗后，他把其弟旭烈兀派遣到了遥远的波斯，由此旭烈兀也形成了一个独立的势力。这样的话，蒙古实质上可以看作被分成了六部分。

　　宗家是拖雷家的"大元"，然而，大元太脱离游牧了，令蒙古的保守派不满。尽管蒙古的内部纷争有各种各样的缘由，但主线一直是开明派与保守派的斗争。

拖雷家获得"宗家"这个地位，有长兄术赤家的协助，术赤与第二子察合台不和。在拖雷家中，蒙哥去世后，成了忽必烈和阿里不哥的争斗。实际上，谁都认为阿里不哥是下任皇帝。

"像那种没见过世面的人不能当皇帝。"说这种话，把阿里不哥拉下皇位的是他的亲哥哥忽必烈。

按照蒙古惯例，"幼弟"是极其有力的候补继任者。而忽必烈说他没见过世面，换言之就是他太保守了。

"蒙古的新习惯由我来创造。"

挺着胸膛这样说的人实际上是拖雷家的蒙哥，他把幼弟阿里不哥封作了"副王"，所以他死后谁都认为副王阿里不哥理应继位。

"蒙古的主人必须是见识广博的人，那就是我。"

比蒙哥胸膛挺得还高的是忽必烈，而他成为蒙古的主人一直到现在。

忽必烈几乎没有为继任者问题烦恼过，他早就确定真金为皇太子，真金很聪明，也很勤奋。如果说有什么缺点的话，那就是太过汉化了，让蒙古的老将们皱眉头。

忽必烈只要不时地安抚一下因儿子的汉化而来诉苦的老人们的心情就行了。真金的亲信劝忽必烈让位的时候，忽必烈大发雷霆，也有做给老臣们看的一面。然而，这件事情却让他深深地感到后悔。

真金因父亲的震怒而惶恐不安，真的生病了，而且病情很严重。让位问题后来由丞相安童拼命地解释，忽必烈其实也没有真的那么生气，于是就表现出"怒稍解"。

然而，过于沉迷《贞观政要》的真金，过度解读了天子之怒，眼见着一天天地憔悴下去，也许他本来就有其他的病，但几乎所有的人都认为父皇的震怒是导致他去世的直接原因。

《新元史》这样描述："太子仍忧惧不安，未几遂卒，时二十二年十二月丁未，年四十有三。"

忽必烈很茫然。

大元出现继任者问题就是从这个时候开始的。忽必烈还有其他的儿子，孙子有的也成人了。

"暂时先不立太子。"忽必烈表情沉痛地说道。

过了年，至元二十三年（1286）正月，由于皇太子的去世，朝贺取消了。取消的不仅是这个，忽必烈还决定"罢日本远征"。

他的理由是日本是孤远的岛夷，不能为了征讨它而不断地劳民伤财。

"这是不是去世的皇太子的遗愿？"

"大汗曾经对远征日本那么热心。"

在大都能够听到人们这样的议论。

就在一个月前，忽必烈刚刚让从占城逃回来的忽都虎等人官复原职，并编入了远征日本军。另外他还给阿塔海的一万远征日本军配置了回回炮的炮手。

"向以征日本故，遣五卫军还家治装，今悉选壮士，以正月一日到京师。"

枢密院刚刚发出这个命令。另外，还命令江淮地区训练千艘战船。

终止了的远征日本，实际上是忽必烈最执着的追求。

在日本建立功勋——所有的元人都知道这是出人头地的捷径。

"算了吧，我研究了一下日本，从哪个角度考虑，进攻日本都没意思。停止战争，去做生意吧。"王三经劝说同姓的王绩翁道。

　　王绩翁也想通过解决日本问题而扬名，从而获得大汗的赏识。他来和王三经商谈此事，因为王三经是公认的大海的专家。

　　"我也没有打算挑起战争，只要显示出大元的强盛，让日本同意修好就行了。我有我的考虑，不给你添麻烦了。"王绩翁说。

　　当年，王绩翁曾经带头发起了拯救文天祥性命的运动。他原来是南宋的兵部尚书，投降后又成了元朝的兵部尚书，可以说是个左右逢源的人。不过，到了此时由于丞相安童对他的评价不是很好，他感到有些郁郁不得志。

　　王绩翁虽然主持了运河工程，但那算不上是成功，他很焦躁。

　　他想找到一个突破口，心想："朝廷用了那么多钱，投入数万士兵和战船，也没能成功诏谕日本，如果我能凭借这三寸不烂之舌使之成功的话，不要说丞相安童了，就连皇帝也会对我另眼相看吧。"

　　王绩翁野心勃勃，他商量的对象不仅是王三经，凡是和日本有关系的人，他差不多都挨个咨询了。可能也有他诱导的缘故吧，很多人都对他的设想表示乐观。

　　"我知道了，不能带着军队去威吓日本。"王绩翁心想。

　　他决定只带少数人去日本，随从人员、副使都让僧侣充当，当然国信使是他本人。

　　"如果不用钱就能诏谕日本的话，你可以去试试。"

　　忽必烈赐予了国信使王绩翁玉环以及其他的赐品。

　　舟山列岛的普陀山的僧侣如智被任命为副使。然而，却没有人愿意为他们做向导，因为以往有多名去日本的使者被杀了。

　　"没关系，我们是和平的使者。我没有佩带刀剑，而且副使还是僧侣，日本人很尊重僧侣的。"王绩翁劝说道。

　　然而，无论他怎样劝说，人们还是不答应。万般无奈之下，王绩翁只能强制性地抓了温州一个名叫任甲的人去。

任甲当然很不听话，王绩翁就用鞭子抽打他，硬是把他带到了对马。

然而，这个任甲不是逆来顺受的人，王绩翁蛮横无理地把他抓来，强迫他带路，在船上还用鞭子狠狠地抽打他，任甲对此满腹怨恨。到了对马，任甲就造反了，他把国信使王绩翁杀死，抢了忽必烈的赐品后逃跑了。

这件事情发生在甲申年（1284），是元朝第二次远征日本后的第三年，而文天祥在两年前被处死。第二年，大元皇太子去世，远征日本中止。

王绩翁其实没必要去日本，结果在遥远的异国被任甲杀了。《新元史·王绩翁传》中十分冷淡地评说：就算王绩翁没有被任甲杀害，他大概也无法完成使命。不过元朝政府还是对他的死表示了哀悼，对遗族的抚恤也很丰厚，过了一段时间后，还追封他为闽国公。

忽必烈之所以中止远征日本是因为把大本营设在伊犁河的海都（窝阔台）作为反元盟主，牵制了他。如果忽必烈发起太大军事行动的话，海都领导的反元运动有可能会兴风作浪。

忽必烈能在蒙古圈中称大汗，是因为得到了塔察儿（成吉思汗幼弟一系）的鼎力相助，这是公认的事情。

塔察儿是成吉思汗三个弟弟家族的代表，斡惕赤斤家的当家人。由于有塔察儿的支持，忽必烈得以战胜阿里不哥，也就是说塔察儿是忽必烈的恩人。然而，塔察儿却早早地就死了，而且就连他的嗣子阿术鲁不久也追随父亲去往他界。现在，斡惕赤斤家的当家人是塔察儿的孙子乃颜。

乃颜虽然年轻，却是东方三王家（成吉思汗的三个弟弟，各自的封地在兴安岭左右的地区）的代表。可以说只要与东方三王家结盟，忽必烈的大元就是安泰的。

"大元与西方的堂兄弟海都等是敌对的，而与东方的堂兄弟则是友好的。"

在解说当时的蒙古局势时，这是一个常识性的说法。

"东方三王家是大元（忽必烈政权）的顶梁柱。"甚至有人这样说。

"什么？你说乃颜造反了？是真的吗？"忽必烈听说乃颜举兵造反的消息时，简直不敢相信自己的耳朵，以至于反复问了很多遍。

"是的，三王家全部参加了反叛军。"前来通报反叛的使者小心翼翼地说道。

这是发生在至元二十四年（1287）春季的事情。

忽必烈猛地站了起来。

三王家造反并非无故，但如果塔察儿还活着的话，应该不会出现这种情况。

元朝在辽宁的咸平新设了"东京行省"，是中央政府直辖的地区，它是远征日本的一个兵站，同时也为其确保造船的材料。

"那种事情交给我办吧，人我借给你。"

如果塔察儿还在的话，大概会对忽必烈这么说，而且把事情交给他办也可以很放心。然而交给乃颜就不行，这点以往验证过很多次。

"行省"意为在外旅行的中央机构，可以看作是中央机构在地方设置的办事处。从元代起"行省"这一说法开始使用，后来"行"字被取消，成了"省"，直到现在还在使用。在日本"省"也作为中央官厅的名称使用。

"东京行省"不是突然设立的，事前已经对三王家进行了说明，而且也取得了他们的谅解。然而，东方三王家对此还是表现出了不满，觉得不信任他们。

"那么新设的机构，就改为比'行省'低一级的'宣慰司'吧。"

这样，元朝政府以为已经就远征日本派生出来的新设官厅问题与王家之间达成了妥协。

可是没想到乃颜还是举兵造反了。

"我都做出了巨大让步，还想怎么着？"忽必烈在气愤的同时，也在思考到底是为什么。

"一定是海都煽动的，一定是这样。"忽必烈想。他握紧了拳头，激动起来。

除了御驾亲征外没有其他的处置办法。

"我马上去挑选马匹。"侍卫亲军贵由赤说，他是个飞毛腿，平时连皇帝绝密的事情都知道。他出身于钦察，在蒙古无牵无挂。

"不，在战场上我要骑大象，我要把那些家伙们踩成肉泥。"忽必烈说。

元朝有缅国[1]、大越[2]以及其他南海诸国进献的大象，其中一部分被训练成了战象。大象虽然体形庞大，但跑得很快，而且阴历五月份，即使在东北地区也很适合大象活动。

忽必烈乘坐的战象速度很快。

"快跑！快跑！"老皇帝忽必烈坐在固定在大象背上的座位上连声喊道。

在受到召集的军队还没有到齐的时候，忽必烈已经骑着战象以相当快的速度进发了，致使骑兵队不得不拼命地在他后面追赶。

1　今缅甸。

2　今越南。

　　成吉思汗三个弟弟的领地在兴安岭的东西两侧，他们被称为东方三王家。按照蒙古的风俗，无论是领地还是遗产，幼弟帖木格·斡惕赤斤的都格外多。由于彼此间的差距太大了，这三家的纷争反而很少。

　　帖木格·斡惕赤斤家的当家人是乃颜。剩下的两家，拙赤合撒儿家的当家人是势都儿，合赤温家的当家人是哈丹，他们也跟随乃颜一起投入到反叛军中。

　　不用说，他们都受到了反忽必烈政权的海都的煽动。对于他们的异动，元朝的谍报人员居然没有觉察到，这让忽必烈感到很懊恼。

　　"海都那个畜生！"想起海都来，忽必烈在战象背上吐了口唾沫骂道。这次平定乱军，忽必烈的儿子一个也没有参加，这不禁让他叹息起来。皇太子真金已经离开了人世，之后作为继任者备受关注的芒哥剌也不在了。

　　真金的同母弟弟那木罕在昔里吉叛乱时被抓，现在已经被释放了，但他作为北安王正在镇守北方，也不能赶来。

　　"还是只能我来啊，让他们好好看看该怎样打仗。"面对兴安岭，忽必烈大大地吸了口气。

　　忽必烈这么快就出现在战场上，反叛军总帅乃颜做梦也没有想到。

　　战争从奇袭开始。

　　忽必烈打算改掉蒙古军的恶习。蒙古军在作战前有一个奇怪的习俗：交战双方的士兵要互相"问候"。特别是在敌我双方都是蒙古人的时候，如果欠缺了"问候"这道程序，会被斥责没有人情味儿。

　　游牧民族的叔父、堂兄弟、侄子外甥以及姻亲等分散在世界各个地方，平时难得一见，战争也算是为他们提供了一个见面的机会，所以在开战前双方的士兵还会在一起举行宴会什么的。但是这样一来，奇袭之类的战术就不可能实施了。

　　"让钦察侍卫军在第一线前进！"在与敌人接触的前两天，忽必烈下令道。

　　蒙古军数次远征西方，从西方带回了很多战争孤儿。这些孤儿从孩童时期起就做各种杂役，大了以后就成了士兵，他们中的大部分人都不知道自己的父母，他们就相当于在西亚常见的奴隶军。西亚的奴隶军中，甚至还出现了像马穆鲁克王朝那样的，开创王朝成为皇帝的人。

　　由于他们无牵无挂，无所顾忌，所以作战非常地勇猛果敢。

　　他们是大元的"外国人部队"，其中最多的是钦察族。祖居钦察草原的人经常与蒙古作战，因此归顺者很多，孤儿也不少。

　　居住在北高加索的被称为阿速或者阿兰的游牧骑马民族是最快服从蒙古的，他们就是侍卫亲军中的阿速卫。大元仿效阿速卫，于1286年设立了钦察卫，由于人数太多，后来又分成了左右两卫。

　　他们的任务是"宿卫城禁"。

　　本来像这样的工作应该交由蒙古人来做，但蒙古人牵挂太多，很多时候反而不方便。这与蒙古的同族人作战必须要先"问候"一样，都是忽必烈所忌避的。

　　战场上，冲在第一线的突击队几乎全是钦察卫的士兵，还有一部分阿速卫的轻骑兵。另外，从服装上虽然不太看得出来，但好像还有党项卫亲军总指挥使麾下的河西兵。

　　"抓住乃颜，要活捉他，我要让他知道造反的下场是什么。乃颜的帐篷很好认，上面应该画着很大的十字架。"忽必烈在象背上指示道。他深吸了一口气后，接着说道："不要被十字架的大小迷惑了，我从母亲那里听说过，十字架的大小和信仰没有任何关系，用心画的十字架才是最重要的，那是肉眼看不出来的。"

造反的乃颜是一位虔诚的聂斯脱利派基督教信徒。

而进攻一方，从幼年起也是在基督教氛围浓厚的环境中长大的，因为很多钦察人是在蒙古后宫长大的。另外，很多阿速人在9世纪左右改信了希腊正教。

"看到这个了吧。"忽必烈说，他回头仰望了一段时间。那里他的皇帝旗正在迎风飘扬，旗上分别画着太阳和月亮。日旗、月旗都是青色的底，配上白色的日月，周围镶篏着像火焰似的火红色的边。正是黎明的时候。

"与这面旗帜同行的人，胜利在召唤他。"忽必烈说。

全体人员都仰望着日旗和月旗，等待它的行动。

不久四头大象庄严地行动起来。

直到皇帝的军队逼近，乃颜才意识到，忽必烈的奇袭成功了。

乃颜的军营还在静静地睡觉，虽然有值夜班的人，但元军先锋悄声无息地就把他们收拾了。城禁的宿卫军如果没有这点本事的话，是不合格的。他们还有使用不出声的鸟类，一瞬间就收拾了敌人的例子。

元军的外国人部队中有很多人拥有特殊技能，鹰匠等几乎可以说是他们的第二职业。

负责奇袭的元军让马口中衔着箸状物悄悄地接近敌营，等到靠近后一齐放声嘶叫起来。反叛军还满心以为作战前要互相问候呢，然而，元军冲在第一线的是不需要问候的钦察、阿速士兵。

在拂晓时分，他们像雄狮一样勇往直前，先是射出了大量的箭，几乎让天空暗下来。箭射过后就是白刃战。面对全力以赴的元军，仓促应战的反叛军根本无招架之力。

就在钦察兵、阿速兵在第一线作战的时候，蒙古兵、汉兵的大部队也陆续赶到了，气势完全压倒了反叛军。

四头战象飘扬着日月皇帝旗，背上坐着精挑细选的战士，保卫着皇帝。军乐队以战鼓为主，演奏雄壮的军乐，鼓舞着元军的士气。

反叛军好不容易整理好队伍，仓皇应战，但不久队伍就散乱不成形了。与元军的日月皇帝旗相对，反叛王家乃颜虽然高悬着大十字架，但气势却不够高涨。

"海都怎么样了？还没联系上吗？"年轻的乃颜到了这时候还在期待海都的救援。

"伯颜镇守着哈剌和林，听说他们还没有攻下来。"乃颜的司令官近乎绝望地说道。

这次反叛是反忽必烈阵营中的海都怂恿的。海都说如果从东西两方面夹击的话，忽必烈的那个"汉人政权"必定会立即土崩瓦解。

为了能从东西两方面夹击，海都必须要先攻下忽必烈手中的旧都哈剌和林。

然而海都没能夺取哈剌和林，因为忽必烈紧急把伯颜派遣到了哈剌和林。伯颜在伐宋战中的表现优异得让人瞠目结舌，可以说他是忽必烈的王牌。

海都果然对哈剌和林感到很棘手，无可奈何。

海都的救援完全指望不上，被意外奇袭击倒的乃颜，在希拉穆仁河畔成了俘虏。

"把罪魁祸首给我杀了。"忽必烈命令道。

一直以来就有一条不成文的规矩，即蒙古人不杀蒙古人，特别是带有成吉思汗血脉的人尤其如此，可以将他们流放到边远荒凉的地方去。然而，忽必烈却下命杀死这个成吉思汗幼弟的血脉乃颜。

"现在不杀他的话，蒙古的争战不会断绝。"忽必烈想。这与那个在战争中也要"问候"的陋习一样，都必须改掉。而且留给七十三岁的忽必烈改掉这些恶习的时间不多了。

"按处置贵人的方法处刑。"忽必烈补充道。

处置贵人的方法是不能让贵人流血。

乃颜被裹进了绒毯里，要是一般人的话就会用乱棒打死，但这样也有可能流血，所以决定剧烈地震荡他，这是同样能置他于死地的方法。

"塔察儿还有其他的儿子吗？"忽必烈询问老臣道。

忽必烈与阿里不哥争斗的时候，乃颜的祖父塔察儿为他的胜利做出了不小的贡献。

在蒙古，尤其是贵族结婚都很早，十几岁的少年就做了父亲不是什么罕见的事，三十几岁就有孙子谁也不会觉得奇怪。塔察儿帮助忽必烈是将近三十年前的事情了，他的孙子成为斡惕赤斤家的当家人谁也不觉得奇怪，嫡长子的嫡长子当然会很年轻。

对皇族很详细的老臣列举了几个塔察儿的儿子的名字。

"我没有忘记塔察儿的功劳，斡惕赤斤家今后也要延续下去，至于让谁做当家人合适，我要好好考虑考虑。"忽必烈宣布斡惕赤斤家会延续下去。

"乃蛮台对我大元很恭顺。"年近八十的老臣说道。

乃蛮台是塔察儿的儿子，是乃颜的叔父。

就这样，东方三王家中最有实力的斡惕赤斤家的当家人按照老臣的意见指定了乃蛮台。

剩下的二王家中，拙赤合撒儿家的势都儿在辽东被抓获，合赤温家的哈丹逃到了高丽。

忽必烈的亲征结束了。

合赤温王家的哈丹与儿子老的一起从辽东逃到高丽，到至元二十九年（1292）前后一共抵抗了六年，因此这场反叛也被称为"乃颜—哈丹之乱"。

不过，真正的反叛可以看作在至元二十四年（1287）六月，随着乃颜军队的溃灭和乃颜的处刑就结束了。这年八月，忽必烈悠然地返回了上都。哈丹的抵抗不过是残兵败将的掠夺而已，不值得他亲征。

如果再要亲征的话，只有海都才配。这个太宗窝阔台的孙子，早年支持阿里不哥，从一开始就表明了反忽必烈的立场。以窝阔台汗国为首，他将察合台、钦察三个汗国结成了同盟。

忽必烈从一开始就与弟弟旭烈兀建立的伊利汗国是同盟关系。然而，从汗国的数量来讲，海都阵营的更多。不过，自塔察儿以来，东方三王家就一直是忽必烈一方可靠的盟友。

而现在，东方三王家也差点投入到海都阵营中去。

第二年，忽必烈去往哈剌和林。他一见到前来迎接的伯颜就心有余悸地说："这次真危险啊。"

"全凭陛下的威光。"伯颜答道。

"不，希拉穆仁的胜利，是因为哈剌和林在我手中的缘故。"忽必烈说。

的确如此，然而伯颜却很难这样回答，因为坚守哈剌和林，丝毫不给海都可乘之机的不是别人，正是他自己。

"对钦察、阿速军的待遇，我得在这里好好考虑考虑。"忽必烈说。

与作战前先和敌人喝杯酒再开战的蒙古兵相比，无牵无挂的外国人部队反而更可靠。作为这次作战的奖励，改善他们的待遇是理所应当的。

"那很好，他们会更加英勇地作战。"伯颜答道。

"这次的事端，可以说全是强行远征日本引起的。"忽必烈眯起眼睛说道。

为了造船而采伐木材，使得那个地方的人心背离了。

起初只是采伐木材，不久就需要搬运的人，这还不算完，接下来年轻人还会被动员去参加陌生的海战。这之前不就有数万人战死了吗？

"我们蒙古扩张得太大了。"伯颜说。

对于忽必烈所说的王家的反叛全是因为强行远征日本引起的这种观点，伯颜并不是完全赞同。在兴安岭拥有领地的东方三王家的反叛，直接原因的确可能是远征日本。但是，在东方三王家之前，窝阔台家的海都不是已经发动反叛了吗？而且，察合台家与海都联合，反对忽必烈还说得过去，可是就连曾经为拖雷家摇旗呐喊的术赤系的钦察王家也加入了反忽必烈阵营。

"是啊。"忽必烈点了点头。

"领土扩大后，居住在各地的人的思维方式也变得复杂起来。"伯颜稍稍低着头说道。

"海都说我是汉人迷，不光是海都，听说就连我的亲弟弟阿里不哥也这么说。哥哥蒙哥曾经疏远我，想必也是因为同样的原因。亲兄弟都是这样，何况堂兄弟呢？想法不同更是理所当然的了。"忽必烈说到这里喘息起来，或许是自然而然的吧，他到底也无法战胜年龄。

波斯史学家拉施特记述东方三王家反叛时，没有说忽必烈是带病出征的。能够出征，应该就没有什么大病，但也并不一定就完全健康。忽必烈有些喘症并不奇怪。

"就是察合台王家内部，同样也是东西对立。撒马尔罕附近的人不认为住在伊犁附近的人是同国人，称他们为'强盗'。而被称为强盗的伊犁人，认为他们才是真正的蒙古人，他们称撒马尔罕附近的人为'杂种'。"伯颜说。

"杂种……"忽必烈撇了撇嘴。这个意为混血儿的词，指不是真正的蒙古人。忽必烈知道人们背地里也悄悄地用类似的词来说自己。

"汉人迷。"

这还是好的，他去世的儿子真金在世的时候，被人称为"假汉人"。

"杂种也好，是以世界为对手的，蒙古成为这样的杂种也好。"忽必烈用充满朝气的声音说道。

"杂种"这个词每次在忽必烈的口中出现时，都有一种恍惚的感觉。伯颜不知该如何回答，只好沉默。

过了一会儿，忽必烈继续说道："人们说我是'汉人迷'，其实并不一定是这样，我想和更多的人、更多的土地接触，今后我会重视与西方的联系。对了，阿鲁浑失去了王妃很伤心，听说他想续娶一个与不鲁罕王妃同族的年轻女孩儿，那件事情办得怎么样了？"

"想等大汗回来时，由大汗决定。"近侍的老臣回答道。

伊利汗国的主人阿鲁浑失去了王妃不鲁罕，派人来说希望从亡妻娘家挑选一名女孩儿做续弦。

使节从遥远的波斯进入元朝领地，在那里通过驿站传达了这件事情。

因为东方三王家之乱，大汗亲征，这件事情就被搁置下来了。

"本来，护送女孩儿到波斯去这件事交给你做最合适。不过，海都不会老实的，你必须要坚守在这里。这么长时间了，你也想去波斯看看吧，可是还不行。"忽必烈对伯颜说道。

"伯颜原本是西方的人，有传言说他和海都有密约，请您一定要对他多加防范。"

这样的话不时传入忽必烈耳中，伯颜消灭南宋的功绩使忽必烈身边的老臣们十分嫉妒。不过，这种传言虽然不可采信，但也并非不可能，忽必烈时刻警惕着。

"波斯只是我少年时代的回忆，而且随着年纪增大也逐渐模糊了，我的家人都在这边，所以我也不是很想波斯。"伯颜说。

"不管怎么说，先选妃子吧。不鲁罕王妃的娘家，也是铁穆耳妻子的娘家，问问铁穆耳最省事了。"忽必烈揉着膝盖说道。

铁穆耳是真金的儿子、忽必烈的孙子，也就是说只要从孙媳妇的娘家挑选一个女孩儿就行了。

忽必烈的表情放松了。

十六　世祖春秋

虽然波斯的伊利汗国已经更换了五个主人，而本家的大元却仍然由忽必烈一人统治。忽必烈从哈剌和林返回上都后的一段时间内，都沉浸在对此事的感慨之中。

忽必烈在哈剌和林与伯颜闲谈的时候，伊利汗国的第四个主人阿鲁浑还活着，他通过使节来说，想从亡妻的娘家伯岳吾氏中挑选一个新娘。返回上都后，忽必烈就为他挑选了伯岳吾氏中的阔阔真公主送到波斯去。

"要珍重西方的亲戚"，在忽必烈的这个方针下，大元为阔阔真置办的嫁妆非常丰厚。从威尼斯来的马可·波罗也在她的随行人员中，此事很有名。

从马可·波罗的《东方见闻录》中可知，忽必烈为他们准备了十四艘船，全都是四桅、十二帆的大船，其中有四五艘是配有水手二百五六十人的巨船。

本来他们想从陆路去，但由于在至元二十六年（1289）九月，忽必烈手中的忽炭宣慰司元帅府被海都军攻陷了，不得不变更为海路。

忽必烈晚年日夜忙碌于对付海都，不过话虽如此，但并不是经常在打仗。伯颜在哈剌和林的时候，海都不会来进攻。另外，每当看到忽必烈要来亲征时，海都的主力也会忽然消失。

虽然三十年间海都一直都在反抗忽必烈，但据波斯史料记载，双方真正像样的战争只有一次。

成吉思汗的孙子、曾孙子以及他们下面几代之间的战争很有蒙古特色。例如伊利汗国和钦察王家曾经是盟友，但成为邻居后，就出现了国境纷争等事情。然而，一旦哪方兵力占优势，对方就撤退了，这种情况很多。

"不羞遁走"，司马迁在公元前对游牧人做的评论，到了13世纪仍然适用于蒙古。只有在双方都认为势均力敌的时候，才会像样地打仗。

海都和忽必烈三十年一直处于战争状态，但没有像样的战争就是因为这个缘故。

"如果从泉州乘船的话，就让蒲寿庚来照顾。"忽必烈这样说着送走了阔阔真。不过，这时候蒲寿庚已经死了，进入了他儿子蒲师文的时代。

"大海啊。"年迈的忽必烈喃喃自语道，臣子们都默不作声。

忽必烈虽然放弃了远征日本，但并没有放弃对大海的向往。

海外有很多珍稀的宝贝，收集那些宝贝也是忽必烈的兴趣，就连琉球他都显示出了兴趣，以至于发生了这样一件事：一个书生吴志斗说不能去那里，而杨祥去了又回来了，吴志斗吓得畏罪潜逃了。

忽必烈还打算向"三屿"这么个国家派遣使者，据说三屿离琉球很近，大概是冲绳的一个离岛吧。不过，伯颜反对遣使，因为说是"遣使"，如果对方不听话，接下来就会出兵。

伯颜向忽必烈进言道："我和有识之士谈论过这个国家，听说它的户数不到二百户，有时会来泉州做生意。去年，杨祥去琉球，军船经过这个国家的时候，国人为我军提供粮食，准备宿舍，非常友好，所以没有必要派遣使者去。"

平章政事伯颜这样进言，忽必烈听从了，这是至元三十年（1293），也就是忽必烈死前一年的事情。

同年，忽必烈还向爪哇出兵了。

成吉思汗西征，与长春真人在撒马尔罕附近的冬营地相会的那年（1222），在爪哇，更安洛建立了名为新加沙利的国家。至元二十九年（1292），这个国家的第五代主人葛达那加剌王被邻国人杀害，国家随之灭亡了。

之后，葛达那加剌的女婿苇加耶把首都迁往了满者伯夷，形成了与邻国对峙的格局。

忽必烈之所以向爪哇出兵是因为多次向其派出使者，催促朝贡，爪哇却不理睬，而且三年前还对使者进行了一番侮辱后，将其赶了回来。

侮辱就是在使者的脸上刺青，这是对海盗的刑罚，也就是说它把元朝看成了强盗国家。

不用说，忽必烈被激怒了，远征爪哇从距离上来说，比日本要远得多。

忽必烈动员了二万军队，集合地在福建泉州。

此次远征的司令官是史弼，史弼字君佐，他还有一个蒙古名塔剌浑。他的家族从他祖父那代起就投降了国王木华黎，作为降将，他已经是第三代了。

此外，爪哇远征军的首脑还有畏兀儿人亦黑迷失以及曾经在福建、温州与海盗作战的高兴等人。

"回来的时候没关系吧？"兵将们私下里都这样悄悄地议论道。至于说的是什么没关系，大家都心照不宣。因为此时大汗忽必烈已经将近八十岁了，在他们出征的时候，他很有可能去世。

忽必烈指定的汗位继承人是已故真金的儿子铁穆耳。然而，蒙古的汗位继承，指名归根结底不过是个参考，最终还是要由忽里台大会决定。

铁穆耳有一个比他年长两岁的哥哥甘麻利，很有才能，大概会由他们两人来争夺汗位。出征的将士们，越是高层，越是关心这个争斗，所以远征军从一开始就有点心不在焉的气氛。

而且，侮辱元朝使节的葛达那加剌王已经被杀了，新加沙利国也灭亡了，去了到底和谁作战好呢，这也是一个问题。

另外，自从远征日本失败以来，蒙古出征兵将的心目中就烙上了渡海作战不利的主观印象。再加上士兵们不习惯长途航海等因素，爪哇远征军的士气不是很高昂。

远征军不清楚敌情，再加上葛达那加剌的女婿苇加耶又是一个相当足智多谋的人物，结果元朝远征军被他玩弄了。苇加耶先在元军的协助下，讨灭了他的强敌。

苇加耶的强敌是邻国的葛郎，号称拥有十多万兵力。苇加耶和元军联合打败了葛郎军，葛郎躲入了城中，元和苇加耶的联合军包围了城。最终，葛郎的国主哈只葛当投降了。

这是一场罕见的激战。据《元史·外夷传》记载："拥入河死者数万人，杀五千余人。"

总司令史弼以为这下他的使命就全部完成了，打算带着葛郎国主、他的妻子、主要的家臣以及各种珍宝踏上归国之途。

然而，与元合作的苇加耶突然造反了。说是突然，只是在元军看来，对于苇加耶来讲，这是早已计划好的行动。因为他迟早要去讨伐的葛郎，借助元军的力量消灭了。

消灭葛郎后，对于苇加耶来讲，元军的存在就没有意义了。岂止如此，对他的政权来讲，元军是一个强敌，很碍事。因此，他们攻打了因与葛郎作战而筋疲力尽的元军。

元军总帅史弼与造反的苇加耶军一边作战一边踏上了归国之途，好像被敌人赶走似的，从外观来看，这次远征可以说是失败。不过，远征军消灭了葛郎国，俘虏了国主，勉强也可以算是场胜仗吧。

行六十八日夜，达泉州。

不能说是很风光的凯旋，而且士兵死亡三千余人也太多了，朝廷中这种意见很强。

"于是朝廷以其亡失多，杖七十，没家赀三之一。"

朝廷做出了这样的处分决定，这是对史弼和亦黑迷失的处分，但没有处分高兴，而且还因"不预议，且功多"，赐金五十两。

这次远征，元朝到底认定是战胜呢，还是战败？有点让人搞不明白。

远征军号称出兵二万，实际上只去了五千人，但国家出了两万人的军费，因此有人提出要让远征军返还多领的钱，不过忽必烈摇着头表示："不是军队不去，是我中止的，不需要返还。"

让人感觉这是一次莫名其妙的远征。归国后，主帅受到了杖刑，应该算不上是胜利吧；而且家产还被没收了三分之一，也绝不是很轻的处分。

不过，二年后（忽必烈去世后），知枢密院事又上奏道：

"弼等以五千人，渡海二十五万里，入近代未尝至之国，俘其王及谕降傍近小国，宜加矜怜。"

因此，史弼等人又领回了被没收的家产。不仅如此，还晋升为平章政事。

这样一来，对这次远征胜败的判断越来越搞不清楚了。

而且，与史弼的元军联合讨伐葛郎，过后又翻脸不认人，转而袭击元军的苇加耶，过了不久好像又与元朝修好了，两国之间很快就开始了通商，商人的往来也很多。

史弼等人受处罚是在至元三十年（1293）十二月庚子日。至元三十一年正月初一忽必烈发病，没有举行朝贺仪式。

一月十二日，伯颜从军中赶来了。一月十九日，忽必烈在紫檀殿去世，终年八十岁。一月二十四日，灵驾从宫城出发，去往了怯绿连河谷。

忽必烈临终之前叫来了伯颜，可以说伯颜是唯一能够与忽必烈匹敌的对手，他甚至比曾经与忽必烈争夺汗位的阿里不哥还要恐怖。

伯颜如果稍微狂妄一点的话，忽必烈不知道心情该会多么轻松，然而伯颜却始终十分小心谨慎，这与当年忽必烈对兄长蒙哥采取的态度很相似，正因为这样才更可怕。蒙哥在时，忽必烈彻底地做了"二号人物"，明明他的欧几里得几何学比蒙哥好，但他对此却丝毫不露声色。

蒙哥去世后，忽必烈不再做欧几里得几何题了。他并不是出于喜欢去做的，而是因为蒙哥喜欢，他才做的，他认为这是"二号人物"的职责。而当他成为一号人物后，他就放弃了不是十分喜欢的几何学。

"现在的伯颜是不是和那时候的我一样呢？"忽必烈不经意地想到这个时，就会有一种莫名的恐惧感向他袭来。

伯颜不是皇族，但他只要开创一个新的王朝，当皇帝就行了。伯颜如果想要最高位的话，并不是做不到，忽必烈认为他拥有充分的建立新王朝的能力。

不过，忽必烈觉得伯颜与力争做好"二号人物"时的自己相似，与坐上汗位后的自己并不是很相像。

南宋灭亡后，忽必烈紧急把伯颜调到了西部战线上。伯颜在汉人中太有人气了，不能排除他被汉人拥立为皇帝的可能性，而且南宋的军队几乎没有一点损伤地保留着。

东方三王家反叛的时候，为了不让三王家与西方的海都联合，忽必烈派伯颜镇守哈剌和林方面。

凡是有伯颜在的地方，海都不会去进攻，他会避开强将镇守的地方，考虑别的方法。海都伪造了伯颜与他私通的书信之类的东西，想办法使之进入忽必烈手里。

"这些书信是伪造的，意在离间我和伯颜的关系，明眼人一眼就能看出来。"

毕竟是老谋深算的忽必烈，看穿了海都的计谋。

"不过您还是要对伯颜多加防范，再怎么说，海都军一次也没有进攻过他所在的地方。"

对于所有功劳都占尽了的伯颜，蒙古老将们不仅仅是嫉妒，甚至还有些憎恶之情。

"那不过是因为海都不会进攻有强将镇守的地方而已。"忽必烈轻描淡写地就否定了伯颜通敌说。

"不过，伯颜不像我们一样，一直跟随大汗，他年轻的时候生长在波斯，这点大汗一定不要忘记。"

老将们殷切地看着忽必烈说道。

"不用担心，我没有放松警惕。"

这不仅仅是安慰老臣们的话，忽必烈也确实没有对伯颜疏忽大意，他太像"二号人物"时的自己，这点让忽必烈不敢掉以轻心。

忽必烈去世前一年（1293）把伯颜召回了哈剌和林，可能是听从了老臣们的意见。哈剌和林是帝国中仅次于大都、上都的地方，伯颜被解除了那里的最高负责人的职位。伯颜的后任是皇孙铁穆耳，铁穆耳是皇太子真金的儿子。真金去世后，铁穆耳被指定为下任大汗的最有力候选人。后任的地位如此之高，一定程度上会缓和前任被解职的失落感吧，可以说这是忽必烈的良苦用心，显现出了他出色的平衡感。

皇孙铁穆耳没有立即走马上任，御史大夫玉昔帖木儿作为副官先到任了。

海都得知伯颜被解职的消息后，向哈剌和林出兵了。

伯颜对玉昔帖木儿说："海都很久都没有出兵，这次终于来了，你先把他收拾了再迎接皇孙吧。"

整整七天时间，元军一边作战一边向后撤退，将领们都急切地想要反击。

伯颜说："如果现在反击的话，毫无疑问肯定会获胜，但是这样一来海都就逃跑了。如果再引他深入一些，就能俘虏他。诸位觉得怎么样？"

将领们说："如果能获胜的话，现在就应该反击。"

他们都急于立功，想在司令官皇孙铁穆耳到任前立下功劳。

"唉，没办法。"伯颜叹道，没有指挥权的前任司令官伯颜不得不听从将领们的。

　　果然如伯颜所料，元军胜利了，但海都逃跑了。

　　这是发生在至元三十年（1293）七月的事情，正好是忽必烈去世前半年的时候。

　　伯颜回到哈剌和林后，皇孙铁穆耳已经到任了，伯颜把总司令的印玺交给了他。

　　皇孙铁穆耳得到印玺后，赠送给伯颜很多礼物，还设宴款待了他，这些都是忽必烈指示的。

　　在宴席上，皇孙铁穆耳拿着酒杯对伯颜说："刚见到你就要分别了，你对我有什么训示吗？"

　　伯颜也拿起酒杯晃了晃，说："你要注意的是这个和女色，要严格军队的纪律，但也不要忘记施与恩德。还有，冬营与夏营的事情要一如既往地进行下去。"

　　伯颜的这番话很明显是把皇孙铁穆耳当作下任大汗说的。铁穆耳今年二十九岁，但身体不是很好，因为饮酒过度。

　　铁穆耳身边的年轻贵族中，有很多人对现行的冬营大都、夏营上都这种像游牧民一样移动的做法感到不满。而伯颜认为正因为保留了游牧民的传统，才是蒙古的臣民。

　　"明白了，明白了。"皇孙铁穆耳笑着说道。

　　十二月，伯颜按照指示进入了大同府，在那里他得到了忽必烈病倒在床的消息。

　　这时候，忽必烈似乎彻底消除了对伯颜怀有的疑虑。他授予伯颜的新职务是"中书省平章政事"。

　　不用说，这是首席宰相。同时，忽必烈还把禁卫军（近卫军团）以及上都、大都驻屯的所有军队的指挥权，都交给了伯颜。

上了年纪的王三经在泉州住了一段时间，后来就下落不明了。最近他又出现在大都，还经常出入伯颜的府邸。

"我看大汗的意思似乎是，这个大元帝国你可以随心所欲地烹调。"王三经对伯颜说。

伯颜用犀利的眼神看着王三经说："大汗陛下知道我年纪大了，就是想烹调，也拿不动菜刀了。"

"菜刀可以深深地立在案板上嘛。"王三经说着笑了起来。

忽必烈去世后，除了他指名的皇孙铁穆耳外，铁穆耳的哥哥甘麻利也被提名为继任候选人。然而，伯颜手握宝剑威风凛凛地在众人面前说："除了已故大汗指名的皇孙外，任何人都不能做新任大汗，有人有异议吗？"

以八十岁这个在当时的蒙古可算是异常高龄的年纪去世的忽必烈，已经没有嫡出的儿子在世了，继任者只能从孙子辈中挑选。

忽必烈指名的是皇太子真金的儿子铁穆耳。铁穆耳有一位比他年长两岁的同母哥哥甘麻利，也是个很优秀的人。

正如伯颜叮嘱铁穆耳要注意酒和女人那样，这两点是铁穆耳的弱点，他没有什么特别突出的优点，反而是缺点很多。

与铁穆耳相比，他哥哥甘麻利很勤奋，与父亲真金很相似，精通汉籍，特别喜爱读《资治通鉴》，而且还喜欢用蒙古语为家臣们讲解，《元史》称赞他性格仁厚。

那忽必烈为什么不指名哥哥甘麻利做继承人呢？

甘麻利笃信佛教，在忽必烈眼中，他好像做得有点过度了。他每年为佛事散掉的财物不计其数。作为亲王家，做这种事情没有什么太大的关系，但作为一国之主，对佛事太过狂热就可能会出大问题。那样的话，反而是沉迷酒色比较安全一点。

臣子们为忽必烈用蒙古语和汉语上了谥号。蒙古语是"薛禅汗",意为贤明的大汗。汉语是"圣德神功文武皇帝",非常冠冕堂皇。

忽必烈的庙号为世祖。

"祖"是王朝的开创者用的,成吉思汗是蒙古太祖,第二代窝阔台是太宗,第三代贵由是定宗,第四代蒙哥是宪宗,从第二代起尊为"宗"。

忽必烈虽然是蒙古的第五代大汗,但由于他是"元"的初代皇帝,所以被尊为世祖。第二代铁穆耳被尊为成宗,依然按照惯例。

世祖忽必烈在位三十五年,在他的晚年,实际上江南的民心并不安定。江南不是由蒙古直接统治,基本上是由少数的达鲁花赤间接统治。这年二月,宣政院使 [1] 暗普被任命为江浙行省左丞。

暗普就是挖掘南宋诸帝陵墓并把诸帝遗骨沉入水中的喇嘛教妖僧杨琏真迦的儿子。

江南人民没有忘记这件事情。暗普赴任之时,江浙百姓一齐上演了"罢市",即封锁市场,理由是暗普对百姓太苛刻。

挖掘南宋诸帝陵墓一事没有成为这次罢市的理由,因为如果打出这样的理由来的话,会被看作是民族意识的抬头,有可能会受到血腥的镇压。因而被转换成了百姓拒绝不仁慈的地方官这种常见的经济上的理由。

伯颜当时在哈剌和林,但他还是意识到了江南事态的严重。

他引用《史记》中"防民之口,甚于防川"这句话,向忽必烈进言要尽早解决此事。本来这是他权限外的事情,但作为曾经讨伐江南的总司令,他不能对此坐视不管,因此才特别上奏。

1　管理喇嘛教和吐蕃事务的负责人。

《元史·世祖本纪》至元三十年五月记载此事："以江南民怨杨琏真迦，罢其子江浙行省左丞暗普。"

"我觉得这只是一个姑息的手段，汉人是一片大海，想横穿过它至难之极，蒙古人也只能化身大海上的波浪才行。如果是真金皇太子的话，也许能够做到。"王三经说。他仰望了一会儿天空，闭上了眼睛。身边的伯颜一直在沉默。

忽必烈的最后一年，全国的户数为一千四百万二千七百六十户，人口大约六千万。记录中经过审判被判处死刑的人为四十一人。

忽必烈正月去世，皇孙铁穆耳四月在上都即位，这个时候，新皇帝的哥哥甘麻利向弟弟行了跪拜的君臣大礼。

铁穆耳即位第二年，曾经作为征东元帅指挥过两次远征日本的忻都弹劾"亲王甘麻利企图谋反"。

此事经枢密院调查，完全没有这样的证据，结果是赐忻都死。

支持铁穆耳的伯颜，在铁穆耳即位后没过多久就去世了，终年五十九岁。对于铁穆耳政权来讲，伯颜的死是一个巨大的损失。

忽必烈到了晚年之所以指名缺点多多的铁穆耳为继任人，是觉得伯颜可以辅佐他。

"唉，蒙古帝国也好，元王朝也好，这样一来气数也快完了。"伯颜死的时候，有人悄悄地这样叹息道。

"现在也不能再让甘麻利殿下出来当皇帝了。"这人说话前仔细看了看周围，因为谈论更换君主，很明显是谋反。

不过，让人们没想到的是，就连甘麻利也患上了重病。

"蒙古真是时运不济啊。"

人们嘴上虽然不说，但很多人心里这样想。

"世祖忽必烈的大治世这就要结束了吧。"

元朝朝廷中也弥漫着一种悲观的气氛，伯颜的死（1295年1月）

距离忽必烈之死还不到一年。

皇帝铁穆耳在皇子时代，曾经因为嗜酒被祖父忽必烈斥责过很多次，甚至还被责打过，这个宫里的人全都知道。

为了监视铁穆耳，忽必烈在他身边安置了两名医师，不过铁穆耳背着祖父，继续悄悄地喝酒。一个自称会炼金术而接近皇子铁穆耳的伊斯兰教徒，把酒藏在浴槽中，铁穆耳装作洗澡的样子，在里面灌酒狂饮。

忽必烈死的时候，铁穆耳成功地戒了酒，因为据说戒酒是做继任者的必要的条件。为了获得大汗位，酒的魅力是可以忽略不计的。

对于铁穆耳成功戒酒，人们都称赞他意志力坚强，不过也有人表示同情："唉，真是可怜，那么喜欢的酒也不能喝了。"

这些人都对铁穆耳的日常情况很熟悉。铁穆耳戒酒似乎不是意志力坚强，而是身体已经不能继续承受酒了。

在继承汗位后的数年间，铁穆耳眼看着身体就异常地衰弱下去。伯颜死前，只是认为铁穆耳是认真听了他的话，拒绝了酒的诱惑，为戒断症状所折磨的缘故。

"陛下真了不起，酒这种魔物已经不会再困扰陛下了。对蒙古来说，这真是一件大好事。"伯颜临终前很满足地说道。

十七　王朝的终结

　　塔塔尔原本是位于亚洲东北部的一个很强大部族的名称，成吉思汗的父亲也速该就是被塔塔尔人杀害的，成吉思汗也曾经为金王朝攻打过塔塔尔。

　　成吉思汗家族强大之后，有大批塔塔尔女性进入了他们的后宫。

　　欧洲人也用"塔塔尔"（鞑靼）这个名称指蒙古，因为它与表示野蛮的地狱之民的"Tartaros"发音很相近。仿效历史学家经常说的"Pax Romana"（罗马和平），由"塔塔尔"带来的前所未有的和平被称为"Pax Tatarica"（塔塔尔和平）。

　　"Pax Tatarica"虽可以译作"蒙古的和平"，然而，带来这个和平的不是被称为英明君主的忽必烈。忽必烈统治的时代，是在夜以继日地对外战争和对内镇压反叛军的岁月中度过的。开创塔塔尔和平时代的，是那个因为酒精而身体受损的铁穆耳。谁也不会认为铁穆耳是一位英明的君主，如果从历史学家的角度公平地对他进行评价的话，他只能算是一个昏君。

　　可是尽管如此，他却是带来塔塔尔和平的功劳者。

忽必烈是一个令人敬畏的君主，非常严厉，如果谁有过失的话，他会一查到底，绝不手软。

在动摇大元根基的海都之乱中，有不少人就是因为畏惧忽必烈而投靠了海都。

降服南宋后，元朝官员得到了很多的赏赐和银两，而以游牧为本的海都一侧则没有分到什么。在海都与元对决之前，不断有人离开海都，投向铁穆耳。因为令人恐惧的忽必烈已经不在了。

曾在海都阵营中的蒙哥的孙子鲁思不花（昔里吉的长子）又回到了元的军营，他也是铁穆耳的堂兄弟。其他的还有忽必烈的武将，因作战失败而逃亡到海都麾下去的朵儿朵哈，也率兵返回了老巢。

"都是陛下的大德、祖宗的尊意使拖雷一门更加团结的吧。"不知是谁这样说道，伯颜去世后，朝中没有特别有势力的廷臣。

好像为了欢迎回归者似的，1297年元朝改元为"大德"。

主流的忽必烈派和反忽必烈的海都派，在数量上有了很大的差距。

海都开始沉不住气了，如果不采取措施的话，大概会不断地涌现出臣服忽必烈派也就是大元皇帝铁穆耳的人来。此外，贵族化的蒙古上层中也有很多人对海都依然把游牧生活作为理想感到不满。这样下去，脱离的人会越来越多。

海都加紧了战争准备。

元朝皇帝铁穆耳可算是半个病人，他任命兄长答剌麻八剌的长子海山为总司令，率领大军做好了迎战海都军的准备。

在乃颜反叛中落败的东方三王家，除了乃颜之外，其他人都被宽恕了，三王家也继承了下去。他们把这次战争看作是挽回名誉的机会，全都奋勇从军。在他们看来，海都怂恿他们造反，最后却眼睁睁地看着乃颜被杀而不施以援手，所以都对海都怀有怨恨。

战场在蒙古高原西部，两军会战了很多次。双方虽然长期对峙，但实际上大军真正地在战场上作战，就只是这一连串的会战而已。

双方的战争可以说从一开始就胜败立见，海都军败退了，而且海都还因为受伤阵亡了。

窝阔台家的海都的最亲密盟友是察合台家的首领笃哇，因此海都的反叛有时候也被称为"海都—笃哇之乱"。

笃哇看到大势，判断这场"乱"很难再继续下去，于是推举察八儿作为海都的继任者。实际上海都自己指定了继任者斡鲁思，斡鲁思是坚决主张抗战的强硬派人物，笃哇认为斡鲁思做继任者的话，很难和"大元"讲和。

他认为让窝阔台家分裂成察八儿派和斡鲁思派，有利于和平。笃哇的估计没错。

在察合台家笃哇的主导下，窝阔台家的察八儿与拖雷家的铁穆耳和好了，这也受到了术赤家的脱脱的欢迎。

虽然成吉思汗一族一度分裂，互相抗争，但在元大德九年（1305）又重归于好。分裂只停留在了分立的程度上，这场相隔四十年的和解扩展到了世界范围，这就是"塔塔尔和平"。

在堪称蒙古核心的军队中，自从"塔塔尔和平"以后发生了很大的变化。元的首脑层对蒙古军变得不太信任。

其实，这种迹象早在忽必烈时代末期就显露了出来，特别是在内战中，很难使用蒙古军，因为蒙古军有一种很奇怪的习俗：在和敌人开战前，先要向敌军中的亲友故旧问候。因此忽必烈与东方三王家作战的时候，第一线没有安置蒙古军，而把钦察人、阿速人或者康里人等外国人部队投入到了最重要的战线上。

慢慢地，这些部队就变成了亲卫队，最初他们是类似奴隶的身份，地位极其低下，然而在王侯身边侍奉后，越来越受到信赖。

同时代埃及的马穆鲁克王朝就是由这种集团发展而来的，而且出身大多数也是钦察草原。在奥斯曼土耳其也有被称为耶尼塞里的一种军人奴隶集团。

这种集团的特征是，先成为亲卫队，慢慢地开始操纵自己的君主，有时候甚至还取而代之。

蒙古也出现了这种集团，钦察军的首领燕帖木儿就废立了好几个大汗。再怎么说"塔塔尔和平"，可如果连皇帝都由奴隶军人操纵的话，就不得不说这个王朝已经呈现出末日的征兆来了。

"塔塔尔和平"是世界规模的，元朝内战平息了，但取而代之的腐败却以迅猛的速度行进着。

也有极小规模的内战，1328年，发生了"天历内乱"，不过是大都和上都之争这种程度，争执的焦点是由谁做继任者，结果钦察军阀获得了胜利，上都的诸王、大臣败北了。自此以后，钦察军阀的统治地位确立了，而这时距离忽必烈去世不过三十四年。

这些都是没有理想的、单纯的权欲之争。

忽必烈和伯颜相继去世时，王三经还在苏州，他得知消息后仰天长叹道："唉，这个国家失去了不可或缺的人哪，老百姓受到的损失无法估量啊，没有这两个人后，这个国家还能继续下去吗？"

"你说什么呢，这个国家如果谋生困难了的话，去别的地方就行了。大海一直延绵到遥远的彼方，我们的祖先也是漂洋过海来到这里的，只要再做同样的事情就行了。"蒲寿庚的儿子蒲师文这样说着，随手把一块小石子扔进了河里。

1289 年，忽必烈在讨伐了东方三王家的叛乱后，就想去亲征夙敌海都，他从上都一直去到了草原上。然而海都避开了对决，逃得远远的，无法一决胜负。这次出征，除皇帝之外，最高责任人是钦察军的土土哈。

这个异常的提拔有相应的理由：皇孙甘麻利率领伯颜的先遣队在薛灵哥河畔被敌人的大部队包围的时候，救出他的就是土土哈指挥的钦察军。忽必烈破例提拔土土哈是对此事的论功行赏。

"海都那畜生，难道是害怕钦察骑兵的铁蹄而逃跑的吗？"忽必烈说道。

这是对钦察军以及对土土哈的最大赞赏，忽必烈没有说"害怕我"，可见他是很会收买人心的。

然而，正所谓"君无戏言"，君主的话影响力是深远的。一直被视为奴隶的钦察集团的待遇，因为忽必烈的这个发言，得到了极大的改善。

土土哈死后，钦察军团由他的儿子床兀儿统率。

薛灵哥救援的十二年后，敌对的海都败死。当时的战争中，可以看见在元军第一线指挥的钦察将军床兀儿的身影。

床兀儿的第三个儿子就是后来权势大得足以废立元末皇帝的燕帖木儿。

"塔塔尔和平"时代，虽然没有对外征战以及来自外部的侵略，但蒙古人之间的争斗非常多，一般都与皇位继承有着某种关联。这种争斗中，同属蒙古人是无法放心使用的，因为在敌人中就有叔父、堂兄弟等，不知道什么时候就会倒戈一击。

反而是钦察人军队能够让人放心，除钦察人之外，蒙古军中著名的还有阿速人、康里人、哈剌鲁人等外国人部队。哈剌鲁人等作为精壮的佣兵集团，在历史上都很有名。

公元 8 世纪，在中亚，哈剌鲁人作为佣兵跟随唐军参加塔剌思之战时，突然整个部队投向了伊斯兰军（阿拔斯王朝），致使唐将高仙芝大败而归，此事在历史上很著名。

他们的叛变没有理念等的问题，只是谁给的报酬多就投靠谁，这或许比靠叔父、堂兄弟等亲缘关系运转的蒙古军要干脆利索。

哈剌鲁族与钦察族一样，都是突厥系的游牧民族。而侍奉元朝，属于侍卫亲军的阿速卫被认为是伊朗系人，阿速有时也称为阿兰，意为雅利安。

康里族也是突厥系的游牧民族，康里在突厥语中意为"车"，他们可能是《魏书》中记载的高车国的后裔，《元史》中写作"康里国"。

元末，蔑儿乞氏出身的脱脱做了右丞相，编修辽、金、宋三史，名声很高。他镇压了张士诚等人的反叛，但后来被卷入宫廷纷争中，被流放到云南毒杀了。脱脱是"Toqtoha"在汉文史料中的音译。同时代，还有一位康里族出身的脱脱，同样也为丞相，这个被写作"康里脱脱"。

元朝的著名书法家巎巎也是康里族出身，他的书法被认为深得晋人王羲之等笔意，无论多么小的作品，人们都争相求购，视为珍宝。在元代，他是仅次于赵子昂的书法名人。

元末的钦察、阿速、康里族人大部分都是成吉思汗西征时投降或俘虏的人。元朝将他们编入侍卫亲军的时候，各军的长官大多都是他们原来国家的首领。钦察军团的长官从忽鲁速蛮到土土哈，再到其孙燕帖木儿，终于得以位极人臣。

燕帖木儿成功地拥立了自己曾经侍奉过的真金的孙子海山（武

宗）的儿子图帖睦儿（文宗），又毒杀了文宗的哥哥明宗，霸占了最高的官位。

燕帖木儿不仅杀害皇帝，还娶了病死的前皇帝（泰定帝也孙铁穆耳）的妻子，就算是蒙古，这种做法也是非常出格的。此外他还让自己的儿子塔剌海做了文宗的养子，这也是没有先例的事情。

不仅是泰定帝的妻子，蒙古皇族中的女性，他只要听说谁漂亮，就会弄回自己家，据说人数有四十人以上。

而且燕帖木儿还把自己的女儿答纳失里嫁给了十三岁的顺帝妥懽帖睦儿做皇后，人们称她为钦察皇后。妥懽帖睦儿在位三十六年，后来被明军驱赶到应昌府死去。"顺帝"是顺应天命而退避的意思，是明朝为他起的名号。

燕帖木儿死于顺帝初年，他的家族随之失势。做了文宗养子的塔剌海逃到了妹妹钦察皇后那里，但还是被拖出来斩了，钦察皇后也被逼喝下了毒药。

逃回北方后的蒙古没落得实在不配提成吉思汗，尽管如此，历史学家还是称之为"北元"。

诗人杨维桢在故乡浙江得知元朝最后的皇帝妥懽帖睦儿放弃大都、上都逃回漠北的消息后，说："要是再有五个像伯庸先生那样的人，元大概就不用北走了。"

伯庸先生指的是以枢密副使致仕的马祖常，他在顺帝至元四年（1338）结束了六十年的人生，没有看到元的北走。

杨维桢曾经做过天台尹、江西儒学提举等官，不过他很早就弃官了，之后云游四方，与各地文人交游。他是元朝事隔很久才开的科举考试的进士，在大都待过一段时间，认识做过礼部尚书等官的马祖常。马祖常曾经上疏弹劾奸臣铁木迭儿，是个有名的耿直的人，杨维桢在心里很是景仰他。

而杨维桢本人也因为任达不拘的生活方式受到了很多文学青年的崇拜。他的生活方式，可以说是元朝统治下汉人知识分子所能做到的极限了吧。

杨维桢是对着宋濂说这番话的，宋濂曾经辞去了元朝的翰林院编修之职。

"你认为如果伯庸先生还活着的话，他会怎么做呢？是为了阻止元的灭亡而奋斗呢，还是努力使自己的国家不与元同命运呢？"宋濂问道。

"我想大概会为元殉命吧，这是他那个国家的宿命。既然娶了元的皇女，就不得不与元同命运吧。那个国家虽然是个小国，却是个很不错的地方。虽然很多人去了外边，但它还是个好地方。"杨维桢闭着眼睛说道。

如果蒙古这个国家没有兴起的话，马祖常的国家可能会走一条更加平凡的道路吧。

"那个汪古国，国人全都想变成蒙古人，唯独伯庸先生想变成汉人。即使他们的国都被毁灭了，大多数的国人还是会生存下去吧，那条道路难道不是伯庸先生开辟的吗？"宋濂说着自顾自地点了点头。

马祖常的国家，不是被成吉思汗攻打后投降的，而是从一开始就主动举国投降的。不，不是投降，或许说是合作更恰当。

元朝北走后不久，两位汉人学者一边悼念汪古出身的马祖常，一边谈论元在中国统治的失败。两人中的杨维桢已经年过七十了，他的一生几乎都是在元朝统治中度过的。他效力于元朝的时间非常短，大部分时间都是作为在野的文人东奔西走，以指导各地的诗文结社作为自己的天职。

另一人宋濂与其说是文学家,不如说作为史学家更有名。此时,他已经被明朝的洪武皇帝命令总编《元史》,他的年龄刚满六十岁。

"唉,给的时间太短了,我自己都觉得这么短的时间很难写出令人满意的东西来,也许后世会有人再认真地重写吧。"宋濂一边说着一边摇着头。

把元驱赶到北方的朱元璋建立了"明"这么一个政权,但人们还不知道它能维持多久。这个政权是会像泡沫一样很快就消失呢,还是意外地能长期持续呢,现在谁也无法预料到。与这样的政权合作,搞不好会是一件很危险的事情。然而,对方有"力量",又不能不听它的话。

幸好对方命令宋濂做的只是编集刚刚灭亡的"元"的历史,不过只给了他一年的时间,相当蛮横不讲理。

现在,宋濂就是为了编写元代文人的传记来听取杨维桢的意见的,他们正在探讨其中马祖常的事迹。马祖常在三十多年前就去世了,宋濂和杨维桢正在讨论如果马祖常活到现在看到元的灭亡会怎么做这个问题。

杨维桢认为马祖常会与自己的汪古国一起为元殉命,而宋濂则相反,他认为马祖常会努力使汪古不被元拖着走向自杀式的道路。

汪古国后来怎么样了,具体情况不得而知。一种说法是被明军闯入,国都遭到了破坏。一种说法是国人和蒙古人一起北走了,不过也有说那只是国人的一部分,大部分国人都"四散"了。

马祖常说自己家原是金朝的兵马判官,所以姓了"马"姓。不过,《元史》中写他祖父名"夜合乃",这很明显是"约翰"的音译。汪古曾经出现了列班骚马和马古思那样的远赴欧洲的基督教徒,马古思还被聂思脱利派教王授予 Mar·亚伯拉罕的称号。

"Mar"是教会中的敬称，如果把它写作汉字的话，大概就是"马"字。

元的基督教团的命运也很坎坷。

"元这个国家，其实在世祖忽必烈去世后，就已经完了，它能够延续七十年才灭亡真是侥幸。"杨维桢说。

"有和海都的战争的缘故，还有，都说打倒元的是江南人，但到底谁是江南第一人，看来还需要一些时间才能确定下来。"宋濂附和道。

突然，杨维桢吟起诗来："男耕女织天下平，千古万古无战争。"

"是天赐的诗。"宋濂闭着眼睛说道。

"和我是同年，但好像已经在南方去世了，可惜啊。"杨维桢说。他所说的同年，不是指同年出生，而是在元代很少举行的科举考试中同年考中的人。

天锡名萨都剌，是答失蛮人，天锡是他的字，答失蛮是伊斯兰教徒的阶层的名称。虽然是同年考中进士，但杨维桢当时三十二岁，而萨都剌已经五十六岁了。现在杨维桢年过七十了，如果萨都剌还活着的话，应该一百岁左右了。萨都剌晚年几乎不为人所知，但可以肯定他已经作古。

萨都剌是图帖睦儿帝时代的进士，因此可以算是元末动乱期的人，他诗中的"天下平""无战争"应该是他真切的愿望，然而元北走后，这个愿望能实现吗？

吟完诗后，杨维桢轻轻地摇了摇头。

"不仅是萨都剌，我也很爱读汪古马祖常的《石田集》。我认为他如果还活着的话，会和元分道扬镳。现在我都能背诵其中的好几首诗。"宋濂说。

严谨的历史学家宋濂闭上眼睛，背诵起优美的诗句来：

甬东贾客锦花袍，

海上新收翡翠毛。

买得吴船载吴女，

都门日日醉醺醺。

"让人陶醉啊。"杨维桢说。

"北走的人中，也许会有成百上千，不，成千上万的人怀念江南的风光吧。不过他们迟早要面对现实。"宋濂突然表情严肃地说道。

蒙古系人、西域系人中，作为中国诗人而闻名的人很多。

杨维桢和宋濂谈论起这样的非汉族的诗人，他们中既有像萨都剌那样已经作古的人，还有像丁鹤年那样刚二十多岁的年轻人。

"最近不知道丁鹤年怎么样了，他父亲在武昌做过达鲁花赤，听说前些年已经去世了。在江南的色目人，只要是达鲁花赤的家人，搞不好都会遭受迫害，希望他能平安无事。"宋濂说。

丁鹤年是西域出身的色目人，元朝通过达鲁花赤对江南进行统治，这个职务一定要由蒙古人或者色目人来担任，没有汉人的份儿。达鲁花赤也译作"镇压官"，原本是占领地的军事官吏。元朝北走后，留在江南的那些达鲁花赤及其家人极有可能成为当地老百姓报复的对象。事实上，在各地都听说了达鲁花赤被袭击的事情。

丁鹤年的祖先名阿劳瓦丁，是个有名的豪商，曾做达鲁花赤的父亲名职马禄丁，由于家族代代名字中都有"丁"字，所以取了"丁"姓。

"长江千万里，何处是侬乡。忽见晴川树，依稀认汉阳。"这首诗据说是丁鹤年十多岁时在武昌作的绝句。

"如果有人要迫害他的话，他拿起笔来写一首即兴诗就行了，在汉人中，又有几个人诗能比他作得好？"杨维桢说完咬起了嘴唇。

"话虽如此，但从他的容貌上一眼就能看出他是色目人，隐瞒不了。"宋濂说。

色目人指的是既不是蒙古人也不是汉人的人，范围极广，从像马可·波罗那样的欧洲人到吐蕃人全部包含在内，有的与汉人的容貌几乎没什么两样，但丁鹤年长得碧眼紫髯，一眼就能看出来不是汉人。

"他还年轻，总能想办法挺过去吧，可是像泰不华、余阙就很令人痛惜了。"杨维桢叹息起来，他提到的这些人是死于元末乱战中的非汉族文人。

1352 年，泰不华与元末群雄之一的方国珍作战，力战而死。即使到了现在，人们在送别的时候也会吟咏泰不华所作的《送刘提举诗》："帝城三月花乱开，落红流水如天台。人间风日不可住，刘郎去后应重来。"

余阙是党项族人，马祖常死的时候，他作了"念此今已矣，松柏杳茫茫"的长篇哀悼诗。1358 年，余阙作为淮南行省左丞守卫安庆，与群雄之一的陈友谅作战，城陷落时一家全部自杀了。

余阙是元的忠臣，然而，一百三十年前，消灭党项人的西夏国，处死国王，把人民掠去做奴隶的正是成吉思汗临死前做的事。余阙到底从元那里受到值得以死相报的恩惠了吗？

乃贤是哈剌鲁族人。该族是个反复无常的问题民族，在唐代，它先与大唐合作，中途又突然叛变投降了阿拔斯王朝，致使唐将高仙芝大败。这个时候，唐的俘虏把造纸术传到了撒马尔罕，此事在历史上影响深远。在元朝，哈剌鲁族从蒙哥那里得到了费尔干纳作为领地。

乃贤曾任东湖书院山长（校长），人们都以为他是江南人，其实他是一位从父祖辈起就移居到"内地"，不知塞外事物的色目人。

"'骑马涉秋水，泠泠战骨声……'乃贤在写这首咏汝水的诗的时候，脑海中是否浮现出族人居住的塞外景象呢？他曾经做过国史编集官，也许从历史的角度怀念过祖先吧，但他出生在明州，还是应该算是江南人。"宋濂说。

宋濂手里拿着乃贤的《金台集》，随手翻到了《汝水》那一页，眼睛扫了一遍。这首诗是以金朝灭亡时，六百名金军在汝水被蒙古和南宋联合军夹击，壮烈战死的史实为题材写的。

"乃贤没有看到自己效力的元朝灭亡，在四五年前就病逝了。"杨维桢说。

曾是突厥实力强大的一翼的哈剌鲁族，自从在蒙哥那里得到费尔干纳作为领地后，就从"书写的历史"中消失了。然而，它的族人应该没有消失，大概换了一种形式，在某处继续生活着吧。就像吟咏江南三绝的乃贤，比任何人都像江南人。

可以说元是因为内讧而灭亡的。皇帝和皇太子争斗，军阀孛罗铁穆耳和扩阔铁穆耳争斗，扩阔铁穆耳对此感到很厌倦，申请到河南去平定反叛军，虽然立了很大的战功，却遭到了罢免。

这样一来，元朝如何还能应对南方发生的反叛。元逃到北方，恐怕再也不会回到南方来了。然而，取而代之的到底是不是"明"，现在还看不出来。

此时就匆忙效力于朱元璋的"明"也许会很危险。因为如果今后出现真正的讨伐"明"的官军的话，那些仓促做官的人就会沦为"贼"了。可是"明"皇帝朱元璋视那些不肯来做官的人为反抗者，不知道会怎样报复。朱元璋性格残忍是出了名的，令人恐惧。

　　杨维桢毕竟年过七十了，他写了一首题为《老客妇》的诗，被允许不来做官了。

　　然而六十岁的宋濂，再怎么说自己曾经"嫁过人（侍奉过元）"也不行，朱元璋命令他主编《元史》，所以他对被允许不做官的杨维桢异常地羡慕。

　　宋濂写了一首诗送给杨维桢："白衣宣至白衣还……"

　　"你要多加注意啊，编写历史的人会被很多人憎恨。司马迁就受了宫刑，写《汉书》的班固也死在了狱中。写太祖成吉思汗的西域人，和在伊利汗国写世界历史的波斯宰相，都没有好下场。所以你一定要多加注意啊。"杨维桢说。

　　杨维桢说的两个西域人曾经都做过伊利汗国的宰相。写成吉思汗历史（《世界征服者史》）的是志费尼，他的全家都被阿鲁浑汗处死了。不过，志费尼不是被处刑死的，他听到处刑的决定后就被吓死了。

　　志费尼接收阿剌模忒图书之事广为人知，他曾经两次作为使节到蒙古宫廷访问。他被处死名义上是因为贪污公款和私通敌国，但实际上是在激烈的政治斗争中败下阵来。他死于1283年，是第二次远征日本的两年后，当时在伊利汗国出现了激烈的政治斗争。

　　不过，至少《世界征服者史》这部书和志费尼的悲剧没有直接的关系。

　　另一位宰相是编写《史集》的拉施特·乌丁，他的大名远播到了遥远的中原。1318年，他也因为政治斗争，化作了行刑台上的露水，消失了。

　　"铁崖先生，"宋濂称呼着杨维桢的号，在这种时候，一般都有很重要的事情托付，"我是不能白衣而还了。听说您父亲在铁崖山中修了藏书楼，收集了万卷藏书。我这里有西域的朋友离开大都时寄存的一套书，我想把它放到你的藏书楼中。"

"是什么书？"铁崖先生杨维桢问道。

"拉施特写的历史书，是用波斯语写的，我们读不了，但听说是西域学者们的必读书。"宋濂说。

"我也听说过拉施特的大名，毕竟他曾经做过伊利汗国的宰相。伊利汗国和这边的元帝国是兄弟国，不过虽然是兄弟国，但感觉彼此离得越来越远了。"杨维桢说。

伊利汗国的始祖是元的开国者忽必烈的亲弟弟旭烈兀，因此两国的关系曾经很亲密。但如杨维桢所言，最近这段时间，两国渐渐地变得疏远了。主要原因是伊利汗国完全伊斯兰化了，在旭烈兀的曾孙合赞（1295—1304年在位）和合赞的弟弟完泽笃（1304—1316年在位）时代，王室也开始伊斯兰化，到了完泽笃儿子的世代，就连大汗的名字都是阿布·赛义德（1316—1335年在位），完全成了伊斯兰式的了。

在阿布·赛义德时代，伊利汗国国力衰退。他去世后，国家分裂成了很多个小势力，可以说伊利汗国事实上灭亡了。

钦察汗国在乌兹别克汗（1312—1340年在位）和其子札尼别（1340—1357年在位）时是最盛期，其后也迈向了下滑通道，这个国家伊斯兰化程度最深。

察合台汗国中，与海都结盟的笃哇后来与元和好，笃哇的儿子答儿麻失里改名为阿劳瓦丁，也完全伊斯兰化了。他把东边伊犁一带的同胞称为"强盗"，东边的人则把伊斯兰化的他们称为"杂种"，反而优待基督教。像这样察合台汗国东西分裂，其后又更加细分，最终蒙古民族的能量消耗殆尽了。

窝阔台汗国在海都去世后，海都的儿子察八儿于1310年投降了元，汗国也消亡了。

"都远去了，出现在人们眼前的蒙古诸汗国现在差不多都消失在历史的洪流中了。而我也要仓促编纂元的历史了，不过，我还做不到将它与世界历史结合起来考量。而这个拉施特写的历史却是世界历史，不能读懂它很遗憾，迟早会有人能读懂它吧。在那天到来之前，这部书就请妥善地保存在铁崖山的藏书楼里吧。"宋濂说。

宋濂把一个银色的书函放到了桌子上，他小心翼翼地打开了银色书函的盖子，装帧精美的书籍呈现了出来，全部共七册，金纸及画在其上的宫殿，不知道是波斯还是汉式。第一册上面放着一张纸，上面写着汉字。

"这是该书结尾祈祷的话，一位懂波斯语的汉族朋友把这部分翻译了过来。你问那个人？那个人的儿子随元北走了，他曾经笑着说过两代是蒙古人，过三代就成波斯人了。"宋濂说。

杨维桢拿过那张纸，读了起来：

在呈现深深隐藏的秘密之前，赐予历史和传统的知识的神啊，您忠实的奴仆，没有您，丰厚的慈爱无法生存的医师拉施特，经由您的引导，得以撰写这些支撑伊斯兰基本教义的研究、彰显哲学的真实和自然的法则的探索作品。他将对潜心艺术者有益，更能反映创造的不可思议。另外，借助您的力量，他将领土的一部分供作圣用，以其收入制作这些书的抄本，让所有时代的伊斯兰教徒都能利用它。

尊敬的神啊，请接受吧，请愉快地从他手中接受这一切吧。之后，宽恕他所有的罪，使人对他的努力怀有感激并记得他。对协助完成这项美好工作的人，对阅读、钻研这些作品并履行其中教谕的人，祈求给予宽恕并赐予现世及后世的丰厚报偿吧。

　　尊敬的神啊，您是降临给人畏惧，又迅速赐予人宽宥的神啊。

　　"从这些文字可以看出翻译得很用心啊。"杨维桢读完后说道。这部《史集》完成于回历 710 年（1310—1311）。

　　之前一年，拉施特在任命自己为宰相的先帝合赞汗的灵庙附近修建了一个庄园，并把那个庄园命名为拉比拉施特。

　　"听说以他的庄园为中心形成了一个小城镇，大约有三万户人家，一千五百个商店，三十个商队旅店，还有拥有七千名学生的学院以及大医院、造纸厂，此外拉施特的六万藏书也保存到了当地的图书馆。"宋濂解说道。

　　"你知道得很清楚啊。"杨维桢咂了咂嘴。

　　"在大都的话，各种消息都很灵通。我们汉人没有写过世界的历史，而拉施特写了，但是历史学家的命运似乎都一样。"宋濂仰空长叹道。他接下来简单地讲述了一下拉施特的《史集》：

　　第一部

　　序　卷　蒙古族的传说

　　第一卷　成吉思汗全史

　　第二卷　从窝阔台到忽必烈之孙成宗铁穆耳的历史

　　第三卷　从旭烈兀登基到合赞汗的伊利汗国史

　　第二部

　　序　卷　关于亚当、雅各之子以及希伯来的预言者

　　第一卷　到萨珊王朝灭亡为止的古代波斯史以及先知穆罕默德的生涯

　　第二卷　从阿布伯克尔到木思塔辛的哈里发全史

　　第三卷　在波斯的伊斯兰诸王朝的历史，包括亦思马因派的历史

　　第四卷　突厥、中国、以色列、欧洲（法兰克）以及重点放在释迦事迹上的印度历史

　　"了不起，真让人佩服得五体投地。对了，你说的历史学家的命运都一样，指的是什么呢？"杨维桢问道。

　　"结局不幸，被卷入与历史著述无关的政治斗争中去。"宋濂说。

　　拉施特侍奉的完泽笃汗于 1316 年去世，之后十三岁的阿布·赛义德继承了汗位，由拉施特和阿里沙两宰相辅佐，两人遂展开了权力斗争，结果拉施特失败被杀了。

　　1318 年 7 月 18 日，拉施特被处死，死前他向神祈祷饶恕所有的人。他的罪名是毒杀了先帝，但没有人相信这个。七十二岁的拉施特被誉为"兼具亚里士多德的智慧和柏拉图的贤德"的人，深受国民的景仰。

　　拉比拉施特的城镇虽然被破坏了，但《史集》流传了下来。因为拉施特生前让人制作了很多抄本，向多方赠送的缘故。

　　"这套书我虽然读不了，但我会用心保管的，早晚会有人能读懂它。你的心思我明白。"杨维桢说着，眼里浮现出一层薄薄的泪光。

　　杨维桢明白宋濂不把这套书放在身边的原因，侍奉君王的他，不知什么时候就会有杀身之祸，到时候不仅是他自己，就连他的所有物会遭受什么样的命运都不可预料。

　　"拜托了。"宋濂说着低下了头。

后 记

编写中国通史的人，一般在"元"这个地方就止步不前了。因为从成吉思汗出现时，历史就超越"中国史"了。

蒙古军席卷中亚，越过高加索山进军到了欧洲。而且蒙古人对记录不是很热心，历史记述方面的事务大都委派给了伊斯兰教徒，主要是用波斯语书写的，与以往的汉文记录模样大不相同。

东方史学家在这里止步不前也是无可奈何，就连在中国也被翻刻的日本那珂通世的名著《支那通史》写至宋也就结束了，这很明显是在"元"停步了。那珂通世其后的大作是《成吉思汗实录》。

要想连接起中国历史的每一环，就必须要认真地对待成吉思汗。对于一直用小说来写中国历史的我而言，"成吉思汗一族"的时代是无论如何也要尽最大努力去面对的课题。就在我正想动笔写这段历史的时候，朝日新闻社的编辑找到我谈连载的事情，而且题目就是成吉思汗，条件是至少持续两年以上。

不得不说这简直像是看穿了我的心思似的，仔细一想，大概是优秀的编辑在合适的时候准确地把握住了作家的意愿。1993 年，我曾经以成吉思汗的宰相耶律楚材为题材，为杂志连载了大约一年的小说。之前很久，我的随笔《西域余闻》曾经分一百回连载（《朝日新闻》，1979 ），四年后，《录外录》又连载了半年。特别是《录外录》中有《伊利汗国》《集史的人》《鸶的巢城》《西辽》等篇目，可以说是为写成吉思汗做的预备调查笔记。

1991 年，借着探寻成吉思汗陵墓的机会，我跟随江上波夫先生走遍了整个蒙古。那时候，我写了这首五言律诗：

蒙古行

漠北平芜远，

天寒七月初。

惊雷鸣牧围，

疾雹鼓穹卢。

起辇风痕碎，

斡难云影疏。

可汗埋骨处，

奔马散丘墟。

次年，我又为撰写追寻造纸术向西方传播的途径的《纸路》，周游了中亚的塔剌思、撒马尔罕、布哈拉，这也是成吉思汗的军队经过的地方。站在与成吉思汗渊源很深的阿富拉夏普山丘上，我写了一首追忆往昔的诗：

飒秣建（撒马尔罕）

唤拜声音晓，
颓垣动客愁。
眼前风物在，
胸底兴亡收。
塔下红尘埋，
穹颠白日浮。
河中飒秣建，
废瓦遍陵丘。

（注：唤拜：告知伊斯兰教礼拜的呼唤声。河中：撒马
尔罕也称河中府。）

在《朝日新闻》连载前，采集素材的工作大致已经完成，只剩下了埃及、叙利亚。1994年，我结束了对这些地方的取材，马上就要动笔了，我觉得一切都太顺利了，这是我早就想写的题材，我还没有提出来，在恰当的时候，它就主动迎了过来。而且取材大部分已经结束，我深深地吸了口气，感谢命运之神的眷顾。

然而，那年8月10日，我在为宝塚八十周年庆典活动做演讲的时候，没有任何预兆就突然倒下了，是脑出血，随后意识不清的状态持续了一个月左右。不过，我虽然没有印象了，但据说我那时候还回答了很多听众的提问。

等到意识恢复后，我对自己的右手右脚丝毫不能动弹感到很愕然。一向以命运的宠儿自居的我，仿佛一下子被打到了地狱里。

过去，我不知道无法写字是如此痛苦的事情。不过，幸好语言几乎没有受影响，记忆也很快恢复了。

对了，左手不是还能动吗？

在医院里，我每天就像机器人似的在孙女一年级时使用过的练习本上笨拙地练起字来，渐渐地能写出让人看得懂的字来了。

1995 年新年我是在医院迎来的，那时已经定下来 1 月 13 日出院，我的住院生活持续了五个月。

紧接着，1 月 17 日凌晨 5 点 46 分，我居住的神户市发生了那场空前的大地震，刚刚出院的我还是一个倚着拐杖的病人，什么都不能做。在身体好像要被摇晃散了的震动中，我只能茫然地躺着。家中玻璃碎片散落了一地，不过我居住的六甲山麓的地盘很坚固，房子本身没有损坏，只是书架倒了，无法进入书斋。

我的报纸连载被安排在远藤周作先生后面，由于他提前结束了，其他作家做了三个短期连载，而我的连载大致定下来从 1995 年 4 月开始。

我尝试着用左手写字，但一天只能写大约一页，而报纸连载一次要写将近三页。不过，我在住院的时候写了大约二十次，我将其称为试验版，先让来看望我的编辑读了。

出院后，在左手的帮助下，我的右手能写字了。我也尝试过用电脑，但它似乎和我的性格不合。

地震过后，我先在京都进行了大约十天的康复训练，其后在冲绳又训练了五十八天。

这部小说开始的时候，发生了种种意想不到的事情：因脑出血而左手写字、医院的气味、地震、京都和冲绳的康复训练等等。这些繁杂的事情交织在一起，想忘记都无法忘记的日子与这部作品紧密相连。

在连载中，我旅行了很多次。十月被邀请到台北"故宫博物院"参加建院八十周年纪念活动，返回时顺便去了趟香港。次年又去游玩了中国香港、新加坡、马来西亚，一度回国后，又去了中国内地，第三次走访了敦煌。连载结束时，又遍游了北京、杭州、广州、香港。

　　哪次旅行都很快乐，愉快的旅行帮助我消解了连载前以及连载初期的苦涩。二战后不久，我曾经回台湾当过几年中学教师，当时的学生现在都已经年过花甲，相隔多年再会，大家都很高兴。这样的心情，或许在作品中有所反映吧。

　　这部作品的基本的格调是"兴隆"，而忽必烈去世后，就不是了，所以元末只简单地叙述了一下。

　　如果忽必烈的儿子真金不早亡的话，也许蒙古的历史流向会有一些改变。元朝的末代皇帝妥懽帖睦儿人称顺帝，他的这个谥号是明王朝给起的，而在北元（北走的蒙古政权）他被称为惠帝。他幼年时代在高丽、广西等边远之地成长，即使被迎回来坐上了皇位也没有实权。不过，他是一个小说式的人物，爱人是高丽人奇氏，他自己也沉浸在汉文化之中，《元诗选》中就收录了他的作品。

　　在民间，盛传妥懽帖睦儿是南宋幼帝的儿子，妥懽帖睦儿出生之年，投降元朝的南宋"幼帝"已经五十岁了，从年龄上来讲是有可能的。关于这位先与蒙古公主结婚，后又出家成为吐蕃僧的"幼帝"，民间有各种各样的传说，写成小说的话的确很有意思。对了，那个被说成是他儿子的妥懽帖睦儿，据说沉迷于吐蕃的房中术。妥懽帖睦儿的儿子妥猷识理达腊是北元的初代皇帝。

　　妥懽帖睦儿和他身边的人，和兴隆的时代无缘，反而应该把他作为烘托明朝初代皇帝朱元璋的群星中的一个来描写吧。

　　我认为，"成吉思汗家族"在蒙古强盛的时候落下帷幕更加合适。

1997 年 7 月 22 日于六甲山房